Robert Corvus
Feuer der Leere

Robert Corvus

FEUER
DER LEERE

Roman

PIPER
München Berlin Zürich

Entdecke die Welt der Piper Science Fiction:
Piper🪐Science-Fiction.de

Von Robert Corvus liegen bei Piper vor:
Feind. Die Schattenherren
Knecht. Die Schattenherren
Herr. Die Schattenherren
Schattenkult
Grauwacht
Drachenmahr
Rotes Gold. Die Schwertfeuer-Saga 1
Weißes Gold. Die Schwertfeuer-Saga 2
Söldnergold. Eine Novelle aus der Welt der Schwertfeuer-Saga
Feuer der Leere

ISBN 978-3-492-70439-7
© Piper Verlag GmbH, München / Berlin 2017
Satz: Fotosatz Amann, Memmingen
Druck und Bindung: CPI books GmbH, Leck
Printed in Germany

1

Planetenkiller

Wer kämpfte, war immer allein.

Der Helm registrierte den Schweiß auf Rilas Stirn und trocknete ihn mit einem warmen Luftstrom, bevor er in ihre Augen laufen konnte.

Oberleutnantin Rila Egron-Itara überlegte, dass die Zeit vor dem Gefechtskontakt die einsamste war. Das lag auch am Raumanzug. Das elastische Gewebe passte sich ihrer Körperform an, um Druckstellen zu vermeiden, und das Transplast des Helms war durchsichtig wie Luft, aber das änderte nichts an dem Wissen, dass sie vollkommen vom restlichen Universum isoliert war. Der Anzug stand in keinem Austausch mit seiner Umgebung, und er operierte in zwanzig Atmosphären Druck ebenso zuverlässig wie im Vakuum. Er schuf eine hermetisch abgeschlossene Welt, die nur existierte, damit Rila in ihr lebte.

Ihr Befehl lautete, der NECKBREAKER auf ihrem letzten Flug den Weg zu bahnen. Sie steuerte den siebten Jäger im Geschwader Weiß, das die zweite Angriffswelle stellte. Vor ihr, irgendwo in der Leere, flogen die Kameraden von Rot, hinter ihr die von Grün. Im Navigationsholo blieben sie unsichtbar, die Triebwerke waren abgeschaltet. Den kaum messbaren Geschwindigkeitsverlust durch die Abbremswirkung des Raumstaubs auf ihrem Kurs und den Sonnenwind nahmen sie in Kauf, um die Ortung zu erschweren. Aus dem gleichen Grund hielten sie Funkstille.

Wer kämpfte, war immer allein. Das hatte Rilas Nahkampflehrer gesagt. Er hatte es anders gemeint, ihm war es um

Selbstverteidigung gegangen. Wenn man überfallen wurde, dann wartete der Täter eine Situation ab, in der man unterlegen war. Allein, isoliert.

Beim Militär hatte man Kameraden.

Aber hier draußen sah Rila sie nicht. Wenn sie das Signal zum Abbruch verpasst hätte, wären alle anderen umgedreht und sie wäre ahnungslos weitergeflogen, immer näher an G'olata, die Militärwelt der Giats, heran.

Für den Moment gab sich der Anzug zufrieden, der Luftstrom in ihrem Helm versiegte.

Rila bewegte die Hand durch die Steuerungsholos. In der Pilotenkanzel gab es zwar eine Atmosphäre, aber keine Gravitation. Im Gegensatz zu Scheinkräften wie dem Beschleunigungsandruck, den die Absorber des Jägers komplett eliminierten, hatte die Menschheit niemals gelernt, die Raum-Zeit-Krümmung technisch nachzubilden.

Der Vergrößerungsfaktor des Navigationsholos änderte sich. Die Darstellung reichte nun sechs Astronomische Einheiten in jede Richtung, mit Rilas WEISS-SIEBEN im Zentrum. Der gewaltige bläulich weiße Riesenstern nahm den größten Teil ein. G'olata umkreiste dieses Monster in gerade einmal einer viertel Astronomischen Einheit Entfernung. Gemessen an der Lebensdauer einer Sonne würde der Planet jeden Moment in das Feuer stürzen, das die trügerische Farbe von Eiswasser ausstrahlte.

Die Explosionen, die der Ortungskubus am äußersten Rand anzeigte, waren bereits vergangen. Lichtschnelle Signale brauchten eine Dreiviertelstunde, um den Weg bis zu den Sensoren von Rilas Jäger zurückzulegen. Bis sie einen Treffer erkannten, war das Feuer vermutlich schon erloschen, die Luft im Vakuum diffundiert. Bei den menschlichen Schiffen verhinderten Notschotten, dass der Sauerstoff komplett abfackelte, bei den Giats gab es ähnliche Vorkehrungen, um das Chlor zu schützen, das sie atmeten.

Ein Großraumschiff zündete seine Triebwerke. Oder hatte sie vor eine Dreiviertelstunde gezündet, sodass Rila sie jetzt ortete. War das die PAYARA oder die ORCA? Diese beiden wagten sich am weitesten in das feindliche System vor, weil sie am stärksten gepanzert waren. Die Menschheit konnte sich den Verlust eines Großraumschiffs nicht mehr leisten. Es gab keinen Hinweis, dass außerhalb des Schwarms mit seinen eine Million Bewohnern noch Menschen in Freiheit lebten. Wo die Giats sie fanden, versklavten sie ihre Feinde und beraubten sie dabei aller Technologie, die Widerstand ermöglicht hätte. Meist brachten sie die Unterlegenen gleich um. Es war nicht ihr erster Genozid. Der Kampf um die Vorherrschaft in der Galaxis kannte keine Gnade.

Vielleicht brannte dort draußen auch ein Schiff der Giats.

Rila lächelte grimmig und verkleinerte den Ortungsradius so weit, dass der Planet G'olata an den Rand des Kubus rückte. Nach den Daten der Aufklärung handelte es sich um eine reine Industriewelt, eine Waffenschmiede mit für Giats kaum atembarer und für Menschen giftiger Atmosphäre und einer Schwerkraft von dreifachem Erdstandard. Das war auch für die Feinde eine Hölle. Manche Analysten vermuteten, dass vor allem Sträflinge dort Dienst taten – eine halbe Milliarde. Der Planet besaß eine so hohe Dichte an Bodenschätzen, dass die Giats schon seit Jahrhunderten Raumschiffe, Torpedos, Geschütze und Transitionstriebwerke auf G'olata herstellten. Inzwischen musste die planetare Kruste porös sein wie ein Brocken Basalt. In jedem Fall war der Planet außerhalb der Polregionen ebenso trocken wie in einer Gluthölle geröstetes Gestein.

Dieser eineinhalb Erddurchmesser große Felsklotz war noch elf Lichtsekunden entfernt. Bei WEISS-SIEBENS momentaner Geschwindigkeit von sieben Millionen Stundenkilometern entsprach das beinahe einer halben Stunde Flugzeit. Inzwischen war der Planet auch normaloptisch zu erkennen.

Durch die transparente Front ihres Jägers sah Rila die dunkle Scheibe, an deren Rand das blauweiße Sternenlicht nagte. Stärker beunruhigte sie, dass seine Strahlung die Sensoren störte. Zweifellos schützten die Giats eine Welt dieser Bedeutung mit mehreren Sphären aus Orbitalforts, einer Verteidigungsflotte und Kampfsatelliten. Die drei Monde waren mit Sicherheit von Raumgeschützen übersät. Die Umlaufbahnen der beiden äußeren Trabanten, die auf der anderen, der sonnenzugewandten Seite des Planeten standen, hatten die Geschwader bereits passiert. Der dritte, innerste, lag jedoch in ihrem Weg, noch vier Lichtsekunden entfernt.

Da die Schlacht seit einer Woche tobte, musste der Feind den entscheidenden Angriff erwarten. Die Tatsache, dass Rila und ihre Kameraden bislang unbemerkt geblieben waren, bedeutete, dass den Fernsensoren die Angriffsvorbereitungen vor sechs Tagen, als die MARLIN ihre Geschwader auf den Weg geschickt hatte, entgangen waren. Die Giats rechneten sicher mit einem vernichtenden Schlag, aber sie waren nicht in der Lage, den Angriffswinkel vorauszusehen. Ihnen war klar, dass kein Planet auf Dauer zu verteidigen war, doch sie wussten auch, dass die Menschen ihre Verluste wesentlich schlechter kompensieren konnten als die Giftatmer. Jeder sterbende Pilot und jedes zerstörte Raumschiff riss eine spürbare Lücke.

Rila würde keine solche Lücke sein. Sie presste die Zähne aufeinander. Sie würde den Auftrag ausführen. Rila würde der NECKBREAKER den Weg bahnen. Sie und ihre Kameraden würden die Waffenschmiede zerstören! Das würde ihr Leben sicherer machen.

Sie ging noch einmal die Bereitschaftsanzeigen der Waffensysteme durch: Laser, Torpedos, Reflektorwerfer. Sie dachte an die Menschen, die sie liebte, und die jetzt in den Großraumschiffen des Schwarms kämpften: ihre Mutter, ihren Bruder, ihre Freunde. Sie dachte auch an Reck, ihren Mann.

Er sollte bloß aufpassen, dass er das hier überlebte. Sie hatten noch nicht zu Ende gestritten!

Mit jeder Sekunde gewann das Sensorbild Details. Die Fabriken auf der Planetenoberfläche strahlten Energie ab, ebenso die Industriesatelliten, in denen man die Schwerelosigkeit ausnutzte, um spezielle Legierungen für den Raumflug herzustellen. Immer mehr Triebwerke lösten sich aus dem Hintergrundrauschen des blauweißen Sterns. Die meisten davon gehörten sicher zu Frachtern, dachte Rila. Die Giats waren zu klug, um den Angreifern die Position ihrer Militärschiffe so leicht zu verraten.

Der Countdown bis G'olata näherte sich der Zwanzig-Minuten-Marke, als Geisterortungen etwa einhunderttausend Kilometer voraus, also fünf Sekunden Flugzeit entfernt, eine Gruppe von fahlen Kugeln im Navigationskubus erscheinen ließen. Sie leuchteten in rascher Folge auf, überlagerten einander und verloschen wieder.

Der Tanz begann.

Rila ballte die Linke zur Faust, streckte die Finger und bewegte sie vor das Sensorfeld, das die programmierten Ausweichmuster aktivieren würde. Mit der Rechten erhöhte sie die Empfindlichkeit der Navigationsanzeige. Dadurch erschien eine Vielzahl weiterer unbeständiger Geisterortungen, ausgelöst durch die Strahlung des Sterns und die Emissionen der Industrieanlagen. Aber einige blieben. Der Bordrechner markierte sie als Abstrahlwärme von Raumforts und gab dafür im höchsten Fall eine Wahrscheinlichkeit von siebzig Prozent an.

Sie stieg auf achtundneunzig Prozent, als Rila die Position der Geisterortungen in wenigen Tausend Kilometern Entfernung passierte und fünfundneunzigtausend Kilometer voraus etwas explodierte.

»Viel Glück, Kamerad«, murmelte Rila.

Der Jäger aus dem Rotgeschwader stieß ein paar Dutzend

Irritationsbojen aus. Manche waren heiß wie Magma, andere sendeten hochenergetische Funkimpulse. Sie sollten die Feindortung vom angeschlagenen Raumfahrzeug ablenken. Bei Rilas hochgeregelten Sensoren sorgten sie dafür, dass der Kubus einen Bereich von zehntausend Kilometern um den noch immer mit unverminderter Geschwindigkeit auf das Ziel zustürzenden Jäger herum nur noch als indifferentes Flimmern darstellte.

»Gefechtskontakt!«, drang die neutrale Computerstimme aus dem Akustikfeld. Die Innenbeleuchtung wechselte auf Rot. Das Transplast der Pilotenkanzel kristallisierte aus, um ihr eine ebenso chromglänzende Oberfläche zu geben wie dem Rest des Jägers. Aus den Daten der optischen Sensoren wurde ein Bild der Außensicht errechnet und auf die Innenseite der Wölbung projiziert.

»Darauf wäre ich von allein nie gekommen.« Rilas Finger zitterte vor dem Sensor für die Ausweichmanöver. Noch stürzte WEISS-SIEBEN energetisch tot und unentdeckt durch den Leerraum. Sobald die Triebwerke feuerten, würde die Feindortung sie erfassen.

Darauf wollten die Giats nicht warten. Weiträumig aktivierten sie Ortungsbojen. Überall um Rila herum begannen die winzigen Geräte, eine konstante Wärmestrahlung abzugeben. Zweifellos hatte der Feind seine Sensoren sorgfältig geeicht. Jetzt suchten sie nach den minimalen Abweichungen, die entstanden, wenn ein Jäger eine Emissionsquelle für einen Nanosekundenbruchteil verdeckte.

Rilas Puls pochte in ihrem Hals. Sie versuchte, daran zu denken, wie unglaublich klein WEISS-SIEBEN im Verhältnis zum umgebenden Raum war. Durch die Trägerkonstruktionen für die Waffensysteme ähnelte der Jäger einem Stern mit zehn Metern Durchmesser, der transparenten Pilotenkanzel im Zentrum und dem Haupttriebwerk am Heck. Damit glich er einem einsamen Staubkorn in einem Frachthangar, wobei die nächstliegenden Feindsensoren in den äußersten Winkeln angebracht wären. Aber Rilas Gedanken kreisten um die Tatsache, dass sie es mit einem Feind zu tun hatte, dessen Technologie der irdischen um Jahrtausende voraus war. G'olata war strategisch wichtig. Hier würden die Giftatmer ihr gesamtes Arsenal aufbieten. Und bewies der Umstand, dass sie den Planeten trotz der tobenden Raumschlacht noch nicht evakuiert hatten, etwa nicht, wie sicher sie sich fühlten?

Hatten die Menschen etwas übersehen?

Erneut trocknete der Helm ihren Schweiß. Der Anzugrechner bot über ein leuchtendes Icon an, der Trägerin Beruhigungsmittel zu injizieren, um die Pulsfrequenz zu senken. Rila lehnte ab, sie brauchte einen unbetäubten Verstand.

Sie fokussierte die Darstellung im Navigationskubus und reduzierte die Sensorempfindlichkeit, um die Geisterortungen wenigstens teilweise auszufiltern. Steuerbord oberhalb, zweihundertfünfzigtausend Kilometer voraus, hing ein energetisches Leuchtfeuer im All.

»Ich wette meinen Gitterballpokal darauf, dass das eine Geschützplattform ist«, murmelte sie und richtete die Waffensysteme aus.

Das Netz der Ortungsbojen wurde immer dichter. Sie standen jetzt kaum noch eintausend Kilometer auseinander.

Der Countdown zeigte elf Minuten bis G'olata. Der Planet war nun eine dunkle Scheibe, in der die Industriezentren glühten und an deren Rand das Licht des blau schimmernden Sterns knabberte, das sie an allen Seiten umgab wie klares Wasser, durch das ein Scheinwerfer strahlte.

Rila erkannte nicht, worauf die Geschützplattform feuerte. Laserstrahlen blieben im Vakuum unsichtbar und auch Torpedos entdeckte man oft erst bei ihrer Detonation. Raumminen explodierten an vielen Stellen, aber sie mussten den Zündimpuls nicht unbedingt von dieser Plattform erhalten.

Voraus flammten Triebwerke. Sie waren zu nah am Planeten und zu dicht beieinander, um zum Rotgeschwader zu gehören. Dort kam eine Abfangflotte, vermutete Rila. Sie überlegte, ob sie die Bordwaffen auf die Giat-Schiffe ausrichten sollte, blieb aber bei den Geschützplattformen, die sie im Fokus behielt, bis WEISS-SIEBEN sie passierte, um dann die nächste ins Visier zu nehmen.

Als sie neun Minuten vor dem Planeten war, schlugen die Giftatmer zu. Offenbar hatten sie bislang abgewartet, um möglichst viele Jäger zuverlässig zu identifizieren, bevor diese ihre Ausweichmanöver starteten. Nun füllte sich der Navigationskubus mit Explosionen, von denen Rila sogar einige normaloptisch ausmachte. Als unbewegte, langsam verglühende Funken standen sie vor dem dunklen Planeten.

»Kommunikationssperre aufgehoben!«, verkündete die Computerstimme. »Feuer frei!«

Noch war Rila unentdeckt. Die Feindaktivität konzentrierte sich auf Geschwader Rot, wo nun auch Ortungsminen zum Einsatz kamen. Ihre Detonationen schufen heiße Bälle mit konstanter Wärmeabstrahlung, die sich gleichmäßig ausdehnten. Vor deren Hintergrund war ein Jäger leicht auszumachen.

Triebwerke zündeten, menschliche Waffensysteme erwiderten das Feuer. Da der Bordcomputer die Spezifikationen kannte, identifizierte er die aktiven Jäger mit einer Fehlertoleranz von unter einem Prozent. ROT-ZWEI und ROT-SIEBZEHN zerlegten eine Geschützplattform, gerieten danach aber selbst unter schweren Beschuss. Ihre Ausweichalgorithmen vollführten einen wilden Tanz, im Navigationskubus sah es so aus, als ob sie beinahe zusammenstießen. Eine Detonation zerriss ROT-ZWEI.

Rila suchte die Stelle im All mit den Augen, indem sie über die Projektion der Optiksensoren an der Innenseite der Kuppel wanderte. Sie erkannte nichts, sie lag zu weit seitlich, vor dem Hintergrund des blauweißen Lichts.

Als sie sich wieder dem Kubus zuwandte, war auch ROT-SIEBZEHN verschwunden. Hoffentlich suchte er nur sein Heil in der energetischen Stille. Acht Minuten zum Ziel und WEISS-SIEBEN war noch immer unbemerkt. Für ihre Geschwaderkameraden galt das nicht. WEISS-SECHS, WEISS-FÜNF und WEISS-VIER – Ynga, Rulf und Herr Zmitt, der darauf bestand, dass ihn selbst enge Kameraden mit dem Nachnamen anredeten – lagen unter Feuer. Sie schraubten sich in chaotisch wirkenden Manövern durch den Raum. WEISS-FÜNF brachte es fertig, dabei drei Reflektorkörper abzustoßen. Diese Behälter brachen unweit des Jägers auf und setzten Tausende von Chromsplittern frei. Im freien Raum flogen sie mit gleichem Vektor wie das Schiff, das sie ausgestoßen hatte – bis dieses die Richtung änderte. So lange streuten die Splitterwolken das feindliche Laserfeuer und verwischten die Feinortung in Rilas Navigationsholo.

Siebeneinhalb Minuten. Noch war Rila sicher.

Aber ihre Kameraden nicht.

Ihr Befehl lautete, die Abwehranlagen auszuschalten, die der heranrasenden NECKBREAKER gefährlich werden konnten. Sie dehnte ihren Ermessensspielraum weit, als sie die Laserkanonen auf eine der Geschützplattformen ausrichtete, die WEISS-VIER, -FÜNF und -SECHS solche Probleme machten, und feuerte. Vor einem Kriegsgericht würde sie aussagen, dass die Erfolgschancen mit jedem Jäger, der durchkam, stiegen. Sie brachte einen in Gefahr – ihren eigenen – und erhöhte damit die Wahrscheinlichkeit, dass drei andere nahe genug an den Planeten gelangten, um Wirkung zu erzielen.

Es hätte sie selbst nicht überzeugt. Aber darum ging es nicht. Es ging darum, dass sie nicht schuld sein wollte, wenn die MARLIN künftig ohne Yngas Kichern, ohne Rulfs Grinsen und ohne die unverständlichen Witze von Herrn Zmitt auskommen müsste.

Ihre Laser landeten einen Volltreffer. Sie sah nicht, was in siebenhundert Kilometer Entfernung wirklich geschah, stellte sich aber vor, dass die Lanzen gebündelten Lichts durch Panzerung und Fels stießen und die Abschirmung eines Generators punktierten. Etwas Ähnliches musste dort tatsächlich passiert sein, denn sofort blühte eine Blume aus orangerotem Feuer im All und der Beschuss auf ihre Kameraden endete abrupt.

»Waren Sie das, Egron-Itara?«, fragte Herr Zmitt.

»Irgendjemand muss ja auf euch aufpassen.«

Rila hatte keine Zeit für Triumphgefühle. Sie löste Ausweichroutine Delta aus. Viel penetranter als mit diesem Abschuss hätte sie sich nicht als Ziel bewerben können.

Der Planet, die blauweiße Sonne, die Sterne und die Funken der im All treibenden Explosionen wirbelten um sie herum, weil sich der Jäger infolge der Impulse aus den Steuerdüsen überschlug. Das Schema Delta hielt ihn grob auf Kurs G'olata, riss ihn dabei aber immer wieder ein paar Hundert Kilometer in die eine oder andere Richtung, wobei der Jäger Drohnen ausstieß, die sich selbstständig bewegten und die Feindsensoren täuschen sollten.

Die Andruckabsorber pufferten die kinetischen Effekte, die Rila ansonsten die Knochen zermalmt hätten, vollständig ab. In ihrer Pilotenzelle war sie schwerelos, von Gurten im Sitz gehalten. Was den Eindruck auf den Gleichgewichtssinn anging, hätte die Projektion der Sensordaten auf der kristallisierten Kanzelwölbung auch ein fiktives Bild sein können, das nicht ihre tatsächliche Situation gleich einem Blick durch Transplast simulierte.

Rila entkoppelte den Navigationskubus von der Ausrichtung des Jägers, sodass sich die Anzeige nicht mehr drehte. Sie erweiterte den Fokus, um sich einen Überblick zu verschaffen.

Am äußersten Rand der Darstellung blitzten zwei Signale kurz hintereinander auf. Der Bordcomputer markierte sie als Emissionen des Promethiumtriebwerks der NECKBREAKER, also hatte sich die Steuerungsmannschaft entschieden, die Ortungsstille aufzugeben und Ausweichmanöver zu fliegen. Die Giats mussten das Schiff entdeckt haben, das zwölf Stunden lang kontinuierlich beschleunigt hatte und zusätzlich den Raumkrümmungseffekt des Sterns ausnutzte, den man als blauen Riesen klassifizierte, obwohl sein Licht für das menschliche Auge weiß erschien. Es verkürzte die Distanz zu G'olata um 150 000 Kilometer in der Sekunde, halb so schnell wie das Licht. Dadurch kam es zu relativistischen Effekten, auch was die Ortung anging. Mit Sicherheit befand sich die NECK-BREAKER nicht mehr dort, wo der Kubus sie anzeigte, sondern wesentlich näher am Planeten.

Rila wechselte zurück auf einen engen Fokus. Überall flammten jetzt Wärmeortungen im Holo. Manche stammten von Explosionen, andere von Geschützen oder Triebwerken, die meisten von Ablenkungsbojen, die mit greller Hitze die lohnenden Ziele überdeckten. Vergeblich suchte Rila nach den Abfangwerfern, die die Mission der NECKBREAKER gefährdeten.

Ausweichmanöver Delta kam zum Ende, der Jäger stabilisierte sich und richtete sich auf den Planeten aus, der inzwischen die blauweiße Sonne verdeckte. Zwei Minuten trennten Rila noch von G'olata, die meisten Abwehrschalen hatte sie zweifellos durchstoßen. Auf diese Entfernung hätte sie die Fabriken auf der Oberfläche unter Beschuss nehmen können, aber das war nicht ihr Ziel.

»Wo sind die verdammten Abfangwerfer?«, knirschte sie.

Die Sensoren richteten sich auf die Orbits vor dem Planeten. Sie fingen Ortungsdetonationen auf, zeigten Geschützfeuer, das vermutlich Geschwader Rot galt, und eine Unmenge von Triebwerken. Den Giftatmern wurde es nun wohl doch zu heiß. Sie evakuierten. Das Signalgewitter war die beste Tarnung für die Abfangwerfer. Kalt kreisten sie ohne Antrieb, bis sie den Einschlagvektor erkannten. An den gewöhnlichen Gefechten mit Lasern und Torpedos beteiligten sie sich nicht. Bestimmt fiel es schwer, auf einem solchen Satelliten Dienst zu tun und zuzusehen, wie die Kameraden draußen in der Leere starben.

Aber sie mussten die anfliegende Gefahr orten, und da jede Telemetrie gestört werden konnte, verließ sich niemand auf externe Sensoren. Abfangwerfer hatten ihre eigenen elektronischen Sinne, und je näher die Bedrohung kam, desto stärker mussten sie die Aktivortung einsetzen – Strahlung, deren Auftreffen Rilas Jäger orten konnte.

»Na kommt schon … Zeigt euch!«

Sie war zu schnell. Wenn sie nicht bald abbremste, würde sie am Planeten vorbei- und aus der Kampfzone hinausstürzen. Widerwillig wendete sie, sodass ihr Haupttriebwerk in Flugrichtung zeigte. Auf der von den frontalen Optiksensoren gespeisten Projektion sah sie nun die Sterne. Sie wusste, dass die NECKBREAKER dort draußen heranraste und aller Wahrscheinlichkeit nach Geschosse an ihr nagten wie Fliegen an einem Stahlbolzen, aber zu erkennen war davon nichts. Kurz überlegte Rila, den Ortungsradius zu verschieben, aber dann hätte sie den entscheidenden Impuls verpassen können, der ihr einen Abfangwerfer verriete.

Plötzlich schrillte der Ortungsalarm. Nach den Stunden der Stille zuckte Rila zusammen. Da sie die Überrangschaltung nicht innerhalb einer Sekunde betätigte, startete der Jäger das Ausweichmanöver. Wieder wirbelten die Lichter durch die Kanzelprojektion.

Rila studierte ein Nebenholo und versuchte herauszufinden, ob der Suchstrahl von einem Abfangwerfer stammte, aber an seinem extrapolierten Ursprung brannte Abstrahlhitze, die zu einer Geschützplattform passte. Zudem zeigte das Navigationsholo ein Dutzend Kleintriebwerke, die sich ihr schnell näherten.

»Torpedos«, presste Rila zwischen den Zähnen hervor.

Rila brach die automatische Ausweichroutine ab und initiierte stattdessen Prozedur Gamma. Diese bestand aus einer raschen Abfolge von Zündungen an den Steuerborddüsen, begleitet vom Ausstoß von Ultrahitzebojen und einer Funkstörsonde.

Sie wählte den Fächermodus für ihre Bordlaser und bestrich damit einige der anfliegenden Raumtorpedos. Es war unnötig, die Geschosse zur Explosion zu bringen, es reichte, wenn sie ihre Manövrierfähigkeit verloren.

Drei Sekunden später war es überstanden. Rila passierte die Torpedos, die keine Chance hatten, zu wenden und auf die sieben Millionen Stundenkilometer des Jägers zu beschleunigen, geschweige denn ihn einzuholen. Sie würden versuchen, ein anderes Ziel zu treffen, das sich noch auf sie zu bewegte. Vermutlich brannten sie harmlos aus, um dann vergessen im Leerraum zu treiben, bis der blauweiße Stern zur Nova wurde und alles in diesem System verschlang.

Doch Rilas Geschwindigkeit wurde nun ein ernsthaftes Problem. Während der Jäger weitere Ablenkungssonden ausstieß, durchsuchte sie den Navigationskubus hektisch nach den Abfangwerfern. Irgendwo hier mussten sie doch sein! Die Giats konnten sie unmöglich noch näher am Planeten postiert haben.

Überall flammten Ortungen, aber keine passte zu dem, was Rila finden wollte. Dabei war sie weniger als eine Minute vom Planeten entfernt.

Rila schluckte ihren Stolz hinunter. Andere würden den Ruhm für einen entscheidenden Abschuss ernten. Ihr Beitrag bestand darin, ihren Kameraden, vor allem den noch weiter entfernten aus Geschwader Grün, den Erfolg zu ermöglichen, indem sie das Abwehrfeuer ausdünnte.

Sie ließ den Bordcomputer einen Kurs berechnen, der den Gravitationseffekt G'olatas einbezog. Selbst bei Vollschub könnte sie ihren Bewegungsvektor nicht auf dieser Seite des

Planeten auf Null reduzieren, zumal sie das zu einem unbewegten Ziel gemacht hätte. Sie konnte jedoch einen Orbit entgegen der Rotation fliegen, dabei einen erheblichen Teil ihres Impulses abgeben und zurück auf die Angriffsseite schwingen.

Ein letztes Mal suchte sie nach Abfangwerfern.

Sie presste die Zähne aufeinander und markierte stattdessen einige Geschützplattformen und ein keilförmiges Raumschiff, das der Computer mit einer Wahrscheinlichkeit von zweiundvierzig Prozent als Kreuzer klassifizierte. Dann erteilte sie die Freigabe für das eingestellte Manöver.

Das in Flugrichtung weisende Haupttriebwerk zündete. Ihre relativ zum Planeten gemessene Geschwindigkeit fiel. Gleichzeitig feuerte der Großteil ihrer Waffensysteme. Das Ausklinken der Torpedos verringerte die Masse von WEISS-SIEBEN, was den Bremsvorgang erleichterte.

Diese Aktion machte sie zum Leuchtfeuer. Mehrere Ortungsstrahlen trafen auf. Die Anzeigen meldeten Lasertreffer. Rila hielt den Atem an. Noch wurden die Strahlen kohärenten Lichts gestreut.

Ihre eigenen Geschütze fanden mehrere Ziele. Eine Plattform explodierte, eine weitere stellte den Beschuss ein, der Kreuzer leitete ein Ausweichmanöver ein.

Unablässig gab WEISS-SIEBEN Gegenschub. Die Manövrierdüsen flogen begrenzte Zufallsmuster, die sie aber nur um ein paar Dutzend Kilometer versetzen konnten, um G'olatas Gravitationseffekt weiterhin zu nutzen. Dadurch blieb Rilas Kurs leicht berechenbar.

Ihre Schläfen pochten, Funken tanzten vor ihren Augen. Sie zwang sich, zu atmen. Ihre Drohnen und natürlich die Angriffe, die ihre Kameraden flogen, erzeugten Ablenkung. Darin bestand ihre einzige Hoffnung.

Rilas Finger schwebte vor dem Sensorfeld, das Fluchtmanöver Ceta auslösen würde. Dadurch würde der Jäger drehen und sie in den freien Raum hinauskatapultieren, wo die Dichte der Abwehrstellungen rasch abnähme. Damit schiede sie aus der Schlacht aus, denn ohne die Bremswirkung des Planeten wäre sie keinesfalls rechtzeitig wieder zur Stelle.

Sie schluckte.

»Meine Kameraden brauchen mich«, flüsterte sie.

Aber stimmte das?

Was konnte sie schon ausrichten – mit einem Jäger, der den Großteil seiner Torpedos bereits abgeschossen hatte?

War sie mehr wert als eine Zielscheibe, die einen winzigen Bruchteil des Feindfeuers auf sich zog?

Sie lachte und spürte, wie die Angst sie ausfüllte. Armer Helm. Er hatte viel zu tun, ihr den Schweiß aus den Augen zu halten.

Die Trauben von Gefechtsortungen blieben zurück, aber noch immer war das Holo gut gefüllt. Tausende Raumschiffe zogen auf gebogenen Bahnen, die G'olatas Rotation ausnutzten und Rila deswegen grob entgegenkamen, fort vom Planeten und hinaus ins All. Rila hätte einige davon unter Feuer nehmen können, aber sie glaubte, dass es sich bei den wenigsten um Militäreinheiten handelte. Die Kampfschiffe würden sich auf der Anflugseite befinden, im Gefecht. Das hier waren zivile Raumer, viele sicher auch Gefangenenschiffe, wenn zutraf, dass hauptsächlich Verurteilte auf G'olata arbeiteten. Die meisten Passagiere mochten keine Giats sein, erst recht keine Soldaten.

Rila beendete den Ausstoß von Ablenkungssonden. Sie war jetzt so nah am Planeten, dass sie durch die obersten Schichten der Ionosphäre pflügte. Das führte zu einem Schweif von in der Reibungshitze entzündetem Gas. Wenn sie Glück hatte, hielt man sie trotz des Gegenschub gebenden Antriebs für ein abstürzendes Trümmerstück. Davon gab es inzwischen Tausende. Um diesen Effekt vorzutäuschen, durfte ihre Umgebung nicht allzu hell in den Holos brennen.

In der optischen Projektion sah Rila kaum Wolken, dafür war G'olata zu trocken. Stattdessen trieben riesige Rauchgebilde über den Industriezentren. Auch im kaltweißen Licht des Tages erschien die Planetenoberfläche dunkel. Schwarzbraune Felsformationen bildeten mal schroffe Höhen, mal vernarbte Ebenen. Eine zweitausend Kilometer lange Schlucht klaffte wie eine Wunde zwischen zwei Siedlungsgebieten.

»Wie sie die Bevölkerung wohl versorgen?« Große Vegetationsflächen konnte Rila dort unten nicht ausmachen. Wahrscheinlich züchteten die Giats unterirdisch Nahrungsmittel, um die von den Monden und den anderen Planeten des Systems eintreffenden Versorgungsflüge zu ergänzen. G'olata selbst war völlig der industriellen Ausbeutung ausgeliefert.

Auf der anderen Seite, Richtung Sonne, hingen zwei Monde im Himmel. Sie waren zu weit entfernt, um eine Gefahr darzustellen, aber die Sensoren zeigten einen regen Schiffsverkehr. Anhand der einlaufenden Daten vermutete Rila in einem der Raumer einen angeschlagenen Riesen, der sich waidwund in ein Dock schleppte, bevor er explodieren und die gesamte Besatzung in den Tod reißen würde. Andere Einheiten mochten Munitionstender sein.

Auf ihrer elliptischen Bahn verließ Rila die Ionosphäre. Sie nutzte die Gelegenheit für einen Check der Außenhülle. Die Panzerung war beinahe vollständig, aber der Laserbeschuss hatte Chrom abgekocht. Sie initiierte eine Notreparatur, die eine Neubeschichtung versuchte. Das war nur ein Teilerfolg. Ein Treffer an derselben Stelle würde sie mit hoher Wahrscheinlichkeit die Panzerung kosten. Ihr Mund wurde trocken, sie saugte am Versorgungsschlauch. Die gezuckerte Flüssigkeit prickelte auf ihrer Zunge.

Weiss-Sieben hielt die berechnete Bahn, näherte sich wieder dem Planeten und tauchte erneut durch die Ionosphäre.

Sie ballte und öffnete die Hände, bevor sie die Finger vor

die Schaltsensoren bewegte. Mit weit reduzierter Geschwindigkeit näherte sich WEISS-SIEBEN dem Tag-Nacht-Terminator am Äquator. Die Raumschlacht trat aus dem Ortungsschatten des Planeten.

Die Fluchtschiffe der Giats erschienen wie eine Funkenwolke im Kubus. Überall glühten die Hitze der Kanonen und die Explosionen der Torpedos. In diesem Chaos tat sich der Bordrechner schwer, die menschlichen Jäger zu identifizieren. WEISS-DREI, GRÜN-ACHT und GRÜN-ZWEI wurden angezeigt, verschwanden aber schnell wieder. Weiter links tauchten andere Markierungen auf.

Rila ignorierte die Anzeige. Sie sah auf den Metallschaumteppich, der sich nun im Anflugvektor der NECKBREAKER aufbaute. Die Abfangwerfer verströmten ihre Ladung aus sich aufpolsternden Legierungen. Blitzartig dehnten sie sich kilometerdick in einem Radius von dreihundert Kilometern aus, fünfzigtausend Kilometer vor dem Planeten. Mit der Fluggeschwindigkeit der NECKBREAKER war diese Distanz in einer Drittelsekunde zu überwinden. Der Zweck des Teppichs lag darin, das im Wesentlichen aus einem fünf Kilometer langen Körper massiven Stahls bestehende Schiff aus der Bahn zu lenken. Falls es den Planeten verfehlte, würde es weiter auf die Sonne zurasen, möglicherweise sogar ein paar Minuten später hineinstürzen. Keinesfalls konnte es wenden, seine Tanks waren längst ausgebrannt und gemeinsam mit dem Haupttriebwerk abgeworfen. Erfolg oder Misserfolg: Dies war der einzige Flug der NECKBREAKER.

Rila kannte keine Zweifel mehr. Sie sah das Ziel vor sich und setzte Kurs.

Die Ortung zeigte die Abfangwerfer. Viele hatten sich in einer Wolke versammelt, weitere strömten herbei, um ihr Material auszustoßen und den Metallschaumteppich zu vergrößern. Rila machte das Gebilde als dunklen Fleck vor den Sternen aus.

Sie wusste, dass ein Angriff im Zentrum kaum Erfolgsaussichten hatte. Dort war das Metall so stark, dass auch ein Volltreffer nur unwesentlichen Schaden erzielte. Wenn die NECK-BREAKER dort aufträfe, wäre die Mission verloren.

Sie vertraute darauf, dass ihre Kameraden eine geeignete Korrektur flogen. Doch sie mussten den Kurs auf den Planeten halten, also konnten sie nicht weit ausweichen. Vielleicht streiften sie das Hindernis, das die Giats aufbauten.

Rila zerschoss einen Abfangwerfer, der sich gerade am Rand einklinkte und offenbar noch volle Metalltanks hatte. Sie wechselte das Feuer auf einen weiteren und dann auf einen dritten. Jubelnd begrüßte sie die Explosionen.

Dann trafen die Ortungsstrahlen auf, acht kurz hintereinander. Plötzlich stand ein keilförmiger Feindkreuzer überdeutlich im Navigationskubus, lächerliche fünfhundert Kilometer entfernt. Abstrahlhitze blitzte über seine Hülle.

Sofort riss die Automatik WEISS-SIEBEN in einen Ausweichkurs.

Rila wusste nicht, wie viele Geschosse sie verfehlten, aber der schrille Alarm verriet ihr, dass mehrere trafen.

Entweder der Kreuzer oder der Abwehrschaum – Rila musste sich für ein Ziel entscheiden!

Sie schickte die letzten Torpedos auf die Reise.

Die Geschosse jagten in Richtung der Abfangwerfer davon.

Dieser Sieg war wichtiger als ihr Leben.

Eine chaotische Ortungsanzeige verriet die Annäherung der mit halber Lichtgeschwindigkeit heranrasenden NECK-BREAKER. Die relativistischen Effekte und die Störsignale verhinderten eine genaue Erfassung, aber Rila erkannte, wie sich die Passagierkapsel vom eisernen Hauptkörper löste. Nun war alles entschieden, keine Steuerung mehr möglich.

Eine Explosion zerriss den Rumpf von WEISS-SIEBEN. Glühendes Metall spritzte durch die Kanzel. Das konnte jedoch nicht alles sein, dem hätte Rilas Raumanzug widerstanden.

Irgendeine Überraschung hatten die Giftatmer in ihr Geschoss gepackt, und diese sorgte dafür, dass ein Splitter den Helm durchschlug und an der anderen Seite wieder austrat. Rila spürte die sengende Hitze an ihrem Gesicht vorbeirasen.

Mit lautem Zischen entwich die Luft sowohl aus ihrem Helm als auch aus dem Jäger. Das Loch in der Hülle klaffte so weit, dass Rila ins All hätte tauchen können. Der kurze Ruck der entweichenden Atmosphäre riss sie in diese Richtung, nachdem die Explosion sie zuvor zur entgegengesetzten Seite gedrückt hatte. Sie klammerte sich an den Haltegurten fest, während die Reparaturroutine versuchte den Helm zu versiegeln. Flüssiges Plast strömte über das Visier und härtete in Sekundenschnelle aus, aber in der Schwerelosigkeit verteilte es sich nur getrieben vom Gebläse, und damit stimmte etwas nicht. Das Plast bildete bizarre Formen, Dornen und Spiralen, aber es verschloss die Löcher nur zum Teil.

Rila widerstand dem Drang, sie mit den Händen abzudecken. Damit hätte sie die Reparatur behindert.

Ihr Gesicht fühlte sich an, als zögen Hunderte kleiner Saugnäpfe an ihrer Haut. Druckverlust, erkannte Rila. Der Anzug verzichtete darauf, die Luft im Helm nachzufüllen, solange das Leck noch bestand.

Rila versuchte sich abzulenken.

Wegen der fehlenden Atmosphäre waren die Holos zusammengefallen, ihnen fehlten die Partikel, an denen die Lichtreflexion hätte sichtbar werden können. Zweidimensionale Notschirme übernahmen die Anzeige. Die Schäden am Jäger waren immens. Die Automatik hatte das Haupttriebwerk abgestoßen, kurz bevor es explodiert war. Damit war Rila praktisch flugunfähig. Immerhin konnte die Detonation die Giats täuschen, sie mochten annehmen, WEISS-SIEBEN sei komplett zerstört und die Pilotin tot.

Das würde sie auch bald sein, dachte Rila. Ihr Puls hämmerte.

Sie stimmte zu, als der Anzug die Injektion von Beruhigungsmitteln vorschlug.

In ihrem Sichtfeld wanden sich bizarre Finger aus erhärtetem Transplast, aber die Löcher im Helm waren noch immer offen.

Ein Schwindelgefühl überkam Rila. Sie wusste, dass sie erstickte, obwohl es sich nicht so anfühlte, weil sie ein- und ausatmen konnte. Nur brachten die Atemzüge kaum noch Sauerstoff in die Lungen.

Hinter dem Hüllenbruch tanzten die Sterne. Sie strahlten eine losgelöste Ruhe aus.

Verrückt, dachte sie, dass sie kaum etwas von der Raumschlacht sah, obwohl sie sich in ihrem Zentrum befand. Rila lächelte. Alles schien so friedlich zu sein.

Sie lauschte auf das Knacken des Rumpfs, der sich allmählich abkühlte.

Sollte sie ihre Laser nutzen, um ein paar Giftatmer zu erledigen? Das könnte den Kameraden helfen.

Unschlüssig bewegte sie den Finger über den Monitor, der das Waffenholo ersetzte. Weiteres Transplast strömte über ihren Helm und brach ihre Sicht. Sie kniff die Augen zusammen, damit sich der Schwindel legte.

Als Rila sie wieder öffnete, sah sie ein Aufblitzen durch den Hüllenbruch. Scheinbar im selben Moment, in Wirklichkeit aber, wie sie wusste, eine Drittelsekunde später, glühte eine riesige Wunde auf der Planetenoberfläche.

Treffer.

Rilas Lächeln breitete sich aus, obwohl ihr kalt wurde, weil bei dem niedrigen Druck die Feuchtigkeit auf ihrem Gesicht verdunstete.

Die NECKBREAKER hatte ihre Mission erfüllt. Mehrere Kubikkilometer massiven Stahls hatten den Metallschaum gestreift, aber das war bedeutungslos gewesen. Mit halber Lichtgeschwindigkeit war das Geschoss in den Planeten geschlagen. Sprengstoff war unnötig, die Bewegungsenergie war so gewaltig, dass G'olata sie nicht aufnehmen konnte. Die planetare Kruste leistete so wenig Widerstand wie ein Blatt Papier. Gesteinsmantel und Kern bremsten die NECKBREAKER ab, aber mit desaströsen Folgen für den Himmelskörper. Die kinetische Energie wandelte sich in Wärme und, was viel zerstörerischer war, in Bewegung um. Wegen des immensen Drucks, der dort herrschte, war der Planetenkern trotz der Hitze fest. Er vibrierte, was sofort globale Beben auslöste. Gegenüber der Einschlagstelle wurden mit Sicherheit Teile des hochkomprimierten Kerns abgesprengt, rasten durch den Mantel und traten auf der sonnenzugewandten Seite wieder aus. Schockwellen durchliefen mit immenser Geschwindigkeit den glutflüssigen Mantel, überall brach Lava aus der Kruste. Rasch verdunkelte eine Brandwolke, die bald den gesamten Planeten umhüllen würde, die glühende Wunde am Einschlagloch. Sofern der Himmelskörper nicht unter den Schockwellen zerbräche, würden Feuer und Rauch ihn für Jahrhunderte beherrschen. Höchstens eine Stunde noch, dann hätte diese Katastrophe die gesamte Oberfläche unbewohnbar gemacht.

Was Rila dort draußen beobachtete, war ein Weltuntergang.

Sie wollte auf der Ortungsanzeige nachsehen, wie sich ihre Kameraden schlugen. Jetzt, da die Entscheidung gefallen war, bot dieses System nichts mehr, wofür sich zu kämpfen lohnte. Aber das Inferno bannte weiterhin Rilas Blick.

Kopfschmerz pochte in ihren Schläfen. Ihre Sicht wurde immer verschwommener, was nur teilweise an den sich ständig weiter aufbauenden Transplaststrukturen lag.

Wie viel Luft blieb ihr noch?

Unter normalen Umständen hielt ein Raumanzug seine Trägerin über Wochen am Leben, aber sie fürchtete, dass die Lecks am Helm nicht die einzige Beschädigung waren.

Übelkeit stieg in ihr auf.

Wenn sie tot wäre, würde ihr der gesparte Sauerstoff nichts mehr nützen.

Sie presste die Hände auf die Löcher und befahl dem Anzug, den Helm wieder mit Luft zu füllen.

Sie lachte, als sie den frischen Atem fühlte.

Ihr Lachen erstarb, als sie das Zischen hörte. Der Anzug war nicht nur am Helm beschädigt.

2

Sternenplankton

Der Planet G'olata brüllte wie ein Riese, der aus dem Schlaf schreckte, weil ihm jemand ein Beil in die Brust schlug. Die Gesteinskruste zerplatzte an Millionen Stellen mit einem Donner, wie diese Welt ihn noch nie vernommen hatte. G'olata mischte sich in den Chor all der anderen Himmelskörper, die ein ähnlich brutales Ende ereilt hatte. Fauchend brach die Lava aus dem Mantel, Feuerozeane wälzten sich über die Oberfläche und entzündeten die Atmosphäre, die wie eine Gasfackel brannte. Teile des eisengesättigten Kerngesteins, das nur der immense Druck von dreihundertfünfzig Gigapascal trotz der Temperatur von über fünftausend Kelvin in festem Aggregatzustand gehalten hatte, verflüssigten blitzartig und eruptierten durch die Austrittskanäle. Im Freien, unter vernachlässigbarem Druck, bildeten sie Feuerwolken, deren bloße Berührung alles organische Material in Brand setzte. Meere aus Flutbasalt strömten in die Senken der Welt. Stürme tosten der Hitze entgegen und verschafften den Flammen immer weitere Nahrung. Erdbeben zerrissen, was noch nicht geschmolzen war. Spalten umliefen den halben Planeten, um Ein- und Austrittsloch des Geschossimpakts durch gezackte Linien miteinander zu verbinden, die aus dem All aufbrechenden Narben ähnelten.

Jenseits von ein paar Hundert Kilometern blieb der Todesschrei der vergehenden Welt ungehört, da dem Schall das Trägermedium fehlte. Das Licht jedoch trug die Botschaft von der blutroten Feuerwunde, die sich rasch über die Planetenkruste ausbreitete, in die Dunkelheit. Mit dreihunderttausend Kilometern in der Sekunde sandte G'olata seine Anklage ins Universum.

Der größte Teil dieser Botschaft erreichte niemanden, die Leere des Alls schluckte sie. Die Lichtwellen würden irgendwo im Vakuum zwischen den Sternsystemen so weit streuen, dass sie nach Jahren, Jahrzehnten oder Jahrhunderten, wenn sie Planeten erreichten, die um fremde Sonnen kreisten, nicht mehr wahrzunehmen wären.

Einige wenige fielen jedoch eine Stunde nach der Katastrophe, etwa eine Milliarde Kilometer vom großen Sterben entfernt, in die hochempfindlichen Sensorschüsseln der MARLIN.

Dieses Großraumschiff, Heimat von dreißigtausend Menschen, war ein Diskus von zwei Kilometern Durchmesser und fünfhundert Metern maximaler Dicke. Die im Gefechtsmodus angedockten Rotationsmodule bildeten kubische Aufsätze am Äquatorialring. Der Antriebspol wies fort von der blauweißen Sonne, sodass die gegenüberliegende Seite, auf der sich die Mehrzahl technischer Systeme befand, den inneren Planetenorbits zugewandt war, wobei das Schiff achtundzwanzig Grad über der astralen Ekliptik stand.

Innerhalb einer Millisekunde schloss der Hauptrechner der MARLIN aus den eintreffenden Signalen, dass G'olata zerstört war. Er übertrug das vielfach vergrößerte Bild in alle Holokuben, die nicht durch Prioritätsschaltungen für andere Darstellungen reserviert waren.

Überall an Bord brach Jubel aus. In der Kommandozentrale, an den Sensorbänken, in den Kindergärten, den Küchen und Bars, in den Privaträumen und Sporthallen, in den Bereitschaftsquartieren der Rauminfanteristen, die darauf eingestellt waren, einen Enterangriff zurückzuschlagen, in den Hangars und den Markthallen. Die in der Schwerelosigkeit des Schiffs treibenden Menschen schüttelten triumphierend die Fäuste, sie schlugen sich auf die Schultern und küssten sich. Manche dankten der großen Leere im Gebet, andere weinten vor Erleichterung.

Starn Egron hielt sich in seiner Kabine auf. Das Quartier bestand aus zwei aneinanderliegenden, grob kugelförmigen Haupträumen, deren Wände sich aus jeweils zwölf fünfseitigen Flächen zusammensetzten. Dem Standarddesign entsprechend war der kleinere davon als private Rückzugszone ausgelegt. In einer gepolsterten Wand waren die Schlafgurte verstaut, die auch nächtlichem Besuch gestattet hätten, in der Schwerelosigkeit Ruhe zu finden. Da es kein Oben und Unten gab, nutzte man die gesamte Fläche der Wände. Eine führte in eine Sanitätsnische, eine weitere beinhaltete Fitnessgeräte, die halfen, dem Kalzium- und Muskelschwund entgegenzuwirken, wenn die Rotationsmodule längere Zeit nicht ausgebracht wurden.

Das größere Hohldodekaeder war für die Geselligkeit vorgesehen. Ausfahrbare Greifstangen erhöhten die Beweglichkeit für Besucher. Vor der in der Raummitte fixierten Bar konnten sie sich anschnallen, wenn sie bei einem anregenden Gespräch die Cocktails aus schreiend bunten Halmen schlürfen wollten. Wer mehr Aktivität suchte, fand eine Unterhaltungskonsole an einer der Wände. Bei Gruppenspielen projizierte sie sogar ein Holo, das den gesamten Raum ausfüllte, was virtuelle Asteroidenrallys ermöglichte.

Die Beleuchtungselemente waren in den dreißig Ecken angebracht. Starn hatte eine Wand mit dem Bild einer in der Schwerkraft tanzenden Frau dekoriert, die ihr mehrlagiges Kleid schwenkte, während sie mit dem Fuß aufstampfte, die freie Hand über den Kopf hob und entschlossen zur Seite sah. Ein kleiner Luxus war die Beobachtungsluke, durch die man unter anderen Umständen das Weltall hätte betrachten können, aber während des Gefechts befand sich die MARLIN natürlich im Vollpanzermodus mit verschlossenen Sichtluken.

Da der Zensusrechner ihn als Zivilist führte, hätte sich Starn während der Schlacht frei in den nichtmilitärischen Bereichen bewegen dürfen. Er mied jedoch den Kontakt mit ehemaligen Kameraden. Weder wollte er jemandem im Weg schweben, noch hatte er Verlangen nach den vorwurfsvollen Blicken, die ihn trafen, obwohl es bereits vier Erdenjahre zurücklag, dass er den Dienst quittiert hatte.

Es war die richtige Entscheidung gewesen. Nicht für jeden, aber für ihn. Er wusste, dass die Menschheit in einem feindseligen Universum, das keinen Fehler verzieh, wehrhaft bleiben musste. Trotzdem bereiteten ihm Uniformen seit dem Einsatz auf der Esox Beklemmungen. Das Schiff, dessen Gestalt einer kilometergroßen Metallspinne glich, in deren Beinen die erleuchteten Fenster glühten, tauchte immer wieder in seinen Träumen auf. Manchmal blitzte das Bild auch für einen Sekundenbruchteil auf, wenn er etwas sah, das eigentlich gar nichts damit zu tun hatte – einen Riss in der Wand, eine Haarsträhne, die sich wie ein Spinnenbein bog, Lichtpunkte in einer dunklen Brosche. Die Esox hatte ihn für immer verändert.

In dem Moment, als der Zentralkubus seines Gesellschaftsraums aufleuchtete und das Bild des Planeten zeigte, wie er vor einer Stunde begonnen hatte, zu zerbrechen, befand sich Starn in seiner Kabine. Er betrachtete die Majorsabzeichen, die er noch immer in einer durchsichtigen Magnetbox verwahrte, auch wenn diese meist an einer dunklen Wand in seinem Kleiderfach klebte. Jetzt ließ er sie frei schweben, griff eine Zugstange und näherte sich dem Kubus. G'olatas Tod vollzog sich in gespenstischer Lautlosigkeit.

Die Glut quoll über die Nachtseite des Planeten wie ein Weinfleck über ein Seidenkleid, das sich mit der Flüssigkeit vollsog. Sicher hatte G'olata auch Strukturen, Städte, Gebirge, hellere und dunklere Formationen, aber diese vermochten die Sensoren der MARLIN ebenso wenig aufzulösen wie die Schwärme von Schiffen, die um den Planeten herum einen tödlichen Tanz aufführen mussten. So war G'olata im Holo eine schwarze Scheibe. Nur die überdeutliche Detonation war auch aus einer Milliarde Kilometer Entfernung auszumachen.

Die NECKBREAKER hatte also das Ziel getroffen.

Starn dachte an Rila. »Ob sie dir jetzt einen Orden verleihen, Schwesterherz?«

Als hätte sie seine geflüsterten Worte gehört, erschien das Abbild ihrer Mutter im Holokubus. Starn richtete sich so aus, dass seine Längsachse mit jener der Projektion übereinstimmte.

Admiralin Demetra Egrons blaue Uniform saß tadellos wie immer. Das blonde Haar trug sie zentimeterkurz, wodurch das Gesicht mit den grünen Augen noch wacher wirkte. Beinahe vierzig ihrer vierundfünfzig Jahre hatte sie beim Militär verbracht, und wer sie kannte, beschrieb sie als jemanden, der ständig im Alarmzustand lebte. Für die MARLIN und den gesamten Schwarm machte sie das unendlich wertvoll, im Privaten oft anstrengend. Bei ihr selbst hinterließ dieses Leben Spuren in Form von Falten, die Nasen- und Mundwinkel verbanden und sich so tief in die Stirn gekerbt hatten, dass sie sich niemals ganz glättete.

Starns Mutter wartete einige Sekunden ab. Bestimmt rechnete sie damit, dass der Jubel zunächst zur Ruhe kommen musste, bevor man ihre Ansprache aufnehmen könnte. In Starns Kabine war es still, die Schallisolierung arbeitete einwandfrei.

»Bewohner der MARLIN!«

Sicher war der Bildausschnitt bewusst gewählt. Er fing auch die goldenen Schulterstücke ihrer Uniform ein. Schwerelos und ruhig tanzten die Quasten in einem Luftzug.

»Wir haben einen historischen Sieg errungen. Die Waffenschmiede des Feindes ist nicht mehr.«

Sie wartete einen Moment. Vermutlich kalkulierte sie weiteren Jubel ein.

»Die Aufklärung geht davon aus, dass der Verlust G'olatas die Kapazitäten der Giats in diesem Sektor um zehn Prozent mindert. Diese Schlacht hat Helden geboren – und unsere Sicherheit auf Generationen hinaus erhöht.«

Ihr Blick schwenkte von einer Seite zur anderen.

»Wir haben wahrlich etwas zu feiern! Aber uns allen ist klar, was wir denen schulden, die draußen im Leerraum für uns kämpfen.«

Ob sie auch gerade an Rila dachte?

»Die Giats wissen ebenso gut wie wir, dass die Schlacht um G'olata entschieden ist. Möglich, dass sie uns nun aus dem Weg gehen. Aber sie haben in der Vergangenheit bereits ihre Neigung zu blindwütiger Rache gezeigt. Deswegen liegt die gefährlichste Phase des Einsatzes für die MARLIN noch vor uns. Die Jäger im Nahbereich habe ich zurückbefohlen, sie befinden sich im Anflug. Die MARLIN nimmt nun Kurs auf das Zentrum des Systems. Wir sammeln unsere Jungs und Mädels ein. Ich erwarte, dass jeder bereit ist, sollte es dabei zu einem Feindkontakt kommen.«

Starn kannte seine Pflicht, auch wenn er kein Soldat mehr war. Nachdem das Holo auf den todgeweihten Planeten zurückgewechselt war, stellte er die Weckroutine auf sechs Stunden ein, klebte ein Tranquilizerpflaster auf seinen Nacken und legte die Ruhegurte an. Vor dem Wechsel in den Rotraum, der frühestens in zehn Stunden befohlen würde, müsste er ausgeruht sein. Vielleicht würde man die Transitionsbereitschaft zwölf Stunden oder länger halten wollen. Mit dem Gedanken an seine Schwester glitt er in einen traumlosen Schlaf, während die Beleuchtung seines Quartiers herunterdimmte und die Akustikschaltung das Prasseln von Regen einspielte.

—

Die in den Wänden eingelassenen Statusbänder wechselten auf ein konstantes Rot. Auch ohne akustische Signale wusste jeder an Bord der MARLIN, dass sich das Großraumschiff in einem Gefecht befand, obwohl die Andruckabsorber die Wucht der Einschläge, die es geben mochte, ebenso vollständig neutralisierten wie die Auswirkungen von Flugmanövern. Innerhalb des vom Absorptionsfeld umschlossenen Bereichs schien die MARLIN stillzustehen.

Wahrscheinlich, so wusste Starn Egron, gab es aber noch gar keine Einschläge. Den Gefechtsalarm löste man bei der ersten Ortung von Feindschiffen aus. Laser mochten sich auf der Chromhülle brechen, alle anderen Geschosse brauchten signifikante Zeitspannen, um die Distanz zu überbrücken. Meist verwendete man sie erst später im Gefechtsverlauf; wenn sie zu früh erfasst wurden, waren sie leicht zu neutralisieren.

»Bist du auch neu hier?«, fragte eine helle Stimme.

Sie gehörte einer zierlichen Frau, die das blonde Haar in Spiralen trug. Durch die Schwerelosigkeit umrahmten sie das sommersprossige Gesicht wie Sonnenstrahlen.

»Eigentlich nicht …«, setzte er an.

Sie bremste ihre Rotation an einer der Haltestangen, die den Saal durchzogen wie ein Netz mit Hartplastfäden. Raumschiffarchitekten fanden stets kreative Möglichkeiten, große Räume so mit Greifmöglichkeiten zu versehen, dass niemand Gefahr lief, hilflos in der Luft zu schweben, wenn er sich nicht besonders dämlich anstellte. Manche bevorzugten streng geometrische Muster, die sicher effizient waren, aber keine der in einer Umgebung ohne Oben und Unten so wertvollen Orientierungshilfen boten. Im Astridenlager der MARLIN wirkte die Anordnung daher chaotisch, auch wenn die Farbe der Stangen entlang der Wölbung der zylindrischen Wand von Gelb über Grün zu Violett wechselte, jeweils Streifen von einhundertzwanzig Grad, sodass drei identifizierbare Seiten in der kilometerlangen Röhre entstanden.

Im Zentrum des Saals bog sich ein grob elliptischer, aber mit vielen Biegungen geführter Ring, dessen längste Achse etwas mehr als einen Kilometer maß. In dieser acht Meter dicken Röhre versuchte man, die Umgebung für die Astriden so heimelig wie möglich zu gestalten. Wie Korallen eine Mischform aus Tier, Pflanze und Mineral bildeten, vereinten die Astriden Eigenschaften von Lebewesen und ungerichteter Energie. Ihr natürliches Habitat im dreidimensionalen Raum waren Koronen, weswegen man diese mikroskopisch kleinen Wesen auch ›Sternenplankton‹ nannte. Entsprechend befand sich im Innern des Tanks viertausend Kelvin heißes Plasma, das bei einer Relativgeschwindigkeit von achthundert Stundenkilometern unter einem Druck von fünfzig Atmosphären stand. Diese Parameter hielten die Astriden für eine gewisse Zeit davon ab, in ihr Zweithabitat, den Rotraum, zu wechseln.

»Nein«, antwortete Starn, »meine Transitionsstation ist schon seit einem Jahr hier.«

»Astrophysiker?«, fragte sie mit leichtem Stirnrunzeln.

Er richtete seine Körperachse an ihrer aus. Sie trug eine grüne Arbeitskombination mit silbernen Streifen, die ihre sanften Rundungen dezent hervorhoben.

»Xenobiologe«, nannte er seine neue Primärklassifikation.

Sie lachte erfreut auf, wobei sich niedliche Fältchen an den Winkeln ihrer blauen Augen bildeten. Offenbar lachte sie häufig. »Ich habe vor einer Woche die Eingangsprüfung für Agraringenieure bestanden!« Sie streckte ihm die Hand hin. »Ich bin Kara.«

»Starn.« Ihm fiel auf, wie feingliedrig sie war, als ihre Handflächen übereinanderstrichen.

»Ich dachte schon, ich müsste mich hier zwischen lauter Physikern zu Tode langweilen«, flüsterte sie ihm verschwörerisch zu.

Er schätzte sie auf zwanzig, acht Jahre jünger als er selbst.

Sicher war sie eine der Jüngsten unter den vierhundert Besatzungsmitgliedern, die auf dieser Transitionsstation eingeteilt waren und entweder durch den Saal schwebten oder Instrumente bedienten.

»Es wäre eine merkwürdige Gelegenheit, sich zu langweilen, während draußen Kampfschiffe versuchen, die MARLIN zu zerstören und uns alle entweder zu verbrennen oder ins Vakuum zu schleudern«, meinte Starn.

»Was wäre dir lieber?«, fragte Kara.

»Zu überleben.«

»Nein, ich meine: Tod im Vakuum oder Tod im Feuer?«

»Es kommt auf dasselbe raus, denke ich.«

Sie betrachtete die roten Statusfelder und zuckte mit den Achseln. »Ich würde lieber verbrennen. Das ist romantischer.«

»Und schmerzhafter.«

»Sagtest du nicht, es sei dir egal?«

Er setzte zu einer Erwiderung an, lachte dann aber. »Du bist ein komischer Vogel.«

»Und du wirkst nervös. Bist du immer so ein ängstlicher Typ?«

»Das ist es nicht.« Starn wurde ernst. »Meine Schwester ist da draußen mit ihrem Jagdgeschwader.«

»Dann ist sie heute wohl eine Heldin geworden.« Kara nickte zu einem Holokubus, der den Untergang G'olatas übertrug. Inzwischen lag der Planet hinter einem Schleier aus Gasen, die vermutlich so heiß waren, dass sie alle biologischen Verbindungen entzündeten.

Starn dachte an die Entfernung, die G'olata noch immer von der MARLIN trennte, eine endlose Wüste der Leere. Dort hatte Rila die vergangenen Tage verbracht. Manchmal erzählte sie von der Einsamkeit in einem Raumjäger, die sich Starn kaum vorstellen konnte, obwohl er gern allein war. Er hatte in der Rauminfanterie gedient, um auf Planeten und in Großraumschiffen zu kämpfen. Damals bei der ESOX hatte seine Schwester Geleitschutz für die Enterfähre geflogen. Sie war allein in ihrem Jäger gewesen, er umgeben von seiner Kompanie.

Auch jetzt war sie allein dort draußen, die Maschinen ihres Geschwaders ähnelten Staubkörnern, die durch das Nichts trieben. Aber wenn sie ihre Triebwerke zündeten, um die Geschwindigkeit an die MARLIN anzugleichen, wären sie leicht zu orten. Ob die Giats einen Sperrschleier aus Abfangschiffen zwischen der MARLIN und den Heimkehrenden legten? Der militärische Nutzen des Abschusses von ein paar Jägern war zu vernachlässigen, aber auch der Feind kannte Emotionen wie Rachedurst.

»He, ihr da drüben!«, rief Koichy Samara, der Chefingenieur des Astridentanks. »Habt ihr nichts zu tun? Wahrscheinlich ist euch entgangen, dass wir Transitionsbereitschaft herstellen müssen! Ich wüsste eine Justierung von Sektor siebzehn zu schätzen.«

Koichy war ein dürrer, gut dreißigjähriger Mann mit leicht schräg gestellten Augen. Auf der linken Seite rasierte er das Haar in einem breiten Streifen über dem Ohr. Das betonte die Datenbuchse. Während die Verbindung elektronischer Schaltkreise mit dem Neurokortex andere in den Wahnsinn getrieben hatte, war sie bei ihm zu einer Schnellstraße in der Karriereleiter geworden. Auf der MARLIN stellte man solche Technologie nicht her, es handelte sich um Beutestücke aus der ESOX, die ihren Weg auf den Schwarzmarkt gefunden hatten. Die rasanten Lernmöglichkeiten und die Fähigkeit zu blitzschnellen, exakten Kalkulationen über den arithmetischen Bereich hinaus verschafften Koichy einen Vorteil, zumal Macht auf der MARLIN mit Wissen korrespondierte. Wer die Prüfungen in einer Expertise bestand, erhielt das Abstimmungsrecht für Fragestellungen, die in dieses Gebiet fielen. Was die Astriden anging, hatte Koichys Meinung so viel Gewicht wie diejenigen der nächsten sechs Höchsteingestuften zusammen.

Koichy griff eine Haltestange und drehte sich so abrupt weg, dass sein auf die rechte Schulter gekämmtes Haar wallte, bis das stabilisierende Gel es wieder in die schwarz schimmernde Form zurückführte. Er wandte sich einer Gruppe von Hilfsingenieurinnen zu, die einander glichen wie Drillinge.

»Ich übernehme die Justierung«, bot Kara an. »Schau nach, ob es Neuigkeiten von deiner Schwester gibt.«

»Das musst du nicht tun.«

Sie lächelte breit. »Aber ich möchte. Außerdem bin ich mit der Überprüfung meiner Yamadazentrifugen schon fertig. Du willst doch nicht, dass ich mich langweile?« Spielerisch lüpfte sie eine Braue. Sie war viel dünner als ihr Gegenstück über dem anderen Auge und zudem kupferrot gefärbt.

»Keinesfalls!«, behauptete er mit gespielter Entrüstung.

Kara stieß sich ab und schwebte zum Analysekubus für Sektor siebzehn, während sich Starn zu einem Terminal zog. Für eine einfache Abfrage hätte er auch den in seine Kombination integrierten Kommunikator verwenden können, und vielleicht wunderte sich Kara, wieso er das nicht tat. Aber er brauchte eine sichere Verbindung, um an militärische Daten zu kommen. Zwar war er kein Soldat mehr, doch seine diesbezügliche Einstufung war als Major sehr hoch gewesen. Da sie über die Jahre nur langsam degenerierte, besaß er noch immer eine Freigabe, die ihm Zugang zu Informationen verschaffte, die vor der Allgemeinheit verschlossen blieben.

Er legte die Hand auf den Gewebescanner. Ein Kitzeln zeigte die Entnahme der Identifikationsprobe an.

Im sichtgeschützten Kubus wählte Starn den militärischen Lagebericht aus. Das Hologramm schrumpfte zu einem kleinen Steuerungswürfel, das Bild wurde nun direkt in sein Auge projiziert.

Starn erfuhr, dass sich die MARLIN aus einem Raumgefecht löste. Das konnte nur gelingen, wenn der Feind einen so ungünstigen Anflugvektor gewählt hatte, dass ihn seine Geschwindigkeit weit am Großraumschiff vorbeitrug, bevor eine Kurskorrektur möglich war, oder wenn man die gegnerischen Jäger weitgehend manövrierunfähig geschossen hatte. Offenbar war die Kommandozentrale der Meinung, dass eines von beidem der Fall war.

Auf den detaillierten Schadensreport hatte Starn keinen Zugriff mehr, aber aus dem Umstand, dass die meisten Reparaturtrupps noch in Bereitschaft standen, statt sich um Hüllenbrüche zu kümmern, schloss er, dass es die MARLIN nicht allzu schwer erwischt haben konnte.

Viele Jäger befanden sich bereits wieder an Bord. Bei Geschwader Weiß hingen zehn Maschinen im Hangar. Leider waren weder die Kennungen noch die Namen der Piloten für Starns Sicherheitsstufe freigegeben.

Zwanzig waren noch draußen, dachte er. Mit einer Zweidrittelchance war Rila noch nicht wieder an Bord.

Der Puls pochte in seinem Hals. Gab das Grund zur Sorge? Wann würde die MARLIN transitieren?

Allzu lange konnte es nicht mehr dauern. Aus den Akustikfeldern verkündete Koichys Stimme in dem vorwurfsvollen Tonfall, mit dem sie meist gefärbt war, dass man nun die Yamadazentrifugen bereit machen solle.

Starn schloss die Terminalverbindung und drückte sich ab, um an den freien Platz neben Kara an Sektor siebzehn zu schweben. Das Rohr aus grauem Stahlplast bildete hier einen engen Bogen, an dessen Innenseite sich eine Gerätebatterie befand, vor der Mess- und Steuerungsholos in der Luft leuchteten. Kara zog einige Symbole durch das dreidimensionale Bild. Neben ihr bediente Eldar Rorg, ein alter Ingenieur mit flachem Gesicht, die Kontrollen für die physikalischen Steuerungen.

Starn orientierte sich in der Darstellung vor ihm. Die roten Quader zeigten die Zentrifugen an, wie sie sich aus ihren

Lagerpositionen in die Vorheizstationen bewegten. Wenn sie Betriebstemperatur erreicht hatten, dockten Lastroboter an und brachten sie zu den Sektoren, die sie angefordert hatten. Die Maschinen ähnelten Spinnen. Während Greifzangen die zehn Meter langen, eckigen Zentrifugen sicherten, zogen sich die Roboter mit magnetischen Teleskopbeinen an Wänden und Haltestangen entlang.

Starn steuerte einen Astridenfilter in den Plasmafluss und beobachtete, wie die Ladeanzeige der Separationskammer stieg, die seiner Kontrolleinheit zugeordnet war. »Ich könnte gleich eine Zentrifuge gebrauchen.«

»Welches Mischungsverhältnis hast du?«, fragte Eldar.

Die Astriden unterschieden sich in Energieniveaus, Individualmasse und Bindungsnähe zum Einsteinuniversum. Unter den Biologen herrschte Uneinigkeit, wie viele verschiedene Arten es tatsächlich gab und welche Erscheinungsformen Entwicklungsstadien desselben Organismus darstellten. Die Schätzungen variierten von wenigen Hundert bis zu etwa achtzigtausend separaten Klassifizierungen. Für die Praxis der Transitionstechnologie reichten jedoch meist sieben grobe Einteilungen aus.

»Acht Prozent in Rottransition«, las Starn ab, »fünf hochflüchtig, zehn stellarträge, siebzig übersättigt, der Rest vernachlässigbar.« Er übertrug die Werte an das Holo des Ingenieurs.

»Ich setze die Anforderung ab.« Eldar wechselte die Darstellung in seinem Kubus und wählte einen Behälter mit der richtigen Betriebstemperatur aus.

Bei Kara traf derweil die erste Zentrifuge ein. Im Innern der eckigen Form drehte sich ein auf zweitausend Kelvin erhitzter Zylinder. Diese Bewegung verursachte Vibrationen, die den Behälter abdriften ließen, wenn man ihn nicht hielt. Der Roboter glich das Zittern aus und bewegte das Gerät nach Karas Anweisungen an den Andockring heran. In der

Schwerelosigkeit fehlte zwar das Gewicht, aber die Masse erforderte eine gewisse Zugkraft.

Unsicher sah Kara herüber.

»Was ist?«, fragte Starn.

»Ich weiß nicht, ob der Ladestatus ausreicht«, sagte sie. Er warf einen Blick auf den eigenen Kontrollkubus, der den erwarteten Fortschritt anzeigte, und schwebte an ihre Seite.

Sie hielten sich an den Unterarmen fest, während er das Holo studierte. In den Separationskammern wurden die Astriden mit Strahlung stimuliert, wodurch sie ihre Schwingungsmuster änderten. Das bereitete sie auf die beengten Verhältnisse in den vergleichsweise kühlen Zentrifugen vor und lockte außerdem verschiedene Arten der Kleinstlebewesen an.

»Du bist schon zu weit im Ultrakurzbereich, glaube ich«, sagte Starn. »Das können sie noch nicht aufnehmen. Ich würde etwas höher noch einmal ansetzen.«

Skeptisch runzelte Kara die Stirn.

Plötzlich schwebte Koichy schräg über ihnen. »Was dauert da so lange?«, blaffte er. »Du bist die Letzte, Kara!«

»Ich habe auch noch keinen Behälter gefüllt«, stellte Starn ruhig fest. Tatsächlich lenkte Eldar seine Zentrifuge gerade erst heran.

Koichy überging die Bemerkung. Kara wich seinem starrenden Blick aus. Die Farblosigkeit seines rechten Auges erinnerte an einen Fisch, das linke war Teil der kybernetischen Verbesserung. Koichy tat nichts, um seiner Optik einen natürlichen Anschein zu geben, im Gegenteil: Er war stolz auf seine Optimierungen, wie er es nannte. Das linke Auge war ein glänzender Metallkörper, in dem sich winzige Instrumente bewegten.

»Was bringt man euch eigentlich bei?«, rief Koichy. »Die Einstellung ist kompletter Unsinn! Wenn du die Astriden auf

diesem Energieniveau in die Zentrifuge pumpst, verlieren wir
die Hälfte, bevor wir sie ausgebracht haben.«

»Ich bin noch nicht fertig«, verteidigte sich Kara kleinlaut.

»Das sehe ich! Genau das ist ja das Problem!«

»Ich bin das erste Mal hier und ...«

»Streng dich gefälligst an, wenn es nicht zugleich das letzte
Mal sein soll!« Er drehte sich zu Eldar. »Und wieso lässt du
das überhaupt zu? Du weißt doch, was für ein Küken sie ist!
Also pass auf, was sie anstellt. Ich bin enttäuscht von dir.«
Schwungvoll stieß er sich ab und schwebte rückwärts davon.
»Ich hasse es, Unfähigkeit in meiner Nähe zu haben.« Er fing
sich an einer Haltestange ab, drehte herum und verschwand
in Richtung Sektion sechzehn.

Während Eldar den Kopf schüttelte und sich seinen Anzeigen widmete, lächelte Kara erneut herüber.

»Alles klar?«, fragte Starn.

»Ich schaffe das schon«, versicherte sie schnell und wandte
sich ihrem Steuerungsholo zu.

Starn beobachtete, wie Eldar den Roboter zu einem
Andockmodul dirigierte und die Zentrifuge mit der Separationskammer des Tanks verband. Für den Transfer erhöhte er
die Energieintensität. Die Farbcodierung zeigte an, dass die
Astridenbewegung im Plasma träge wurde.

»Dich scheint Koichy in Ruhe zu lassen«, meinte Kara.

Das Mischungsverhältnis lag innerhalb der Toleranz. Starn
leitete die Abkapselung ein. Die Ladungsfelder verhinderten
zwar, dass weitere Astriden hinzukamen, sorgten aber auch
dafür, dass die bislang in die Separationskammer geleiteten
nicht mehr in die Röhre entwichen. Die Operation ähnelte
dem Fischfang mit Netzen.

»Ihr mögt euch nicht, oder?«, fragte Kara.

Er zuckte die Achseln. Die Zentrifuge meldete Bereitschaft.
Starn nickte Eldar zu, der daraufhin die Rotation stoppte und
die Schleuse öffnete.

»Du bist doch hoffentlich kein Moralapostel?«, wollte Kara wissen. »Wegen Koichys Esox-Implantats, meine ich. Es gibt ja Leute, die finden, Menschen sollten sich nicht auf diese Weise optimieren.«

»Ich muss mich jetzt konzentrieren«, behauptete Starn.

Sie füllten jeweils drei Zentrifugen. Da er früher fertig wurde als Kara, schwebte Starn zu den Behältern, die die Roboter zu einer Kette aus zehn Meter langen Gliedern koppelten. Er prüfte die Anzeigen und justierte den Energiefluss. Kara kam mit der letzten Zentrifuge nach.

Überall im kilometerlangen Hohlzylinder sammelten sich Zentrifugenketten und bewegten sich zu den Außenschleusen. Die Menschen schwebten wie bunte Funken um sie herum und wiesen die Roboter an. Manchmal wurde laut gerufen, wenn die Hektik die Nerven blank legte.

Die Statusanzeigen wechselten vom gleichmäßigen Rot des Gefechtsalarms zu einem ruhig an- und abschwellenden Pulsieren.

»Okay, Leute, Transitionsvorbereitung!«, verkündete Koichy über die Akustikfelder. »Bringen wir unsere Schätzchen raus!«

Die Schleusenkammern öffneten sich, die Roboter zogen die Zentrifugenketten hinein. Kara und Starn nahmen die letzten Feinabstimmungen vor, um den Energiehaushalt innerhalb der Behälter für die nächste Stunde zu optimieren. Danach übernähme der Rotraum die Versorgung der Astriden.

Kara tippte hektisch auf dem kleinen Steuerungsfeld der letzten Zentrifuge herum, bis diese in der Schleusenkammer verschwand.

Eldar diskutierte mit einigen anderen Ingenieuren, die sich an den Holos für die Außenüberwachung trafen. Ihre Aufgabe bestand nun darin, die Steuerungsmodule an die Yamadazentrifugen zu koppeln, diese auszubringen und in einer geeigneten Netzstruktur um die MARLIN herum zu gruppieren. Der Beitrag der Biologen dagegen war abgeschlossen.

»Geschafft«, sagte Starn.

Schweiß glänzte auf Karas Stirn, als sie nickte. Die Kopfbewegung setzte sich in Wellen durch ihr in Spiralen frisiertes Haar fort.

»Alles klar?«, fragte er.

Sie schwebte verkrampft in der Luft. Wenn man sich nicht anstrengte, sackten die Schultern in der Schwerelosigkeit ein wenig nach vorn, der Rücken bildete einen leichten Bogen und die Gelenke in Hüfte und Knien winkelten sich etwas an. In dieser Vorstufe zur Embryonalstellung waren alle Muskeln entspannt, so schliefen die meisten Menschen auch. Kara dagegen wirkte, als stünde sie aufrecht in einem Modul, das durch Zentrifugalbeschleunigung Erdschwerkraft simulierte. Sie presste die Lippen zusammen und wich seinem Blick aus.

Er überlegte, ob er nachfragen sollte, aber sie kam ihm zuvor.

»Was ist mit deiner Schwester? Ist sie zurück an Bord?«

Sofort standen die endlose Leere des Weltraums und die lautlose Brutalität von Explosionen im Vakuum vor seinem geistigen Auge. Er sah zu einem der Holos, die noch immer den Fortschritt des Weltuntergangs von G'olata übertrugen. Inzwischen war der Planet eine unter der brennenden Gashülle verschwimmende rötliche Kugel. An einer Seite beulte sie sich aus, was entweder auf eine extreme Eruption eines Supervulkans hindeutete oder darauf, dass der Himmelskörper zerbrach und die äquatoriale Rotation Teile davon ins All hinausschleuderte.

Die Giats hatten das sicher mit allen Mitteln zu verhindern versucht, und Rila hatte in diesem stillen Inferno nicht nur für das Überleben der Menschheit gekämpft, das die Waffenschmiede des Feindes bedroht hatte. Es war auch um ihr eigenes, empfindliches Leben gegangen, nur geschützt durch einen sternförmigen, zehn Meter durchmessenden Raumjäger, eine absurd zerbrechliche Konstruktion, wenn man die Gewalten bedachte, die eine Raumschlacht entfesselte.

Noch vor einem halben Jahr war Starns Kompetenzeinstufung im militärischen Bereich hoch genug gewesen, um die Hangars der Kampfgeschwader zu betreten. Dort hätte er nach Rilas Jäger suchen können. Das war ihm inzwischen verwehrt.

Starn drückte sich in eine leichte Rotation und sah sich im Astridenlager um. Die Ingenieure sammelten sich in Gruppen, um das Transitionsnetz zu weben, während die Biologen gelöst beieinander schwebten. Soweit er erkennen konnte, gab es nichts mehr für jemanden mit seiner Qualifikation zu tun.

»Entschuldige mich«, sagte er zu Kara, die ohnehin der Schleuse, in der die Zentrifugen verschwunden waren, mehr Aufmerksamkeit schenkte als ihm.

Er zog sich in einen freien Bereich am gelben Wandabschnitt und setzte über seinen Handgelenkkommunikator einen Ruf an Rila ab. Die MARLIN würde ihn zum Aufenthaltsort seiner Schwester leiten, egal, ob sie sich in ihrem Quartier, in einem Besprechungsraum oder in einem Hangar befand.

Er erreichte nur den Aufzeichnungsdienst. »Hey, hier ist Rila!«, verkündete die gespeicherte Nachricht. »Oder eigentlich auch nicht. Sieht so aus, als hätte ich etwas Besseres zu tun, als mit dir zu quatschen, Bruderherz.« Der Algorithmus differenzierte nach Anrufer. »Nimm's nicht so schwer, ich mag dich trotzdem. Wenn du was loswerden musst, dann erzähl's. Ansonsten: bis bald!«

Das mochte bedeuten, dass sich Rila schlafen gelegt hatte, um sich vom Einsatz zu erholen. Aber das sah ihr nicht ähnlich, sie war zu sehr Soldatin, um Ruhe zu finden, bevor die MARLIN in Sicherheit war. Möglicherweise befand sie sich auch in einer Einsatzbesprechung. Oder sie kümmerte sich um Kameraden, die zurück an Bord kamen. Möglich, dass manche Jäger so ramponiert waren, dass man die Piloten besser sofort herausholte.

Vielleicht hatte es auch WEISS-SIEBEN schwer erwischt, und Rila war verletzt. Ob sie nicht antwortete, weil sie narkotisiert auf der Krankenstation lag, wo man ihr einen abgerissenen Arm wieder anflickte?

Noch schlimmer wäre, wenn sie nicht zum Großraumschiff zurückgefunden hätte. Ohne das Transitionsfeld eines Yamadatriebwerks waren die Jäger im Einsteinraum gefangen. Sie konnten dann in diesem Sternsystem darauf warten, dass die Giats sie einsammelten und die Piloten versklavten, oder hinaus in die Leere beschleunigen, um zu verdursten oder zu ersticken, wenn die Bordvorräte nach Monaten zur Neige gingen. Rila würde allerdings eher einen letzten, verzweifelten Angriff gegen ein Feindschiff fliegen.

Starn überlegte, ob er wieder ein gesichertes Terminal benutzen sollte, aber was hätte er erfahren können? Dass das gesamte Geschwader Weiß zurückgekehrt war, machte ein solches Gefecht nahezu unmöglich, und solange nur einer der Jäger fehlte, hätte er keine Gewissheit über Rilas Schicksal.

Widerwillig rief er seine Mutter an.

Trotz ihres schwierigen Verhältnisses stellte die Admiralin die Prioritätsschaltung, mit der ihr Sohn sie erreichen konnte, niemals infrage. Auch jetzt erschien ihr Abbild sofort als kleines Holo über Starns Handgelenk. Sie sah angespannt aus, auch wenn jemand, der sie nicht so gut kannte, den Ausdruck um ihre grünen Augen wohl für professionelle Aufmerksamkeit gehalten hätte. Hinter ihr schwebten einige Brückenoffiziere. Die Darstellung wurde auf die Entfernung zu undeutlich, um zu erkennen, was sich in ihren Sensorholos tat.

Admiralin Demetra Egron sparte sich Höflichkeitsfloskeln. »Was gibt es?«

Starn verstand, dass sie sich auch nach dem Sieg noch inmitten eines Feindsystems befanden und kühle Effizienz für alle, die in einem Gefecht standen, das höchste Gebot war. Dennoch traf ihn die Kälte in ihrer Stimme. War sie ihm bereits so begegnet, als er noch eine Uniform getragen hatte?

Er räusperte sich. »Ist Rila an Bord?«

»Noch nicht.« Dass sie die Antwort sofort parat hatte, deutete darauf hin, dass sie den Status ihrer Tochter selbst im Blick behielt. Rührte ihre Anspannung daher?

»Und wann transitieren wir?«

»Sobald wir Bereitschaft haben. Wir haben erledigt, wozu wir hergekommen sind.«

Spielte sie diese Kälte nur?

Starn schluckte. »Hatten die Geschwader hohe Verluste?«

»Im Rahmen dessen, was bei einem solchen Einsatz zu erwarten ist. Aber Rila ist eine gute Soldatin.«

Im Gegensatz zu ihm, erkannte Starn den unausgesprochenen Vorwurf.

»Natürlich«, meinte er tonlos. »Sie befolgt jeden Befehl.« Und sie wusste, dass eine Soldatin auch ihr Leben einsetzte, um die Menschheit zu retten.

»Wie sich das gehört.«

»Sicher.« Starn schloss die Augen und atmete durch.

Es hatte keinen Sinn, jetzt zu streiten. Eigentlich hatte es niemals Sinn, mit seiner Mutter zu streiten. Was die wesentlichen Entscheidungen anging, war sie so etwas wie die Anführerin der MARLIN, mit herausragenden Kompetenzeinstufungen nicht nur in militärischen Fragen, sondern auch in den angrenzenden Gebieten der Soziologie und der Ökonomie.

»Gibst du mir Bescheid, wenn Rila zurück ist?«, bat er.

»Wenn ich die Zeit dazu finde«, sagte sie. »Du weißt, dass ich eine Aufgabe zu erfüllen habe.«

Unruhe kam bei den Ingenieuren um Eldar auf. Koichy war bei ihnen und er zitierte Kara hinzu.

»Ich glaube, hier gibt es auch wieder etwas zu tun«, sagte

Starn und unterbrach die Verbindung, bevor ihm eine Bemerkung herausrutschte, die alles nur noch schwieriger machen würde.

»… Unfähigkeit jedes Maß!«, hörte er Koichy im Näherkommen wettern. »Ich werde eine Eingabe machen, was die Prüfungskriterien angeht. Deine Stümpereien gefährden die Transition!«

Kara zitterte. »Es war ein Versehen. Ich dachte, die Astridenladung wäre gut balanciert.«

»Gut balanciert?«, brüllte Koichy. Speichel flog aus seinem aufgerissenen Mund und bildete Kügelchen in der Luft. »Dreißig Prozent Astriden in Rottransition sind gut balanciert?«

»Das kam mir auch etwas hoch vor, aber ich dachte, mit der richtigen Energieeinspeisung …«

»Das Denken solltest du dir lieber abgewöhnen!« Koichy ballte die Hände. »Was dabei herauskommt, ist ein Unglück für uns alle.«

Starn wechselte einen Blick mit Eldar. In dem flachen Gesicht, das im An- und Abschwellen der Transitionswarnungen wächsern wirkte, sahen die Augen aus wie Vertiefungen, die jemand in einen Teig gedrückt hatte.

»Es geht nur um eine von zweihundert Yamadazentrifugen«, wandte der Ingenieur ein.

»Ach!«, schnappte Koichy. Er zog sich herum, damit er Eldar gerade gegenüberschwebte. »Und was, wenn jeder hier mit dieser Einstellung an die Arbeit geht? Reicht deine Fantasie aus, um dir auszumalen, was dann passiert? Dann zünden wir das Triebwerk, die Astriden verschwinden im Rotraum und die MARLIN bleibt zurück wie ein Stein in einer Wasserschüssel, wenn rundherum die Korken aufsteigen.«

»Aber es geht doch nur um eine Zentrifuge«, wandte Starn ein.

»Das ist immerhin ein Drittel der Zentrifugen, die diese unfähige Kreatur«, Koichys Zeigefinger stieß auf Kara zu,

»befüllt hat! Hätten wir eine Ausfallquote von einem Drittel, könnten wir nicht in den Rotraum wechseln.«

»Wir haben aber keine Ausfallquote von einem Drittel«, sagte Starn ruhig.

Die Wut wich nur langsam aus Koichys Gesicht, während er ihn anstarrte. Nach einigen Sekunden hatte es im Ganzen einen so ungerührten Ausdruck, wie das Metallauge ihn stets zeigte.

»Eine solche Schlamperei ist unverzeihlich«, stellte er sachlich fest.

»Können wir die Zentrifuge nicht wieder reinholen?«, fragte Kara. »Ich meine, die Roboter könnten sie doch isolieren und zurück in die Schleuse bringen. Dann könnten wir sie neu befüllen, Starn würde mir bei der Kalibrierung helfen und alles wäre in Ordnung.«

Koichys Zähne knirschten.

Eldar antwortete an seiner Stelle. »Die Yamadazentrifugen befinden sich bereits im Gitterflug. Ihre Position wird mit dem Kerntriebwerk abgestimmt. Wenn wir jetzt eine herauslösen, müssen wir alle neu synchronisieren. Dasselbe, wenn wir die nachgefüllte neu ausbringen.«

»Kann man sie dann vielleicht draußen neu justieren?«, fragte Kara.

»Eine Fernwartung so kurz vor der Transition ist nicht vorgesehen«, erklärte Eldar.

Das war eine Sicherheitsvorkehrung. Die Menschheit hatte die Großraumschiffe JELLY und ANEMON verloren, weil die Giats die Funkcodes geknackt und die Steuerung unmittelbar vor der Transition manipuliert hatten. Dazu war nur ein getarntes Kleinraumschiff in der Nähe notwendig, das die tödlichen Impulse sendete.

»Wieso Fernwartung?«, fragte Koichy mit falscher Freundlichkeit. »Wir haben doch manövrierfähige Raumanzüge. Sicher wird Kara gern nach draußen gehen, um ihren Fehler zu korrigieren, ohne damit die Transitionssynchronisierung zunichtezumachen.«

»Das übernehme ich«, fiel Starn ein.

Ihre Blicke bohrten sich ineinander.

»Du weißt, dass ich Außerborderfahrung habe.«

»In der Tat«, stimmte Koichy kühl zu.

»Wirklich?« Plötzlich war Kara wieder fröhlich. »Das ist ja stark! Ich will mich auch dafür qualifizieren. Meine Ausbildung beginnt nächsten Monat. Ich habe ein Kleid, mit dem ...«

»So eine Ausbildung wie er kriegst du nicht«, versetzte Koichy, ohne den Blick von Starn zu wenden.

»Warum das denn nicht?«, protestierte sie. »Meine Theorieprüfung habe ich als Drittbeste bestanden.«

Sie schwiegen.

»Wie meinst du das«, fragte Kara vorsichtiger, »›keine wie er‹?«

Starn ignorierte sie.

»Also sind wir uns einig?«, fragte er Koichy.

»Aber natürlich«, sein Gegenüber grinste breit, »Soldat.«

»Soldat?«, echote Kara und sah ihn fragend an.

»Ich hole mir einen Anzug«, sagte Starn.

—

Geschwindigkeit war etwas Relatives, dachte Starn Egron. Relativ zur Zentrifuge stand er still, aber gemessen am Diskus der MARLIN bewegte er sich mit fünfhundert Stundenkilometern, was bei dem durch die Anpassungsmuster des Yamadatriebwerks unregelmäßigen Orbit dazu führte, dass er für eine Umrundung zwischen fünfundfünfzig und zweiundsechzig Sekunden benötigte. Da sein Anzug nur schwache Absorber besaß, spürte er den Zentrifugaldruck, der sich aus der Biegung der Flugbahn ergab.

Das Großraumschiff fiel auf die blauweiße Sonne zu. Das

Haupttriebwerk zeigte in Flugrichtung, weil es Gegenschub gegeben hatte, um die Relativgeschwindigkeit zu den zurückkehrenden Jägern zu reduzieren. Wenn jetzt noch eine Düse gefeuert hätte, wären der MARLIN alle ausgebrachten Zentrifugen verloren gegangen, da sie nicht mehr verbunden waren.

Mehr beunruhigte Starn, dass auch er selbst in diesem Fall zurückbliebe. Die Manövriervorrichtung seines Raumanzugs konnte keinen zu einem Raumschiff vergleichbaren Schub erzeugen. Er müsste hier bei den Yamadazentrifugen warten und darauf hoffen, dass der zehn Meter lange Quader, an dem er arbeitete, sich bei Wegfall der Orbitalsteuerung nicht auf Kollisionskurs mit einem seiner Geschwister befand. Im Innern wirbelte der Rotationskörper mit vierhundert Umdrehungen in der Sekunde und hielt das Plasma, in dem die Astriden schwammen, auf einer Temperatur von etwa zweitausend Kelvin. Das lag zwischen den Schmelzpunkten von Eisen und Platin. Schon das wäre dem Raumanzug gefährlich geworden, ganz zu schweigen von der Strahlung, die den Astriden ein wohliges Nest schuf, menschliches Zellgewebe aber zum Platzen brachte.

Starn betrachtete die Yamadazentrifugen, die er so nah passierte, dass sie wie Sternschnuppen in seinem Blickfeld aufleuchteten, wenn das Licht des Sterns sie traf. Diejenigen, die sich auf einem inneren Orbit um die MARLIN befanden, sah er auch als schwarze Punkte vor der chromglänzenden Raumschiffhülle, wie Insekten über einer Quecksilberpfütze, auf der Kohlenstaub trieb. So wirkten die dunklen Kerben, die die Feindgeschütze hinterlassen hatten. Offenbar war der Gefechtsalarm keine reine Vorsichtsmaßnahme gewesen, die Giats hatten versucht, sich für die Zerstörung ihres Planeten zu rächen.

Der Flug der Zentrifugen hatte etwas Müheloses. »Wie ein Ballett von Bomben«, murmelte er.

»Was hast du gesagt?«, fragte Koichy über Funk.

»Nichts. Ich bin gleich so weit.« Starn verdrängte die Vorstellung von einer tödlichen Kollision und konzentrierte sich wieder auf die Kalibrierung.

Leider traf Koichys Vorwurf zu. Karas Einstellung hatte zum Verlust des halben Füllstandes geführt. So viele Astriden waren bereits in den Rotraum gewechselt, ohne den Zündimpuls des Kerntriebwerks abzuwarten. Starn entschied sich, das verbliebene Sternenplankton mit hochenergetischer Strahlung einer Wellenlänge von zwei Picometern zu übersättigen. Das würde die Astriden praktisch betäuben. Vermutlich würde dadurch ein überdurchschnittlicher Anteil bei der Transition im dreidimensionalen Raum zurückbleiben, aber wenigstens wäre der Behälter nicht leer.

Eine Kurskorrektur schob die Yamadazentrifuge in eine entferntere Bahn, was Starn nicht nur an den Instrumenten ablas, sondern wegen der schwachen Anzugabsorber auch spürte.

Die blauweiße Sonne, die aus dieser Entfernung einem gleißenden Teller ähnelte, kam hinter dem Rumpf der MARLIN hervor. Neben dem kalten Licht des Zentralgestirns hing das orangerote Brennen eines Triebwerks in der Schwärze des Alls. Starn hegte keinen Zweifel, dass es sich um einen Jäger handelte, der Schub in Richtung des Mutterschiffs gab, um die Geschwindigkeiten anzugleichen. Ob das WEISS-SIEBEN mit Rila an Bord war?

»Wie sieht's aus?«, meldete sich Koichy.

Die Zentrifuge folgte ihrer Bahn, wodurch der Jäger aus Starns Blickfeld geriet.

»Alles in Ordnung«, funkte er. »Ladestatus siebenundvierzig Prozent, Mischungsverhältnis ...«

»Siebenundvierzig Prozent?«, unterbrach ihn Koichy. »Und das ist in Ordnung? Dann will ich nicht wissen, was für dich nicht in Ordnung ist!«

»Die Astridenpopulation ist jetzt stabil«, sagte Starn mühsam beherrscht. »Mehr kann ich nicht tun. Ich bin hier fertig.«

»Dann komm rein. Wir werden jeden Moment transitieren.«

Starn versiegelte die Kontrollen an der Yamadazentrifuge, löste die Magnetverbindung und stieß sich zum Schiff hin ab. Er aktivierte die automatische Ausweichroutine des Anzugs, die ihn aus dem Weg katapultieren würde, wenn er Gefahr liefe, mit einem der kreisenden Behälter zu kollidieren.

Die Schwierigkeit des Rückkehrmanövers bestand nicht darin, den halben Kilometer Leerraum zum Schiff zu überwinden, sondern die relative Rotation aufzuzehren. Noch bewegte er sich mit der Bahngeschwindigkeit der Yamadazentrifuge, etwa eine Minute für eine Umrundung auf einer elliptischen Bahn von neuneinhalb Kilometern, was einer Relativgeschwindigkeit von gut fünfhundert Stundenkilometern entsprach.

Das Angleichungsmanöver fühlte sich an, als presste jemand gegen Starns Bauch, Brust und Gesicht. Er hatte gelernt, unter solchen Umständen kontrolliert zu atmen. Dennoch tanzten Funken vor seinen Augen.

Zwischen diesen Lichtern schienen die Manöverdüsen des Jägers auf. Der Pilot lenkte die Maschine in einen Hangar in Starns Nähe.

Er passte den Kurs an. Statt die Personenschleuse am Astridenlager anzusteuern, bewegte er sich auf den Hangar zu.

»Hast du Probleme?« Koichy klang beinahe besorgt, aber wahrscheinlich war er nur verärgert, weil etwas auf andere Art passierte, als er es geplant hatte.

»Ich soll mich doch beeilen«, gab Starn zurück. »Das hier ist der kürzeste Weg.«

»Auf die zehn Sekunden wäre es jetzt auch nicht mehr angekommen«, maulte Koichy.

Der Hangar war eine sechseckige Röhre, an deren Wänden jeweils ein Magnetschlitten eine Andockmöglichkeit für einen Jäger bot. Vor einem Gefecht brachte man alle Schlitten aus, sodass die Piloten gleichzeitig starten konnten. Als Starn einschwebte, sah er, wie die eingetroffene Maschine in die Schleusenkammer gezogen wurde. Die Schlacht hatte sie übel zugerichtet, von der Chromhülle war kaum noch etwas übrig und zwei der Waffenausleger waren geschmolzene Klumpen.

Hinter Starn schloss sich das Panzertor des Hangars. Entweder, alle sechs Andockplätze waren belegt, oder die MARLIN rechnete nicht mit weiteren Heimkehrern.

Starn aktivierte die Anzugscheinwerfer, damit man auf ihn aufmerksam wurde. Zügig flog er zum Jäger in die Schleuse.

Ein Schott versiegelte die Kammer, Atmosphäre strömte ein. Starn versuchte, die Kennung der Maschine zu entziffern, aber der Beschuss hatte sie von der Hülle gebrannt. Die Pilotenkapsel war im Gefechtsmodus kristallisiert und undurchsichtig.

Er flog neben die Maschine, aktivierte die Magnetsohlen und stellte sich auf eine Wand, die dadurch für seine Wahrnehmung zu einem Boden wurde. An den anderen Seiten befanden sich die Wartungsgeräte und die Maschinerie für die Bewaffnung mit Torpedos und Reflektorkörpern.

Gespannt wartete Starn auf das Ende des Zischens der Luft und die Anzeige, dass eine Umgebung hergestellt war, die Leben unterstützte.

Als es still war, dauerte es noch zehn Sekunden, bis sich die Pilotenkanzel öffnete.

Ein kleiner Mann in einem schwarzen Militärraumanzug schwebte mit geöffnetem Helm heraus. Das rote Haar trug er so kurz, dass man die Kopfhaut durchschimmern sah. Sein gesteifter Schnurrbart reichte dafür beinahe bis zu den Ohren.

»Schön, Sie zu sehen, Herr Zmitt.« Der Lautsprecher übertrug Starns Begrüßung außerhalb des Helms.

»Danke. Mit wem habe ich die Ehre?«

»Starn Egron.« Er ließ das Visier hochgleiten. »War Rila zufällig in Ihrer Nähe?«

Die Geschwader bewegten sich meist in Kampfgruppen zu jeweils dreien. Herrn Zmitts WEISS-VIER wurde daher wahrscheinlich nicht mit Rilas WEISS-SIEBEN zusammengefasst, aber feste Zuordnungen lösten sich oft beim ersten Feindkontakt auf.

»Leider nein.« Herr Zmitt streckte die Glieder, während er in der Schleuse schwebte. Obwohl es wegen der Schwerelosigkeit kaum Druckstellen gab, verspannten die Muskeln, wenn man mehrere Tage in einem Jäger verbrachte. »Ihre Schwester ist eine hervorragende Kameradin. Da draußen hat sie mir das Leben gerettet. Ist sie noch nicht hier?«

Eine Handvoll Techniker in grauen Overalls, die Halt für allerlei Instrumente boten, schwebten mit zwei Arbeitsrobotern herein und widmeten sich dem, was von WEISS-VIER übrig war.

»Das weiß ich leider nicht. Ich hatte gehofft …« Er unterbrach sich.

»Schon gut«, meinte Herr Zmitt. »Sie dachten, es wäre vielleicht sie und nicht ich, die in diesem Schätzchen heimkehrt. Das ist verständlich.«

Starn nickte.

Während Herr Zmitt begann, mit einem der Techniker die Nacheinsatzcheckliste abzuarbeiten, zog sich Starn zurück, schloss den Helm wieder und koppelte den Anzugkommunikator mit dem Bordnetz. Er rief seine Mutter an.

Die Admiralin wirkte noch immer angespannt. »Wieder zurück?«

»Was ist mit Rila?«, fragte Starn. »Die Hangartore schließen schon.«

»Sie ist noch nicht da«, sagte sie mit unruhiger Miene.

Starn fühlte sich, als entweiche plötzlich die Luft aus der Schleuse, um der langsamen, aber erbarmungslosen Kälte des Leerraums Platz zu machen.

»Heißt das, dass sie …?« Sein Hals kratzte.

»Niemand weiß, was das bedeutet. Wir müssen die Einsatzberichte abwarten, dann können wir mehr sagen.«

»Das klingt, als wäre Rila für dich schon tot!«, rief Starn. »Du willst nur noch wissen, wie sie gestorben ist und welchen Orden du ihr posthum verleihen kannst!«

»Diesen Tonfall akzeptiere ich nicht.«

Sie bestritt es nicht. Das erschütterte Starn stärker, als er erwartet hätte. Er hatte sich damit abgefunden, dass sie ihm gegenüber kalt war, aber Rila war immer ihr Liebling gewesen. Sie war die perfekte, disziplinierte Soldatin und hatte sich sogar in die Ehe mit Reck gefügt, die ihre Mutter als so vorteilhaft ansah. Starns Rebellion war ihr fremd. Und jetzt hakte ihre Mutter sie einfach ab, wie jeden anderen Namen auf den Verlustlisten.

Admiralin Demetra Egron nickte jemandem außerhalb des Aufnahmebereichs zu. »Transition einleiten!«, befahl sie.

3

Rotraum

Die MARLIN glitt durch den Rotraum. Das Yamadatriebwerk hatte seine Hauptleistung, die Transition aus dem dreidimensionalen Einsteinkontinuum, vollbracht. Nun war es deutlich weniger gefordert, galt es doch nur noch, das Kontextfeld um das Großraumschiff herum zu erhalten, damit dieses nicht unkontrolliert zurückstürzte. Wie ein Kokon schützte es die MARLIN vor der Abstoßungsreaktion des fremden Mediums, gaukelte diesem durch den Astridenschleier vor, die Atome, aus denen Metall und Plast des Schiffs, die Luft an Bord und das Fleisch seiner Besatzung bestanden, seien nicht eindeutig dem von Einstein vermessenen Universum zuzuordnen. Dieser dreidimensionale Raum erstreckte sich, vom Rotraum aus betrachtet, nicht entlang seiner Achsen aufgespannt. Vielmehr erschien er gewellt, manchmal sogar zerknüllt. Die Rotraumnavigatoren folgten nicht mehr seiner Struktur, sondern lösten die MARLIN davon, ein Vorgang, als tauchte man durch eine Welle, statt auf der Wasseroberfläche zu schwimmen. Wie in einem unergründlichen Ozean gab es auch im Rotraum tückische Wirbel und Strömungen, und so viele Raumfahrer berichteten von seltsamen Sensoranzeigen, dass niemand ausschließen wollte, dass hier auch Fremderes existierte, als je ein Mensch gesehen hatte, der noch davon zu berichten vermochte. Zuverlässig konnte man nur das orten, was aus dem dreidimensionalen Gefilde herüberstrahlte: die Raumkrümmung großer Massen, wie von Sternen und Schwarzen Löchern. Gravitation, die unzugänglichste und am wenigsten verstandene Urkraft des Kosmos, wies den Menschen den Weg zurück in ihre Heimat, das Universum aus Länge, Höhe und Breite. Solange sich das Großraumschiff im Rotraum bewegte, besaßen diese Eigenschaften nur innerhalb des Astridenschleiers Zuverlässigkeit. Sämtliche aktiv gesendeten Signale streuten jenseits dieses Kokons, sodass die Schiffe des Schwarms keine Funksprüche auszutauschen vermochten. Niemand an Bord wusste, ob die anderen Einheiten wie zuvor abgesprochen in Transition gegangen waren, ob sie sich auf Kurs befanden, welche Schäden die Raumschlacht um G'olata verursacht hatte.

Die MARLIN war von allem außerhalb des Schiffes isoliert, abgesehen von den rätselhaften Phänomenen des Rotraums. Und wenn man diese seltsamen Kräfte beiseiteließ, konnte sie hier auch nichts bedrohen. Das galt auch für die Giats. Deswegen hätte es keinen Sinn gehabt, die Gefechtsstationen länger zu besetzen. Admiralin Demetra Egron befahl für praktisch alle Soldaten Freiwache.

Die Jägerpiloten hatten Kameraden verloren, die Besatzungen an den Bordgeschützen der MARLIN hatten das Schiff verteidigt und dabei getötet. Jeder an Bord wusste, dass die Zerstörung G'olatas Millionen denkende und fühlende Wesen in den Tod gerissen hatte, und niemand konnte ausschließen, dass sich darunter auch menschliche Sklaven befunden hatten. In der Einsamkeit nach der Schlacht, wenn der Adrenalinspiegel abfiel, machten solche Gedanken trübsinnig, wenn es schlecht lief und sich die Falschen zusammenfanden, sogar rebellisch. Die Führung der MARLIN wusste das, und um dem vorzubeugen, gab es ein großes Fest im Smaragdsaal.

Beinahe alle Soldaten und auch ein Gutteil der Zivilisten versammelten sich in dem ellipsoiden Raum, der seine Bezeichnung von der grünen, in unzählige Facetten strukturierten Wand hatte. Manche der Flächen waren dreieckig, andere hatten fünf, sieben oder bis zu siebzehn Kanten. Langsam änderte jede von ihnen die Helligkeit, sodass manche zum zarten Grün frischer Triebe aufstiegen, während andere abdunkelten, bis sie die Farbe nasser Algen erreichten. Manchmal schienen sich dadurch Bilder zu ergeben – Tiere, Gesichter, Wolken oder Spiralen –, aber Starn Egron vermutete, dass der Verstand lediglich versuchte, Muster zu erkennen, und keine algorithmische Anweisung dahinterstand.

Das Licht aus den Wandfacetten überhauchte die im Raum schwebenden Männer und Frauen mit grünen Schatten. Der Smaragdsaal war gut gefüllt, Starn schätzte, dass sich ein Drittel der Bewohner der MARLIN eingefunden hatte, zehntausend Menschen.

In einem Geflecht im Zentrum des Raums spielte eine Band. Die drei Sängerinnen hielten sich während ihrer akrobatischen Tanzperformance am Rand der Gitterkugel. Ihre Körper wirkten, als hätten sie keine Knochen, wenn sie sich um die gekrümmten Streben bogen, bevor sie wieder um die Musiker an den Instrumenten herumwirbelten. Vor allem der Thereminspieler begeisterte die Fans, die wie in Schalen im Raum um die Band schwebten. Seine fließenden Gesten störten die elektromagnetischen Felder zwischen den Antennen und weckten dadurch sphärische Klänge. Die in der Schwerelosigkeit Tanzenden verloren sich so in der Musik, dass sie den Holos keine Beachtung mehr schenkten. Diese zeigten ohnehin nur immer wieder G'olata, vom Zeitpunkt des ersten Aufleuchtens der Lava blutenden Wunde in der Planetenkruste bis zu den letzten Aufnahmen vor der Transition. Der sich ausbeulende Planet, der einen großen Teil seiner Masse durch Explosionen zu verlieren drohte, die Materie aus seinem Schwerefeld schleuderten, blieb dann einige Zeit erstarrt, bevor die Darstellung von vorn begann.

Vom Hervorquellen der Lava und den Eruptionen über die brennende Atmosphäre bis zum beginnenden Auseinanderbrechen des Himmelskörpers nahm das rote Licht im jeweiligen Holo kontinuierlich zu. Gemeinsam mit den an- und abschwellenden grünen Leuchtfingern aus der Facettenwandung malte es bunte Flächen auf die weißen Statuen, die mit Drähten an ihren Positionen im Saal gehalten wurden. Diese aus Marmor und anderem edlen Stein geformten Bildnisse zeigten athletische Männer und Frauen, die symbolisch für verlorene Welten der Menschheit standen: Hyperios, Berator, Eiglin, Neirudna, Enud. Über einhundert zeugten von den Planeten, die die Vorfahren derjenigen bewohnt hatten, die nun auf der MARLIN lebten.

Starn nahm ein Tofuspießchen von einem vorbeischwebenden Servobot und drehte das Genusspflaster unentschlossen zwischen den Fingern. Auf den Nacken geklebt, würde es drei Stunden lang Dornrosenextrakt in geringer Dosierung abgeben. Viele Partygäste benutzten solche leichten Rauschmittel. Vielleicht täte es auch ihm gut, die schwermütigen Gedanken ein wenig aufzuhellen. Seine Mutter versicherte, dass man alle Funksprüche ausgewertet hatte, die bis zur Transition eingegangen waren. Es gab keine Nachricht von Rila.

»Die Bildhauer bemühen sich um luftige Kleidung«, sagte jemand unter Starns Füßen.

Er drückte sich sanft an einem der Metallseile ab, die die Statue von einer jungen Frau hielten, die einen Ball in die Höhe warf, der gerade noch ihre Fingerspitzen berührte. Dadurch rotierte Starn herum, bis sein Gesicht vor dem von Herrn Zmitt schwebte. Beiläufig bot dieser seinen Unterarm an, damit er die Bewegung abstoppen konnte.

Herr Zmitt zeigte auf die Marmorfigur. »Gewänder wie in der Antike«, erklärte er. »Lockerer Stoff, der um den Körper gewunden wird. Nur der Zug der Schwerkraft hält sie an ihrem Platz und verwehrt ungewünschte Einsichten.«

Starns Blick glitt über die steinerne Gestalt der jungen Frau mit den kleinen Brüsten, über die in dekorative Falten gelegte

Bahnen führten. Sie trafen sich über dem Bauchnabel. Ein lockerer, fingerbreiter Gürtel lag auf den Hüften, die schräg standen, weil die junge Dame offenbar dem Ball nach- oder entgegenlief. Der Oberschenkel des vorgestellten Beins war beinahe gänzlich entblößt, auf der anderen Seite flatterte der Saum des Kleids knapp über dem Knie.

»Der Künstler hat versucht, die Anmutung griechischer Statuen nachzuahmen.«

»Griechisch?«, fragte Starn. »Was ist das für ein Planet?«

Die Spitzen von Herrn Zmitts Schnurrbart zitterten, als er grinste. »Kein Planet, ein kleines Land auf der Erde. Viele Inseln, Wiege der europäischen Kultur.«

»Europäisch?«

»Nicht so wichtig.« Herr Zmitt winkte ab. »Das alles war schon bei der Zerstörung der Erde Vergangenheit. Es ist nur für Historienfreaks wie mich interessant. Die ärgern sich dann auch über solche Schlampereien wie den Gürtel.« Er zeigte darauf.

»Was ist damit?« Allmählich kam sich Starn begriffsstutzig vor.

»In der griechischen Antike gab es natürlich noch keine Gürtelschnallen.« Herr Zmitt lachte so vorsichtig, als hoffe er darauf, sein Gegenüber würde einfallen.

Starn steckte das Rauschpflaster weg.

»Das ist eine Dornschnalle«, versuchte Herr Zmitt eine Erklärung. »Römische Kaiserzeit. Da war die Blüte des antiken Griechenland bereits ...«

»Langweilen Sie wieder jemanden mit Witzen?«, fragte Ynga Zeg. Gemeinsam mit Rulf Clursen schwebte sie heran.

Starn dämmerte, dass dieses Zusammentreffen kein Zufall war. Die anderen beiden hatten Herrn Zmitt vorgeschickt. Alle drei waren Geschwaderkameraden seiner Schwester, sie trugen auch die Paradeuniform der weißen Jäger. Die Schulterstücke der ansonsten nachtblauen Jacken hatten diese Farbe, ebenso die mit den Gürteln verbundenen Magnetbänder, mit deren Hilfe man in der Schwerelosigkeit andocken konnte, um die Hände freizuhaben und dennoch nicht beim kleinsten Impuls davonzutreiben. Fangschnüre und Orden, von denen nur die wichtigsten an den Bruststücken glänzten, hatten bewusst Spielraum, sodass sie sich leicht bewegten, als seien sie an ihrem Träger befestigte Exomodule. Yngas Rock dagegen war eng und zudem mit ihrer Hose vernäht, sodass er die Strenge der Uniform betonte. Sie hatte nichts mit der Kleidung der Zivilistinnen gemein, von denen viele leichten, durchscheinenden Stoff bevorzugten, gern auch an Fuß- und Handgelenken, sodass die Bahnen hauchdünnen Blütenblättern glichen, in denen das Licht glitzerte.

»Geben Sie es auf.« Ynga kicherte, was sich anhörte, als rieben zwei Stücke Sandpapier übereinander. »Niemand versteht Ihre Pointen, Zmitt.«

»›Herr Zmitt‹, bitte.«

»Geschenkt.«

»Die beiden sind schon seltsam«, meinte Rulf. »Benehmen sich wie Kinder, sobald sie die Chance dazu haben, aber da draußen im Nichts ist wirklich auf sie Verlass.«

Starn bemerkte die Spannung, mit der die drei darauf warteten, ob er das Angebot annähme, über seine Schwester zu sprechen.

Er sah einige Soldaten in Gefechtsuniformen im Kordon der Fans bei der Band schweben. Starn erkannte die Farben, das Braun und das helle Orange an der linken Seite. Sie kamen von der Rohu. So, wie sie tanzten, waren sie exzellenter Laune. Wer wollte es ihnen verdenken? Sie waren dem Tod durch die eiskalten Finger gerutscht.

»Wir haben ein paar Dutzend Piloten von anderen Schiffen gerettet«, stellte er fest.

»Rila muss nicht tot sein«, platzte es aus Rulf heraus. »Man kann sie geborgen haben.«

Er war eine unauffällige Erscheinung mit seinem brünetten, praktisch geschnittenen Haar und dem glatten Gesicht, aber Starn kannte niemanden, der auf so vielfältige Weise lächeln konnte wie Rulf Clursen. Seine Mundwinkel wiesen immer nach oben, aber damit drückten sie manchmal Freude, manchmal Sorge, Trauer oder Ärger aus. Jetzt zeigten sie sein Mitgefühl.

»Das müsste so spät geschehen sein, dass ihre Funkmeldung uns vor der Transition nicht mehr erreicht hat«, gab Starn zu bedenken.

»Nicht unbedingt.« Ynga schüttelte den Kopf. Sie frisierte ihr Haar in zwei daumendicken Kämmen, die über den Schläfen begannen und sich im Nacken vereinten. »Es ist gut möglich, dass die Identifizierung ein paar Stunden gedauert hat, wenn sie bewusstlos war.«

»Aber man hätte erkannt, dass ihr Jäger zur MARLIN gehört«, widersprach Herr Zmitt.

Tadelnd sah Ynga ihn an.

»Ich meine ja nur, dass man sie später gefunden haben kann«, verteidigte er sich. »Die MARLIN war nah am Geschehen, deswegen hat sie früh transitiert. Sicher waren die meisten Schiffe länger im System.«

Und weiter von G'olata entfernt, dachte Starn. Was hätte es Rila genützt, wenn ein Schiff noch ein paar Stunden geblieben war, sie aber Tage gebraucht hätte, um die Distanz bis zum sicheren Hangar zu überbrücken?

»Wer von euch hatte zuletzt Kontakt mit ihr?«, fragte Starn.

»Das war ich«, sagte Herr Zmitt.

»Nachdem sie uns alle aus dem Feuer geholt hat«, warf Ynga ein. »Wir haben die Geschützplattform übersehen, die war eiskalt, bevor die Giftatmer sie hochgefahren haben. Rulf hat probiert, sie mit ein paar Torpedos zu erwischen.«

Der Genannte nickte knapp, wobei er ernst lächelte.

»Wir hatten alle ein paar Reflektorkörper draußen«, fuhr Herr Zmitt fort. »Eine vertrackte Sache. Ausweichmanöver fliegen oder darauf vertrauen, dass die Glitterwolken die Laser streuen?«

»Und dann kamen Rilas Laser«, sagte Ynga. »Das muss so gewesen sein. Im Vakuum sieht man natürlich keine Lichtbahnen, außerdem waren wir zu weit weg, aber die plötzliche Hitzemarkierung im Orterbild war eindeutig. Und dann war die Explosion auch schon da, und wir hatten Ruhe.«

»Das war ganz sicher Egron-Itara!«, rief Herr Zmitt. »Ich habe Weiss-Sieben angefunkt. Sie meinte, irgendjemand müsse ja auf uns aufpassen.«

»Ja, das klingt nach ihr«, sagte Rulf, und die anderen nickten.

Ynga legte eine Hand auf Starns Schulter. »Wenn es jemanden gibt, der auf sich aufpassen kann, dann ist das deine Schwester«, sagte sie. »Die kommt überall wieder raus.«

Es ging nicht darum, irgendwo herauszukommen, dachte Starn, sondern hinein. In ein Schiff, in Sicherheit. Da draußen war die Leere ein einsamer Tod, der sich lange hinzog. Sollte er wünschen, dass seine Schwester rasch gestorben war, anstatt jetzt langsam wahnsinnig zu werden, wenn sie begriff, dass niemand ihre Schreie hören würde?

Starn wusste, dass die drei Kameraden ihm nicht nur Trost spenden wollten, sondern auch selbst welchen bei ihm suchten. Das Bitterste daran war, dass sie nur deswegen Anlass dazu hatten, weil allen klar war, wie gering Rilas Chancen waren. Sicher, die Marlin hatte ebenfalls Jäger anderer Schiffe eingesammelt, aber das hatte seinen Grund darin, dass sie dem Planeten entgegengeflogen war und Leitsignale für die Piloten gesendet hatte. Die anderen Großraumschiffe hatten diesen Auftrag nicht gehabt.

Er konnte nicht so tun, als hätte Rila kein Problem. Dabei hätte er sich gefühlt, als würde er ihre Not verspotten.

Er war froh, dass die Band Admiralin Egrons Ansprache ankündigte. Die allgemeine Aufmerksamkeit richtete sich auf das Zentrum des Smaragdsaals. Starns Mutter schwebte zur Gitterkugel, in der die Musiker nun ihre Instrumente nachjustierten. Das Licht dimmte merklich herunter, ein heller Kegel umstrahlte die militärische Befehlshaberin der MARLIN. Rasch kehrte Ruhe ein, die Menschen bewegten sich auf Positionen, die ihnen eine gute Sicht ermöglichten, und näherten sich der Sprecherin. Das war ein archaischer Instinkt, eigentlich überflüssig geworden durch die Technologie, die die Worte in jedem Bereich gut hörbar machte.

Seine Mutter wusste, wie man eine Menge fesselte. Sie wartete eine halbe Minute, bevor sie sprach, und begann mit einem simplen Satz: »Bürger der MARLIN – wir haben gesiegt!«

Frenetischer Jubel brandete auf, auch bei den Kameraden der Staffel Weiß.

Starn nutzte die Gelegenheit, sich abzustoßen, sich so aus der Gruppe zu lösen und unauffällig zurückzuziehen. Vielleicht würden die drei das unhöflich finden, wenn sie sein Fehlen später bemerkten, aber das war besser, als sie mit seinen Befürchtungen zu deprimieren.

—

Die SQUID war dasjenige Großraumschiff des Schwarms, dessen Name seiner Erscheinung am weitesten Rechnung trug. Es glich einem Kraken, den das Licht der Sterne durch Dunkelheit und Leere des Weltalls lockte. Der Hauptkörper hatte ein Volumen von acht Kubikkilometern. Hinzu kamen die Ausläufer, die Fangarmen ähnelten und in ihrer Länge zwischen einem und zehn Kilometern variierten. Normalerweise bewegte sich das Schiff in die Richtung, in die diese Verlängerungen wiesen.

Die SQUID war kein von Menschenhand gebautes Raumfahrzeug. Die Zoëliker sprachen von ihr als der Gütigen Mutter, und in der Tat fand sich niemand, der bezweifelte, dass es sich um ein Lebewesen handelte, das Menschen in seinen Leib aufnahm. Mehr noch, es schuf eine Stickstoff-Sauerstoff-Atmosphäre, bildete Kammern und Säle aus und ließ zu, dass man Leitungen durch seinen Körper legte und technische Gerätschaften im Gewebe verankerte. Das den Wissenschaftlern unverständlichste Phänomen war die Schwerkraft, die an Bord der SQUID herrschte. Sie entsprach exakt dem Erdstandard.

Die Spekulationen, wieso die fremde Lebensform so viel Mühe investierte, eine menschliche Besatzung zu behüten, reichten von selbstloser Liebe über ein Verhältnis psychischer Symbiose bis zur Unterstellung finsterster Absichten. Dabei gab die Fütterung mit mehr oder minder freiwilligen Opfern ein beliebtes Motiv ab.

Immer wieder wurden Menschen an Bord der SQUID geboren, die auf eine seltsame Weise mit dem Schiff in Verbindung standen. Oft beschrieb man es als ein Singen, das im eigenen Fleisch vibrierte. Die Hälfte der Betroffenen wurde während der Pubertät wahnsinnig, die restlichen nannten die Zoëliker ›Lieblinge der Mutter‹ und hießen sie gern in ihren Reihen willkommen, wo sie das Volk zu einem harmonischen Leben mit der SQUID anleiten sollten. Selbstverständlich trafen die Zoëliker sämtliche Entscheidungen, die das Schiff als Ganzes und seine Rolle innerhalb des Schwarms betrafen. Sie sagten allerdings, sie deuteten lediglich Mutters Willen. Derzeit gab es zweihundertdreiundneunzig Zoëliker.

Es wären zweihundertvierundneunzig gewesen, wenn Ugrôns Eltern nicht gestorben wären, als er vierzehn Jahre alt gewesen war. In seinem verzweifelten Trotz hatte er die Führung durch die Weisen abgelehnt und sich in Bereiche der SQUID zurückgezogen, wo sie ihn nicht gefunden hatten. Ein

Jahrzehnt hatte er so gelebt, in einer Gemeinschaft von Sonderlingen und Unterprivilegierten. Erst vor fünf Jahren hatte der Ehrwürdige Batuo Worte zu ihm gesprochen, die ihm Trost spendeten und ihn zur Ruhe kommen ließen. Der Missionar der Kirche des Void predigte von der Leere, die viel größer war als alles Leben. Unter den Menschen der Squid hatte er nur eine kleine Gemeinde. Ugrôn würde der erste Priester sein, der an Bord dieses Schiffs geboren war.

»Die Leere hat uns einen wichtigen Sieg geschenkt«, meinte Batuo, während er das Hologramm des berstenden Planeten betrachtete. Es war ein Standbild. Die Squid schwamm durch den Rotraum, wo die Verbindung zum Einsteinkontinuum zu abstrakt für optische Informationen war. Zudem befanden sie sich vermutlich bereits mehrere Lichtmonate von G'olata entfernt. Oder wären, exakter ausgedrückt, in einer solchen Distanz wieder in den dreidimensionalen Raum eingetreten, wenn sie den Rotraum verlassen hätten. Aber die Navigatoren lenkten den Schwarm zu einem anderen Ziel, einem Stern, der zehn Lichtjahre entfernt in der Dunkelheit brannte.

Batuo wandte sich der reglosen Frau auf der Liege zu. Ein Arzt stand neben ihr. An seiner linken Hand waren die Finger miteinander verwachsen. Offenbar konnte er damit etwas wahrnehmen, das über den Tastsinn hinausging, denn er bewegte sie mit geringem Abstand über den Körper seiner Patientin. Möglicherweise hielt er einen kleinen Sensor darin, aber Ugrôn glaubte das nicht. Die Squid schenkte ihren Kindern vielfältige Gaben.

»Ihr jedoch hat die Leere nicht vergönnt zu triumphieren«, stellte Batuo fest.

»Immerhin hat die Leere sie nicht getötet«, meinte Ugrôn.

Batuo lächelte milde, was seinem Mondgesicht zusätzliche Wölbungen gab. »Das mag nur für den Moment der Fall sein.«

»Warum sollte die Leere sie retten, wenn sie dann doch sterben müsste?«

»Du bist ein guter Schüler.« Er griff zu Ugrôns Schulter herauf und legte seine weiche Hand schwer ab.

Niemand hätte in Batuo jemanden vermutet, der auf einem anderen Schiff aufgewachsen war. Der Stoffwechsel der Kinder der SQUID unterschied sich von jenem der Menschen, die einen Großteil ihrer Zeit in der Schwerelosigkeit verbrachten. Die meisten Fremden waren schlank, und wenn sie doch zur Fülle neigten, zeigte sich diese für gewöhnlich in Kopf und Torso, während die Beine dünn blieben. An Batuo dagegen war alles rund, vom Bauch über die Hüften bis zum Kopf und den Fingern. Erstaunlich, dass seine orangerote Kleidung ihm dennoch eine Anmutung von Leichtigkeit gab.

»Doch trotz deiner Klugheit stellst du noch immer oft die falschen Fragen«, tadelte Batuo. »Die Leere atmet die Ewigkeit, wie du weißt. Sie interessiert sich nicht für so kleine, kurzlebige Wesen wie uns. Im kosmischen Geflecht sind wir bedeutungslos. Keiner unserer Fehler und keines unserer Verdienste hat irgendein Gewicht. Unser Leben und Sterben macht schlicht keinen Unterschied. Wenn sich die Leere uns Kreaturen dennoch zuwendet, dann nur, damit wir unsere Nichtigkeit erkennen.«

Der Körper der Frau zeichnete sich unter der dünnen weißen Decke ab. Sie war Pilotin eines schwerbeschädigten Jägers, den die SQUID kurz vor dem Sprung eingesammelt hatte. Ugrôn fragte sich, ob die Sensorstation sie geortet oder das Schiff sie mit seinen seltsamen Sinnen erfasst hatte. Die Annahme, dass der Jäger zufällig die Bahn des Großraumschiffs gekreuzt hatte, war jedenfalls so abwegig, dass ein vernunftbegabtes Wesen sie ausschließen musste.

»War sie schon bewusstlos, als sie an Bord gekommen ist?«, fragte Ugrôn.

»Ja.« Der Arzt sah nicht auf, als er antwortete. »Sie hat Knochenbrüche und Dekompressionsschäden.«

»Dekompression«, sinnierte Batuo. »Das Streicheln der Leere. Sie ist eine gefährliche Liebhaberin.«

Während Ugrôn weiter das geschwollene Gesicht der Pilotin betrachtete, wanderte Batuo durch die kleine Krankenstation. Außer der Liege befand sich hier noch eine Instrumentenbatterie, aus der sich der Arzt bediente. Die organischen Wände hatten keine klaren Kanten. Das Licht schien aus Leuchtkugeln, die in halb durchsichtigen Strängen wanderten wie Blasen in Adern.

»Es liegt an diesem Schiff, nicht an den Menschen«, seufzte Batuo. »Überall sonst im Schwarm erinnert die Schwerelosigkeit die Besatzung beständig daran, dass sie sich nicht auf einem Planeten befindet, auch, wenn man selten darüber nachdenkt. Die Abwesenheit der Anziehungskraft hält die Leere gegenwärtig, die außerhalb der Hülle herrscht. Der Körper spürt das All bei jeder Bewegung. Das ist eine Gnade, die unseren Vorfahren niemals zuteilwurde.«

In Gedanken zählte Ugrôn die Sekunden, bis sein Lehrmeister wieder auf das Thema zu sprechen kam, das ihn momentan besonders aufregte.

Er kannte seinen Mentor gut.

»Die Zoëliker sollten gestatten, dass man erforscht, wie die SQUID Gravitation erzeugt. Das könnte nicht nur die Agrartechnik an Bord der anderen Schiffe verbessern. Vor allem würde es die Angelegenheit entzaubern, wenn man sie endlich verstünde.« Als benötigte er Ugrôns Zustimmung, sah Batuo ihn an.

»Sicher hast du recht«, sagte er pflichtschuldig. Doch solche Argumente waren bedeutungslos, wie sie beide wussten. Die dreißig Großraumschiffe des Schwarms bildeten eine lose Zweckgemeinschaft, deren oberstes Prinzip darin bestand, einander in Ruhe zu lassen, was die inneren Angelegenheiten anging. Der Krieg gegen die Giats erforderte Koordination, und diese leistete der Rat der Admirale. Man kämpfte gemeinsam, und man verständigte sich über die Verteilung der Ressourcen, die der Schwarm auf seinem Zug durch die Galaxis vorfand. Alles andere regelte jedes Schiff für sich selbst. Und jene, die auf der SQUID das Sagen hatten, dachten gar nicht daran, die weitgehende Isolation aufzuheben. Sie betrachteten ihre Heimat als einen heiligen Leib. Wer nicht an Bord geboren war, musste einen guten Grund vorbringen, um das Schiff zu betreten.

Wieder seufzte der Ehrwürdige. »Ich kann nur ahnen, wie stark du bist.« Er kam zu ihm zurück und legte ihm erneut eine Hand auf die Schulter. »Immer dieser Gesang in deinem Fleisch.«

»Er plagt mich nicht ständig, Meister.« Das war in doppelter Weise richtig. Zum einen nahm Ugrôn die SQUID nicht immer wahr. Er hatte sie vor zwei Tagen das letzte Mal gehört. Und zum anderen war der Gesang des Schiffs nicht stets unangenehm. Nichtssagend zwar, aber das waren die meisten Musikstücke, die man zur Meditation hörte, ebenfalls.

Batuo drückte seine Schulter, ließ ihn los und wandte sich wieder der Patientin zu. »Vielleicht ist sie ein Geschenk an uns.«

»Ich verstehe nicht.«

»Sie erinnert uns an die Erhabenheit der Leere. Das Sterben eines Menschen macht uns nachdenklich, mehr noch, als wenn wir sie als Leiche geborgen hätten. Das Vergehen ist eine unmittelbarere Erfahrung als das Vergangene. Es inspiriert unsere Gedanken. Ein kluger Gedanke ist das wertvollste aller Geschenke. Nur Gedanken klingen hinaus ins Nichts.«

»Ist denn sicher, dass sie stirbt?«, fragte Ugrôn.

Der Arzt blickte auf. Sein kupferfarbenes Haar war zu einem Zopf gebunden, der auf seinem Rücken lag, aber eine Strähne fiel in sein Gesicht. »Ihr Zustand ist ernst.«

»Wir wollen auf die letzte Leere lauschen«, sagte Batuo.

Natürlich meinte er die letzte Leere dieser Frau, ihren Tod. In der Kirche des Void leisteten die Gläubigen den Sterbenden oft Gesellschaft, was Letzteren Trost und Ersteren Glaubensstärke verlieh. Bei solchen Gelegenheiten schwieg man. Was noch nicht gesagt war, würde auf ewig unausgesprochen bleiben. Alle Anwesenden übten sich darin, die Bedeutungslosigkeit ihrer Regungen angesichts einer Unendlichkeit emotionsloser Leere zu erfassen.

In der Stille verursachten die Instrumente, die der Arzt der Konsole entnahm oder wieder zurücklegte, leise Geräusche. Eine Injektion zischte, eine halb autonome Sonde surrte, ein Stift klickte, wenn die Sensorspitze wechselte.

Ugrôn betrachtete die Verletzte. Er versuchte sich vorzustellen, wie sie ohne die Schwellungen im Gesicht aussah. Bestimmt verliehen ihr die hohen Wangenknochen scharf geschnittene Züge. Ihr Haar war blond und schulterlang, die Arme verrieten, dass sie ihren Körper fit hielt.

Er spürte in sich hinein und merkte, dass er diese Frau bewunderte. Sie musste sehr mutig sein, sonst hätte sie diesen Dienst nicht erfüllen können. Ob ein besonders kühnes Manöver dafür verantwortlich war, dass die Giats ihren Jäger so zugerichtet hatten? Besaß sie am Ende sogar entscheidenden Anteil am Sieg?

»Fühlst du die Leere kommen?«, flüsterte Batuo.

»Sie ist schon in dieser Frau, auch ohne dass sie stirbt.«

Fragend sah sein Meister zu ihm hoch.

»Fast die gesamte Masse eines Sternsystems befindet sich in der Sonne«, erklärte Ugrôn. »Ansonsten ist es beinahe leer. Mit uns ist es ebenso.« Er hob eine Hand. »In den Atomen unseres Körpers trägt der Kern nur ein Zehntausendstel des Durchmessers bei, der Rest ist Leere, wenn man von den Ladungen der Elektronenhüllen absieht.«

Batuo hob seine eigene Hand und betrachtete sie. »Wir

70

haben zehntausendmal so viel Leere in uns wie Materie?«
Andacht schwang in seiner Frage mit.

»Nicht zehntausendmal«, flüsterte Ugrôn. »Eine halbe Billion Mal. Es geht nicht um den Durchmesser, sondern um das Volumen.«

Batuo sah ihm in die Augen. »Wer hat dich das gelehrt?«

Ugrôn zuckte die Achseln. »Es hat mich interessiert. Ich habe es nachgeschlagen und ausgerechnet.«

Sein Meister runzelte die Stirn. Dann nickte er. »Du wirst ein guter Priester werden.«

Ugrôn überlegte, ob er den Gedanken weiterführen sollte. Wenn die Leere schon den lebenden Menschen prägte, dann brauchte sie das Sterben und den Tod nicht, um ihre Allgegenwart zu beweisen.

Er schwieg. Worte machten keinen Unterschied.

Die Tür faltete sich auf, um Berglen einzulassen. »Die Mutter behüte euch«, grüßte er.

Der Mann trug eine offene Weste, was seinen niedrigen Rang innerhalb der Zoëliker anzeigte. Seine Brust war stark mit weißem Haar bewachsen.

»Du hast gute Arbeit während der Schlacht geleistet.« Batuo nickte wohlwollend.

»Woher willst du das wissen?«, fragte Berglen.

»Die Squid ist unbeschadet aus dem Gefecht gekommen. Die Sensorstation muss sehr aufmerksam gewesen sein.«

Ein Lächeln zuckte um Berglens Mund, aber er unterdrückte es schnell. »Die Mutter schützt uns. Unsere bescheidene Hilfe ist kaum vonnöten. Die Mutter akzeptiert unseren Dienst hauptsächlich, damit wir uns nicht unnütz fühlen.«

»Du bewertest dich selbst zu gering«, widersprach Batuo.

Berglen wandte sich an den Arzt. »Du kannst jede Hilfe anfordern, die du brauchst«, sagte er. »Diese Frau ist wichtig. Admiralin Egron von der Marlin hat unmittelbar vor der Transition einen Funkspruch abgesetzt, in dem sie darum bittet, nach ihrer Tochter Ausschau zu halten. Der Jäger, den Mutter an Bord genommen hat, ist mit der übermittelten Kennung markiert.«

Ugrôn hörte die SQUID in seinem Fleisch eine harmonische Melodie singen.

—

Während seine Mutter von der Ehre der Geschwader und dem empfindlichen Schlag gegen die Waffenproduktion des Feindes sprach, glitt Starn Egron fort vom Zentrum der Aufmerksamkeit in einen entlegeneren Bereich des Smaragdsaals. Eine blonde Frau fiel ihm auf, weil ihr cremefarbenes Kleid in den dunkelgrünen Schatten hervorstach. Sie bewegte sich auch seltsam. Normalerweise behielt man in der Schwerelosigkeit die Richtung seines Bewegungsvektors bei, der sich lediglich wegen des Luftwiderstands kontinuierlich verkürzte. Die Frau im hellen Kleid dagegen flog einen Bogen, ohne dass Starn Halteseile oder Stangen erkannte, an denen sie sich abgestoßen hätte.

Das lag nicht am Dämmerlicht, wie er feststellte, als die junge Frau näher kam. Das noble Design des mit luftigen Schleppen versehenen Kleids integrierte surrende Düsen an Taille und Schultern, mit deren Hilfe sie sich ohne Abdruckfläche bewegte. Die Eleganz ihres Flugs, der die ihr nachfolgenden Stoffbahnen sicher nicht zufällig in eine formschöne Spirale legte, bewies, dass sie Übung in der Steuerung besaß.

Starn war überrascht, als er Kara erkannte, die junge Kollegin, die vor der Transition ihren ersten Einsatz im Astridenlager absolviert hatte. Sie lächelte ihn breit an, während die bremsenden Düsen ihm einen Lufthauch entgegenpusteten. »Ich weiß jetzt, wer du bist«, sagte sie so leise, dass sie diejenigen, die der Ansprache der Admiralin zuhörten, nicht störte. »Das ist deine Mutter, oder?«

Starn hakte einen Fuß um die Stange, an der er sich festhielt, und nickte. Gerade sprach sie von den Verwundeten auf der Krankenstation, die sie vor einer Stunde besucht habe und die sich alle auf dem Wege der Besserung befänden. Die Toten erwähnte sie nicht. Aus seiner Zeit als Major wusste Starn, dass man damit sehr vorsichtig sein musste. Nur wenn die Lage ohnehin schon verzweifelt war, konnte der Gedanke an solche Verluste die Moral stärken, indem er den Trotz weckte. Ansonsten schwieg man besser davon.

Ob Kara absichtlich tiefer als er schwebte, um zu ihm aufzusehen? Erst jetzt fiel ihm auf, wie groß ihre blauen Augen waren. Überhaupt wirkte sie in dem edlen Kleid ganz anders als in der Arbeitsmontur.

»Im Gefecht sind viele Hydroponien verloren gegangen.« Sie sah sich um, als befürchte sie, belauscht zu werden. »Ich weiß, wir kennen uns kaum, aber ich dachte ... kannst du mir helfen?«

Starn runzelte die Stirn. Ab und zu kam es vor, dass jemand meinte, ihn benutzen zu können, um die Admiralin zu beeinflussen.

Schnell sprach Kara weiter. »Mir ist etwas Dummes passiert. Irgendwas stimmt nicht mit meiner Parzelle. Wenn wir noch mehr Anbaufläche verlieren, wird mein Boss richtig sauer. Am besten wäre, wenn die Sache wieder innerhalb der Parameter operieren würde, bevor er merkt, dass es Schwierigkeiten gibt.«

Starn entspannte sich. Offenbar waren seine Biologiekenntnisse gefragt. »Worum geht es denn genau?«

»Wenn ich das nur wüsste.« Sie seufzte richtiggehend verzweifelt. Starn hätte sich nicht gewundert, wenn sich eine Tränenkugel von ihren Wimpern gelöst hätte. »Es wäre unheimlich nett, wenn du dir meine Parzelle anschauen könntest.«

»Was zieht ihr denn dort?«

»Hauptsächlich Kohl, aber auch Erbsen und Mais.«

»In den Zentrifugen zum Keimen gebracht und dann eingepflanzt?«, fragte er.

Sie nickte. »Und mit Klettergittern für einen effizienten Wuchs versehen.«

Admiralin Egron redete gerade von Geschwader Rot, das die erste Angriffswelle geflogen hatte. Die Holos zeigten Bilder, die Sensoren an Bord der Jäger aufgenommen hatten. Eine explodierende Geschützplattform war zu sehen, ein brennendes Abfangschiff und der helle Blitz, mit dem die NECKBREAKER den Metallschaum streifte.

Starn war Xenobiologe. Er gewann Nahrungsmittel auf Himmelskörpern, die der Schwarm passierte. Dafür stand ein reicher Vorrat an genetischem Material zur Verfügung, das in unterschiedlichsten Habitaten gedieh, von Schwefelozeanen bis zu Bromwasserstoffatmosphären, mit und ohne Sonneneinstrahlung, mit Toleranz für extreme Temperaturschwankungen und Schauer von Gammastrahlen. Das hatte wenig mit der Arbeit der Agraringenieure zu tun, die sich um die mit dem Schiff verbundenen Hydroponien kümmerten.

Aber Starn hatte ohnehin genug von der Feier. Jetzt, da er sich abseits des hellen Bereichs befand, kam ihm der Smaragdsaal wie eine Trauerhalle für diejenigen vor, die ihr Leben an die Leere verloren hatten.

Kara schien das Einverständnis an seinem Gesicht abzulesen. Mit einem koketten Lächeln ließ sie die Steuerdüsen an ihrem Kleid gegenläufigen Schub geben, sodass sie sich um ihre Längsachse drehte. Einer ihrer Schleier kitzelte über sein Gesicht, als sie vorausflog.

Er stieß sich ab und folgte ihr in eine der Röhren, die die Räume an Bord der MARLIN miteinander verbanden. Die Beleuchtung war hier auf Zweckmäßigkeit programmiert und dimmte deswegen heller hinauf, sobald die Bewegungssensoren ihre Annäherung erfassten, aber das entzauberte Karas

Gestalt in keiner Weise. Mit den Düsen kam sie erstaunlich schnell vorwärts, Starn hatte Mühe, den Anschluss zu behalten. Von hinten betrachtet vollführten die glitzernden Schleppen einen vielfältigen Tanz. Starn schmunzelte, weil sie ihn an einen Kometenschweif erinnerten, und Karas cremefarbenes Kleid hätte zu den Schneelandschaften gepasst, die viele dieser einsamen Himmelswanderer bedeckten. Die flatternden Spitzen schienen ihn zu locken und zu necken.

Starn nutzte die Halterungen an der runden Röhrenwand, um Hand über Hand zu beschleunigen und so zu ihr aufzuschließen. Er bewegte sich dabei mit dem Kopf voran, während sie aufrecht stehend flog. Dadurch standen die Längsachsen ihrer Körper senkrecht aufeinander, als er sie erreichte. Aus seiner Perspektive schien sie zu liegen und aufwärtszuschweben wie die Jungfrauen in den alten Filmen, die Shows von Zauberkünstlern zeigten.

»Wie geht es deiner Schwester?« Trotz der ernsten Frage lächelte sie. »Sie heißt Rila, oder?«

Ihr Parfüm kitzelte in seiner Nase. Es war ein süßer Geruch. Starn glaubte sich an eine violette Blume zu erinnern, die so duftete.

»Niemand weiß etwas«, antwortete er. »Sie zählt zu den Vermissten der Schlacht.«

Kara nickte verstehend. »Das tut mir leid.«

Nachdem ein Sensor eine winzige Gewebeprobe aus Karas Hand entnommen hatte, gab eine Irisblende den Weg zu ihrem Hydroponium frei. Es befand sich an der Außenhülle der MARLIN, sodass eine Wand eine leichte Wölbung aufwies. Sie bestand vollständig aus Transplast. Da der Gefechtsalarm aufgehoben war, hatte sich die Panzerung zurückgezogen. Im Einsteinkontinuum hätte man Sterne gesehen, aber im Rotraum füllte ein feuriges Wabern, durch das sich gelbe, orangefarbene und pinke Schlieren und Strudel zogen, den Himmel. Die Yamadazentrifugen umkreisten das Schiff in unterschiedlichen Entfernungen, die diffundierenden Astriden versahen die Behälter mit violett fluoreszierenden Schweifen.

Kara fasste ihn sanft unter der Achsel und flog mit ihm in die Mitte des weiten Raumes. Zwei Meter vor dem Transplast stoppten ihre Düsen ab. Die Irisblende schloss mit einem Klicken, dann sickerte die Stille des Weltalls ins Hydroponium. Es war seltsam, die Wirbel dort draußen anzusehen, die wie tobende Stürme aussahen, und zugleich den ruhigen Atem von zwei Menschen als lautestes Geräusch wahrzunehmen.

Starn ertappte sich dabei, bewusst Karas Duft nachzuspüren. Er hatte diese Blume vor dem geistigen Auge, alles an ihr war schlank, vom Stängel über die hellgrünen Blätter bis zur violetten Blüte mit dem intensiv leuchtenden Stempel darin.

Er bemerkte, dass Karas Hand noch immer an seinem Oberarm lag. Sie schmiegte sich sogar an seine Seite. Einen Moment genoss er die Wärme des nahen Körpers, dann räusperte er sich und hob die Hand, vorgeblich, um sich eine Strähne aus der Stirn zu streichen.

Mit einem Anflug von Bedauern sah er zu, wie sie sich ein Stück entfernte. Ihr entschuldigend-anklagender Blick und das Surren der Düsen, so leise es auch war, zerstörten die Stimmung.

»Worin genau besteht denn das Problem?«, fragte er.

Offensichtlich befand sich die Einrichtung im Nachtmodus. Im Licht des Rotraums schien das Hydroponium in bestem Zustand zu sein. Die Pflanzen wuchsen in exakten Reihen auf mehreren Ebenen übereinander, eingesetzt in Röhren, die sie mit Feuchtigkeit und Nährstoffen versorgten. Darüber waren die derzeit inaktiven Leuchtelemente angebracht. Der Kohl stand ganz außen, nah an der Wand. Weiter innen kamen die Tomaten, dann die Erbsen mit ihren Klettergittern. Starn hatte wilde Welten gesehen, die die Xenofarmer mit Beben hatten verscheuchen wollen, mit Unwettern und aggressiven Tieren. Im Hydroponium dagegen war die Natur gezähmt und auf Effizienz optimiert. Wenn eine Pflanze nicht so wuchs, dass sie den erwarteten Beitrag zur Ernährung der Besatzung leistete, wurde sie zu Dünger.

»Ich habe kein Problem«, gestand Kara.

»Ich dachte, du bräuchtest meine Hilfe?«, fragte er verwirrt.

»Ich habe gelogen.« Ein freches Lächeln leuchtete auf ihrem Gesicht.

»Und warum?«

»Du warst sehr mutig, als du für mich rausgeflogen bist zu den Zentrifugen.«

»Das war doch nur, weil …«

Kara schwebte auf ihn zu. In diesem Moment ähnelten die Schleppen ihres Kleids Fangarmen. »Ich will mich persönlich bei dir bedanken.«

Er wollte ausweichen, fand aber ringsum keinen Halt, an dem er sich hätte abstoßen können. Er musste ja ein schönes Bild abgeben, wie er panisch in der Luft herumzappelte!

Kara schien das nicht zu stören. Zielsicher trafen ihre weichen, warmen Lippen seinen Mund. Ihr Parfüm füllte seine Nase, und Sterne tanzten vor seinen Augen.

Instinktiv schob er sie fort, wodurch er selbst sich ebenfalls bewegte, wenn auch nicht so stark wie Kara, weil er wenigstens um die Hälfte mehr Masse besaß.

»Hör zu …«, stotterte er. »Ich muss noch zur Samenbank und …«

Schmollend verzog sie den Mund. »Ein Xenobiologe hat keine Pflichten, wenn das Schiff durch den Rotraum fliegt, und außerdem jeder Freiwache hat, weil die große Siegesfeier steigt. Du magst mich nicht!«

»Unsinn.« Wenig elegant stieß er gegen die Transplastwölbung. Hier gab es keine Haltegriffe. Trotz seiner langsamen Geschwindigkeit prallte er ab und schwebte in den freien Raum innerhalb des Hydroponiums zurück.

Kara flog einen Bogen und stoppte ihn sanft am Rücken ab. Sofort entfernte sie sich wieder, sodass er ein zweites Mal ohne Halt in der Luft schwebte. Er konnte noch nicht einmal den Drehimpuls negieren, der ihn in Zeitlupe Rad schlagen ließ. Er nahm sich vor, wenigstens nicht länger unwürdig herumzuzappeln, und verschränkte die Arme.

Sie schien sich zu bemühen, ein Lachen zurückzuhalten.

Trotz seines Widerwillens zuckten seine Mundwinkel.

»Ich frage mich, ob dort draußen im Rotraum etwas lebt«, sagte er, um das Thema zu wechseln.

Spöttisch lüpfte Kara die dünn rasierte Braue über ihrem rechten Auge.

Zu seinem Ärger merkte Starn, dass er rot wurde. »Ich meine – die Rubozyten sind doch nicht umsonst nach Abwehrkörpern benannt, die man auch in Lebewesen findet.« Diese Teilchen ließen sich in einem komplizierten Verfahren indirekt nachweisen. Je länger sich ein Schiff im Rotraum aufhielt, desto weiter stieg ihre Konzentration. Sie lagerten sich an konventionelle Materie an, die zugleich aber kein Hindernis für sie darstellte. Nicht nur die Hülle wurde mit ihnen gesättigt, sondern auch die inneren Strukturen, sogar die Körper der Besatzung. Je stärker sie ein Schiff tränkten, desto schwieriger ließ sich dieses im Rotraum halten.

»Ich bezweifle, dass der Astridenschleier eines Yamadatriebwerks sie wirklich abblockt«, sagte Starn. »Es ist doch sehr ähnlich wie bei Krankheitserregern, die ihre Oberflächenstruktur tarnen, damit die Antikörper sie schwerer erkennen. Ich glaube, was immer da im Rotraum ist, sieht uns einfach schlecht.«

»Es sieht uns schlecht?«, echote Kara.

»Natürlich nicht im wörtlichen Sinne. Es fällt seinem Immunsystem schwer, uns zu erfassen.«

»Du glaubst, der Rotraum ist ein riesiger Organismus, der versucht, unsere Schiffe auszueitern?«

So, wie sie es sagte, hörte es sich wie der letzte Blödsinn an. Dabei war Starn stolz darauf, mit seiner Theorie schon viele Gesprächspartner nachdenklich gemacht zu haben. Der Gedanke, die Rubozyten seien so etwas wie eine Markierung, die eine Abstoßungsreaktion auslöste, besaß eine seltsame Faszination. Aber unter dem skeptischen Blick aus Karas blauen Augen wurde ihm wieder bewusst, wie unsinnig es war, die Existenz eines Lebewesens anzunehmen, das die gesamte Galaxis ausfüllte und Eindringlinge abwehrte, die sich mit signifikanten Bruchteilen der Lichtgeschwindigkeit bewegten.

»Nur so in etwa«, verteidigte er sich halbherzig. »Vielleicht sind die Rubozyten den Astriden ähnlich. So eine Art Plankton, unzählig viele Einzelwesen, die aber zueinander in Beziehung stehen.«

Wieder zeigte Kara ihr offenes Lächeln. »Erzähl mir mehr über Beziehungen.«

»Das meine ich doch gar nicht! Der Rotraum erinnert mich nur an ein organisches System. Siehst du diese Strukturen?«

Er zeigte auf die Spiralen und Schlieren im feurigen Wabern.

»Erinnert dich das nicht an die Pflanzen hier?«, fragte er. »An die Ranken von Erbsen? Oder an Blätter?«

»Das da vorn sieht aus wie ein Pegasus.«

»Wie was?«

»Ein geflügeltes Pferd. Das ist eine Gestalt aus der griechischen Sagenwelt.«

»Griechisch …«, murmelte er missmutig. »Das habe ich heute schon gehört. Ich sollte dir Herrn Zmitt vorstellen.«

»Wieso willst du mich mit einem anderen Mann bekannt machen? Magst du mich wirklich kein bisschen?«

Er seufzte. »Im Gegenteil, ich finde, du bist für jeden eine lohnende Bekanntschaft«, behauptete er. Er ertappte sich dabei, ihrem Duft nachzuspüren.

Mit wehenden Schleiern wandte sie sich dem Rotraum zu.

Die losen Stoffbahnen schienen ihren vom Kleid weitgehend freigelassenen Rücken zu streicheln.

»Das Leben ist so vielfältig«, flüsterte sie. »So empfindlich. Das macht es so wertvoll, findest du nicht? Alles, was man verlieren kann, ist kostbar.«

»Das klingt, als hättest du Angst vor dem Tod.«

Sie zuckte die Achseln. »Manchmal. Aber das meine ich nicht.« Sie drehte sich zu ihm um. »Gehörst du zu den Jüngern der Leere?«

»Ich bin nicht sehr religiös«, wich er aus.

Sie sah zur Seite, ihr Gesicht wurde so ernst, wie er es noch nie gesehen hatte. Noch nicht einmal, als Koichy den Fehler bei ihrer Yamadazentrifuge bemerkt hatte. »Ich hasse die Kirche des Void. Wieso verehrt man das Nichts? Was soll da draußen sein, im Vakuum?«

»Die Freiheit, die offen für alles ist, sagen sie.«

»Und was nützt es, alles aufnehmen zu können, wenn nichts da ist?« Forschend musterte sie sein Gesicht. »Stell dir vor, du bist ein Becher, aber es gibt nichts, um ihn jemals zu füllen. Das ist unendlich traurig.«

Starn fiel ein, dass die Priester des Void behaupteten, unendlich sei nur die Leere, aber er fand es unpassend, das jetzt einzubringen. Er sah, dass Kara fröstelte. Sie rieb ihre Schultern.

Ohne darüber nachzudenken, streckte er die Arme aus. Er konnte sich nicht auf sie zubewegen, aber sie schwebte an seine Brust. Da war er wieder, ihr Duft.

»Was schätzt du«, fragte sie, »wie viele Leben hat der Angriff auf G'olata vernichtet?«

»Das war ein Industrieplanet, praktisch unbewohnt«, flüsterte er. »Nur Erze und Fabriken.«

»Bis auf die Giats.«

»Die bringen den Tod«, wiederholte er, was man schon im Kindergarten lernte.

»Ja …«, murmelte sie an seiner Brust. »Wahrscheinlich hast du recht.«

Er fühlte eine Locke ihres Haars über seine Handrücken streichen.

Langsam drehten sie sich in ihrer Umarmung. Starn sah hinaus in den Rotraum. »Das Leben nimmt mitunter Formen an, die uns so fremd sind, dass wir sie nicht erkennen«, sagte er. »Ich habe einmal Steine auf einem Kometen eingesammelt. Erst zurück an Bord, als wir sie auf seltene Erden untersucht haben, fiel uns auf, dass sie leben. Sie fallen in Starre, für Jahrhunderte, bis ihr Komet wieder so nah an ihren Stern kommt, dass das Eis schmilzt.«

Sie regte sich, bis sie zu ihm hochschauen konnte. »Interessierst du dich nur für fremde Biologie? Die von Menschen ist ebenfalls sehr interessant.« Ihr kokettes Lächeln war zurück.

Starn fragte sich, wo das hinführen sollte. Sie war höchstens zwanzig, acht Jahre jünger als er.

Er räusperte sich und löste die Umarmung, die er unbewusst geschlossen hatte. »Hast du ein Rauschpflaster genommen?«

Sichtlich enttäuscht schwebte sie von ihm weg.

Er überlegte, dass er den Kommunikator benutzen müsste, falls sie ihn jetzt einfach zurückließe. Ohne Hilfe könnte er sich nicht vom Fleck bewegen. Das wäre ziemlich peinlich, nicht nur, weil er wie ein Idiot in der Luft herumhing, sondern auch, weil er eigentlich nichts im Hydroponium zu suchen hatte. Ganz abgesehen davon, dass man sich fragen würde, wieso er die Siegesansprache seiner Mutter schwänzte.

»Ja, ich bin berauscht.« Ihre Stimme klang vorwurfsvoll. »Von dir, wenn du es genau wissen willst. Obwohl ich eigentlich keine Soldaten mag.«

Sie sahen sich an. Sie wurde immer schöner, je länger er sie betrachtete.

Seufzend zog sie ein Pflaster von ihrem Nacken und hielt

es ihm entgegen. »Kein scharfes Zeug, nur Sanguis B. Wieso wehrst du dich gegen ein bisschen Spaß? Bist du immer so schwierig?«

Sie schwebte an ihm vorbei, griff beiläufig seinen Oberarm – unsanfter, als er ihre Berührung in Erinnerung hatte – und bewegte sie gemeinsam Richtung Ausgang.

»Warte«, sagte er.

Sie hielt inne, kalkulierte aber den Schwung der beiden Körper falsch. Sie kamen nicht vollständig zum Stillstand, sondern umkreisten einander wie in einem langsamen Tanz.

»Ich habe hier noch irgendwo …« Starn fingerte das Pflaster mit dem Dornrosenextrakt aus der Tasche.

Kara schmunzelte, als er es in seinen Nacken drückte.

»Ich bin kein Soldat mehr«, sagte er.

Egal, welche Religion der Wahrheit am nächsten kam, dachte er, als er ihr aus dem Kleid half, es gab Angebote des Schicksals, die abzulehnen ganz bestimmt eine Sünde gegen den Willen des Universums und aller Götter war.

—

Rila war die SQUID unheimlich, aber zugleich zog das lebende Schiff sie in seinen Bann. Die braungrünen Wände waren eindeutig gewachsen, nicht gebaut. Wülste durchzogen die organischen Strukturen, die an manchen Stellen Feuchtigkeit ausschwitzten und sich an anderen bewegten, als atmeten sie. Wie in einem surrealen Traum durchwanderte sie Räume und Gänge. Ja, *Gänge*. An Bord der SQUID schwebte man nicht, man ging. Hier herrschte überall der Sog der Schwerkraft, wie in einem gigantischen Rotationsmodul oder auf einem Planeten. Dieser Umstand trug sicher seinen Teil zu Rilas Erschöpfung bei, zusätzlich zu den Medikamenten in ihrem Kreislauf und der Schwächung durch die Verletzungen, die jetzt unter druckarmen Liquidverbänden heilten.

Ständig entdeckte sie Dinge, bei denen sie unsicher war, ob es sich um Technik oder organische Elemente handelte. Was war mit den Leuchtkörpern, die in durchscheinenden, mit einer grünen Flüssigkeit gefüllten Adern durch das Schiff zogen und dabei eine seltsam wandernde Form von Helligkeit schufen? Oder mit den Schotten, die wie Hautfalten aussahen, wenn sie geschlossen waren, und sich mit einem Geräusch öffneten, als trenne man verklebte Häute?

Rila kam sich vor, als erforsche sie etwas Verbotenes. Das kam der Wahrheit durchaus nahe, die Herren der SQUID duldeten nur ungern Besucher an Bord.

Ihr Führer war der wortkarge Zoëliker Berglen, ein Mann mit stark behaarter Brust, die man wegen der offenen Weste gut sah. Sie war kräftig, mit gut akzentuierten Muskeln, was dafür sprach, dass er wesentlich jünger war, als sein schneeweißes Haar vermuten ließ. Dieses trug er lang und es hing wie ein Tuch bis auf seine Schulterblätter hinab. Erst jetzt, als sie ohne Magnetbänder oder sonstige Sicherungen, nur von der Schwerkraft gehalten, neben ihm saß, ging ihr auf, dass solche Frisuren auf der SQUID wesentlich weniger unpraktisch waren als auf einem anderen Schiff. Hier lief man niemals Gefahr, die Haarpracht durch eine unbedachte Bewegung in einen wirren Ball zu verwandeln, der den Kopf einhüllte und die Sicht nahm.

Seit einer halben Stunde befanden sie sich in einem Saal mit unregelmäßig gewellten Wänden, und zunehmend beschlich Rila das Gefühl, in einer Schlucht zu sitzen. Zwanzig Meter über ihr spannte sich etwas, das wie die Haut einer Blase aussah, zwischen den nahezu senkrecht ansteigenden Wänden. Diese wässrige Blasenhaut kräuselte sich in den Tönen des monotonen Gesangs, der zu ihr aufstieg. Das verwischte für kurze Intervalle die Schlieren des Rotraums, der dahinter zu sehen war, bis das fremde Kontinuum wieder in schrecklicher Klarheit den Raum über ihr ausfüllte.

Rila schauderte. In ihr rang die Angst, dass die Haut platzen könnte, mit der unsinnigen Sehnsucht, sich abzustoßen und zu ihr hinaufzuschweben, um herauszufinden, ob sie sich wirklich wie eine Flüssigkeit anfühlte. Glücklicherweise verhinderte die auf der SQUID allgegenwärtige Schwerkraft solche Dummheiten.

Rila versuchte, sich von der Fremdheit zu lösen und in den Tönen des Gesangs etwas Vertrautes zu finden. Mehrere Hundert Menschen standen zwischen den sanft zitternden Wänden des Saals und sangen. Die meisten bewegten sich nicht von der Stelle, nur einige, die, wie Berglen, offene Westen trugen oder in bodenlange, frei fallende Umhänge gekleidet waren, gingen zwischen ihnen umher. Rila vermutete, dass es sich um Zoëliker handelte, die Angehörigen der herrschenden Kaste der SQUID. Auf der MARLIN bezeichnete man sie als Priester, sie verehrten ihr lebendes Großraumschiff als Gottheit. Von außen betrachtet hatte Rila diese Vorstellung als lächerlich empfunden, sie hatte die SQUID für ein exotisches Tier gehalten. Hier an Bord, überall umgeben vom fremden Organismus, regten sich Zweifel an dieser Beurteilung. Die gewaltige Größe der SQUID, die offensichtliche Lebendigkeit, der beständige Schwerkraftsog und die unbestreitbare Fähigkeit, unangefochten und ungeschützt, aus eigener Kraft, im Leerraum des Einsteinkontinuums ebenso wie im Rotraum zu existieren, machten es schwer, das Gefühl der Ehrfurcht zu unterdrücken.

Ob sie gerade eine Siegesfeier erlebte? Dafür sprach, dass Holoprojektoren über der Menge das Bild der Zerstörung von G'olata in die Luft warfen. Grau und schwarz war die Planetenkruste dargestellt, in flammendem Orange die Lava, die daraus hervorbrach, und blutrot die brennende Atmosphäre. Aber das hier war keine Party, wie sie Rila von der MARLIN vertraut war. Eher schon glich die Zeremonie einem Gottesdienst, nur dass kein Priester an einem Altar schwebte und keine heiligen Gegenstände Verehrung erfuhren.

Weil ihr Gott diese Menschen auf allen Seiten umgab, erkannte Rila. Ihr Blick schweifte über die fleischigen Wände, folgte ihren Windungen hinauf zur wässrigen Membran und verharrte auf dem bewegten Rot des Draußen. Als ihr Nacken zu schmerzen begann, wandte sie sich wieder der Menge zu.

Die Fremdheit begrenzte sich nicht auf das Schiff, sie erstreckte sich auch auf seine Bewohner. Manche hatten eine Öffnung auf der Stirn, wie ein drittes Auge. Bei anderen war die Nase so lang wie ein Rüssel, einige trugen grünliche Flecken auf der Haut. Besonders faszinierte Rila eine Frau mit silbrig blau schimmernden Schuppen anstelle des Haupthaars. Weil ihr Gesicht das Licht auf so vielfältige Weise zurückwarf, vermutete Rila, dass ihre Haut auch dort von winzigen Plättchen bedeckt war. Ihre Augen waren bis auf die Schlitzpupillen vollständig grün.

Rila hatte nicht gewusst, dass die Menschen auf der Squid dermaßen fremdartig waren. Sicher, es gab wilde Spekulationen um ihre seltsame Religion mit der Verehrung des lebenden Schiffs. Aber Rila kannte niemanden an Bord der Marlin, der einmal auf der Squid gewesen wäre, und die Abstimmung zwischen den Schiffen erfolgte nur auf der Kommandoebene. Allerdings erinnerte sie sich, dass ihre Mutter, die Admiralin, viel seltener von der Squid sprach als von der Koi, der Orca oder der Thun.

Die Aufmerksamkeit eines Mannes, der in der Nähe stand, galt nicht dem Hymnus, er sang noch nicht einmal mit. Stattdessen sah er zu Rila herüber. Als ihm gewahr wurde, dass sie ihn bemerkt hatte, wandte er sich rasch der Menge zu.

Auch seine Kleidung war fremd, gestaltet für eine Umgebung mit allgegenwärtiger Schwerkraft. Rila konnte noch nicht einmal erkennen, ob es sich um eine einzige, lange Stoffbahn handelte, die in mehreren Windungen und vielen Falten gelegt war, oder ob sie aus unterschiedlichen Teilen bestand. Die Arme und die kräftigen Waden blieben frei, und auch auf den seitlichen Brustkorb gewährte sie Einblicke. Der Mann hatte helle Haut. Wegen seiner Glatze war sein Alter schwierig zu schätzen, außerdem sorgte die permanente Gravitation für eine Physiognomie mit schmalen Gesichtern und muskulösen Beinen. Er hielt sich sehr gerade, wie die meisten Menschen an Bord der SQUID, was den Eindruck besonderer Spannkraft erzeugte. Vielleicht war er so alt wie Rila, knapp dreißig, möglicherweise aber auch fünf Jahre jünger oder zehn älter.

Zwar war der Schnitt seines Gewands ungewohnt, aber seine Farbe, das helle Orange, war ihr ebenso vertraut wie das in dunklem Rot aufgedruckte Symbol des stilisierten Lotos, einer symmetrischen Blüte mit zwei Kreisen aus jeweils acht Blättern. So kleideten sich Angehörige der Kirche des Void.

Überraschend stark spürte Rila eine Welle der Erleichterung. Ein Teil der Anspannung, die daher rührte, dass alles hier so neu war, löste sich. Auf der MARLIN besuchte Rila manchmal die Meditationstreffen der Kirche. Als Jägerpilotin wusste sie, wie es war, allein in der endlosen Leere unterwegs zu sein, wenn man um sich herum nichts sah als Sterne und die nächstgelegene Sonne auch nur ein Punkt unter vielen war. Wenn man Tage brauchte, um die Entfernung zurückzulegen, die einen wieder an Bord brachte, wo man einen Menschen berühren konnte. Sie kannte diese Wochen der Einsamkeit, in denen man Gefahr lief, die Hoffnung zu verlieren, dass jenseits des Nichts ein Etwas existierte. Die Erhabenheit der Leere war für sie keine philosophische Spekulation, sondern praktisches Erleben, auch wenn sie bezweifelte, dass die Dogmen des Maßhaltens, die die Kirche daraus ableitete, ein glücklicheres Leben garantierten.

Ihre Oberschenkelmuskulatur schmerzte, als Rila aufstand. Wie wäre sie wohl mit der Schwerkraft zurechtgekommen, wenn sie nicht so durchtrainiert gewesen wäre?

Berglen schien in den Gesang vertieft, den er mit monotonem Summen unterstützte. Sein muskulöser Brustkorb weitete sich in einem tiefen Atemzug, dann drang wieder der dunkle Ton heraus.

Sie achtete darauf, niemanden anzurempeln, als sie zu dem kahlköpfigen Mann ging. Offenbar beobachtete er sie aus dem Augenwinkel, denn er wandte sich ihr zu, bevor sie ihn erreichte.

»Kennen wir uns?«, fragte sie leise.

»An unsere erste Begegnung wirst du dich nicht erinnern«, sagte er. »Ich habe dich auf der Krankenstation besucht, als du bewusstlos gewesen bist. Mein Name ist Ugrôn.«

»Und du gehörst zu den Jüngern des Lotos.«

»Meine Priesterweihe steht an, sobald sich die Gelegenheit ergibt.« Eine Mischung aus Stolz und Unsicherheit lag in seinen Zügen.

Die Proportionen seiner Nase und der Wangen erschienen ihr so exotisch, dass Rila unwillkürlich in ihrem eigenen Gesicht tastete. Es schmerzte, sie hatte noch leichte Schwellungen. Sie zog die Hand zurück, strich durch ihr Haar und löste, einem spontanen Gedanken folgend, das Gummi, das es im Nacken zusammenhielt. Die blonden Strähnen fielen in ihr Blickfeld, ließen sich aber ohne Widerstand hinter die Ohrmuscheln schieben und blieben auch dort.

Schmunzelnd strich Ugrôn über seine Glatze. Die Kopfhaut glänzte, anscheinend benutzte er ein Öl.

Er nickte zur Menge. »Sie kommunizieren mit der SQUID«, flüsterte er.

»Glaubst du wirklich, dass das Schiff sie hört?« Als Rila es aussprach, kam es ihr gar nicht mehr so unwahrscheinlich vor. Keine zwei Meter entfernt dehnte sich die Wand aus und zog sich, einem langsamen Pulsschlag folgend, wieder zurück.

»Das ist eine Tatsache, keine Frage des Glaubens«, sagte Ugrôn.

Rila spürte, wie Hitze in ihre Wangen stieg. Hatte sie ihn beleidigt? Er konnte doch kein Schiff als Gottheit ansehen, wenn er der Kirche des Void angehörte!

Verwirrt sah sie wieder der Menge zu. Sie hatte den Eindruck, dass die Zoëliker zufrieden mit dem Chor waren. Sie bewegten sich ruhig zwischen den Menschen, ab und zu gab einer von ihnen einen Ton vor oder sang eine Lautfolge, die sich allerdings nicht zu verständlichen Wörtern zusammensetzte.

»Was hörst du?«, fragte Ugrôn nach einer Weile.

»Wenn ich ehrlich bin«, sagte Rila vorsichtig, »einen etwas eintönigen Gesang.«

Sie hielt den Atem an, aber offenbar empfand er ihre Meinung nicht als unangemessen. Schmunzelnd sah er sie an. Erst jetzt bemerkte sie, dass er vollständig grüne Augen hatte, ohne Weiß, wenn auch heller als bei der geschuppten Frau und mit runden Pupillen, nicht mit geschlitzten.

»Es sind nur einfache Gläubige«, sagte er, »angeleitet von geduldigen Zoëlikern.« Kurz musterte er sie prüfend. »Wenn du möchtest, bringe ich dich zu den Navigatoren. Die singen anders.«

»Gern.« Durch ihr Nicken löste sich eine Strähne von ihrem Ohr und fiel vor ihr Gesicht, wo sie träge hängen blieb. Rila schob sie zurück.

Sie warf einen Blick auf Berglen, während sie Ugrôn aus dem Saal folgte, aber der Zoëliker, der sie hergebracht hatte, schien noch immer in die Zeremonie versunken.

Auf der MARLIN waren Leitern Notvorrichtungen. Man fand sie in den Verbindungsstreben, die zu den Rotationsmodulen führten. Wirklich gebraucht wurden sie nur, wenn ein lokaler Absorber ausfiel. Ruhenischen ermöglichten dann Pausen auf dem Aufstieg die drei Kilometer lange Röhre entlang, in der immerhin die Zentrifugalkraft abnahm, je näher man dem Hauptkörper des Großraumschiffs und damit dem Drehpunkt kam. Rilas Bruder Starn hatte diesen beschwerlichen Weg Sprosse für Sprosse im Rahmen von Drills seiner Kompanie mehrfach absolviert und dadurch ihre Anerkennung errungen. Jetzt, da sie an Bord der SQUID selbst Treppen und Leitern benutzte, statt schwerelos aufwärtszuschweben, steigerte sich ihre Bewunderung für die Leistungen der Infanteriesoldaten noch.

Das Hemd klebte an ihrem Körper, als sich vor Ugrôn und ihr ein Schott schmatzend auseinanderzog. Glücklicherweise lag kein weiterer Aufstieg vor ihnen. Stattdessen klang eine seltsame Harmonie vibrierender Töne an Rilas Ohr.

Inzwischen hatte sie sich an die Illumination an Bord der SQUID gewöhnt. Die Leuchtkörper in den armdicken Adern, die sich vor allem unter den Decken, seltener auch an den Wänden entlangzogen, schufen ein Wechselspiel aus Licht und Schatten. Sie fragte sich, ob ihre Konzentration in manchen Räumen bewusst dichter war als in anderen, oder ob das aus dem Zufall eines fremdartigen Kreislaufs resultierte.

In dem annähernd runden Raum, den sie jetzt an der Seite des Voidjüngers betrat, kam das Licht zu einem Großteil von Hologrammen. Die meisten davon waren knapp zwei Meter über dem Boden positioniert – auf Augenhöhe für einen Menschen, der aufrecht stand und nicht frei schweben konnte. Ein besonders großes leuchtete jedoch unter der von Wülsten durchzogenen Decke. Während die anderen Zahlenkolonnen, beschriftete Zeichnungen und klar strukturierte Schemata anzeigten, waberte in ihm ein für Rila sinnloses Konglomerat farbiger Wolken.

Etwa drei Dutzend Zoëliker hielten sich hier auf. Einige bedienten von Sesseln aus merkwürdige Kontrollen, in denen sich Plast mit organischen Wucherungen verband. Manche waren zwei oder drei Meter hoch an der Wand angebracht, Leitern führten zu diesen Sitzgelegenheiten hinauf. Andere Zoëliker durchschritten anscheinend ziellos den Raum, wobei sie sich zwischen Bereichen bewegten, in denen der Boden Blasen warf. Einige benutzten bronzene Stäbe, die auf Kopfhöhe in bizarren Verdrehungen ausliefen. Ihnen allen war gemein, dass die Kleidung die Brust freiließ, ob sie nun Westen, bodenlange Umhänge oder Kleider mit langen Schleppen trugen. Eine Frau mit hochgesteckter Frisur ging ungerührt weiter, als ein gezackter Blitz durch den Raum zuckte und dabei die Wand zur Rechten mit dem Boden nahe der anderen Seite verband. Die rote Leuchterscheinung gleißte mehrere Sekunden, um dann langsam zu verblassen. Die Zoëlikerin schritt durch das Nachleuchten, das wie ein bunter Rauchfaden verwirbelte. Rila bemerkte, dass ihre Brustwarzen eine ähnlich hellgrüne Farbe hatten wie Ugrôns Augen.

Die Zoëliker sangen, aber das hatte nichts mit dem Chor gemein, den Rila zuvor gehört hatte. Die Männer und Frauen hier schienen keiner Anleitung zu bedürfen. Obwohl sie kein gemeinsames Stück vortrugen, harmonierten die Laute miteinander. Einige klangen dermaßen fremd, dass sich Rila fragte, ob die Sänger zusätzliche Lautorgane besaßen. Am deutlichsten waren die Obertöne, die in der Luft schwangen, aber auch lang gezogenes Trällern war dabei, tiefes Brummen und unbeschwerte Melodien, wie Kinder sie übten, um ein Gefühl für ihre Stimme zu bekommen.

»Das sind eure Navigatoren?«, flüsterte Rila.

Als sie noch geglaubt hatte, in Reck verliebt zu sein, hatte sie sich für alles interessiert, was er tat, natürlich auch für Rotraumnavigation. Sie hatte sogar einen niedrigen Kompetenzgrad darin erlangt. Nichts, was sie hier sah, brachte sie mit der Orientierung an Materiesenken, dem Ausweichen vor Rotwirbeln, dem Nutzen günstiger Strömungen oder dem Ausgleich von Astridenfluktuationen in Verbindung.

»Sie beraten die SQUID, was den Kurs angeht«, antwortete Ugrôn.

»Und wer entscheidet letztlich?«

»Die SQUID ist sehr weise«, meinte Ugrôn. »Sie erfüllt die Wünsche ihrer Kinder, aber nicht immer auf die Art, wie sie es sich vorstellen. Vor zwei Monaten hat sie eine Sonneneruption abgewartet, um erst danach in die Korona einzutauchen.«

Zwei weitere Blitze, purpurn und gelb, bauten sich lautlos auf, um langsam wieder zu vergehen.

»Wieso sieht die Frau uns so seltsam an?«, fragte Rila.

Die Zoëlikerin mit den grünen Warzen stand nun still, den Bronzestab quer vor der unbedeckten Brust. Ihr Gesicht zeigte eine Mischung aus Respekt und Mitleid.

Ugrôn schmunzelte. »Vielleicht überrascht es sie, dass die SQUID uns bis hierher vorlässt.«

»Sind alle anderen hier Zoëliker?«

»Ja. Hier gestattet die Gütige Mutter nur ihren Lieblingen Zutritt.« Er sah Rila mit seinen gänzlich grünen Augen an. »Ich habe viel Zeit in Bereichen des Schiffs verbracht, die nur wenige Menschen kennen. Es mag mich.«

»Aber wieso hat es mich ebenso eingelassen?«

Er runzelte die Stirn, was wegen seiner Glatze ein besonders auffälliges Mienenspiel war. »Weil du in meiner Begleitung bist?«

»Das klingt wie eine Frage.«

»Es ist tatsächlich seltsam, wenn ich darüber nachdenke.«

Die Zoëlikerin besann sich auf ihre Pflicht und nahm die

Wanderung wieder auf. Im Holo unter der Decke drehte sich ein grauer Wirbel in die farbigen Wolken.

»Möglicherweise haben die Zoëliker auch eine Generalautorisation für dich programmiert«, murmelte Ugrôn.

»Eine Programmierung der Mutter?«, fragte Rila. »Das klingt nicht gerade ehrerbietig.«

»Ich verehre die Mutter nicht«, stellte Ugrôn klar. »Ich suche die Wahrheit in der Leere.«

Rila blinzelte. Auf jedem anderen Schiff, zwischen Stahl, Maschinen und Plast, hätte sie dieses Ansinnen plausibler gefunden als die Anbetung eines riesenhaften Organismus. Aber hier, wo man von einer Lebensform umgeben war, die offensichtlich alles bestimmte, was an Bord geschah, das eigene Leben prägte und das Überleben sicherte ... Rila vermutete, dass sie ebenfalls im Saal gestanden und das Lob der Gütigen Mutter gesungen hätte, wäre sie hier aufgewachsen. Oder nutzte sich der Eindruck des lebenden Organismus ab, wenn er ständig präsent war, sodass man ihn irgendwann gar nicht mehr wahrnahm?

Wie war das wohl in der Jugend der Menschheit gewesen, vor den großen Kriegen, als sie noch auf Planeten mit Ökosystemen voller Leben gewohnt hatte? Mit ineinandergreifenden Biozonen, die sich selbst erhielten und regulierten und Nahrung für Milliarden bereitgestellt hatten, ohne dass jemand die Kreisläufe überwacht und optimiert hatte?

Ugrôn legte den Kopf schief, als lausche er auf etwas. Hörte er eine besondere Tonfolge im Gesang der Zoëliker – oder gar die Stimme der Squid?

»Wie gefällt dir das Lied der Navigatoren?«, fragte er.

»Es ist interessant«, sagte sie diplomatisch. »Aber ich singe anders.«

Unter seinem fragenden Blick fühlte sie sich wieder erröten.

»Mezzosopran«, erklärte sie. »Ein Hobby von mir. Mein Chor gestaltet manchmal einen Abend auf der Marlin.«

»Ich habe die SQUID noch nie verlassen«, gestand er.

»Dann wirst du wohl nie in den Genuss kommen, mich singen zu hören.« Wieso klopfte ihr Herz so stark? Lag das an der Schwerkraft?

»Das wäre aber schade.« Er wirkte wie ein Junge, dem man sein Spielzeug vorenthielt.

Rila überraschte sich selbst, als sie seine Hand nahm und ihn aus dem Raum zog. Das Schott öffnete sich ohne Zutun.

»Was hast du vor?«, fragte er.

»Wir brauchen eine ruhigere Umgebung«, erklärte sie. »Sonst verstehst du nichts.«

Eine Leiter und einen Verbindungsgang später waren sie zurück in einem fünf Meter durchmessenden, runden Raum, den sie bereits auf dem Hinweg passiert hatten.

Rila räusperte sich. Skeptisch betrachtete sie die Wände, die wie eine Mischung aus Fleisch und Holz wirkten. Ruhig zogen die Lichter durch die Adern an der Decke. Die Oberflächen sahen aus, als seien sie mit dünnem Moos überzogen. Wie sich das wohl auf die Akustik auswirkte?

Es würde schon reichen, dachte sie. Sie sang schließlich nicht in einem Wettbewerb.

Sie entschied sich für *Die Sehnsucht der Mynreva*, eine getragene Arie, die mit einem lang gehaltenen Ton mittlerer Höhe begann. Dadurch konnte sie das Echo testen. Es war suboptimal, aber einem ungeschulten Gehör würde diese Schwäche wohl entgehen.

Sie sang von einer einsamen Nacht, in der Mynreva durch die Röhren, Hallen und Räume eines ungenannten Raumschiffs schwebte, wo sie nach ihrem Liebsten suchte. In den Strophen begegnete sie Offizieren, Händlern und Wissenschaftlern, die einen erloschenen Stern vermaßen. Niemand hatte den Mann gesehen, den Mynreva so schmerzlich vermisste.

Die Arie war nicht die anspruchsvollste in Rilas Repertoire,

aber sie mochte, wie der Komponist die Stimmung eingefangen hatte. Die leeren Säle, die Hektik der Zuschauer bei
einem Gitterballspiel, die sich nicht für Mynrevas Not interessierten, die Endlosigkeit des Alls, das sie durch ein Außenfenster beobachtete – alle Melodien hatten ihre eigene, sorgsam
gewählte Färbung, was dezente, aber unüberhörbare Affekte
schuf.

Ugrôn wirkte zunächst überrascht und angetan, was Rila
ermutigte. Sie sang befreit, mit weiter Brust.

Während der vierten Strophe zog er jedoch die Stirn in Falten.

Entglitten ihr etwa die Töne?

Unsicher sah sie sich um, ohne mit dem Gesang innezuhal-
ten. Die Wände wirkten trockener als noch vor einer Minute,
der moosartige Überzug fester. Das mochte täuschen, weil
sich das Licht durch die Wanderung der Leuchtkugeln beständig änderte. Aber sie bildete sich ein, dass auch die Akustik
verändert war. Ihr eigener Gesang erschien ihr klarer als zu
Beginn.

Sie verstummte, als sie Berglen, den Zoëliker, der sie von
der Krankenstation geholt hatte, vor der Tür stehen sah. Auch
seine Stirn lag in Falten, aber der Weißhaarige machte einen
nachdenklichen, keinesfalls verärgerten Eindruck. Hatte er
bisher Rila beobachtet, tauschte er jetzt einen Blick mit dem
Jünger des Void.

»Bitte mach weiter«, sagte Ugrôn.

Verwirrt sah Rila zu dem Zoëliker. Sie wollte keinen Streit
zwischen den beiden Männern auslösen. Überhaupt sollte
sie sich zusammenreißen! Ihr Eindringen in den Raum der
Navigatoren mochte in der merkwürdigen Theokratie der
Squid sehr wohl als Frevel ausgelegt werden. Das konnte zu
Verwicklungen führen, schließlich war sie die Tochter der be-
fehlshabenden Admiralin der Marlin.

»Falls mein Gesang unangemessen war, entschuldige ich

mich dafür«, sagte sie. »Die Sitten dieses Schiffes sind mir nicht vertraut.«

»Bitte!« Berglen wandte ihr die Handflächen zu. »Wenn es dir möglich ist, fahre fort. Die Gütige Mutter findet Wohlgefallen an deinem Gesang.«

Auf eine Zurechtweisung war Rila gefasst, aber diese Eröffnung jagte ihr ein Schaudern über den Rücken.

4

Wassergarten

Verfluchte zivile Anzüge!

Starn Egron rappelte sich auf und suchte Windschutz hinter einem schwarzen Felsbrocken, dessen spitze Zacken gebrochenem Glas ähnelten. Er wünschte sich ein militärisches Modell herbei, in dem die Muskelverstärker auch plötzlichen Andruck ausglichen. Aber er wusste, dass er eigentlich keinen Grund zur Klage hatte. Immerhin half ihm dieser Anzug beim Aufstehen, beim Gehen und auch, wenn er eine Last anhob. Ohne eine solche Unterstützung hätte der Orkan ihn davongewirbelt.

»Kein Signal mehr von Saatdrohne siebzehn«, meldete ein durch atmosphärische Störungen verzerrter Funkspruch von Erok Drohm.

»Dann sieh gefälligst zu, dass du es wiederfindest!«, brüllte Starn in der Hoffnung, dass sich seine Entschlossenheit durch das Helmmikrofon, die Funkstrecke und den Helmlautsprecher des Empfängers übertrug.

»Ich glaube, sie ist ins Meer gestürzt.«

»Oh nein, Freundchen, wir geben die Drohne nicht auf, bis wir das sicher wissen!«

Grimmig starrte er in den Sturm hinaus.

Der Planet, den sie Wassergarten getauft hatten, war kein sanfter Gastgeber für die Xenofarmer. Seine Sonne war ein Roter Zwerg. Eine mehrfach irreführende Bezeichnung, wie Starn fand. Zwar lag der größte Teil der Strahlung, die von diesem Stern ausging, im roten Lichtspektrum, aber die anderen Anteile waren, wie bei nahezu allen Vertretern seiner Spektralklasse, so hoch, dass er für das menschliche Auge trotzdem weiß erschien. Allenfalls einen leichten Rotschimmer mochte man sich einbilden. Und was die Größe anging, so empfand Starn einen Durchmesser von gut zweihunderttausend Kilometern nicht grade als zwergenhaft, auch wenn er zugegebenermaßen zu den kleinsten bei den Hauptreihensternen gehörte.

Wassergarten raste in einer engen, beinahe kreisförmigen Ellipse so schnell um seinen Stern, dass sein Jahr nur zehn Normtage währte. In der gleichen Zeit drehte sich der mondlose, nahezu erdgroße Planet einmal um die eigene Achse – wenn man es von außerhalb beobachtete. Stand man auf Wassergartens sonnenzugewandter Oberfläche, bewegte sich wenig am Himmel. Der Glutball verharrte immer am gleichen Fleck, riesig und sengend. Eine Hälfte des Planeten lag in ewigem Tag, die andere in niemals endender Nacht und die Dämmerungszone verschob sich nur um ein paar Hundert Kilometer vor oder zurück, was der Bahnellipse geschuldet war. ›Gebundene Rotation‹ nannte man dieses Phänomen.

Das Resultat war ein Ozean auf der Tagseite, der unter dem Zenitpunkt der Sonne kochte. Dort stiegen Kilometer durchmessende Dampfschwaden in die primär aus Stickstoff, Schwefelverbindungen und Kohlendioxid bestehende Atmosphäre. Sie bildeten Wolkenhüllen unterschiedlicher Zusammensetzung, hoch wie Gebirge und doch zu dünn, um die Strahlung der nahen Sonne vollständig abzublocken.

In Bodennähe erzeugte die aufsteigende Luft Unterdruck, der sich aus der Nachtzone auffüllte. Die hohen Atmosphärenschichten dagegen pressten nach außen, in alle Richtungen des Globus zurück in die Dunkelheit. Hinter dem Tag-Nacht-Terminator kühlten die Wolken rapide ab. Brutale Niederschläge, die von Regen über Hagel und Eis zu Schnee übergingen, zerschlugen das Gestein und zerbröselten die langsam treibenden Kontinentalplatten.

Diese Infernozone hatte man Starns Team zugewiesen. Er hatte Keime, Saatgut und angebrütetes Protoleben dabei, das laut Computer die Eigenschaften besaß, die seine Überlebensfähigkeit in einem solchen Habitat maximierten.

Über die Aufteilung der Landezonen hatten sich die Admirale rasch geeinigt. Zwar versuchten alle Schiffe, sich ertragreiche Gebiete zu sichern, aber so kurz nach der Schlacht um G'olata wusste jeder, dass die Giats hinter dem Schwarm her waren. Auch die Feinde der Menschheit kannten eine Militärhierarchie, und wer eine Schuld an der Niederlage beim Industrieplaneten trug, würde versuchen, dies durch die Vernichtung der Menschen vergessen zu machen. Sicher besaß die Verfolgung des Schwarms für einige hochrangige Giats eine persönliche Ebene. Sie würden alles daran setzen, die MARLIN und ihre Geschwister in der Weite des Alls aufzuspüren.

Tiefer in der klirrend kalten Nacht Wassergartens, wo ein beinahe ausgebrannter Vulkanismus noch für ein Minimum an geologischer Aktivität sorgte, arbeiteten die Kollegen von der SURUBIM, der UKELEI und der TRAÍRA. Teams von der MAKO und der KOI versuchten ihr Glück auf der Tagseite.

Die anderen Schiffe konzentrierten sich auf die äußeren Planeten des Systems. Dort empfand man die Witterung als freundlicher, wenn man ein Mensch war. Wassergarten war jedoch eine Schatzkammer, weil die stickstoffreiche Atmosphäre, den Stürmen und Temperaturextremen zum Trotz, ein Paradies für einfache Lebensformen schuf. Schon indigen war eine Vielzahl an Algen und Pilzen vorhanden, die Unterwassersonden hatten sogar primitive Fauna gefunden. Beste Bedingungen also für die Aussaat von Genmaterial, das für Menschen verdauliche Molekülketten kombinierte. Wenn man jedoch die Drohnen verloren gab, die diese Saat ausbrachten, konnte man den Schatz nicht heben.

Starn projizierte eine Positionskarte auf das Helmdisplay, die sowohl Eroks Standort als auch seinen eigenen anzeigte. Er versuchte, in der zweidimensionalen Darstellung einen möglichst kurzen, aber einigermaßen windgeschützten Weg zu finden. Leider lagen der Karte lediglich grobe Messdaten zugrunde. Die Überflugsonden hatten Schwierigkeiten mit der Albedo, der Atmosphärenzusammensetzung und der Strahlung, die das durch zahllose Sonnenprotuberanzen in den letzten paar Millionen Jahren übersättigte Gestein abgab.

»Ich glaube, sie ist wirklich verloren, Starn«, funkte Erok. »Mit dem Ding verschwenden wir unsere Zeit. Ich schlage vor, ich ziehe mich in die Landestation zurück.«

»Auf keinen Fall! Ich bin gleich bei dir!«

Der Empfänger rauschte.

»Ich verstehe dich nicht«, behauptete Erok. »Ich gehe davon aus, dass du mit meinem Vorschlag einverstanden bist.«

»Negativ!«, schrie Starn. »Position halten!«

Er biss die Zähne zusammen, neigte sich vor und trat in den Sturm hinaus. Der Wind traf ihn wie ein Keulenschlag, aber die Muskelverstärker an der linken Seite des Anzugs hielten dagegen, und rechts versteiften sie die Trefferfläche, sodass er nicht zusammengequetscht wurde. Allerdings erschwerte das auch die weitere Fortbewegung. Dem Anzug gelang nur mäßig, zu erkennen, welche Bereiche er locker lassen musste und wo er schützen konnte. Auf so einem Planeten hätte man unbedingt Militärausführungen gebraucht!

Der Schwefelanteil färbte die Luft gelb und begrenzte die Sicht auf fünfzig Meter. Ein heller Fleck im Westen ließ erahnen, wo ein Streifen Sonne über dem Horizont stand. Der Sturm trieb Eisbröckchen aus der Nacht heraus. Sie prasselten gegen den Helm. Ein Knistern drang durch, während die Akustikkontrolle das Tosen des Orkans weitgehend ausschloss. So war das lauteste Geräusch, das Starn hörte, sein eigener angestrengter Atem.

»Bleib, wo du bist!«, rief er, als sich Eroks Markierung auf der Anzeige bewegte.

Es war vergebens. Der Kollege wollte ihn nicht hören. Wahrscheinlich hatte er genug vom Sturm.

Menschlich konnte Starn das verstehen, aber es machte Erok zum falschen Mann für solche Einsätze. Er war ein guter, sogar ein sehr guter Geningenieur. Das Labor sollte er jedoch besser nicht verlassen. Ein Thema, das oft für Streit zwischen ihnen sorgte.

Starn bewegte sich durch eine Senke, in der die Stürme vermutlich weicheres Gestein weggefräst hatten. Hier kam er schneller vorwärts, auch wenn er den Außenscheinwerfer brauchte, um den Boden vor seinen Füßen auszuleuchten. Er beobachtete Eroks Bewegung. Noch dreihundert Meter konnte Starn der Senke folgen, dann musste er nach links abbiegen, ein Plateau erklimmen und sich wieder der vollen Wucht des Wetters stellen.

Als es so weit war, überraschte ihn die Steigung des Anstiegs. Er lehnte sich gegen den Hang und nahm die Hände zur Hilfe. Was die ständigen Niederschläge nicht erodiert hatten, war zum Glück hartes Gestein, das sein Gewicht problemlos hielt. Der Nachteil bestand darin, dass Starn unsicher war, ob der Anzug den scharfen Kanten gewachsen war.

Darauf durfte er jetzt keine Rücksicht nehmen. Wenn es einen Riss gab, musste er notdürftig flicken und dann schleunigst zurück in die Station. Aber wenn Erok ihm entwischte, konnte er die Drohne vergessen.

»Bleib stehen!«, funkte er. »Ich bin fast bei dir! Noch eine halbe Minute.«

Das schien seinen Kollegen zum Nachdenken zu bringen. Der Punkt, der seine Position anzeigte, stand jetzt still.

Es dauerte zwei Minuten, bis Starn ihn inmitten des Unwetters fand. Inzwischen gingen auch Blitze nieder und Schneetreiben setzte ein.

»Also: Wo hattest du zuletzt Kontakt?«, fragte Starn.

Erok zeigte grob nach Südwesten. Er trug ebenfalls das Standard-Planeteneinsatzmodell, roter Overall mit Muskelverstärker, Instrumentengürtel und Probentaschen.

»Mach vernünftig Meldung, Mann!«, forderte Starn.

»Schon gut, Soldat. Ich war auf der Felsnadel, die du mir zugewiesen hast. Ist doch klar, oder?« Träge drehte er sich in die Richtung. »Aber dahin können wir nicht zurück, sonst weht uns der Sturm in die Brandung.«

»Wieso hast du die Drohne nicht zurückgelenkt?«

»Weil das Steuersignal nicht mehr ankam.«

»Und weshalb hast du es dazu kommen lassen?«

»Ich sollte die Saat doch in der Südströmung ausbringen.«

»Ja, aber wenn du merkst, dass das Signal schwächer wird, hat die Sicherung der Drohne Priorität.«

»Davon hast du nichts gesagt.«

»Das steht in der Standardprozedur, du Idiot!«

»Steht darin auch, dass du mich beleidigen darfst?«

Starn hätte ihm gern eine handfeste Abreibung verpasst, aber das hätte nichts genützt. Die Muskelverstärker in Eroks Anzug hätten jeden Schlag verpuffen lassen. Außerdem hatte er keine Zeit zu verschwenden.

Er suchte auf der Karte nach einem Punkt mit nach Westen hin möglichst freiem Gelände. »Da vorn fällt das Terrain ab.«

»Das sind Steilklippen«, wandte Erok ein.

»Aber sie sind stufig ausgeformt. Da finden wir garantiert ein windgeschütztes Plätzchen.«

»Viel zu gefährlich.«

»Hör gut zu, Freundchen!«, rief Starn. »Gefährlich für die Flotte ist der Abfall der Nahrungsreserve! Es liegt an uns, etwas dagegen zu tun, und zwar schnell, denn die Giats freuen sich über jede Stunde, die sich der Schwarm nicht weiterbewegt. Eine Million Menschen vertrauen uns.«

»Wir sind nicht allein auf dieser Mission, du Held. Vielleicht haben die anderen bessere Bedingungen.«

»Ich bin sicher, die anderen geben ihr Bestes. So wie wir das auch tun werden!«

»Ich habe keine Lust, dass man sagt, ich hätte mein Bestes gegeben, wenn man meine Leiche ins All schiebt.«

»Und was soll man stattdessen sagen? ›Er war ein Feigling‹ etwa?«

»›Er hat lange gelebt‹ wäre schön.«

»Einhundertfünfzig Jahre nutzloses, egoistisches Leben. ›Alle, die ihn kannten, haben sich für ihn geschämt.‹«

Erok schwieg. Durch den Helm war sein Gesicht schwer zu erkennen.

»Wieso bist du Xenofarmer geworden?«, fragte Starn. »So etwas tut man nicht, weil man sich für Biologie interessiert, da gibt es andere Möglichkeiten. Weniger gefährliche. Tief in dir drin weißt du, dass du hier bist, weil du dir beweisen willst, dass du mehr bist als ein Arsch. Du willst rausfinden, wo deine Grenzen liegen. Und weißt du was? Du hast noch nicht einmal dran getastet.«

»Ich bin kein Soldat, Starn.«

»Das stimmt. Du kämpfst nicht gegen einen Feind. Du ringst mit den Zweifeln in dir selbst. Und hier im Sturm kannst du sie besiegen. Jetzt komm mit!«

Starn ließ ihn stehen und stemmte sich in den Wind. Er schlug den Weg zur Küste ein. Erst an den Klippen sah er auf die Ortungsanzeige. Erok war dicht hinter ihm.

Sie koppelten ihre Controller, um die Sendeleistung zu erhöhen.

———

Erschöpft kehrte Starn Egron in die Basisstation zurück. Erok Drohm und er hatten die Drohne wiedergefunden und ihr den Befehl gegeben, Höhe zu gewinnen, die Wolkendecke zu durchstoßen und im Orbit auf weitere Anweisungen zu warten. An das Ausbringen ihrer Saat war bei diesen Wetterverhältnissen nicht zu denken, sie mussten einen Normtag abwarten.

Auf dem Weg zur Station, einem quaderförmigen Container, den Stahlanker im Gestein hielten, hatte Erok überraschende Kräfte mobilisiert. Auf den Klippen hatte Starn noch befürchtet, ihn tragen zu müssen, aber auf den letzten fünfhundert Metern war er kaum zu bremsen gewesen.

Dankbar registrierte Starn das Zischen, mit dem sich das innere Schott der Schleusenkammer öffnete. Er nahm den Helm ab.

Erok erzählte den beiden Frauen im Team, Ignid Feron und Garta Sellem, schon eine Heldengeschichte von monströsen Sturmböen und spiegelglatten Eisflächen. Der kleine Mann konnte das gut, die zwei hingen an seinen Lippen. Starn überlegte kurz, mit welcher Erok später ins Bett ginge. Er hoffte, es würde Garta werden. Ignid war immer so laut. Leider hatte sie mit der bunten Tätowierung, die hinter ihren Ohren begann, einen Selektionsvorteil. Sie schlängelte sich in ihren Ausschnitt und kam an den Füßen wieder zum Vorschein, das regte die Fantasie an. Da vermochten die ständig wechselnden Muster, die Garta in ihr Haupthaar rasierte, nicht mitzuhalten.

Für ihn hatten die weiblichen Teammitglieder nur einen kurzen Blick übrig. Sie wussten, dass er seine Rolle als Vorgesetzter so interpretierte, dass sich intime Kontakte verbaten. Starn nickte ihnen zu, begab sich in die Umkleide und legte den Schutzanzug ab. Einer der wenigen Bereiche, in denen ein Aufenthalt auf einem Planeten im Vergleich zu MARLIN ein bisschen Luxus bot, waren die Duschen. In der Schwerkraft bildete das Wasser keine Kugeln, die überall festklebten. Man konnte es durch einen Brausekopf leiten, von dem aus es von allein nach unten fiel.

Starn nutzte diese Vorrichtung mit Genuss. Er stellte sich in den Strahl und streckte sich. Für die Arbeit waren die Muskelverstärker unverzichtbar, sie kompensierten auch den ständigen Gravitationssog, der hier immerhin ein Dreiviertel der Erdschwerkraft erreichte. Aber die Kunstmuskeln reagierten stets mit einer minimalen Verzögerung auf die Bewegungen des Trägers, und das führte zu Verspannungen.

Starn drehte das Wasser heißer, bückte sich, zog einen Fuß nach dem anderen ans Gesäß, hockte sich hin. Die Dusche tat ihm gut, sie fühlte sich an, als massiere jemand mit sanftem Druck seine Haut.

Schließlich trocknete er sich ab und legte seine Freizeitkombination an, einen weit geschnittenen silbergrauen Overall. Der Armbandkommunikator meldete ein wartendes Nachrichtenpaket.

Erok, Ignid und Garta waren noch immer miteinander beschäftigt. Offenbar bestand die zweite Stufe des Balzrituals in einem Kartenspiel.

»Ich störe euch ja nur ungern«, behauptete Starn, »aber wie weit seid ihr mit der Analyse?«

Ignid blickte auf. »Wir haben noch ein paar Versuchsreihen im Labor. Bislang nicht viel. Ein Pilz, der Felsnischen bevorzugt, die vom Meerwasser durchspült werden. Er ist nicht toxisch, hat einen Nährwertindex von immerhin fünf und wird genießbar, wenn man ihn zerkleinert und mit ein paar Standardproteinen mischt.«

»Klingt gut.« Starn reckte einen Daumen hoch.

Ignid nickte. »Und wie gesagt: Da kann noch mehr kommen.«

»Wassergarten wird uns nicht enttäuschen«, prophezeite Starn. »Das fühle ich.«

»Diesmal könntest du recht haben.«

»Mach bitte ein Suchschema für die Pilze fertig!«

»Ist schon programmiert. Die Roboter sind auf dem Weg.«

»Sehr gut.«

Starn sah trotzdem selbst in der Laboreinheit nach. Wie erwartet fand er Ignids Angaben bestätigt, aber schließlich trug er die Verantwortung.

Die nächste Messreihe brauchte noch eine halbe Stunde. Das war genug Zeit, um die wartende Nachricht anzuschauen.

Er fürchtete, dass sie von Kara kam. Sie war nett, und ihre Beziehung hatte sich intensiviert. Abgesehen von der sexuellen Ebene fanden sie jedoch nicht recht zueinander. Er wollte sie nicht verletzen, aber es fiel ihm schwer, Gesprächsthemen zu finden. Und seine Arbeit hier auf dem Planeten interessierte sie bestimmt nicht.

Die Nachricht kam jedoch von seiner Schwester. Zu seiner großen Erleichterung hatte er erfahren, dass sie sich wohlauf an Bord der Squid befand. Vielleicht kündigte sie nun ihre Rückkehr auf die Marlin an. Er freute sich darauf, sie in die Arme zu schließen.

»Hallo Bruderherz!«, begann sie. »Danke der Nachfrage, ich bin beinahe wieder fit.«

In dem kleinen Holo, das sich über seinem Handgelenk aufbaute, erkannte er, dass die Schwellung in ihrem Gesicht zurückgegangen war. Überhaupt sah sie gut aus. Ob das daran lag, dass sie ihr beinahe schulterlanges Haar offen trug?

»Und wegen der Zoëliker: Ja, genau, das sind die Priester. Sie nennen sich nach Zoë, einem Wort für ›Leben‹. Es ist griechisch.«

Starn verdrehte die Augen. War er etwa der Einzige, der sich nicht mit dieser antiken Kultur auskannte?

»Erkläre mich für verrückt, aber dieses lebendige Schiff ist so wunderbar! Keine Sorge, ich komme bald zurück. Ich meine nur: Irgendwie kann ich verstehen, dass seine Bewohner so an ihm hängen.«

Nach allem, was Starn wusste, war das ausgesprochen zurückhaltend ausgedrückt. Die meisten Menschen waren stolz auf das Schiff, auf dem sie lebten. Jedes davon hatte seine eigene Regierung, seine eigenen Sitten und Gesetze. Nur selten kam jemand so schlecht mit dem auf dem Schiff seiner Geburt herrschenden Gesellschaftssystem klar, dass er auf ein anderes transferieren wollte. Sogar das Kastensystem der KOI erfreute sich großer Akzeptanz. Aber verglichen mit der SQUID war das gar nichts. Ihre Bewohner hielten sich für Auserwählte. Starn wunderte sich, dass sie eine Außenseiterin wie Rila überhaupt so lange an Bord duldeten.

»Die SQUID hat ein paar Farmfähren abgesetzt, klobige Dinger im Vergleich zu dem, was die MARLIN aufbietet«, fuhr sie fort. »Aber die Astridenernte ist viel spektakulärer. Du weißt ja, dass die SQUID dafür keine Tanker benutzt, sondern selbst in die Sonnenkorona eintaucht. Aber was du nicht ahnen kannst, ist, wie viel man hier an Bord davon mitkriegt! Ich habe in den Stern geblickt, stell dir das vor!«

»Wenn das stimmen würde, wärst du jetzt blind«, murmelte Starn. Wenigstens einen Helligkeitsfilter musste man zwischengeschaltet haben.

»Ich war auf allen Seiten von loderndem Sonnenfeuer umgeben. Na ja, auf fast allen.« Sie lachte und klang wirklich glücklich dabei. »Ich saß unter einer Glocke aus ... ich weiß nicht, aus was. Alles, was zur SQUID gehört, ist organisch. Vielleicht ist ›Blase‹ eine bessere Bezeichnung als ›Glocke‹. Eine durchsichtige Blase auf der Außenhaut der SQUID.« Sie gluckste.

Starn hatte viel mit dem Leben im Allgemeinen zu tun, Biologie war seine neue Primärqualifikation. Dennoch fiel es ihm schwer, sich vorzustellen, sich im Innern eines gigantischen Lebewesens zu bewegen. Musste man sich nicht vorkommen, als sei man verschluckt worden?

»Ich habe so viele Fragen!«, rief Rila. »Ich will unbedingt herausfinden, wie die SQUID die Astriden aufnimmt. Ich denke, Ugrôn wird es mir zeigen. Er verehrt Mutter nicht. Das Schiff, meine ich, die SQUID. Er gehört zur Kirche des Void. Darum hat er weniger Scheu, ihre Geheimnisse preiszugeben. Jedenfalls solange es die Zoëliker nicht ausdrücklich verbieten. Ich frage mich ohnehin, wieso sie so zurückhaltend sind. Die Wunder dieses Schiffes müssen jeden Menschen faszinieren! Sie könnten sich eine Menge Freunde machen, wenn sie sie teilen würden.«

Starn bezweifelte das. Seit er mit Wissenschaftlern zu tun hatte, wusste er, dass sie nichts lieber taten, als etwas auseinanderzunehmen, bis sie es vollkommen verstanden. Wenn ihr Studienobjekt dabei Schaden nahm, betrachteten sie das als notwendiges Opfer.

»Aber ich bin auch neugierig darauf, was sich auf der MARLIN so tut.« Sie bedachte ihn mit einem verschwörerischen Blick. »Ynga glaubt, mein kleiner Bruder sei dabei, sein Herz zu verlieren. Darüber muss ich natürlich alles wissen!«

Starn seufzte.

»Also: Mein hübscher, kleiner Jäger ist so weit repariert, dass er den kurzen Flug überstehen wird. Wir warten nur noch, bis sich die MARLIN und die SQUID in einer günstigen Rendezvousposition befinden, dann hast du mich wieder. Grüß alle, die mich mögen!«

Starn fragte sich, ob das Reck Itara noch mit einschloss. Seine Schwester und ihr Mann hatten sich im letzten Jahr voneinander entfremdet.

Rila winkte zum Abschied, dann verblasste das Holo.

»Willst du eine Antwort aufzeichnen?«, fragte der Armbandkommunikator.

Starn deaktivierte das Gerät.

Unentschlossen musterte er die Versuchsanordnungen. Er hätte sie überprüfen können, aber Ignid erledigte ihre Arbeit immer gewissenhaft.

Also lehnte er sich im Sessel zurück und genoss die wohlige Erschöpfung nach dem Außeneinsatz und der Dusche, während er an seine Schwester dachte. Sie lebte, und ihre Verletzungen würden folgenlos ausheilen, wenn die Ärzte der SQUID recht behielten. Das war das Entscheidende. Dass sie von dem fremdartigen Schiff fasziniert war, konnte niemanden verwundern. Rila war ein begeisterungsfähiger Mensch. Deswegen brauchte man sich auch keine Sorgen zu machen, dass sie in die Fänge des seltsamen Kults um das lebende Schiff geriete. Wenn sie erst zurück auf der MARLIN wäre, würden andere Dinge sie rasch ablenken.

Zum Beispiel Kara ...

Er war dankbar für das Piepen, mit dem der Armbandkommunikator eine Prioritätsnachricht anzeigte. Das war kein aufgezeichnetes Paket, sondern eine bidirektionale Verbindung zur MARLIN. Das Großraumschiff befand sich sieben Lichtsekunden entfernt, was eine entsprechende Signallaufzeit zur Folge hatte.

»Information für den Kommandanten des Xenofarmerteams«, begann der Offizier, dessen holografisches Abbild sich aufbaute. »Gelber Alarm. Wir messen energetische Aktivitäten auf Höhe der siebten Planetenbahn. LENG und MAKO untersuchen. Nicht auszuschließen, dass es sich um Giat-Späher handelt. Definitive Ergebnisse in etwa fünf Stunden.«

Starn stöhnte. *So schnell!* Natürlich wussten die Giats, dass die menschlichen Schiffe nicht viel mehr als vierzehn Lichtjahre ununterbrochen im Rotraum zurücklegen konnten. Danach mussten sie sich im Einsteinkontinuum aufhalten, wo die Rubozyten diffundierten. Dazu brauchten sie doppelt so lange wie zum Anreichern innerhalb des Rotraums. War ein

Schiff also die maximalen zwei Wochen dortgeblieben, benötigte es etwa einen Monat, um seine volle Überlichtreichweite zurückzuerhalten. Dementsprechend war es den Giats leicht möglich, zu errechnen, welche Sonnensysteme als Ziele infrage kamen. Natürlich vermochte der Schwarm auch außerhalb von Sternsystemen ins Einsteinkontinuum zurückzukehren, aber im Void gab es weder Astriden noch Himmelskörper, die Nahrung boten. Das strapazierte die Vorräte.

»Wie lange haben wir Zeit für Wassergarten?«, fragte Starn.

Sieben Sekunden brauchte seine Frage bis zur Marlin, weitere sieben Sekunden die Antwort für den Rückweg.

»In zehn Stunden müsst ihr aufbruchbereit sein. Erntet ab, was ihr bis dahin an brauchbarer Biomasse sammeln könnt.«

Es war unnötig, darauf hinzuweisen, dass selbst die schnell keimenden Samen in so kurzer Zeit nichts Essbares produzierten. Sie würden sich daher auf die vielversprechenden indigenen Gewächse fokussieren müssen, bislang also lediglich Ignids Pilze. Immerhin bestand die schmale Chance, dass nach dem Fall von G'olata Ruhe in diesem Raumsektor einkehrte. Möglich, dass der Schwarm in ein paar Jahren wieder dieses System besuchte und dass auf Wassergarten bis dahin eine bessere Ernte gereift war.

»Verstanden«, bestätigte Starn. »Wir bereiten alles vor.«

»Danke. Vielleicht sind es ja nur ein paar harmlose Nomaden.«

In der Galaxis gab es diverse raumfahrende Spezies, aber Starn bezweifelte, dass ausgerechnet jetzt eine von ihnen zufällig hier auftauchte. Dafür hatten die Giats diesem Gebiet zu nachhaltig ihr Siegel aufgedrückt.

»Wollen wir es hoffen«, sagte er trotzdem.

Er verließ das Labor. Heute würde sich Erok weder mit Garta noch mit Ignid vergnügen. Eine Sonderschicht stand an.

Starn grinste. Wenn man lange genug darüber nachdachte, war das Universum doch irgendwie gerecht.

—

Immer wieder stach der Tätowierstift Nadeln in Ugrôns Brust und ließ Pigmente roter Farbe darin zurück. Das Zwicken verschob sich, während der Ehrwürdige Batuo die vorgezeichnete Form abfuhr, um den angehenden Priester mit dem erblühten Lotos zu kennzeichnen. Der Schmerz war nicht der Rede wert, aber der Hunger plagte Ugrôn. Er hoffte, dass niemand seinen Magen knurren hörte.

Was für ein prosaischer Gedanke, so kurz vor der einschneidendsten Minute seines Lebens.

Batuos rundes Gesicht lächelte zufrieden, als er sein Werk betrachtete. Ugrôns Mentor legte den Tätowierstift ab und reichte ihm die Hand.

Ugrôn griff zu und zog sich aus dem gekippten Sessel. Er durfte den Teil seines Gewands, der normalerweise seinen Oberkörper bedeckte, nicht wieder anlegen, aber er ordnete die Stoffbahnen so, dass sie ordentlich über den Gürtel hingen. Sie ähnelten einem orangeroten Rock, der bis knapp unter die Knie reichte.

»Bist du bereit?« Stolz schwang in Batuos Stimme.

»Kann man dafür bereit sein?«, fragte Ugrôn zurück.

Batuos Lächeln veränderte sich, aber Ugrôn vermochte nicht zu erkennen, was die Ursache dafür war. Sorge? Bedauern? Enttäuschung?

Er strich über seine Brust und betrachtete die Hand. Ein wenig Blut war daran. Ugrôn hätte gern einen Spiegel gehabt, um sich die Tätowierung besser ansehen zu können. Aber für Eitelkeiten war jetzt der falsche Zeitpunkt.

Und wenn kein anderer Zeitpunkt mehr für ihn käme?, fragte er sich. Was, wenn er seine Weihe nicht überlebte?

Er schüttelte den Kopf.

Dann wäre auch gleichgültig, ob er den roten Lotos über seinem Herzen gesehen hätte oder nicht.

Trotzdem blickte er an sich hinunter. Aus dieser Perspektive wirkte die Tätowierung gut ausgeführt.

Es gab nichts mehr zu sagen. Er ging voran und verließ die kleine Krankenstation, die ihnen als Studio gedient hatte.

Auf dem Gang wartete die kleine Gemeinde des Void an Bord der SQUID. Nicht einmal einhundert Menschen hatte Batuo zu seinem Glauben führen können. Er hoffte, dass der erste Priester aus ihrer Mitte einen positiven Effekt auf die Missionserfolge entfaltete.

Auch Rila war hier. Ugrôn hatte gehofft, dass sie kommen würde. Nicht so sehr, weil sie auf der MARLIN ab und zu an den Meditationen der Leere teilnahm, wie sie erzählt hatte. Er wollte sie nicht für die Leere, sondern für sich, erkannte er. War auch das etwas, das er besser loslassen sollte?

In ihrem Lächeln war die Sorge zu sehen. Vielleicht hatte sie bereits einer Priesterweihe beigewohnt. Ugrôn wusste, dass es dabei immer wieder zu Todesfällen kam.

Aber Batuo hatte es auch überlebt, versuchte er sich zu beruhigen. Sah die Gemeinde ihm seine Angst an? Würde Rila ihn für einen Feigling halten?

Er wich ihrem Blick aus und begann den Weg durch die Gänge der SQUID. Batuo blieb an seiner Seite, die Gläubigen schlossen sich hinter ihnen an.

Die gewundenen Pfade, den Aufstieg eine Schräge hinauf, den Saal der Seufzer und die Leitern, die er hinabkletterte, nahm Ugrôn kaum wahr. Eigentlich hätte sein Geist nun leer sein sollen. Dafür hatte er abgeführt und danach einen Tag gefastet, in den Schriften der ersten Buddhas gelesen und die Erforscher der Sternenleere studiert. Aber sein Verstand füllte sich mit Gedanken an Rila. Sie faszinierte und verwirrte ihn zugleich.

In der vergangenen Woche hatte er die Squid mit völlig anderen, mit ihren Augen gesehen. Wie ein Kind staunte Rila über das Leben, das sie hier überall umgab. Sie hatte vor Rührung geweint, als die Squid die Sonnenkorona durchflogen hatte. Gemeinsam mit Ugrôn war sie unter einer Membran gestanden, in irgendeinem Atrium, das sie bei ihren ziellosen Wanderungen durch das Schiff erreicht hatten. Funken und Feuerräder hatten brennende Streifen in die durchsichtige Oberfläche gemalt. Dahinter erstreckten sich endlose Ebenen von Licht, manche durchscheinend, andere sich gegenseitig verdeckend. Licht hinter Licht hinter Licht, weiß, gelb, orangefarben, rot. Die Membran filterte unterschiedliche Wellenlängen aus, aber dieses Wissen nahm dem Wunder nichts von seiner Kraft. Stumm hatten sie nach oben geschaut, ins Herz des Sterns, und sich bei den Händen gehalten.

Über diesen Moment hatten sie nicht mehr gesprochen. ›Von den wirklich großen Dingen muss man schweigen‹, lautete ein Lehrsatz der Kirche des Void, und doch ertappte sich Ugrôn immer wieder dabei, sich Worte zurechtzulegen, um diesen Augenblick im Gespräch mit Rila zurückzuholen.

Er schalt sich einen Narren. Die Squid würde noch viele Male nach Astriden fischen. Er könnte es sich so oft ansehen, bis es ihm langweilig würde.

Doch Rila wäre nur noch kurze Zeit an Bord. Die Squid hatte die Korona verlassen und schwamm jetzt durch den Leerraum. Das Rendezvous mit der Marlin nahte.

Ugrôn war von sich selbst verwirrt, weil er spürte, dass ihn diese Aussicht mehr aufwühlte als die unmittelbar bevorstehende Zeremonie. Möglicherweise war das eine animalische Fluchtreaktion seines Geistes, der der Gefahr entgehen wollte. Nahm er deswegen jede Alltäglichkeit schöner wahr, wenn Rila beschrieb, wie sie die Leuchtadern, die sanft pulsierenden Wände, die Effekte der Schwerkraft oder die Räumlichkeiten der Squid sah und empfand?

Doch das konnte nicht die ganze Erklärung sein. Auch nicht, dass er sich zu Rila hingezogen fühlte.

Entweder seine eigene Achtsamkeit für das lebende Schiff hatte sich gesteigert, oder die SQUID verhielt sich tatsächlich anders, seit Rila auf der Krankenstation erwacht war. Ugrôn hörte den Gesang jetzt ständig in seinem Fleisch, auch wenn er nicht mit Rila zusammen war. Selbst während seiner gestrigen Fastenmeditation war er mal angeschwollen, mal leiser geworden, aber niemals verstummt.

Er nahm sich vor, die Zoëliker zu fragen, ob sie ebenfalls eine Veränderung wahrnahmen, auch wenn nichts in ihrem Verhalten darauf hindeutete. Sie leiteten die Gesänge, pflegten die Gütige Mutter und mahnten die Bewohner, in Harmonie mit ihr zu leben. Alles schien so zu sein wie immer. Doch nach außen hin hätte die herrschende Kaste der SQUID wohl ohnehin nichts preisgegeben.

Sie erreichten die Außenschleuse, die Batuo für die Weihe reserviert hatte. Jedes Zögern hätte es nur schwerer gemacht.

Ugrôn löste den Gürtel und entledigte sich seines Gewands. Auch die Unterwäsche und die Sandalen legte er ab.

Batuo zog die Schutzbrille aus den Falten seiner Robe und reichte sie ihm. Eine Kerbe für die Nase gab dem durchgängigen Transplast zusätzlichen Halt.

Ugrôn setzte sie auf und zog das elastische Band über den Hinterkopf. Seine Sicht war nun ein wenig abgedunkelt.

Batuo trat zurück zu den Gläubigen. Rila stand in der vierten Reihe. Sie musste eine Lücke zwischen den Köpfen vor sich finden, um ihn anzusehen.

Gestern hatte Ugrôn überlegt, ob er sich seiner Nacktheit schämen würde, wenn sie ihn betrachtete. Aber so war es nicht. Auch der Hunger war verschwunden. Endlich war er im Hier und Jetzt.

Er drehte sich zur Schleuse um. Die innere Tür stand offen, die Wülste waren in die Wände des Gangs kontrahiert.

»Erfahre die Leere«, sagte Batuo hinter ihm.

Ugrôn trat in die Schleusenkammer. Sofort wuchs das innere Schott zusammen.

Er war allein in einem Raum, in dem er jede Wand berühren konnte, wenn er die Arme ausstreckte, wie in einem Schrank. Hinter ihm lag sein bisheriges Leben voller Sehnsüchte und Vermutungen. Vor ihm wartete die Leere des Wissens.

Ugrôn fasste die mit den Wänden verwachsenen, warmen Halterungen. Sein Herz schlug fest und schnell. Er sah an sich herunter. Einige Blutperlen glänzten auf der frisch gestochenen Tätowierung. Er wischte sie nicht fort. Wenn er den Griff jetzt wieder löste, würde er den Mut verlieren. Stattdessen schloss er die Fäuste fester. Er atmete tief, obwohl er wusste, dass das unklug war. Immerhin behielt er so den Mund offen.

Ruhig wanderten die Lichter durch das Geflecht an der Decke. Er hörte den vielstimmigen Gesang der SQUID in seinem Fleisch. Besonders intensiv nahm er die lang gezogenen Töne wahr, die Minuten brauchten, um zu verklingen. Um diese woben sich die Melodien, die seine Sehnen zu streicheln schienen.

Er wartete.

Nichts geschah.

War er schon lange hier drin? Das Zeitgefühl entglitt ihm. Er konzentrierte sich darauf, den Mund offen zu halten.

Die wandernden Lichter schufen helle Flecken auf den braungrünen Wänden. Sein Blick folgte einer undurchsichtigen Ader, die sich mal hervorhob, dann fast gänzlich abtauchte und danach wieder aufwölbte. Sie verzweigte sich, der dünnere Teil verästelte sich über der linken Lippe des Außenschotts.

Ob Batuo, Rila und die anderen ungeduldig wurden?

Wann würden sie nach dem Rechten sehen?

Ugrôn kam die verrückte Idee, er könnte einfach umkehren und behaupten, alles sei wie geplant geschehen und seine

Weihe sei vollzogen. Sicher würde man sich wundern, dass er keine Spuren davongetragen hätte, aber könnte man ihm beweisen, dass er die Leere nicht erfahren hatte? Und selbst wenn: Er würde leben, das wenigstens wäre gewiss! Vielleicht als Aufschneider, die Jünger des Void mochten ihn sogar einen Betrüger nennen. Aber auf der SQUID waren sie Sonderlinge. Wenn sie ihn mieden – was machte das schon aus?

Ugrôn schüttelte den Kopf. Er war zu weit gegangen, um noch umzukehren. Wer wäre er, wenn er jetzt durch die Innenschleuse ginge? Der Liebling der Mutter, der es abgelehnt hatte, seinem Volk als Zoëliker zu dienen, und nun der Jünger der Leere, den sein Mentor gefördert hatte wie keinen sonst, und der im Augenblick der Transzendenz zu seiner größten Enttäuschung wurde. Ein wertloser Niemand ohne Platz im Leben.

Was wäre mit der SQUID, die seit Tagen in seinem Fleisch sang? Würde sie sich von ihm abwenden?

Oder wurde er verrückt, und es gab den Gesang gar nicht? Er versagte dabei, Rila dieses Phänomen zu erklären. Vielleicht, weil es nur eine fixe Idee war? Ungreifbar mit Worten, die gemacht waren, um die Wirklichkeit zu beschreiben?

Aber was war Wirklichkeit überhaupt?

In Gedanken wandte er sich an Mutter. Er überlegte, worum er sie bitten wollte.

Er fokussierte seine Überlegungen, bis er die eigene Stimme in seinem Kopf hörte. *Öffne das Tor zur Wahrheit. Lass mich die Leere erfahren.*

Schmatzend lösten sich die Lippen der Außenschleuse voneinander.

Ugrôn atmete ein, als hätten seine Lungen einen eigenen Willen und wollten die letzte Gelegenheit nutzen, Luft einzusaugen. Bereits jetzt hörte er das Zischen an der sich bildenden Öffnung und spürte den Zug auf der nackten Haut. Er zwang sich, den Mund offen zu lassen. Eigentlich war es gut, dass er weiteratmete. Was machte ein bisschen mehr Luft schon aus? Wichtig war, dass er nicht blockierte. Das war seine einzige Möglichkeit, etwas für sein Überleben zu tun.

Die Außenschleuse riss vollständig auf.

Ein Ruck löste Ugrôns Füße vom Boden, weil die Luft ins All entwich, aber der Zug war kurz und schwach genug, dass er sich mühelos festhalten konnte.

Der Rote Zwerg musste sich auf der gegenüberliegenden Seite der SQUID befinden. Ugrôn sah nur unzählig viele Lichtpunkte. Manche standen eng beieinander, andere waren einsame Wächter inmitten von Schwärze. Keiner war so groß, wie die nur wenige Lichtminuten entfernte Sonne des Systems erscheinen musste.

Ugrôn fühlte, wie die Luft oral und anal entwich. Letzteres war eine demütigende Erfahrung, eine Mahnung an die Unvollkommenheit, ja Erbärmlichkeit fleischlicher Existenz. Er wusste, dass er nichts dagegen tun konnte. Unter Normaldruck, also in einer Atmosphäre, auf die der menschliche Organismus ausgelegt war, gab es in jedem Kubikzentimeter etwa siebenundzwanzig Trillionen Moleküle. Im Extremvakuum des Void dagegen kamen weniger als zehntausend Teilchen auf das gleiche Volumen. Zwischen den Sternen reiste ein Molekül durchschnittlich einhunderttausend Kilometer, bevor es auf ein zweites traf.

Im Innern eines Sternsystems lag die Dichte ein wenig höher, aber dennoch verteilte sich das aus der Schleuse entweichende Gas blitzartig. Und der niedrige Druck hatte weitere Auswirkungen.

Hier gab es nichts, was Ugrôn gewärmt hätte. Das Medium dafür fehlte, sodass seine dreihundertzehn Kelvin Körpertemperatur unaufhaltsam dem absoluten Nullpunkt entgegensanken. Das taten sie allerdings sehr langsam, weil es auch nichts gab, das seine Körperwärme aufgenommen und abtransportiert hätte. Er verlor sie also allein durch Abstrahlung. Jedenfalls, wenn der erste Schock überwunden wäre …

Schon nach wenigen Sekunden spürte er die Auswirkung der Tatsache, dass der Druckabfall den Siedepunkt einer jeden Substanz dramatisch senkte. Obwohl ihm nicht heiß war, kochte die Feuchtigkeit auf seiner Haut ebenso wie die Blutstropfen auf der Tätowierung. Es fühlte sich an wie tausend Insekten, die über ihn krabbelten, gefolgt von Nadelstichen, als sich die austrocknende Haut zusammenzog. Und die Kälte traf ihn wie ein kurzer, plötzlicher Windstoß. Doch es war keine Bö, sondern ein Effekt, den man ›Verdunstungskälte‹ nannte. Das Überwechseln in den gasförmigen Aggregatzustand nahm Energie auf, und die entschwindenden Moleküle trugen die Wärme fort. Es endete binnen Sekunden, dann war Ugrôns Körperoberfläche vollständig trocken.

Schlimmer war es in seinem Mund, auf der Zunge. Die Geschmacksknospen waren der Teil des Körpers, der am ehesten Schaden nahm. Der beste Rat, den Ugrôn bekommen hatte, lief darauf hinaus, es einfach geschehen zu lassen. Je weniger Widerstand man der Leere entgegensetzte, desto vorteilhafter war es nicht nur spirituell, sondern auch physisch.

Die Trockenheit löste einen Hustenreiz aus, dem er aber nicht nachgeben konnte, weil sein Brustkorb entleert war. Das war auch gut so, es verkleinerte die Innenfläche, auf der die Lunge dem Unterdruck standhalten musste.

Die Wahrnehmung seiner körperlichen Reaktionen nahm Ugrôn in den ersten Augenblicken vollständig gefangen. Sein Verstand hatte keine Kapazität frei, um sie auf die Leere selbst zu richten. Er klammerte sich an die kreatürliche Angst vor dem Ende in dieser tödlichen Umgebung.

Wider besseres Wissen versuchte Ugrôn einzuatmen. Vergeblich mühte sich sein Zwerchfell, gegen das Vakuum des Leerraums einen Unterdruck zu erzeugen und das Weiten des Brustkorbs einzuleiten. Es fühlte sich an, als drückte ein Riese Ugrôns Rippen auf engstmöglichen Raum zusammen.

Funken begannen zwischen den Sternen zu tanzen, obwohl die Augen durch die Brille geschützt waren. Der fehlende Sauerstoff machte sich bemerkbar, die Bewusstseinstrübung setzte ein. Batuo hatte versprochen, dass in dieser Phase das kontrollierte Denken verwehte. Das pure Sein, das Geschehenlassen im Angesicht der Leere begann.

Neunzig Sekunden konnte ein menschlicher Körper im Vakuum überleben, das war Ugrôns letzter klarer Gedanke, bevor seine Instinkte ihn zur Flucht drängten. Batuo hatte versucht, ihn darauf vorzubereiten, aber Ugrôn hatte nicht erwartet, dass die Muskeln in seinen Armen ein Eigenleben entwickelten. Sie rissen ihn nach vorn, wollten ihn hinter dem entwichenen Sauerstoff her ins All schleudern. Es war ein primitiver Impuls, der besser zu einem Tier als zu einem Menschen gepasst hätte. Mit einem Funken Rationalität war klar, dass sich eine Sicherheit voller lebenserhaltender Atmosphäre hinter seinem Rücken befand, im Innern des Schiffs.

Zu seinem Glück blieben die Fäuste fest um die Griffe geschlossen. Hätte er losgelassen, wäre das sein Tod gewesen. Zwar hätte man ihn wieder eingesammelt, aber bestimmt nicht vor der Frist, die seinem Körper im Vakuum noch blieb.

Er brachte die zitternden Arme unter Kontrolle. Wie viele Sekunden war er jetzt schon hier draußen? Zwanzig? Oder mehr? Weniger konnten es nicht sein, die Brust schmerzte, als steckte sie in einem Schraubstock.

Die mitleidlosen, kalten Lichter der Sterne vervielfachten sich, als ginge weißer Schimmel von ihnen aus und wucherte durch das Schwarz des Weltraums. Trübte sich seine Sicht wegen des Sauerstoffmangels? Was er sah, konnte nicht wahr sein!

Die Helligkeit breitete sich aus, verlor dabei aber an Intensität. Bald war alles ein mattes Grau.

Dreißig Sekunden? Oder schon vierzig? Bei einer vollen Minute würde Batuo das Außenschott schließen, Atmosphäre würde in die Schleusenkammer füllen und alles wäre überstanden.

Ein roter Schatten erschien im Grau. Er wuchs an und gewann Konturen. Gezackte Formen gruppierten sich in Kreisen.

Das war eine Lotosblüte, das Zeichen der Kirche des Void! Erlebte Ugrôn eine Offenbarung? Hieß die Leere ihn willkommen?

Das schien ihm ein vermessener Gedanke zu sein. Batuo sagte, die Leere beachte Menschen höchstens, um sie ihre Bedeutungslosigkeit und Vergänglichkeit erahnen zu lassen. Doch danach sah diese Blüte nicht aus. Sie wirkte wie ein Geschenk oder wie ein Versuch, mit ihm zu kommunizieren.

Ein Verlustgefühl schmerzte ihn, als der Lotos in unübersehbar viele Scherben zersplitterte. Doch dahinter kam nicht das einheitliche Grau des Hintergrunds zum Vorschein. Vielmehr bewegten sich die Bruchstücke in gewundenen Bahnen, manche sogar in enger werdenden oder sich ausdehnenden Spiralen, wobei sie eine Färbung hinterließen, als wären sie Pinsel. Sie reichten von einem bräunlichen Rot über Bordeaux und Karmesin bis zu Orange. Bald war Ugrôns gesamtes Blickfeld eingefärbt.

Aber was bedeutete das schon: ›bald‹?

Er befand sich im Nichts, vor sich wusste er eine unermesslich große Leere des Raums. Gab es auch eine Leere, ein Nicht-Sein der Zeit? War das dann Stillstand, eingefrorene Gegenwart, oder eine Ewigkeit, die alle Zeitquanten umfasste? Trafen sich das Alles und das Nichts in der Unendlichkeit?

Und wieso war das bewegte, lockende Rot, das er vor sich sah, weniger real als die fernen Sterne, die er zuvor im Schwarz ausgemacht hatte? Auch sie waren nur die Reaktion eines unvollkommenen Denkapparats, das seltsame Wechseln von Ladungen zwischen Synapsen, ausgelöst durch die elektromagnetische Reizung der Retina. Eines Wahrnehmungsorgans, das sich für ganz andere Aufgaben entwickelt hatte. Vielleicht waren zwar die Sinne getrübt, die er gebraucht hätte, um mit einem Faustkeil ein Tier zu erjagen, aber dafür mochte gerade etwas anderes sein Hirn mit Eindrücken versorgen. Ein Sinn, der für Weiteres bestimmt war, für Dinge, die jenseits der Körperlichkeit lagen und ihm Erkenntnisse erlaubten, die nichts mit den Bedürfnissen eines Tieres gemein hatten.

Wie viele Sekunden bis zur vollen Minute?

Schlug sein Herz noch, oder hatte es ausgesetzt? Schließlich gab es keinen Sauerstoff zu transportieren, und sein Geist begann, sich aus dem klebrigen Gefängnis der Kohlenstoffverbindungen zu lösen, die Ugrôns Körper ausmachten.

Er starrte auf das Rot, das sich beständig veränderte, sich drehte, in dem sich Schattierungen und Flecken ausdehnten und wieder zusammenzogen. Hatte er seine Augen geöffnet oder geschlossen? Gut möglich, dass er mit seinem Geist sah.

Ihn überkam das Gefühl, dass diese Vision ihm mehr vermitteln wollte als die Größe und Fremdheit eines Universums, in dem Materie einen Messfehler in all dem Nichts darstellte. Es ging um etwas anderes als um den Spott einer unbegreiflichen Natur. Es ging um … Verstehen.

Aber was, *was* sollte er mit einem Verstand erfassen, den ein sterbender Körper gefangen hielt? Er fühlte sich wie jemand, den eine hauchdünne, aber unzerbrechliche Wand von etwas sehr Begehrenswertem trennte, von der wertvollsten Entdeckung seines Lebens. Hatte er seine Jahre mit Nichtigkeiten vertan, mit Unerheblichem? Wieso hatte ihn nichts auf diese Begegnung mit dem Ewigen vorbereitet? Worin lag der Wert von Batuos Unterweisungen?

Batuo verstand nichts, dachte er. Batuo stammelte Irrelevantes, wenn er predigte.

Er verzieh seinem Mentor. Wie sollten menschliche, vergängliche Worte diese Allgewalt erfassen und den Nichtsahnenden vermitteln? Durch Ugrôns von einem umfassenden Muskelkrampf versteiften Körper vibrierte der Gesang der Squid. Sie war bei ihm, selbst jetzt, sogar in dieser Grenzerfahrung. Er spürte, dass sie das Außenschott schließen wollte. Hatte Batuo das angeordnet?

Doch wer war schon Batuo? Und was bedeutete das Risiko unheilbarer Dekompressionsschäden an einem ohnehin vergänglichen Körper im Vergleich zu der unendlichen Erkenntnis, die irgendwo dort draußen vor ihm lag?

Aber wenn die Bilder, die Ugrôn wahrnahm, in Wirklichkeit nichts mit dem All dort zu tun hatten, sondern sich in seinem Verstand formten ...?

Sie suchten die Wahrheit an der falschen Stelle, dachte er. Die Menschen ertrugen nicht, dass sie einfach nur zu dumm waren, die Wahrheit zu erkennen, obwohl sie jeden umgab und durchdrang. Deswegen hetzten sie immer schneller und immer weiter. Die Wahrheit war ewig, also war sie immer gegenwärtig. Sie war in jeder Richtung unbegrenzt, also musste man sie überall antreffen.

War sie vielleicht nur zu schrecklich für ihren kümmerlichen Intellekt? Verschleierte der Mensch sie deswegen? Lenkte er sich darum immer davon ab und verstrickte seine Aufmerksamkeit in Nichtigkeiten?

Ugrôn starrte in den Mahlstrom, der seinen Verstand zu zerstören drohte.

Mutter!, dachte er so klar, wie er es vermochte. *Halte die Schleusenkammer offen. Ich bitte dich, gewähre mir die Zeit, die ich brauche, um zu erkennen.*

Die Rotationsmodule bewegten sich mit vierhundert Stundenkilometern auf ihrer Kreisbahn um den Äquatorialring der MARLIN. Für eine Umrundung benötigten sie drei Minuten. Die in ihnen wirkende Zentrifugalkraft simulierte eine nach außen gerichtete Fallbeschleunigung, die dem Gravitationssog der Erde entsprach.

In manchen Modulen nutzte man diesen Effekt für Industrieprozesse. Einige Legierungen und chemische Verbindungen ließen sich in Schwerelosigkeit nur mühsam herstellen.

Durch den Ausfall mehrerer Hydroponien war der Platz zur Nahrungserzeugung knapper als gewöhnlich. In einigen Rotationsmodulen zog man deswegen Pflanzen in Keimbatterien.

Es gab Trainingsmodule, in denen die Bewohner der MARLIN die medizinisch empfohlenen Belastungsübungen absolvierten, um dem Muskelschwund vorzubeugen und ungünstigen Kalziumablagerungen entgegenzuwirken.

Damit blieb nur wenig Platz für Erholungsangebote. In einem Rotationssaal konnte man dem Traditionstanz frönen, aber weder Kara Jeskon noch Starn waren geübt darin. Daher verbrachten sie eine Stunde im Schwimmbad.

Das Wasser war tief genug, um zu tauchen, aber spektakulärer war für die Besucher, sich gegenseitig damit zu bespritzen oder es sich über die Köpfe zu gießen und zuzuschauen, wie es ohne Zutun in die Richtung fiel, die das Gleichgewichtsorgan als ›unten‹ identifizierte. Es plätscherte aus Brunnen in das Becken. Einer davon malte Wasserfiguren in die Luft, indem er die klare Flüssigkeit mit Druck aus Düsen beförderte, sodass sie Bögen beschrieb. Auch hier folgte sie letztlich, wenn ihr Schwung aufgebraucht war, der Zentrifugalkraft. Ebenso erging es den Schaumstoffbällen, die man sich in Parabeln zuwerfen konnte. Durch die Bewegung der vielen Menschen bildeten sich Wellen, aber niemals reichte die Oberflächenspannung aus, um das Wasser zu Kugeln zu formen, geschweige denn es frei durch die Luft schweben zu lassen.

Am beliebtesten waren die gewundenen Rutschen, auf denen man die Masse des eigenen Körpers als Gewicht erfuhr und in Geschwindigkeit umsetzen konnte. Starn und Kara jauchzten wie Kinder, während sie nach geduldigem Anstehen endlich gemeinsam die Röhre hinabsausten. Starn schluckte Wasser, als er ins Becken tauchte, aber das störte ihn nicht. Prustend kam er an die Oberfläche.

Er sah den bedauernden Ausdruck in Karas Gesicht.

»Was ist los?«, fragte er über den Lärm der Menge hinweg.

»Unsere Zeit ist um.« Sie zeigte auf die Farbuhr, die als Holo zwischen den Öffnungen der Transferschächte schwebte.

Dort wartete bereits die nächste Gruppe von Gästen darauf, dass der schmale gelbe Bereich endgültig dahinschmolz. Dahinter folgten ein roter, ein blauer und ein brauner, und den Armbändern zufolge, die die Neuen trugen, würde ein weißer erscheinen, sobald der gelbe fort wäre. Immer vier Gruppen hielten sich gleichzeitig im Schwimmbad auf.

»Du hast recht«, meinte Starn. »Wir müssen raus.«

»Aber hierfür ist noch Zeit!« Lachend stützte sich Kara auf seinen Schultern ab und drückte ihn unter die Oberfläche. Wieder schluckte er Wasser.

Als er hochkam, fasste er mit beiden Händen Karas Hüfte und warf sie hoch. In ihrem Schrei mischten sich Protest und Vergnügen, während sie ein kurzes Stück durch die Luft flog und dann zurück ins Wasser platschte.

Dabei stieß sie gegen einen älteren Mann, dessen Kopf nur noch ein dünner Haarkranz zierte. Starn entschuldigte sich, aber der Mann zeterte noch, als sie schon aus dem Becken waren.

Sie schlenderten zu den Trockengebläsen, zogen sich um und gaben ihre gelben Zeitarmbänder zurück.

Während die Menschheit keine technische Möglichkeit besaß, die echte Gravitation, die aus der Raum-Zeit-Krümmung resultierte, zu beeinflussen, konnte sie die Scheinkräfte von Zentrifugal-, Beschleunigungs- und Corioliseffekten vollständig abschirmen. In den zwei Kilometer langen Verbindungsröhren zwischen dem Hauptkörper der MARLIN und den Rotationsmodulen herrschte Schwerelosigkeit.

»Ich setze uns gleich wieder auf die Warteliste«, kündigte Kara an, während sie für den abwärtsführenden Schacht anstanden. »Vielleicht kommen wir noch einmal dran, bevor sie die Module andocken.« Ihr Haar, das im Wasser dunkel und glatt gewesen war, drehte sich jetzt wieder in blonden Spiralen.

Starn dachte an die Schiffe, die an der Systemperipherie aufgetaucht waren. Inzwischen bestand beinahe Gewissheit, dass es sich um Giats handelte. Die Admirale vermieden ein Gefecht, weil es dabei nichts zu gewinnen gab, und die Giats hatten offenbar noch nicht die Flottenstärke erreicht, bei der sie sich zutrauten, dem Schwarm einen wirkungsvollen Schlag zu versetzen. Also belauerten sich beide Seiten, während die Schiffe der Menschen alles an Lebensmitteln bunkerten, was dieses Planetensystem auf die Schnelle hergab, und zugleich beständig Rubozyten verloren. Letzteres erlaubte längere Aufenthalte und damit weitere Flüge im Rotraum.

Sie verbanden ihre Bordkombinationen mit der Magnetschiene des Schachts, die sie Richtung Schiffskörper zog. Drei Minuten später gelangten sie in den Äquatorialring, orientierten sich an den leuchtenden Wegweisern und schwebten zu Karas Kabine.

Wie bei Starn bestand auch ihr Quartier aus zwölfflächigen Räumen, nur dass Kara fünf davon zur Verfügung standen. Im ersten erwarteten sie die beiden Luftquallen, die sie als Haustiere hielt, eine blaue namens Trib und eine gelbe, die sie Zilon nannte.

»Fütterst du sie?«, bat Kara, während sie in ihr Umkleidezimmer schwebte. »Ich will mir schnell etwas Bequemeres anziehen.«

Luftquallen hatten keinerlei Probleme mit der Schwerelosigkeit. Ihre Vorfahren stammten von einem Gasplaneten. Sie bewegten sich mittels Kontraktion ihrer durchscheinenden Schirme hinter Starn her, der sich plump vorkam, weil er sich an den Wänden abstoßen und an den Stangen entlanghangeln musste, um das Glas mit den Futterkörnern zu erreichen. Er schraubte es auf, entnahm eine knappe Handvoll von dem orangefarbenen Granulat und streute es in einem Bogen in die Luft.

Die Fangarme der beiden Quallen zogen die Speise heran und transportierten sie zum Hauptkörper. Dort wanderten sie in Verdauungssäckchen, die sich als Schlieren abzeichneten.

»Kannst du wirklich so lange duschen, wie du willst, wenn du auf einem Planeten arbeitest?«, rief Kara aus dem Nebenraum herüber.

»Es heißt ›arbeiten‹, weil man eben nicht tun kann, was man will«, scherzte er. »Auf der MARLIN erwartet man, dass wir Ergebnisse liefern.«

»Wie penibel!« Kara schwebte herein. »Dabei sollte doch jeder Verständnis dafür aufbringen, dass man die Gelegenheit für eine gute Dusche ausgiebig nutzen möchte.« Sie sah atemberaubend aus mit den vielen Schleiern, die sie umgaben wie fein auslaufende, hauchzarte Blütenblätter.

Auch ohne die Düsen ihres Ballkleids bewegte sie sich mit müheloser Eleganz. Mit sanftem Zug glitt sie in den Aufenthaltsraum, wo sie das magnetische Halteband vor einem kleinen Spiegel befestigte. »Hilfst du mir mit der Kette?«

Er heftete das Futterglas wieder an und schwebte zu ihr. Sie reichte ihm ein Schmuckstück mit einem großen Saphir, dessen blaues Funkeln zu ihren Augen passte, und schob ihr Haar hoch, um ihm den Hals anzubieten.

Die Kette lag ohne Spiel an ihrer Haut an, war aber nicht so eng, dass sie eine Falte verursacht hätte. Er schloss sie in ihrem Nacken.

Sie drehte sich zu ihm um. »Wie gefällt er dir?«

»Sehr hübsch.« Er küsste sie. Ihr Haar war noch ein bisschen feucht.

»Du hast ja gar nicht richtig hingeschaut.« Er sah die Anspannung auf ihrem Gesicht.

Das Juwel lag in der kleinen Kuhle über ihrem Brustbein auf der hellen Haut. Starn fand den Ansatz ihres Busens, den das rosafarbene Kleid freiließ, wesentlich interessanter.

»Mir gefällt die Kette«, sagte er. »An dir sieht alles schön aus.«

Sie lächelte und drehte sich ein wenig. Da Starns Hände auf ihrer Taille lagen, übertrug sich der Impuls auf ihn.

Das Licht brach sich im Edelstein und offenbarte eine eishelle Struktur, die eingebettet oder hineingeschliffen war. Starn runzelte die Stirn. Es war die Ziffernfolge 25.

»Bedeutet es das, was ich denke?«, fragte er.

»Und wenn es so wäre?«, fragte sie zurück.

»Dann sollten wir nicht darüber reden. Politik bringt nur Streit. Davon habe ich in meiner Familie schon genug.«

»Aber das heißt doch nicht, dass wir uns auch zanken müssen.«

Er löste sich von ihr und schwebte zum Holoprojektor. »Lass uns einen Film anschauen. Wie wäre es mit der neuen Orion-Staffel?«

Sie folgte ihm. »Ich würde dich lieber besser kennenlernen.«

»Können wir nicht einfach den Augenblick genießen?«

»Vielleicht reicht mir keine Beziehung, die nur aus einer Aneinanderreihung oberflächlicher Momente besteht.«

Mit einem Mal fühlte sich Starn, als stünde er unter Anklage. Karas Augen funkelten stärker als der Saphir. Wurde sie wütend?

Er versuchte es mit einem Kuss, den sie aber nur halbherzig erwiderte.

»Wie wäre es mit einem anderen Mal?«, fragte er.

»Sag mir nur, ob es dich stört.«

Starn betrachtete die 25. Nun, da er wusste, dass sie da war, fand er sie sogar auffällig.

Er seufzte. »Also gut. Bist du eine Koexistenzialistin?«

Das Symbol dieser Bewegung war die Summe, die sich aus der Addition der Ordnungszahlen von Chlor und Sauerstoff ergab, der beiden Elemente, die Giats und Menschen atmeten. Eine Abbildung aus einem Lernprogramm kam ihm in den Sinn. Die Giats waren keine Humanoide, ihre Körper setzten sich aus vielen Modulen zu einem Kegel zusammen, an dessen Spitze sich die Sinnesorgane befanden. Sie waren unsagbar fremd.

»Und du?«, fragte sie zurück. Ihre Worte kamen gepresst, und auch ihr Körper fühlte sich unter seinen Händen verkrampft an.

Zögernd schüttelte er den Kopf. »Vielleicht habe ich zu viel gesehen, um an Frieden zwischen uns und ihnen zu glauben.«

»Man braucht Mut, um neue Gedanken zuzulassen.«

»Hast du das auswendig gelernt?«

»Jedenfalls hat man es mir nicht mit der Propaganda in den Kopf gehämmert, die ständig auf allen Kanälen läuft!«

Wieder löste er sich von ihr und gab sich einen leichten Impuls, um ein Stück zurückzuschweben. »Sympathisierst du nur oder gehörst du dazu?«

»Wir werden jeden Tag mehr. Und wenn wir erst ›Friedensliebe‹ als Kompetenz etablieren, wird sich die MARLIN noch schneller für unsere Ideen öffnen.«

Er lachte auf. »Pazifismus fließt als Teil der Philosophiekompetenz ein.«

»Die bei keinen bedeutenden Abstimmungen aufgerufen

wird!« Sie wirkte entschlossen an der Grenze zur Aggressivität.

»Die Regeln sind für alle gleich«, wandte Starn lahm ein.

»Wenn man die Wahlkommission als unparteiisches Schicksal ansieht!«

Das war das einflussreichste Gremium in der Politik der MARLIN. Es entschied über die Formulierung der Fragen, die man den Bewohnern des Schiffs vorlegte. Zudem nahm es die Kategorisierung vor. Die Stimmgewichte wurden entsprechend der nachgewiesenen Fachkompetenz in den relevanten Kategorien vergeben. Die Meinung einer Koryphäe wie Koichy Samara konnte einhundertfünfzigmal so stark gewertet werden wie die eines interessierten Laien. Die Philosophie stufte man tatsächlich oftmals nur als Nebenkompetenz ein, sodass der Auszählungsalgorithmus die Stimmen aus dieser Expertise gering wertete.

Starn schwebte zurück in den Empfangsraum. »Eigentlich hatte ich mich auf ein paar nette Stunden mit dir gefreut.«

»Warum vollziehst du nur den halben Schritt?« Sie kam hinter ihm her. »Du bist doch nicht ohne Grund aus dem Militär ausgeschieden! Macro meint, du bist so plötzlich raus, wie es sonst nur bei einer unehrenhaften Entlassung passiert.«

Er hielt sich an einer Stange fest. »Wer ist Macro? Noch so ein Koexistenzialist?«

»Ja, *noch so ein Koexistenzialist*«, äffte Kara ihn nach. Sie war wirklich wütend.

Starn fragte sich, warum er sich eine solche Szene antat. Kara hatte gesagt, sie wollte mehr Spaß und Freude in ihrem Leben, und dafür sei er der Richtige. Jetzt hatte er das Gefühl, dass sie ihm einen unsichtbaren Vertrag vor die Nase hielt, mit dem er den Beitritt in eine verschworene Gemeinschaft besiegeln sollte.

»Steckt das dahinter?«, fragte er scharf. »Hat Macro dich

auf mich angesetzt? Weil der Sohn der Admiralin eurem Verein nützt? Wollt ihr ein paar Clips mit mir drehen?«

In ihren Augen stand Sorge, aber worüber? Dass sie ihn verletzt haben könnte, dass er sie ertappt hatte oder dass er drohte, ihrer Falle zu entwischen?

»Wenn Militärwesen eine Kompetenz ist«, sagte sie schwach, »wieso kann Friedensliebe es dann nicht sein? Die größte Kompetenz für Abstimmungen, die sich um Krieg und Vernichtung drehen, erwirbt man als Soldat. Da ist doch etwas grundlegend falsch. Weshalb werden diejenigen, die dagegen sind, einen ganzen Planeten zu zerstören, gar nicht erst gefragt?«

»G'olata war eine Waffenschmiede.«

Starn merkte, wie sein Zorn verrauchte. Kara wirkte jetzt verletzlich. Am liebsten hätte er sie in die Arme geschlossen, aber er wusste nicht, ob das ein Trick war, mit dem sie ihn herumkriegen wollte. Also verharrte er bewegungslos vor ihr schwebend.

Trib, die blaue Luftqualle, schien die Traurigkeit ihres Frauchens zu spüren und kam heran, um mit den dünnen Tentakeln ihre Schulter zu kitzeln. Der Anflug eines Schmunzelns zuckte auf Karas Lippen.

»Ich war nicht der Einzige, der nach dem Entern der Esox den Dienst quittiert hat«, flüsterte er. »Ich habe genug durchgemacht für ein Menschenleben.«

Sie sah ihn interessiert an. »Hier an Bord haben wir wenig von dem Einsatz erfahren, außer dass man den Rebellen eine Lektion erteilt hat, die sie so schnell nicht vergessen werden.«

Starn lachte auf. »Wie könnten sie auch? Die Esox wird jetzt von Kommissaren regiert, die die anderen Schiffe eingesetzt haben.«

»Wieso hat man sie nicht ziehen lassen? Ich meine nicht die Begründung, die in der Abstimmung eine so große Rolle spielte. Dass sie eine Bedrohung für die Menschheit geworden wären und dieser Unsinn. Sie hätten doch einfach ihren eigenen Kurs einschlagen können.«

»Vielleicht hätten sie das tun sollen«, murmelte Starn. »Aber wenn die freie Menschheit nur noch dreißig Großraumschiffe hat, wird jedes davon unverzichtbar. Und auch der Zentralrechner der Esox kam wohl zu dem Ergebnis, dass ein einzelnes Schiff abseits des Schwarms eine leichte Beute für die Giats wäre.«

»Also Angst«, sagte Kara traurig. »Ihre Angst vor dem Fremden und unsere Angst vor ihnen.«

Starn lächelte freudlos. »Ist dir wohl beim Anblick von Koichys Implantat?« Er tippte an seine Schläfe. »Das ist eine begrenzt leistungsfähige Ausführung. Hauptsächlich ein Speicher, schätze ich, nur wenig Denkhilfe, die über den rein algorithmischen Bereich hinausgeht. Auf der Esox waren sie viel weiter. Die ersten Schaltungen haben sie schon ihren Säuglingen eingesetzt.«

»Ich dachte, man läuft Gefahr, dabei wahnsinnig zu werden!«, entrüstete sich Kara.

»Man kann das Risiko durch eine genetische Vorauswahl senken. Dafür hat der Zentralrechner gesorgt.«

»Sie hatten also wirklich diesen Supercomputer, der alle Entscheidungen getroffen hat?«

»So einfach war es nicht. Es gab die Zentralkomponente ...« Er überlegte, ob er einen Fehler machte, wenn er ihr von dem vier Jahre zurückliegenden Einsatz berichtete. Aber er verriet ja keine militärischen Geheimnisse. »Wir hatten Befehl, den Hauptrechner zu zerstören. Aber wir ahnten nicht, wie sehr die Menschen der Esox mit ihm verbunden waren.«

Er dachte an das Schiff, das einer metallenen Spinne mit sieben weit vorn angesetzten Beinen und einem elliptischen Hauptkörper ähnelte. In gespenstischer Stille waren die Enterfähren darauf zugefallen, hatten magnetisch angedockt und sich einen Weg ins Innere geschnitten.

»Dass ihre Implantate über das Bordnetz in permanentem Austausch damit standen, bemerkten wir erst hinterher. Bei Koichy handelt es sich um eine autarke Einheit, aber auf der Esox war die Rechenkapazität zusammengeschaltet. Und wir haben auch herausgefunden, dass sich nicht nur das menschliche Gehirn der elektronischen Komponenten bedienen kann. Es funktioniert auch umgekehrt.«

»Du meinst ... der Zentralrechner hat auf den Verstand der Bewohner zugegriffen?«

»Auf dem Weg zum Hauptcomputer wurde der Widerstand immer stärker. Wir mussten uns durch die Esoxer hindurchhacken, die sich uns entgegenwarfen. Überall schwebten Körperteile, Blutwolken und Leichen, und dazwischen verborgen neue Gegner, zum Teil noch Kinder. Ich weiß nicht, ob sie einen eigenen Willen hatten. Wie gesagt, die meisten von ihnen trugen seit ihrer Geburt Implantate, die alle paar Wochen ausgetauscht wurden, sodass die Technik mit dem biologischen Wachstum Schritt hielt. Möglich, dass der Hauptrechner sie völlig kontrollierte. Es kann aber auch sein, dass ihre Wünsche aus eigenem Antrieb mit seinen übereinstimmten. Jedenfalls warfen sie ihr Leben bedenkenlos in die Waagschale, obwohl sie erkennen mussten, dass unsere Einheit ihnen militärisch überlegen war.«

Er schluckte.

»Die Esox setzte auch Kampfgas ein. Wir waren darauf vorbereitet, unsere Anzüge schützten uns. Die Bewohner der Esox nicht. Ich habe gesehen, wie ein Schädel verätzt ist, bis die Drähte durchschimmerten, die das Implantat mit dem Hirn verbanden. Ein silbern glänzendes Gespinst.«

»Das muss schrecklich gewesen sein.«

»Es war harmlos gegen das, was geschah, als wir den Hauptrechner sprengten. Ich war ein Major, aber dennoch war ich naiv. Ich dachte, die Esoxer verständen nicht, dass wir sie befreien und dass ein ganz neues Leben beginnen würde, sobald wir den Meister beseitigt hätten, der sie versklavte. Aber wir waren diejenigen, die nichts begriffen.«

Er suchte in Karas Augen nach Verständnis.

Sie drückte die Luftqualle fort. »Was ist geschehen?«

Starn schwitzte unangenehm stark. Die Erinnerung drängte an die Oberfläche. »Hast du einmal jemanden gesehen, der von harten Rauschpflastern abhängig ist? Der sich Taladur klebt, eins nach dem anderen, direkt auf die Venen?«

»Nur im Holo.«

»So kannst du dir die Esoxer vorstellen, als sie keine Signale mehr vom Hauptrechner bekamen. Manche wurden zu Zombies, mit leerem Blick, tote, apathische Hüllen. Andere schrien, als würden sie bei lebendigem Leib verbrannt. Es gab welche, die mit bloßen Händen auf uns losgegangen sind. Sie haben die Finger wie Krallen benutzt und sich die Nägel an unseren Schutzanzügen abgerissen. Andere haben die Köpfe gegen Haltestangen geschlagen, bis sie bluteten.«

»Aber ... sie schicken doch immer wieder Botschafter auf andere Schiffe«, zweifelte Kara. »Die können doch auch keine Verbindung zu ihrem Rechner haben.«

»Die gehören zu einer speziellen Gruppe mit rückständigen Implantaten, wie Koichy eines hat. Als Kinder waren sie noch vielversprechend genug, um sie leben zu lassen, aber irgendwann konnten ihre Gehirne nicht mehr mithalten. Für Botengänge reichen ihre Fähigkeiten noch aus.«

»Willst du damit sagen, dass die Esox ein Schiff voller Wahnsinniger geworden ist?«

»Ich versuche mich wenig darum zu kümmern, was dort geschieht, und wenn man nicht danach sucht, erfährt man ja auch nichts. Soweit ich weiß, haben sich die meisten Bewohner erholt. Was immer das heißen mag, wenn du den Großteil deiner Denkfähigkeit verlierst.«

Ungläubig schüttelte Kara den Kopf.

Er entschied sich, ihr nicht von den Albträumen zu erzählen, in denen die beinartigen Ausläufer der Esox in seinem Gehirn herumstocherten.

»Ich habe einen Eid auf die Menschheit geschworen«, fuhr Starn fort. »Aber was bedeutet das? Habe ich die Menschheit verteidigt, als ich auf der Esox gekämpft habe?«

»Du warst nicht derjenige, der den Befehl gegeben hat«, flüsterte Kara. »Du warst ahnungslos, was euch erwartet.«

»Weißt du, was wirklich schrecklich ist? Ja, ich wache manchmal schreiend auf, wenn ich von all den Leichen und den Verstümmelten und dem geistlosen Starren träume. Aber was mich wachhält, ist, dass ich nicht mehr weiß, was richtig und was falsch ist. Vielleicht waren die Esoxer damals noch Menschen, aber sie gingen ganz sicher den Weg, etwas anderes zu werden. Menschen denken nach, sie wägen ab, sie bilden sich ein Urteil und handeln danach. Das geschah auf der Esox nur noch selten. Die Individuen waren Ausläufer des Zentralrechners und des Kollektivs. Ist das noch Menschsein?«

Er sah Kara an, dass sie versuchte zu verarbeiten, was sie erfuhr. »Ich glaube, dass alles gut ist, was das Leben fördert.«

Starn schnaubte. »Glaub mir, ich bin damals nicht Soldat geworden, um Menschen zu töten. Aber vielleicht habe ich auf der Esox Menschen gerettet. Der Computer hat dort ›optimiert‹, wie sie es ausdrückten. Er hat diejenigen gefördert, die gut für die Gemeinschaft waren. Die anderen hat er aussortiert.«

»Will ich wissen, was das bedeutet?«

»Für die Botschafter fand sich gerade noch eine Verwendung. Für viele andere nicht. Auch auf der Esox ist der Platz begrenzt. Man brauchte ihn für höherwertige …«

»Das reicht!«, rief Kara.

Sie atmete tief durch.

»Möchtest du etwas essen?«, presste sie hervor. »Ich habe etwas von den Pilzen zugeteilt bekommen, die ihr vom Planeten geholt habt. Noch sind sie frisch.«

Ohne seine Antwort abzuwarten schwebte sie in den Raum mit der Kochgarnitur und programmierte ein Gericht.

Halbherzig folgte er ihr. Was machte er eigentlich hier?

»Es kann nicht ewig so weitergehen«, meinte Kara. »Die Menschheit braucht Frieden.«

»Der größte Friede ist der Tod, er kennt keinen Streit«, sagte Starn. »Wenn wir die Waffen aus unseren Schiffen ausbauen, könnte er uns alle ereilen. Das sollten wir nicht riskieren.«

»Wie lange liegt unsere letzte Verhandlung mit den Giats zurück?«

»Sie haben die Erde zerstört«, erinnerte Starn.

»Diese Schlacht ist seit Jahrtausenden Vergangenheit.«

»Auch alle planetaren Kolonien.«

»Wir dürfen unsere Trauer über Gewesenes nicht zu ewigem Hass werden lassen. Die Menschheit muss ihr Streben in die Zukunft richten. Wir sollten neue Welten kolonisieren.«

»Dann wären wir erpressbar. In der gesamten Galaxis gibt es keine planetengebundene Hochzivilisation.«

»Das vermuten wir nur.«

»Wir haben jedenfalls in tausend Jahren keine gefunden«, insistierte er. »Das hat seinen Grund. Gegen die Waffen einer Zivilisation, die die interstellare Raumfahrt beherrscht, ist ein Planet nicht zu verteidigen. Noch nicht einmal die Giats konnten G'olata schützen.«

»Und darauf bist du stolz? Wie viele Hundert Millionen Opfer hat das gefordert?«

»Das Universum schert sich nicht darum, ob wir zufrieden damit sind, wie es funktioniert. Wir müssen uns damit arrangieren.«

»Ach, und ›arrangieren‹ bedeutet, alle ›Giftatmer‹ zu töten? Wie viele gibt es überhaupt? Ein paar Hundert Milliarden? Oder Billionen?«

»Ich weiß jedenfalls, dass nur noch eine Million Menschen

in Freiheit leben, und die befinden sich alle auf den Schiffen des Schwarms.«

»Also willst du Abermilliarden Giats töten, um eine Million Menschen zu retten?«

»Das habe ich nicht gesagt, aber wenn sie uns ...«

»Und wer kommt nach den Giats? Es gibt viele raumfahrende Zivilisationen. Fühlst du dich von denen allen bedroht?«

»Keine verhält sich so feindselig wie die Giats.«

»Trotzdem, sicher kannst du nicht sein«, insistierte sie. »Solange du auf Laserkanonen und Torpedos vertraust, wirst du überall Feinde sehen. Oder bist du ein Exodist?«

Diese Bewegung setzte sich dafür ein, so weit wie möglich vorzustoßen, um Bereiche der Galaxis zu finden, die unbesiedelt waren und an denen die Giats kein Interesse zeigten. Sie hatte nicht eben wenige Anhänger und nahm erheblichen Einfluss auf den Kurs des Schwarms.

»Sie werden uns folgen und vernichten, wenn sie können«, meinte Starn.

»Also wird der Krieg ewig dauern«, klagte Kara. »Was, wenn du die Opfer, die der Angriff auf G'olata gefordert hat, ebenso deutlich gesehen hättest wie jene, die auf der Esox sterben mussten?«

»Das waren Giats!« Jedenfalls, wenn man von den Sklaven absah, die auf dem Planeten geschuftet hatten.

»Na und? Ist fremdes Leben etwa weniger wert als vertrautes?«

»Liegt dir denn nichts an der Menschheit?«, rief er. »Wenn ich dir zuhöre, glaube ich, dir wäre lieber, wenn wir alle draufgingen, einfach, weil es so viele weniger von uns gibt als von denen. Vielleicht sollten wir uns ergeben. Eine Million Menschen sterben, und die Giats haben Ruhe. Willst du das?«

»Es muss eine andere Lösung geben«, flüsterte sie. »Eine andere Logik als die des Krieges.«

Die Küchenautomatik meldete, dass die Mahlzeiten fertig

waren. Kara zog die knusprig braunen Pasteten aus dem Ofen. Knackend kühlten sie ab.

»Ich will jetzt los.« Starn stieß sich ab. »Meine Schwester kommt bald zurück. Ich treffe mich mit ihren Kameraden. Wir wollen sie empfangen, wie es einer Soldatin zusteht, die für ihr Schiff gekämpft hat.«

»Und was ist mit unseren gemeinsamen Stunden, auf die du dich gefreut hast?«

Er hielt auf das Schott zu, ohne sich umzudrehen oder zu antworten. Es hätten *nette* Stunden sein sollen, dachte er. Die fand er bei Kara nicht.

———

Rila Egron-Itara fragte sich, ob sie in ein paar Wochen den Aufenthalt auf der SQUID als Wendepunkt in ihrem Leben sehen würde. So surreal ihr das lebende Schiff zu Beginn erschienen war, so fremd war ihr nun der Gedanke, dass sie es in zwei Stunden verließe, um auf die MARLIN zurückzukehren.

Zwar waren zwei der Waffenträger an WEISS-SIEBEN unbrauchbar, aber die Kanzel hatte man so weit abgedichtet, dass der Jäger den Flug schaffen würde. Angeflanschte Hilfstriebwerke machten ihn manövrierfähig. Sie würde auf dem ihr anvertrauten Gerät heimkehren. Eigentlich hätte sie das stolz machen sollen. Stattdessen beunruhigte sie der Gedanke, die SQUID zu verlassen, so sehr, dass sie sich bei den Checks kaum konzentrieren konnte. Erst beim vierten Versuch arbeitete sie die Liste vollständig ab. Vermutlich wunderten sich die Techniker – ein Mann, dessen Schädel sich zu einem Gebirge auffaltete, das sich bis zu seiner Nase zog, und eine Frau mit senkrecht stehenden Augenlidern – über ihre Disziplinlosigkeit, aber sie zeigten es nicht.

Rila bedankte sich bei ihnen und verließ den Hangar. Wie

lange war sie jetzt auf der SQUID? Zehn Tage, oder waren es bereits zwölf?

Ihr Körper hatte sich an den konstanten Stress des Schwerkraftsogs gewöhnt, obwohl er ihm niemals annähernd so lange ununterbrochen ausgesetzt gewesen war. Vermutlich hatten ihn urzeitliche Instinkte darauf vorbereitet. Menschen waren keine Wesen des Weltraums, sie waren für das Leben auf Planeten ausgelegt.

Zumindest die pulsierenden Wände, die mit Leuchtkörpern gefüllten Adern und das Wissen darum, sich im Innern eines Lebewesens zu bewegen, hätten sie jedoch beunruhigen sollen. Aber das taten sie nicht. Sie wanderte mit Selbstverständlichkeit durch die Gänge, nahm hin, dass ein Abzweig, den sie vor Kurzem noch benutzt hatte, zugewachsen war, fragte einen Passanten ungezwungen nach einem anderen Weg, stieg eine Leiter hoch, betrachtete die Schwärze des Alls mit den weiß strahlenden Sternen durch eine transparente Membran. Sie fühlte sich nicht von einem Ungeheuer verschlungen, sondern geborgen.

Was hätte sie in diesem Moment getan, wenn die MARLIN und nicht die SQUID sie eingesammelt hätte? Mit Ynga und Rulf Gitterball gespielt? Am Flugsimulator ein neues Manöver einstudiert? An einer Chorprobe teilgenommen?

Das alles erschien ihr unendlich weit weg, und doch lag es nur noch ein paar Stunden in der Zukunft.

Auch wenn es sich nicht so anfühlte, mahnte ihr Verstand, dass es an der Zeit war, sich zu verabschieden. Viele Freunde hatte sie auf der SQUID nicht gefunden. Eigentlich nur einen.

Sie ging zu Ugrôns Quartier und legte die Hand auf eine rosafarbene, glatte Fläche in der braungrünen Wand neben der zugefalteten Tür. Hoffentlich war er wach.

Mit einem Schmatzen öffnete der fleischige Verschluss.

Ugrôn saß in einer Mulde in der von Wülsten durchzogenen Wand. Vor ihm erlosch ein Holo, das goldene Schrift gezeigt hatte, offenbar ein Buch. Vor seiner Weihe hatte er sich ausgiebig mit theologischen Werken befasst. Heute trug er nicht seine Priesterrobe, sondern eine weiße Hose und ein orangefarbenes Hemd.

»Wie geht es dir?«, fragte Rila.

Er stand auf. Die kurzen Ärmel offenbarten die Folgen seines Vakuumaufenthalts, violette und kalkweiße Flecken auf der Haut, wie auch im Gesicht, die Finger der linken Hand hielt er auf merkwürdige Art gekrümmt.

»Es wird mit jedem Tag besser«, sagte er mit rauer Stimme. »Und dir? Nimmst du deine Medizin?«

Sie lächelte. »Danke, dass du mich daran erinnerst.« Wer würde das auf der MARLIN tun?

Sie nahm die Dose mit den Wirkpflastern aus der Tasche, zog eines heraus, schob es unter dem Hemd hoch und klebte es nahe ihrer Achsel an den Brustkorb. Sofort erwärmte sich die Stelle.

»Möchtest du einen Tee?«, fragte er.

»Gern.«

Mit seinem angeschlagenen Körper wirkte er auf verdrehte Art heldenhaft, als er zum Herd humpelte. Wie ein Ritter, der mit zerbeulter Rüstung aus der Schlacht zurückgekehrt war. Dabei hatte er sich splitternackt der Gefahr gestellt – für unglaubliche fünfundneunzig Sekunden. Eigentlich hätte sein mit Sauerstoff unterversorgtes Gehirn einen Dauerschaden davontragen müssen. Wenn das der Fall war, verbarg er es gut.

»Schwarz, grün oder gelb?«, fragte er.

»Grün, bitte.«

Ein Hauch Exotik kehrte in Rilas Empfinden zurück, als sie sich setzte und ihn beobachtete, wie er getrocknete Pflanzenblätter in einen offenen Tiegel schüttete, um sie mit einem Stößel zu zerkleinern. Schwerkraft war etwas Wunderbares. Nachher würden sie aus Tassen ohne Deckel trinken. Wie lange würde es wohl dauern, bis Rila das wieder täte? Gab es auf der MARLIN überhaupt offene Trinkgefäße?

Vielleicht in einem der für Freizeitaktivitäten ausgelegten Rotationsmodule. Sie würde Ausschau danach halten.

»Ich werde die SQUID vermissen«, sagte sie ohne darüber nachzudenken.

Er drehte sich halb zu ihr um und lächelte sie an. »Du wirst uns auch fehlen.«

Überrascht bemerkte sie, dass sie sich wünschte, er hätte *mir* gesagt, nicht *uns*.

»Unsere Gespräche haben mir viel zum Nachdenken gegeben«, sagte sie. »Wie wäre es, wenn wir ab und zu Nachrichten austauschen?«

»Das wäre schön. Ich führe selten so intelligente Konversation.«

Sein Lob tat ihr gut. Sie überlegte, wann Reck, ihr Mann, das letzte Mal so offen seine Anerkennung für sie ausgesprochen hatte. Es gab Menschen auf der MARLIN, für die sie eine Heldin war. Nach ihrer Rückkehr mochte das noch mehr gelten, spätestens, wenn WEISS-SIEBENS Bordaufzeichnungen vom Angriffsflug auf G'olata ausgewertet wären. Aber Reck nahm sie als Selbstverständlichkeit.

War für Rila nach dem Aufenthalt auf der SQUID überhaupt noch irgendetwas selbstverständlich? Nun, da sie wusste, wie *anders* das Leben sein konnte?

Ugrôn setzte sich wieder. »Ich bin noch ein bisschen schwach«, sagte er entschuldigend.

»Hauptsache, du behältst keine bleibenden Schäden.«

Seine Augen lächelten nicht mit, als er nickte.

»Du hast doch kein ernstes Problem?«, tastete sie sich vor.

»Mein Körper ist hart im Nehmen«, wiegelte er ab.

»Aber ...?«

Er seufzte. »Ich kann dir nichts vormachen, oder?«

»Ich bin nur noch zwei Stunden an Bord.« Rila merkte, wie

sich etwas in ihr gegen den Gedanken sträubte, die SQUID zu verlassen. »Es ist keine Zeit mehr für Heimlichkeiten.«

Prasselnd kochte das Wasser.

»Bleib sitzen«, bat sie und ging selbst zur Kochnische. Sie fasste den Topf, der eine schnabelförmige Ausgussöffnung hatte, und füllte die Tassen durch die Siebe mit den zerriebenen Pflanzenblättern.

Ugrôn nahm seinen Tee entgegen.

Sie ging nicht zurück zu dem Sessel, den sie vorher benutzt hatte, sondern setzte sich unmittelbar neben ihn.

»Gestern habe ich gedacht, du wärst so schweigsam, weil du noch Schmerzen beim Sprechen hättest«, sagte sie. »Aber es gibt etwas anderes, das dich beschäftigt, nicht wahr?«

Er blies den Dampf vom heißen Getränk ohne sie anzusehen.

Ihr Herz pochte.

»Der Void ist seltsam«, sagte er.

Sie spürte die Enttäuschung, als fiele sie in einem Rotationsmodul von einer Leiter. Natürlich. Er hatte Jahre auf seine Initiation gewartet. Das war eine Erfahrung, die kaum einem Menschen zuteilwurde. Schutzlos hatte er sich der Leere gestellt. Selbstverständlich hatte er jetzt keinen Gedanken für irgendetwas anderes. Oder irgendwen anderes.

»Er ist nicht so, wie unsere Schriften ihn schildern«, sagte er.

Verwirrt zog sie die Brauen zusammen. »Wie meinst du das?«

»Das alles«, er machte eine unbestimmte Bewegung, »sind nur Worte. Gedrechselte Verse, imposante Gedankenbilder. Sie fangen die Wahrheit nicht ein.«

»Und was ist die Wahrheit?«, fragte sie.

»Leere«, sagte er. »Es gibt keine Beschreibung dafür. Aber was die Kirche des Void lehrt, ist unvollkommen.«

»Vielleicht, weil wir Menschen sind. Wir sind an die Materie gebunden.«

Sacht schüttelte er den Kopf, den ein kurzer Flaum verdunkelte. Er hatte sich wohl seit der Initiation nicht mehr rasiert.

»Die Materie ist kein Hindernis.« Er nippte an dem heißen Tee. »Sie ist die Antwort. Oder wenigstens ein essenzieller Teil davon.«

»Das habe ich noch nie gehört.«

»Weil niemand es lehrt. Ich suche in allen Schriften nach etwas, das meinem Erleben nahekommt. Ich finde nichts.«

Rila versuchte sich an die Meditationseinheiten zu erinnern, die sie auf der MARLIN besucht hatte. Immer war es darum gegangen, den Geist zu leeren, um der Leere des Weltalls nahezukommen. Der Körper, das Greifbare, war nur eine Täuschung, eine Unregelmäßigkeit im herrschenden Muster.

»Zweifelst du am Void?«, fragte sie direkt.

»Dazu müsste ich genauer verstehen, was der Void ist«, wich er aus. »Bislang ahne ich nur, was er nicht ist.«

»Vielleicht ist die Leere einfach zu groß, um sie zu fassen«, schlug Rila vor.

Er nahm einen kleinen Schluck. »Bist du ein Geschenk des Void, Rila?«

»Was?«, rief sie. »Wie kommst du darauf?«

»Keine Sorge, ich werde nicht verrückt.« Er lächelte und schien dabei ehrlich amüsiert zu sein. »Sogar der Ehrwürdige Batuo denkt in diese Richtung. Weißt du, wie unwahrscheinlich es war, dass die SQUID dich gefunden hat?«

»Man wird mein Notsignal angepeilt haben.«

»Schau den Reparaturbericht durch«, empfahl Ugrôn. »Alle Funkantennen waren vollständig zerstört und mussten ersetzt werden.«

Diese Eröffnung traf Rila wie ein Hammerschlag vor die Stirn. »Das ist unmöglich! In dem Fall hätte man meinen Jäger niemals …«

Noch immer lächelnd sah er sie an.

»Es ist wahr, oder?«, fragte sie.

»Ich weiß nicht, wie die SQUID dich gefunden hat. Ich nehme an, niemand kann es mit Sicherheit sagen. Aber ich weiß, dass es wahrscheinlicher ist, dass sich an Bord eines unserer Schiffe noch ein ungeatmetes Sauerstoffmolekül aus der Atmosphäre der Erde befindet, als dass ein Großraumschiff einen kaum zu ortenden Jäger aufspürt, der antriebslos durch ein feindliches Sternsystem fällt.«

Da war ihm kaum zu widersprechen.

Spielten die Menschen der SQUID vielleicht ein makabres Spiel mit ihr? Wenn sie es wollten, konnten sie jeden Bericht fälschen und auch WEISS-SIEBENS Bordaufzeichnungen manipulieren. Möglich, dass sie Rilas Rettung mystifizierten, um auch auf den anderen Schiffen des Schwarms die Ehrfurcht vor der Gütigen Mutter zu wecken.

Aber bislang hatten sie nie missioniert. Und Ugrôn war keiner von ihnen. Er war jetzt ein Priester der Kirche des Void.

An deren Lehre er offenbar zweifelte.

»Ich habe dich dort draußen gesehen, Rila«, sagte er. »Was ich sonst wahrgenommen habe, kann ich schlecht beschreiben. Das Kochen der Feuchtigkeit auf meiner Haut, all die Dinge, die man nachlesen kann. Aber das Entscheidende kam danach. Mutters Gesang in meinem Fleisch. Farben, Formen. Das Gefühl, unendlich klein zu sein und doch bedeutsam. Ergibt das Sinn für dich?«

»Du hast *mich* gesehen?«, fragte sie.

»Dein Gesicht. Ganz deutlich. Die grünen Augen und das goldene Haar, deine Stupsnase, die vollen Lippen. Du warst es.«

Sie blinzelte. »Und was habe ich gemacht?«

»Du warst bei mir, im wichtigsten Augenblick meines Lebens.«

Sie spürte, wie Tränen in ihre Augen stiegen. Schnell nahm sie einen Schluck Tee. Er war sehr heiß, sie musste sich beherrschen, um ihn nicht wieder auszuspucken.

Ugrôn sah in seine Tasse, die er mit beiden Händen umschloss. »Ich weiß, eigentlich warst du hier im Schiff, im Gang vor der Schleuse. Aber es fühlte sich dennoch so wirklich an.«

Sie stellte die Tasse auf den Boden, legte die Hände auf seine Wangen und drehte sein Gesicht sanft zu sich. »Ich bin hier.« Sie küsste ihn. »Wir haben beinahe noch zwei Stunden. Das ist die Wirklichkeit.«

5

Unerwartete Vertrautheit

»Ich finde, wir haben das Potenzial des sechsten Planeten noch nicht angemessen herausgestellt«, sagte Starn Egron.

Das Zentralholo im Besprechungsraum neben der Saatgutstation zeigte ein Schema des Systems, in das die MARLIN gestern transitiert war. Ständig änderten sich Details an der Farbcodierung der identifizierten Himmelskörper, die einen Unterriesen der Spektralklasse G5 umkreisten. Der Stern strahlte ein ähnliches Wellenspektrum aus wie das Heimatgestirn der Menschheit, auch wenn er mit 1,85 Millionen Kilometern Durchmesser deutlich größer war.

Erok Drohm runzelte die Stirn, wobei er gleichzeitig die Oberlippe anhob. Bei seinem spitzen Gesicht führte diese Marotte dazu, dass er aussah, als wollte er die Stange annagen, an der er sich festhielt. Er kippte sich so, dass er längs über der Holografie schwebte. »Was findest du am sechsten Planeten? Das ist doch ein Gasriese.«

Garta Sellem kicherte. Das vom Holo des äußersten Planeten ausgehende Licht malte einen grünen Fleck auf das Haar, in das sie heute gebogene Muster rasiert hatte.

Beherrscht atmete Starn aus, bevor er antwortete. »Ich meine den sechsten Planeten, wenn man den Asteroidengürtel auf der vierten Bahn mitzählt.«

»Ah, die Toten kommen zu ihrem Recht«, meinte Erok. »Das gilt auch bei Planeten, die es zerrissen hat.«

Garta steigerte das Kichern zu einem Lachen. Immerhin hielt sie das nicht davon ab, die gesammelten Daten über vermutete Atmosphären- und Mantelzusammensetzungen zu sichten und mit den Eigenschaften der Keime in der Saatgutbank abzugleichen.

»Vielleicht waren es auch zwei Planeten, die miteinander kollidiert sind.« Starn ärgerte sich bereits über die patzige Bemerkung, während er sie aussprach, aber Erok unangefochten das Feld zu überlassen, hätte ihn noch mehr geärgert.

Sein Kollege zuckte die Achseln. »Vielleicht werden unsere Sonden ja noch herausfinden, wieso die Asteroiden auf dieser Bahn herumschwirren. Du meinst also den Planeten mit einem mittleren Sonnenabstand von …«, er holte sich die Daten in ein Nebenholo, »… gut fünf Astronomischen Einheiten.«

»Ja, genau den«, bestätigte Starn mühsam beherrscht. »Eine Eiswelt, wie es aussieht. Sehr vielversprechend, wenn wir unter dem Panzer Flüssigwasser finden. Dafür haben wir schnell wachsende, ertragreiche Typen an Bord, die wir schon oft erfolgreich angepasst haben.«

»Gut, dass du mich daran erinnerst«, ätzte Erok. »Ich bin doppelt so lange Xenofarmer wie du. Da beginnt man, Dinge zu vergessen.«

Starn fand, dass Erok die Tatsache, dass die Hierarchie der Einsatzgruppen nicht galt, solange sie sich an Bord befanden, reichlich ausnutzte. Auf einem Planeten führte Starn das Kommando, weil er Erfahrung als Offizier gesammelt hatte, aber in der Saatgutstation zog Eroks Expertise. Leider nutzte er sie lieber dazu, Frauen rumzukriegen, als um die Sache voranzubringen.

Gegenwärtig bestand die Aufgabe des Teams darin, eine Abstimmung darüber vorzubereiten, auf welchen Himmelskörpern die Xenofarmer der MARLIN ihr Glück versuchen sollten. Neben der zu erwartenden Fruchtbarkeit der Welt war auch das verfügbare Genmaterial des Schiffs ausschlaggebend, ebenso wie die Wachstumsrate der Samen. Die MARLIN war besonders gut auf Wasserhabitate vorbereitet, aber weil

Starn seinen Vorschlag zuerst geäußert hatte, konnte Erok sich profilieren, indem er ihn schlechtredete.

»Ich wette darauf«, sagte Erok, »dass es einen guten Grund dafür gibt, dass der fünfte Planet eine technisierte Zivilisation trägt. Er muss sehr fruchtbar sein.«

Im Nebenholo zeigte sich der bezeichnete Himmelskörper als ein Inferno an elektromagnetischer Strahlung im langwelligen Bereich, wie sie für Funkverbindungen typisch war. Da man bereits mehrere, allerdings vergleichsweise leistungsschwache Triebwerke im interplanetaren Raum geortet hatte, wusste man, dass das System besiedelt war. Vermutlich war der fünfte Planet die Hauptwelt.

»Abgesehen von einer Bevölkerung, die etwas dagegen haben dürfte, dass wir ihren Heimatplaneten abernten«, sagte Starn, »könnte uns auch eine verschmutzte Umwelt Probleme machen.«

Erok zuckte die Achseln. »Mag sein. Aber der fünfte Planet ist die einzige Welt in der Lebenszone. Die anderen werden schon von Natur aus schwieriger zu beackern sein. Und bei dem herrschenden Schiffsverkehr hier nehme ich an, dass die Bevölkerung das gesamte System als ihr Eigentum ansieht.«

Ein weiterer Gasriese tauchte in der Darstellung auf, eines der Schiffe im Schwarm musste ihn gerade entdeckt haben. Damit hatte das System neun Planeten und einen Asteroidenring, zusätzlich etwa einhundert Monde, die groß genug waren, um prinzipiell für den Nahrungsanbau infrage zu kommen. Allerdings wurde dieser, wie Erok gesagt hatte, schwieriger, je weiter man sich von der Lebenszone entfernte. Auf den inneren Planeten verbrannten organische Verbindungen leicht, auf den äußeren spendete die Sonne zu wenig Energie für schnelle Wachstumsprozesse. Hier musste man geologische Aktivitäten, heiße Spalten und Seen aus reaktiven Flüssigkeiten ausnutzen. Das ergab meist minderwertige Biomasse, die erst eine aufwendige Veredelung genießbar machte.

Als sich das Schott öffnete, schwebte nicht Ignid herein, wie Starn erwartet hatte, sondern Kara Jeskon. Er starrte sie an. Seit ihrem Streit vor einem Monat hatten sie nur noch Höflichkeiten ausgetauscht. Jetzt surrte sie mit den Düsen an ihrer grünen Arbeitsmontur heran.

»Melde mich zum Dienst«, sagte sie.

»Sehr schön«, meinte Erok. »Du kannst mir mit dem Dossier zum fünften Planeten helfen.«

»Moment mal!«, rief Starn. »Was machst du denn hier?«

»Ich habe eine Basisqualifikation für Xenobiologie erworben.«

»Was studierst du eigentlich nicht?«

Sie schmunzelte schelmisch. »Ich bin vielseitig interessiert, und was du über deinen Beruf erzählt hast, macht neugierig.«

Erok zog sich heran, als wolle er Starn und Kara trennen, obwohl sie ein paar Meter voneinander entfernt schwebten. »Wir haben wenig Zeit für Erklärungen.«

»In Ordnung«, sagte Kara. »Was soll ich machen?«

»Komm ans Holo!« Erok wählte eine Projektion an der entferntesten Wand. »Du sichtest unser Saatgut auf die Eignung in Sauerstoffatmosphären und ariden Habitaten.«

Kara nickte eifrig, während sie zu ihm flog.

Starn presste die Zähne aufeinander. Ob sie etwas mit Erok angefangen hatte, um in dieses Team zu kommen? Ein Zufall war es keinesfalls, und Erok hatte hohes Stimmgewicht in solchen Themenkomplexen.

Aber weshalb wollte Kara überhaupt hier arbeiten? Das Interesse an der Xenobiologie nahm er ihr nicht ab, außerdem gab es ein Dutzend Teams, die sich an Bord der MARLIN damit beschäftigten. Wollte sie wieder mit Starn anbandeln, oder wollte sie ihm vorführen, was er aufgegeben hatte? Bestimmt war es eine wohlhabende, junge Frau mit ihrem Aussehen nicht gewohnt, dass ein Kerl sie sitzen ließ.

Starn hatte an sie gedacht, aber er fühlte sich auch ausgenutzt. Je länger er überlegte, desto wahrscheinlicher erschien ihm, dass sie ihn lediglich als Vorzeigemitglied der Koexistenzialisten hatte gewinnen wollen. Aber sie alle hatten miterlebt, wie der Beschuss der Giats die JELLY in tausend Teile zerbrochen hatte. Jede einzelne Rettungsfähre hatten sie zerstört. Naive Gesten konnten die Existenz der Menschheit beenden. Die Bedrohung gestattete keine philosophischen Experimente.

Er schüttelte den Kopf. Für solche Spielchen war jetzt wirklich der falsche Zeitpunkt.

Er zog sich an Gartas Seite. »Gibt es etwas Neues?«

Sie sah hinüber zu Erok und Kara, die sich in Richtung ihrer Füße befanden. »Die Eiswelt sieht gut aus«, flüsterte sie.

»Du hast den sechsten Planeten untersucht?«, fragte er überrascht.

»Während ihr damit beschäftigt wart, euch aufzuplustern, musste ja wenigstens eine etwas Sinnvolles machen.«

»Aber du und Erok ... ich dachte, ihr ...«

Sie machte eine wegwerfende Handbewegung. »Das eine ist Spaß, das andere ist mein Beruf. Ich finde ihn süß, aber nicht, weil ich ihn für besonders schlau halte.«

Starn schmunzelte. »Also, wie steht's?«

»Ziemlich kalt auf dem Planeten«, sagte sie. »Einhundertfünfzig Kelvin in der prallen Sonne, höchstens. Das Eis sieht auf diese Entfernung nach beinahe purem Wasser aus, nur ein bisschen Ammoniak dabei.«

Starn pfiff leise.

»Das wird natürlich eine ziemliche Kruste gebildet haben«, fuhr sie fort. »Kann sein, dass wir uns durch einen Panzer von hundert Metern Dicke bohren müssen.«

»Wir könnten die Schiffslaser nutzen, um uns durchzuschmelzen«, schlug er vor.

Sie nickte knapp, wobei die ausrasierten Stellen in ihrem Stoppelhaar interessante Schatten warfen. »Wenn wir Pech haben, ist alles bis zum Gesteinskern gefroren. Aber das Ammoniak ist ein Indiz für geologische Aktivität.«

»Und die könnte thermisch sein!«

Erok sah fragend herüber.

Starn schwebte so vor das Holo, dass er seinen Blick versperrte. »Ich nehme an, wir haben eine gute Ladung für so ein Habitat?«, fragte er.

»Reichlich. Noch kann man natürlich nicht sagen, was am besten geeignet wäre. Dazu müssen wir noch mehr in Erfahrung bringen. Aber es wäre gut, wenn wir vielseitig vorkeimen könnten.«

»Dazu brauchen wir ein Rotationsmodul«, überlegte Starn. »Die werden nicht ausgebracht, solange Gefahr besteht, dass wir Gefechtsalarm kriegen könnten.«

»Wegen der Systembewohner?«, fragte Garta. »Ich habe keine Kompetenzstufe beim Militär, aber ich dachte, die wären so rückschrittlich?«

»Das sind sie auch. Ich glaube nicht, dass sie eine Gefahr für die MARLIN wären, selbst wenn sie mit zehn Schiffen kämen. Aber das ist eine Standardprozedur. Erst wenn der gelbe Alarm aufgehoben ist, dürfen die Module raus.«

»Kannst du nicht mit deiner Mutter reden?«

Er lachte auf. »Wenn du mal einen Tobsuchtsanfall sehen willst, dann komm sie besuchen, nachdem Rila oder ich probiert haben, unsere Beziehung zu ihr zu benutzen, um eine militärische Entscheidung zu beeinflussen.«

»Es geht ja nicht ums Militär, sondern um Pflanzenkeime.«

»Nichts zu machen.«

»Dann nutzen wir die kleinen Zentrifugen«, schlug Garta vor.

»Das wird Erok nicht gefallen.«

Sie grinste. »Wenn wir unsere Kompetenzgrade zusammenlegen, können wir eigenständig zwei Zentrifugenbatterien anfordern. Darin lassen wir Saatgut für Wasserhabitate vorkeimen.«

»Ich sehe dich mit ganz anderen Augen, Garta.«

»Das nehme ich als Kompliment. Wie lang haben wir noch bis zur Abstimmung?«

»Die Vorauswahl soll morgen getroffen werden«, überlegte Starn. »In einer Stunde müssen die Dossiers fertig sein.«

»Dann basteln wir doch mal was Schönes.« Sie rief ein Steuerungsholo auf, das Textbausteine enthielt, die anhand der Messergebnisse vorsortiert waren. Daraus stellten sie einen Artikel über die Planeten, ihr Potenzial und die Möglichkeiten der MARLIN zusammen. Diejenigen Bewohner, die über ausreichende Kompetenz im Xenoackerbau verfügten, könnten ihn studieren, um dann morgen ihr Stimmgewicht einzubringen.

So funktionierte die Regierung der MARLIN, ein System von Abstimmungen, in denen die Expertise in der jeweiligen Sachfrage über den Einfluss entschied. Andere Schiffe folgten autoritären Führern oder die Offiziere befahlen über alle anderen oder Kasten regelten das Leben dort. Man mischte sich nicht ein, die Menschheit war vielfältig, und man konnte sich nicht leisten, sich wegen unterschiedlicher Lebensweisen die Köpfe einzuschlagen. Nur bei der ESOX hatte der Rat der Admirale beschlossen, der Entwicklung Einhalt zu gebieten, die den Menschen die Entscheidungsgewalt über ihr Leben vollständig zu nehmen gedroht hatte. Dagegen wurde die SQUID toleriert, obwohl niemand bezweifelte, dass sich die Menschen dort körperlich veränderten. Aber das war der entscheidende Unterschied: Die Physis passte sich an, doch die Menschen waren nach wie vor Herren ihres Schicksals. Kaum jemandem gefiel der Anblick der grünen Mutationen, aber ein bloßes Unwohlsein rechtfertigte keinen Bürgerkrieg. Zumal viele hofften, dass die SQUID irgendwann das Geheimnis der künstlichen Schwerkraft preisgeben würde.

»Wir dürfen es nicht zu auffällig machen«, gab Starn zu bedenken. »Sonst ändert Erok zu viel.«

»Der ist beschäftigt.«

In der Tat turtelte er mit Kara herum, die hin und wieder höflich lachte.

»Glaub mir«, sagte Garta, »ich weiß, wann sein Ypsilon-chromosom die Steuerung übernimmt. Er wird nur einen oberflächlichen Blick ...«

Eine Prioritätsdurchsage kam über die Akustikfelder. »Die Linguistiksektion hat den Basissprachcode der Systembewohner entschlüsselt«, meldete sie.

Das war schnell gegangen, dachte Starn.

»Unsere neuen Freunde nennen sich Cochader, nach ihrer Hauptwelt, Cochada. Wir bereiten den Erstkontakt vor. In vier Stunden haben sich alle auf den entsprechenden Stationen einzufinden.«

—

»Immer wachsam bleiben«, funkte Rila Egron-Itara über die Richtfunkverbindung zu Weiss-Sechs. »Wir wissen nicht, was sie draufhaben.«

»Apropos ›nicht wissen‹«, gab Rulf Clursen zurück, »sagen dir deine Sensoren etwas zu dem hier?«

Der Bordrechner seines Jägers übertrug einen Koordinatensatz an den Computer von Weiss-X-Sieben. Rilas eigener Jäger war noch nicht wieder für einen Kampfeinsatz freigegeben, deswegen flog sie eine Ersatzmaschine mit temporärer Kennung. Das Training mit diesem Jäger war im vergangenen Monat eine willkommene Ausrede gewesen, um den Kontakt mit Reck auf ein Minimum zu reduzieren. Schon am Tag ihrer Rückkehr hatte ihr Mann ihr deutlich gemacht, was sie auf der Squid keinesfalls vermisst hatte: ironische Bemerkungen, unterschwellige Kritik, Arroganz und den Unwillen zu verstehen, was den anderen bewegte. Sie hatte überlegt, Ugrôn eine Nachricht zu schicken, aber der frisch geweihte Priester des Void hatte sicher viel mit seinem neuen Amt zu tun. Vor allem brauchte Rila jedoch Zeit, um die Eindrücke, die sie auf dem lebenden Schiff gesammelt hatte, zu ordnen. Je länger ihr Aufenthalt zurücklag, desto schwerer fiel es ihr, die Fakten von den Stimmungen zu trennen, in die ihre Erlebnisse sie versetzt hatten. Die pulsierenden Wände ... der Flug durch die Sonnenkorona ... die allgegenwärtige Schwerkraft ... Ugrôns Körper, der so kräftig gewesen war, trotz der offensichtlichen Verletzungen durch das Vakuum, von denen die violetten und weißen Verfärbungen seiner Haut zeugten. Aber Ugrôn musste ungewöhnlich robust sein. Fünfundneunzig Sekunden ohne Atmosphäre! Er hätte tot sein sollen. Wenigstens bei seiner Lunge wäre ein Dauerschaden zu erwarten gewesen. Aber als Rila sein Feuer geweckt hatte, war an seiner Ausdauer nichts zu wünschen übrig geblieben. Sie grinste, als sie an sein Stöhnen dachte. Gern hätte sie genauer erforscht, ob sein Körper noch mit anderen Besonderheiten als den vollständig grünen Augen aufwartete.

Sie wurde wieder ernst, als sie an die beiden Versuche dachte, im vergangenen Monat wenigstens körperliche Zuneigung mit Reck auszutauschen. Es war ein Krampf gewesen und nach dem zweiten Mal hatte sie sich wund gefühlt. Dabei hätte es in der MARLIN eigentlich sanfter sein müssen, in der Schwerelosigkeit. Immerhin hatte Ugrôn einiges Gewicht. Überraschend, wie wenig Mühe es ihr bereitet hatte, als er auf ihr gelegen war. Sie hatte es sogar genossen, ihn auf diese Weise zu spüren.

»Was hältst du jetzt davon?«, fragte Rulf.

Rila rief sich selbst zur Ordnung. Hatte sie nicht gerade noch ihren Geschwaderkameraden ermahnt, wachsam zu bleiben?

Sie richtete die Ortungsinstrumente aus.

»Wahrscheinlich ein Komet«, meinte sie.

»Ziemlich viel Eisen für einen einsamen Wanderer, findest du nicht?«

»Am oberen Rand des zu erwartenden Spektrums.«

»Lass uns mit dem Laser draufhalten«, schlug Rulf vor. »Wenn wir nur ein bisschen Fels und Eis verdampfen – okay. Und wenn das ein Feindraumer ist, der sich tot stellt, wissen wir auch Bescheid.«

Rila grinste. »Du vergisst, dass das Ziel dieser Kontaktaufnahme darin liegt, dass die Cochader und wir Freunde werden, keine Feinde.«

Die ausgeschleusten Jäger der MARLIN flogen in einer Wolke von Paaren vor dem Mutterschiff. Die ORCA befand sich zwei Lichtsekunden entfernt, was ein schnelles Eingreifen ermöglichte, sollte es zu Schwierigkeiten kommen.

Damit rechnete jedoch niemand. Das cochadische Schiff flog einsam im interplanetaren Raum. Wenn die Analyse der einheimischen Technologie korrekt war, bräuchte es noch eine Woche, um den achten Planeten des Systems zu erreichen, einen Gasriesen, der auf Basis der aus dem Funkverkehr gewonnenen Daten mit der Bezeichnung ›Saalisch‹ markiert war. Zwei der Monde emittierten Strahlung, die auf Besiedelung hindeutete.

Einhunderttausend Kilometer vor den Cochadern gab das Haupttriebwerk der MARLIN Gegenschub. Das diente hauptsächlich zum Angleichen der Relativgeschwindigkeiten, machte aber gleichzeitig die eigene Position überdeutlich. Selbst die primitivsten Sensoren mussten eine solche Energiespitze orten.

Sofort verlosch der Antrieb des cochadischen Schiffs.

»Das ist zu einfach«, meinte Rulf. »Hier ist etwas faul.«

»Alter Schwarzseher«, murmelte Rila.

Sie richtete sämtliche Sensoren auf das Schiff. Im Hauptholo baute sich eine halb durchsichtige Schemazeichnung auf, die langsam rotierte, um Rila alle Seiten des Raumfahrzeugs zu zeigen. Es war gut einhundert Meter lang, eine Walze mit Einkerbungen, die es in drei Segmente teilten. Vielleicht handelte es sich auch um einen Verbundraumer, dessen Module autark agieren konnten. Die Außenhülle bestand aus einer Stahllegierung, wie eine der Beschriftungen verriet, die jetzt an der Grafik auftauchten.

»Besser, man ist zu vorsichtig, als dass man tot in der Leere treibt.« Rulf klang eingeschnappt, aber sie wusste, dass er zu sehr Soldat war, um seine Stimmungen Einfluss auf die professionellen Routinen nehmen zu lassen.

Die MARLIN funkte auf einem breiten Frequenzband und streute das Signal so weit, dass auch die Jäger es auffingen. Dafür war noch nicht einmal eine spezielle Konfiguration der Empfänger notwendig, die Cochader benutzten für ihre Kommunikationstechnologie überraschenderweise ein Subspektrum der bei Menschen gebräuchlichen Frequenzen und Codierungsschemata.

Für die initiale Synchronisation übertrug die MARLIN zunächst Primzahlketten und Intervalltakte.

Nach dreißig Sekunden antworteten die Cochader mit einer Folge von klar abgegrenzten Signaltönen, die eine Amplitude auf- und abschwellender Töne überlagerten.

WEISS-X-SIEBENS Bordcomputer empfahl, das vorbereitete Steuerungsmanöver einzuleiten, das verhindern würde, dass der Jäger am fremden Schiff vorbeiraste und sich zu weit davon entfernte, um effektiv darauf wirken zu können. Rila bestätigte und sah in der auf ein Nebenholo verlagerten Ortungsanzeige, dass auch die Düsen von WEISS-SECHS feuerten. Die beiden Jäger schwenkten in eine Kreisbahn ein. Da man im All keine Aerodynamik nutzen konnte, mussten die Manövriertriebwerke dazu permanent den Bewegungsvektor anpassen.

Die Sensoren versuchten, Waffensysteme zu erfassen, die in

diesem Moment hochfahren mochten. Ein Erstkontakt provozierte irrationale Verhaltensweisen, unter denen ein sofortiger Angriff, eine panische Flucht und ein Totstellen weitverbreitet waren. Aber die Cochader schienen über solche animalischen Reflexe erhaben. Die stärkste Emission ging vom sich abkühlenden Triebwerk ihres Walzenschiffs aus.

Dieser Hauptantrieb war eines der Primärziele, die die Jäger unter sich aufteilten. Das geschah halb automatisch. Solange ein Pilot kein besonderes Ziel markierte, optimierten die miteinander kommunizierenden Gefechtscomputer die Verteilung der Feuerkraft so, dass sie alle Angriffspunkte entsprechend des erwarteten Schadensprofils vergaben. Im Falle eines Schlagabtauschs oblag es dann den Soldaten, zu entscheiden, ob das Feindschiff vernichtet oder nur manövrier- und kampfunfähig geschossen werden sollte. Bei der Identifikation möglicher Waffenbuchten ermittelten die Algorithmen jedoch nur eine niedrige Wahrscheinlichkeit. Das Risiko blieb, dass die fremdartige Technologie Vernichtungsmöglichkeiten bot, die man nicht auf Anhieb als solche erkannte. Intelligente Spezies bewiesen eine erstaunliche Kreativität auf diesem Gebiet. Paradoxerweise bargen jene Technologien, die das Risiko der Selbstvernichtung mit sich brachten, auch die Chance, sich im brutalen Überlebenskampf in der Galaxis zu behaupten.

In der Einsatzbesprechung hatte Rila erfahren, dass die Sprache der Cochader dem Generalingua, dem Einheitsidiom der Menschheit, so ähnlich war, dass den Linguisten eine Übertragung recht leichtfiel. Deswegen erwartete sie, dass auch die Biologie der Fremden der menschlichen ähnelte. Zumindest die lautbildenden Organe sollten vergleichbar sein.

Als sie die Bildübertragung aus dem Innern des Walzenschiffs sah, stieß sie einen überraschten Schrei aus.

Große, vollständig schwarze Augen verrieten die Position des Gesichts. Ansonsten hätte Rila einen Moment gebraucht, um zu erkennen, wo es sich an dem aufgequollen wirkenden

Körper befand. So aber war ihr klar, dass die hellblaue Halbkugel wohl den oberen Teil des Kopfes darstellte. Seitlich unter den Augen gab es mehrere Öffnungen, die vielleicht zum Hören, möglicherweise aber auch der Atmung dienten. Eine verwirrende Vielzahl an Tentakeln verbarg die untere Gesichtshälfte. Der eigentliche Körper schien eine große, tonnenartige Masse zu sein. Der Kopf saß eher vorn als oben. Gliedmaßen machte sie nicht aus, nur so etwas wie eine umlaufende Flosse, durch die kleine Wellen liefen. Sie sah aus wie ein Körperteil, wohingegen die feucht schimmernde, vorwiegend schwarze Fläche darüber sowohl Haut als auch Kleidung sein mochte. Weiße Muster hoben sich darauf ab, aber auch das konnten natürliche Zeichnungen sein. Einzelheiten ließen sich jedoch schwer erkennen, weil die Beleuchtung jenseits des Gesichts rasch im Dunst diffundierte. Rila fragte sich, ob das Wesen in Wasserdampf oder einer Wolke anderer Zusammensetzung schwebte.

Herla Deron, die Frau mit der höchsten Diplomatiekompetenz an Bord der MARLIN, überwand ihre Überraschung schnell. Ihr freundliches, gut ausgeleuchtetes Gesicht füllte das Nebenholo vor Rilas rechtem Knie. »Wir kommen in Frieden.« Sie hob die leeren Hände in den Aufnahmebereich, eine Geste für das Unbewaffnetsein, die viele Kulturen verstanden. Sie lächelte jedoch nicht, das Zähnefletschen konnte als Aggressivität ausgelegt werden.

Bei ihr filterten die Kommunikationsroutinen des Jägers die Übersetzungsspur aus, die die Linguisten der MARLIN zweifellos der Übertragung hinzufügten. Rila erhielt dennoch einen Eindruck von der Sprache der Cochader, als der Fremde antwortete. Blubbern und Schmatzen waren darunter, Laute, die sie sofort mit einem Wasserbewohner assoziierte. Aber die primäre Lautfolge erschien dem Generalingua tatsächlich so ähnlich, dass sie den Eindruck gewann, nur ein wenig genauer hinhören zu müssen, um den Sinn zu erfassen.

Die Linguisten waren gut vorbereitet, ihre Übersetzung kam sofort: »Wer seid ihr?«

»Wir nennen uns Menschen.« Herlas ungeschminktes Gesicht drückte freundliche Aufmerksamkeit aus – jedenfalls, wenn man eine menschliche Miene zu deuten verstand. Der weiße, bis zur halben Höhe des Hinterkopfs stehende Kragen verstärkte den Eindruck, dass sie ihr ungeteiltes Interesse ihrem Gesprächspartner widmete. Das brünette Haar war hochgesteckt, sodass keine wilde Strähne ein unbeabsichtigtes Signal senden konnte. Nur die hellen Perlen an ihren Ohren schwebten in der Schwerelosigkeit.

»Woher stammt ihr?«, fragte der Cochader. Trug er Schmuck an den Spitzen einiger Kopftentakel, oder waren das Werkzeuge, die ihm einen besseren Griff ermöglichten?

»Wir kommen von sehr weit her«, antwortete Herla. »Wir sind Reisende. Wir wollen nicht auf Dauer bleiben.«

Der Anblick des Cochaders faszinierte Rila, aber sie besann sich auf ihre Pflicht und ging die Anzeigen durch. Gerichtete Ortungsstrahlen oder plötzliche Energieanstiege hätten einen Alarm ausgelöst, aber jeder Algorithmus konnte etwas übersehen. Auch instinktiv entdeckte die Soldatin jedoch keine Bedrohung. Die Antriebssektion basierte offenbar auf primitivem Schub. Im Zweifelsfall könnten die MARLIN und ihre Jäger das Schiff problemlos abhängen. Wenn die Waffensysteme nicht in völlig atypischer Weise höher entwickelt waren, stellten sie keine Bedrohung dar. Für den Fall einer Konfrontation traf Rila eine Vorauswahl für Gefechtsmanöver, die auf Minimalschaden abzielten. Ein Missverständnis in der Kommunikation sollte nicht zu Todesfällen führen, die jede weitere Kooperation unmöglich machen mochten.

Das Interesse des Cochaders schien sich jedoch auf eine andere Form der Interaktion zu richten. »Wollt ihr Handel treiben?«

Rila kniff die Augen zusammen und beugte sich vor.

Auch in Herlas Gesicht stand die Überraschung.

Also hatte sich Rila nicht getäuscht. Diese Frage hatte keiner Übersetzung bedurft. Zwar beinhaltete die Sprache des Cochaders noch immer Blubber- und Schmatzlaute, aber er artikulierte jetzt eindeutig Generalingua. Eine so schnell arbeitende Translatortechnik war Rila noch nie untergekommen! Das ließ die Möglichkeit weiter fortgeschrittener Waffensysteme realistischer erscheinen.

»Habt ihr Promethium?«, fragte der Cochader.

Das wurde immer seltsamer! Irrte etwa die Analyse der Antriebstechnik? Bei Promethium handelte es sich um ein radioaktives Element aus der Gruppe der Lanthanoide. Diese dienten den menschlichen Raumschiffen als Treibstoff. Sogar die SQUID nahm sie auf, was die Vermutung nährte, dass sie Lanthanoide verdaute, um sie für ihre Fortbewegung zu nutzen.

»Wir können darüber verhandeln.«

Rila bewunderte Herla dafür, dass man ihr die Überraschung nun nicht mehr ansah. Selbstverständlich war ihr klar, dass die Ähnlichkeit in der Funkübertragung und die Nutzung von Lanthanoiden auf Kontakte zu anderen galaktischen Zivilisationen hindeuteten. Die meisten davon waren der Menschheit feindlich gesinnt.

»Wir sind primär an Nahrung interessiert«, sagte Herla.

»Das lässt sich organisieren«, versicherte der Cochader. »Kein Problem. Übermittelt eure Spezifikationen und eine Liste der Güter, die ihr anbietet. Außer für Promethium haben wir auch für Technologie Verwendung. Die Bindung und Kontrolle von freiem Wasserstoff wäre für uns sehr nützlich.«

Verwundert schüttelte Rila den Kopf. Ein Erstkontakt barg immer Überraschungen, aber dieser Fremde kam so schnell zur Sache, dass man beinahe meinen könnte, er habe die Ankunft des Schwarms erwartet.

War das denkbar?

Wer hätte die Menschen ankündigen sollen? Die Giats etwa?

Und woher hätte die Besatzung des Schiffs, das die MARLIN für den Kontakt ausgewählt hatte, wissen sollen, dass es gerade sie träfe? Soweit Rila wusste, wären Hunderte andere Kommunikationspartner ebenso geeignet gewesen. Weitere Raumschiffe oder die entlegenen Basen auf den Monden des Systems, vielleicht sogar die Hauptwelt.

»Zur Sicherung des beiderseitigen Profits«, fuhr der Cochader fort, »würden wir exklusive Verhandlungen begrüßen.«

»Exklusiv – für wen?«, fragte Herla.

»Wir sind ein Handelsschiff des Schubaal-Konzerns«, erklärte der Cochader. »Ich bin sicher, dass unser Vorstand sehr gern Geschäfte mit euch machen wird. Selbstverständlich verfügt Schubaal über reiche Ressourcen, sodass jede Nachfrage befriedigt werden kann.«

»Wir würden ebenfalls Exklusivität begrüßen.«

Schlagartig wechselte das Bild im Hauptholo. Statt der Unterhändlerin zeigte es jetzt einen Giat. Die Todfeinde der Menschheit hatten einen konischen Körperbau. Der Kegel setzte sich aus einer Vielzahl von Waben zusammen, die sich wie Kuppeln nach außen wölbten. Manche bildeten Manipulationsorgane aus, wie Zangen oder Klauen. An der Spitze saß ein Zylinder mit Sinnesorganen, die ein etwas anderes Lichtspektrum wahrnahmen als menschliche Augen. Giats sahen Wärmeabstrahlung im Infrarotbereich, waren aber bei kurzwelligen Blautönen blind.

»Ist das eure Konkurrenz?«, fragte der Cochader.

»So könnte man es ausdrücken.«

Zweifellos versuchte Herla, eine körperliche Reaktion bei ihrem Gegenüber auszumachen, die auf ein Wiedererkennen schließen ließ. Zumindest Rila gelang das nicht. Die Tentakel zuckten, aber das taten sie schon die ganze Zeit. Die Xenospezialisten würden später die Aufzeichnung auswerten. Vielleicht wäre daran sogar Starn beteiligt.

»Habt ihr Kontakt zu dieser Spezies?«, fragte Herla.

»Nein.« Das kurze Wort ging beinahe im Blubbern unter.

»Hilf uns zu verstehen, für wen du verhandelst.« Nun war wieder Herla zu sehen. »Wenn wir richtig vermuten, habt ihr mehrere Welten dieses Sternsystems besiedelt.«

»Zwei Milliarden von uns leben auf der Hauptwelt, Cochada«, erklärte der Fremde. »Weitere zweihundert Millionen auf den Monden und den anderen Planeten oder in deren Orbits. Auch dort bieten sich interessante Geschäftsmöglichkeiten. Selbstverständlich maximiert Schubaal die Profite, wo immer möglich. Deswegen unterhält der Konzern überall Niederlassungen und kann als Agent für lukrative Kontakte fungieren, sofern sich etwas nicht in unserem eigenen Sortiment findet. Er stellt den perfekten Partner für euch dar.«

»Da bin ich optimistisch«, versicherte Herla. »Eine kluge Geschäftsfrau muss jedoch die Opportunitäten abwägen.«

»Das ist selbstverständlich«, gestand der Fremde zu.

»In unserer Kultur ist es üblich, sich einander vorzustellen, um zu wissen, mit wem man verhandelt. Ich bin Herla Deron und spreche als oberste Diplomatin des Großraumschiffs MARLIN.«

»Mein Name ist Gubbaal. Ich bin Chefeinkäufer der Sabaaraa und ermächtigt, Geschäfte bis zu einem Volumen von sieben Kodaals Promethium abzuschließen.«

Maßeinheiten stellten naturgemäß besondere Schwierigkeiten für Übersetzungen dar. Fast beruhigte es Rila, dass dieses Wesen die Umrechnung in menschliche Einheiten nicht spielend durchführte.

»Unter außergewöhnlichen Umständen wie diesen«, fuhr Gubbaal fort, »habe ich Zugriff auf ein erhebliches Risikobudget, um kurzfristige Möglichkeiten zu nutzen.«

»Das kommt uns sehr gelegen«, versicherte Herla. »Bevor wir ein Handelsabkommen schließen, müssen wir uns jedoch mit der juristischen Basis vertraut machen. Welche Gesetzeswerke wären einschlägig?«

Das war eine gute Methode, sich der Frage nach Machtverhältnissen und Regierungsformen anzunähern, fand Rila.

»Schubaal hat die Kooperationsvereinbarung von Gl'opodasch ratifiziert«, führte Gubbaal aus. »Sämtliche darin behandelten Rechte der Vertragspartner können eingeklagt werden.«

»Wer stellt die Einhaltung sicher?«

»Der Rat der Normen zusammen mit dem Kontrollrat der Konzerne.« Gubbaals Tentakel wirbelten, neben ihm erschien ein Holo aus einem Dutzend Symbolen. »Schubaal ist selbstverständlich auf höchster Stufe zertifiziert.«

»Davon ging ich aus«, meinte Herla. »Ich schlage vor, wir setzen die Verhandlung fort, wenn wir unsere Warenlisten zusammengestellt und übermittelt haben.«

»Eine vorläufige Liste können wir direkt schicken.«

»Das ist sehr freundlich.«

»Die Preise werden allerdings davon beeinflusst, ob eine Exklusivitätsklausel vereinbart wird.«

»Damit haben wir gerechnet.«

»Ich freue mich, auf so verständige Handelspartner zu treffen.«

Nochmals schüttelte Rila den Kopf. *Handelspartner.* Der Aufenthalt in diesem System lief also auf ökonomisch geprägtes Geschacher hinaus, zumindest für den Beginn. Das war besser, als wenn man sie als Bedrohung oder Missionierungsobjekte gesehen hätte. Vielleicht wäre wissenschaftlicher Austausch noch vorteilhafter gewesen, aber auch das war eine Art von Handel. Beides versprach, dass man rational agieren konnte.

Dazu gehörte wohl auch, dass die Cochader recht schnell die Unterlegenheit ihrer Waffentechnologie erkennen würden. Zudem siedelten sie auf Planeten, die sie im Ernstfall unmöglich verteidigen könnten.

Die Menschheit würde sich holen, was sie zum Überleben

brauchte. So war es immer. Offen war nur die Frage, ob die Geschichtsschreibung der Cochader diesen Kontakt später als Beginn eines Zeitalters der Blüte oder eines katastrophalen Niedergangs bewerten würde. Das gnadenlose Gesetz des Überlebenskampfes im Universum tendierte zu Letzterem.

—

Ugrôn konnte nicht einfach an seinem Mentor vorbeigehen, als seien sie einander fremd. Also blieb er stehen, legte die Unterarme übereinander und verbeugte sich höflich.

»Wohin willst du?«, fragte Batuo.

»Du weißt es, Ehrwürdiger.«

Ugrôn hatte bewusst den Weg durch die üblen Gerüche gewählt, den selten jemand nahm. Er führte zwischen Vakuolen und Blasen hindurch, in denen sich graue und schwefelgelbe Dämpfe mischten. Tatsächlich war er dort unten niemandem begegnet. Aber auf dem letzten Stück musste er diese runde Kammer durchqueren, um zum Konzilsraum zu gelangen. Batuo und die drei Jünger der Leere waren nicht zufällig hier. Sie ahnten, was Ugrôn beabsichtigte, und nutzten diese Kammer, um ihn abzufangen.

Der in den Windungen seines orangefarbenen Gewands haftende Gestank stieg in Ugrôns Nase, als er sich umsah. Hier hatte Rila gesungen, und die teils braunen, teils hellroten Wände waren dabei getrocknet. Jetzt glänzten sie wieder feucht. Der raue Bewuchs, der sie stellenweise bedeckte, wirkte nass wie ein vollgesogener Schwamm. Nur vereinzelte Lichter zogen durch die Adern an der Decke, sodass der Raum im Halbdunkel lag.

»Du bist nun selbst ein Ehrwürdiger«, stellte Batuo fest.

Obwohl er wusste, dass er einer Täuschung erliegen musste, spürte Ugrôn ein Kribbeln an seiner Brust, wo die Tätowierung einen roten Lotos zeigte.

Batuos Haut war ebenso gezeichnet, auch wenn der beleibte Priester so sittsam gekleidet war, dass man es nicht sah. Sein Gewand war ein orangefarbener Kittel, der über den runden Bauch bis zu den Knien hing, darunter trug er eine Hose. Die offenen Sandalen gestatteten den Blick auf seine kugeligen Zehen. Er hatte die Nägel ebenso sorgfältig geschnitten, wie er den Kopf geschoren hatte.

Hinter ihm standen Esatha, Jalob und Lykas, Mitglieder der Gemeinde des Void. Durch den Vergleich wirkte Batuo besonders dick.

»Du hättest dieses Schiff eher verlassen sollen.« Bedauern und Anklage mischten sich in der Stimme seines Mentors.

Auch die anderen drei sahen Ugrôn an. Er nahm sich die Zeit, ihnen allen nacheinander in die Augen zu schauen. Lykas fühlte sich von der SQUID betrogen, er gehörte zu jenen, bei denen die Abweichungen vom menschlichen Körperbau nur mit betäubenden Medikamenten zu ertragen waren. In seinem Fall betraf das die Ohren, oder das, was sie ersetzte. Seine Hörorgane trafen sich beinahe auf der Stirn und zogen sich bis zum Unterkiefer. Statt Ohrmuscheln gab es jeweils zwei parallel verlaufende Wülste, zwischen denen eine so empfindliche Membran lag, dass ihn ohne Dämpfung sogar ruhig geführte Gespräche schmerzten. Anders als bei Ugrôn sang das lebende Schiff jedoch nicht in seinem Fleisch, er war kein Zoëliker. Die Leere spendete ihm Trost, da sich im großen Nichts auch sinnlosestes Leid auflöste. Außerdem genoss er den Umgang mit Computern, weil er schweigend mit ihnen kommunizieren konnte.

Der Körperbau von Esatha und Jalob wies keine erkennbaren Besonderheiten auf, außer vielleicht, dass Esatha so viele Sommersprossen hatte. Sie scherzte, ihre Zahl überträfe jene der Sterne in der Galaxis. Jetzt schien sie nicht zu Scherzen aufgelegt, sie sah ebenso ernst aus wie Jalob, den Ugrôn nur einmal lachen gehört hatte. Es war so unerwartet gekommen und hatte so seltsam geklungen, dass nicht nur Ugrôn vermutet hatte, der Glaubensbruder litte unter einem Erstickungsanfall.

Batuo deutete einen Blick über die Schultern an und nickte. Die drei Gemeindemitglieder zogen sich in den Gang zurück, der in Richtung des Gemeinschaftssaals unter dem Sternendom lag. Ugrôn war einen anderen Weg gekommen, und ein dritter führte zum Saal der Navigatoren und zum Konzilsraum, wo er den Zoëlikern sein Anliegen vortragen wollte. Aber vorher musste er sich Batuo stellen.

»Dieses Schiff ist ein schlechter Einfluss«, behauptete der Priester. »Es ist schwer, hier zu leben, umgeben von all den Verehrern der Mutter. Jeder Mensch muss sich in einem solch riesigen Organismus klein vorkommen. Das kann den Blick für die wahre Größe dort draußen trüben. Aber du hast dich hier bewährt, dein ganzes Leben lang.« Er trat heran und legte Ugrôn eine Hand auf die Schulter, wodurch besonders deutlich wurde, um wie viel kleiner Batuo war. »Wie alt bist du jetzt?«

»Dreißig Erdenjahre, Ehrwürdiger.«

Nachdenklich betrachtete Batuo ihn vom Kopf zu den Füßen. »Drei Jahrzehnte. Das ist eine lange Zeit für uns. Ein Fünftel Menschenleben. Und du kennst nichts anderes als das hier.« Seine unbestimmte Geste deutete auf die Wände der Kammer, umfasste aber wohl die gesamte SQUID. »Die meisten anderen finden niemals zur Erkenntnis der Leere. Aber du«, er drückte die Schulter, »du hast dich bewährt, Ugrôn, inmitten aller Anfechtung. Jetzt bleibe auch hier und hilf mir, die Wahrheit an Bord dieses Schiffs zu verbreiten. Du musst die Menschen gemeinsam mit mir missionieren!«

»Wen soll jener überzeugen, der selbst unsicher ist?«

Ungläubig sah Batuo ihn an.

Ugrôn straffte sich. Er fühlte die Stärke der Aufrichtigkeit. Die Wahrheit war sogar dann kraftvoll, wenn sie ein Eingeständnis der Schwäche war. Wahrheit war nicht angreifbar, nicht wie eine Lüge, und sei sie noch so gut und freundlich gemeint. Wer log, musste immer weiter lügen, um nicht ertappt zu werden. Da Ugrôn jedoch nur das aussprach, was er wirklich glaubte und empfand, hielt er Batuos Blick problemlos stand. Es mochte sein, dass der Meister enttäuscht von seinem Schüler war, aber auch dann lag der Grund nur in einer Illusion. In einer Täuschung, der sich Batuo hingegeben hatte, weil er eine andere Möglichkeit der Wahrheit vorgezogen hätte.

»Diese Frau war kein Geschenk der Leere«, murmelte Batuo. »Sie war ein Fluch. Eine Prüfung vielleicht. Sie hat dich verwirrt.«

Ugrôn lächelte. »Dann habe ich bei der Prüfung versagt?«

Es tat ihm gut, jemanden von Rila sprechen zu hören. Jede Erinnerung an sie erfreute ihn. Dazu zählte auch der runde Raum, in dem sie sich gerade aufhielten.

»Möglicherweise dauert die Prüfung noch an. Vielleicht besteht meine Aufgabe darin, dir zur rechten Entscheidung zu verhelfen.«

»Ich will auf den Planeten«, sagte Ugrôn ruhig. »Nach Cochada.« Inzwischen kannte man die grundlegenden Daten dieses Himmelskörpers. Seine Atmosphäre war so zusammengesetzt, dass Druck und Gasgemisch einen Aufenthalt ohne Schutzausrüstung ermöglichten, wenn auch der Sauerstoffanteil von dreißig Prozent nicht jedem gut bekäme. Die Schwerkraft lag nur um ein Zehntel oberhalb des Erdstandards, den auch die SQUID erzeugte. Bis zu einer Höhe von einhundert Metern war das Klima wohl in den meisten Regionen sehr feucht, mit dichten Nebeln noch nicht vollständig geklärter Zusammensetzung, aber darüber erschien Cochada beinahe als verheißenes Paradies überkommener Religionen.

»Wir müssen fragen und forschen, um zu entdecken«, meinte Ugrôn. »Ich spüre, dass die Wahrheit verhüllt ist. Das habe ich erkannt, als ich in der Leere stand.«

»Die Hülle, die alles verbirgt, ist unsere eigene Existenz.«
Batuo kniff Ugrôns nackten Oberarm. Die Flecken, die die
Dekompression hervorgerufen hatte, waren weitgehend ver-
blasst. »Unsere Körperlichkeit hindert den Geist an der Erkenntnis. Es ist sinnlos, den Körper zu bewegen, um Weisheit
zu erlangen. Jede Beachtung, die wir an ihn verschwenden,
lenkt nur vom Wesentlichen ab.«

»Kann es Geist ohne Materie geben?«, fragte Ugrôn. »Jeder
unserer Gedanken ist eine Wanderung von Elektronen entlang von Nervenbahnen, jede Erinnerung eine Gruppierung
von Proteinketten.«

»Lass uns diese Überlegungen gemeinsam erforschen!«
Batuo klang flehentlich. »Ich will sie mit dir erörtern. Komm!
Nur wir beide.«

Skeptisch ließ Ugrôn den Blick über die von Adern durchzogenen, langsam pulsierenden Wände schweifen. Er brauchte
nicht auszusprechen, dass niemand jemals allein war, jedenfalls nicht an Bord der SQUID.

»Was ist?« Batuos Augen zuckten, als hoffte er, in Ugrôns
Gesicht irgendetwas zu erkennen, das das Offensichtliche
widerlegte.

In diesem Moment sank sein Mentor in Ugrôns Achtung.
Er verstand so wenig, weil er seiner eigenen Erkenntnis Grenzen setzte. Er hatte Angst vor dem, was er entdecken mochte.

»Die Zoëliker werden nicht auf dich hören«, sagte Batuo
heiser.

»Doch, das werden sie.« Ugrôn beugte sich vor und brachte
sein Gesicht dicht vor Batuos. Er sollte die vollständig grünen
Augen gut sehen. »Ich bin ein Liebling der Mutter. Das haben
sie nie vergessen.«

Die SQUID sang in seinem Fleisch.

—

Die Ordonnanz, ein junger Mann in schwarzer Paradeuniform mit bronzenen Schulterstücken, tauschte die Vorspeisenschüsseln gegen die Behälter mit dem Hauptgang aus. Das magnetische Besteck haftete außen an der Schale, in der eine hellblaue Creme die Grundierung bildete, die gedünstetes Gemüse hielt. Starn Egron hob das Essen vor die Nase, um den Geruch aufzunehmen. In der Schwerelosigkeit stieg der Duft nicht auf, weil es kein Oben gab, sondern verteilte sich gleichmäßig, aber weniger intensiv, in alle Richtungen.

Die Ordonnanz erledigte ihre Aufgabe schnell und unauffällig. Sie schwebte mit dem gebrauchten Geschirr des ersten Gangs aus dem Raum und ließ die Familie allein.

Starns Mutter bewohnte eine bescheidene Unterkunft, wenn man bedachte, dass sie als Vier-Sonnen-Admiralin die ranghöchste Offizierin der MARLIN war. Ihr kam es auf die Nähe zur Brücke an, und da sie für den Soldatenberuf lebte, brauchte sie auch in ihrer Freizeit nicht mehr als Simulatoren, mit denen sie historische Schlachten analysieren konnte. Das tat sie so obsessiv, dass sie vermutlich auch eine Einheit mit Knüppeln bewaffneter Halbaffen genauso effektiv hätte kommandieren können wie ein Großraumschiff mit drei Jagdgeschwadern und fünf Raumlanderegimentern. Zwar hatte niemand Kommandogewalt über den Schwarm als Ganzes, es gab keine gemeinsame Regierung. Aber in den Konferenzen mit den Befehlshabern der anderen Schiffe hatte ihre Stimme erhebliches Gewicht.

Beim Essen im Kreis ihrer Familie, die neben Starn und Rila auch seinen Schwager Reck Itara umfasste, trug sie ihre legerste Kleidung: eine olivgrüne Overalluniform, die man bei den technischen Einheiten ausgab, versehen mit der schmucklosen Feldversion ihrer Rangabzeichen. Für sie war Admiralin kein Beruf, den man innerhalb festgelegter Dienststunden ausführte, sondern ein Teil der Persönlichkeit.

»Wirst du deinen Geburtstag feiern?«, fragte Starn.

»Ich habe Wichtigeres zu tun«, gab seine Mutter knapp zurück.

Die kleine Rotrübe, auf der Starn kaute, war dezent gewürzt. Der Geschmack entfaltete sich erst nach einer Weile.

Er überlegte, ob er darauf hinweisen sollte, dass seine Mutter immerhin fünfundfünfzig wurde, was viele, die eine ähnlich hohe Position wie sie bekleideten, zum Anlass für ein rauschendes Fest genommen hätten. Aber was hätte das genützt? Es war ihre Sache und er hätte ihr nur den Vorwand für eine weitere bissige Bemerkung geliefert. Seit seinem Ausscheiden aus dem Militär war es ihr zur Gewohnheit geworden, ihren Sohn zu schneiden. Wahrscheinlich bemerkte sie es nicht einmal mehr.

Rila und Reck taten, als nähme sie das Programm gefangen, das der halb durchsichtige Holowürfel übertrug. Starns Mutter hatte den Ton deaktiviert, noch lief die Vorberichterstattung, in der nichts ahnende, aber manchmal wenigstens halbwegs unterhaltsame Moderatoren Prognosen und Kommentare abgaben, die man in einer Stunde, wenn die Ergebnisse vorlägen, bereits vergessen haben würde. Einige Interessengruppen hatten das Bordnetz mit Spots geflutet, in denen man die Vorteile eines Vorstoßes auf die Zentralwelt des Cochadasystems betonte oder stattdessen für die Ausbeutung mehrerer Eismonde eines Gasplaneten plädierte. Die Koexistenzialisten unterstützten Letzteres, sie wollten alles vermeiden, was als Aggression ausgelegt werden könnte, und gaben einem zu hastigen Kontakt mit den Cochadern ein hohes Konfliktrisiko. Ob Kara an der Kampagne mitwirkte?

Das kurze graue Hemd, das Rila heute trug, hatte ebenso wenig Soldatisches wie die weite Hose, deren Halteschlaufen in bequem aussehenden Mokassins verschwanden. Ihr Gesicht war jetzt wieder weicher, bei ihrer Rückkehr von der SQUID hatten sich die Schädelknochen deutlich abgezeichnet.

Die Spannung zwischen ihr und ihrem Mann war zu spüren.

Wo Reck und sie früher jede Gelegenheit für eine flüchtige Berührung genutzt hatten, schienen sie nun peinlich bedacht, sich nicht zu nahe zu kommen. Es wäre ihnen wohl lieber gewesen, nicht nebeneinander zu schweben, sondern die Admiralin und Starn zwischen sich zu haben. Demetra Egron war es jedoch nicht gewohnt, dass einer ihrer Pläne scheiterte, und sie hatte dieses vorteilhafte Arrangement für ihre Tochter getroffen. Nun betrachtete sie es als Pflicht der beiden Eheleute, die Verbindung zu einem Erfolg zu machen. Admiralin Egron dachte am liebsten in Kategorien von Pflicht und Effizienz.

»Wie habt ihr gestimmt?«, fragte sie.

»Für die Monde von Saalisch«, antwortete Starn. »Ich hätte gern Kugeschs Potenzial weiter untersucht, aber dazu hat die Zeit nicht gereicht. Dieser Vorschlag wird ganz sicher keine Mehrheit finden.«

»Ist das noch so ein Gasriese?« Reck betonte seine Brauen mit metallenen Applikationen. Dadurch war es besonders auffällig, wenn er sie hob, so wie jetzt.

»Nein, der Planet auf der sechsten Bahn«, erklärte Starn. »Ein Felskörper, umgeben von einem Eispanzer. Die Einheimischen unterhalten dort ein paar Kolonien, sodass wir vom Kontakt profitieren könnten. Andererseits ist die Besiedlung spärlich genug, um ihnen so weit aus dem Weg zu gehen, dass wir keine Probleme provozieren.«

Reck zuckte die Achseln und kratzte die Creme aus seiner Schüssel. »Vielleicht landen wir ja auch gar nicht.«

Starns Mutter schnaubte. »Das können wir ausschließen. Wir brauchen neue Vorräte.«

»Nicht auf den besiedelten Himmelskörpern, meine ich«, beschwichtigte Reck.

Entschieden schüttelte die Admiralin den Kopf. »Diese Position wird schon bei uns weniger als ein halbes Prozent der gewichteten Stimmen kriegen. Im Schwarm ist sie erst recht chancenlos.«

»Ich würde gern mal mitbekommen, wie so eine Entscheidung auf den anderen Schiffen getroffen wird«, sagte Reck. »Auf der Esox mit diesem Superrechner zum Beispiel.«

»Der entscheidet nicht mehr.« Starns Mutter bedachte ihren Sohn mit einem kurzen, kalten Blick.

»Schon klar, aber er bereitet alles vor, schätze ich«, quasselte Reck weiter. »Oder auf der Squid. Wie machen sie es da, Rila?« Früher hatte er sie mit ›mein Stern‹ statt mit ihrem Namen angesprochen.

»Die Zoëliker deuten die Wünsche der Gütigen Mutter«, sagte sie gepresst.

»Das hört sich für mich nicht viel anders an als ein Elektronengehirn, das den Menschen das Denken abnimmt.«

Klackend heftete Rila das Besteck an die Schüssel, obwohl diese noch halb voll war. »Die Squid versklavt ihre Bewohner aber nicht.«

»Nein? Ich dachte, sie bestimmt über alles. Den Kurs, die Bedingungen an Bord, alles.«

»Sie betrachten sie als treu sorgende Mutter.«

Wieder zuckte Reck die Achseln. Er aß mit gutem Appetit. »Also, ich hätte keine Lust, mich wie ein unmündiges Kind behandeln zu lassen. Ich programmiere lieber Maschinen, die ich verstehe.«

»Ich wusste gar nicht, dass du die Qualifikation hast, ein Yamadatriebwerk zu bauen«, giftete Rila.

Reck runzelte die Stirn so stark, dass die Metallteile in seinen Brauen beinahe aneinanderstießen. Starn verstand nicht, wieso er sie trug. Er hatte ein nicht gerade ausdrucksstarkes, aber nichtsdestotrotz gut aussehendes Gesicht. Die glänzenden Applikationen lenkten davon ab, statt es zu betonen. Aber Schönheit lag wohl im Auge des Betrachters.

»Auch die Yamadatriebwerke sind von Menschen gebaut.« Man merkte Reck an, dass er seine Stimme mit Rücksicht auf die Admiralin dämpfte. »Das ist überhaupt nicht vergleichbar mit einer fremden Lebensform, die aus unbekannten Gründen aus den Tiefen des Kosmos hervorgekrochen ist, um sich im Schwarm einzunisten. Wie blöd muss man eigentlich sein, um sich von so einem Monstrum verschlingen zu lassen?«

»Sie haben sich nicht verschlingen lassen.« Auch Rila beherrschte sich nur mit sichtlicher Mühe. »Sie werden nicht verdaut. Die SQUID ist ihr Zuhause und die Lebenserwartung dort liegt über dem Durchschnitt des Schwarms.«

»Die Menschen werden also artgerecht gehalten«, stellte Reck fest. »Aber was, wenn dieses Schiff seiner Haustiere überdrüssig wird? Eine Maschine kann man reparieren oder notfalls austauschen. Was machen die auf der SQUID, wenn das Schiff durchdreht? Oder wenn es krank wird oder stirbt? Wie alt wird so ein Weltraumkrake eigentlich?« Er lachte auf. Es klang eher triumphierend als amüsiert. »Was meinst du dazu, Starn? Du kennst dich doch mit exotischen Lebensformen aus.«

»Vielleicht ist der Tod in der genetischen Programmierung der SQUID nicht vorgesehen.«

»Unsterblichkeit?« Wieder lachte er. »Das wäre doch ziemlich einmalig.«

Starn schüttelte den Kopf. »Nein, überhaupt nicht. Einzeller zum Beispiel sind unsterblich. Sie teilen sich, und die beiden resultierenden Individuen sind identisch. Es gibt keine Eltern und keine Kinder. So gesehen ist jeder Einzeller, den man untersucht, exakt derjenige, mit dem sein Mutationszweig begann. Das kann Jahrmillionen zurückliegen, bis zur ersten Gruppierung der Aminosäuren, oder was immer die Erbinformation trägt.«

Reck verzog den Mund. »Ein mehrere Kubikkilometer großer Organismus ist wohl schwerlich mit einem Einzeller zu vergleichen.«

»Mag sein. Aber die Verkürzung der DNS-Stränge bei der Zellteilung von Mehrzellern muss auch keine Zwangsläufigkeit darstellen. Die Japismuscheln von Neirudna zum Beispiel scheinen nicht zu altern. Deswegen untersuchen die Mediziner sie so intensiv, vielleicht kann man mit den Ergebnissen auch menschliche Alterungserscheinungen mildern.«

»Muscheln«, murrte Reck und widmete sich wieder dem Essen.

Rila warf ihrem Bruder einen dankbaren Blick zu.

Aber Reck gab keine Ruhe. »Vielleicht könnte man ja auch mal ein paar Proben aus der SQUID entnehmen, um zu erforschen ...«

»Sie haben das Ergebnis«, unterbrach Starn ihn.

Seine Mutter benutzte ihr Sensorarmband, um den Ton zu aktivieren.

Das Holo zeigte die Stimmverteilung als Säulengruppe. Die rote war dreimal so hoch wie alle anderen zusammen.

»Das nenne ich ein eindeutiges Ergebnis«, kommentierte die Moderatorin im cremefarbenen Kleid.

»Ein offensives Votum«, meinte ihre Kollegin, deren schwarzer Zopf hinter ihrem Kopf in einem kecken Schlenker schwebte. »Selten waren sich die Bewohner der MARLIN so einig. Also wird sich unsere Führung wohl mit Vehemenz dafür einsetzen, die Hauptwelt Cochada anzusteuern.«

»Davon können wir ausgehen«, sagte die erste Moderatorin. »Es wäre ein großer Gesichtsverlust, wenn sie mit einem anderen Ergebnis aus der Versammlung des Schwarms zurückkehren würden.«

Natürlich wäre es eine virtuelle Konferenz. Es war nicht nur aufwendig, die Großraumschiffe nahe genug für physischen Kontakt zusammenzubringen, sondern auch zu risikoreich in einem ungesicherten System. Und niemand wusste, wann die Giats sie aufspüren würden.

»Hier sehen wir die Beweggründe für die Abstimmung.« Die Grafik wechselte. »Gerade bei den normalen Bürgern, die nur ein niedriges Stimmgewicht einbrachten, gibt es eine überwältigende Mehrheit für Cochada. Offenbar dominiert die Sehnsucht, einmal auf einem Atmosphärenplaneten zu stehen.«

Auch Starn spürte eine Erregung bei dem Gedanken, einen Himmelskörper zu betreten, auf dem sich ein Mensch ohne Schutzausrüstung aufhalten konnte. Als Xenobiologe operierte er oft außerhalb der MARLIN und auch die Kampfeinsätze seiner Soldatenzeit hatten ihn manchmal in fremde Umgebungen geführt. Aber darum ging es nicht. Die über Cochada gesammelten Daten beschrieben eine dermaßen erdähnliche Welt, dass auch vorsichtige Interpretationen davon ausgingen, dass man in vielen Klimazonen ungeschützt unter offenem Himmel stehen könnte. Wer Glück hatte, würde sogar milden Regen aus natürlichen Wolken erleben. Starn war nicht der Einzige, der schon als Kind davon geträumt hatte.

»Wie sollten denn die Landeteams zusammengestellt werden?«, wollte die mit dem Zopf wissen.

»Diese Frage ist zu offen, um sie statistisch auszuwerten, deswegen konnten wir sie nicht in der Umfrage stellen«, erklärte die andere. »Das Standardprozedere sieht Diplomaten und Linguisten vor.«

Starns Mutter deaktivierte das Holo. »Unsere Linguisten werden kaum vonnöten sein«, sagte sie. »Die Translatoren der Cochader sind erstaunlich leistungsstark. Wir haben sie auf die Liste der Handelsgüter gesetzt, an denen wir interessiert sind.«

»Denkst du, wir können sie auch beim Kontakt mit weiteren Fremdintelligenzen verwenden?«

»Was spräche dagegen?«

Starn fing eine Knolle ein, die ihm von der Zange gerutscht war und nun davonzuschweben drohte. »Vielleicht weist das Generalingua nur eine zufällige Nähe zur Sprache der Cochader auf. Dann täten sich die Geräte mit fremdartigeren Ausdrucksformen deutlich schwerer.«

»Möglich«, beschied seine Mutter. »Aber wir werden einen ausreichenden Vorrat erwerben, damit unsere Experten die Dinger auseinandernehmen und analysieren können.«

»Ich mache übrigens bei der Landelotterie mit.« Reck strahlte vorfreudig. »Einmal unter offenem Himmel stehen! Das wäre doch was!«

Vielleicht nicht für die erste Welle, aber früher oder später würden für Normalbürger Plätze in den Landefähren verfügbar sein, und so etwas wurde gern über Zufallsverfahren zugeteilt. Damit konnte jeder von einem einmaligen Erlebnis träumen. Die Admiralin in ihrer kühlen Art beschrieb Hoffnung als eine Möglichkeit, die Masse ruhig zu halten.

»Ich fände gut, wenn wir Sterbenskranke bevorzugen würden«, meinte Starn. »Sicher ist ein solcher Planetenaufenthalt für einige der letzte Wunsch.«

Die Falten gruben sich tief in Recks Stirn. Er stand ungern hinter anderen zurück, auch wenn diese nur noch ein paar Tage zu leben hatten. »Was ist eigentlich mit Soldaten?«, fragte er. »Die braucht man doch bestimmt, und wenn es nur zum Schutz der Zivilisten ist.«

Rila tupfte ihre Lippen ab. »Ich hätte nicht gedacht, dass du mich so bald wieder von Bord haben wolltest.«

»Ich meinte eher Raumlandetruppen.«

»Wenn du tatsächlich ein Glückslos haben solltest, musst du dir keine Sorgen machen.« Starn lächelte bemüht. »Unsere Regimenter schneiden in allen Vergleichstests hervorragend ab.«

»Wie beruhigend.« Seine Mutter starrte Starn an. »Schließlich haben die Cochader Fangarme und nach vorn gerichtete Augen. Das hilft, die Entfernung zur Beute abzuschätzen. Genau wie wir haben sie sich wohl aus Raubtieren entwickelt.«

»Das ist beinahe schon eine Voraussetzung für die Entwicklung von Intelligenz«, meinte Starn.

»Tatsächlich?« Seine Mutter starrte noch immer, aber ihr Gesichtsausdruck war undeutbar.

»Ja«, sagte er vorsichtig. »Ein großes Gehirn verbraucht sehr viele Kalorien, die sich eine Lebensform mühselig beschaffen muss. Dieses Konzept setzt sich nur durch, wenn es überlebenswichtig ist. Das ist der Fall, wenn viele unterschiedliche Reize interpretiert werden müssen. Eine stationäre Lebensform wie eine Pflanze hat dazu kaum Anlass. Auch ein Beutetier muss nur fressen, sich vermehren und fliehen. Das sind simple Abläufe. Aber wenn man schlauer sein muss als die Beute, um erfolgreiche Jagdstrategien zu entwickeln, kann ein großes Gehirn sinnvoll sein. Die besten Voraussetzungen hat eine Spezies, die viele Futterkonkurrenten hat. Andere Jäger.«

»Und was passiert mit der Intelligenz, wenn man nicht mehr jagt und kämpft?«

Rila warf ihm einen warnenden Blick zu, aber der unterschwellige Angriff machte Starn wütend. »Glücklicherweise helfen uns die Giats dabei, dass wir immer wachsam bleiben und nicht degenerieren.«

»Dankbarkeit für die Giats ...«, sagte die Admiralin langsam. »Hast du das von der Kleinen, die diese Kleider mit den Steuerdüsen trägt?«

Er verschränkte die Arme. »Was weißt du von Kara?«

»Dass sie ein verzogenes Gör ist, das dich nicht weiterbringt. Ihr Vermögen ist ausschließlich finanziell.«

Starn hatte sich vorgenommen, nicht mehr mit seiner Mutter zu streiten. Wenn er bliebe, ließ sich das kaum vermeiden.

»Entschuldigt mich. Ich habe noch zu tun.« Er fasste eine Haltestange und zog sich in Richtung Ausgang.

Rila holte ihn hinter der Tür in der Verbindungsröhre ein. »Trage ihr das nicht nach«, bat sie. »Mutter will nur das Beste für uns.«

Er hielt sich an einem Bügel fest. »Aber ob wir dabei glücklich werden, ist ihr egal.«

Rila wich seinem Blick aus.

»Was mischt sie sich in mein Leben ein?«, fragte er. »Was erlaubt sie sich? Es geht sie nichts an, mit wem ich mich treffe. Und mit wem nicht mehr.«

Rila wusste, dass Kara und er kein Paar mehr waren.

»Dir ist klar, dass wir im Gefährdungsschema sind.« Sie drückte seinen Arm. »Unsere Mutter ist eine Vier-Sonnen-Generalin. Das macht uns zu Zielen. Sie könnte uns nicht aus der Überwachung nehmen, selbst wenn sie wollte.«

Er schluckte. »Sie müsste die Daten nicht selbst auswerten. Sie könnte das jemand anderen erledigen und sich nur über besondere Situationen informieren lassen.«

»Über solche Sachen wie eine Koexistenzialistin, die mit ihrem Sohn anbandelt?«

»Du auch noch?«, rief er. »Schnüffelt denn jetzt jeder in meinem Privatleben herum?«

Er drehte sich weg und stieß sich ab.

———

»Ich bin Doktor Ulsike Calega.« Die schlanke Frau schwebte Rila entgegen. Das schwarze Haar hatte sie in zwei dicke Zöpfe gebunden, die sich träge hinter ihr bewegten. Ihre weiße Kombination strahlte Sauberkeit aus.

»Oberleutnantin Rila Egron-Itara.«

Zur Begrüßung strichen sie die Handflächen übereinander.

»Ich melde mich für eine Routineuntersuchung.«

Die Ärztin lachte freundlich. »Nenn mich Ulsike. Wir brauchen nicht so förmlich zu sein. Ich bin nicht beim Militär. Dafür habe ich eine Kompetenzeinstufung von siebzig für Allgemeinmedizin. Das reicht, um eine Soldatin durchzuchecken.« Sie zwinkerte.

»In Ordnung.« Rila zog die Knie an, um die Schuhe zu lösen. »Ich denke, ich muss in die Röhre?«

»So ist es.«

In eine Wand des Untersuchungszimmers war eine runde Öffnung eingelassen, die in einen Zylinder führte. Scherzhaft bezeichnete man diesen Körperscanner als Sarg.

»Deine Klamotten kannst du da reintun.« Ulsike zeigte auf ein Staufach, das sich öffnete, als sie einen Sensor an ihrem Handgelenk betätigte. »Während du dich ausziehst, können wir uns schon mal ein wenig unterhalten.«

Rila schwebte zum Fach und stellte die Schuhe hinein. »Alles klar. Was willst du wissen?« Sie löste die Knöpfe ihrer Uniformjacke.

Ulsike studierte ein Datenholo. »Ich habe gesehen, dass deine letzte Untersuchung drei Monate zurückliegt. Seit der Rückkehr von der SQUID bist du nicht mehr bei einem Arzt gewesen, oder?«

»Das stimmt.«

Ulsike nickte. »Gut. Manchmal vergessen die Kollegen, die Zugriffsberechtigung für Untersuchungsergebnisse richtig zu setzen. Aber wenn du wirklich nicht zum Check warst, machen wir ja nichts doppelt.«

Rila faltete die Jacke und legte sie ab, bevor sie sich dem Hemd widmete. »Auf der SQUID war ich natürlich beim Arzt. Die haben mich von der Schwelle des Todes zurückgeholt.«

»Ich sehe, dass deine medizinischen Daten angefordert wurden, aber wir haben keine Antwort erhalten. Die Leute auf der SQUID sind verschwiegen. Wie ist es da drüben eigentlich? Man hört immer nur Gerüchte.«

»Das ist schwierig zu beschreiben.«

»Schon gut. Bei Militärpersonal müssen wir sowieso eine eigene Untersuchung durchführen.« Die Anzeige im Holo wechselte. »Wie steht es mit den Verletzungen aus der Raumschlacht um G'olata? Spürst du noch eine Beeinträchtigung?«

»Nein, alles in Ordnung.« Rila rotierte den Oberkörper und schwang die Arme. »Ich kann mich problemlos bewegen.«

»Sehr schön. Was ist mit dem Schwerkraftstress? Auf der SQUID haben die ja angeblich Dauergravitation.«

»Das stimmt«, bestätigte Rila. »Aber ich habe mich hier wieder gut eingelebt.« Sie schob ihre Hose und die Socken ins Staufach und fing einen Schuh ein, der langsam herausschwebte.

Ulsike musterte ihren nackten Körper mit einem schnellen Blick. »Nach äußerem Eindruck scheint die Flüssigkeitsverteilung wieder normal zu sein.« Sie machte einige Eingaben.

»Muss das Haargummi auch ab?«, fragte Rila.

»Das kannst du dranlassen.«

Rila schloss das Fach und zog sich zur Untersuchungsröhre. »Kann ich schon rein?«

»Tu dir keinen Zwang an.«

Mit den Füßen voran tauchte sie in den Zylinder. Beruhigende Lichtmuster wanderten langsam über die Wandung.

»Wegen der Umstände machen wir einen Tiefenscan«, kündigte Ulsike an. »Das dauert ein bisschen, aber wir können uns währenddessen weiter unterhalten.«

»Ich soll hier nur bewegungslos rumhängen, oder?«

»Du musst keine Statue spielen. Es reicht, wenn du auf wilde Tänze verzichtest.«

Ob Ulsike ihr warmes Lachen in einem Kurs gelernt hatte, in dem es um den Umgang mit Patienten ging? Jedenfalls löste es die Anspannung.

»Du als Soldatin kannst mir helfen«, plauderte Ulsike weiter.

»Brauchst du etwa Personenschutz?«, scherzte Rila.

»Das nicht, aber meine Freunde sind genauso aufgeregt wegen der Landung auf dem Planeten wie ich. Wir fragen uns, ob die Cochader nicht bemerkenswert unbesorgt sind. Ich meine, vom militärischen Standpunkt ist es doch sicher gewagt, gleich mehrere Großraumschiffe in einen Orbit der Heimatwelt zu lassen, oder?«

»Ich nehme an, sie hatten noch nie Kontakt zu einer interstellaren Zivilisation.«

»Aber müssten sie dann nicht besonders misstrauisch gegenüber Fremden sein? Xenophobie, Kulturschock, solche Sachen.«

Rila bildete sich ein, ein tiefes Summen zu spüren. Gehörte das zur Untersuchung? Sie blinzelte. Ob Ugrôn auch solche Vibrationen wahrnahm, wenn Mutter in seinem Fleisch sang?

»Dass sich die Psyche der Cochader von unserer unterscheidet, ist zu erwarten«, meinte Rila. »Offenbar sind sie sehr auf Profit fixiert, weniger auf Schutz.«

»Ich habe gehört, dass sie uns mit Handelsofferten bombardieren.«

»Das stimmt«, bestätigte Rila. »Konkurrenz scheint den Kern ihrer Kultur auszumachen. Nationen und Staatskonstrukte spielen kaum eine Rolle, die Individuen definieren sich über ihre Stellung in einem Konzern. Jeder davon will mit uns ins Geschäft kommen. Sie sind stärker damit beschäftigt, die Angebote der anderen schlecht aussehen zu lassen, als sich wegen unserer militärischen Möglichkeiten zu sorgen.«

Tatsächlich würde man bald auch den Zivilisten an Bord der MARLIN bekannt geben, dass die Landefähren Startbereitschaft herstellten. Ihr Bruder Starn wäre Teil der ersten Erkundungswelle. Wegen der Qualifikationsstufe seines Teams würde er allerdings geheim abgesetzt, in einem Gebiet, das die Cochader nicht als Landezone ausgezeichnet hatten. Es schien keine Autorität zu geben, die für den gesamten Planeten sprach, sodass nicht genannte Gebiete auch nicht explizit ausgeschlossen waren. Diese Lücke gedachte der Admiralsstab auszunutzen. Falls die Cochader etwas verbargen, war es klug, schnell dahinterzukommen.

»Bei fremden Intelligenzen kann man sich der Motive nie sicher sein«, sagte Ulsike, als hätte ihr Scanner Rilas Gedanken erfasst. »Ich nehme an, die Jagdgeschwader werden bald in den Einsatz gehen?«

Das waren sie bereits. Geschwader Rot flog schon einen Sicherungskordon, Weiß wäre als Nächstes dran und würde von Grün abgelöst.

»Tut mir leid, diese Information unterliegt der Geheimhaltung«, sagte Rila.

»Schon in Ordnung. Ich bin nur neugierig.«

Rila dachte an das Essen bei ihrer Mutter. Nachdem Starn aufgebrochen war, hatten sie sich noch eine Weile über die Evolution von Raubtieren unterhalten. Eine gewisse Aggressivität schien überlebenswichtig zu sein, und die Fangarme am Kopf der Cochader deuteten darauf hin, dass sie geschickte Jäger waren. Meist fand man einen solchen Verzicht auf stützende Skelette in den Gliedmaßen bei Wasserbewohnern. Möglich, dass diese Fremden – auf der Zeitskala der Evolution gemessen – das Meer erst vor Kurzem verlassen hatten. Und auch möglich, dass ihre Waffentechnologie ähnliche Überraschungen bereithielt wie ihre Translatoren. Die ersten Scans der Oberfläche zeigten einige Gebiete, in denen sich große Katastrophen ereignet haben mussten. Die Ursache konnte im Vulkanismus liegen, aber auch in künstlich herbeigeführten Explosionen. Oder natürlich in Einschlägen von Gesteinsbrocken aus dem Ringsystem, das den Planeten am Äquator einschloss.

Andererseits schienen die Cochader den evolutionär wichtigen Schritt vollzogen zu haben, ihre Aggression abseits von physischen Konfrontationen zu kanalisieren. Zwischen ihren Konzernen herrschte eine beeindruckende Konkurrenz, und der Gedanke lag nahe, dass das auch für die Individuen in den Karrierestrukturen galt.

»Ich gratuliere«, sagte Ulsike.

»Wozu?«, fragte Rila. »Ich war gerade in Gedanken. Bin ich fit?«

»Ja. Und nicht nur du. Auch deinem Kind geht es gut.«

»Wem? Meinem …?« Rila stieß sich ab, schoss aus dem Zylinder und starrte die Ärztin an.

»Herzlichen Glückwunsch.« Ulsike lächelte breit. »Du bist schwanger.«

»Ich bin …? Aber das …«

Ulsike lachte ihr warmes Lachen. »Da du so überrascht bist, scheinst du das Kind mit der natürlichen Methode empfangen zu haben. Wie romantisch! Die Vorteile einer optimierten Befruchtung liegen auf der Hand, aber ich werde das auch einmal so machen. Wenn ich den richtigen Partner gefunden habe, meine ich.«

Rila dachte an Reck.

»Aber das … Ist ein Irrtum ausgeschlossen? Ich habe mir ein Depot von Kontrazeptiva einpflanzen lassen.«

Ulsike suchte in ihrem Holo. »Ja, das sehe ich. Oriamol. Die für den Militärdienst zugelassene Variante garantiert die Freiheit von Nebenwirkungen auch bei extremem Stress im Einsatz. Dafür ist sie nicht ganz so zuverlässig wie die zivile.«

»Was soll das heißen?« Rilas Stimme überschlug sich.

»Sie hat eine Fehlerquote im Promillebereich.« Ulsike lächelte jetzt nicht mehr. »Aber eine von tausend Frauen wird bei häufigem Sex innerhalb von drei Jahren schwanger.«

Rila fasste sich an die Stirn. »Na toll.«

»Entschuldige meine Reaktion«, bat Ulsike. »Ich wusste nicht, dass du nicht …«

Rila unterbrach sie mit erhobener Hand. »Die Verwundung … die Schwerkraft auf der Squid … das muss meine Hormone durcheinandergebracht haben.«

Ulsike studierte weiter das Holo. »Ich sehe, du bist verheiratet. Könnte es sein, dass der Vater nicht …?«

Rila starrte die Ärztin an.

Sie und Reck hatten seit ihrer Rückkehr zweimal miteinander geschlafen. Wenn sie sich nicht irrte, war er nur einmal gekommen. An ihre Intimitäten vor der Schlacht um G'olata erinnerte sie sich kaum. Sie bauten ihren Druck ab, das war keine große Sache. Also konnte das Kind von ihm sein. Aber Ugrôn kam ebenfalls infrage.

»Ich sehe, dass dich diese Entwicklung unvorbereitet trifft«, sagte Ulsike. »Natürlich kannst du in Ruhe überlegen, was du jetzt tun willst.«

Obwohl sie wusste, dass noch nichts zu ertasten war, wanderten Rilas Hände zu ihrem Bauch. Schwanger. Möglicherweise von Ugrôn. Sie lachte.

—

Die eigene Rührung traf Starn Egron unerwartet. Er war froh, allein zu sein, als er weinte. Er hätte noch nicht einmal zu erklären vermocht, was er fühlte, während das kalte Wasser des Gebirgsbaches über seine nackten Füße spülte. Die Wellen schimmerten gelblich, wegen des Schwefels, der sich hier überall im Boden befand. Er spürte die runden Kiesel. Die beständig der natürlichen Schwerkraft folgende Strömung hatte sie abgeschliffen. Sie knirschten, wenn er das Gewicht verlagerte. Eine warme Brise strich über Unterarme, Gesicht und Waden, zupfte an seinem Haar und fächelte die Gerüche dieser unberührt wirkenden Welt an seine Nase. Cochadas Atmosphäre hatte einen Sauerstoffanteil von dreißig Prozent, erheblich mehr als das Luftgemisch an Bord der Raumschiffe. Und das war nur die Durchschnittsverteilung, in dieser Höhe war es noch mehr, weil sich der Wasserstoff, der acht Prozent ausmachte, in schweren Verbindungen in den Niederungen sammelte.

Starn wusste, dass der zusätzliche Sauerstoff belebend wirkte, aber das war nicht der Grund, aus dem er sich so energiegeladen fühlte. Es lag an der Weite. Vor ihm fiel der von orangefarbenem Gras bewachsene Hang in ein Tal ab, das weißer, von einem Blauschimmer durchzogener Nebel füllte. In der Ferne erhoben sich einzelne Bergkegel, deren Form auf Vulkanismus hindeutete, und im Norden ein durchgängiger Höhenzug, dessen Gestein wegen der Filterwirkung der Luft auf diese Entfernung blau aussah. Die Gipfel leuchteten in majestätischem Weiß. Starns Blick suchte jedoch die Lücken zwischen den Massiven, durch die er bis zum Horizont schauen konnte, wo die Wolkendecke hinter der Wölbung des Planeten verschwand. Das war vor allem im Süden der Fall. Bislang hatten die Wolken dort ein grandioses Schauspiel aus wallenden Farben geboten, von dunklem Rot bis zu Violett. Niemanden wunderte, dass die Wolkendecke auf einem Planeten, der in dieser Entfernung zu einer gelben G5-IV-Sonne stand und zu fünfundachtzig Prozent von Wasser bedeckt war, nahezu permanent geschlossen war.

Aber jetzt zog sie sich auseinander, als wolle sie Cochadas Besuchern einen besonderen Anblick bieten. Und das tat sie.

Im Ozonblau des Südhimmels glitzerten gebogene Bahnen, silber-, kupfer- und goldfarben. Das Ringsystem des Planeten, die Überreste mindestens eines großen Trabanten, dessen Umlaufbahn unter die Roche-Grenze von knapp sechzehntausend Kilometern gefallen war, sodass ihn die Gezeitenkräfte zerrissen hatten. Wie lange es wohl gedauert hatte, diese Schönheit zu schaffen? Ein Jahrzehntausend? Oder länger? Die Natur war eine geduldige Künstlerin.

Nun jedenfalls boten sich die Ringe wie feste Bahnen dar, die schwereren Verbindungen näher am Planeten, die leichteren außen, sodass innen das Gold lag, in der Mitte das Silber und außen das Kupfer und dazwischen eine Vielzahl von Legierungen und Mischerzen. Die Nordhalbkugel lag derzeit im Sommer, dem Zentralgestirn zugeneigt. Im Winter würde die Sonne die andere Seite der Ringe bestrahlen, und hier, wo Starn stand, sähen sie dunkel und vielleicht bedrohlich aus, massive Schatten am Himmel.

Der Himmel.

Starn breitete die Arme aus, legte den Kopf in den Nacken und sah zu den Wolken auf. War er jemals so frei gewesen?

Tief atmete er ein, genoss den Duft der planetaren Luft, die Frische des Sauerstoffs und die Süße der Pflanzenpollen, spürte dem Schwerkraftsog nach und lauschte auf das Plätschern des Bachs. Die menschliche Spezies war auf Planeten geboren worden. Alles in ihr sehnte sich nach einem Ort wie diesem.

Erst langsam, dann mit erdrückender Schwere wurde ihm bewusst, dass Cochada nicht seine, nicht die Heimat der Menschheit war. Das war die Erde gewesen, und sie war unwiederbringlich verloren, von den Giats zerstört. Sie waren wie Kinder ohne Eltern, die man in die Dunkelheit gestoßen hatte.

Hinter ihm knirschten Schritte im Kies.

Rasch wischte er seine Tränen mit dem Ärmel ab. Er wandte sich um.

Kara Jeskon stand vor den schwarz belaubten Büschen, die hier zwei Meter hoch wuchsen, sodass sie die Raumfähre in der Senke beinahe verdeckten. Sie trug nicht die übliche Arbeitskombination der Teammitglieder, sondern einen mit Muskelverstärkern ausgestatteten olivgrünen Anzug. Eigentlich mochte Starn keine Sonderausrüstung, in einem Team sollten alle gleich sein, wenn es keine besonderen Gründe für Ausnahmen gab. Bei Kara gab es allerdings solche Gründe. Die zierliche Frau befand sich das erste Mal auf einem Himmelskörper. Niemandem wäre damit gedient, wenn sie nach ein paar Stunden im Schwerkraftsog schlappmachte. Und ihr Anzug war tatsächlich zweckmäßig. Er besaß nicht nur viele Taschen und Halteschlaufen, sondern auch diverse integrierte Instrumente.

»Trägst du deine Atemmaske nicht?« Karas Stimme klang hohl, weil sie selbst den transparenten Aufsatz vorschriftsmäßig vor Mund und Nase geschnallt hatte.

Starn hätte das wohl auch tun sollen, solange die Atmosphärenzusammensetzung noch unvollständig analysiert war. Aber er wollte den Planeten so umfassend erleben wie möglich, weswegen die Filtervorrichtung an einer Schlaufe vor seiner rechten Brust hing. Hing, nicht schwebte. Solche Einzelheiten machten ihm immer wieder bewusst, dass dies hier real war, dass er sich tatsächlich unter freiem Himmel auf einem Planeten befand, wo er ohne Schutzausrüstung existieren konnte. Als sei er von einer wohlmeinenden Wesenheit umgeben, die ihn liebevoll wiegte.

Er blinzelte die aufsteigenden Tränen fort. »Was hast du da?«

Sie hob den hüftbreiten Probenbehälter an. »Ich habe die Analyseroutine laufen lassen, wie ich es gelernt habe, aber das Ergebnis ist seltsam. Vielleicht habe ich etwas falsch gemacht. Kannst du mir helfen?«

»Wieso fragst du nicht Erok?« Inzwischen wusste jeder, dass die beiden miteinander schliefen. Der Kollege gab sich keine Mühe, es vor irgendwem zu verbergen. Im Gegenteil, seine Schilderungen von Karas diesbezüglichen Qualitäten fielen weitschweifig aus. Jedenfalls dann, wenn sich Starn in Hörweite befand.

»Weil ich dich zuerst gefunden habe.« Sie kam näher. »Außerdem leitest du doch die Mission, während wir hier unten sind, oder?«

Unten. Noch so eine Bezeichnung, die nur in Gegenwart eines Schwerefeldes Sinn ergab.

Sie stellte den Behälter ab. »Dich interessiert doch bestimmt, was wir herausfinden.«

Bedauernd sah er noch einmal zu den Ringen. Als wären sie wegen der mangelnden Aufmerksamkeit beleidigt, zogen sich die Wolken wieder zu.

Starn seufzte. »Ja, sicher.« Er hockte sich neben den Behälter. »Was ist da drin?«

»Biomasse.«

»Das kann ich mir denken. Geht es etwas genauer?«

»Warte.« Sie öffnete einen Beutel an ihrem Mehrzweck-gürtel und zog einige fleischige Blätter heraus. »Dieses Zeug hier.«

Starn befühlte die von feinen Härchen überzogene Ober-fläche. »Die Flora auf diesem Planeten muss das Sonnenlicht hocheffizient verwerten, wenn der Pflanzenfarbstoff das Licht komplett schluckt.« Die Blätter waren schwarz wie Öl.

»Vielleicht weil die Sonne so selten durch die Wolken dringt«, vermutete Kara. »Aber es scheint mehrere Evolu-tionslinien zu geben. Östlich der Fähre stehen Zwergbäume mit grünen Blättern.«

Mit einem Nicken nahm Starn die Information zur Kennt-nis. »Und was ist jetzt mit der Probe?«

»Ich mache irgendetwas bei der Analyse falsch.« Trotz der dämpfenden Maske hörte er, wie ihre Stimme kippte. Er wusste, dass sie sehr ehrgeizig sein konnte. Ihre Familie war überaus erfolgreich und erwartete von der Tochter die Fort-führung dieser Tradition. »Ich schätze, ich habe die Kalibrie-rungswerte irgendwo noch mit drin.«

Man eichte die Probenbehälter mit einigen Standardpflan-zen aus den Hydroponien der MARLIN. Als Starn das Anzeige-feld überprüfte, sah er jedoch, dass die Eicheinstellungen deaktiviert waren. »Ich glaube, hier ist alles richtig.«

»Nein, ist es nicht.« Frustriert startete Kara einen Analy-selauf.

Während das Gerät arbeitete, sah sie zum Himmel auf. Ihr Kopf wirkte schlanker als sonst. Die Schwerkraft zog die blon-den Spiralen in die Länge und nach unten.

»Ich hatte gehofft, es würde regnen«, sagte sie. »Ich habe dir immer gern zugehört, wenn du davon erzählt hast.«

»Für mich wird es auch das erste Mal ohne Schutzausrüs-tung«, wiegelte er ab.

Ein grünes Leuchtfeld verkündete das Ende der Analyse.

Starn rief das Ergebnis auf. Ein Blick genügte. »Ich sehe, was du meinst.«

»Das sind Standardwerte für Pflanzen, die auf menschlichen Verzehr optimiert wurden.«

Er runzelte die Stirn. »Nicht ganz. Siehst du diese Schwefelverbindung? Das Zeug dürfte ziemlich stinken, wenn man es kocht, und niemandem schmecken.«

Kara beugte sich heran. Ihr süßes Parfum kitzelte in seiner Nase. Früher hatte er es anregend gefunden, aber hier auf Cochada erschien es ihm unangemessen künstlich.

»Seltsam«, meinte sie. »Dann kann es wohl doch nicht das Analyseprogramm sein. Meinst du, der Behälter ist defekt?«

»Die Selbstdiagnose zeigt keinen Fehler an.« Er sah die Detailwerte des Ergebnisses durch. »Der Algorithmus meldet keine Unsicherheiten. Die Probe scheint keine Probleme verursacht zu haben. Wie es aussieht, ist dieses Material dem, was wir züchten, sehr ähnlich. Aber identisch ist es natürlich nicht.«

Kara stand auf und ließ den Blick über das Buschwerk vor der Fähre schweifen.

Auch Starn erhob sich. Kurz tanzten Funken vor seinem Augen. Plötzliche Bewegungen waren nicht angeraten. Die zehn Prozent, die Cochadas Schwerkraft den Erdstandard überstieg, machten sich bemerkbar.

»Eine Stickstoff-Sauerstoff-Atmosphäre und Wasserozeane«, murmelte Kara. »Aber das sollte nicht ausreichen, damit die indigenen Lebensformen eine dermaßen kompatible Proteinstruktur ausbilden.« Fragend sah sie ihn an.

Starn merkte, wie er schwitzte. Wenn sich das Ergebnis stabilisierte, hatten sie einen Planeten gefunden, der vor Pflanzenmaterial überquoll, das für Menschen unmittelbar verdaulich war. Die Zugabe von ein paar Geschmacksstoffen würde ausreichen. So effizient hatte der Schwarm in Starns Lebenszeit noch nie geerntet. Sie müssten noch nicht einmal Biosporen beimischen. Die Ernte könnte sofort beginnen und die Biomasse des Planeten könnte die Lagerräume der Großraumschiffe bis zum Bersten füllen.

»Ein Paradies«, flüsterte Starn.

»Wir dürfen es nicht zerstören.« Ein Flehen lag in Karas blauen Augen.

»Cochada ist groß«, murmelte er. Der Nebel wallte im Tal und verbarg alles, was darunter lag. »Der Planet bietet viel mehr, als wir brauchen.« Seine Gedanken hielten nicht mit den Konsequenzen der Entdeckung Schritt. Fragen überschlugen sich in seinem Kopf. War das Analysegerät vielleicht doch defekt? Oder hatte Kara zufällig eine außergewöhnliche, seltene Pflanze erwischt? Aber normalerweise folgte die Evolution auf einem Planeten einem einmal eingeschlagenen Weg. Wenn dieser auf Aminosäuren basierte, die den irdischen glichen, breiteten sich entsprechende Organismen blitzschnell im gesamten Ökosystem aus, innerhalb weniger Dutzend Millionen Jahre. Damit blockierten sie alternative Entwicklungspfade für später auftretende biologische Konzepte. Das bedeutete eine vor Nahrung überquellende Welt. Was wohl die Ozeane zu bieten hatten? Erste Sonden hatten eine Tiefe von siebzehn Kilometern ermittelt, und das mochte noch nicht das Ende sein. Wie viel Biomasse konnte solche Meere füllen!

Und nicht nur die aktuelle Ernte war interessant: Das neue Erbgut würde die Genbanken des Schwarms aufstocken. Zukünftig griffen die Xenofarmer auf eine vielfältigere Basis zu. Sie könnten Himmelskörper nutzen, deren Beschaffenheit jetzt noch eine Bewirtschaftung ausschloss.

»Hier gibt es atemberaubendes Leben.« Kara hauchte die Worte, sodass sie kaum durch den Filter drangen.

»Das stimmt«, sagte Starn.

»Nein. Du verstehst nicht.« Sie fasste seinen nackten Unterarm.

Er folgte ihrem Blick.

Im Nordwesten stieg ein Gigant aus den Nebeln des Tals. Die weiten Schwingen schlugen lautlos und verwirbelten die Schwaden unter ihm, aber trotz des langen, gebogenen Schnabels ähnelte das Tier mehr einem Fisch als einem Vogel. Die dunkelblaue Haut glänzte ölig. Eine runde Sinnesöffnung, die Starn für ein Auge hielt, befand sich an der Unterseite des Kopfes, der ohne Hals in den stromlinienförmigen Körper überging. Dieser maß wenigstens zwanzig Meter, bevor sich vier kabelartige Schwänze anschlossen, deren Spitzen noch in den Nebel tauchten.

»Wieso kann solch ein Riese fliegen?«, flüsterte Starn.

»Atmosphärendichte über Standardniveau«, antwortete Kara leise. »Vermutlich sehr lockerer Körperbau. Hohlknochen, wenn dieses Tier überhaupt welche hat.«

Das Wesen schlug nicht nur mit den Flügeln, es bewegte auch den Rumpf wellenförmig. Das tat es so still, dass das Säuseln des warmen Windes noch immer das lauteste Geräusch war.

In diesem Moment war Starn froh, dass Kara bei ihm war. Dies war ein Anblick, den er teilen wollte. Starn war sich bewusst, dass ihn diese Begegnung überforderte. Es wäre gut, später mit jemandem reden zu können … die wusste, wovon er sprach. War ihm dieses Tier ähnlich? Immerhin lebte es in einer Biosphäre, in der auch Menschen existieren konnten.

Erok Drohm zerstörte die andächtige Stimmung, indem er durch das Buschwerk brach und rief: »Seht ihr das? Meine Güte, was für ein Brocken!«

Hinter ihm kamen zwei der Raumlandeinfanteristen, die zum Schutz des Teams abgestellt waren. Sie trugen Felduniformen und Sonicschocker. Eine Kampfdrohne schwebte surrend über ihnen.

Starn setzte nun doch seine Atemmaske auf. Die zusätzliche Energie, die der reichhaltige Sauerstoff ihm gab, konnte er nicht gebrauchen, wenn Erok ihn reizte. Zu seinem Bedauern stellte er fest, dass die Filter die Gerüche des Planeten vollständig zurückhielten.

»Das Vieh macht seltsame Geräusche, findet ihr nicht?« Erok stapfte über den Kies heran. »Ich meine, beinahe wie ...«

Jetzt hörte Starn es auch. »Rotoren! Das kommt nicht von dem Tier.«

»Wie meinst du das? Woher denn sonst?«

Alarmiert zeigte Starn in den Nebel. Dort bildete sich ein Strudel, aus dem ein Fluggerät stieg. Es war eine fünf Meter durchmessende Kugel, die an vier Rotoren hing. An der Seite waren Ausleger angebracht. Der Zentralkörper schien aus Transplast oder einem ähnlichen Material zu bestehen, denn er war durchsichtig. Das nützte nur bedingt etwas, weil Dunst das Innere füllte. Darin erahnte Starn den massigen blauen Körper eines Cochaders, dessen Kopftentakel die Schwaden aufwühlten.

Sicher überraschte die Begegnung den Planetarier ebenso sehr wie das Team. Er schwenkte sein Fluggerät herum, während das Tier weiter an Höhe gewann.

Starn hob die Hände. »Wir wollen nur ...«

Eine Rakete zischte aus der Kampfdrohne und detonierte auf dem Fluggerät. Donner rollte über den Hang. Glühende Metallsplitter spritzten in alle Richtungen, manche verschwanden im Nebel, andere krachten in den Kies oder zerfetzten das Buschwerk.

»Was soll das, verdammt?«, rief Starn.

Der Quadkopter brannte lichterloh. Er zog eine Flammenspur hinter sich her, als er sich auf die Seite legte und auf den Hang zuflog. Dabei gewann er zunächst an Höhe, fiel dann aber ab und schlug auf Grund. Eine weitere Explosion dröhnte, Hitze traf Starn, die Druckwelle schleuderte Kara gegen seine Brust. Gemeinsam fielen sie in den Bach.

Sofort rollte sich Starn herum und sprang wieder auf.

Erok kniete wimmernd am Boden, er barg den Kopf zwischen den Unterarmen.

Einer der Soldaten, sein Name war Zichas Gerlen, sicherte mit dem Sonicschocker. Starn hatte ihn mit dem Gewehr üben sehen, er konnte damit umgehen. Sein Kamerad, Arl Tingal, ein junger Mann mit spitzem Schnurrbart, dirigierte die Kampfdrohne zu Boden. Dabei bewegte er seine Arme, als stünde er vor einem unsichtbaren Orchester. Sein Anzug übersetzte die Impulse in Steuerkommandos.

»Was war das denn?«, schrie Starn. »Sind Sie völlig übergeschnappt?«

»Ortungsstrahl«, gab Tingal kleinlaut zurück. »Ein Ortungsstrahl hat die Drohne getroffen. Sie ist auf Verteidigung programmiert und hat entsprechend reagiert.«

Mit geballten Fäusten stapfte Starn zu den beiden Männern. »Nennen Sie das da«, er stieß einen Arm in Richtung des brennenden Wracks, »eine angemessene, defensive Reaktion?«

»Die Bedrohung ist ausgeschaltet.«

»Ich schalte hier auch gleich eine Bedrohung aus!«, brüllte Starn in sein Gesicht. »Was unsere Mission hier bedroht, ist Ihre Blödheit! Wir wollen einen friedlichen Handelskontakt! Schon vergessen?«

»Der Ortungsstrahl deutet auf Waffensysteme hin, die …«

»… die Ihr Opfer ganz eindeutig für die Jagd gebraucht hat!« Er griff Tingal im Nacken.

Der Soldat wehrte sich, aber gegen die Nahkampfausbildung, die Starn absolviert hatte, kam er nicht an. Starn zwang ihn, den schwebenden Riesen anzusehen.

»Schauen Sie genau hin! Dieses Tier hat er verfolgt! Auf uns ist er nur zufällig gestoßen.«

»Die Drohne kann nicht unterscheiden, ob …«

»Exakt, Sie Idiot! Deswegen programmiert man kein solches Aktionsmuster, wenn man …«

»Habt ihr euer Testosteron bald abgearbeitet?«, rief Kara, die vor Nässe tropfend im Bach stand. »Dann könnten wir nachschauen, ob noch etwas zu retten ist!«

Starn sah zum abgeschossenen Fluggerät. Die Flammen schlugen noch immer hoch. Das mochte an Wasserstoffspuren in der Luft liegen, oder an der Ladung der Maschine.

»Ich rate davon ab, dass wir uns dem Ding nähern«, sagte Gerlen, der noch immer den Sonicschocker im Anschlag hatte. »Der Brand könnte Munition zur Explosion bringen.«

»Das Risiko gehen wir ein«, knirschte Starn hervor. »Holen Sie Löschgerät aus der Fähre.«

»Vielleicht habe ich mich unklar ausgedrückt. Es wäre gefährlich, wenn wir ...«

»Sie werden, verdammt noch mal, tun, was ich Ihnen sage! Solange wir uns auf dem Planeten befinden, ist diese Mission mir unterstellt.«

»Nicht in militärischen Belangen.«

»Das hier ist kein Militäreinsatz! Wir führen jetzt eine Rettungsaktion durch.«

Er starrte Gerlen an, der seinen Blick stur erwiderte. Die Rangabzeichen wiesen ihn als Hauptmann aus.

»Wir versuchen jetzt, unseren Freund zu retten. Mit oder ohne Ihre Hilfe.«

Starn rannte zur Fähre.

Es gelang ihnen, den Brand mit Schaumwerfern zu löschen, aber vom Cochader bargen sie nur noch die verschmorte Leiche. Als sie sie aus dem Wrack zogen, tauchten drei weitere Quadkopter aus dem Nebel des Tals auf.

—

»Wieso willst du diesen Planeten besuchen?«, fragte Batuo.

Ugrôn watete neben ihm durch das hüfthohe Wasser des Lotosteichs. Er berührte die harten Schildblätter einer noch beinahe vollständig geschlossenen Blüte. »Ich glaube, dass es gut für mich ist.«

»Ein Priester fragt nicht danach, was gut für ihn selbst ist.« Er ließ den Blick über den Teich schweifen. Das Gewässer durchmaß nur fünf Meter, dahinter stieg der organische Boden der Squid an und ging in die von Wülsten überzogenen Wände über. »Ihm muss es um das Wohl der Gemeinde gehen.«

»Ich habe keine Gemeinde.« Ugrôn schob die gespreizten Finger durch das Wasser und beobachtete, wie schnell sich die Wellen wieder beruhigten.

Ungewöhnlich viele Leuchtkörper zogen durch die Adern an der Decke, weswegen alles gut ausgeleuchtet war. Batuo hatte darum gebeten, dass Ugrôn seine neue Ausrüstung mitbrachte. Jetzt lag sie in einer Nische neben dem Lotosteich. Der Feldanzug war zwar nicht orangefarben, aber immerhin rot. Ein Atemgerät und eine Umhängetasche für Verpflegung lagen darauf.

»Woher hast du das?«, fragte Batuo.

»Man hat es mir gern zur Verfügung gestellt.«

»Das kann ich mir denken. Die Zoëliker freuen sich bestimmt über den Abtrünnigen, der in ihre Reihen zurückkehrt.«

»Ich bin kein Zoëliker.«

»Noch nicht, aber du erfüllst alle Voraussetzungen.«

Seit Ugrôns Weihe sang Mutter ununterbrochen in seinem Fleisch. Oder überhörte er sie nur nicht mehr? Es war so schwer zu verstehen, was sie ihm mitteilen wollte. Manchmal dachte er, dass sie einfach sehr langsam sprach. Vielleicht brauchte das Schiff einen Tag für einen Satz, weil es so langlebig war.

Batuo stieg aus dem Wasser. Die Nässe rann in kleinen Fällen aus seiner Kleidung. »Dort unten ist nichts als Leben. Nur Ablenkung.«

Ugrôn folgte ihm. Der Stoff seiner Robe fühlte sich schwer an. »Ich glaube, das ist ein Missverständnis, Ehrwürdiger. Das Leben scheint mir mit ›Ablenkung‹ unvollständig beschrieben zu sein.«

»Denke an die Leere«, mahnte Batuo. »Sie ist die Erhabenheit, die uns erlöst. Körperlichkeit hält uns zurück. Meditiere über die Reinheit der Mathematik. ›Zwei mal zwei ist vier.‹ Welche Schönheit, unbelastet von allen Sorgen und Sehnsüchten! Wo existiert dieses Gesetz? Hier, in diesem Raum? In einem Rechner, der es gespeichert hat? Auf dem Planeten? In seiner Sonne? – Überall dort, es ist universell. Und deswegen ist es vollkommen losgelöst von aller Materie. Auch von der Zeit, es ist ewig. Es benötigt keinen Träger, es existiert im Nichts.«

Ugrôn nickte. Er kannte diese Überlegung. »Würde dieses Gesetz auch existieren, wenn es niemanden gäbe, der es denken könnte?«

»Natürlich«, sagte Batuo fest.

»Die alten Buddhas waren sich dessen nicht gewiss.«

»Sie hatten ihre Verdienste.« Er wischte mit der fleischigen Hand durch die Luft. »Aber ihre Welt ist vergangen. Inzwischen hat sich der Geist davon gelöst und wandelt durch die Leere zwischen den Sternen.«

»Wie Mutter.«

Batuo sah ihn an, als glaubte er, sich verhört zu haben. »Was?«

Ugrôn spürte Befriedigung, als er die Wut im Gesicht seines Mentors aufsteigen sah. Die nassen Sandalen schmatzten, als er das Gewicht verlagerte.

»Die Squid bewegt sich ständig durch die Leere«, erklärte Ugrôn. »Nach allem, was wir wissen, schwimmt sie seit Jahrtausenden durch den Void, durch den Rotraum, durch das Nichts zwischen den Planeten. Wer sind wir, dass wir uns anmaßen, mehr von der Leere zu verstehen als sie? Nur, weil wir uns dem Vakuum für ein paar Sekunden ausgesetzt haben?« Sachte schüttelte er den Kopf. »Das ist lächerlich.«

»Dieses Gefasel kannst du unmöglich ernst meinen.« Entsetzen verdrängte die Wut in Batuos Gesicht. »Die SQUID ist kein intelligentes Wesen in dem Sinne, dass sie Gedanken formen könnte wie wir.«

»Lehrst du nicht, dass die Leere zu fremd ist, als dass wir sie begreifen würden?«

»Schon, aber das bedeutet nicht, dass man ihr ohne Logik und Intellekt nahekäme.«

»Woher weißt du das?«

Batuo zitterte. Das lag nicht an der Kälte des Wassers, das jetzt mit hellen Geräuschen in die Pfütze zu seinen Füßen tropfte.

»Mutter steht in ständiger Wechselwirkung mit der Leere«, fuhr Ugrôn fort. »Und das tut auch jeder Planet. Alle Himmelskörper bewegen sich durch die Leere.«

»Das ist etwas anderes!«, rief Batuo scharf. »Schwerkraft, Atmosphäre, eine verwirrende Vielfalt an Lebensformen! All das lenkt von der Erkenntnis ab und hält uns in den Nichtigkeiten körperlicher Existenz zurück.«

»Vielleicht ist das zu klein gedacht. Warum betrachten wir Individuen und nicht den gesamten Planeten? Ich betrachte ja auch dich als Ganzes und nicht eine einzelne Wimper, die abfallen oder nachwachsen mag.«

Batuo trat dicht vor ihn. »Weil ich denke, aber meine Wimper nicht.«

»Und wie ist das mit einem Planeten?«

»Er gehorcht berechenbaren Naturgesetzen. Wir kennen seine Bahn, wir kennen sein Klima. Liegen alle Parameter vor, lässt sich eine beliebig entfernte Zukunft vorhersagen.«

»Ist das so?«

»Willst du mit mir streiten?«

»Ich frage mich nur: Wenn zutrifft, was du sagst, unterliegen dann auch alle Menschen diesen Gesetzen? Denn schließlich scheinen ihr Denken und ihr Wille im Maßstab des Planeten unerheblich zu sein.«

»Wir haben G'olata zerstört«, erinnerte Batuo.

»Also ist doch nicht alles berechenbar?«

»Im Maßstab von Ewigkeit und Unendlichkeit macht unsere Existenz keinen Unterschied.«

Lächelnd betrachtete Ugrôn die Lotosblüten.

»Mutter.« Seufzend trat Batuo zurück. »Früher hast du dieses Wort seltener benutzt. Offenbar belastet diese Umgebung dich jetzt in besonderer Weise. Aber es nützt nichts, vor der Versuchung davonzulaufen. Konzentriere dich stattdessen auf die Kleinigkeiten, um die Ablenkungen auszuschließen und das Große zu entdecken. Zum Beispiel könntest du über den Teich meditieren. Oder über die Kunst des Teetrinkens.«

Ugrôn lächelte säuerlich. »Ich schmecke nichts mehr. Das Vakuum hat die Knospen auf meiner Zunge ausgebrannt.«

Stärker als die Wut und das Entsetzen zuvor traf Ugrôn die Traurigkeit, die nun in Batuos Augen stand. Sein Mentor setzte an, zu sprechen, schwieg aber.

Ein Rufzeichen ertönte vom Kommunikationsmodul, das in die grünbraune Wand integriert war. Es zeigte Ugrôns Kennung an.

»Willst du nicht antworten?«, fragte Batuo.

Ugrôn ging die paar Schritte und betätigte den Sensor. Ein Kubus baute sich auf und zeigte Berglens Abbild. Die obersten Brusthaare waren weiß in der Öffnung der Weste zu sehen. »Der Segen der Gütigen Mutter sei mit dir.«

»Ich wünsche dir auch eine gute Zeit.«

»Leider kann dein Wunsch, Cochada zu besuchen, nicht gewährt werden«, sagte der Zoëliker.

Batuo stieß einen überraschten Ruf aus.

Ugrôn atmete einmal tief durch. »Wieso nicht?«

»Mutter hat sich entschlossen, einer Bitte der Cochader zu

entsprechen. Eines ihrer Schiffe hat vor etwas mehr als einhundert Erdjahren das System verlassen. Wir sollen es bergen.«

»Vor einem Jahrhundert?«, rief Ugrôn. »Wie sollen wir das denn wiederfinden?«

»Es fliegt mit einem Unterlichtantrieb. Es wird noch nicht einmal den nächsten Stern erreicht haben, Kurs und Geschwindigkeit sind bekannt.«

Ein Generationenschiff, durchzuckte es Ugrôn. Sie hatten Raumfahrer auf die Reise geschickt, deren Urenkel das Ziel erreichen würden.

»Aber es gibt viele Unwägbarkeiten!«, wandte er ein.

»Man glaubt, dass Mutter die besten Chancen hat, ein solches Schiff aufzuspüren. Außerdem haben wir einen Zusatzauftrag. Man sorgt sich wegen der Giats, die uns verfolgen könnten. Mutter wird Nahsystemsicherung fliegen.«

Das bedeutete, dass die SQUID die nächstgelegenen Sterne ansteuern würde. Wenn sich eine Angriffsflotte sammelte, musste sie in einer nicht allzu weit entfernten Sonnenkorona Astriden aufnehmen, um ihre Beweglichkeit für die Eventualität eines Rückzugs durch den Rotraum zu bewahren. Sterne im Umkreis von ein paar Lichtjahren waren deswegen naheliegende Sammelpunkte, die man aufklären konnte.

»Ich verstehe«, bestätigte Ugrôn knapp.

Batuo verschränkte die Arme auf dem Rücken. »Die Weisheit des Schicksals.«

6

Annäherung

Der Nebel verbarg die drei Quadkopter der Cochader. Starn Egron glaubte, einen als grauen Schatten in den überwiegend weißen, manchmal bläulichen Schwaden jenseits des Transplasts der Pilotenkanzel auszumachen, aber der Schemen zerfaserte, bis er in der Umgebung aufging.

Die Sensoren der Landefähre analysierten permanent die Atmosphärenzusammensetzung. Der Dunst bestand aus Wasserstoffverbindungen. Hauptanteil waren Kombinationen mit Sauerstoffatomen, mehr oder weniger reines Wasser in feinen Tröpfchen. Schwerere Verbindungen kamen jedoch ebenfalls vor, und je tiefer sie sanken, desto stärker wurde ihre Konzentration. Das besorgte Starn. Die Hochreaktivität von Wasserstoff machte ihn nicht nur leicht entflammbar, sondern in den meisten Molekülkombinationen auch giftig und ätzend. Oben am Hang hatte er ohne Schutzausrüstung im Freien gestanden. Hier unten wäre das wenig ratsam.

»Ich habe eine Parade diffuser Signale im Ortungsholo.« Ignid Feron nickte zu dem Würfel, der links neben dem Pilotensitz in der Luft leuchtete. Mit den Händen nahm sie Feinjustierungen an den Steuerdüsen der Fähre vor. Das Landungsschiff war nicht auf eine so langsame Geschwindigkeit ausgelegt, aber sie wollten hinter den Quadkoptern bleiben. Die drei roten Punkte, die die cochadischen Flugmaschinen anzeigten, strahlten mit beruhigender Konstanz in dem Gewimmel von aufblitzenden und wieder verlöschenden Farbflächen.

»Magnetfeldortung«, erklärte Ignid. »Da draußen gibt es eine Menge Metall.«

»Vielleicht auch freie Elektrizität«, gab Starn zu bedenken.

Sie nickte knapp. Im Licht der Instrumente betonte das die bunten Ornamente, die wie ein Schuppenband hinter ihrem Ohr begannen und über ihren Hals in ihren Ausschnitt liefen. Widerwillig gestand sich Starn ein, dass die Tätowierung ihn verwirrte. Sie hatten die Leiche eines Fremden an Bord, für dessen Tod sie verantwortlich waren, standen kurz vor einem Direktkontakt und er dachte an die Kurven seiner Kollegin!

Er schüttelte den Kopf. »Diese Anzeigen sind nutzlos.«

»Ich habe schon alles probiert«, verteidigte sich Ignid. »Wärme und Radar bringen auch nichts. Und aktive Peilstrahlen könnte man missverstehen.«

»Wir dürfen auf keinen Fall den Eindruck erwecken, dass wir Ziele für unsere Waffensysteme suchen«, stimmte Starn zu. »Aber wie wäre es mit der altmodischen Methode?«

Er wischte über das Sensorfeld für die Außenscheinwerfer.

Augenblicklich strahlte der Nebel vor der gewölbten Pilotenkanzel auf. Er war so dicht, als befände sich die Fähre im Innern eines Gletschers. Die von den Schubdüsen ausgelösten Verwirbelungen passten allerdings eher zu einer abgehenden Lawine.

»In dieser Suppe blendet das mehr, als es hilft«, kommentierte Ignid trocken.

Starn dämpfte die Intensität. Er schaltete einige Scheinwerfer aus, dann weitere und fuhr die unter dem Bug wieder hoch. Es brachte wenig, der Dunst variierte nur zwischen Weiß und Bleigrau. Allenfalls eingebettete Gaswolken leuchteten hellblau auf, wenn das Licht sie traf.

Ignid zeigte auf das Ortungsholo. »Das sieht nach einem Käfig aus.«

In der Tat verdichteten sich die diffusen Anzeigen zu einem Gittermuster.

»Haben wir einen Maßstab?«, fragte Starn.

Ignid machte die von der hinteren linken Ecke des Holowürfels ausgehenden Kanten zu Skalenlinien. Das Gitter erstreckte sich beinahe bis zum Ende der Anzeige, fünf Kilometer weit. Während die Fähre sank, kamen Details hinzu. Zwischen den Hauptsträngen spannten sich feinere Netze.

»Metallstreben?«

Ignid nickte mit zusammengepressten Lippen.

Die Quadkopter flogen eine abfallende Kurve. Sie befanden sich noch vierzig Meter über dem Gitter.

»Wir bleiben dicht hinter ihnen«, befahl Starn.

»Überschreiten wir nicht unser Missionsziel?«, fragte Ignid.

»Ich meine: Wir sollten die Biosphäre dieses Planeten sondieren. Von einer Kontaktaufnahme mit den Cochadern war keine Rede.«

»Wir improvisieren«, gestand Starn zu. »Wir haben ihnen versprochen, dass wir den Toten in ihre Stadt bringen.«

Ignid schwieg und starrte aus der Kanzel in den Nebel.

»Du kannst deine Bedenken in einer Eingabe protokollieren«, schlug Starn vorsichtig vor.

»Ich fürchte, das will ich tun«, sagte sie tonlos.

»Mach es so, dass die anderen es nicht mitbekommen«, bat er.

»In Ordnung.« Sie brachte eine Kamera auf einem Schwenkarm in Position.

Die Quadkopter flogen nun wieder einen geraden Kurs, wobei sie sich knapp über den Metallstreben hielten. Diese waren inzwischen auch im Nebel zu sehen, wenn die Schubdüsen der Fähre die Schwaden auseinanderwehten. Wie dunkle Knochen eines riesigen Tieres, die aus dem Rauch eines Feuers ragten.

»Du kommst allein klar?«, fragte er.

»Alles im Griff«, versicherte Ignid.

Prüfend sah er sie an. Sie arbeiteten seit über einem Jahr

200

zusammen, aber in diesem Moment war er unsicher, ob sie scherzte. Eine Zynikerin an den Kontrollen war gefährlich. »Tu nichts Unbedachtes«, bat er.

»Keine Sorge. *Ich* neige nicht zu unüberlegten Aktionen.«

Starn löste den Gurt, stand auf und verließ die Pilotenkanzel. Er achtete auf die Anzeige, die ihm versicherte, dass die Tür fest verschlossen war, bevor er sich dem Frachtraum zuwandte.

Die Fähre war auf die Nutzung im Schwerefeld eines Planeten ausgelegt. Die Hauptkabine war ein Zylinder mit flachem Boden. Starke Magnete und feste Bänder hielten die an den Wänden und der Decke verstaute Ausrüstung. Ein Lastarm aus Duraplast diente der Bewegung von schweren Behältern. Durch seine Teleskopstangen konnte er jeden Punkt erreichen. Alle Geräte, die während eines Oberflächenaufenthalts zum Einsatz kamen, ließen sich auf dem Boden stehend bedienen. Dadurch ergab sich eine etwas unübersichtliche Anordnung, aber inzwischen fand sich Starn blind auf den einhundert Quadratmetern zurecht.

Mittig unter der Decke übertrug ein Holo die Ortungsanzeige. Leuchtbänder an den Wänden schufen eine angenehme Helligkeit. Hauptmann Zichas Gerlen saß mit den fünf Raumlandeinfanteristen in einem Kreis auf dem Boden. Teile ihrer Ausrüstung lagen ausgebreitet vor ihnen. In der Gravitation musste niemand fürchten, dass ein Energiebolzen oder eine Spannfeder auf Nimmerwiedersehen davonschwebte. Das vereinfachte das Waffenreinigen. Außerdem war eine solche Routine vor einem möglicherweise gefährlichen Einsatz hilfreich, um die Nerven zu beruhigen.

Gerlens Gesicht wirkte nicht nur wegen der Narbe auf der linken Wange ernst. Starn kannte diese Sorte Offizier. Sie waren bereit, notwendige Opfer zu bringen, bereiteten ihre Leute aber auf alle Eventualitäten vor, um die Verluste möglichst gering zu halten.

Der Soldat stand auf und kam zu ihm. »Gibt es neue Informationen zur Lage?«

»Nur, was Sie selbst sehen.« Starn zeigte hinauf zum Holo. »Wir wollen keinen Fehler begehen, deswegen funken wir die Cochader nicht an. Ihnen geht es vielleicht ebenso.«

Gerlen bestätigte mit einem Nicken.

»Das war ein sehr unschöner Zwischenfall mit der Kampfdrohne«, sagte Starn.

»Wir werden die Angelegenheit untersuchen, wenn wir wieder auf der MARLIN sind.«

»Mir ist wichtiger, dass sich so etwas nicht wiederholt.«

»Ich habe meine Leute darauf hingewiesen. Fürs Erste kann ich verantworten, die Kampfdrohnen an Bord zu lassen.«

»Sehr gut. Ich würde es begrüßen, wenn Sie außerdem die Energiemunition einsammeln könnten.«

»Wir werden nicht unbewaffnet aus der Fähre gehen«, stellte Gerlen klar. »Und wir werden auch niemanden schutzlos in diese Stadt lassen. Meine Befehle sind eindeutig.«

»Das verstehe ich.« Starn verschränkte die Arme. »Aber eine unbedachte Schießerei wird uns eher gefährden als schützen.«

»Das ist mir klar.«

»Außerdem ist die Luft da draußen von Wasserstoff geschwängert. Ein Laserschuss könnte ein Inferno auslösen.«

Gerlen runzelte die Stirn. »In einer Wasserstoffatmosphäre brauchen wir Vollvisierhelme.«

»Die hier werden reichen.« Starn tippte an die Atemmaske, die vor seiner Brust hing. »Und Schutzbrillen natürlich.«

»Ich kümmere mich darum.«

»Und was ist mit den Lasern?«

»Ich weise meine Leute auf die Brandgefahr hin.«

»Mir wäre lieber, wenn Sie die Energiezellen einsammeln würden.«

»Meinetwegen kann ich sie aus den Blastern entfernen lassen, aber wir führen sie mit.«

Ein Blick in Gerlens Augen überzeugte Starn, dass in dieser Hinsicht nicht mehr zu erreichen war. »Na gut. Und was ist mit der übrigen Munition? Vor allem den Explosivgeschossen?«

»Magazine am Gürtel. Nicht eingelegt.«

»Das klingt gut. Wir haben ja immer noch die Sonicschocker.« Der Schallmodus der Kombinationswaffen konnte sehr unangenehm sein, rief aber zumindest bei Menschen selten dauerhaftere Schäden als eine Lähmung hervor, die für ein paar Minuten anhielt.

»Alle festhalten!«, rief Ignid über die Bordsprechanlage.

Die Landefähre kippte Richtung Bug. Die abgelegte Ausrüstung der Raumsoldaten rutschte über den Metallboden. Das Ortungsholo zeigte, dass Ignid weiterhin den drei Quadkoptern folgte, auch als diese durch eine Lücke im Gitter tauchten. Die wesentlich größere Landefähre brauchte dafür einen steilen Einfallswinkel. Ignid flog auch eine Kurve, aber diese Seitwärtsbewegung glichen die Absorber aus, sodass nichts davon zu spüren war. Ruhig glitt die Fähre wieder in die Waagerechte.

»Ich kümmere mich jetzt wohl besser darum, dass alles bereit ist«, meinte Gerlen.

Starn nickte ihm zu.

Im Holo zeichnete sich eine von Buckeln und Spitzen geprägte Oberflächenstruktur ab. Wahrscheinlich verwischten Störungen die Konturen der Häuser.

Starn ging zum Heck der Fähre, wobei er die Hände von einer Halterung zur nächsten wechselte. Er wollte sich keine Prellung holen, wenn Ignid wieder ein steiles Manöver flog.

Die verschmorte Leiche des Cochaders lag festgeschnallt auf der rechten Körperseite in einer Transportschale. Die Wunde, die die Explosion der Rakete gerissen hatte, klaffte in der nach oben gedrehten linken Seite. Ein gezacktes Metallteil stak tief im türkisfarbenen Fleisch, vermutlich hatte es das Wesen sofort getötet. Von dem Brand hatte es demnach wohl nichts mehr mitbekommen. Das Feuer hatte die Kleidung, die im Wesentlichen aus einem Überwurf bestand, der den ellipsoiden Hauptkörper bedeckte, mit der Haut verschmolzen.

Erok Drohm untersuchte die Leiche mit unverhohlener Neugier. »Sieh dir das an, Starn!«, rief er, als er den Kollegen bemerkte. »Diese Viecher laufen nicht auf Füßen, sondern auf ein paar Hundert Warzen!« Er zeigte auf die unbekleidete Unterseite des Cochaders, die ein Oval mit einem Längsdurchmesser von beinahe zwei Metern bildete. Sie war von daumengroßen, hornartigen Ausstülpungen übersät.

»Du sprichst von einer empfindungsfähigen, intelligenten Spezies«, mahnte Starn. »Das sind keine Viecher.«

Erok sah zu den Kolleginnen, als wolle er sich versichern, dass er sich nicht verhört hatte. Kara Jeskon beschäftigte sich mit einem Gewebedesintegrator, der die gesammelten Bioproben analysierte. Diese Aufgabe hätte bis zur Rückkehr auf die MARLIN warten können, aber Starn verstand, dass sie nicht untätig herumsitzen wollte und war dankbar, dass sie die Leiche in Ruhe ließ. Garta Sellem schien sich ebenfalls unwohl zu fühlen, hielt aber ein paar Handsensoren für Erok bereit.

»Das ist Wissenschaft«, sagte Erok. »Schau dir diese Augen an! So groß! Ich wette, die sind nachtaktiv.«

»Draußen blockt der Nebel den Großteil des Sonnenlichts ab«, berichtete Starn. »Hier unten im Tal gibt es keinen großen Unterschied zwischen Tag und Nacht.«

»Das erklärt einiges.« Zufrieden kraulte Erok seinen rotbraunen Bart. Er leuchtete die Laufwarzen mit einer Aufnahmesonde ab.

»Vom Körperbau her hätte ich sie für Wasserbewohner gehalten.« Garta strich ihr Haar zurück. Hier unten trug sie es

offen, wodurch die ausrasierten Muster verdeckt wurden.
»Siehst du den umlaufenden Hautlappen? Das könnte eine
Flosse sein.«
»Du glaubst, er bewegt sich mit Wellenschlägen?«
Sie zuckte die Achseln. »Wenn er im Wasser wäre, ja. Aber
die Laufwarzen wirken nicht künstlich. Die Cochader leben
lange genug an Land, um so etwas auszubilden.«
»Das ist zu erwarten«, bestätigte Starn. »Unter Wasser hät-
ten sie keine technologische Zivilisation entwickeln können.«
»Du meinst wegen des fehlenden Feuers?«
Starn nickte. »Ohne Feuer keine Metallverarbeitung.«
»Hast du Ugjelors Theorie gelesen?«, fragte Erok. »Er
glaubt, dass unterseeische Magmakammern dieses Problem
lösen könnten.«
»Sehr exotisch«, zweifelte Starn.
»Was mich noch mehr wundert, sind diese Kopftentakel.«
Erok schob eine Stabsonde hinein und hob eine dreißig Zen-
timeter lange Gliedmaße an. An ihrer Spitze glänzte ein me-
tallener Fortsatz. »Die sind degeneriert, glaube ich. Wenn ich
mich nicht täusche, eignen sie sich nur noch für grobe Mani-
pulationen. Feinmotorisch sind die nicht mehr zu gebrauchen und andere Extremitäten haben die auch nicht.«
»Vielleicht ist dieser Cochader krank«, schlug Starn vor.
»Möglich.« Erok ließ den Tentakel wieder fallen. »Ich
nehme jetzt eine Gewebeprobe.«
»Lass den Unsinn!«, rief Starn.
»Wieso denn?«
»Wie fändest du das, wenn die Cochader einen Menschen
sezieren würden? Wäre das ein guter Schritt, um friedliche
Beziehungen zu etablieren?«
»Das merken die doch gar nicht.« Erok zeigte auf die klaf-
fende Wunde, in der sich eine grüne Flüssigkeit sammelte.
»Wenn ich da ein bisschen abzwacke …«
»Wir kennen ihre Bestattungsriten nicht.«

»Also kann uns auch niemand vorwerfen, wir wären absichtlich pietätlos vorgegangen.«

»Starn hat recht«, mischte Garta sich ein.

Eroks Grinsen verschwand auf einen Schlag. »Was ist denn jetzt los? Sind wir etwa keine Wissenschaftler?«

»Nicht nur«, stellte Starn klar. »Wir sind auch Botschafter der MARLIN. Sogar der Menschheit.«

»Werd nicht pathetisch!«, forderte Erok. »Diese Eingeborenen werden niemals ...«

Ignids Durchsage unterbrach ihn. »Wir nähern uns einem Landefeld.«

»Ich muss wieder nach vorn«, stellte Starn fest. »Und ihr lasst jetzt die Leiche in Ruhe! Überprüft lieber eure Atemmasken und besorgt euch Schutzbrillen. Draußen erwartet uns ungemütliches Wetter.«

Ohne eine Antwort abzuwarten, kehrte er zurück in die Pilotenkanzel.

»Wir haben einen Leitstrahl«, informierte ihn Ignid.

Das Ortungsholo zeigte das Signal als purpurfarbene Linie an, die die Fähre mit einem niedrigen Plateau verband. Jenseits des Transplasts sah man noch immer nur Nebel, inzwischen vor allem in tieferen Grautönen. Die Sensoren ermittelten nun jedoch eine schärfere Oberflächenkontur, die aber nur vage Ähnlichkeit mit planetarer Bebauung besaß, wie Starn sie aus den Aufzeichnungen im Bordnetz der MARLIN kannte.

»Das sieht aus wie ein Ozean, dessen Wellen in einem Kälteschock gefroren sind«, meinte er.

»Das sind Plastverbindungen mit hohem Mineralanteil.« Ignid erzeugte ein Nebenholo mit starkem Vergrößerungsfaktor. Darin waren gleichmäßig angeordnete, sanft ineinander übergehende Hügel zu sehen, deren Scheitelpunkte bis zu dreißig Meter hoch aufragten. »Die Restunschärfe rührt daher, dass ständig Wasser über diese Konstruktionen strömt.

Ein paar Zentimeter dick. Es sammelt sich in den besonders tiefen Senken, von wo es dann unterirdisch abfließt.«

Die Darstellung erinnerte Starn an ein Tuch, gegen das von unten Kugeln drückten, sodass es sich ausbeulte, während ein Schwerkraftsog es dazwischen nach unten zog. Aber die Hügel waren nicht vollständig rund, und die Ausrichtung ihrer Längsachsen war synchron. »Ein bisschen wie ein Schwarm ziehender Fische.«

»Stromlinienförmig«, bestätigte Ignid. »Und schau dir das an.«

Sie schaltete die Ergebnisse zusätzlicher Sensoren hinzu. Rote Linien tauchten zwischen den Erhebungen auf, ein Dutzend intensiv leuchtende Punkte bewegten sich auf ihnen. Die Hügel selbst waren von rötlichem Schimmern überhaucht. »Wärme- und Energieabstrahlung.« Sie erlaubte sich einen kurzen Seitenblick und zeigte auf eine der Linien. »Ziemlich sicher ein Verkehrssystem.«

»Vielleicht eine Magnetschiene«, vermutete Starn.

»Gut möglich. Jedenfalls zu wenige Einzelortungen für ausgeprägten Individualverkehr.«

Vor ihnen setzten die Quadkopter auf.

»Verbrennungsmotoren wären in einer solchen Umgebung ziemlich leichtsinnig«, überlegte Starn.

»Oh, wir haben Bereiche, in denen heftige Reaktionen in Kauf genommen werden.« Ignid wechselte die Anzeige. Sie musste die Sensorempfindlichkeit drosseln, damit mehr zu sehen war als nur flammendes Rot. Zurück blieb eine unregelmäßige Form, die nach oben hin in bewegten Zacken auslief.

»Eine Fabrik, schätze ich. Sie liegt hoch am Hang, wo die ...«

Das Funksystem meldete ein eingehendes Signal.

Ignid bestätigte.

»Willkommen in Sidago«, begrüßte sie eine klar verständliche, aber kaum modulierte Stimme. »Bitte landet an der angegebenen Position.«

Ignid sah Starn an.

Er aktivierte ein Akustikfeld. »Wir freuen uns, eure Gäste zu sein, wenn auch der Anlass ein trauriger ist. Wir bedauern den Unfall sehr.«

Eine Antwort blieb aus.

Rings um die Fähre entflammte die Luft.

Alarmiert starrte Starn Ignid an.

Sie schmunzelte. »Keine Panik. Die Schubdüsen für die senkrechte Landung sind etwas heiß. Dadurch entzündet sich der Wasserstoff.«

Die Atmosphärenzusammensetzung zeigte noch immer eine Dominanz von Stickstoff, gefolgt von freiem Sauerstoff, aber die Konzentration von Schwefelwasserstoff erreichte immerhin fünfzig Teilchen auf eine Million. Dort draußen roch es bestimmt nach faulen Eiern, aber davor würden die Atemmasken sie hoffentlich schützen.

»Letzte Möglichkeit umzukehren«, mahnte Ignid.

Er tätschelte ihre Schulter. »Bring uns sanft runter.«

Sie fuhr die Landestützen aus.

Starn bat Gerlen, drei Soldaten zur Sicherung der Fähre zurückzulassen. Den Xenofarmern stellte er frei, ob sie ihn begleiten wollten. Die Neugier siegte, alle meldeten sich freiwillig, sogar Ignid, die zu ihnen stieß, als die Fähre sicher stand.

Sie schoben die Transportschale in die Schleuse. Alle überprüften Brillen und Masken und reckten die Daumen hoch. Das Außenschott klappte auf und wurde zu einer Rampe.

Auf dem Landefeld wartete ein halbes Dutzend Cochader. Die Härchen an Starns Armen stellten sich auf, als er die riesenhaften Augen auf sich gerichtet sah. Die Kopftentakel waren ständig in Bewegung, einige glitzerten wegen der metallenen Aufsätze an den Spitzen. Sie hielten auch runde und stabförmige Gerätschaften, bei denen es sich um Waffen handeln mochte.

»Halt deine Leute im Zaum«, raunte er Gerlen zu. »Keine hastigen Bewegungen. Jedes Missverständnis könnte zu Verwicklungen führen, die wir alle bereuen würden.«

Die Raupen der Transportschale knirschten auf dem Mineralplast, während Starn sie zu den Cochadern lenkte. Das übertönte das Platschen der Schritte in dem zentimeterhoch stehenden Wasser.

Ein Individuum, dessen Geschlecht er nicht erkennen konnte, stand vor den anderen. Der ledern wirkende Überwurf auf seinem massigen Leib war mit farbigen Symbolen verziert, einige davon aufgemalt, andere als metallene Applikationen ausgeformt.

Das Wesen blubberte in seiner Sprache, die ein hinter den Tentakeln verborgenes Gerät mit einer Verzögerung von einer Sekunde übersetzte. »Ich bin Dublabo. Willkommen in Sidago! Selbstverständlich wird eine Lande- und Standgebühr für euer Fahrzeug fällig.«

»Natürlich.« Die Maske dämpfte Starns Stimme.

Er versuchte, eine Regung in den fremden Zügen zu lesen. Das eigentliche Gesicht schien starr, die Wangenmuskulatur war kaum ausgeprägt, nur die zwei Dutzend Öffnungen weiteten und verengten sich durch die Atemzüge. Die Lider schlossen sich diagonal über den Augen, wenn sein Gegenüber blinzelte. Ansonsten schien sich die Mimik in der Bewegung der Tentakel abzuspielen. Über der Haut glänzte Gallerte oder Schleim. War das eine natürliche Absonderung oder handelte es sich um cochadische Kosmetik?

Starn zeigte auf die Leiche. In diesem Moment wurde ihm bewusst, dass sie aussah wie ein geschlachtetes Tier. Wenigstens die klaffende Wunde hätten sie bedecken können! Und zwischen den Gehwarzen entdeckte er ein Loch. Also hatte Erok doch eine Probe entnommen, und das nicht gerade zartfühlend.

»Wir bedauern den Unfall sehr«, versicherte er. »Ich hoffe,

dass wir etwas beitragen können, um den Verlust für die Familie des Toten zu lindern.«

Ein Überschlagblitz knisterte zwischen ihm und Dublabo. Zischend entzündete sich die Luft entlang des gezackten blauen Gleißens, Starn spürte den elektrischen Schlag in seiner linken Hand. Als er erschrocken aufschrie, verlosch die Flamme bereits wieder.

Sofort erkannte er das Klappern, mit dem die Soldaten hinter ihm die Blaster in Anschlag brachten.

Er fuhr herum und hob beschwichtigend die Hände. Seine Linke kribbelte, als hätte er in einen aktiven Schaltkreis gefasst.

»Ruhe bewahren!«, rief er. »Nichts passiert!«

Skeptisch sah Gerlen ihn an. Der Hauptmann hielt die Waffe auf die Cochader gerichtet, unternahm aber nichts weiter.

Vorsichtig drehte Starn sich wieder zu ihren Gastgebern. Während er die getroffene Hand massierte, fragte er sich, was eigentlich geschehen war. Er bezweifelte, dass es sich um einen Angriff gehandelt hatte. Vielleicht gehörte ein solcher Energieaustausch zur Kommunikation der Cochader?

Dublabo wechselte einige glucksende Laute mit seinen Begleitern. Tatsächlich knallten auch zwischen ihnen mehrfach Überschlagblitze. Der Wasserstoff in unmittelbarer Nähe fackelte ab, aber die Konzentration war offensichtlich zu gering, um eine Kettenreaktion auszulösen. So blieb es jeweils bei einem kurzen Aufflammen entlang des Blitzkanals.

Allmählich nahm das Kribbeln in Starns Hand ab. Zwischen dem Ansatz von Daumen und Zeigefinger verunzierte ein dunkler Fleck die Haut. Ob die Gallerte, die die Körperoberfläche der Cochader überzog, sie vor Verbrennungen schützte?

Starn wusste, dass sie die Gefahr eines gewaltsamen Zusammenstoßes am effektivsten reduzierten, indem sie möglichst rasch so viel wie möglich über die einheimische Kultur lernten. Er versuchte die Umgebung zu erfassen. Der Nebel war hier nicht ganz so dicht wie auf dem Flug und im Boden angebrachte Strahler sorgten für eine gewisse Helligkeit. Der Wasserfilm auf der Landeplattform floss träge, die dadurch entstehenden Wellen schufen ungleichmäßige Muster in den Lichtkegeln. Die Sichtweite betrug etwa einhundert Meter. Jenseits der Senke, die die Plattform einschloss, machte Starn kuppelförmige Bauten aus. Viele davon waren mit schwarzer und dunkelgrauer Vegetation bewachsen, in der er dickes Moos vermutete. Eine Pflanze, die das wenige hier unten ankommende Licht vollständig verwertete, lief auch an einem sonnigen Tag keine Gefahr, auszubrennen. Die neuen Eindrücke nahmen Starns Aufmerksamkeit so sehr gefangen, dass er beinahe überhört hätte, dass sich Dublabo wieder mittels des Translators an ihn wandte.

»Schubbebbs Abteilung wird wissen wollen, wie er gestorben ist.«

»Seine Abteilung? Also die Einheit, in der er gearbeitet hat?« Starn wollte sichergehen, dass der Translator den Sinn korrekt übertrug.

Dublabo streckte die Kopftentakel für einen Augenblick starr durch. »Zuletzt war er für den Gischama-Konzern tätig. Er hat als Minenspezialist sehr zuverlässige Berechnungen zur Statik von Abbaukavernen erstellt.«

»Bestimmt war Schubbebb ein verdienstvolles Mitglied eurer Gemeinschaft.«

»Er war sehr produktiv«, bestätigte Dublabo. »Ich fürchte, es wird teuer für euch, die Einarbeitungskosten für seinen Nachfolger zu übernehmen.«

Starn ermahnte sich, den Fremden keine Kaltherzigkeit zu unterstellen. Er verstand viel zu wenig von der cochadischen Mentalität, um sich ein moralisches Urteil zu erlauben. »Ich bin sicher, dass wir dafür eine Lösung finden werden.«

»Das ist gut, auch wenn es mich im Grunde wenig angeht. Unsere Angelegenheiten werden wir bestimmt schnell regeln können.«

»Worum handelt es sich?«, fragte Starn.

»Wir betreiben nicht nur diese Landebasis«, erklärte Dublabo. »Wir vermieten auch Fluggerät. Schubbebb war in einem unserer Quadkopter unterwegs und der Abschuss durch eine außerplanetare Macht ist nicht in den mit der Gebühr abgegoltenen Ausfallrisiken inkludiert.«

Starn wechselte einen Blick mit Kara. Hinter Maske und Schutzbrille war ihr Gesicht kaum zu erkennen, aber ihre steife Körperhaltung drückte Ablehnung aus.

Jetzt war die Kunst der Diplomatie gefragt, dachte Starn. Man musste sich in sein Gegenüber hineindenken. Das war Koexistenzialismus in der Praxis.

»Wir kommen für sämtliche Kosten auf, die wir verursacht haben«, versicherte er.

—

Das Hauptproblem der Navigatoren lag darin, dass sich Entfernungen im Rotraum nicht exakt proportional zu den Distanzen im dreidimensionalen Einsteinraum verhielten. Zwar legte man an einem Erdtag im Rotraum etwa ein Lichtjahr zurück, aber das war nur ein Näherungswert. Für die üblichen Reisen von einem Sternsystem zum anderen war das praktisch ohne Bedeutung. Man kam eine Stunde früher oder später an; das Ziel konnte man wegen der auch im Rotraum erkennbaren Massekrümmung unmöglich verfehlen.

Das vor einem Jahrhundert gestartete und inzwischen etwa ein Lichtjahr weit im interstellaren Leerraum fliegende Schiff der Cochader verursachte jedoch keine messbare Krümmung der Raumzeit. Die SQUID konnte nur das wahrscheinlichste Äquivalent zur berechneten Strecke im Rotraum zurücklegen, was einem Flug von knapp einem Tag entsprach, und dann in das dreidimensionale Kontinuum zurückkehren. Schon eine Abweichung von einem Promille bedeutete jedoch eine Entfernung von neuneinhalb Milliarden Kilometern zu einem Schiff, das seine Beschleunigungsphase vor knapp einem Jahrhundert abgeschlossen hatte und deswegen praktisch energetisch tot im All trieb. Erschwerend kam hinzu, dass man sich im Rotraum nicht linear bewegte. Es galt, Strudeln und Anomalien auszuweichen, was eine Verschiebung von der direkten Verbindung zum Ziel bedeutete, die ebenfalls mehrere Millionen Kilometer ausmachen konnte.

Immerhin war es möglich, diese Abweichungen durch eine ausreichend lange Sternpeilung im Normalraum zu bestimmen, die die unterschiedlichen Laufzeiten des Lichts durch den neuen Aufenthaltsort der SQUID etwa ein Lichtjahr vom Cochadasystem entfernt berücksichtigte. Eine durch die Vielzahl an Variablen komplexe Berechnung, die aber durch die Zuverlässigkeit der Naturgesetze und die Konstanz astronomischer Phänomene frei von Unsicherheiten war. Die Sterne bewegten sich auf einer absolut deterministischen Bahn um das Milchstraßenzentrum, so wie auch Galaxien von Milliarden Sonnenmassen hilflos den bekannten Einflüssen von Energieschub und Gravitationssog erlagen, die den Kosmos formten.

Der Plan bestand daher darin, durch eine Vielzahl kleiner Transitionen Fehler und Kompensationsfehler immer weiter auszugleichen, bis man auf eine Sensornähe von einigen Hunderttausend Kilometern den Punkt erreichte, an dem sich das cochadische Schiff nach dem berechneten Vektor befand.

Falls dieses allerdings seinerseits den Kurs geändert haben sollte, und wäre es nur eine Abweichung um eine halbe Bogensekunde gewesen, suchten sie an der falschen Stelle.

Dann wäre ihre Mission ebenso unerfüllbar geworden wie in dem Fall, dass ein Unglück das Schiff irgendwann auf seinem hundertjährigen Flug zerrissen hätte.

Während Sensortechniker und Navigatoren in mit Hochtechnologie vollgestopften Kammern der SQUID über ihren Aufgaben schwitzten, plagte Ugrôn eine Mischung aus Faszination und Sprunghaftigkeit. Seit der Nachricht, dass ein Besuch auf Cochada vorerst unmöglich war, hatte er seine Kabine nicht mehr verlassen. Er verfolgte über das Bordnachrichtennetz den Fortschritt der Suchmission.

Nein, eigentlich schaltete er immer wieder hinein, versuchte, innerhalb kürzester Zeit herauszufinden, was ihm entgangen war, und kehrte dann zu seinen anderen Studien zurück. Diesmal ging es nicht um die Leere, die Philosophie der alten Buddhas oder den Void, sondern um Planeten. Inzwischen kannte er alle Kennzahlen zu Cochada auswendig: einhundertzehn Prozent Erdschwerkraft, atembare Atmosphäre, in den meisten Breiten ein für Menschen erträgliches Klima, jedenfalls ab einer bestimmten Höhe über dem Meeresspiegel. Ozeane bedeckten beinahe die gesamte Oberfläche, aber die Landmassen sammelten sich in drei Kontinenten, wo sich Gebirgszüge bis zu sechstausend Meter hoch auffalteten. Zwei Milliarden Cochader bewohnten den Planeten. Sie kannten keine einheitliche Regierung, wohl aber so etwas wie eine spirituelle Autorität, die für Ausgleich sorgte. Bislang verweigerte diese den Kontakt mit den Menschen, schien aber keine Einwände dagegen zu erheben, dass die verschiedenen Konzerne des Systems darum wetteiferten, das beste Geschäft mit den interstellaren Reisenden zu machen. Ein Ringsystem umschloss Cochada über dem Äquator, in Form gehalten von einem Mond namens Oschah, der eigentlich zu massereich für einen Planeten dieser Größe war. Vermutlich hatte Cochadas Schwerkraftsog ihn eingefangen und von einem einsamen Wanderer zu einem treuen Begleiter gemacht. Juul, der kleinere Satellit, kreiste in wesentlich weiterem Abstand. Basen auf beiden Monden dienten der Abwicklung des Raumverkehrs, aber sowohl Cochader als auch Menschen konnten dort nur mit technischen Hilfsmitteln überleben.

Mit den anderen Himmelskörpern des Systems hatte Ugrôn sich wesentlich oberflächlicher beschäftigt. Oder eigentlich war er schon in die Tiefe gegangen, was die indigenen Lebensformen Lagoschs betraf, eines sonnennäheren Planeten, der seinen Stern in derselben Entfernung umkreiste wie die Erde das Muttergestirn der Menschheit. Cochadas Sonne war jedoch eine härtere Erzieherin, Lagosch war ein Glutofen, in dem flüssiges Wasser nur unterirdisch vorkam. Die Wurzeln der Pflanzen, die die Evolution dort hervorgebracht hatte, reichten mehrere Hundert Meter tief und wiesen nach den Aufzeichnungen der Cochader ein verblüffendes Kapillarsystem auf, um das lebensnotwendige Nass über diese Distanz zu pumpen. Die Tiere dort ähnelten Steinen. Viel mehr wusste Ugrôn jedoch nicht über Lagosch. Sein Interesse war zum Kupferkern eines Mondes von Schogeen gesprungen, einem Gasriesen. Dann zu den Stürmen, die auf Usch alles Leben zu losen Molekülen zerrissen und zu hundert anderen Einzelheiten, die man über die Planeten und Monde des Systems abrufen konnte. Auch das hatte ihm nicht gereicht. Er hatte Datenpakete über G'olata und Dutzende andere Planeten angefordert, denen der Schwarm auf seiner Reise begegnet war. Stundenlang versank er in diesen Studien, hetzte von einer Information zur nächsten und fragte sich nur in Momenten völliger Erschöpfung, was er eigentlich suchte. Er hatte seit zwei Tagen nichts gegessen, aber Zeit darauf zu verschwenden erschien ihm wie eine Verfehlung gegen eine ihm vom Kosmos auferlegte Pflicht. Schon der Gedanke trieb ihm den Schweiß auf die Stirn. Er hatte vier Stunden geschlafen, verteilt auf drei Intervalle. Sofort nach dem Erwachen ließ er den Holowürfel erneut Planetendaten projizieren.

Obwohl die Ungeduld ihn immer wieder von einem Objekt zum nächsten riss, sank er jeweils tief in ein Thema ein. So hätte er beinahe das Rufsignal übersehen, mit dem das Kommunikationsnetz um seine Aufmerksamkeit bat.

Unentschlossen löste er sich von der Betrachtung des Schwefeleises auf Hesporos, einem Felsklumpen, den die Xenofarmer der Squid vor achtunddreißig Jahren ausgebeutet hatten. Er lehnte sich gegen die organische Wand, die seine Sitznische begrenzte, aber unter seinem Gewicht ein wenig nachgab. Stöhnend massierte er seine Nasenwurzel.

Das Rufsignal schwoll zu einem strahlenden Grün an, dämmerte zu einem dunklen Ton in der Nähe von Braun herab und wurde dann wieder heller. Ugrôn betrachtete es stumpf und wünschte, es würde verlöschen. Aber wer immer ihn sprechen wollte, bewies Ausdauer.

Seufzend betätigte Ugrôn das Sensorfeld, das die Anzeige der Planetendaten im Holowürfel gegen Kopf und Schultern des Anrufers austauschte. Dieser musste die gesamte Zeit ins Aufnahmefeld gestarrt haben, denn die braunen Augen unter den feinen, weißen Brauen sahen ihn direkt an.

»Berglen.« Ugrôn bemerkte, wie rau seine Stimme klang. Wenigstens trinken sollte er ab und zu. »Wir sehen uns in letzter Zeit häufig. Bist du jetzt so etwas wie mein Aufpasser?«

»Störe ich? Das wollte ich nicht.«

»Entschuldige. Ich hätte nicht so ruppig sein sollen.« Nochmals massierte er den Bereich zwischen den Augen. »Was kann ich für dich tun?«

Berglen sah sich um, bevor er sich wieder Ugrôn zuwandte. »Es ist nur so ein Gefühl, aber … Ich dachte, vielleicht weißt du, warum Mutter das tut? Ich finde keinen Zoëliker, der es begreift. Allmählich werden alle nervös.«

Ugrôn wusste, dass er übermüdet und überreizt war. Gut möglich, dass ihm etwas Offensichtliches entging. »Was meinst du? Was tut Mutter?«

»Also hast du keine Ahnung?« Er klang erleichtert.

»Wovon reden wir überhaupt?«

»Ich dachte nur, weil Mutter doch seit deinem Aufenthalt im Vakuum ständig in deinem Fleisch singt.«

Das traf noch immer zu. Auch jetzt, da er übermüdet und erschöpft von seinen diffusen Studien war, nahm er den Gesang des lebenden Raumschiffs wahr. Ihm wurde bewusst, dass er anders klang als sonst. Nicht lauter, aber eindringlicher. Wollte Mutter ihm tatsächlich etwas mitteilen?

»Solange ich die Frage nicht kenne, kann ich dir keine Antwort geben«, stellte Ugrôn fest.

»Das hast du schon«, meinte Berglen. »Entschuldige die Störung.« Er unterbrach die Verbindung.

Unverwandt betrachtete Ugrôn den leeren Holowürfel. Nur ein schwaches Schimmern der Kanten verriet, dass das Projektionsgerät aktiv war.

Einen größeren Unfall oder einen Angriff hatte es wohl kaum gegeben, das hätte einen Alarm ausgelöst, der Ugrôn trotz allem nicht entgangen wäre. Also etwas, das nur die Zoëliker betraf?

Wen konnte er bei ihnen kontaktieren? Berglen war möglicherweise tatsächlich so etwas wie eine Kontaktperson, die sie auserkoren hatten, um den bislang so desinteressierten Liebling der Mutter für ihren Zirkel zu gewinnen. Er überbrachte ständig Nachrichten und kreuzte so häufig Ugrôns Weg, dass es sich wohl nicht um Zufallsbegegnungen handelte. Zu den anderen Zoëlikern hatte er mehr Kontakt als früher, aber spezielles Vertrauen fasste er zu keinem von ihnen.

Berglen schien jedoch nicht verraten zu wollen, was ihn beunruhigte. Natürlich könnte Ugrôn dennoch versuchen, es aus ihm herauszuholen, aber er entschied, dass ihm das noch immer möglich wäre, wenn er auf anderem Wege nichts herausfände.

Er begann mit dem Abrufen der Statusmeldungen der letzten Stunde. Soweit er erkannte, durchschwamm die SQUID den Rotraum ohne Probleme. Es gab keine Nachrichten über besondere Krankheitsfälle bei der Besatzung, über Unfälle oder Unruhen, Verknappungen in der Lebensmittelversorgung oder den heißen Vakuolen, in denen die SQUID die Astriden aufbewahrte. Alles schien reibungslos seinen Gang zu gehen.

Ugrôn deaktivierte das Holo und streckte sich auf seinem Bett aus. Er spürte die Erschöpfung seiner Glieder, aber zugleich die Unruhe seines Geistes. Und Mutter sang in seinen Muskeln. Beständig. Nicht fordernd, sondern eher... lockend? Ging das auch den Zoëlikern so? Vernahmen sie einen Lockruf, dessen Absicht sie vergeblich zu ergründen versuchten?

Ugrôn schloss die Augen. Was konnte Mutter wollen? Sie waren fernab von jedem Lebewesen und aller Materie. Im Moment bewegten sie sich sogar im Rotraum, wo man keine Möglichkeit zur Interaktion kannte, selbst wenn man auf jemanden oder etwas stieße. Seit einer knappen Stunde schon durchschwamm die SQUID das Kontinuum jenseits des Einsteinraums.

Ugrôn öffnete die Augen und setzte sich auf.

Beging er einen Denkfehler oder hatte er sich bei der Interpretation der gerade abgerufenen Daten vertan? Er holte noch einmal den Flugstatus ins Holo.

Die Anzeige war eindeutig: Die SQUID befand sich seit siebenundfünfzig Minuten im Rotraum. Das war viel zu lange für eine Justierungstransition, wenn Ugrôn bedachte, dass sich das Schiff bereits in relativer Nähe zum gesuchten cochadischen Raumfahrzeug befunden hatte. An einem Tag legte man in etwa das Rotraumäquivalent zu einem Lichtjahr zurück, in einer Stunde also ungefähr zwei Lichtwochen. Selbst wenn sie zuvor vergleichsweise weit vom geplanten Austrittspunkt abgekommen waren, mussten sie sich inzwischen deutlich weiter vom berechneten Zielpunkt entfernt befinden als vor ihrer aktuellen Transition.

Hatten sich die Pläne geändert? Aber wer hätte das hier draußen tun sollen, im interstellaren Raum, wo die Squid keinen Kontakt zum Rest des Schwarms hatte? Dafür kamen nur zwei Instanzen infrage. Ugrôn begann, in seiner Kabine auf und ab zugehen.

Das Wahrscheinlichste war, dass die Zoëliker beschlossen hatten, die Suche nach dem cochadischen Schiff aufzugeben und zur Nahsystemsicherung überzugehen. In diesem Fall wären sie zwei Tage im Rotraum unterwegs, um den nächsten Stern zu erreichen, der als Aufmarschpunkt für eine Flotte der Giats taugte, die sie verfolgen mochte. Aber wieso hätte man die ursprüngliche Mission so rasch abbrechen sollen? Und vor allem: Wenn die Entscheidung innerhalb der Zoëliker gefallen wäre, hätte Berglen kaum gehofft, bei Ugrôn die Hintergründe dafür zu erfahren.

Also blieb nur die Möglichkeit, dass nicht die Zoëliker, sondern die Squid selbst entschieden hatte, in Transition zu gehen und im Rotraum zu verweilen. Die Zoëliker verehrten die Gütige Mutter, aber blindes Vertrauen überforderte die meisten Menschen. Das Gehirn eines Wesens, das aus Raubtieren hervorgegangen war, verlangte danach, das Umfeld zu verstehen, einzuordnen, was geschah, und Pläne zu entwerfen. Das Bedürfnis nach zielgerichtetem Handeln war eine Begleiterscheinung der Intelligenz. Wie leblose Fracht behandelt zu werden, musste für die Zoëliker, die sich rühmten, in besonders engem Kontakt mit Mutter zu stehen, eine entwürdigende Erfahrung sein. Der Stolz mochte es erschweren, sich um Rat an einen Außenstehenden wie Ugrôn zu wenden, aber ein Anflug von Panik konnte Berglen dazu getrieben haben.

Mutters Gesang lockte in Ugrôns Fleisch. Oder er halluzinierte, weil er erschöpft und unruhig war, weil er nicht wusste, ob er ernsthaft mit Batuo und der Kirche des Void gebrochen hatte, weil er jetzt ahnte, welchen Platz Rila in seinem Leben hätte einnehmen können, weil er länger unbeschadet im Vakuum gestanden hatte als jeder andere Mensch und aus tausend anderen Gründen, die er selbst nicht kannte. Aber spielte es eine Rolle, ob sein Geist klar war oder getrübt? Ugrôn lachte auf. Der eigene Verstand war wie ein Raumschiff, das man niemals verlassen konnte. Er trug einen durch die Welt, und wenn er irreging, musste man ihm folgen. Es gab keinen anderen Ort für das Selbst.

Ugrôn verließ seine Kabine und machte sich auf den Weg zum Atrium der blauen Adern. Dort hatte er mit Rila gestanden, als die Squid in der Sonnenkorona Astriden gefischt hatte. Die Schönheit der Erinnerung schmerzte ihn. Er hatte oft in das Feuer eines Sterns gesehen, in den Mutter getaucht war, aber Rilas Gegenwart hatte das Erlebnis besonders gemacht. Seltsam, dass er das damals noch nicht begriffen hatte. Existierte Glück nur als etwas Vergangenes?

Über dem ovalen Saal spannte sich eine durchsichtige Blase, durch die Schlieren zogen wie helles Öl auf Wasser. Deutlicher waren die Wirbel jenseits davon. Der Rotraum war hier unruhig, dunkelviolette Spiralen drehten sich darin. Da die Vergleichspunkte fehlten, war nicht zu entscheiden, wie weit entfernt sie sich befanden. Manche konnte Ugrôn mit dem Daumen verdecken, aber ein Strudel mit blauer Randzone war so groß, dass er ein Viertel des Sichtbereichs ausfüllte, obwohl er nur teilweise zu sehen war. Langsam, als folgte er der Bahn der Squid, blieb er zurück.

Ein Dutzend Bewohner hielten sich im Atrium auf, was den Saal aber noch immer leer erscheinen ließ. Zoëliker befanden sich nicht darunter. Wenn sie alle Berglens Aufregung teilten, mochten sie an einem für die Allgemeinheit unzugänglichen Ort eine Beratung abhalten.

Ugrôn schloss die Augen und lauschte dem Gesang in seinem Fleisch. Er war leise, aber er fühlte sich an, als vibrierte jede Muskelfaser, als schwinge jede Sehne, als halle ein Ton in jedem Hohlraum von Lunge, Magen und Nasenhöhlen. Mutter lockte. Die Töne schienen aus dem Boden aufzusteigen, seine Füße schienen sie aufzunehmen, um sie wie eine Welle durch Waden, Oberschenkel und Torso, schließlich durch den Hals in seinen Schädel zu leiten, von wo aus sie Höherem entgegenstrebten.

Er bemerkte, dass er die Arme ausgebreitet und den Kopf in den Nacken gelegt hatte. Sein Körper folgte Mutters sanftem Ruf, aber das reichte ihr nicht. Sie sehnte sich danach, dass auch sein Geist sie willkommen hieß.

Ugrôn öffnete die Lider. Über ihm toste lautlos der Rotraum. Die Membran zitterte, Wellen liefen hindurch, die zu den Tönen passten, die Ugrôns Fleisch durchsangen.

Er ahnte Mutters Frage. *Bist du bereit? Bereit, einen Schritt auf einen Weg zu tun, den noch niemand gegangen ist? Den nur du gehen kannst? Auf dem es keine Umkehr geben wird, aber Antworten? Wahre Erkenntnis? Hast du den Mut, die Täuschungen abzuspülen?*

Die Grenze zwischen seinem Körper und der Umgebung verlor an Schärfe. Ugrôn spürte die Verwandtschaft mit Mutter, als schlüge er Wurzeln in dem Boden, der zu ihrem Körper gehörte, als verbände sich sein Nervensystem mit dem ihren. Er erkannte den Sinn hinter der Art, wie sich die blauen Adern durch die Wände und das graugrüne Gewebe dahinter zogen, glaubte, ihnen in die Tiefe des Körpers nachspüren zu können und den Fluss der Nährstoffe nachzuempfinden, in dem die Leuchtkörper mittrieben. Doch etwas störte die Reinheit wie Staubkörner im Vakuum.

Die anderen Menschen.

»Verlasst uns.« Ugrôns Stimme war so klar wie die unverstellte Wahrheit. »Ihr könnt hier nicht mehr sein.«

Ein junger Mann, der sich mit Chromnadeln schmückte, wollte aufbegehren, aber er war der Einzige, der nicht sofort begriff, dass Widerstand gegen diese Worte Wahnsinn war. Seine Begleiterinnen zogen ihn mit sich fort. Alle gingen aus dem Saal, einige rannten sogar, weil ihre Instinkte stark genug waren, um ihre Angst zu wecken. Vielleicht mochte Mutter sie lieber als die anderen. Schmatzend schlossen sich die Ausgänge.

Ugrôn streifte seine Kleidung ab und stieg heraus, um sich nackt in die Mitte des Saals zu stellen. Die Schlieren waren jetzt so stark, dass sie den Rotraum hinter der Membran zu formen schienen.

Das Herz trommelte in Ugrôns Brust. Wie sollte er sich verhalten? War es richtig, den Mund offen zu lassen, wie im Vakuum des Normalraums? Er trug keine Schutzbrille! Seine Priesterweihe hatte ihn die Geschmacksknospen auf der Zunge gekostet. Würde er nun erblinden? War das der Preis der Erkenntnis?

Niemand wusste, was der Rotraum wirklich war. Die Sensoren, mit denen man ihn vermaß, erfassten nur indirekte Effekte. Schiffe waren darin verschollen, man vermutete, dass die Turbulenzen des fremden Kontinuums sie zerrissen hatten. Beschädigungen kamen noch immer häufig vor.

Alle, die sich dem Rotraum ausgesetzt hatten, waren gestorben. Ugrôn kannte nur wenige Aufzeichnungen über solche Zwischenfälle. In diesem Moment interessierten sie ihn auch nicht, er war anders als andere Menschen. Er war ein Liebling der Mutter, und selbst das beschrieb sein Verhältnis zur Squid nur unvollständig. Er war sich jetzt sicher, dass das Schiff ihn hierhergebeten hatte. Ihn, niemanden sonst.

Aber wieso schlug sein Herz so wild? Warum zitterte er, weshalb brach der Schweiß aus allen Poren? Er atmete tief und schnell.

Immer wieder gab es Versuche, mit Sonden Erkenntnisse

über den Rotraum zu gewinnen. Sie alle waren jenseits der Yamadakokons verloren gegangen.

Mutter benutzte jedoch kein Yamadatriebwerk. Sie schwamm durch den Rotraum, mehr wie ein Fisch als wie ein Schiff. Wo das Fühlen nicht weiterführte, musste der Verstand den Weg erzwingen. Ugrôn schämte sich seiner Unwissenheit, ja, sogar der Ahnungslosigkeit seiner gesamten Spezies. Was wusste die Menschheit denn schon vom Kosmos? Sie war wie ein Säugling, für den eine Rassel ein unerklärbares Wunder darstellte. Astriden, Yamadazentrifugen, Rotationsmodule ... das alles war so lächerlich, so erbärmlich, verglichen mit den gigantischen Sternen, mit dem Wirken der Raumkrümmung, mit der Wucht des Energiestoßes am Anbeginn der Zeit, der das Universum noch immer auseinandertrieb. Die Menschheit war eine in der eigenen Eitelkeit gefangene Ansammlung von Idioten. Ugrôn beschloss, Mutter zu vertrauen.

Ihr bislang lockender Gesang veränderte sich. Er wurde zu einer Frage.

Ugrôn betastete den roten Lotos, den sein Mentor in die Haut über seiner Brust gestochen hatte. *Mentor.* Ugrôn lachte auf. Was könnte Batuo ihn schon lehren? Er war der größte Narr von allen. Redete sich ein, der Erkenntnis entgegenzustreben und fürchtete doch nichts mehr als Antworten, die einen Blick hinter die Masken des Universums gewährten.

Mit ausgebreiteten Armen, die Augen nach oben gerichtet, drehte sich Ugrôn um die eigene Achse. Über ihm kreiste der Rotraum, Wellen schlugen durch die Membran. »Ich bin bereit.«

Die Blase platzte, und die Realität zerbrach gleich einem Orkan alle Schutzmauern seines Körpers, seines Verstandes und dessen, was ihn wirklich ausmachte.

»Nicht hier!«, forderte Starn Egron. »Gehen wir nach draußen.«

Ignid Feron bedachte ihn mit einem strafenden Blick, strich aber ihr Haar im Nacken zusammen und drehte es zu einem lockeren Pferdeschwanz, damit es nicht unter die Schutzbrille kam.

Die Ausrüstung, die sie benötigten, um sich außerhalb der zugewiesenen Wohnung aufzuhalten, hing neben der Tür. Mehr noch als die Atemmaske widerstrebte Starn die Aussicht auf den ständigen Nebel, der nicht nur die Sicht auf einen Umkreis von fünfzig, höchstens einhundertfünfzig Metern beschränkte, sondern auch durch die Kleidung kroch. Man fühlte sich schnell klamm, nach einer halben Stunde nass. Da wirkte sich sogar nachteilhaft aus, dass die Temperatur tagsüber nicht unter dreihundert Kelvin sank. Ein undurchlässiger Nässeschutzmantel hätte den Schweiß drinnen gehalten, und diese Vorstellung war noch unangenehmer als die Durchfeuchtung im Nebel. Aber alle stellten es sich ja so paradiesisch vor, auf einem Planeten spazieren zu gehen!

»Wir sollten die Atmosphärenschutzanzüge aus der Fähre holen«, murmelte er, während er die Maske über Mund und Nase zog. Die Luft hier unten begann, seine Haut zu reizen. Sie juckte und rötete sich.

Ignid war bereits fertig. Ihre zylindrischen Brillengläser sahen aus wie Okulare von Mikroskopen.

Die Einrichtung in dieser Unterkunft war nicht auf Menschen ausgelegt. Anstelle von Sitzmöbeln gab es nur weite Mulden, und die Hebelarmaturen zur Steuerung von Licht, Wasserzufluss oder Holoprogrammen war nicht gerade intuitiv, vor allem, wenn man zwei Hebel in die eine Richtung und gleichzeitig einen dritten in eine andere bewegen musste. Für jemanden mit einem Dutzend Kopftentakeln war das ein Leichtes, aber mit zwei Händen tat man sich schwer. Dennoch freute sich Starn bereits jetzt auf die Rückkehr in dieses

Quartier. Ihre Gastgeber hatten es trockengelegt, sowohl was die Luft betraf als auch in Bezug auf Wände und Boden, über die in ihren eigenen Unterkünften Wasser floss.

Nachdem sie die in die gewölbte Wand eingelassene Tür öffneten, mussten sie dennoch eine Kaskade durchschreiten, denn über die Außenseite des Kuppelbaus strömte Wasser wie bei jedem anderen Gebäude der Stadt. Starn bereitete sich darauf vor, indem er den Kragen eng um seinen Hals zog, und machte einen schnellen Schritt.

Sie folgten dem sieben Meter breiten Weg, der die Häuser in sanften Windungen miteinander verband. Gerade Kanten sah man in dieser Stadt selten. Auch die Magnetbahn, die zwanzig Meter vor ihnen surrend zum Stehen kam, glich einem übergroßen Wurm. Sie nutzte den Wasserfilm auf der Schiene, um den Gleitfaktor zu erhöhen.

Ein Dutzend Cochader verließ das Gefährt. Die Planetarier bewegten sich auf den Laufwarzen, indem sie die gesamte Unterseite ihres massigen Körpers in eine Wellenbewegung versetzten. Das erinnerte Starn an vielfüßige Insekten, auch wenn wohl kein Kerbtier die vierhundert Kilogramm Masse erreichte, die Erok bei der Leiche ermittelt hatte. Ein Cochader, dessen Überwurf extravagant mit einem Zipfel verlängert war, der über den Schädel und zwischen die kinderkopfgroßen Augen hing, bewies, welche Geschwindigkeit er erreichen konnte. Offenbar war er spät dran. Er glitt in solcher Hast davon, dass Starn Mühe gehabt hätte, ihn mit einem Sprint einzuholen.

Die anderen Planetarier hatten mehr Zeit. Sie machten den beiden Menschen Platz, aber einige verharrten glotzend und blubberten mit wirbelnden Tentakeln aufeinander ein, wobei sie Blitze austauschten.

Gegenüber der Haltestelle erklommen Starn und Ignid einen niedrigen, aber steilen Hügel. Durch die orangefarbenen Felsen brachen schwarze Pflanzen, die gerade einmal bis zu den Waden reichten, aber Meter durchmessende Schirme ausbildeten. Sie boten keinen Sichtschutz, doch der Anstieg hinderte die Cochader daran, den Zweibeinern zu folgen. Außerdem war der Boden hier einigermaßen trocken.

»Ich weiß nicht, wieso du das hier so in die Länge ziehst!«, platzte es aus Ignid heraus. »Wir haben den Leichnam vor zwei Tagen übergeben. Zwei Tage! Das ist ja wohl wesentlich mehr, als unser Auftrag abdeckt. Zahl doch einfach, was sie wollen, und lass uns verschwinden, solange wir das noch können.«

»Wieso sollten wir das nicht jederzeit können, wenn wir es wollen?«

»Falsche Frage!« Die Atemmaske dämpfte ihr Keifen. »Wieso wollen wir hier nicht weg? Du bist kein Soldat mehr, Starn! Wir sind Xenofarmer. Wir sichten Biomasse und ernten Nahrung für die MARLIN. Das hier ist die falsche Umgebung dafür.«

»Wenn wir einen guten Handelsvertrag mit den Cochadern schließen, bekommen wir viel schneller und viel mehr Nahrung, als wir allein abernten könnten«, widersprach Starn.

»Noch ein Grund, um nicht wegen einer solchen Kleinigkeit zu feilschen, bis das Blut spritzt!« Die roten Ornamente in der Tätowierung an ihrem Hals erinnerten an Blutstropfen, aber bei der Wut, die in den Augen hinter der Schutzbrille funkelte, hätte man sich fragen müssen, von wem das Blut stammte.

»Im Gegenteil.« Die Maske vereitelte Starns Bemühen um einen beruhigenden Bass. »Wenn wir auf ihre Bedingungen eingehen, nehmen die Cochader uns nicht mehr ernst. Es war ein Fehler, dass wir sofort den Preis für die Landeeinweisung und die Standgebühr akzeptiert haben. Das Verhandeln gehört zu ihrer Kultur.«

»Ich bin aber keine Händlerin!«, rief Ignid. »Und du bist auch kein Kaufmann! Lass andere diesen Job erledigen.«

Er schüttelte den Kopf. »Das hier ist eine gute Gelegenheit, sich in einer Stadt umzusehen, in die man uns nicht bestellt hat. So erhalten wir ein authentisches Bild. Ich habe das mit meiner Mutter besprochen.«

Das Metallgitter über dem Tal störte den Funkverkehr, aber mittels einer Kommunikationssonde, die als Relais diente, konnten sie Nachrichten mit der MARLIN austauschen.

»Ich fühle mich wie eine Geisel«, sagte Ignid leiser. »Was passiert, wenn es draußen im All kracht? Irgendein Missverständnis, jemand drückt auf den Sensor für den Feuerbefehl, bumm! Was machen die dann mit uns?«

»Gegen die Landefähre haben sie keine Chance«, verkündete Starn mit mehr Überzeugung, als er selbst verspürte. Sicherlich lag die Waffentechnik weit hinter jener der Menschheit zurück, aber eine Fähre war kein Militärfahrzeug. Man brauchte keine Laser, um sie flugunfähig zu schießen, ein paar Raketen mit primitiver Sprengwirkung reichten aus.

Die nächste Bahn hielt und Garta Sellem stieg aus. Arl Tingal folgte ihr, der Raumlandesoldat, der auf Kampfdrohnen spezialisiert war, aber nun wie seine Kameraden den Personenschutz übernahm. Sein eigentlich spitzer Schnurrbart hatte sich so mit Wasser vollgesogen, dass er schlapp neben den Mundwinkeln herabhing.

Mit einem Wink machte Starn die beiden auf sich aufmerksam und stieg den Hügel hinunter. Ignid folgte ihm.

»Sie sollten sich nicht allein außerhalb der Wohnung bewegen«, tadelte Tingal.

»Ich kann auf mich aufpassen!«, bürstete Starn ihn ab und wandte sich an Garta. »Hat der Konzern ein neues Angebot vorgelegt?« Es ging noch immer um die Kostenübernahme für die Ausbildung desjenigen, der die Nachfolge des Toten antrat.

»Gischama beharrt darauf, dass der Preis mit jedem Tag Arbeitsausfall steigt.« Die Resignation blieb auch durch die dämpfende Maske unüberhörbar. »Sie raten uns zu einem schnellen Abschluss.«

Vielsagend sah Ignid ihn an.

Starn schüttelte entschieden den Kopf. »Sie wollten uns auch erzählen, dass wir für eine teure Bestattungszeremonie aufkommen müssten!«

In Wirklichkeit hatte ein Lastenkopter die Leiche dreizehn Kilometer weit zur Küste geflogen und über dem Meer ausgeklinkt. Noch nicht einmal trauernde Angehörige waren mitgeflogen. Die Cochader pflegten einen individualistischen Lebensstil ohne erkennbare Familienbindungen. Es gehörte zu den Widersprüchen ihrer Kultur, dass sie dennoch in Konzernen zusammenarbeiteten. Diese Stadt, Sidago, war im Prinzip eine kommerziell finanzierte Bergbausiedlung, beherrscht von Gischama und mehr oder minder abhängigen Tochterunternehmen wie dem Flughafen mit der Kopter-Chartergesellschaft.

»Ich finde übrigens, du solltest dir anschauen, was Kara und Erok treiben«, sagte Garta.

Starn schluckte die Bemerkung hinunter, dass ihn sicher nicht interessierte, was zwei erwachsene Menschen miteinander trieben. Bestimmt meinte die Kollegin es anders. »Haben sie etwas Interessantes herausgefunden?«

»Sie beschränken sich nicht nur auf Beobachtungen.«

»Was haben sie angestellt?«, wollte Starn wissen.

»Ich bin keine Verräterin. Aber wenn du dir die Bewerberhalle einmal selbst anschauen möchtest, kann ich dich nicht daran hindern.«

»Was soll denn die Bewerberhalle sein?«

Garta schwieg.

Starn sah Tingal an.

»Ich war gleich dagegen«, sagte der Soldat hastig. »Aber der Hauptmann …« Er verstummte.

»Ja?«, hakte Starn nach. »Was ist mit Hauptmann Gerlen?«

Tingal sah zur Seite.

»Schau es dir doch einfach selbst an«, riet Garta.

Starn runzelte die Stirn, aber wahrscheinlich würde er sich ohnehin ein eigenes Bild machen wollen, auch wenn er einen ordentlichen Bericht bekäme. »Es hängt mit den Cochadern zusammen?«

»Mit denjenigen, die nicht mit uns verhandeln«, sagte Garta geheimnisvoll.

Starn seufzte. »Also los. Wo müssen wir hin?«

Garta zeigte auf eine eintreffende Bahn, die in die Richtung fuhr, aus der sie gekommen war. »Die hier können wir nehmen.«

»Ohne mich!«, verkündete Ignid.

»Begleiten Sie sie zurück in unsere Wohnung«, bat Starn Tingal.

»Und Sie?«, fragte der Soldat.

»Ich sagte doch schon: Ich komme klar.«

Die Cochader verwendeten keine Andruckabsorber. Vielleicht beherrschten sie diese Technik nicht, möglicherweise sahen sie auch keine Notwendigkeit dafür. Auf den knapp zwei Quadratmetern der ovalen Standfläche ruhten ihre massigen Körper stabil. Deswegen gab es in den Zügen auch keine Haltegriffe. Starn wäre gestürzt, wenn er sich nicht an die Kante einer Sitzmulde geklammert hätte.

Auch auf der Fahrt beäugten die Cochader sie neugierig. Garta bekam einen Überschlagblitz ab und warf dem Passagier daraufhin einen bösen Blick zu, den dieser als mindestens ebenso schmerzhaft empfunden hätte, wenn er ihn zu deuten gewusst hätte.

»Eigentlich überraschend, dass der Verkehr hier kostenlos ist«, überlegte Starn.

»Konzerninfrastruktur«, erinnerte Garta. »Effizient, weil man Kontrollen einspart, und die Begünstigten sind beinahe alle Angestellte.«

Die Bewerberhalle lag in der Nähe der Landeplattformen. Wie bei allen großen Gebäuden der Stadt blieb man auch hier zwar der Kuppelform mit sanft auslaufenden Flanken treu, zog aber eine Achse in die Länge, sodass sich keine runde, sondern eine ovale Innenfläche ergab. In diesem Fall setzte sie sich über mehrere unterirdische Etagen fort, die über einen offenen Innenbereich einsehbar waren. Aufzüge verbanden die Ebenen, plätschernde Wasserfälle stürzten hinab. In fünfzehn erleuchteten Röhren fuhren die Kabinen zwischen schwarzen Schlingpflanzen, die von den Geländern hingen, auf und nieder.

»Hier ist ja eine Menge los«, meinte Starn.

Vor der mittigen Öffnung erstreckten sich auf allen Ebenen Flächen, auf denen Cochader miteinander sprachen. Servierbots auf Schienen versorgten die Ruheschalen mit Speisen und Getränken, die in dieser Kultur über den geschmacklichen Genuss auch dem Herbeiführen von Rauschzuständen dienten. Das schien hier aber nicht der Fall zu sein, Starn gewann den Eindruck, dass man sich an diesem Ort eher sachbezogen austauschte. Die Holos, die auf den Tischen leuchteten, zeigten Kurven und Ziffernreihen. Es waren individuelle Darstellungen, nirgendwo entdeckte Starn dasselbe Programm.

Außen umgaben geschlossene Räume die Emporen. Es gab Kabinen für Einzelgespräche und größere Zimmer, in denen sich mehrere Cochader aufhielten.

»Hier treffen die *Unproduktiven* auf die *Werber*«, erklärte Garta. »Sie suchen nach einer Anstellung.«

»Also gehen sie gerade keinem Beruf nach?«, fragte Starn, während er ihr zu einem Aufzug folgte.

»Manche wollen eine attraktivere Tätigkeit oder eine hierarchisch höhere Position.« Sie steckte einen Zeigefinger in ein Loch an einer Kontrolltafel, um die Kabine anzufordern. »Die meisten kommen aus anderen Städten, aber es gibt auch viele, die bereits in Sidago leben.«

Starn runzelte die Stirn. »Wer versorgt sie?« Soweit er verstanden hatte, beruhte die cochadische Gesellschaft ausschließlich auf individueller Leistung.

»Der Rat der Normen hat die Konzerne verpflichtet, einen Minimalstandard für jeden in ihrem Einflussgebiet bereitzustellen.«

Sie betraten die Kabine. Garta wählte das unterste Stockwerk. Wegen der fehlenden Absorber fühlte es sich an, als wollten sich Starns sämtliche Organe in seiner Brust versammeln.

»Aber man möchte jeden Anreiz für die Ansiedelung von Unproduktiven vermeiden«, fuhr Garta fort. »Die Versorgung besteht aus aufbereitetem Abfall und einer Unterbringung in stillgelegten Minenschächten.«

»Klingt unbequem.«

Sie legte den Kopf schief, wodurch eine verschlungene Rasur im kurzen Haar auf der linken Seite sichtbar wurde. »Für die Jungen mag ›unbequem‹ der richtige Ausdruck sein. Sie tun alles, um sich zu qualifizieren, dafür gibt es dort unten spezielle Einrichtungen. Aber die Alten, die mit ihren Fähigkeiten am Ende angelangt sind, ohne dass sie sich zuvor Wohlstand erarbeitet hätten ...«

»Was ist mit denen?«

»Sie drücken es so aus, dass sie ins Wasser gehen.«

Starn starrte sie an. »Du meinst doch nicht ...?« Er dachte an die Art, wie man die Leiche entsorgt hatte.

»Vor allem die Kranken haben wenig Aussicht auf Besserung ihrer Situation.«

Er überlegte, was ›Alter‹ auf einem Planeten dieses Zivilisationsstands bedeutete. Im Schwarm, jedenfalls auf der MARLIN, lebte ein Mensch ohne spürbare Einschränkungen einhundertfünfzig Jahre und länger. Die Medizin kannte sicher auch auf Cochada Möglichkeiten, Schmerzen zu unterdrücken und Beweglichkeit und Kraft zu erhalten. Allerdings war anzunehmen, dass auch diese Dienstleistungen niemandem kostenlos zuteilwurden. Wer also in Armut alterte, der würde auch Opfer von Mangel und Krankheit.

Das fand Starn bestätigt, als der Aufzug die unterste Ebene erreichte. Hier bestanden die Wände aus grob behauenem Gestein, das sich um einen freien Zentralbereich in Kavernen öffnete, von denen Tunnel abgingen. In einer davon glättete allerdings Plast die Wände, dort benutzten Cochader ihre Tentakel, um Terminals zu bedienen.

Der Boden war uneben, das Wasser sammelte sich in Pfützen. Licht strahlte aus unsystematisch angebrachten Lampen auf Planetarier, die zerschlissene Überwürfe trugen, manche sogar nur noch zerfetzte Lumpen. Viele Köpfe hingen schlaff herunter, die gleitenden Bewegungen wirkten kraftlos.

Kara Jeskon und Erok Drohm hatten einen Nachtstrahler aus der Fähre aufgebaut. In seinem Licht stand ein Cochader, der nur noch an zwei Kopftentakeln metallene Aufsätze trug. Einer davon war verbogen und rostete.

Im Näherkommen erkannte Starn, dass die beiden ein Medokit benutzten, das sich in einer halbwegs trockenen Felsnische befand. Kara mixte etwas in einem halb automatischen Arzneitiegel, während Erok einen Sensorstab ablas, dessen Ende zwischen den Tentakeln verschwand. Der Patient sah elend aus, auch wenn Starn nicht hätte beschreiben können, woran er das bei der fremden Erscheinung festmachte. An den großen, feucht glänzenden Augen? An dem Sekret, das aus einigen Atemlöchern auf die Wangen sickerte? Oder an den antriebslos baumelnden Tentakeln? Vielleicht auch an der Widerstandslosigkeit, mit der dieses Wesen die Untersuchung über sich ergehen ließ.

Kara bemerkte Starn. Dank der Muskelverstärker in ihrem Anzug bewegte sie sich trotz der hohen Schwerkraft mühelos. »Du brauchst gar nicht erst zu versuchen, uns hiervon abzuhalten.«

»Was genau macht ihr?«

»Wir behandeln die Kranken, um die sich sonst niemand kümmert.«

Er atmete tief durch. »Das ist sicher gut gemeint, aber habt ihr bedacht ...«

»Bedenkst du, dass unser Vorgehen das Wohlwollen der Planetarier erhöhen wird? Man wird uns als positiven Einfluss wahrnehmen. Das kann den Verhandlungen nur nützen.«

Starn bezweifelte das. So wie er die Unterhändler kennengelernt hatte, würden sie versuchen, aus dem Mitleid ihrer Gäste Profit zu schlagen. Nicht ausgeschlossen, dass sie eine Gebühr für die Behandlungen erheben würden, entweder von den Menschen oder von den Kranken oder von beiden.

Aber das trieb ihn nicht um. »Wir haben es mit einem fremden Organismus zu tun. Das Medokit ist nutzlos für eine Lebensform, die sich so weit hier draußen im All unter unvergleichbaren Umständen entwickelt hat. Es ist auf Menschen ausgelegt.«

»Ja und nein.« Über Eroks Multifunktionsarmband erschien ein Holo mit einer Doppelhelix, die überwiegend grün und in einigen Bereichen gelb eingefärbt war. »Das Erbgut der Cochader ist dem unseren erstaunlich ähnlich.«

Starns Blick wechselte zwischen dem schlanken Erok, einem Hänfling mit auch unter der Kleidung erkennbar dürren Gliedern, und dem massigen, aufgequollen wirkenden Cochader, der jenseits des Kopfs keine Extremität besaß. »Willst du mich veralbern?«

»Keineswegs. Wenn man nur auf die DNS schaut, könnte man glauben, es mit einem Menschenaffen von der Erde zu tun zu haben.«

»Du sorgst dich stärker um meine Sicherheit als um deine eigene«, sagte Ugrôn.

Berglen sah zu ihm hoch. Wie alle Mitglieder des zwölfköpfigen Außenkommandos trug er einen schwarzen Raumanzug. Er wollte sich vor dem Vakuum schützen. Der menschliche Körper war nicht darauf ausgelegt. Ugrôn lächelte.

Berglen blinzelte. Das Gesicht mit den weißen Brauen war das einzig Individuelle, was man in diesem Aufzug an ihm ausmachen konnte. Der Helm war eine Kugel, deren Vorderseite aus Transplast bestand, das bei zu starker Lichteinstrahlung kristallisieren würde. Hier an Bord der SQUID, vor der Außenschleuse, war es jedoch durchsichtig.

»Das Leben verbindet uns«, sagte Berglen. »Wir alle sind lebende Materie.«

»Wenn du es sagst.« Ugrôn lächelte breiter.

Sie flogen längsseits des cochadischen Schiffs, in einer für kosmische Verhältnisse lächerlichen Entfernung von einhundert Metern. Das Enterkommando machte sich bereit, routiniert führten die Soldaten ihre Checks durch. Ugrôn hatte ihnen mitgeteilt, dass er sie begleitete. Seit der Rotraum ihn umfangen hatte, verweigerte man ihm nichts mehr. Dass die Zoëliker Berglen abstellen würden, um ihn zu begleiten, hatte er erwartet. Mehr beeindruckte ihn, dass auch Lykas einen Platz im Erkundungstrupp erhalten hatte. Dem Jünger der Leere, den Mutters Gabe von Hörmembranen, die sich zwischen Wülsten seitlich über seinen Schädel zogen, so sehr belastete, war es irgendwie gelungen. Oder eher Batuo, dem Priester des Void. Aber auch bei ihm wunderte Ugrôn dieses Maß an Einfluss. Unter den Zoëlikern galt er nichts. Was mochte er ihnen geboten haben? Oder überzeugten wirklich Lykas' Computerkenntnisse?

»Alles in Ordnung?«, fragte Ugrôn, als Berglen seine Untersuchung beendete.

Sein Begleiter nickte.

Die Selbstprüfungsroutine des Anzugs kam zum selben Ergebnis. Beruhigend leuchtete eine grüne Anzeige im Helmdisplay.

»Wir sind so weit«, meldete Attackleutnant Rutin.

»Ich auch«, gab Ugrôn zurück.

Berglen nickte.

»In Ordnung«, meinte der Offizier. »Dann haken wir uns jetzt ein.«

In der recht geräumigen Schleuse war ein Abrollkabel mit einem in der organischen Wand verwachsenen Metallbügel verbunden. Alle Mitglieder des Außenkommandos klinkten ihre Sicherungshaken darum.

»Funktest«, fuhr der Anführer fort. »Klarmeldungen!«

»Orkan Eins, klar!«

»Orkan Zwei, klar!«

»Orkan Drei …«

Alle Soldaten bestätigten, Berglen wartete auf Ugrôn. Lykas antwortete erst, als Rutin ihn direkt ansprach.

»Orkan Drei überwindet die Distanz«, wiederholte der Offizier den Beginn des Einsatzplans. »Er sichert auf der Gegenseite, dann folgen wir. Fragen?«

Niemand meldete sich.

Ein Soldat betätigte eine Schalttafel. Mutter saugte die Atmosphäre ab.

»Atemluft bei allen in Ordnung?«, fragte der Attackleutnant. »Füllstandsanzeigen auf Maximum? Keine Lecks in den Anzügen?«

Er wartete ein paar Sekunden, dann gab er das Zeichen, das Außenschott zu öffnen. Auch dazu bediente der Soldat die Schalttafel, was Mutter belustigte. Sie lachte in Ugrôns Fleisch. Er fiel ein. Was für eine absurde Vorstellung, dass die SQUID elektrische Signale brauchte, um zu verstehen, was in ihr vorging oder was ihre Bewohner wünschten!

Mutter spielte die Scharade mit. Das Schott faltete sich zu den Seiten auf. Dahinter trieb die dunkle Masse des cochadischen Schiffs. Von den Einsatzgrafiken wusste Ugrôn, dass es aus zwei Walzenmodulen bestand, jeweils fünfhundert Meter lang. Es hatte ein drittes gegeben, das man am Ende der Hauptschubphase abgekoppelt und zurückgelassen hatte.

Der Soldat mit der Rolle verlor keine Zeit. Er stieß sich ab und zündete die Anzugdüsen. Lautlos flog er zum anderen Schiff hinüber, wobei sich die Sicherungsleine abspulte.

Als er ankam, erloschen seine Antriebsflammen. Er brauchte zehn Sekunden, um den Magnetanker zu setzen, dann gab er das vereinbarte Blinkzeichen.

»Los!«, befahl der Offizier.

Die Reihenfolge, in der sie sich eingeklinkt hatten, gab die Sequenz vor, in der sie das Schiff verließen. Die Soldaten mit ihren Blastern gingen voran, dann kam Lykas.

»Wir tauchen ein in die Erhabenheit des Void«, hauchte er.

»Pass auf, dass du dich nicht übergibst«, sagte Ugrôn.

Als er ihm aus der Schleuse hinaus folgte, befand sich Ugrôn selbst zum ersten Mal in seinem Leben in der Schwerelosigkeit. Es war zu erwarten gewesen, dass er sich leicht fühlte wie eine Feder in einem Luftzug, aber es zu wissen war etwas gänzlich anderes, als es zu erleben. Unwillkürlich vollführte er Schwimmbewegungen mit den Armen, obwohl der Attackleutnant erklärt hatte, dass das nahezu keine Wirkung entfaltete. Der Bewegungsimpuls, den er sich selbst mit dem Schritt in die Leere gegeben hatte, blieb erhalten. Er hätte Purzelbäume schlagen oder wild strampeln können, ohne auch nur eine Sekunde später das Ende der Leine zu erreichen. Einzig die Reibung des Hakens bremste ihn ab, aber dieser war für einen solchen Einsatz optimiert, sodass sich der Faktor auf der einhundert Meter langen Strecke kaum auswirkte.

Mehr noch als die Schwerelosigkeit beeindruckte Ugrôn der Orientierungsverlust. Die Gleichgewichtsorgane in den

Ohren vermittelten ihm das Gefühl zu fallen. Er sah das cochadische Raumschiff und die Positionsleuchten der Soldaten vor sich und registrierte auch den optischen Eindruck, sich zu nähern, aber er spürte keine Geschwindigkeit. Sein Gehirn versuchte, aus den widersprüchlichen Signalen eine kohärente Positionsbestimmung zusammenzusetzen, was für eine Sekunde dazu führte, dass Ugrôn das Gefühl hatte, auf dem Kopf zu stehen. Oben und unten waren bedeutungslos, ganz, wie Rila es in ihren Erzählungen von der MARLIN berichtet hatte.

Mutters Gesang blieb in Ugrôns Fleisch, aber er wurde leiser, während er sich dem Ziel näherte. Die Soldaten begannen bereits mit der nächsten Phase, indem sie ihre Scheinwerfer aktivierten. Lichtkegel gab es im luftlosen Raum nicht. Stattdessen sah es aus, als würden helle Bereiche wie Pfannkuchen auf die graue Hülle geworfen. Sie offenbarten Antennen und Sensorschüsseln. Vielleicht waren einige davon für Kommunikationszwecke vorgesehen, aber noch hatte das energetisch tote Raumfahrzeug alle Kontaktversuche mit Schweigen beantwortet.

Ugrôn erreichte die Hülle. Er spannte die Unterarme an, was die Magnete in den Handflächen aktivierte. Sofort hafteten sie am vom Raumstaub zernarbten Metall fest. Er unterschätzte seine Bewegungsenergie. Auch wenn er kein Gewicht spürte, blieb doch seine Masse erhalten, und diese war bestrebt, ihrem Bewegungsvektor zu folgen. Unsanft schlugen Rumpf und Beine gegen die Hülle. Die kinetische Kraft verbrauchte sich durch einen Ruck in seinen Armen.

Wie Attackleutnant Rutin ihm eingeschärft hatte, aktivierte er die Fußmagnete durch das Anspannen der Waden, bevor er die linke Hand löste, um den Sicherungsring von der Leine zu nehmen. Er bewegte sich zwei Meter zur Seite, um Platz für Berglen zu machen, der den Abschluss des Trupps bildete.

»Phase eins abgeschlossen«, funkte der Offizier, als der Zoëliker sicher an der Hülle haftete. »Orkan hat Operationsgebiet vollzählig erreicht. Beginn Phase zwei.«

Die Soldaten der Enterkommandos gehörten zu den wenigen Bewohnern, die die SQUID regelmäßig verließen. Sie trainierten oft im All, weswegen sie keine Orientierungsschwierigkeiten hatten. Wie eine Kolonie wandernder Spinnen huschten sie mit gestreckten Armen und Beinen zielstrebig über die Hülle. Sie brauchten nicht mehr nachzudenken, um die Magnethalterungen zu lösen oder neu zu aktivieren.

Ugrôn gestattete sich einen Blick zurück zu Mutter. Sie war so riesig! In dieser Richtung füllte sie sein gesamtes Blickfeld aus. Helligkeit sickerte aus ihrer Haut, an manchen Stellen rot, an anderen grün. Weit voraus erahnte Ugrôn die Fangarme, die sich den fernen Sternen entgegenreckten. Die kalten Lichter schienen still zu stehen.

Das war eine Täuschung. Die menschlichen Sinne ließen sich leicht narren. Nur scheinbar hing das cochadische Schiff unbewegt über der gewaltigen Masse der SQUID im Raum. Hätte man die Entfernung zum Zielstern der vor einem Jahrhundert begonnenen Reise exakt messen können, so hätte man festgestellt, dass sich die beiden Raumfahrzeuge synchron mit einer Geschwindigkeit von elf Millionen Stundenkilometern darauf zubewegten.

Die Soldaten kletterten in eine weite Aushöhlung. Aller Wahrscheinlichkeit nach handelte es sich um einen abgesprengten Beiboothangar. Davon hatte die SQUID dreizehn angemessen. Ließ das auf eine Katastrophe schließen, die die Cochader bewogen hatte, ihr Heil in Rettungsbooten zu suchen?

Als die Zivilisten den Hohlraum erreicht hatten, schloss eine Gruppe Soldaten ihn mit einer selbst expandierenden Vakuumschutzplane ab. Dadurch versperrten sie den Blick auf Mutter. Unerwartet traf Ugrôn ein Verlustgefühl. Er blinzelte.

Die anderen Soldaten untersuchten das geschlossene Schott, das ins Schiff führte. Ugrôn sah sie als Schattenrisse vor den Lichtflecken ihrer Lampen.

»Sichern!«, befahl der Attackleutnant.

Ugrôn heftete sich mit allen vier Magneten an das Metall und sah zu, wie die Soldaten erst nach Sensorfeldern suchten und dann in der Hoffnung gegen die Schleusentür drückten, damit einen Öffnungsmechanismus auszulösen. Als das nicht half, richteten zwei von ihnen ihre Blaster aus. Die Laserstrahlen blieben im Vakuum unsichtbar, aber ihre Wirkung war rasch zu erkennen: Das Metall kochte auf und warf Blasen.

Lykas zog sich neben Ugrôn. »In diesem Moment sind wir Teil der Leere!«, funkte er auf einem persönlichen Austauschkanal. »Welch eine Gnade!«

»Fühlst du dich schon erleuchtet?«

Atmosphäre drang wie Rauch aus der punktierten Schleusentür. Die Waffenstrahlen leuchteten darin rubinrot. Die Soldaten zogen die Schweißbahnen unbeirrt weiter.

Lykas' Gesicht war eine einzige unausgesprochene Frage.

»Suche die Stille der Leere, wenn dich der Lärm der Welt taub macht«, riet Ugrôn. »Aber nutze die Stille, um auf die Wahrheit zu lauschen. Die Leere lässt dich hören, das ist der Schatz, den sie dir schenkt. Aber sie *ist* nicht die Wahrheit.«

Je länger die von den Lasern gebrannten Spalten wurden, desto schneller entwich die Atmosphäre. Sie sammelte sich in der Hangarbucht unter der Vakuumplane. Schließlich war sie dicht genug, um Schall zu leiten. Ugrôn hörte das Zischen der ausströmenden Luft. Die Anzugsensoren fanden hauptsächlich Stickstoff, der Sauerstoffanteil wurde bei unter zehn Prozent angezeigt, derjenige von Edelgasen weit darunter. Wasserstoffverbindungen lagen knapp über der Nachweisgrenze.

Die von den beiden Blastern gebrannten Schneisen vereinten sich. Der Druck der Bordatmosphäre schob das ausgeschnittene Stück des Schotts langsam nach außen. Die rot glühende Schnittkante wurde sichtbar. Immer mehr Gas entwich und füllte den Hangar. Es brachte Staubpartikel mit sich, an denen das Licht der Anzugscheinwerfer streute, sodass Kegel entstanden.

Als der Druck etwas mehr als ein Bar erreichte, stoppte die Bewegung des Segments. Die Soldaten benutzten Magnet-krallen, um es gänzlich herauszuziehen. Sobald sich eine Öff-nung ergab, sicherten Kameraden mit angelegten Blastern. Nur über die Füße hatten sie noch Kontakt mit der Schiffs-hülle, auf der sie in willkürlich erscheinenden Winkeln stan-den. Die schwarzen Raumanzüge schluckten das hellblaue Licht, das aus dem Innern schimmerte.

»Phase drei!«, befahl der Attackleutnant.

Nur ein Soldat blieb als Sicherungsposten zurück, die ande-ren tauchten in rascher Folge durch die Öffnung. Die Zivilis-ten folgten wesentlich vorsichtiger, sie achteten darauf, zu jedem Zeitpunkt mindestens zwei Kontaktflächen magneti-siert zu haben.

Heller Staub trübte die Sicht im Innern. Hinter der Öff-nung lag ein kugelförmiger Raum von zwanzig Metern Durchmesser. Die Soldaten hielten Sensoren an Schalttafeln und Werkzeug, das an den Wänden hing. »Energetisch tot«, meldeten sie.

Ugrôn schwebte ins Zentrum des Hohlraums. Ein schwach statisches Feld leitete den Staub von seinem Visier fort. Es gab mehrere weiterführende Schotten. Die Konstrukteure hatten wohl einer Vorliebe für runde Formen gefrönt. Ein Behälter, der unbefestigt in der Luft schwebte, war eine Halbkugel, die etwa zweihundert Liter fassen mochte. Andere Gerätschaften erschienen Ugrôn wie bizarrer Schmuck. Gezackte Stangen, verbundene Ringe, durchlöcherte Kästen. Er rief sich die Bil-der von den Cochadern ins Gedächtnis. Sie besaßen keine Hände und die Bedienung mit Kopftentakeln machte wohl solche Armaturen sinnvoll.

Berglen verharrte mit einem zischenden Bremsstoß der Anzugdüsen neben ihm. Die Feinjustierung dieses Manövers gelang ihm nicht, er blieb zwar an der Stelle, rotierte aber langsam, als würde er auf den Rücken fallen.

»Hast du schon die Umgebungsanalyse angeschaut?«, fragte der Zoëliker.

Die Anzüge sammelten permanent Daten. Potenzielle Bedrohungen lösten Alarm aus, sogar Ausweichroutinen bei plötzlichen Annäherungen waren implementiert. Mit seitlichen Kinnbewegungen dirigierte Ugrôn die Anzeige auf seinem Helmdisplay. Er sah, dass die Temperatur auch im Innern des Schiffs nur knapp über dem absoluten Nullpunkt lag. Das Raumfahrzeug war gründlich ausgekühlt.

»Was meinst du?«, fragte er.

»Hier treiben überall organische Verbindungen in der Luft«, stellte Berglen fest.

Ugrôn suchte die Darstellung der chemischen Komponenten im Gasgemisch. »Du hast recht. Ich messe Aminosäuren.«

»Und Überreste von Zellmaterial«, fügte Berglen hinzu.

»Das bedeutet wenig«, meinte Ugrôn. »Selbst wenn dieses Schiff seit Jahrzehnten verlassen sein sollte, wären solche Moleküle noch vorhanden.«

»Aber erstaunt dich nicht, wie breit die gemeinsame Basis allen Lebens ist? Aminosäuren, Zellen, Stoffwechselprozesse ... Was haben die Cochader und wir auf den ersten Blick schon gemein? Und doch ist alles, was lebt, miteinander verwandt.«

Ugrôn überlegte, ob er sich selbst mit Berglens Drehbewegung synchronisieren könnte. Er hätte ihm gern ins Gesicht geschaut.

»Hier sind alle Systeme tot«, meldete der Attackleutnant über den Gruppenfunk. »Wir dringen weiter vor.«

Mit Hilfe von Kraftverstärkern hebelten die Soldaten ein Schott auf, das mit einem verschlungenen Zeichen beschriftet

war. Es sah aus wie eine Sonne, deren Strahlen sich zu einem
Knäuel verwirrten.

»Die Grundkonstanten des Lebens verbinden uns alle«,
meinte Berglen. »Dich, mich, die Cochader ... sogar Mutter.«

»Mutter ist anders«, sagte Ugrôn.

»Wie meinst du das?« Leider reduzierte die Funkverbindung die Amplitude. Ugrôn hätte gern gewusst, ob Berglen
besorgt oder neugierig klang. »Mutter ist anders als du?«

»Jedenfalls anders als du«, gab Ugrôn zurück und folgte
den Soldaten.

In der Schwerelosigkeit war es schwierig, den Kontakt zu
ihnen zu halten. Mit der Selbstverständlichkeit großer Routine bewegten sie sich an den Wandungen der Röhren entlang. Wo sie keine Vorsprünge fanden, nutzten sie die Magnete an den Füßen, die Hände brauchten sie für die Blaster.
Nur selten kamen die Manövrierdüsen zum Einsatz.

Der Eindruck, dass die Raumschiffbauer runde Formen
bevorzugten, bestätigte sich mit jedem Tunnel und jedem
Raum. Ellipsoide gingen ineinander über, Schläuche verbanden sich. Ugrôn überlegte, ob man auf diese Art den Innen-
raum eines Raumschiffs effizient nutzen konnte, aber da
einige Räume gebogen waren, mochten sie sich tatsächlich
eng umeinanderwinden.

Auf allem lag eine fingerdicke Staubschicht, die die Menschen aufwirbelten. Je weiter hinten man sich bewegte, desto
trüber wurde die Luft.

Lykas und Berglen hielten sich in Ugrôns Nähe, schienen
jedoch damit beschäftigt, sich gegenseitig im Auge zu behalten.

Der Erkundungstrupp erreichte eine riesige Maschine mit
einer verwirrenden Anzahl von Leitungen und Sensorflächen.
Sie musste beinahe die gesamten zweihundert Meter Durchmesser des Walzenmoduls einnehmen.

»Wir befinden uns am Bug«, stellte Rutin fest. »Das hier

wird das Triebwerk sein.« Der Flugplan, den die Cochader ihnen übermittelt hatten, sah vor, dass das Raumschiff am Ende der Beschleunigungsphase wendete, damit die Schubvorrichtung bei Ankunft zum Bremsen verwendet werden konnte.

»Das hier ist eine Tankleitung«, meldete eine Soldatin. »Sie haben wohl Flüssigbrennstoff benutzt.«

»Sucht eine Füllstandsanzeige!«, befahl der Offizier. »Und klärt, wann das Triebwerk letztmalig im Betrieb gewesen ist.«

Ugrôn betastete die Maschine. Das Metall war kupferfarben, aber magnetisch. Auch hier befanden sich an den Kontrolltafeln von Farbkreisen umgebene Löcher, die für die Bedienung mit Kopftentakeln praktisch sein mochten.

»Hätte das Triebwerk nicht erst am Ziel wieder feuern sollen?«, fragte Ugrôn.

»Schon«, meinte der Attackleutnant, »aber der Wartungsplan sieht einen monatlichen Probelauf vor. Dabei wird kein Schub gegeben, aber alle Prozesse bis unmittelbar vor diesem Punkt führt man durch.«

»Der Tank hat ein Leck«, funkte die Soldatin, die auch die Zuleitung entdeckt hatte. »Wir haben hier Treibstoffspuren in der Luft.«

»Kann uns das gefährlich werden?«, fragte der Offizier. Sie zögerte kurz. »Die Konzentration ist so gering, dass wir keine Entzündung befürchten müssen. Vielleicht wäre sie giftig, wenn wir die Helme öffnen würden.«

»Das werden wir schön bleiben lassen.«

»Kann das die Besatzung getötet haben?«, fragte Ugrôn.

»Es ist zu früh für solche Schlüsse«, wiegelte der Offizier ab.

Berglen dagegen schwebte wieder an Ugrôns Seite. »Ein kluger Gedanke. Alles Leben beruht auf Stoffwechsel und ist deswegen empfindlich für Gifte.«

Ugrôn versicherte sich, dass sie auf einem abgeschirmten

Kanal sprachen, der nur ihnen beiden zugänglich war. »Was wisst ihr von Mutter?«

Berglen brauchte einige Versuche, um sich so zu drehen, dass sie einander ins Gesicht sehen konnten. »Wovon sprichst du? Wir stehen ständig in Kontakt mit der Gütigen Mutter, wie du weißt. Wir umsorgen sie, dienen ihren Wünschen und …«

»Erspare mir das«, unterbrach Ugrôn den Zoëliker. »Sie haben dich mitgeschickt, damit du herausfindest, ob ich weiß, was ihr wisst.«

Berglen schwieg, aber die Falten, die seine Stirn kerbten, waren auch durch das Transplast deutlich zu erkennen.

»Natürlich weiß ich es«, sagte Ugrôn. »Mutter hat mich den Rotraum erfahren lassen. Er ist ihre wahre Heimat. Sie besucht unser dreidimensionales Universum, aber geboren wurde sie in den Stürmen und Strudeln, die man mit Länge, Höhe und Breite nicht vermessen kann. Mutter ist eine Kreatur des Rotraums. Sie hat nichts gemein mit Leben wie dem unseren. Also spare dir die Vorträge über Aminosäuren und Zellbestandteile für ein paar Kinder auf, die du in der Sicherheit des Vertrauten wiegen willst. Für Mutter ist das nur eine Maske.«

Berglen öffnete den Mund, suchte die rechten Worte aber wohl vergeblich.

Eine Meldung auf dem Gruppenkanal erlöste ihn. »Wir haben eine aktive Sensorleitung gefunden! Hier fließt noch Energie.«

»Wir folgen ihrem Weg!«, befahl der Attackleutnant.

Das erforderte Geduld, weil sie das Signal der in der Wand verlaufenden Leitung immer wieder verloren und dann auf den nächsten Energieschub warten mussten. Lykas tat sich hervor, mit den Messinstrumenten kannte er sich besser aus als die Soldaten.

Je länger sich Ugrôn hier aufhielt, desto mehr wich die Faszination für die schwerelose Umgebung einem Gefühl der Verlassenheit. Aus der Ferne hörte er Mutters Gesang in seinem Fleisch und fürchtete, er könnte gänzlich verstummen. Was, wenn sich die SQUID entschloss, eigene Wege zu gehen und das cochadische Schiff samt dem Erkundungstrupp zurückzulassen? Es würde sie keine Mühe kosten, sich so weit zu entfernen, dass man sie mit den kümmerlichen Schubdüsen eines Raumanzugs niemals einholte.

Ugrôn vertraute darauf, dass Mutter ihn nicht verließ. Aber was gab ihm das Recht dazu? Hatte er sie nicht selbst verlassen? War er es nicht gewesen, der darauf gedrängt hatte, aus der Schleuse zu treten und hinaus ins All zu gehen? Und worauf verwendete er mehr Zeit als auf die Pläne, Planeten zu betreten? Ohne Mutters Schutz in Cochadas Atmosphäre zu atmen, in seinen Ozeanen zu schwimmen? Dabei hatte Mutter ihm mehr offenbart als jedem anderen Menschen. Besaß sie etwa kein Recht, enttäuscht von ihm zu sein?

Sie durchquerten einen weiten, gebogenen Raum, in dem einige Schalen lose gruppiert an Stangen befestigt waren. In einer davon war ein Cochader festgeschnallt. Seine Augen waren geschlossen, die Kopftentakel bewegten sich nicht.

Es war das erste Mal, dass Ugrôn dem Vertreter einer Spezies begegnete, die nicht im Schwarm lebte. Es war eine Begegnung mit dem Tod, die Sensoren registrierten keinerlei Lebenssignale. Der Körper war an einigen Stellen aufgeplatzt und hart gefroren, aber sonst in gutem Zustand. In dieser Kälte kamen wohl auch die meisten Zerfallsprozesse zum Erliegen. Die Soldaten nahmen eine Probe, um sie später in den Laboren der SQUID analysieren zu lassen.

Das runde Schott, auf das sie kurz darauf stießen, war abgesehen von der Beleuchtung des Schiffs der erste unmittelbar erfahrbare Hinweis, dass noch nicht alles zum Erliegen gekommen war. Ein Schriftband lief über eine zweidimensionale Anzeige und Leuchtfelder tanzten behäbig in einem Display. Die Wand, in die das Schott eingelassen war, glänzte matt silbrig, sodass sich der Trupp als Ansammlung schwarzer Schatten darin spiegelte.

Lykas setzte einen optischen Translator auf das Schriftband. »Nichts«, meldete er. »Entweder das ist in einer anderen Sprache verfasst als derjenigen, die man uns im Cochadasystem vermittelt hat, oder die Anzeige ist gestört.«

Rutin projizierte die Holokarte über sein Handgelenk, die den Aufbau des Schiffs zeigte. »Hinter diesem Schott könnte die Zentrale liegen«, meinte er. »Es wäre sinnvoll, diesen Raum mit einem Ersatzenergiemodul zu versehen und die Signale aus dem Schiff dorthin zu leiten.«

Lykas betätigte einige der bunten Sensorfelder. Obwohl er wie jemand wirkte, der wusste, was er tat, erkannte Ugrôn keinen Effekt außer einem Piepton, der durch den Raum drang. Lykas versuchte eine andere Kombination. Wieder der Piepton.

»Wir hätten uns die Codes geben lassen sollen«, meinte er.

»Wir haben kein Geisterschiff erwartet«, erwiderte der Attackleutnant. »Unser Auftrag lautet, Kontakt mit der Besatzung herzustellen.«

»Das scheint nicht mehr möglich«, stellte Berglen trocken fest. »Sollten wir umkehren?«

Der Offizier deaktivierte das Holo. »In der Zentrale könnten wir auf hilfreiche Informationen stoßen. Ein Versuch noch.«

Lykas tippte.

Schüsse peitschten aus in der Wand verborgenen Mündungen. Lykas schrie auf und stieß sich vom Schott ab. Er war an Schulter und Hüfte getroffen, aber er hatte schnell genug reagiert, um mit dem Leben davonzukommen. Die Kugeln prallten mit hellen Geräuschen von den Wänden ab.

Ein Soldat klinkte sein Medokit aus und drückte sich auf ihn zu. Die anderen sicherten rundum mit ihren Blastern.

»Raus hier!«, rief Berglen. Er packte Ugrôn und zog ihn mit sich.

»Lass mich!« Verärgert machte Ugrôn sich los.

Der Offizier ignorierte die Zivilisten. »Vorschläge!«, verlangte er von seinen Soldaten, als keine Schüsse mehr krachten.

»Energiezufuhr kappen«, sagte einer, »Schott aufschießen« ein anderer.

»Wir sollten uns zurückziehen.« Flehentlich sah Berglen Ugrôn an.

Die Ängstlichkeit des Zoëlikers beschämte Ugrôn. Er wandte den Blick von ihm ab und schwebte zur Wand neben dem Schott.

»Was hast du vor?«, rief Berglen.

Ugrôn sah zu Lykas hinüber. »Alles, was existiert, ist Illusion«, zitierte er einen Lehrsatz der Kirche des Void. »Ist es nicht so?«

Lykas blickte ihn fragend an, vorbei an dem Soldaten, der seine Wunden mit Sprühpflastern versorgte. Seine Schmerzen schienen betäubt.

Auf seine Art war der Jünger des Void tapfer, doch er verstand ebenso wenig wie Berglen.

Ugrôn fühlte die harte Oberfläche unter seinem Handschuh.

Aber man durfte die Wirklichkeit – oder das, was die kümmerlichen, fleischlichen Sinne dafür ausgaben – nicht überschätzen, sonst beschränkte man seine Erfahrung auf erbärmliche Splitter ohne jeden Zusammenhalt. Er schloss die Augen. Sie nützten ihm in diesem Moment nichts. Auch nicht die Ohren. Mutters Gesang erklang in seinem Körper, nicht außerhalb davon.

Ihre Melodien waren nur ein kleiner Teil der schrecklichen Harmonie, die alles durchzog und an deren Endlosigkeit ein sterbliches Wesen nur verzweifeln konnte. Aber jetzt ging es nicht um die Wirklichkeit des Gefüges aus drei Raumdimensionen. Es ging um die Transzendenz, die jenseits davon wartete.

Die Menschheit dachte so gering, so beschränkt vom Rotraum, dass man darüber hätte lachen können. Aber noch nicht einmal das waren die idiotischen Erklärungsmodelle wert. Gegensätze, Abgrenzungen, Kategorien... alles nur Hilfsmittel eines kaum genutzten Verstands, der sich der Erkenntnis verweigerte.

Die Wand löste sich in roten Wirbeln auf, als Ugrôn hindurchtrat.

Während er auf der anderen Seite die Mikrotransition beendete – eine Anwendung desselben Prinzips, das ein Raumschiff bei überlichtschnellen Reisen nutzte – spürte er für einen winzigen Moment die Energie, die von den Bewegungssensoren auf seinen sich verfestigenden Körper traf.

Er war nackt, aber das störte ihn nicht. Alles, was zu ihm gehörte, war mitgekommen.

Die Systeme im fünfzehn Meter durchmessenden Raum erwachten zum Leben. Auf allen Seiten leuchteten Bildschirme unter dem Staub auf, Kontrolllichter meldeten Bereitschaft oder zeigten Probleme an.

Ugrôn steckte einen Zeigefinger in eine runde Öffnung neben dem Schott. Sofort glitt es auf.

Fassungslos sahen ihm die Soldaten entgegen.

»Berglen hat es eilig«, meinte Ugrôn. »Er will zurück zu Mutter. Ich hoffe, die Speicherinhalte werden sich schnell überspielen lassen.«

7

Verhandlungen

Eine gelbe Kugel raste direkt auf Starn Egron zu.

Er drückte sich in eine Rolle über die rechte Seite. Knapp zischte sie an ihm vorbei und prallte vom Transplastpaneel hinter ihm ab, das dadurch violett aufblitzte und einen Piepton abgab. Die Kugel wurde rot und bewegte sich mit kaum verminderter Geschwindigkeit und schräg abfallendem Winkel zurück auf die andere Spielfeldseite.

Er hatte keine Zeit, sich am erzielten Punkt zu erfreuen. Drei weitere Kugeln waren auf dem Weg auf seine Seite des Gitters, er musste Paneele ausrichten, um sie daran zu hindern, gegen seine Wertungswand zu prallen. Eines davon lud er mit zwei Kinetikpunkten auf, um der auftreffenden Kugel zusätzliche Wucht für den Rückweg mitzugeben.

Das gelang ihm auch, aber eine der Kugeln hatte er falsch berechnet. Die langsamste, der er am wenigsten Aufmerksamkeit geschenkt hatte, flog am Panel vorbei und klatschte dumpf gegen die Wand der Kammer. Das brachte seiner Mutter zehn Punkte.

»Du solltest mit Rila spielen!«, rief er der in einen weißen Leuchtanzug gekleideten Frau zu. »Die ist besser in Übung als ich.«

»Aber gegen dich kann ich gewinnen.«

Das Gittergeflecht schimmerte kaum sichtbar im dunklen Raum. Das Hellste waren die Kugeln, an deren Farbe man die Bewegungsrichtung erkennen konnte, und das Aufblitzen der getroffenen Paneele. Seine Mutter hatte die ihrigen gut positioniert. In schneller Folge fing sie alle vier Kugeln ab, eine sogar an der dritten Verteidigungslinie. Das gab Starn kaum Zeit, sie seinerseits zu blockieren.

Die Hauptschwierigkeit beim Gitterball lag darin, die Orientierung zu behalten. In dem schwerelosen Spielfeld bewegte man sich in allen Raumdimensionen und rotierte zusätzlich oft, um sich am Gitter entlangzuhangeln und die Paneele auszurichten.

»Außerdem will ich hören, was du nach deinem ungeplanten Ausflug in diese Stadt über die Cochader zu berichten hast.«

Die Admiralin war, ebenso wie Starn, eine Leuchtgestalt, die zwischen den Streben umherhuschte. Sie bewegte sich etwas langsamer, dafür aber effizienter als er.

»Mich interessiert, was hinter den Fakten steht.« Sie wartete den Aufschlag auf einem Paneel ab, um dieses sofort neu zu positionieren, noch bevor seine violette Färbung gänzlich erlosch. »Was hat dich am meisten überrascht?«

Starn vollführte ein gewagtes Manöver, indem er sich am Verbindungspunkt zweier Stangen einen Spin gab, um ein Paneel in der zweiten Verteidigungsreihe auszuklappen und so eine schnelle Kugel vorzeitig abzufangen. Er grinste, als er das Treffersignal hörte.

Aber nur kurz, dann traf ihn eine Kugel zwischen den Schulterblättern. Dieses Foul kostete ihn fünf Punkte. Jetzt lag er hinten.

Er kämpfte seinen Ärger nieder. Dies war nur ein Spiel, und außerdem konnte er noch gewinnen. Die Automatik brachte eine weitere Kugel in den Raum, die er sofort abfing und hochkinetisiert auf die Seite seiner Mutter feuerte.

Ein Treffer brachte die Zielwand zum Leuchten!

»Na also, geht doch«, murmelte er.

»Was hast du gesagt?«

Er wechselte die Position. »Am merkwürdigsten an der

250

cochadischen Kultur finde ich ihre Zersplitterung. Es gibt keine bewaffneten Konflikte größeren Ausmaßes, aber die Konzerne sind harte Rivalen. Die gesamte Stadt Sidago gehört …«

Seine Mutter beschleunigte gleich zwei Kugeln auf einmal. Nur mit einem wilden Tauchmanöver fing er die zweite ab.

»Ja, sie scheinen Konflikte über den Handel auszutragen«, bestätigte die Admiralin. »Staatsgefüge existieren nicht. Aber wir haben von einem Rat der Normen gehört. Ist der Begriff dir begegnet?«

»Ja, das ist eine übergreifende Autorität.« Da alle Kugeln rot leuchteten, sich also von ihm entfernten, nutzte er die Zeit, sich eine neutrale Position auf seiner Seite des Gitters zu suchen, um auf alles reagieren zu können, was seine Mutter ihm entgegenschicken mochte. »Sie hüten die Standards, insbesondere natürlich die Währung. Aber wirklich seltsam finde ich ihre Zeitrechnung.«

»Was ist damit?« Seine Gegenspielerin nahm Geschwindigkeit von den Kugeln. Was tüftelte sie aus?

»Grundlegend ist der Sched, eine Einheit, die sich aus dem Schwingungsverhalten eines bestimmten Quarzes ableitet. Der Sched ist sehr nah an unserer Sekunde.«

Bis auf eine waren jetzt alle Kugeln wieder gelb, woran er erkannte, dass sie sich seiner Seite näherten.

»Fünfundzwanzig Scheden ergeben eine Mimd«, fuhr er fort. »Zwölf davon einen Tick, was ein ungewöhnliches Wort für die Sprache der Cochader ist.« Er klappte ein Paneel herum. »Wegen des harten Schnalzlauts am Wortanfang. Jedenfalls entspricht ein Tick etwa fünf Minuten und zwölf davon ergeben eine Fubd.«

»Eine Stunde«, folgerte seine Mutter.

Erst jetzt erkannte er, was sie vorhatte! Die sich träge bewegenden Kugeln trafen sich beinahe an ihrer dritten Verteidigungslinie. Sie riss sich nach vorn, holte sie ein und klappte zwei Paneele so aus, dass sie gegen die Kugeln schlugen. Das gab ihnen einen plötzlichen Impuls und zudem änderten sie ihre Bewegungsrichtungen und spritzten auseinander.

Unmöglich konnte Starn alle abfangen. Er zog sich in die Bahn einer Dreiergruppe und schickte wenigstens diese auf den Rückweg. Zwei andere trafen seine Zielwand.

»Du warst gerade bei der Stunde«, erinnerte seine Mutter mit leichtem Spott in der Stimme.

»Fünfundzwanzigeinhalb Fubden ergeben einen Chtak. Das entspricht einem planetaren Tag.«

»Fünfundzwanzigeinhalb?«, fragte sie nach. »Keine Ganzzahl? Das ist in der Tat ungewöhnlich für eine Zeitrechnung.«

»Normalerweise entwickelt sich so etwas aus zuverlässig periodisch wiederkehrenden Ereignissen, die auch auf niedrigem Technologieniveau zu beobachten sind«, bestätigte Starn. »Eine Planetendrehung. Die Umrundung eines Mondes. Die Bahn um das Gestirn. Aber die Cochader sind anscheinend nicht nur von der Schwingung dieses Quarzes ausgegangen, sie haben auch völlig unpraktikable Vielfache davon für die größeren Einheiten gebildet.«

»Vielleicht haben sie eine andere Vorstellung von Nummernkreisen. Unser Dezimalsystem haben wir wegen unserer zehn Finger. Sie zählen sicher mit ihren Kopftentakeln.«

»Aber keine halben Einheiten«, zweifelte Starn.

Seine Mutter konzentrierte sich jetzt stärker auf das Gespräch als auf das Gitterballspiel, vehemente Attacken blieben für den Moment aus.

»Könnte die Tageseinheit bei ihrer Entstehung einer ganzen Stundenzahl entsprochen haben?«, überlegte sie. »Wie wäre es, wenn irgendein späteres Ereignis die planetare Rotationsperiode geändert hätte?«

»Das wäre ziemlich sicher eine verheerende Katastrophe gewesen.«

»Das Zerreißen des inneren Mondes, als dieser unter die Roche-Grenze gefallen ist?«, schlug sie vor.

»Das muss schon sehr lange her sein, so gleichmäßig, wie das Ringsystem inzwischen ausgeformt ist.«

»Wir sollten uns mit der Historie des Planeten beschäftigen.« Sie seufzte. »Das bedeutet ein mühsames Feilschen um den Preis für solche Aufzeichnungen. Bislang zeigen sich die Cochader hier sehr verschlossen.«

»In jedem Fall hat der Rat der Normen großen Einfluss, wenn er selbst nach einer derartigen Störung das tradierte Zeitsystem verbindlich halten kann.«

Er überlegte, wie er in die Offensive gehen konnte. Sollte er ein ähnliches Manöver starten wie seine Mutter oder erwartete sie das und hatte sich bereits einen Konter zurechtgelegt? In jedem Fall musste er initiativ werden, sonst hätte er verloren.

»Der Rat der Normen schafft noch mehr Standards«, berichtete er. »In Sidago zum Beispiel gibt es wegen seiner Regeln eine Minimalversorgung für die sogenannten Unproduktiven.«

»Das ist die Unterschicht, wenn ich euren Report richtig verstehe.«

»Diejenigen ohne Konzernbindung, ja.«

»Deine Kollegen haben die Gelegenheit genutzt, um etwas über die cochadische Biologie herauszufinden.«

»Und die ist uns dermaßen ähnlich, dass wir eine Viruserkrankung gefunden haben, die sogar für Menschen ansteckend ist!«

»Ihr habt sichergestellt, dass ihr nichts davon auf die Marlin einschleppt?«

»Natürlich.«

»Die Gensequenzer arbeiten derzeit am cochadischen Erbgut.« Seine Mutter ließ ihn schwitzen, indem sie die Kugeln in unterschiedliche Richtungen schoss. »Denkst du, wir sollten diese Unproduktiven unterstützen?«

»Kara hat Mitleid mit ihnen.«

»Kara Jeskon? Ist die wieder aktuell?«

Er runzelte die Stirn. »Nicht so, wie du meinst. Sie ist eine Teamkollegin.«

»Verstehe. Und was hältst du jetzt von den Unproduktiven?«

»Wenn sie überall so leben wie in Sidago, haben sie ein elendes Schicksal. Sie können einem leidtun.«

»Ich will nicht wissen, was du deswegen fühlst, sondern ob du glaubst, wir sollten etwas unternehmen.«

»Das ist eine innere Angelegenheit der Cochader. Wenn wir die sozial Unterprivilegierten stärken, könnte das ihr Gesellschaftsgefüge destabilisieren. Die größten Katastrophen erwachsen aus den besten Absichten.«

»Das ist nur eine Phrase«, tadelte sie.

»Sag das den Nachfahren der Olygas-Kolonie. Eineinhalb Jahrhunderte Hungersnot, die mit einer Radikalreform zur gerechten Güterverteilung ihren Anfang genommen hat.«

»Der Punkt geht an dich.«

»Und nicht nur dieser.« Starn grinste, als zwei Kugeln gegen die Wand hinter seiner Mutter prallten.

»Aber je nachdem, wie sich die Dinge entwickeln, könnte eine destabilisierte Gesellschaft von Vorteil für uns sein«, meinte sie unbeeindruckt.

»Sollte so etwas nicht unsere finale Option sein?«

Selbst auf die Entfernung sah er ihr Achselzucken. »Auch auf die letzte Möglichkeit muss man sich vorbereiten. Du weißt, dass wir uns keine Gefühlsduselei leisten können. Erst recht nicht nach dem Verlust der ANEMON und der JELLY.«

Starn schluckte. Er hatte die Aufzeichnungen von den letzten Botschaften der beiden Schiffe gesehen. Die Giats hatten die Yamadatriebwerke sabotiert, ihre Kampfeinheiten herangeführt und die Raumer geradezu filetiert. Voller Todesangst hatten die Menschen in die Kameras geschrien, Starn erinnerte sich an einen Vater, der sein Kind mit einer verzweifel-

254

ten Umarmung vor dem Druckverlust hatte schützen wollen. Vierundsechzigtausend Menschen waren an jenem Tag gestorben, die Giats hatten jede einzelne Rettungsfähre zerstört. Manchmal machten sie Gefangene, um sie zu versklaven, aber in diesem Fall hatten ihre Kommandanten anders entschieden.

»Die Menschheit steht an erster Stelle«, betonte die Admiralin. »Hier haben wir die Chance, unsere Nahrungsmittelvorräte komplett und hochwertig aufzufüllen. Das gibt uns für zwei Jahre Autarkie von allen planetaren Ressourcen! Wir können Routen durch satellitenlose Sonnen legen. Der Feind wird keine Möglichkeit mehr haben vorherzusehen, wohin wir uns wenden.«

Starn schluckte. »Für eine ergiebige Ernte könnte eine Kooperation mit den Cochadern effizienter sein. Dadurch stünden uns die etablierten Strukturen zur Verfügung, von Fischereischiffen über Schneidemaschinen und Verpackungsstraßen bis zu Orbitalfähren.«

»Mit den Konzernen ist das alles kompliziert«, wandte seine Mutter ein. »Sie legen sich gegenseitig Barrieren in den Weg. Wir müssen den Rat der Normen dazu bringen, dass er eine Kooperation empfiehlt. Aber bisher haben wir keinen direkten Kontakt.«

»Der Rat der Normen ist der Schwachpunkt in dieser Zivilisation«, gab Starn widerstrebend zu. »An diesem einen Punkt läuft alles zusammen. Wird er manipuliert, wirkt sich das auf das gesamte Geflecht aus.«

»Du hast Talent«, meinte seine Mutter anerkennend. »Du kannst deine Abstammung nicht verleugnen, Starn. In dir steckt viel von einem Soldaten.«

»Nicht mehr.« Er dämpfte die Stimme. Er wollte sich nicht mit seiner Mutter streiten. »Ich habe mich anders entschieden.«

»Das war ein Fehler«, versetzte sie. »Es geht nicht darum,

was du willst, sondern darum, wo man dich braucht. Bessere Xenofarmer als dich gibt es genug.«

Er konzentrierte sich auf das Spiel und kam bis auf sieben Punkte an sie heran.

»Ich weiß, dass die Sache auf der Esox dir zu schaffen gemacht hat«, räumte sie ein. »Aber da unten auf dem Planeten geht es nicht um Menschen.«

»Das ist anders als bei den Giats. Die Cochader sind uns ähnlich, nicht nur in ihrem Erbgut. Du warst nicht dort.«

»Nein, denn mein Platz ist hier.«

Die Seitenwände dimmten herauf, also brach die letzte Minute des Gitterballspiels an. Seine Mutter startete einen entschlossenen Angriff und beschleunigte sämtliche Kugeln, obwohl das ihr Punktekonto auf Starns Stand absenkte.

»Aber dein Platz ist auf dem Planeten!«, behauptete sie. »Wenn du dich weigerst, ihn einzunehmen, werden weniger Qualifizierte gehen.«

Starn hastete von einem Paneel zum nächsten. Er durfte jedoch nicht nur abwehren. Er musste einige Treffer akzeptieren, aber dafür seinerseits den Punktestand ausgleichen.

Seine Mutter erzielte dreißig Punkte, mit seinen Paneelen kam er auf vier, aber die Kugeln waren auf einem nicht mehr abfangbaren Kurs zur Wand hinter seiner Gegenspielerin. Genug würden treffen, um den Sieg zu erringen! Seine Mutter hatte zu riskant gespielt!

Er wollte schon einen Jubelschrei ausstoßen, als die Seitenwände vollständig aufleuchteten und die Schlusssirene ertönte. Die Kugeln trafen zu spät, um noch eine Wertung zu erzielen.

Seine Mutter hatte gewonnen.

Sie hangelte sich durch das Gitter auf ihn zu und streckte ihm die Hand hin. »Du hast dich wacker geschlagen.«

»Ich bin deiner Erfahrung unterlegen.«

Sie griff seinen Unterarm. »Wir stellen eine Delegation für

die Hauptstadt zusammen. Oder den Haupthandelsplatz, das trifft es wohl eher. Dort haben alle wesentlichen Konzerne ihre Zentrale.«

»Und der Rat der Normen residiert ebenfalls dort«, riet er.

Seine Mutter nickte. Ihr Gesicht glänzte vom Schweiß, aber sie wirkte dennoch ausgeruht.

»Du oder jemand, der weniger qualifiziert ist«, sagte sie. »Vielleicht einer, der übereilt entscheidet. Nur wer involviert ist, hat Einfluss. Überlege es dir, Starn.«

—

»Die Mutter behüte dich!«, grüßte Berglen. »Darf ich hereinkommen?«

»Sicher.« Ugrôn machte die Tür frei und deutete einladend in die Kabine. »Was verschafft mir die Ehre deines Besuchs?«

Hinter dem weißhaarigen Zoëliker faltete sich die Tür zu. Er trug jetzt eine etwas längere Weste, die bis zu seinen Oberschenkeln reichte. Offenbar war er im Rang aufgestiegen.

»Lykas hat die Speicher des cochadischen Schiffs ausgewertet. Ich vermute, das Ergebnis interessiert dich.« Er wirkte unentschlossen, wie er so in der Mitte des kleinen Raums stand.

»Setz dich. Möchtest du einen Tee?«

»Gern.«

Ugrôn stellte den Wasserkessel auf ein Kochfeld. Er roch an verschiedenen Mischungen und entschied sich für eine aus den Blüten von Gerana-Moos. Es wuchs in einem von Mutters Fangarmen, wohin die Zoëliker nur selten kamen. Ugrôn dagegen hatte sich oft dort aufgehalten, als er sich vor ihnen verborgen hatte. Der Geschmack des Tees hatte ihn an seine Jugend erinnert. Seit seiner Priesterweihe blieb ihm nur der Geruch.

»Die letzten Cochader auf dem Schiff glaubten, der Schrecken des unendlichen Alls habe sie ereilt«, erzählte Berglen.

»Auf beengtem Raum kommt es häufig zu Wahnvorstellungen.« Ugrôn gefiel die Wärme, die von der Kochnische ausging. Er streckte die Hände danach aus.

»Diese Halluzination hat einen realen Kern.« Berglen zog seine Weste zurecht, sodass sie gerade fiel. Wie das vorherige Modell war sie zu schmal geschnitten, als dass er sie hätte schließen können. Die hellen Locken des Brusthaars waren immer zu sehen.

Ugrôn schloss die Augen und wandte nun auch das Gesicht der Wärme zu. Obwohl sie so alltäglich war, interessierte sie ihn mehr als die Katastrophe, die sich auf dem cochadischen Schiff ereignet hatte. Das besaß sogar eine gewisse Weisheit. Inzwischen flog die SQUID Nahsystemsicherung an einem Roten Zwergstern. Das tote Schiff trieb drei Lichtjahre entfernt im Nichts, und was immer dort geschehen war, lag Jahrzehnte zurück. Das Teewasser dagegen war Teil seiner Gegenwart und seiner unmittelbaren Umgebung, es nahm Einfluss auf sein Leben. Und das Leben war alles, was zählte.

»Während des Flugs wurde das Schiff von harter Strahlung getroffen«, sagte Berglen. »Wir nehmen an, dass sie von einer Nova ausging, die der Schwarm vor fünfunddreißig Jahren registriert hat. Das würde passen.«

Ugrôn nickte bestätigend und genoss, wie die Hitze durch diese Bewegung auf seinem Gesicht wanderte. Er erinnerte sich an den letzten Flug durch eine Sonnenkorona. Mutters Gesang in seinem Fleisch wurde sehr sanft.

»Die Abschirmung des cochadischen Schiffs hatte ein Problem. Sie haben es erst bemerkt, als es zu spät war. Die Strahlendosis war so hoch, dass bei praktisch jedem an Bord Zellwucherungen auftraten.«

»Der Schrecken des Alls«, nahm Ugrôn an.

»Genau. Man misstraute der wissenschaftlichen Erklärung und vermutete kosmische Mächte, die das Vorhaben, zu einem anderen Stern zu fliegen, missbilligten. Es gab eine Revolte mit Schäden an der Bordtechnik.«

»Hat man sie niedergeschlagen?«, fragte Ugrôn mäßig interessiert. Er schwelgte in der Erinnerung an die Korona. Wie viele Tage waren sie durch den kalten Leerraum zwischen den Sternen gereist? Und wieso besuchten sie auch jetzt den Roten Zwerg nicht, sondern blieben am Rand seines Planetensystems? Dabei lockte sein Licht …

»Rebellen und Führungsmannschaft einigten sich«, berichtete Berglen. »Wer wollte, konnte das Schiff mit den Beibooten verlassen. Viele nahmen das Angebot an.«

»Können sie überlebt haben?«

»Die Beiboote sind nicht auf lange Raumreisen ausgelegt. Ein paar Wochen, höchstens«, vermutete Berglen. »Es war Wahnsinn, aber sie wollten sich dem Universum anvertrauen, das sie beleidigt zu haben glaubten.«

»Ich schätze, der Ehrwürdige Batuo würde darin einen frommen Akt erkennen.«

»Wieso zitterst du?«

Ugrôn öffnete die Augen. Die ausgestreckten Hände zitterten tatsächlich. Jetzt, da er darauf achtete, schmerzten sie sogar in der Hitze. Dabei war ihm noch immer kalt.

Er trat einen Schritt zurück. »Es ist nicht meine Sehnsucht«, murmelte er, »es ist Mutters.«

Mit gerunzelter Stirn sah Berglen ihn an. »Was ist Mutters Sehnsucht?«

»Der rote Zwergstern«, sagte Ugrôn. »Sie will darin baden.«

»Aber sie müsste doch noch genügend Astriden haben.«

»Das ist nicht der Grund.« Ugrôn lachte, als er zum Ausgang hastete. »Es geht um das Vergnügen!«

Berglen lief hinter ihm her. »Wohin willst du?«

»Wir nehmen Kurs auf die Sonne.«

»Kurs auf die … Jetzt?«

»Natürlich jetzt. Was immer man tut, man kann es nur im Jetzt tun. Die Gegenwart ist der einzig reale Zeitpunkt.«

Die Gänge, durch die er eilte, pulsierten vor Freude. Bald schon rannte er so schnell, dass Berglen kaum mit ihm Schritt hielt.

Sie erreichten den Saal der Navigatoren. Die Zoëliker saßen in ihren Kontrollsesseln, wandelten zwischen den Überschlagblitzen, die durch den Raum zuckten, und sangen für Mutter. Aber Mutter langweilte ihr Lied.

»Hört auf!«, rief Ugrôn.

Heftig atmend blieb Berglen neben ihm stehen. »Was tust du?«, raunte er ihm zu.

Die Zoëliker musterten sie misstrauisch. Kitaga war die Höchstrangige von ihnen und in der Tat amüsierte sie Mutter häufig. Sie trug einen Stab mit bronzenen Zacken an der Spitze. Ein offener Mantel mit meterlanger Schleppe diente als Zeichen ihrer Würde. Bei jedem Atemzug schimmerten ihre Rippen grünlich durch die Haut, in der man das Geflecht blauer Adern sah, als sei es in Wachs eingelegt.

»Gut, dass du hier bist.« Kitaga stützte ihren Stab auf und sah Ugrôn in die Augen. »Du kannst uns helfen, Mutter zu überzeugen, diesen Ort zu untersuchen.«

Sie zeigte auf ein Holo, in dem eine rote Kugel einen Punkt nahe dem siebten Planeten markierte.

»Wieso sollte ich das tun?«

»Wir hatten dort eine Energieortung. Sie ist erloschen und vielleicht war es nur ein bedeutungsloses Ereignis oder sogar ein Instrumentenfehler. Es könnte jedoch auch ein Späher der Giats sein. Möglich, dass er sich noch im System befindet, aber auch, wenn er transitiert ist, können wir noch Spuren finden, wenn wir uns beeilen. Leider bringt Mutter unserem Anliegen kein Wohlwollen entgegen.«

»Da draußen ist es kalt und dunkel.«

Verständnislos sah Kitaga ihn an.

»Mutter will nicht dorthin fliegen«, erklärte Ugrôn. »Berechnet einen Kurs zum Roten Zwerg.«

»Aber unsere Mission besteht darin, dieses System nach Verfolgern zu durchsuchen.«

»*Eure* Mission, das mag sein. Aber Mutter ist nicht eure Dienerin.«

Kitaga sah sich um. Sie blickte in die harten Gesichter der anderen Zoëliker.

»Wir sind Mutters Kinder«, meinte sie. »Sie sorgt sich um uns und hilft uns.«

»Später«, beschied Ugrôn. »Jetzt ist es Zeit für die Sonne.«

»Ugrôn, wieso belastest du dich mit solchen Dingen? Ich bin sicher, du hast Wichtigeres zu tun, als den Navigatoren …«

»Zur Sonne«, beharrte er. »Sofort.«

»Du könntest die Besatzung erbauen«, schlug sie vor. »Sprich von der Gnade, die Mutter dir im Rotraum gewährt hat.«

Ugrôn lächelte. »Glaubst du, Mutter hätte es nötig, dass ihr eine Strecke für sie berechnet? Sie schwimmt, wohin sie will. Sicher, oft folgt sie euren Wünschen, aber nicht jetzt. Wenn ihr euch die Illusion erhalten wollt, ihr könntet sie steuern, dann rate ich euch: Legt einen Kurs in die Korona des Roten Zwergs fest. Wenn ihr es nicht tut, wird Mutter dennoch darin baden. Aber es könnte sein, dass sie eure Wünsche künftig ebenso ignoriert, wie ihr es mit ihren tut.«

Kitaga nickte bedächtig. »Wie wäre es, wenn wir erst den Ursprung des Signals klären und danach zur Sonne fliegen?«

»Hast du ein so schlechtes Gedächtnis, dass ich alles wiederholen muss?«

Ihre Blicke maßen sich. Kitaga hatte grüne Augen, aber das war nur eine gewöhnliche Färbung der Iris, keine vollständige Tönung des gesamten Augapfels wie bei Ugrôn.

»Du glaubst also, das ist Mutter so wichtig, dass es keinen Aufschub duldet?«, fragte sie.

»Was glaubst du, Kitaga?«, gab er lauernd zurück. »Du bist die Zoëlikerin, du stehst in der Gnade der Mutter. Was singt sie in deinem Fleisch?«

Es dauerte noch fünf Herzschläge, dann nickte sein Gegenüber. »Kurs auf die Sonne.«

»Aber das Signal wird erlöschen, bevor...«, protestierte jemand.

»Auf die Sonne!«, rief Kitaga, ohne den Sprecher anzusehen. Ihr Blick blieb bei Ugrôn.

Dieser nickte zufrieden, drehte sich um und verließ den Saal der Navigatoren. Er hatte Mühe, nicht zu schreien. Die Vorfreude auf die Korona drohte ihn zu überwältigen.

—

»Bist du bereit?«, fragte Doktor Ulsike Calega, als sich Rila Egron-Itara in das Behandlungszimmer zog.

»Sieht man das nicht?« Rila drehte sich um die eigene Achse. Sie trug ein weißes Hemd und einen weiten Rock in derselben Farbe. Darunter waren ihre Beine nackt.

Sie begrüßten sich mit einem Streichen über die Handteller.

Heute hatte Ulsike ihr schwarzes Haar in einem Knoten am Hinterkopf zusammengedreht. »Ich habe den Syntho-Uterus vorbereitet.« Während sie in den Raum schwebte, zeigte sie auf die künstliche Gebärmutter, die sich neben einer Liege befand, die sich etwa auf halber Länge in zwei Streben teilte.

»Das Austragen wäre sicher eine spannende Erfahrung gewesen, aber ich kann nicht mit dickem Bauch im Jäger sitzen«, sagte Rila.

»Es ist deine Entscheidung.« Ulsike deutete auf eine Liege. »Mach dir keine Sorgen! Deinem Kind wird es darin gut gehen, wir werden es sogar rund um die Uhr überwachen.«

Der Syntho-Uterus war eine zu drei Vierteln durchsichtige Kugel von einem halben Meter Durchmesser. Leitungen und Sensoren waren durch die orangefarbene Nährflüssigkeit im

Innern zu erkennen. Auf Rila wirkte das nicht gerade heimelig, aber die Technologie war gründlich erprobt.

Während die Ärztin eine Maske vor Mund und Nase zog und ihre Hände mit einem Gel reinigte, begab sich Rila in Position. Sie fixierte sich mit einer Magnetschnalle über dem Bauch. »Ich nehme an, untenrum sollte ich nackt sein?«

»Du kannst den Rock ausziehen oder ihn raffen.«

Rila entschied sich für Letzteres. Sicher war es nur Einbildung, aber ihre entblößten Beine fühlten sich kalt an.

»Warte, ich helfe dir.«

Ulsike trug jetzt Handschuhe. Wie alles an ihrer Kombination waren sie weiß. Sie schloss die Schnallen um Oberschenkel, Knie und Waden. Dann zog sie sich neben den Oberkörper der Patientin.

»Die Arme auch?«, fragte Rila. »Ich fühle mich schon wie eine Gefangene.«

»Die Sicherungen sind nicht besonders stark«, sagte Ulsike. »Wenn du dich anstrengst, kannst du sie aufsprengen. Wir wollen nur vermeiden, dass du mir davonschwebst oder eine überraschende Bewegung machst.«

»Aber die Arme?«, insistierte Rila.

»Wir machen es so, wie du dich wohlfühlst, aber es ist besser, wenn du möglichst am ganzen Körper stillliegst.«

Rila fühlte sich schutzlos. Sie kannte Ulsike nur von der Routineuntersuchung und einem einzigen Termin danach. Es widerstrebte ihr, einer Fremden zu vertrauen, egal, wie hoch deren Expertise bei solchen Eingriffen war.

»Es wäre schlecht, wenn ich abrutsche«, sagte die Ärztin. »Gerade im zweiten Teil, wenn die Angelegenheit ein bisschen blutig wird.«

»Mach schon! Bevor ich es mir anders überlege.«

Ulsike schloss die Schnallen um die Oberarme, klappte einen Sensorstab aus und fixierte ihn über Rilas Bauch. »Erst mal schauen wir, ob alles dort liegt, wo es sein sollte.«

»Wie lange dauert das?«

»Schon fertig.« Ulsike sah schräg nach unten. »Nichts Unerwartetes. Möchtest du zusehen?«

Rila überlegte, dass sie dann zumindest mitbekäme, was vor sich ging. »Ja.« Das wäre wenigstens ein Minimum an Kontrolle in dieser Situation, die sie bereits jetzt als entwürdigend empfand.

Ulsike entriegelte die Liege und schwenkte sie so, dass ein kleiner Holokubus in Rilas Blickfeld geriet. Er war sehr dunkel, das graue Gekräusel, das sich in ein paar Linien und Klumpen zeigte, wirkte wie eine Störung. Die Ärztin erkannte jedoch deutlich mehr. »Da ist das Köpfchen.« Sie tauchte den Finger in die Darstellung. »Und da bilden sich die Knie aus. Es liegt perfekt.«

»Ich erkenne gar nichts.«

»Es ist nur ein grober Scan. Das Bild wird deutlicher, wenn wir anfangen. Erst einmal setze ich die Injektion.«

Rila erinnerte sich, dass die Substanzen, die Ulsike in die Adern an der Innenseite ihrer Schenkel einbrachte, nicht nur betäubten, sondern auch den Geburtskanal weiteten.

»Erzähle mir etwas«, ermunterte Ulsike sie. »Eigentlich egal, was. Ich will nur sicher sein, dass du noch da bist.«

Rila vermutete, dass es eher um Beruhigung ging. Sie wäre enttäuscht gewesen, wenn die in der Liege verborgenen Instrumente ihre Biodaten nicht zuverlässig überwacht hätten.

Dennoch tat sie der Ärztin den Gefallen. »Cochada ist ständig in Wolken gehüllt. Wenn ich den Planeten in meinem Jäger umkreise, sieht er aus wie ein Ball aus gezupfter Watte. Den Ozean bekommt man nur selten zu Gesicht.«

»Welche Farbe hat er?«

Rila zuckte die Achseln, was ihr die Fesselung wieder bewusst machte. »Ich nehme an, es hängt von der Gegend ab. Was für Flora sich im Wasser befindet, wie hoch der Mineralgehalt ist, was sich darin spiegelt. Ich habe ihn immer grünlich gesehen.«

»Nicht blau?«

»Nein, eher grün.«

»Schade. Ich stelle mir ein Meer immer blau vor. – Spürst du das?«

Rila runzelte die Stirn. »Nein.«

»Und das?«

»Auch nicht.«

»Gut. Wir fangen an.«

Der Sensor über dem Bauch summte, während die Ärztin ein Instrumentenfach in der Wand öffnete.

Das Holo wurde schärfer. Jetzt erkannte auch Rila problemlos das kleine Wesen, das in einer weich aussehenden Blase trieb.

»Ist das die Originalgröße?«

»Etwas herangezoomt«, antwortete Ulsike. »Ich will ja genau sehen, was ich tue.« Sie schwebte zwischen die gespreizten Beine.

Rila schluckte und stellte sich auf Schmerz ein, doch es kam keiner. Die Betäubung wirkte zuverlässig. Sie spürte nichts, aber im Holo sah sie, wie sich eine Röhre der Fruchtblase näherte.

»Erzähl mir, wie es ist, einen Jäger zu fliegen«, bat Ulsike. »Fühlt man sich dabei einsam?«

Rila sah jetzt doch lieber weg. »Man ist lange allein unterwegs, aber ob man einsam ist, hängt davon ab, ob man etwas mit sich selbst anzufangen weiß. Ein Erkundungsflug kann schon mal eine Woche dauern, selten auch zwei. Das Erste, was ich von meinen Kameraden gelernt habe, ist, auf wie vielfältige Weise man sich in einer Pilotenkanzel bewegen kann.« Sie lachte. »Ynga ist beinahe schon ein Gummimensch.«

»Ich dachte, man müsste immer wachsam sein.«

»Das Schwierigste ist, dass einen die Routine nicht einschlä-
fert. Wenn eine Soldatin einfach nur wartet, ist das für alle die
beste Zeit, vor allem für diejenigen, die sie beschützt. Wenn
es interessant wird, ist es auch gefährlich. Ich bin tagelang auf
G'olata zugestürzt. Mein Gefechtseinsatz dort hat nur etwa
eine Stunde gedauert. Vielleicht auch zwei, je nachdem, was
man dazuzählt.«

Sie war sich bewusst, dass es jederzeit wieder zu einem Einsatz kommen konnte. Die miteinander hadernden Konzerne
der Cochader boten Konfliktpotenzial. Viel schlimmer war
die Möglichkeit, dass die Giats den Schwarm aufspüren könnten. Sie würden sich für ihre Niederlage rächen wollen und
keine Gnade zeigen.

»Und wenn man nicht in Todesgefahr ist, langweilt man
sich?«, fragte die Ärztin.

»Nein, nicht immer. Man hat Kameraden, und das All überrascht immer wieder mit ungeahnten Wundern. Die Ringe
um Cochada, zum Beispiel ... kupfern und golden und weiß
und silbern ... wunderschön. Es ist anders, wenn man in ein
paar Hundert Kilometern vorbeifliegt, als wenn man nur
Holos davon anschaut.«

Ulsike hantierte außerhalb von Rilas Sichtbereich. »Ich
stelle es mir auch romantisch vor, allein mit den Sternen zu
sein.«

»Romantisch wäre es wohl eher, wenn man zu zweit wäre.«

»Ist man doch. Man selbst und seine Träume.«

»Wenn du es so betrachtest ...« Sie überlegte, ob sie Ulsike
vom Flug durch die Sonnenkorona erzählen sollte, den sie auf
der Squid erlebt hatte. Sie war nicht in der Stimmung dazu.

»Jedenfalls ist es ganz anders in einem Jäger als in einem
Großraumschiff«, sagte sie stattdessen. »Natürlich hilft einem
der Bordcomputer, aber man hat alles in der Hand. Man muss
natürlich mit der Maschine umgehen können. Allgemein mit
dem Modell und auch mit den Besonderheiten des eigenen Jä-

gers. Aber wenn man den beherrscht, hat man alles unter Kontrolle. Ich bin mit meinem alten WEISS-SIEBEN so oft geflogen, dass ich genau wusste, wie er sich bei welcher Drehung und welchem Manöver verhielt. Ich hörte am Knacken des Metalls, wenn wir aus dem heißen Licht einer blauen Sonne in einen Planetenschatten tauchten, welche Torpedos in den Waffenträgern hingen.«

»Du sagst das so, als hätte sich das geändert.«

»Über G'olata haben die Giftatmer meinem Schätzchen arg zugesetzt. Wir haben versucht, es wieder hinzubekommen, aber es erfüllt das Anforderungsprofil nicht mehr. Mein alter Gefährte ist jetzt eine Ausbildungsmaschine.«

»Man hört dir deine Traurigkeit an.«

»Albern, oder? Es ist jedes Mal so. Meine neue Maschine ist der fünfte WEISS-SIEBEN, den ich fliege, und er ist technisch noch ein bisschen besser, aber dem Vorgänger trauere ich trotzdem nach.« Rila überlegte, ob es sie beim ersten Jäger mehr mitgenommen hatte. Sie glaubte es nicht.

»Der wichtigste Teil ist geschafft«, verkündete die Ärztin.

»Jetzt schon?«

Lächelnd hob sie den annähernd kugelförmigen Behälter in Rilas Blickfeld. Rila brauchte einen Moment, bis sie den Embryo in der orangefarbenen Flüssigkeit schwimmen sah. Die Nabelschnur war mit einer Zuleitung verbunden, die im undurchsichtigen Bereich des Behälters verschwand.

»Das ist dein Kind«, erklärte Ulsike überflüssigerweise. Vorsichtig platzierte sie die künstliche Gebärmutter so vor Rilas Gesicht, dass sie nicht davontrieb, und zog sich wieder zwischen die Beine zurück.

Der Embryo war so groß wie ein Daumen. Ellbogen und Knie waren als Verdickungen zu erkennen. Er paddelte ein wenig in der Flüssigkeit, als wolle er sich Rila präsentieren. Sie kicherte, als sie die winzigen Finger erkannte. Ob er auch bereits Zehen hatte?

»Ich hole jetzt den Rest aus dir heraus«, kündigte Ulsike an.
»Die Plazenta und so. Die sind jetzt unnötig. Im Syntho-
Uterus hat das Kleine jetzt alles, was es braucht.«
»Geht es ihm gut?« Noch während sie die Frage aussprach,
kam sie Rila idiotisch vor. Kaum einen Vorgang unterstützte
die Medizin so zuverlässig wie eine Schwangerschaft, ob sie
nun in vivo oder in vitro ausgetragen wurde.
»Wunderbar«, bestätigte Ulsike. »Und mit dem ›ihm‹ hast
du ganz recht: Es ist ein Junge.«
Rila lächelte.

—

Diesmal hatte sich Ugrôn von den Sälen ferngehalten und
ein kleines Atrium aufgesucht, aber sie fanden ihn trotzdem.
Er stand unter einer gerade einmal drei Meter durchmessenden Kuppel, die von einer wasserklaren Membran gebildet
wurde. Jenseits davon drehten sich majestätisch die Strudel
des Rotraums.

Berglen und Kitaga stellten sich schweigend neben ihn. Die
ranghohe Zoëlikerin wechselte den von Bronzezacken ge-
krönten Stab in die linke Hand, sodass er nicht auf Ugrôn
zeigte. Mit in den Nacken gelegtem Kopf betrachtete sie die
violetten Schlieren, die der Farbe des Feuers ein wenig von
ihrer Gewalt nahmen.

»Wir sind hier, damit du uns erklärst, was gerade geschieht«, eröffnete Berglen das Gespräch.

»Zeit verstreicht«, meinte Ugrôn. »Manche nutzen sie, andere nicht. Einige von uns werden morgen weiser sein als
heute, einige dümmer, die meisten werden bewegungs- und
anspruchslos in ihren Täuschungen verharren.«

»Du machst Ausflüchte«, warf Kitaga ihm vor.

»Nicht ich habe die Frage gestellt«, erwiderte Ugrôn. »An
meiner Antwort ist nichts Falsches.«

»Und auch nichts Relevantes.« Sie drehte den Kopf und sah ihn an, wie er aus dem Augenwinkel bemerkte. »Weshalb schwimmt Mutter durch den Rotraum?«

Er wandte sich ihr zu. Hätte ihre Robe ihn beeindruckt, bevor er den Rotraum erfahren hatte? Der dunkelgrüne Stoff war ohne Makel, peinlich sauber gehalten. Ein kantiges Muster, mit schwarzem Faden gestochen, zierte die silberfarbene Borte. Ihre kleinen Brüste wirkten so fest, als wären sie aus Elfenbein geschnitzt. Darunter leuchteten ihre Rippen bei jedem Atemzug grün auf, nur um jedes Mal wieder zu verlöschen.

»Warum fragst du mich, was Mutter tut?«, wollte Ugrôn wissen. »Liebt sie dich nicht ebenfalls? Frage sie doch selbst.«

»Ihre Weisheit bleibt für unseren Verstand oft unfassbar. Deswegen kommen wir zusammen und beraten uns. Es ist an der Zeit, dass du Teil unseres Kreises wirst.«

»Du bist zu klug, um zu glauben, ich sei nun einer von euch.«

»Hältst du dich nicht für ihr Kind?«

»Glaubst du, du wärest es?«

Für einen kurzen Moment brach die Maske ihrer Selbstbeherrschung. Zorn blitzte in ihren Augen.

»Wir sind ahnungslos«, gestand Berglen flüsternd. »Eigentlich hätte es nur eine kurze Transition werden sollen. Jetzt erkennen die Navigatoren, dass wir auf dem Weg zurück nach Cochada sind. Dabei sollten wir noch fünf Systeme auf Späher kontrollieren.«

»Ein unsinniger Plan«, urteilte Ugrôn. »Um uns Menschen und unsere Maschinen nicht zu verlieren, müsste Mutter lange im Einsteinraum verweilen, damit die Rubozyten ausgespült werden. Niemand will vom Rotraum abgestoßen werden, um dann im Nichts des Void zu enden. Also wären wir Monate unterwegs. Noch länger, wenn wir immer bereit für die Rückkehr sein wollen, um schnell Alarm geben zu können.«

»Aber das war der Plan, den wir im Schwarm besprochen haben«, sagte Kitaga. »Wir haben Mutter davon gesungen, und sie hat zugestimmt.«

»Sie hat euch gewähren lassen«, korrigierte Ugrôn. »Nun hat sie die Lust an euren Spielen verloren.«

»Spielt sie stattdessen jetzt deine?«

Ugrôn hoffte, dass sie ihm nicht ansah, wie nahe sie damit der Frage kam, die er sich inzwischen selbst stellte. Das Bad in der Korona des Roten Zwergs hatte er nicht nur als Zuschauer genossen, sondern als unmittelbar Beteiligter. Er hatte die Wärme und das Licht in allen Zellen seines Körpers gespürt, und jede Faser in seinem Fleisch hatte Mutters Lied gesungen. Wo endete Mutters Empfinden, und wo begann seines? Zwar verstand er sie jetzt so vollkommen, dass er sein Wissen nicht mehr in menschliche Worte hätte fassen können. Zugleich wurde er jedoch ratlos, was ihn selbst betraf. Wo verliefen die Grenzen von ihm als Individuum? Mutter nährte ihn, beinahe alle Nahrung an Bord der SQUID stammte von Farmen, die aus ihrem Leib wuchsen, oder aus Lagern, wo Dünste aus ihrem Gewebe sie konservierten. Somit nahm er ständig Nährstoffe auf, die von ihr stammten – und möglicherweise nicht nur Nährstoffe. Und was war mit seinem Geist? Er hatte sich weit geöffnet, freiwillig, bei seiner Begegnung mit dem Rotraum. Was hatte er dabei eingelassen? Und was gab Mutter ihm im Austausch dafür?

»Mutter tut, was Mutter wünscht?« Er empfand es als Frage, die er an sich selbst stellte.

»Aber was will Mutter im Cochadasystem? Die Sehnsucht nach den Schiffen des Schwarms wird sie kaum plagen.«

»Es mag eine andere Sehnsucht sein, die diesen Kurs verlangt«, schlug Berglen vor.

»Ihr versteht nichts«, versetzte Ugrôn.

»Und wer versteht dann?«, fragte Berglen. »Diese Rila etwa?«

Lag Wahrheit in dieser Unterstellung? Er dachte immer wieder an die Pilotin, die ein paar Wochen auf der Squid verbracht hatte. Aber er erinnerte sich auch gern an seine Kindheit, obwohl dieser Lebensabschnitt unwiederbringlich vorbei war.

»Wieso sollte Mutter an einer Soldatin von der Marlin gelegen sein?«, fragte er.

»Nicht Mutter«, stellte Berglen klar. »Jeder weiß, dass du viel Zeit mit ihr verbracht hast.«

Eine Weile schwiegen sie.

»Mit Macht«, sagte Kitaga, »kommt Verantwortung. Das ist unausweichlich. Bislang haben wir beides gemeinsam getragen.«

»Du meinst: die Zoëliker.«

»Du solltest dich mit uns vereinen«, wiederholte Kitaga. »Damit gibst du nichts auf, außer die Exklusivität deines Wissens über Mutters Wünsche.«

»Und was, wenn ich nicht eurer Meinung bin?«

»Wir sind selten alle einer Meinung«, sagte Berglen.

»Und dann? Wollen die Unwissenden abstimmen?«

»Mutters besondere Gnade ruht auf dir.« Kitagas Stab knirschte, weil sie die Hand so fest darum schloss. »Auch wenn mir ein Rätsel ist, wieso sie dich denjenigen vorzieht, die ihr ein Leben lang dienen, werde ich diese Tatsache anerkennen. Die anderen werden das auch tun.«

»Das klingt, als wolltest du mich zu eurem Anführer machen.«

»Übertreibe es nicht«, riet sie. »Du weißt nicht, wann Mutter das Interesse an dir verlieren wird, und wer hilft dir dann? Sind wir nicht immer gut zu dir gewesen?«

»Die längste Zeit meines Lebens war ich euch egal.«

»Das stimmt nicht«, widersprach Berglen. »Immer haben wir dich als Liebling der Mutter behandelt. Du warst es, der sich ferngehalten hat.«

Ugrôn konnte ihm nicht widersprechen. Die Grünfärbung seiner Augen hatte ihn in der Wahrnehmung der Zoëliker immer zu einem der Ihren gemacht, wenn auch einem sonderbaren. Dennoch spürte er, dass er stets anders gewesen war, unverstanden.

Oder hatte nicht er dieses Gefühl, sondern Mutter?

Wo verlief die Grenze?

Schweiß tropfte von seiner Stirn. »Ich weiß nur, dass wir zurück nach Cochada müssen.«

»Das müssen wir akzeptieren«, lenkte Kitaga ein. »Aber denk über unser Angebot nach. Manche beobachten deinen Aufstieg weniger wohlwollend als ich.«

—

Obwohl die transparente Kuppel am Rande des Raumhafens auch einer Gesellschaft von fünfzig Personen Platz geboten hätte, hielt sich Starn Egron allein in ihr auf. Dennoch war er sicher, am richtigen Ort zu sein. Das optische Leitsystem, das ihn von der Fähre aus hierhergelotst hatte, ließ keinen Irrtum zu.

Auf ihre Art bot Balaan – die Stadt, die einem planetaren Regierungssitz am nächsten kam – einen imposanten Anblick. Das mochte auch daran liegen, dass man so wenig von ihr sah.

Jenseits des Transplasts erstreckte sich ein Ozean. Nur im Osten zeichnete sich ockerfarben eine Küste ab, ansonsten wogte das Meer in jeder Richtung bis zum Horizont. Das Wetter war unruhig, wegen des peitschenden Regens auf dem Weg in diese Kuppel war Starn jetzt völlig durchnässt. Es störte ihn nicht, er genoss es noch immer, die planetare Atmosphäre zu spüren. Anders als in Sidago brauchte er hier auch keine Atemmaske zu tragen.

Ein Brecher zerspritzte an den Hartplaststreben, auf denen

eine Plattform ruhte, die nur wenig niedriger lag als der Raumhafen. Wie die Fruchtkörper eines Pilzes standen ein paar Hundert dieser Bauten im Meer und wie bei einem Pilz blieb das Wesentliche der Stadt dem Auge verborgen. Man konnte die unterseeischen Verbindungstunnel lediglich erahnen, die stromlinienförmig ausgerichteten Gebäude am Meeresgrund, die Boote, die unter den Wellen ihre Bahnen zogen. Den Großteil ihrer Zeit verbrachten die Bürger unter der Oberfläche.

Durch den die Kuppel füllenden Dunst sah Starn die Fähre absinken. Über dem Meer und bei dieser Wetterlage war die Wasserstoffkonzentration wesentlich geringer als im Tal von Sidago. Nur unmittelbar an den Schubtriebwerken zeigten sich Flammenkränze.

Wieder hatte Starns Mutter ihn manipuliert. Erst kurz vor seiner Ankunft hatte sie ihm von der Assistentin berichtet. Die anderen Mitglieder der Delegation arbeiteten an fachlichen Fragen, an Güterlisten und Preisvorschlägen, manchmal gemeinsam mit den Cochadern, manchmal in rein menschlichen Teams. Aber diese Assistentin war ihm persönlich zugeordnet, sie sollte die Verhandlungen auf höchster Ebene unterstützen. Und sie kam ausgerechnet von der Esox.

Starn wandte sich der Aussicht zu. Im Zentrum der nächstgelegenen Plattform tauchte eine Kugel auf, für die eine sich öffnende Irisblende Platz schuf. Jenseits davon erstreckte sich ein nach innen leicht abfallender Ring, auf dem sich etwa einhundert Cochader versammelten. Starn fragte sich, wieso sie im Freien standen, wo doch am Rand ein Kranz aus Kuppeln Schutz versprach. Immerhin konnten sie wegen ihres nacktschneckenartigen Körperbaus nur schwer davongeweht werden.

Die Kugel klappte auf. Ein Wasserbecken kam zum Vorschein, in dem mehrere Hundert kleinere Cochader wimmelten. Ob das Kinder waren?

Die Ersten schwammen zum Rand und kletterten heraus, wobei sie sich mit ihren Kopftentakeln an Greifbügeln festhielten und dann die beachtliche Flexibilität ihrer massigen, aber weichen Körper bewiesen.

Die Außentür öffnete sich, das Fauchen des Sturms wurde lauter. Als sie sich wieder schloss, vernahm Starn gleichmäßige Schritte.

»Starn Egron von der MARLIN?«, fragte eine Stimme, die jede Silbe mit gleicher Deutlichkeit aussprach.

»Prijatu von der Esox.« Er drehte sich um. »Ich hoffe, wir werden miteinander auskommen.«

»Was spräche dagegen?« Der Blick aus den goldgelben Augen war interessiert, nicht spöttisch.

Das Gesicht der Frau wirkte klein, aber das lag nur an dem um fast einen halben Meter verlängerten Hinterkopf. Die Techniker der Esox gaben sich keine Mühe, ihr Werk kosmetisch zu verbergen. Prijatu besaß kein Haupthaar, oberhalb der Brauen ging ihr Schädel in eine chromglänzende Metallkonstruktion über. Als sie ihm die Hand hinstreckte, sah er, dass auch der kleine Finger aus blankem Metall bestand. Eine Schiene zog sich von dort bis zur Elle, wo sie im Ärmel ihrer roten Kombination verschwand.

Sie strichen einander über die Handflächen.

»Bist du bewaffnet?«, fragte er.

»Nur, was ich am Körper habe.«

Starn schnaubte. Er hätte darauf gewettet, dass Prijatus technische Optimierungen auch ein Waffenarsenal umfassten. Voll ausgebildete Soldaten gestand man der Esox noch immer nur in sehr geringem Ausmaß zu, und alle Offiziere kamen von anderen Schiffen, aber Spielereien wie eine ausklappbare Klinge fielen nicht unter die Sperrvorschriften.

Unwillkürlich legte er die Hand auf den Griff der Blasterpistole, deren Gewicht an seiner Hüfte zog. Er war nicht mehr so zielsicher wie früher, traute sich aber zu, auf engem Raum damit zu kämpfen. Für alle Fälle war ein Messer in seinem linken Stiefel eingenäht und die beiden Absätze enthielten Depots mit Komponentensprengstoff. Er verzichtete auf eine Eskorte, um die Gespräche nicht von vornherein mit Misstrauensgesten zu belasten, aber er war nicht blöd.

»Ist dies deine erste Mission als Botschafterin?«

»Ich bin nur Assistentin.«

Er nickte. »Damit es nicht zur Unzeit herauskommt: Ich war nicht immer als Diplomat unterwegs. Ich habe ...«

»... die Esox gestürmt. Du warst Rauminfanterist. Ich weiß.« Ihr Gesicht blieb so gleichmütig, dass sich Starn fragte, wie viel von ihrem Denken sich in der elektronischen Erweiterung ihres Gehirns abspielte.

Ein Loch tat sich im Boden auf. Eine Cochaderin – das Geschlecht erkannte er an der Verteilung der Atemlöcher in den Wangen – wurde mit einer Plattform hochgeschoben, die sich in der Ruheposition nahtlos mit dem umgebenden Metall verband. Wellen liefen durch ihre Standfläche, als sie sich ihnen näherte.

»Ich begrüße euch im Namen des Rates der Normen.« Es dauerte einen Moment, bis der Translator die geblubberten Worte übersetzte.

Allmählich konnte Starn individuelle Merkmale bei den Cochadern unterscheiden, auch jenseits der fantasievoll gestalteten Überwürfe. Bei dieser Frau fiel das besonders leicht. Ein violetter Strich zog sich seitlich von ihrem linken Auge bis beinahe zu den Kopftentakeln. Vielleicht handelte es sich um Narbengewebe über einer ausgeheilten Verletzung. Nach Kosmetik sah es jedenfalls nicht aus.

»Starn Egron«, er zeigte zu seiner Assistentin, »und Prijatu. Wir vertreten den Schwarm. Mit wem haben wir die Ehre?«

»Ich heiße Quabascha.« Sie glitt an ihnen vorbei zur transparenten Wand und betrachtete das Geschehen auf der benachbarten Plattform, wo die Hälfte der kleinen Cochader das Becken verlassen hatte. Die Größeren nahmen sie in Empfang. Gruppen bildeten sich.

»Was geschieht dort?«, fragte Starn. Auch er trug einen Translator cochadischer Fertigung, einen kleinen schwarzen Würfel, der an einer Kette in seiner Halsbeuge hing. Diese Geräte leisteten Erstaunliches, obwohl sich die Prinzipien, nach denen sie arbeiteten, nicht von den entsprechenden Technologien der Menschen unterschieden. Sie wandten sie jedoch um ein Vielfaches effizienter an.

»Es ist ein sehr wichtiger Tag für diese Jugendlichen«, erklärte Quabascha. »Sie erhalten den Grundstock für ihr persönliches Vermögen, ihren ersten Manipulator.«

Die Cochaderin trug an den meisten ihrer zwei Dutzend Kopftentakel technische Aufsätze. Bei einigen davon war die Funktion offensichtlich, sie liefen in Schneidklingen, Sensorköpfen oder Greifzangen aus. Bei anderen konnte Starn noch nicht einmal raten.

»Wer sind diejenigen, die ihnen die Manipulatoren überreichen?«, fragte Starn.

»Verdiente Pensionäre«, antwortete die Cochaderin. »Sie haben die Jungen während des vergangenen Jahres betreut und sie an ihrem Wissen teilhaben lassen.«

»In Sidago hat man mir erklärt, dass in eurer Gesellschaft alles auf dem Leistungsprinzip basiert. Mich wundert, dass jemand etwas geschenkt bekommt.«

»Das Leben ist ein Geschenk«, meinte Quabascha. »Das Angebot zur Ausbildung. Die Versorgung während der Reifephase. Und jetzt der erste eigene Manipulator. Manche werden ihn verkaufen, andere werden ihn gewinnbringender einsetzen. Das steht jedem frei. Jeder hat die gleichen Chancen. Nur so ist sichergestellt, dass sich die Besten durchsetzen.«

Inzwischen wusste Starn, dass die Cochader keine Familien bildeten. Sie legten weichschalige Eier ins Wasser, die Männer gaben ihren Samen dazu, aber eine Bindung zwischen speziellen Partnern existierte nicht. Alles spielte sich in großen Becken ab, in denen sich die Cochader so ungezwungen trafen wie die Menschen in den Rotationsmodulen ihrer Schiffe. Aus biologischer Sicht erstaunte Starn, dass keine erkennbare Selektion des Fortpflanzungsprivilegs stattfand. Es gab weder Balzrituale noch kollektive Auswahltraditionen. Der Same eines cochadischen Mannes vermischte sich im Becken mit den Eiern einer Vielzahl von Frauen. Anhand der Färbung erkannte man eine Befruchtung und brachte die vielversprechenden Eier in eine Aufzuchteinrichtung. Niemanden interessierte, wer seine biologischen Eltern waren.

»Diese Zeremonie ist faszinierend«, versicherte Starn. »Befinden sich auch Mitglieder des Rats der Normen dort unten?«

»Nein«, antwortete Quabascha knapp.

Prijatu überraschte Starn, indem sie cochadische Worte formte. Sie intonierte die Silben mit ihrem eigenen Mund. Es war komisch zuzusehen, wie sie dabei die Wangen einsog oder die Lippen aufploppen ließ. Sicher waren in ihrem ausgewölbten Hinterkopf alle Routinen untergebracht, die ihr halfen, die Blubb- und Schnalzlaute der Cochader zu verstehen und ihrerseits zu erzeugen.

Starns Translator musste eine vollständige Satzstruktur abwarten, bevor er ins Generalingua übersetzen konnte, was sie gesagt hatte. »Wir freuen uns, deine Bekanntschaft zu machen, Quabascha. Gehörst du selbst dem Rat der Normen an?«

»Nein. Der Rat der Normen begibt sich nicht zu Gästen.«

»Aber uns wurde versprochen, dass wir zum Rat der Normen vorgelassen würden«, wandte Starn vorsichtig ein. »Das ist sehr wichtig, gerade wegen der aktuellen Situation.«

Die Bewohner der OMUL hatten zuerst die Geduld verloren und mit einer groß angelegten Ernte in einem fruchtbaren Gebirge begonnen. Anfangs war es nur ein Konflikt mit der MAKO gewesen, die sich für dasselbe Gebiet interessierte.

Aber dann waren die Planetarier auf den Plan getreten. Gleich mehrere Konzerne wollten die Ernte unterbinden, bis ihre Kompensation geklärt sei. Etwas, worauf sich weder die MAKO noch die OMUL einließen. Der Wintereinbruch drohte die Fruchtkörper zu verderben. So war es zu ersten gewaltsamen Zusammenstößen der Planetarier mit den Raumlandetruppen der beiden Schiffe gekommen. Das wiederum weckte die Sorge, dass die Verhandlungen negativ beeinflusst werden könnten. Dementsprechend setzte man immer halbherziger auf diesen Weg. Inzwischen gab es an ein paar Dutzend Orten auf dem Planeten Kämpfe zwischen den Menschen und den Cochadern. Glücklicherweise neigten Letztere eher zum Rückzug als zu heroischen Gesten der Selbstaufopferung. Erwartungsgemäß zeigte der Technologievorsprung des Schwarms Wirkung, aber wegen der ausweichenden Strategie der Planetarier hielten sich auch deren Opferzahlen in Grenzen.

»Ich glaube, Quabascha sagt uns lediglich, dass der Rat der Normen nicht zu uns kommt.« Eine metallische Strebe in ihrem Nacken stützte Prijatus Hinterkopf. »Sicher bringt sie uns zu ihm.«

»Im Schwarm wäre man enttäuscht, wenn wir den Rat der Normen nicht treffen könnten«, wandte sich Starn an die Cochaderin. »Wir wollen seinen Mitgliedern eine Einladung zum Tag der Flotte überbringen. Das ist eine Ehre, die in den vergangenen Jahrhunderten nur wenigen Nichtmenschen zuteilwurde.«

»Der Rat wird diesen Vorschlag ablehnen müssen«, sagte Quabascha.

»Wir würden uns auch vom Besuch einiger ausgewählter Mitglieder geehrt fühlen«, lenkte Starn ein. »Natürlich können wir uns denken, dass der Rat der Normen seine Pflichten nicht gänzlich ruhen lassen kann.«

»Du missverstehst.« Quabaschas Fangarme wirbelten, wodurch die Metallaufsätze im Licht der Lampen funkelten, die in den Streben der Kuppel untergebracht waren. »Es ist unmöglich.«

»Das soll man uns selbst sagen«, insistierte Starn. »Wir wollen die Einladung persönlich überbringen.«

»Ich werde euch zum Rat führen«, bestätigte sie Prijatus Vermutung. »Wir dachten nur, es wäre nützlich, wenn ihr auch den Beginn des Weges sehen würdet.«

»Welches Weges?«, fragte die Frau von der Esox.

Starn hob eine Hand. »Ich glaube, ich verstehe. Der Rat der Normen setzt sich aus den verdientesten Cochadern zusammen, nicht wahr?«

»Jenen, die den größten Profit erzielt haben«, bestätigte Quabascha. »Die die geschicktesten Verträge aufsetzen. Deren Tentakel immerzu Promethium aus dem Staub kratzen.«

»Und dort draußen«, Starn zeigte auf die Nachbarplattform, »beginnen einige Cochader die Karrieren, die für die Besten von ihnen im Rat der Normen enden könnten.«

»Das stimmt.« Quabascha kam ihm so nahe, dass er den Schädel mit der violetten Zeichnung hätte berühren können. »Ich sehe, dass der Gischama-Konzern zu Recht von dir angetan ist.«

Offenbar hatte Starn in Sidago Eindruck gemacht.

Gegenläufige Wellen durchliefen die Flosse, die die Standfläche der Cochaderin einfasste. Sie drehte sich auf der Stelle.

»Kommt mit!« Sie glitt zurück auf das Bodenstück, das sie heraufgebracht hatte.

Die beiden Menschen stellten sich neben sie.

Durch den transparenten Aufzugschacht sahen sie zunächst Fische im blauen Wasser, aber außen wurde es schnell so dunkel, dass nur die Lichter der unterseeischen Stadt blieben, die aus den lang gezogenen Kuppeln strahlten. Auf dem Meeresboden wechselten sie in eine Transportkapsel mit sechs auf cochadisches Körpermaß ausgelegten Ruheschalen.

Starn kam inzwischen gut damit zurecht, und Prijatu ahmte ihn nach, indem sie sich hineinlegte und einen Ellbogen auf der Einfassung abstützte. Bei ihr machte das ein klackendes Geräusch.

Plätschernd glitt die Kapsel durch das Röhrensystem. Sie bogen mehrfach ab, hielten aber nicht, bevor sie eine halbe Stunde später an ihrer Zielstation ausstiegen.

Edelsteine funkelten in den gewölbten Wänden. Zwei Planetarier mit gedrehten, nach Waffen aussehenden Stäben wachten neben einem mit grünen Stoffbahnen verhängten Tor.

»Hier gibt es keine geraden Kanten«, bemerkte Prijatu.

»Die Cochader bevorzugen gebogene Formen«, erklärte Starn.

Sie folgten Quabascha in einen Saal, dessen Rückwand eine organische Masse einnahm. Fünfzehn Meter hoch türmte sie sich bis zur Decke auf. Blaue und hellgraue ineinander übergehende Kugeln und Ellipsoide bildeten eine atmende Pyramide. Schläuche, Röhren und Kabel verbanden dieses Konglomerat mit Maschinen an den Wänden. Cochader bedienten die Apparaturen, sie fuhren mit Hubplattformen daran entlang, lasen Werte ab und steckten ihre Tentakel in Schaltlöcher.

»Ist das eine Zuchtanlage?«, fragte Starn.

»Nein.« Offensichtlich neigte Quabascha zu knappen Antworten.

Im Grunde musste dieses Ding Starn ja auch nicht interessieren. »Wie weit ist es noch bis zum Rat der Normen?« Er sah sich nach einem weiterführenden Ausgang um, entdeckte aber keinen.

»Begreifst du nicht?«, fragte Prijatu mit ihrer übertrieben akzentuierten, kaum modulierten Stimme. »Du stehst davor.«

Starn starrte die gewaltige Monstrosität an. Die Größe der einzelnen Komponenten entsprach derjenigen eines ausgewachsenen Cochaders!

»Aber ... Wo sind die Köpfe?«

»Sie sind nach innen gerichtet und geben das Gehirn frei.«
Quabascha glitt langsam in den Raum hinein. »Die Synapsen
verbinden sich vorsichtig mit dem bestehenden Rat. Neue
Impulse können auch stören, obwohl wir bei der Auswahl der
Verdientesten sorgfältig vorgehen. Wenn die Kopplung abgeschlossen ist, stirbt der Individualkörper ab und kann entfernt
werden.«

»Ein Verbundwesen!«, rief Starn. »Bei einer so individualistischen Kultur!«

»Das Ei wird gehütet«, deklamierte Quabascha. »Das Junge
gefördert. Der Erwachsene bewährt sich und die Besten finden Erfüllung im Konzert der Genialität.«

»Es ergibt Sinn«, befand Prijatu.

Starn blinzelte. War der Rat der Normen eine biologische
Entsprechung zum gestürzten Zentralrechner der Esox? Diese
Nachricht würde er der Admiralin sehr schonend überbrin-
gen müssen.

»Jedenfalls verstehe ich«, sagte er tonlos, »wieso der Rat der
Normen unserer Einladung zum Flottentag nicht folgen
kann.«

—

Ugrôn wusste nicht, wie viel Zeit er in der Spitze des Tentakels verbracht hatte, und es interessierte ihn auch nicht. Mutter hatte den Auswuchs für ihn verlängert, sie hatte ihr Fleisch
geöffnet und nur mit einer dünnen Membran versiegelt. Dort
vorn, wo die SQUID ihrem Ziel am nächsten war, hatte er mit
untergeschlagenen Beinen gesessen und den Rotraum in all
seiner Majestät betrachtet. In der Kirche des Void versuchte
man, alle Gefühle zu unterdrücken. Er jedoch hatte ge-
schwelgt in dem Widerspruch zwischen der Sehnsucht und
dem Wissen, dass sich diese mit jedem Moment erfüllte. Nach

dem Maßstab des dreidimensionalen Raums legten sie pro Sekunde eine Strecke zurück, für die ein Mensch mit den Möglichkeiten seines Körpers ein Leben benötigt hätte. Und doch wurde der Wunsch, Cochada zu erreichen, immer wieder übermächtig. Mutter, die in Ugrôns Fleisch sang, und er, das einzige Wesen des Universums, das das lebende Schiff verstand, beschlossen Risiken einzugehen, die die Navigatoren stets gescheut hatten. Sie umflogen die Turbulenzen des Rotraums nicht, sondern ließen sich von ihrer Kraft anziehen und beschleunigt wieder davonwirbeln, wie es ein Raumschiff mit der Gravitation eines Planeten machte. Die Gewalten des Rotraums waren jedoch weniger zahm als jene, die in Einsteins Universum wirkten. Weniger berechenbar. Man konnte niemals sicher sein, dass sich nicht plötzlich die Parameter änderten. Gefahr gehörte zum Leben.

Ugrôn war erschöpft, aber zufrieden, als er nach langem Marsch in den Hauptkörper der Squid zurückkehrte. Batuo erwartete ihn. War das wichtig?

»Ich grüße dich, Ehrwürdiger!« Er verbeugte sich mit einem breiten Lächeln im teigigen Gesicht.

»Mögest du Zufriedenheit finden«, wünschte Ugrôn.

»Ausgeglichenheit liegt im Einfachen.« Batuo hielt zwei Meditationshelme hoch. »Erinnerst du dich an die?«

»Vergangenheit.« Ugrôn ging an ihm vorbei.

Batuo schloss sich ihm an. »Auch dem Meister bringt es Gewinn, sich ab und zu auf die Übungen der Beginner zu besinnen.«

»Ich habe das Leben zu lieben gelernt. Ich will es nicht aussperren.«

Ugrôn fiel auf, dass der gewundene Gang, dem sie folgten, schwitzte. Die braungrünen Wände sonderten ein glänzendes Sekret ab. Das musste an der Anstrengung liegen, mit der Mutter die hohe Geschwindigkeit im Rotraum erzwang. Wann sie wohl Cochada erreichten?

»Die Sinne zu betäuben kann weise sein«, meinte Batuo.

»Oder idiotisch.« Ugrôn erinnerte sich daran, dass ein Meditationshelm nicht nur die Sicht nahm, sondern auch alle Gerüche neutralisierte. Besonders irritierend war die absolute Stille. Die raubte einem die Orientierung, sowohl räumlich als auch zeitlich. Man fühlte sich von allem abgeschnitten. Auf anderen Schiffen bestrafte man Schwerverbrecher mit diesen Helmen.

»Was willst du tun?«, fragte der Voidpriester.

»Jedenfalls nicht über die Leere meditieren.« Seltsamerweise rebellierte etwas in Ugrôn gegen diese Antwort. War er so schwach, dass er Mutters Anstrengung nicht länger teilen wollte? Sie ächzte in seinem Fleisch, aber das war der Preis dafür, das Ziel so schnell zu erreichen.

»Was dann? Die SQUID zu weiteren riskanten Manövern verleiten?«

»Ich verleite niemanden.«

»Wirklich nicht? Dieses Schiff verhält sich erst so leichtsinnig, seit du so eng mit ihm verbunden bist.«

»Das verstehst du nicht.«

»Ich denke, ich verstehe sehr gut. Du hast dich gehen lassen.«

Skeptisch sah Ugrôn ihn an.

»Du taumelst durch deine Emotionen«, warf Batuo ihm vor. »Wie ein Tier, das sich in seinen Trieben suhlt. Aber wir bewegen uns in einer Umgebung, auf die uns keine menschlichen Instinkte vorbereiten.«

Sie passierten eine Vakuole, in der Astriden wie Funken wirbelten. Für einen kurzen Moment erwog Ugrôn, Mutter zu bitten, ihre Membran platzen zu lassen. Das heiße Gemisch hätte Batuo verbrüht und damit zum Schweigen gebracht.

Aber er musste bedenken, dass sein eigener Körper nur unwesentlich widerstandsfähiger war. Er ging weiter, ohne sich etwas anmerken zu lassen.

»Die Natur deiner Verbindung zur SQUID ist uns allen ein Rätsel«, räumte Batuo ein. »Aber auch du musst erkennen, dass du die Balance zerstörst.«

»Ich tue viel weniger, als ihr denkt.«

»Du tust viel mehr, als dir bewusst ist. Du nimmst die Aufmerksamkeit des Schiffs gefangen.«

Ugrôn lachte. »Dir fehlt jede Vorstellung von den Sinnen, die Mutter zur Verfügung stehen, und erst recht von ihrem Verstand. Kein Mensch kann ihr Denken vollständig binden. Täte er es, kämen die Prozesse zum Erliegen, die die Besatzung am Leben erhalten.«

»Genau das befürchten wir.«

Sie blieben stehen.

»Die Gesänge der Zoëliker verhallen ungehört«, berichtete Batuo. »Aber sie haben geholfen, alles so zu bewahren, dass wir hier leben können. Stell dir vor, einige Bereiche werden nicht mehr mit Trinkwasser versorgt!«

»Mutter hat die Menschen gehätschelt, solange wir uns erinnern. Es kann nicht schaden, wenn sie selbst etwas tun müssen.«

»Wasser können sie sich holen.« Batuo schloss die fleischigen Lider. »Aber was ist, wenn dasselbe mit der Luft passiert? Man kann nur kurz ohne Atem überleben, du und ich wissen das.«

»Wieso ist dir das so wichtig? Du predigst doch, dass das Leben eine Illusion sei.«

»Aber du glaubst das nicht mehr.«

»Ich war so ahnungslos.« Ugrôn merkte, wie erschöpft er war, als er eine weite Geste vollführte. »Aber jetzt spüre ich das Leben jede einzelne Sekunde in mir.«

»Das Leben – oder Mutter?«

»Das ist dasselbe.« Er fragte sich, ob diese Antwort wirklich zutraf. Sie war ohne Nachdenken über seine Lippen gekommen.

Batuo hob die Helme. »Ich vermisse unsere Gespräche. Bitte, lass uns gemeinsam meditieren.«

Ugrôn schüttelte den Kopf. »Ich will nicht mehr von ihr getrennt sein.«

»Es wäre nur für eine Stunde. Tu es für das, was unsere Zeit als Lehrer und Schüler dir bedeutet.«

»Du fragst den falschen Mann. Den Schüler von damals gibt es nicht mehr.«

Batuo nahm die Helme in eine Hand und tippte mit der freien gegen Ugrôns Brust, wo unter dem grünen Hemd der Lotos tätowiert war. »Unsere vergangenen Taten formen unsere Wirklichkeit.«

»Ich glaube nicht mehr an das Schicksal.«

»Was bestimmt dann, was geschieht?«

»Unsere Wünsche.« Er sah sich um, musterte die langsam kontrahierenden Wände, die darüber laufenden Adern, die fließenden Leuchtkörper. »Und Mutters Wünsche.«

»Kannst du noch zwischen dem Sehnen des Schiffs und deinem eigenen unterscheiden?«

»Alles ist eins, Trennung ist Illusion«, zitierte Ugrôn einen Lehrsatz aus der Kirche des Void.

»Doch mag es sein, dass ein Teil des Körpers den ganzen krank macht.«

»Dieser Sinnspruch ist mir neu. Wo steht er? Oder hast du ihn dir selbst ausgedacht?«

Batuo lächelte freudlos. »Du siehst ungesund aus. Was du tust, schadet dir, mein Schüler. Und es schadet uns allen.«

Ugrôn wollte klarstellen, dass er kein Schüler mehr war, aber dazu kam er nicht mehr. Die Schritte hinter sich hörte er gerade rechtzeitig, um sich herumzuwerfen.

Sie waren zu fünft, zwei Jünger der Leere und drei Zoëliker. Eine Frau mit grünen Saugnäpfen an den Fingern griff nach ihm.

Er riss sich los und wollte einen Schritt rückwärts machen,

aber dort stand Batuo und umarmte ihn, wodurch er Ugrôns Arme an den Leib presste.

»Schnell!«, forderte Batuo. »Setzt ihm den Helm auf!«

Schon allein wegen seines Gewichts war Batuo stark. Ugrôn vermochte den Griff nicht zu sprengen. Zappelnd sah er zu, wie die Frau einen der Helme aufhob und sich anschickte, ihn über seinen Kopf zu stülpen.

Er riss das Knie hoch und rammte die Ferse mit voller Wucht auf Batuos Fuß.

Der Ehrwürdige schrie auf und ließ los.

Ugrôn schlug die Faust in den Bauch der Frau. Ihr Atem entwich pfeifend, sie ging in die Knie.

Er hatte Glück, dass er es nicht mit Soldaten zu tun hatte. Das deutete darauf hin, dass nicht alle Zoëliker diese Aktion guthießen. Wahrscheinlich wusste kaum jemand außer den Anwesenden davon.

Wütend trat er dem nächsten gegen das Schienbein. Was bildeten sich diese Kreaturen eigentlich ein? Wie konnten sie es wagen, gegen ihn aufzubegehren, den Einzigen, der den Rotraum erlebt hatte, Mutters Erwählten?

Plötzlich hatte ein Jünger der Leere, ein dürrer Kerl mit schütterem rotem Haar, einen schwarzen, surrenden Stab in der Hand. Als er damit zuschlug, wich Ugrôn zurück und hob die Unterarme schützend über den Kopf.

Mit der Berührung ertönte ein Knall. Ein heißes Prickeln durchlief seine Glieder, gab ihm das Gefühl, seine Brust würde sich auflösen, als bestünde sie aus Tausenden auseinander- spritzender Insekten, und raste in seinen Kopf. Er verlor die Kontrolle über seine Muskeln, wand sich auf dem Boden.

Der Meditationshelm kam näher. Er nahm ihm die Sicht.

»Bitte«, lallte er. »Mutter …«

Die Welt verschwand.

—

Zwei Stunden nach ihrer Rückkehr vom Patrouillenflug fanden sie den Fehler, der die Geisterortungen des Wärmesensors des neuen WEISS-SIEBEN verursachte. Rila Egron-Itara und Kasmir Dabore, ihr Cheftechniker, hatten den Rest des Wartungsteams weggeschickt. Sie arbeiteten am effizientesten, wenn sie niemandem nebenbei Lehrstunden geben mussten, während sie den Jäger auseinandernahmen. So schwebten sie neben dem dritten Waffenausleger, die abgenommene Panzerung haftete an der Wand und die ausgebauten Teile hingen systematisch aufgereiht an einer Lagerungsschiene, wo Magnete und Klammern sie daran hinderten, davonzutreiben.

»Sind Sie sicher?« Rila spürte ihre Müdigkeit. Sie liebte die Sonardusche direkt nach dem Einsatz, aber das hier war ihr wichtiger. Schließlich hing ihr Leben von dieser Maschine ab.

Dabore zog den Sensorstab aus den Eingeweiden des Jägers und hielt ihn so, dass Rila das Schemaholo sehen konnte. Es zeigte Energie- und Signalleitungen, den Schubregulator der Steuerdüse und den Mikrorechner, der diese Düse mit den anderen koordinierte, falls die Steuerung aus der Kanzel ausfiel. Alle Systeme waren intakt, aber Dabore hatte recht: Wenn die Düse Schub gab, konnte die abgestrahlte Energie die Sensordaten aus der Phase bringen.

»Hundertprozentig.« Der rothaarige Techniker knackte mit den Fingern. »Deswegen sehen Sie die Geisterortungen nicht ständig. Sie tauchen nur auf, wenn die Wellenberge verstärkt werden.«

Rila nickte zufrieden. »Gut gemacht. Wie schnell kriegen Sie das wieder hin?«

»Wenn Sie es eilig haben: in zwei Minuten. Aber lieber würde ich die Signalleitung rausreißen und durch eine vernünftig isolierte ersetzen. Das dauert eine Stunde, wenn ich das neue Material habe. Ich fürchte nur, dass der Antrag dafür ewig bei der Materialstelle liegen wird.«

»Vielleicht kann ich ihm etwas Priorität geben.«

Nochmals knackte er mit den Fingern. »Ich mache die Anforderung sofort fertig.«

Rila schüttelte den Kopf. »Implementieren Sie erst die schnelle Lösung und sorgen Sie dafür, dass die Maschine wieder flugfähig wird. Ich habe keine Lust, mit ausgeweidetem Jäger dazustehen, wenn die Cochader sich entschließen, unsere Fähren im Anflug anzugreifen.«

Er verzog das Gesicht.

»Ich weiß, dass das doppelte Arbeit für Sie bedeutet«, sagte sie. »Aber ich kann es nicht ändern. Die Einsatzbereitschaft hat Priorität.«

»Bis jetzt gab es in diesem System doch noch keinen Kampfeinsatz. Wenn es schnell geht, kommt die neue Leitung schon in ein paar Stunden.«

»Kein Feind hält sich an unsere Zeitpläne.«

»Sind die Cochader denn unsere Feinde? Ich dachte, wir verhandeln noch.«

Rila sah ihm fest in die Augen. »Ich brauche Weiss-Sieben einsatzbereit. Danke für Ihre Einschätzung, aber ich habe entschieden.«

Sie drängte die Befürchtung, die sich in ihrem Innern regte, zurück. Tatsächlich käme es bei einem Angriff der Cochader auf ihren Jäger nicht an, die Marlin könnte ihn sogar ohne die Geschwader aus eigener Kraft abwehren. Aber die Giats waren den Menschen ebenbürtig und sie konnten den Schwarm jeden Moment aufspüren. Vielleicht waren sie sogar schon im System. Es gab keine Garantien. Wenn sie unbemerkt aufgetaucht waren, mochten sie in diesem Moment energetisch tot ihren Zielen entgegenfallen, wie Rila es bei G'olata getan hatte. Und eines dieser Ziele konnte die Marlin sein.

Solche Sorgen waren die Bürde der Offiziere. Niemandem hätte es geholfen, sie mit dem Ingenieur zu diskutieren. Das hätte nur Unruhe verbreitet, ohne dass man irgendetwas hätte tun können. Vielleicht heute, vielleicht in einer Woche, einem Monat oder einem Jahr – gewiss war nur, dass der nächste Kampf mit den Giftatmern kommen würde.

»In Ordnung.« Dabore wandte sich um und löste den Fixierschlüssel vom Instrumentenausleger.

»Viel Erfolg!«, wünschte sie ihm.

Er winkte über die Schulter ohne sich umzudrehen.

Innerlich seufzend stieß sie sich in Richtung Schott ab. Kasmir Dabore war ein guter Techniker, er liebte die Jagdmaschinen, aber richtig warm waren sie über die zwei Jahre, die er in ihrem Wartungsteam arbeitete, nicht miteinander geworden. Halbherzig hatte sie einmal vorgeschlagen, sich privat zu einem Gitterballspiel zu treffen. Er hatte zugestimmt, sich dabei aber dermaßen gewunden, dass diese Situation zu den peinlichsten Erinnerungen ihrer Dienstlaufbahn zählte. Gleich hinter dem Tag, als sie in den falschen Jäger gestiegen war, aber felsenfest behauptet hatte, es wäre ihr eigener, und sich geweigert hatte, auszusteigen, bis der leitende Offizier des Geschwaders Rot sie persönlich hinauszitiert hatte. Vor dem Gitterballmatch hatte Dabore eine Krankheit vorgeschützt, irgendeine exotische Grippe. Aus Dankbarkeit hatte sie Konfekt zwischen seinen Instrumenten versteckt. Dass er eine Naschkatze war, gehörte zu dem wenigen, was sie über ihn wusste. Sie nahm an, dass er die Pralinen gefunden hatte. Sie sprachen nie darüber.

Auf dem Weg in ihre Kabine schaltete Rila ihren Armbandkommunikator für Privatnachrichten frei. Das Rufzeichen leuchtete.

»Bitte kontaktiere mich sofort, wenn du das hier abrufst.« Doktor Ulsike Calegas Holo zeigte ein ernstes Gesicht. »Oder komm direkt auf die Schwangerschaftsstation. Du solltest dir etwas ansehen.«

Rila hielt sich so abrupt an einem Bügel fest, dass ein Mann, der mit seinen Einkäufen hinter ihr durch den Tunnel schwebte, gegen sie prallte. »Pass doch auf, verdammt!«, rief er.

»Entschuldigung, ich habe mich nicht umgesehen.«

»Etwas mehr Umsicht täte euch Soldatinnen gut!« Er fing die Pakete ein, die sich in der Luft verteilten. »Immer nur engstirnig nach vorn.« Er trug einen Button mit einer 25 am Revers.

»Ach, lass mich doch in Ruhe!« Das Letzte, was Rila jetzt brauchte, war ein Streit mit einem Fremden.

»Ihr solltet besser uns in Ruhe lassen«, maulte er. »Überall seht ihr nur Feinde.«

Rila rief auf ihrem Armbandkommunikator die kürzeste Strecke zur Schwangerschaftsstation ab. Sie hätte die Ärztin zurückrufen können, aber was hätte Ulsike sagen sollen, um sie zu beruhigen? Mit Sicherheit ging es um ihr Kind. Es war doch nicht gestorben? In seltenen Fällen kam es zu einer Abstoßungsreaktion, die sich gegen die künstliche Gebärmutter richtete. Bislang hatte sich Rila nicht sonderlich dafür interessiert. Was tat man in einem solchen Fall? Man konnte ihr den Embryo ja schlecht wieder einsetzen.

Auf dem Weg rempelte Rila drei weitere Passanten an. Sie verzichtete auf Entschuldigungen. Was hätten die schon gebracht? Außerdem waren die verletzten Gefühle von ein paar Überempfindlichen ihre geringste Sorge.

Sie hatte Glück. Ulsike öffnete, als sie die Sensorplatte an der Station betätigte.

Die Ärztin lächelte nicht. »Soweit ich sagen kann, besteht keine akute Gefahr für dein Kind.«

»Soweit du sagen kannst? Was soll das bedeuten?«

»Ich habe viele Gerüchte von der Squid gehört.« Hilflos zuckte sie die Achseln, während sie den Eingang freimachte. »Es sind wohl nicht nur Gerüchte.«

Sie schwebte voraus in einen länglichen Raum, der Rila wie

eine Lagerhalle vorkam. Etwa fünfzig der orangefarbenen, grob kugelförmigen Behälter hafteten an den Wänden. In den meisten davon trieben Föten in unterschiedlichen Entwicklungsstadien. Bei denjenigen, die am weitesten waren, simulierten rotierende Schwenkarme über Zentrifugalkraft einen milden Gravitationssog. Ein Syntho-Uterus war in eine Sensoranordnung gespannt, zu der Ulsike sie führte.

»Möglicherweise wäre eine solche Entwicklung auf der SQUID normal. Jedenfalls sind die Vitalfunktionen stabil. Die Herzfrequenz liegt höher als gewöhnlich, aber das wäre auch für einen Embryo, wie wir ihn kennen, nicht bedrohlich.«

Von ihrem letzten Besuch erinnerte sich Rila an die Faszination, die der Anblick der winzigen Finger in ihr ausgelöst hatte. Inzwischen hatte sich der Embryo noch ein bisschen weiterentwickelt, er war jetzt so lang wie ihr Mittelfinger. Aber das war nicht das Auffällige.

Er trieb nah an der Wandung seines Behältnisses, sodass man das grüne Leuchten deutlich sah. Das nussgroße Gehirn strahlte am hellsten, das Rückenmark wirkte wie ein winziger Kometenschweif. Weitere Verästelungen glommen im Körper.

»Wir sehen es, aber wir können es kaum messen«, sagte Ulsike.»Das Nervengewebe strahlt Licht ab, aber lange nicht so stark, wie wir es wahrnehmen. Außerdem müsste der Knorpel es abschirmen, aber es scheint einfach hindurch.« Die Ärztin sah sie an.»Hast du auf der SQUID etwas Ähnliches beobachtet?«

Rila wurde schwindelig. Sie dachte an die Zoëlikerin mit den grünen Brustwarzen, an einen Mann mit einer grünen, gespaltenen Zunge, mit deren Spitzen er sich an die Stirn tippen konnte und an Ugrôns vollständig grüne Augen.»Ja«, keuchte sie. Ihr Hals war schrecklich trocken.

Sie starrte auf den Embryo. Natürlich war Ugrôn der Vater.

»Ich suche nach Aufzeichnungen darüber, wie man auf der

SQUID die pränatale Entwicklung unterstützt«, sagte Ulsike. »Bislang habe ich noch nichts gefunden. Unsere Kollegen dort scheinen verschwiegen zu sein.«

Ihre Stimme wurde leiser. In Rilas Vorstellung nahm die SQUID Gestalt an. Sie schien auf sie zuzurasen und mit ihren Fangarmen nach ihr zu greifen. Ringsum war nur das leere All. Rila strampelte und zappelte, aber sie bewegte sich nicht von der Stelle.

Sie schrie auf, als Ulsike sie am Oberarm berührte.

Erschrocken wich die Ärztin zurück. »Alles in Ordnung?« Ihr Blick zuckte zum Embryo. »Mit dir, meine ich?«

Verständnislos starrte Rila sie an. Was sollte denn in Ordnung sein?

»Hast du verstanden? Ich würde gern eine Anfrage zur SQUID schicken, aber sie antworten selten. Bestimmt haben wir bessere Chancen, wenn du bei der Aufzeichnung dabei bist.«

Rila wollte sich abstoßen und aus dem Saal fliehen. Sie fühlte sich verfolgt und gefangen zugleich.

Aber sie war eine Soldatin. Die Geschwader waren stolz auf die Disziplin der Pilotinnen.

Rila kämpfte den Stress nieder.

»Ja.« Sie nickte steif. »Eine Anfrage an die SQUID. Ich bin dabei.« Sie wagte nicht, ihr Kind anzusehen.

—

Das Faszinierendste an Ugrôns Gefangenschaft war nicht der Umstand, dass er unter dem Meditationshelm blind, taub und seines Geruchssinns beraubt war. Es war, was er in seinem Körper spürte. Mutters Gesang blieb gegenwärtig, aber er klang anders. Nicht gedämpft, aber es erschien Ugrôn, als würde er eine andere Melodie vernehmen, deren Töne sonst von Mutters Lied übertönt wurden. Wo Mutter für gewöhnlich Halt gab, war dieser Gesang fragend. Er tastete sich eher aus Ugrôn heraus, als sänge sein Fleisch aus eigenem Antrieb, nicht als Reaktion auf Mutters Präsenz.

Das Zeitgefühl war schwer zu bewahren. Ugrôn schlief mehrmals ein, oder zumindest glaubte er das. Abgeschottet von den wichtigsten Reizen des menschlichen Sinnesspektrums verbanden sich Überlegungen, Fantasien und Träume zu einem Amalgam der Imaginationskraft. Diese gewann an Stärke. Immer wieder wallte der Rotraum vor seinem geistigen Auge. Die Strudel, die Strömungen ... als verstünde er all das hier, gefangen an einem unbekannten Ort in Mutters Leib, viel besser als jemals zuvor.

Während sein Verstand drohte, sich in diesem kosmischen Brennen zu verlieren, klammerte sich Ugrôn an die Sinne, die ihm noch geblieben waren. Er spürte sein Gleichgewicht. Ugrôn saß aufrecht, mit geradem Rücken. Er hatte Kontrolle über seine Muskeln, konnte sie anspannen und lockerlassen. Auch die Arme konnte er bewegen, aber nur in einem eingeschränkten Radius. Das verwehrte ihm, sie an den Körper anzulegen. Fesseln an den Handgelenken spreizten sie ab.

Er versuchte, stattdessen den Rumpf zu bewegen, aber auch an der Hüfte hielt ihn etwas. Ugrôn überlegte, wie er sich erleichtern könnte, verspürte aber keinen Drang dazu. Ob seine Wärter Vorkehrungen dafür getroffen hatten? Einen Schlauch an seinem Genital vielleicht?

Die Vorstellung erschien ihm kurios, aber sie war ihm nicht peinlich. Nichts Körperliches war mit Scham behaftet. Die Leere mochte die Erkenntnis fördern, aber das eigentliche Geschenk des Universums war der Körper. Erst dieser erlaubte es, sich zu erfahren, ein Ich in Bezug zum Nicht-Ich, zum Rest des Kosmos, zu setzen. Wie dumm war es, diese Gabe gering zu schätzen oder gar auszuschlagen!

Er konzentrierte sich wieder auf seine Sinne, versuchte seinen Atem zu spüren. Leider entdeckte er dabei einen Juckreiz an den Unterarmen, als kröchen dort Würmer. Ob jemand darüberstrich? Aber aus welchem Grund hätten seine Wärter das tun sollen?

Wieso hielten sie ihn überhaupt gefangen? Warum töteten sie ihn nicht?

Er betrachtete diese Frage losgelöst davon, wie elementar sie sein Schicksal betraf, als ginge es um einen Fremden. Wem nützte es, dass er lebte?

Batuo hatte sich mit einigen Zoëlikern zusammengetan. Standen diese für die Mehrheit der herrschenden Kaste an Bord?

Ugrôn grinste. Die wahre Herrscherin der SQUID war Mutter selbst. Alles andere war Hybris.

Möglich, dass auch seine Gegner das wussten oder zumindest ahnten. Glaubten sie, ein kontrollierter Ugrôn wäre ein Werkzeug für ihre Machtfantasien? Dass sie Mutter durch ihn lenken könnten? Als wäre er so etwas wie eine Signalleitung, in die sie ihre erbärmlichen Wünsche einspeisen konnten!

Oder waren sie so klug, Mutter zu fürchten? Dann mochte er noch am Leben sein, weil sie Angst vor ihrer Rache hatten, falls sie ihn töteten.

So oder so, es wurde Zeit, dieses unwürdige Spiel zu beenden! Auf dem cochadischen Schiff war er für eine winzige Zeitspanne in den Rotraum gewechselt, um durch eine Wand zu gehen. Auf eine ähnliche Weise müsste er sich doch auch seiner Fesseln entledigen können!

Im fremden Raumfahrzeug war das ein intuitiver Akt gewesen. Ugrôn hatte nie zuvor Vergleichbares getan, aber es war ihm so sinnvoll erschienen, wie eine offene Tür zu durchschreiten. Er hatte die Wand gesehen, sie befühlt, und war hindurchgegangen.

Unter dem Helm sah er jedoch nichts, und von seiner Umgebung spürte er nur den Boden, auf dem er saß, und seine Fesseln. Trotzdem musste der Rotraum ihn umgeben, weil er den gesamten Einsteinraum überdimensional durchdrang. Also sollte er doch transitieren können!

Er kicherte wie ein Kind. Welcher Mensch *sollte schon transitieren können?* Er verstand den Rotraum sicher besser als jeder Angehörige seiner Spezies vor ihm, aber das war mehr ein Bewusstsein als das intellektuelle Erfassen, das ihm bei einer abstrakt formulierten Absicht geholfen hätte. Wer konnte schon exakt benennen, welche Muskeln er gebrauchte, wenn er durch einen Raum ging? Allein im Fuß gab es Dutzende, dazu in der Wade, im Oberschenkel. Sie alle glichen die ständig durch den Blutfluss und die dynamische Bewegung veränderte Schwerpunktlage aus. Kaum jemand hätte eine Maschine bauen können, die diese einfache Tätigkeit zuverlässig ausführte. Intuitiv jedoch beherrschte sie jeder. War es mit den Transitionen ebenso?

Ugrôn versuchte sich zu erinnern, wie er den Übergang eingeleitet hatte, kam aber zu keinem Ergebnis. Er hatte es einfach *getan.*

Er erschrak über das plötzliche Geräusch, als jemand die Befestigung des Meditationshelms löste und ihn von seinem Kopf zog. Blinzelnd versuchte er, sich in der Helligkeit zu orientieren.

»Keine Angst«, dröhnte Batuos Stimme.

Ugrôn stöhnte.

»Ich bringe dir etwas zu essen.« Mit jeder Silbe wurden Batuos Worte erträglicher. »Es ist nur eine Suppe, aber du solltest etwas schmecken.«

Ugrôns Augen schmerzten. Dieser Idiot! Wie oft hatte Ugrôn ihm schon gesagt, dass das Vakuum seine Geschmacksknospen ausgebrannt hatte!

Nur allmählich teilte sich die Helligkeit in farbige Flächen, von denen eine Batuos rundes Gesicht wurde. Der Geruch von Kohl und Pfeffer lag in der Luft und feuchte Hitze strich über Ugrôns Stirn.

Batuo führte einen dampfenden Löffel zu Ugrôns Mund. Um die Augen, deren fette Lider sich nicht gänzlich öffnen konnten, lag ein mitleidiger Zug. Das empörte Ugrôn stärker als seine Gefangenschaft. Was erlaubte sich diese Kreatur, auf ihn herabzublicken? Dieser Mensch, der noch nicht einmal seine Nahrungsaufnahme unter Kontrolle hielt! Der immerzu von Leere und Void salbaderte, Phrasen, nichts als Phrasen, die Leute beeindrucken sollten, die weit über ihm standen, weil ihre Fragen wenigstens ehrlich waren.

»Ich verachte dich!«, spie Ugrôn ihm entgegen.

Batuo senkte den Löffel. »Ich verstehe, dass du aufgebracht bist. Aber ich bin dein Freund. Oder wenigstens der Freund des Menschen, der du eigentlich bist. Ich bin nicht nur gekommen, um dir eine Suppe zu bringen. Ich will auch deine Entschuldigung erbitten.«

»Dazu ist der Helm schon ein guter Anfang«, beschied Ugrôn. »Jetzt löse meine Fesseln.«

Traurigkeit mischte sich in das Mitleid in Batuos Gesicht. »Das kann ich erst tun, wenn du wieder du selbst bist.«

»Was soll dann deine Reue?«

»Es geht nicht um das hier.« Er zeigte auf die Flexiplastbänder, die Ugrôns Handgelenke mit Metallankern in der organischen Wand verbanden. Ebensolche Fesseln lagen um seine Hüfte.

»Das ist nur die Folge meines eigentlichen Fehlers«, erklärte Batuo. »Ich wollte dich in meiner Nähe behalten, aber das war falsch. Ich hätte erkennen müssen, wie sehr die Squid dir schadet. Du selbst hast es gespürt, du wolltest aus dem Schiff fliehen. Das wäre besser gewesen.«

Wie konnte sich dieser Schwächling erdreisten, Pläne für Ugrôn zu machen? In seinem Wahn behandelte Batuo ihn wie eine Spielfigur, die er bedauerlicherweise aufs falsche Feld gezogen hatte.

Ugrôn sah sich um. Nichts gab darüber Aufschluss, wo innerhalb der SQUID sich sein Gefängnis befand. Die fleischigen Wände zitterten, violette Adern pulsierten darauf. Es war eine enge Kammer, höchstens fünf Leute hätten darin Platz gefunden.

»Sind wir noch im Rotraum?«

Batuos Lippen bewegten sich, aber Ugrôn verstand die Antwort nicht. Seine Ohren rauschten. Rotes Lodern legte sich vor seine Augen und tat es doch nicht. Es verdeckte weder Batuo noch den Raum, und doch wirbelte und brannte es in allen Farbtönen von der weißen Glut flüssigen Stahls bis zum Purpur von Neirudna-Pflaumen.

Ugrôn starrte auf seinen linken Arm. Eine Nadel steckte in der Vene, ein Schlauch ging davon ab. Er spannte die Muskeln an und presste die Zähne aufeinander.

Batuo stand auf.

Ugrôn öffnete die Fäuste. Er griff die Seile, die von seinen Fesseln abgingen. Er spürte sie. Er sah sie. Er hörte Mutters wütenden Schrei in seinem Fleisch. Sie teilte seine Empörung.

Brüllend stürzte er sich in den Rotraum, fiel hindurch und stand nackt vor Batuo.

»Hilfe!« Der Ehrwürdige stolperte zurück.

Ugrôns Linke schoss vor und quetschte den weichen Hals. Er ertastete die harten Muskeln und die Luftröhre darunter. Unbarmherzig drückte er zu.

Schmatzend öffnete sich die Tür. Zwei Wächter stürzten herein, ein Mann und eine Frau. Sie hatten die summenden schwarzen Stäbe dabei, mit denen er bereits unangenehme Bekanntschaft gemacht hatte.

Er ließ von Batuo ab und transitierte. Diesmal legte er die zwei Meter bis zur Tür zurück, er fand sich außerhalb des Raums wieder.

Die Rufe hinter ihm wurden zu unartikulierten Schreien. Er drehte sich um.

Mutter zerriss ihr eigenes Fleisch. Wunden klafften im Boden, wo Ugrôns Gegner gestanden hatten. Sie sanken tief ein, Batuo war bereits bis zum Bauchnabel verschwunden. Kreischend paddelte er mit den Armen in der Luft. Die beiden anderen versuchten sich abzustützen, aber wo ihre Hände drückten, entstanden neue Wunden und sogen sie ein. Sie sanken so schnell wie kandierter Zucker in Tee.

Ugrôn hörte Schritte. Er wandte sich zur Seite, gerade als Berglen um eine Windung des Gangs gerannt kam. »Was geht hier vor?«, keuchte er.

»Gerechtigkeit.« Ugrôn atmete tief. Er genoss den Duft von Mutters Ausdünstungen und die Farben, die die in den Adern ziehenden Lichter offenbarten, sogar das Rot des Bluts, das aus den Einstichen in seinen Ellbogenbeugen tropfte. »Abrechnung.«

Einen Meter, bevor Berglen ihn erreichte, riss ein Spalt unter ihm auf. Schreiend fiel er bis zu den Knien hinein.

»Genugtuung.«

Ugrôn blickte wieder in den Raum. Der Boden umschloss Batuo jetzt sehr eng. Mutter zermalmte seine Rippen. Er spuckte Blut, sein Kugelkopf sackte zur Seite.

»Nun begegnest du endlich der wahren Leere«, murmelte Ugrôn.

»Bitte!«, schrie Berglen. »Willst du uns denn alle töten?«

Der Gedanke bohrte sich in Ugrôns Verstand und hallte in seinem Fleisch wider, wo er sein Echo bei Mutter fand. Noch immer stand das rote Wallen vor seinen Augen. Er stellte sich vor, wie Mutter mit der gesamten Besatzung abrechnete. Noch schlimmer als die offene Feindschaft, die wenigstens ein Minimum an Mut und Ehrlichkeit beinhaltete, war die Gleichgültigkeit der Masse. Sie nahm als gegeben hin, dass Mutter sie umsorgte. Keine dieser Kreaturen hätte sich an der Frechheit gestört, dass man Ugrôn gefangen gesetzt hatte, auch wenn sie darum gewusst hätten. Wozu waren sie schon zu gebrauchen? Ihre Verehrung für Mutter war hohl, geistlos, oder sogar ein Vorwand, um sich selbst Vorteile zu verschaffen. Die verachtenswerteste Stufe der Heuchelei! Man sollte sie ausmerzen. Alle. Wieso hielt sich Mutter überhaupt damit auf, sie zu zerquetschen? Sollte sie doch die Außenschleusen öffnen!

Augenblicklich vernahm Ugrôn das Zischen entweichender Luft.

»Gnade!«, gurgelte Berglen. »Du bist doch auch ein Mensch!«

Ugrôn betrachtete seine Unterarme. Nun, da die Schläuche sie nicht mehr verdeckten, erkannte er die Wülste, die sich über die weichen Innenseiten zogen. Die länglichen Erhebungen waren von hellgrünen Schuppen bedeckt.

Berglens These machte ihn nachdenklich. War er das wirklich? Ein Mensch?

Er bat Mutter um Zeit, damit er nach der Antwort forschen konnte. Und auch Mutter reute ihr Zorn. So lange hatte sie Menschen in ihrem Innern getragen ... so lange ... Reichte es nicht aus, sie zu züchtigen, statt sie umzubringen?

Das Zischen verstummte.

—

»Ich hoffe, das Szenario ist nicht zu komplex, um dir Vergnügen zu bereiten.« Selbstgefällig verschränkte Koichy Samara die Hände hinter dem Kopf. Wie zufällig strich er dabei sein blauschwarzes Haar zurück, sodass die implantierte Datenbuchse im bunten Streulicht des Spielholos schimmerte. »Ich entspanne mich gern mit Kniffeleien, die ein gewisses Mindestniveau erreichen.«

Zwischen dem Astridenexperten und Starn Egron projizierte der Spielcomputer die Darstellung eines Doppelsonnensystems aus einem Gelben Unterriesen und einem Roten

Zwerg. Um den Hauptstern kreiste auch noch ein Brauner Zwerg, so etwas wie eine Beinahe-Sonne. Diese drei Himmelskörper hatten jeweils ihre Planeten, wobei manche dieser Begleiter in kosmisch relevanten Zeiträumen von der Schweresenke eines Sterns in die eines anderen wechselten, sodass sich die auf sie einwirkenden Sonnenkräfte fundamental änderten. Hinzu kamen insgesamt vierhundertzwölf Monde.

Das Spiel hieß ›Planeten des Lebens‹. Auch in seinem dreiundzwanzigsten Release blieb das Ziel, eine paradiesische Welt namens ›Elysium‹ zu finden. Sie bot Lebensbedingungen in der Qualität der verlorenen Erde. Es reichte jedoch nicht, nach einem Planeten gleicher Größe in identischer Sonnenentfernung zu suchen. Die Spieleentwickler waren so kreativ, die lebensfördernden Parameter in gigantischen Höhlensystemen ansonsten toter Felsklumpen entstehen zu lassen, auf Landinseln, die in der Atmosphäre von Gasriesen trieben oder auf den Etagen eines kontinentweiten Urwalds. Die Spieler konnten Sonden und Expeditionen aussenden, um Elysium zu finden. Zusätzlich konnten sie auf halbwegs habitablen Planeten Kolonien gründen. Jede erfolgreiche Siedlung füllte das Punktekonto, aber Elysium multiplizierte das bisher Erreichte.

»Da kommt auch ein Xenofarmer ins Schwitzen, was?«

Starn stellte sich vor, wie befriedigend es wäre, Koichy das Grinsen aus dem Gesicht zu prügeln, aber er wusste, dass diese Ablenkung nur seinem Gegner nützte. ›Planeten des Lebens‹ kannte keine Spielrunden, man gab fortwährend Kommandos in das Sensorfeld ein. Koichy war bedeutend flotter darin, das Esox-Modul in seinem Schädel erlaubte rasend schnelle und zudem parallelisierte Entscheidungsprozesse.

Koichy lag fünfzig Punkte vorn, ein kaum noch einzuholender Vorsprung. Er erlaubte sich, aus dem Promenadenfenster zu schauen.

Dort würden bald die Schiffe des Schwarms vorbeiziehen. Am Flottentag näherten sie sich so nah an, dass man mit bloßen Augen die Einzelheiten ihrer in der vergangenen Woche ausgebesserten und aufpolierten Hüllen bewundern konnte. Menschen brauchten so etwas. Die Schiffe mit eigenen Sinnen, ohne Hilfsmittel zu sehen, verlieh ihnen Realität. So versicherte man sich, dass man nicht allein war in der Leere eines mitleidlosen Universums, dass auch die anderen noch existierten, eine Million insgesamt. Auf der MARLIN gab es extra für diesen Anlass einen umlaufenden Ring, an dem die Außenhülle mit Transplast durchbrochen war. Natürlich lagen meist Panzerplatten über dieser Schwachstelle, aber heute hatte man sie zurückgefahren. Schon vor dem Auftauchen der anderen Schiffe feierte man dort eine große Party und genoss den Ausblick auf die Sterne. Diesmal sah man sogar den in Wolken gekleideten Planeten Cochada mit seinem spektakulären Ringsystem.

Starn wartete mit einigen Diplomaten in einer Lounge auf die Delegation der cochadischen Konzerne, die gerade durch das Schiff geführt wurden. Zu den Diplomaten gehörte auch Koichy, der diese Expertise als Nebenkompetenzgebiet aufbaute. In Anbetracht seines groben Auftretens war das für Starn der Beweis, dass theoretische Kenntnis das praktische Verhalten nur bedingt beeinflusste.

Starn überlegte, ob er Sonden weit in die unerforschten Gebiete schicken sollte. Die Planeten des Roten Zwergs hatte er bislang nur halbherzig erkundet, die meisten lediglich durch Fernbeobachtung.

Oder sollte er seine Ressourcen bündeln? Die Kolonien auf dem zweiten und dritten Begleiter der Braunen Zwergs entwickelten sich vielversprechend, sie hatten sogar sämtliche Monde ihrer Planeten besiedelt. Dort konnte er einige sichere Punkte durch organisches Wachstum einfahren. Wenn Koichy allerdings Elysium fand, war Starn erledigt.

Sein Gegenüber ließ keinen Zweifel daran, dass es für ihn nur noch darum ging, mit wie viel Vorsprung er gewann. »Manchmal ist es ärgerlich, wenn man so viele Aufklärer produziert, dass es gar nicht mehr genug Ziele für sie gibt.« Koichy lachte. »Ich bin ein Verschwender, wenn es um Dinge geht, die mir gefallen.« Vielsagend musterte er Prijatu. »Oder um Frauen, die mich beeindrucken. Da bin ich wehrlos.« Starns Assistentin schwebte neben dem Spielholo. Ihre goldenen Augen musterten das Geschehen ohne erkennbare Sympathien. Gestern war Starn aufgefallen, dass die Iriden künstlich waren, sie bestanden aus einer Vielzahl winziger Metallkomponenten. Ähnlich wie bei Koichys linkem Auge, aber vielfach feiner gearbeitet. Prijatu konnte eine Vergrößerungsfunktion aktivieren, wie sie bewiesen hatte, als sie cochadische Schriftzeichen im Saal des Rats der Normen abgescannt hatte. Dass sich Speichermodule unter dem Chrom ihres ausgewölbten Hinterkopfs befanden, hatte Starn erwartet. Und offenbar waren diese Gedächtniskomponenten irgendwie mit Prijatus Feinmotorik gekoppelt, denn sie konnte die aufgenommenen Zeichen mit Stift und Papier gestochen scharf und ohne Zögern oder auch nur Nachdenken aufmalen.

»Wie ist das eigentlich mit der Fortpflanzung auf der Esox?«, wollte Koichy wissen. »Da wird doch bestimmt optimiert, oder?«

Starn verdrehte die Augen, obwohl es ihm im Grunde nur recht sein konnte, wenn Koichy seine Hirnleistung aufs Balzen richtete. Sollte er jetzt weitere Sonden ausschicken oder die Kolonien erweitern?

»Für die Fortpflanzung kommt nur einwandfreies Material infrage«, berichtete Prijatu.

»Ich habe nichts anderes erwartet.« Es war erstaunlich, wie eindeutig Koichy allein durch das Verschränken der Arme vor der Brust klarmachen konnte, dass er zweifellos solches Material zu bieten hatte. »Und wie verdeutlicht ein attraktiver

Mann einer schönen Frau auf der Esox, dass er an ihr interessiert ist?«

»Uns wurde gestattet, die entsprechenden Subroutinen, die früher der Zentralcomputer betrieb, wieder zu starten.«

»Ach ja?« Jetzt hatte sie endgültig Koichys volles Interesse. »Und die ermitteln dann die optimale Kombination?«

»So ist es.«

»Geht es dabei nur um das Erbgut oder auch um vorteilhafte Verbindungen für die Beteiligten? Ich meine, manche Prachtexemplare passen eben besser zueinander als andere. Das müsste so ein Programm doch auch ausrechnen können. Wäre schade, wenn einem die Höhepunkte entgehen würden. Das baut ja auch Stress ab, wenn man da ordentlich bedient wird.« Er grinste anzüglich. »Am Ende muss man es aber wahrscheinlich einfach ausprobieren. Erst der richtige Partner spornt zu Höchstleistungen an.«

»Das wurde als ineffizient erkannt.«

»Aber dennoch höchst vergnüglich!«

Starn produzierte Sonden. Er hatte keine Lust auf einen ehrenvollen zweiten Platz. Diesem aufgeblasenen Kerl wollte er es zeigen! Er musste Elysium finden.

»Auf der Esox nehmen wir den besonders vielversprechenden Männern die Hoden ab.«

Koichy erbleichte.

»Sie müssen sich erst bewähren. Wenn dann erwiesen ist, wer hoch qualifiziertes Erbgut hat, sichert man die Hoden, damit es nicht zu Unfällen kommen kann, in denen dieses wertvolle Material verloren gehen könnte.«

»Ja, aber ... wieso ... ich meine, weshalb lassen die Männer das mit sich machen?«

Prijatu legte den Kopf schräg. »Sie sind keine Tiere mehr, die den eigenen Trieben mehr Bedeutung zumessen als dem Wohl des Kollektivs.«

Obwohl Starn ungern an die mit dem Zentralrechner verbundenen Menschen auf der Esox zurückdachte, musste er lachen. »Na, das ist doch mal eine Entwicklungsstufe, über die sich nachzudenken lohnt, was, Koichy?«

Sein Gegenspieler war zu verwirrt, um ärgerlich zu werden. »Aber du hast doch ...« Seine Hände wischten halbkugelförmig vor seiner Brust. »Ich meine, wieso brauchst du denn die? Das wäre doch auch effizient, wenn ...«

»Ich bin eine Emissärin«, stellte Prijatu klar. »Humanoides Aussehen erhöht die Akzeptanz.«

Skeptisch musterte Starn ihren Hinterkopf.

Sie sah ihn an. Ihre Pupillen erweiterten sich sprunghaft. Zwischen den goldenen Ringen in ihren Augen erschien ein Bild. Es war zu scharf, um eine Spiegelung des Holos zu sein, aber es zeigte auch einen Planeten, eine von orangefarbenen und braunen Schlieren überzogene Kugel.

Im Spiel gab es einen solchen Himmelskörper, einen Gasriesen mit einundzwanzig Monden. Starn hatte ihn oberflächlich untersucht.

Das Bild in Prijatus Augen verschob sich. Der Planet verschwand, ein Mond erschien. Dieser wurde größer, Wolken waren in einer grünblauen Atmosphäre auszumachen.

Prijatu wandte den Blick wieder auf das Holo. Die Pupillen zogen sich auf den vorherigen Durchmesser zusammen, das Bild war verschwunden.

Starn fragte sich, was er gerade erlebt hatte. Wollte Prijatu ihm einen Tipp geben?

Der Gasriese befand sich nah an einer seiner Basen. Es würde kaum Ressourcen verbrauchen, ein paar Sonden dorthin zu schicken.

Er prüfte die Werte, die er bereits über den ersten Mond gesammelt hatte. Tatsächlich gab es Wärmeanomalien, die auf einen aktiven Kern hindeuteten, aber nichts Vielversprechendes. Oder ...?

Unauffällig rief er die Daten auf. Der Mond war zu klein,

um mit seiner Schwerkraft eine Atmosphäre zu halten, deswegen hatte Starn sich nicht näher mit ihm befasst. Aber vielleicht musste dieser Himmelskörper gar keine statische Umgebung erzeugen. Sein Orbit war so eng, dass er Atmosphäre vom Gasriesen abzog. Wenn er das in einem Maße tat, das den kontinuierlichen Verlust ausglich …

Der aktive Kern könnte für eine Ausgasung von Stickstoff sorgen, Sauerstoff war ausreichend schwer, um gehalten zu werden …

Die Albedo des Gasriesen war so hoch, dass er genug Licht abstrahlte, um Pflanzenwachstum auf der ihm zugewandten Mondseite zu fördern. Es war nur eine kleine Chance, aber sie war vorhanden.

Starn schickte die Sonden los. Er tarnte seine Absicht durch eine Reihe anderer Manöver, wie die Konstruktion einer weiteren Orbitalfabrik und das Aussenden einer Fernerkundungsmission.

Eineinhalb Minuten später bestätigte der Nachweis organischer Moleküle, dass er mit dem Mond auf der richtigen Spur war! Dabei hatte er zwei Dutzend andere Himmelskörper für vielversprechender gehalten, und dazu kamen noch diejenigen, über die er praktisch keine Daten hatte. Und nun sah es so aus, dass Elysium vor der Nase seiner bestausgebauten Kolonie lag. Schmunzelnd stellte er ein Siedlerkontingent zusammen. Dabei ging er so großzügig vor, dass die Ökonomie der Kolonie Schaden nähme, aber falls er Elysium nicht fände, hätte er ohnehin verloren. Wenn er dagegen auf den richtigen Ort setzte, musste er ihn bestmöglich sichern.

Prijatu nickte, als er ihr einen Blick zuwarf. Sie musste die spärliche Datenlage ungleich besser interpretiert haben als er. Die Härchen an seinen Armen stellten sich auf. Völlig von der Hand zu weisen war der Vorwurf, auf der Esox schaffe sich die Menschheit zugunsten einer Maschinenzivilisation selbst ab, jedenfalls nicht.

Er fragte sich, wieso Prijatu ihm überhaupt half. Sie pflegten ein kühles Verhältnis. Lag das eventuell nur daran, dass er keine Nähe zuließ? Als Assistentin konnte sie schlecht vorschlagen, gemeinsam essen zu gehen. Er nahm sich vor, von seiner Seite aus initiativ zu werden. Oder besser ein Gitterballspiel, das war unverfänglicher. Es ging lediglich um eine zwanglose Möglichkeit, den anderen als Person kennenzulernen. Nur ›Planeten des Lebens‹ würde er auf keinen Fall mit ihr spielen.

»Tja«, meinte Starn genüsslich, als seine Siedlerschiffe in das Schwerefeld des Gasriesen einschwenkten, »du hast dich ganz ordentlich geschlagen, Koichy.«

Verblüfft sah sein Gegenspieler ihn durch das Holo hindurch an. Sein Blick huschte über die Symbole, die Starns jüngste Aktivitäten anzeigten. Er prüfte erst die in die Ferne gesandten Wellen von Exploratoren, wurde aber schnell auf die Siedler aufmerksam. Hektisch tippte er in seinem Sensorkubus herum.

Sein Gesicht lief dunkel an. »Der Glücksfaktor verdirbt das ganze Spiel«, murrte er. »Selbst noch so geniale Erwägungen kommen nicht gegen den Zufall an, wenn sich dieser so dramatisch auswirkt. Du hast nur geraten, oder?«

Starn zuckte mit den Achseln. »Besser gut geraten als schlecht berechnet. Willst du weiterspielen oder gibst du auf?«

Das Aufzischen des Schotts ersparte Koichy die Peinlichkeit, seine Niederlage einzugestehen. Herla Deron, die Chefdiplomatin der MARLIN, führte die Cochader herein. Sie hatte ihre Kleidung den Sitten der Gäste angenähert, ein gummiartig wirkender Umhang war an Schultern und Fersen befestigt. Der steife Kragen lief in einer weit gezogenen Spitze aus, die sich bis vor ihre Stirn bog.

Die hinter ihr hereinschwebenden Cochader kamen ohne Hilfsmittel mit der auf die Bedürfnisse von Menschen ausgelegten Bordatmosphäre zurecht, obwohl sie auf ihren eigenen Schiffen eine feuchtere Umgebung bevorzugten. Auch die Vorrichtungen zur Bewegung in der Schwerelosigkeit bereiteten ihnen keine Mühe, die Tentakel fanden ebenso sicheren Halt wie Hände.

Starn stoppte das Spiel und löschte das Holo. Er stieß sich ab und schwebte den Gästen entgegen.

»Aus diesem Raum haben wir einen besonders guten Blick!«, verkündete Deron. »Hier wird der Schwarm vorbeiziehen.« Ihre ausladende Geste strich über die Panoramafront.

Eigentlich würden die Raumschiffe einander in einer verflochtenen Sternformation mehrfach passieren, aber auf solche Feinheiten kam es nun natürlich nicht an. Es ging hauptsächlich darum, den Repräsentanten der Konzerne, die mit der Menschheit kooperierten, ein Gefühl von Privilegiertheit zu vermitteln. Für den Fall, dass einige von ihnen zweifelten, ob sie sich für die richtige Seite entschieden hatten, sollte ihnen außerdem die Überlegenheit der menschlichen Technologie vorgeführt werden. Schon ein einziges der Großraumschiffe besaß genug Feuerkraft, um ihren Heimatplaneten unbewohnbar zu machen.

Während sich die Cochader im Raum verteilten, schwebte Starn an Derons Seite. »Alles in Ordnung?«

»Man merkt die Konkurrenz zwischen ihnen«, gab sie zurück. »Sie wetteifern um den höchsten Profit. Einige wollen am liebsten nichts mit uns zu tun haben, aber sie ziehen mit, um nicht abgehängt zu werden. Sie wissen, dass sie Schlüsseltechnologien von uns erhalten könnten, die ihre Gewinne auf Jahrzehnte hinaus stabilisieren würden.«

Prijatu hielt sich in ihre Nähe, aber außer Hörweite. Es sei denn, ihre Ohren wären ebenfalls optimiert ... War so etwas nicht naheliegend für eine Emissärin?

Starn schüttelte den Kopf. Wenn es um die Nahrungsvorräte des Planeten ging, hatten die Menschen nichts voreinander zu verbergen. Alle Schiffe des Schwarms teilten das Grundinteresse.

Er sah zu den Cochadern, die in lockeren Trauben beieinanderschwebten. Sie tauschten Überschlagblitze aus, ihre Fangarme wirbelten. Ob sie Allianzen schmiedeten? Die Tür zischte erneut auf. Starns Mutter kam herein. Sie trug die Paradeuniform mit den goldenen Schulterstücken.

»Darf ich vorstellen?« Der Translator blubberte seine Übersetzung für Derons Worte. »Demetra Egron, ranghöchste Soldatin der MARLIN.«

Die leicht vorgewölbten Tentakel deutete Starn als Zeichen für das Interesse der Cochader.

»Ich freue mich, Sie an Bord zu begrüßen.« Ihr ernstes Gesicht sagte etwas anderes. »Und ich hoffe, dass Sie den Gewinn einer Kooperation erkennen. Ich denke, wir können zu Cochadas Wohlstand beitragen, so wie Ihr Planet und Ihre Kolonien ihrerseits einiges zu bieten haben, von dem wir uns Vorteile versprechen. Wenn wir vernünftig sind, werden wir gemeinsam profitieren. Wer sich allerdings abwartend oder gar ablehnend verhält, geht leer aus.«

Starn bemerkte, dass sich seine Mutter gut vorbereitet hatte. Sie redete von Dingen, die bei den Cochadern positiv belegt waren. Wohlstand, Profit, Geschäfte.

»Für die Abwicklung der kommenden Transaktionen wäre es förderlich, wenn sich diese Erkenntnis noch umfassender auf Cochada durchsetzen würde. Es kommt zu immer mehr unschönen Vorfällen. Menschen und Cochader sind gestorben.«

»Und damit gingen große Investitionen verloren, die man in die Ausbildung dieser Individuen gesteckt hat«, ergänzte Starn.

Die Cochader schlossen ihre linken Augen, was bei ihnen Bedauern ausdrückte.

»Auch Infrastruktur hat gelitten«, fügte Prijatu hinzu. »Straßen wurden zerstört und Häuser verschüttet. Mehrere Fabriken stehen still.«

»Woraus einige ihren Vorteil ziehen«, warf ein Cochader ein. Da Prijatu seine Sprache selbst artikulierte, brauchte er nicht auf die Übersetzung durch einen Translator zu warten.

»Und wer sollte das wohl sein?«, verlangte ein anderer Cochader zu wissen. Sein Überwurf war auffällig hell, beinahe weiß.

»Du kannst unmöglich bestreiten, dass die Trasse des Ujuggwa-Konzerns im Schbalba-Gebirge nun mehr als doppelt so stark frequentiert ist!«

»Man sollte uns dankbar für die Transportkapazitäten sein, die wir zusätzlich bereitstellen!«

»Aber nicht jedem!«

»Ihr hättet den Preis akzeptieren können.« Die Spitzen der Kopftentakel des Weißgekleideten tippten in rascher Folge gegeneinander, was, wie Starn wusste, einem Lachen entsprach.

»Er war für uns dreimal so hoch wie für alle anderen.«

»Vielleicht hat deine Konkurrenz deswegen schneller …«

Der Sprecher unterbrach sich. Offenbar interpretierte er das Schweigen im Raum, vor allem das von Starns Mutter, richtig.

»Die Feindseligkeiten müssen enden«, sagte sie eisig. Die glucksenden Laute aus dem Translator konnten diesen Effekt wohl nicht übermitteln, aber den Cochadern musste klar sein, dass die Admiralin nicht amüsiert war. »Wir werden jeden Menschen verteidigen. Das individuelle Leben hat großen Wert für uns.«

Tatsächlich hatte die MARLIN sämtliche Raumlandeeinheiten abgesetzt, und beinahe der gesamte Schwarm schloss sich dieser Strategie an. Orbitalbombardements hätten einen Sieg sofort erzwungen, aber auch die Ressourcen beschädigt, um die es ging. Die wenigen Schiffe, die ihre Truppen noch zurückhielten, taten das, weil sie glaubten, sie auf den kolonisierten Planeten und Monden des Systems effizienter einsetzen zu können. Nach dem Flottentag würden sie Kurs auf die vielversprechendsten Ziele nehmen.

Vorerst aber stand der Tanz des Schwarms an. Koichy bemerkte das sich nähernde Schiff zuerst. Ihm missfiel wohl, dass er zunächst das Spiel praktisch verloren hatte und nun seit mehreren Minuten nicht mehr beachtet wurde. »Die Koi!«, rief er laut und stieß sich zum Panoramafenster ab.

Unzählige Stacheln bogen sich aus dem Hauptkörper des kilometerlangen Großraumschiffs, das sich aus Richtung des Heckpols der MARLIN ins Sichtfeld schob. Die Außenbeleuchtung brachte die farbigen Ausleger zur Geltung. Starn vermutete, dass nur wenige einen technischen Zweck erfüllten.

Prijatu schwebte neben ihn.

»Für die Künstlerkaste der KOI bietet die Arbeit an der Außenhülle eine Möglichkeit des persönlichen Ausdrucks«, flüsterte er ihr zu. »Im Innern des Schiffs ist so etwas verboten.«

Prijatu legte ihren voluminösen Kopf schief, als könne sie aus einem anderen Blickwinkel dem Sinn der bunten Metallaufbauten auf die Spur kommen. »Davon habe ich gehört, aber ich erkenne nicht, was dieses Gewimmel mir mitteilen soll.«

»Man sagt, es geht weniger um die Stacheln als um die Schatten, die sie werfen. Wenn sie mit Kunstlicht angestrahlt werden, ist der Effekt natürlich dahin.«

»Aber das Schiff bewegt sich doch ständig. Damit ändert sich auch der Winkel, in dem Licht auftrifft. Und auch die Lichtquelle ist nie identisch.« Wenn sie nachdachte, wurde ihre Stimme besonders monoton. Sie betonte dann jede Silbe gleich und variierte praktisch nicht in der Tonhöhe. »Die Sonnen wechseln genauso wie die Planeten, die ihr Licht reflektieren. – Wieso lachst du?«

»Weil du versuchst, diese Frage wie eine mathematische

Formel zu lösen. Aber so funktionieren wir Menschen nicht. Für uns ist vieles verborgen und alles unsicher, und die Dinge ändern sich. Wenn wir wirklich eine Wahrheit erkennen, dann nur für einen schnell vergehenden Moment, und selbst dann können wir nie sicher sein.«

»Beschäftigst du dich mit Philosophie?«

Starn grinste. »Mag sein, dass mich meine Schwester ansteckt. Seit ihrem Besuch auf der SQUID ... sie ist dort einem Priester recht nahegekommen.«

Jagdstaffeln umschwirrten die KOI. Sie stießen Reflektorkörper ab, die glitzernde Wolken aus Aluminiumsplittern freisetzten.

»Sie ist jetzt auch da draußen, in ihrem Jäger«, murmelte er. »Rila, meine ich.«

Vor ein paar Stunden, beim Frühstück, war sie in seltsamer Stimmung gewesen. Vermutlich hatte sie sich mit Reck gestritten. Eigentlich stritten sie sich immer, wenn sie sich sahen, oder sie schwiegen sich an. Mit ihrem Bruder redete sie häufiger, aber heute hatte sie wenig erzählt, obwohl er das Gefühl hatte, dass ihr etwas auf dem Herzen lag.

»Hast du Geschwister, Prijatu?« An den Haltestreben, die entlang des Transplasts verliefen, zog er sich ein Stück von ihr fort, um ihre gesamte Gestalt zu betrachten. Durch den ausgewölbten Hinterkopf war sie beinahe zwei Meter groß.

»Keine biologischen.« Sie sah ihn direkt an, das Metall der verlängerten Stirn glänzte, als würde sie es ständig polieren. »Aber es gibt sieben Gleichaltrige an Bord der EsoX, deren primärkognitive Einheiten dieselbe Hardware benutzen.«

»Und zu denen empfindest du eine Verwandtschaft?« Schon wieder richteten sich die Härchen an seinen Armen auf.

»Wir sind uns ähnlich, denke ich, obwohl wir unterschiedliche Softwarevarianten verwenden.« Ihr Gesicht blieb so unbewegt, dass er ihm mehr wie eine Maschine als wie ein Mensch erschien. »Ist das Verwandtschaft?«

Starn überlegte noch, was er darauf antworten konnte, als die KOI vorbeiglitt und die Sicht auf die BARRAKUDAS freigab. Diese bildeten so etwas wie einen Schwarm innerhalb des Schwarms. Keines der zwanzig kugelförmigen, an den Polen abgeplatteten Schiffe fasste mehr als zweitausend Bewohner. Sie teilten sich ein Yamadatriebwerk. Wenn sich die BARRAKU-DAS auf einen Sprung vorbereiteten, vollführten sie einen wilden Tanz umeinander. Yamadazentrifugen, wie die MARLIN und die meisten anderen Schiffe sie verwendeten, brauchten sie nicht. Das war eine exotische Anwendung des Antriebsprinzips, aber es ermöglichte den Transit durch den Rotraum ebenso zuverlässig.

Nicht nur beim Überlichtantrieb, sondern auch in allen anderen Belangen bildeten die BARRAKUDAS eine Einheit. Ihre Waffensysteme ergänzten sich, die Nahrungsmittelproduktion war auf ihren Schiffen in unterschiedlichen Ausprägungen spezialisiert, sie trafen alle wichtigen Entscheidungen gemeinsam. Was den Schwarm als übergeordnetes Gefüge anging, behandelte man die BARRAKUDAS in ihrer Gesamtheit deswegen wie ein Großraumschiff.

Ein Cochader mit einem roten Überwurf, auf dem ein weißes Symbol dominierte, das Starn an eine Ähre mit eckigen Körnern erinnerte, schwebte neben ihn. »Eine beeindruckende Präsentation«, übersetzte der Translator die blubbernden Laute. Er hatte das Gerät so leise eingestellt, dass nur Starn ihn verstand.

»Ich hoffe, ihr gewinnt einen Eindruck von unserer Lebensweise.«

»Mein Name ist Schebelba. Ich bin sicher, wir werden hervorragende Profite erzielen. Dabei spreche ich für den gesamten Gischama-Konzern.«

»Gischama? Ich kann mich gar nicht genug für die freundliche Aufnahme in Sidago bedanken. Und das trotz des Unfalls mit dem Quadkopter ...«

Die Tentakel bewegten sich, als wollte Schebelba etwas wegstoßen. »Dafür habt ihr doch bezahlt. Gischama ist zufrieden. Wir würden gern nochmals ins Geschäft kommen.«

»Die Menschheit ist ebenfalls daran interessiert, wie man euch sicher vermittelt hat.«

»Ich habe eine diskretere und exklusivere Vereinbarung im Sinn. Könntest du einen unauffälligen Termin zwischen mir und der Admiralin arrangieren? Natürlich gäbe es eine angemessene Provision.«

Starn wusste, dass der Cochader jetzt erwartete, dass er sich nach der Höhe der Bezahlung erkundigte, aber er war zu neugierig. »Um was für eine Art von Geschäft soll es denn gehen?«

»Söldner.«

Übersetzte der Translator falsch? »Du meinst: Soldaten, die für Bezahlung in den Krieg ziehen?«

»Wenn sie Gischama die exklusive Kontrolle über die Monde von Cochada verschaffen könnten, wäre eine lukrative Aufteilung der Beute inbegriffen. Zusätzlich zur eigentlichen Bezahlung in Naturalien natürlich. Ob die MARLIN weitere Schiffe des Schwarms einbeziehen möchte, würden wir der Admiralin überlassen. Ich nehme an, dass ihre eigenen Kräfte ausreichen, aber in diesem Feld fehlt uns die Erfahrung.«

Starn runzelte die Stirn. Grundsätzlich überraschte ihn dieses Ansinnen, aus den Möglichkeiten der Menschen Profit zu schlagen, nicht. »Aber wäre denn der Rat der Normen nicht dagegen?«, fragte er.

»Wir haben erfahren, dass ihr direkt mit dem Rat der Normen verhandelt. Damit habt ihr Einfluss darauf, wie er die Sachlage bewertet.«

»Ich glaube, das sollte man nicht überschätzen.«

»Wir haben dich kennengelernt, Starn Egron. Du wirst den Einfluss deines Konzerns beständig ausbauen.«

Starn sah sich nach seiner Mutter um. »Ich werde nach einem Termin fragen«, versprach er, obwohl ihm diese Entwicklung nicht behagte. Noch immer fand er Karas koexistenzialistische Einstellung naiv, aber er würde sich freuen, wenn die cochadische Spezies den Kontakt mit der Menschheit wenigstens überlebte.

Er stieß sich ab und schwebte in den abgedunkelten Teil des Raums, wo seine Mutter ein an drei Seiten abgeschirmtes Holo betrachtete. »Störe ich?«

»Das nicht.« Sie sah auf. »Aber es gibt interessante Neuigkeiten. Die Squid ist zurück.«

»So schnell schon? Hat sie etwa Späher entdeckt?«

»Davon ist in ihrem Funkspruch keine Rede. Das lebende Schiff will ein Bad nehmen. In den Ozeanen von Cochada.«

8

Konfrontation

Aus der Pilotenkanzel sah Rila Egron-Itara zu, wie die Cochader ihren Bruder und sein Team in Empfang nahmen. Die Konturen der Menschen und Planetarier verwischten im weißen Nebel, der das Tal von Sidago ausfüllte. Die trotz der Schutzanzüge vergleichsweise schlanken Silhouetten der Menschen waren höher als die massigen, gedrungenen Gestalten der Cochader. Am größten war Prijatu. Ihr weit ausgewölbter Hinterkopf machte sie auch unter diesen Verhältnissen identifizierbar.

Auf dem Flug von der MARLIN hatten die beiden miteinander gescherzt. Starn suchte selten einen so persönlichen Umgang mit seinen Teamkameraden. Obwohl er es selbst noch nicht wusste, knisterte es zwischen ihm und der Frau von der ESOX. Das hatte auch Kara bemerkt, die Biotechnikerin, mit der Starn während Rilas Abwesenheit eine kurze Affäre gehabt hatte. Ihre Missbilligung stand deutlich in ihren Blicken. Rila konnte es ihr nicht verdenken. Auch wenn sie inzwischen wohl mit einem anderen Teammitglied angebandelt hatte, fühlte man sich immer infrage gestellt, wenn der Ex eine andere vorzog.

Sie hoffte, dass es diesmal für ihren Bruder funktionierte.

Was hieß das schon, funktionieren? Ihre Mutter war seit zehn Jahren allein und es schien ihr gut damit zu gehen. Rila selbst gestand sich ein, dass ihre Ehe mit Reck ein Fehler war. Das Kind war zwar nicht von ihm, aber dennoch hätte sie von dem Mann, mit dem sie verheiratet war, erwartet, dass sie mit allen Sorgen zu ihm kommen könnte. Stattdessen hatte sie ihm noch nicht einmal von dem Fötus erzählt, dessen Nervenbahnen grün leuchteten. Sie hatte sich lebhaft vorgestellt, wie er sie verspottet hätte.

Anscheinend kam man in ihrer Familie besser mit der Einsamkeit als mit der Nähe zurecht. Im Grunde war es lächerlich zu hoffen, dass Starn ausgerechnet in einer Frau von der Esox seine große Liebe finden könnte, wo er doch mit seinem Einsatz gegen das spinnenhafte Schiff die Sinnkrise seines Lebens verband.

»Wir haben Starterlaubnis«, meldete Xeramel, eine der beiden Pilotinnen. »Bestätigen Sie?«

Eine weitere Gruppe von Cochadern und Menschen verschwand mit der Transportplattform im Schacht, der von der Landezone in die tiefer gelegenen Bereiche Sidagos führte. Sogar hier im Tal hörte man das Donnern der Flutwellen. Allein der Hauptkörper der Squid verdrängte acht Milliarden Tonnen Wasser, hinzu kamen die tentakelartigen Ausläufer, die eine Länge von bis zu zehn Kilometern erreichten. Das Bad des lebenden Schiffs im Ozean dieser Welt war eine Katastrophe kontinentalen Ausmaßes. Starn und seine Leute sollten den Cochadern in Sidago helfen, sich auf den Moment vorzubereiten, wenn die Wassermassen die Flutbarrieren sprengten und über die Stadt hereinbrachen.

Rila sah die Pilotinnen an. Beide trugen eine gelbe Uniform, aber Xeramels war etwas heller als Xytaras. »Wir starten.«

Die kahlköpfigen Zwillinge waren nur an ihrer Kleidung zu unterscheiden. Ihre Haut hatte den gleichen grauen Ton, wie bei einem Schwarzen, den man durch einen Schleier betrachtete. Glänzende Implantate ersetzten die vordersten Fingerglieder.

Die Bewegungen, mit denen die Frauen die sie umschwebenden Sensorfelder bedienten, wirkten so synchronisiert, als hätten sie die Abfolge einstudiert. Dabei mussten sie auf die individuellen Gegebenheiten reagieren.

»Wir sollten das Schutzgitter durch dieselbe Öffnung verlassen, durch die wir gekommen sind«, schlug Xeramel vor.

»Danach sind es 5,721 Kilometer bis zur Küste.«

»Also 5721 Meter?« Rila wusste nicht, ob sich die Esoxerin einen Scherz mit der übergenauen Angabe erlaubte.

»Abzüglich drei Zentimeter«, antwortete sie. »Ich habe gerundet.« Ihr Gesicht war emotionslos. Möglich, dass sie wirklich wie ein Computer rechnete.

»Wir nehmen diesen Kurs«, bestimmte Rila.

»Ich verstehe nicht, wieso wir zur Steilküste fliegen«, sagte Xeramel. »Wir können die Beobachtung sicherer vornehmen, wenn wir in der Luft ...«

»Das braucht Sie nicht zu interessieren«, stellte Rila klar.

Wegen des Militärverbots führte ein Stab von Offizieren, die die anderen Großraumschiffe auf die Esox entsandten, dort das Kommando. Man konnte nicht auf die Feuerkraft der Raumgeschütze verzichten, mit den Giats im Nacken musste man alles aufbieten, wenn man überleben wollte. Doch das Misstrauen blieb. Der letzte Bürgerkrieg vor dem Entern der Esox lag lange zurück. Viele zweifelten an den Beteuerungen, dass man froh sei, vom Joch des Zentralrechners befreit zu sein. Man fürchtete einen Aufstand, den Versuch der Computerjünger, die Esox unter eigene Kontrolle zu bekommen und sie aus dem Schwarm zu lösen.

Vielleicht, überlegte Rila, waren die endlosen Debatten und Querelen sowohl vor als auch nach dem Kampf gegen die Esox der Grund dafür, dass man nun umso peinlicher darauf bedacht war, sich nicht in die inneren Angelegenheiten der übrigen Schiffe zu einzumischen. Reck hatte nicht ganz unrecht, wenn er frotzelte, dass die Verehrung der Gütigen Mutter der Regentschaft des Zentralrechners nahekam. Aber niemand wagte, die Squid dafür zu kritisieren.

Doch was auf der Esox geschehen war, war geschehen. Man hatte gekämpft, man hatte gesiegt, und nun musste man mit diesem Sieg umgehen. Keine Einheit durfte die Esox ohne Kommandant von einem anderen Schiff verlassen. Das galt auch für die Fähre COGNITION, die Prijatu angefordert hatte, weil sie Pionierausrüstung geladen hatte, die für die Katstrophenhilfe nützlich war. Rila hatte ihrem Bruder angeboten, dieses Kommando zu übernehmen. Das hatte sie nicht ohne Hintergedanken getan.

Die Kanzel der COGNITION war wesentlich geräumiger als die eines Jägers. Dieses Raumfahrzeug war nicht auf Gefechtssituationen ausgelegt, weswegen keine Notwendigkeit bestand, die Angriffsfläche zu minimieren. Stattdessen ging es um die Tauglichkeit für Planetenlandungen. Die COGNITION war breit und flach, was viel Ablagefläche auf einem geraden Boden schuf. Der Laderaum war inzwischen geleert, Starns Team hatte die Maschinen mitgenommen.

Die Absorber kompensierten den Andruck des Startmanövers, aber der konstante Schwerkraftsog des Planeten blieb erhalten. Das erinnerte Rila an ihren Aufenthalt auf der SQUID. Als sie das lebende Schiff verlassen hatte, war ihr Körper gut auf diesen Faktor angepasst gewesen, doch inzwischen spürte sie die Belastung wieder. Gern hätte sie die Zwillinge gefragt, wie es ihnen damit erging, aber jetzt war es wichtiger, die Distanz zu wahren.

Sie durchquerten eine Öffnung im Gitter über der Stadt und befanden sich in so dichtem blauweißem Nebel, dass der Blick aus der Kanzel keine Orientierung mehr bot. Rila hatte nur eine passive Rolle auf diesem Flug. Sie beobachtete die ruhigen Manöver der Pilotinnen und die Holos, in denen die zerklüfteten Hänge der Schlucht vorbeizogen. Die COGNITION gewann Höhe und flog über die Wellenbrecher hinweg, die Engstellen der Topografie schlossen. In diesen Breiten Cochadas war man Extremfluten gewohnt, weil immer wieder Brocken aus dem Ring, zu dem der innerste Mond geworden war, ins Meer stürzten. Auf die Gewalt, die die SQUID entfesselte, waren die Sicherungen jedoch nicht ausgelegt. Das Donnern der Brandung übertönte die Fluggeräusche. Im Holo wurde die Küstenlinie sichtbar. Das Gebirgsmassiv fiel steil ab, es bildete eine dreihundert Meter hohe Klippe. Auf einem Plateau unmittelbar vor der Kante erschien eine gelbe Markierung im Holo.

»Wir schlagen diesen Landeplatz vor.« Xeramel sprach oft im Plural, wenn sie ihre Überlegungen mitteilte. Sicher stimmte sie sich mit ihrem Zwilling ab, ohne dass Rila etwas davon mitbekam. Starn hatte berichtet, dass viele Bewohner der Esox bei der Erstürmung des Schiffs so eng mit dem Zentralcomputer verbunden gewesen waren, dass sie ohne ihn die Lebensfähigkeit verloren hatten. Offenbar gab es eine ähnliche Kopplung zwischen Xeramel und Xytara.

»Eine gute Wahl.« Rila zeigte auf einige rote Punkte, die sich durch das Holo bewegten. »Wer ist da unterwegs?«

»Planetare Quadkopter.« Xeramel projizierte ein Nebenholo, das eine grob kugelförmige Flugmaschine mit vier Rotoren abbildete. »Die cochadischen Medien sind sehr interessiert an den Vorgängen.«

»Das kann ich mir …«

Plötzlich blieb der Nebel zurück, als hätte ihn ein Lasermesser abgeschnitten. Es lag wohl am Seewind, der oberhalb der vordersten Staumauer keinen Widerstand mehr fand und den hellen Dunst fortwehte. In unvermittelter Klarheit stand der Ozean vor ihnen.

Es sah aus, als ob das Wasser explodierte. Eine Riesenwelle zerspritzte an den Felsen, Fontänen fächerten auf, bis sie zu Sprühnebel wurden. Aus dem Hang gesprengte Gesteinssplitter mischten sich mit dem Wasser. Die nächste Welle toste heran. Das war keine runde Form, nicht wie ein sanft geschwungener Hügel. Sie stieg so steil auf wie ein Keil, als wollte das Wasser alles abschütteln, was weich an ihm war. Gischt schäumte drohend auf dem Kamm der graublauen Formation.

Weiter draußen wirkte das Meer wie ein Wald von Geysiren, die brutaler Druck in die Höhe schleuderte.

»... vorstellen«, beendete Rila den Satz.

Aber das war gelogen. Im Moment konnte sie sich gar nichts vorstellen. Sie konnte nur die SQUID anstarren.

Die Evolution hatte den Menschen nicht für den Weltraum geschaffen. Das galt für seinen Körper, der Medikamente und regelmäßige Übungen brauchte, um in der Schwerelosigkeit zu überleben. Es traf aber auch auf den Verstand zu. Schulkindern stellte man mit der einfachen Frage, ob das Universum endlich oder unendlich sei, eine Aufgabe, an der auch Genies scheiterten oder bei der man sich in alberne Allegorien von in sich selbst geschlossenen Kugeln flüchtete. Überhaupt entzogen sich die Lebensdauer von Sternen, die Fusionsprozesse oder die Strahlung, für die man keine Sinne besaß, dem Begreifen. Aber auch sehr viel simplere Wahrnehmungen ordnete man falsch ein. Dazu gehörte die Größe der Raumschiffe des Schwarms.

Natürlich wusste Rila, dass der Hauptkörper der SQUID drei Kilometer lang war und sich die größten der tentakelartigen Ausläufer zehn Kilometer weit strecken konnten. Aber das auf einem Ortungsholo angezeigt zu bekommen oder auch, eine solche Masse im freien Raum treibend zu sehen, wo jeder Vergleich fehlte, war eine Sache. Eine völlig andere war der Anblick des lebenden Schiffs, das wie ein Berg aus dem tosenden Meer aufragte. Obwohl es halb eingetaucht war, überstieg seine Höhe jene der Klippe, auf der die für die COGNITION ausgesuchte Landezone lag. Die Tentakel ragten so weit nach Süden, dass sie hinter dem Horizont verschwanden. Offensichtlich passten sie sich der Planetenkrümmung an.

Am Rande ihrer Wahrnehmung registrierte Rila Xeramels Meldung, dass die Beobachtungsdrohnen ausschleusten.

Die SQUID stieg aus dem Meer auf. Die Bewegung wirkte langsam, aber das täuschte. Innerhalb einer halben Minute war der Kilometer überwunden, den das Schiff zuvor ins Wasser eingetaucht war. Einhundertzwanzig Stundenkilometer beim senkrechten Aufstieg, ohne sichtbaren Antrieb ... ob das Schiff seine Möglichkeit nutzte, die Gravitation zu beeinflussen? Dasselbe Prinzip, das an Bord für Schwerkraft sorgte?

Dann erstreckte sich diese Wirkung nicht auf das Wasser, das sich an seinem Körper gesammelt hatte. Riesige Fälle donnerten herab.

Sie reichten nicht aus, um die Leere zu füllen, die das aufsteigende Schiff hinterließ. Von allen Seiten flutete das Meer zurück. Der Pegel an der Klippe sank rapide.

Unter der SQUID schlugen die Wogen mit solcher Heftigkeit zusammen, dass es selbst auf diese Entfernung klang, als risse der Planet entzwei. Das Wasser spritzte mehrere Hundert Meter hoch, bis gegen den Bauch des lebenden Schiffs.

»Landen!«, befahl Rila.

Auf dem Weg zur Personenschleuse hangelte sie sich von einem Metallbügel zum nächsten. Die Absorber fingen die Wucht der Böen ab, die die Fähre bocken ließen, aber gegen die Verlagerung des Winkels zur Planetenoberfläche zeigten sie keinen Effekt. So nahm Rila keine seitlichen Stöße wahr, aber es fühlte sich an, als ginge sie mal abwärts, dann wieder steil bergauf und kurz danach auf einer nach links abkippenden Schräge.

Sie trug einen militärischen Einsatzanzug, der neben einem leichten Panzerschutz auch Servomuskeln bot, die sie jetzt aktivierte. Zugleich mit der Entlastung verspürte Rila ein wenig Bedauern darüber, dass sie den Schwerkraftsog nun vermindert wahrnahm. Sie setzte die Schutzbrille auf und testete die Sichtverstärker von Infrarot über Filter für verschiedene Spektren des elektromagnetischen Bereichs bis zur Vergrößerungsfunktion. Zuletzt befestigte sie den Funkempfänger und die Atemmaske.

»Wir sind gelandet«, meldete Xeramel. Die Leuchte über der Schleuse wechselte auf Grün.

Rila nahm ihren Ausrüstungskoffer und betrat die Kammer. Zehn Sekunden später schritt sie über die Rampe ins Freie.

Der Wind zerrte an ihr und wirbelte das Haar vor die Brille. Sie hätte es zusammenbinden sollen. Die cochadischen Quadkopter tanzten in den Böen wie Insekten, die gegen den Wind anflogen. Rauschen und Donnern des Meeres woben einen Klangteppich, der Rilas Schritte auf dem Fels übertönte. Ansonsten hörte sie nur das dumpfe Zischen ihres Atems durch die Filter der Maske.

Sie bewegte sich unter dem Rumpf der Fähre hinaus. Die Hitze der gerade erst deaktivierten Landedüse am linken Flügel wärmte ihr Gesicht.

Die SQUID stand nun diagonal in der Luft. Oder so schien es. Der Entfernungsmesser der Brille verriet ihr, dass sie sich mit dreißig Stundenkilometern bewegte. Die Tentakel stießen schräg nach oben, wo sie durch die Wolken pflügten. Das Schiff kippte weiter, sodass die Fangarme bald komplett dem Blick entzogen waren und auch der Bug des Hauptkörpers in das graue Wallen tauchte. Die große Masse löste eine elektromagnetische Reaktion aus, Blitze gewitterten herab, als wollte die Atmosphäre den Eindringling abwehren.

Ein Planet gegen ein Großraumschiff, dachte Rila. Wer würde wohl gewinnen, wenn es der SQUID ernst wäre? Die Glut von G'olatas Untergang flammte durch ihre Erinnerung.

»Wenn die SQUID noch einmal eintaucht, können wir nicht für die Stabilität der Klippe garantieren«, funkte Xeramel.

»Verstanden. Startbereitschaft der COGNITION aufrechterhalten.«

»Es ging mir nicht um das Risiko für die Fähre ...«

Die Pilotin hatte recht. Rila sollte nicht hier draußen stehen, wo der Wind drehen und sie in den Abgrund wirbeln könnte, oder wo der Fels splittern und abrutschen mochte. Sie sah zurück zur Rampe. Sie könnte wieder einsteigen, abheben, durch die Wolken stoßen und die Sicherheit jenseits des Planeten gewinnen. Was hatte sie überhaupt erwartet? Sie hatte die SQUID sehen wollen, mit ihren eigenen Augen. Das tat sie nun. Sie dachte an den Fötus mit dem grünen Nervengewebe und daran, dass sich sein Vater an Bord dieses Schiffs befand.

Aber was nutzte es, wenn sie auf drei oder vier Kilometer an ihn herankam? Sprechen konnte sie ihn dadurch noch immer nicht. Und wenn es nur darum gegangen wäre, hätten Funkbotschaften eine einfachere Möglichkeit geboten. Aber sie wollte Ugrôn begegnen, um es ihm persönlich zu sagen. Ugrôn, nicht nur dem Schiff, das sich dort über dem Meer scheinbar schwerelos drehte, während es Stürme entfachte und einen Kontinent mit dem Untergang bedrohte.

Die SQUID beschleunigte ihre Drehung. Auf der rechten Seite kamen die Tentakel jetzt wieder aus den Wolken hervor. Sie rissen das wattige Grau mit herab wie eine Hand, die durch Dampf fuhr. Die Luft unter ihnen drückte das Wasser auseinander, eine Kuhle entstand im Meer, das gerade begonnen hatte, sich zu beruhigen.

Dann sackte das Schiff ab, rascher, als es aufgestiegen war. Der Donner schmerzte in Rilas Ohren, sie hielt den Mund offen, damit die Trommelfelle nicht platzten. Eine Bö erfasste sie und schleuderte sie zurück. Sie landete auf dem bebenden Felsboden. Bedrohlich krachte das Gestein, aber das lauteste Geräusch kam von rechts, von jenseits der COGNITION. Es klang wie ein Schrei, als der Schutzwall zerbarst. Die Flut rauschte in das Tal von Sidago.

Rila vertraute den Fähigkeiten ihres Bruders, aber sie konnte nur hoffen, dass er auch für sich selbst einen sicheren

Platz gefunden hatte, nicht nur für die Cochader und für sein Team.

Rila drückte sich hoch und stand auf. Sprühnebel trübte die Sicht, die SQUID war ein gewaltiger Schatten dahinter.

»Ich bin zu weit gegangen, um noch umzukehren.« Sie öffnete den Ausrüstungskoffer und aktivierte die gespeicherte Funksendung. »Jetzt liegt es an euch.«

Obwohl der Boden noch immer zitterte, stellte sie sich an den Rand der Klippe. Ihr Anzug schirmte sie ab, aber das Gesicht badete in salziger Nässe und das Haar hing schwer an ihrem Kopf.

Wieder fragte sie sich, was sie erwartet hatte.

Ihre Augen erkannten wenig, doch die Technik der Brille verriet ihr, dass sich die SQUID drehte. Nicht aufwärts wie zuvor, sondern in der Waagerechten, wie ein Kreisel auf einer Tischplatte.

Rilas Atem stockte. Bislang hatte das Schiff nur gespielt. Was geschähe, wenn die Tentakel, die sich so rasend schnell näherten, gegen das Gebirgsmassiv schlügen?

Sie bestanden aus organischer Masse und die war im Allgemeinen weicher als Fels. Aber dieser Körper trotzte harter Strahlung, der Hitze von Sonnenkoronen und der Kälte des Leerraums zwischen den Sternen, dem Rotraum und dem Beschuss der Giats. Was wusste sie schon darüber?

Der Bug der SQUID hob sich um wenige Grad. Das reichte aus, um die gestreckten Tentakel über die dreihundert Meter hohe Klippe und die Berge dahinter zu heben. Sie verdunkelten den Himmel über Rila. Salzwasser stürzte von ihnen herab, als sie abrupt verharrten.

Rila stand erstarrt. Sie fühlte sich wie eine Dilettantin, die einen Dämon beschworen hatte, der sie mit einem Finger zerquetschen konnte. Und zugleich begriff sie nun besser als je zuvor, was die Priester des Void meinten, wenn sie von einer Macht sprachen, die das menschliche Begreifen überstieg.

Der Wind beruhigte sich, auch wenn die Wellen weiterhin unter ihr gegen die Klippe donnerten. Rila atmete tief. Die Atemmaske zischte. Das Wasser floss an den Tentakeln ab, immer weniger fiel auf sie herab, bald wurde es zu einem Tröpfeln. Wie ein beinahe den gesamten Himmel abschirmendes Dach streckten sich die Fangarme über ihr.

Einer davon senkte sich ab. Es war einer der kürzeren Tentakel, etwa drei Kilometer lang, sodass er die Distanz zwischen Rilas Standort und dem Hauptkörper der Squid überbrückte. Während er sich näherte, wurde die Bewegung langsamer. Er wirkte wie ein behutsamer Riese, als sich die Spitze neben ihr auf den knirschenden Fels legte. Wegen des Schattenfalls machte Rila nur Grautöne aus, aber sie erkannte die Adern, die sich wie Ranken über die ruhig pulsierende Oberfläche zogen.

Schmatzend riss die Haut des Tentakels auf. Fließende Leuchtkugeln strahlten Rila ihr gelbes Licht entgegen. Die Öffnung sah aus wie eine Wunde, und sie verlor sogar Flüssigkeit, auch wenn sie wässriger aussah als Blut.

Rila besann sich auf ihr Soldatentraining. Es ging nicht darum, was angenehm war und was man tun wollte. Entscheidend war, was die Pflicht erforderte. Der Befehl musste ausgeführt werden.

Auch, wenn sich Rila diesen Befehl selbst gegeben hatte.

Sie nahm den Ausrüstungskoffer und betrat die Squid.

—

Der Fußmarsch war weit, aber nicht nur die Kunstmuskeln ihres Kampfanzugs halfen ihr, sondern auch die biologischen der Squid. Das Schiff zog den Tentakel zusammen, in dem sich Rila bewegte, und verkürzte so die Wegstrecke vor ihr. Dadurch benötigte sie nur eine Viertelstunde bis zum Hauptkörper, wo Berglen sie erwartete.

Rila ertappte sich dabei, nach Anomalien an ihm zu suchen, wie Ugrôns vollständig grünen Augen oder den durch das Fleisch leuchtenden Nerven des Kindes im Syntho-Uterus. Sie fand nichts. Berglens Beine waren kräftiger, als Rila es von der MARLIN gewohnt war, aber das war bei den meisten Menschen auf der SQUID der Fall. Er trug wieder eine offene Weste, heute war sie braun und sah nach Leder aus und sie reichte bis zu seinen Knien. Weiß kräuselte sich sein Brusthaar, während der Schopf über seine Schultern hing. Obwohl sie zwei Monate fort gewesen war, erschien ihr diese schwerkrafttypische Frisur normal. Sie war an einen vertrauten Ort zurückgekehrt.

Berglen wischte vor seinem Gesicht. »Die brauchst du hier nicht.«

Sie löste die Atemmaske und die Brille und zog den Empfänger aus ihrem Ohr.

»Und den auch nicht.« Berglen zeigte auf den Blaster an ihrer Hüfte.

Sie befestigte die Maske mit der Halterung an ihrer Schulter. »Ich bin gekommen, um Ugrôn zu sprechen.«

Berglen zeigte noch immer auf den Blaster. Er schien mit sich zu ringen.

»Es geht um etwas Privates«, sagte Rila.

Er sah sie an. »Ugrôn ist weiter gegangen als jemals ein Mensch vor ihm.« Berglen trat zur Seite und deutete in den pulsierenden Gang, der tiefer in das lebende Schiff führte. »Mutter hat ihn ...« Er suchte nach dem richtigen Wort. »... initiiert.«

Sie gingen in die vorgeschlagene Richtung. »Das klingt nach seiner Priesterweihe«, meinte Rila. »Ich war dabei, als Batuo und die Jünger des Void ihn zur Schleuse begleitet haben.«

»Batuo ist tot.«

»Was?«, rief Rila.

Berglen sah stur geradeaus.

»Wie ist das geschehen?«, fragte sie.

Er leitete sie an einer Kreuzung nach links. Das Schiff wirkte ausgestorben. Wo war die Besatzung? Befanden sie sich nur in einem wenig frequentierten Bereich, oder hatte sich dort draußen zwischen den Sternen eine Katastrophe ereignet?

»Trägt Ugrôn Schuld an Batuos Tod?«

»Ich weiß nicht, ob hier noch irgendetwas geschieht, woran Ugrôn unbeteiligt ist«, sagte Berglen mit belegter Stimme, »und dabei war er ganz sicher involviert. Ich muss einräumen, dass er ein gutes Motiv hatte ...«

»Um seinen Mentor zu töten?«, protestierte Rila. »Er hat ihm so viel zu verdanken! Batuo hat ihn zum ersten Priester unter allen Squidgeborenen gemacht.«

»Er braucht niemanden mehr, der ihn zu irgendetwas macht.«

»Was ist denn nun passiert?« Unwillkürlich legte Rila die Hand auf den Blaster.

»Batuo wollte ihm Grenzen setzen. Das akzeptiert er nicht mehr.«

»Er spricht voller Respekt von Batuos Weisheit!«

Berglen lachte auf. »Das ist vorbei. Ugrôn ist jetzt anders, als du ihn kennst.«

Sie dachte an die Zärtlichkeiten vor ihrem Abschied, spürte seine Hände auf ihrer Haut. »So lange war ich nun auch nicht weg.«

»Nicht die Zeit zählt, sondern das Erleben. Ugrôn ist weiter gegangen als irgendjemand vor ihm. Er war im Rotraum.«

»Wir alle waren schon im ...« Rila verstummte. Sie dachte an die Schleuse, in der sich Ugrôn dem Vakuum ausgesetzt hatte. »Du meinst, er war *im* Rotraum? Er selbst? Nicht die SQUID mit ihm an Bord?«

»Mutter hat ihn in ihre Heimat geführt, so viel ist klar. Und dann ist da noch etwas, das wir nicht verstehen.«

»Wer ist *wir*? Die Zoëliker?«

Berglen nickte. »Nicht die Zoëliker und niemand sonst. Ich bezweifle, dass ein Mensch diese Vorgänge begreifen kann.«

»Außer Ugrôn, anscheinend.«

Sie durchquerten ein Atrium. Über der durchsichtigen Blase in der Decke strömte schimmernde Dunkelheit. Sie mussten sich unter Wasser bewegen, so tief, dass es das Tageslicht abhielt.

»Ich weiß nicht, ob Ugrôn noch ein Mensch ist.«

»Das reicht!« Sie packte ihn an den Schultern und drückte ihn gegen eine fleischige Wand. »Du wirst mir jetzt sofort sagen, was mit ihm los ist!«

»Das kann ich nicht erklären.«

»Fangen wir mit dem ganz Grundsätzlichen an. Lebt er noch?«

»Zweifellos.«

»Ist er bei Bewusstsein?«

»Mehr als jeder von uns.«

»Verkrüppelt?«

»Nein.«

»Was dann?«

»Er ist *mehr* als vorher. Wir wissen nicht, ob Mutter etwas geweckt hat, das möglicherweise in jedem Menschen schlummert. Ungenutztes Potenzial. Oder ob etwas hinzugekommen ist.«

Rila dachte an die grünen Nerven. »Ein Teil von Mutter?«

»Oder etwas noch Fremderes. Etwas aus dem Rotraum. Etwas, das Besitz von Ugrôn ergriffen hat.«

»Wieso sollte Mutter das getan haben?«

»Das fragen wir uns alle.«

Rila ließ ihn los. »Du willst mir sagen, dass Mutter in besonderer Weise mit Ugrôn im Bunde steht und die Zoëliker außen vor sind.«

»Das fasst es ziemlich gut zusammen. Und das ist für uns alle lebensgefährlich.«

»Du bist wahnsinnig.«

»Das kann ich nicht ausschließen.«

»Was du über Ugrôn erzählst, entspringt entweder einer Wahnvorstellung«, meinte Rila, »oder du plauderst Überlegungen aus, die der SQUID mit Sicherheit nicht gefallen werden, während wir uns in ihr befinden, sie alles mithört und wir ihr ausgeliefert sind.«

»In den vergangenen Wochen haben wir viel über Mutters Möglichkeiten gelernt. Wir haben sie immer unterschätzt. Wer sagt dir, dass ich meine Gedanken vor ihr verbergen kann, wenn ich schweige?« Er lachte auf. »Wir sind verloren, wenn es so weitergeht. Wozu die Sache um einen oder zwei Tage verlängern?«

Rilas Hand schloss sich um den Griff des Blasters, obwohl sie nicht wusste, wie diese Waffe ihr helfen sollte. Sie könnte Berglen damit niederstrecken, aber der bedrohte sie nicht. Gegen die SQUID hätte sie ebenso gut mit einer Stecknadel antreten können. »Ich nehme an, du glaubst, ich könnte euch helfen.«

»Die Zeit für verzweifelte Versuche ist gekommen«, sagte er. »Vielleicht hast du Einfluss auf ihn. Früher warst du ihm wichtig, glaube ich.«

Die Gedanken fanden keinen Halt in Rilas Kopf. Sie verstand einfach nicht, was hier vorging. Aber sie wusste, wo sie sich Antworten holen würde. »Ich will jetzt zu Ugrôn.«

»Er hat mich geschickt, um dich zu ihm zu bringen. Wir sind fast da.«

Sie setzten ihren Weg fort. Niemand begegnete ihnen.

»Dieses Schiff hat sich wirklich verändert«, meinte Rila.

»Früher haben die Zoëliker stets gemeinsam entschieden.«

»Ich dachte, ihr hättet immer nur Mutters Willen interpretiert.«

»Die Interpretation ist manchmal wichtiger als das Objekt, auf das sie sich bezieht. Jetzt herrscht hier ein Tyrann.«

»Gegen den Willen der SQUID brächte er das kaum fertig.«

»Inzwischen zweifle ich sogar daran.« Ehrliche Sorge klang aus diesen Worten.

Sie gelangten an ein Portal, das in einem Rundbogen auslief. Mutters fleischige Substanz, überwachsen mit graugrüner Haut, blockierte es.

»Er verbietet, dass ich mit hineinkomme«, erklärte Berglen. »Ich werde mich jetzt verabschieden.«

»Es ist in Ordnung.« Rila löste die Koppel und legte den Waffengurt ab. Sie war nicht gekommen, um mit Ugrôn zu kämpfen. »Ich will nur mit ihm reden.«

Auf Berglens Gesicht lag ein bedauernder Ausdruck, als er den Blaster ansah. Ihm fehlte der Mut, ihn aufzunehmen. Der Zoëliker drehte sich um und ging davon.

Mit einem trockenen Knistern falteten sich die Flügel des Portals auf. Rila trat in einen weiten Saal. Leuchtkugeln, die sie in dieser Größe noch nie gesehen hatte, strahlten kaltes Licht auf fleischige Wände, während sie dem Fluss durch meterdicke Adern folgten.

Auf einer Art Thron, der in der Mitte des Raums aus dem Boden wucherte und über Stränge mit Decke und Wänden verbunden war, saß Ugrôn. Oder er war darin eingewachsen. Er trug nicht mehr die orangerote Robe und der Übergang zwischen seiner grauen Kombination und dem umgebenden Gewebe war schwer auszumachen. Ein Arm war völlig von einer holzartigen Struktur bedeckt, der andere frei, ebenso wie der Kopf und der größte Teil des Oberkörpers.

»Ich freue mich, dich zu sehen, Rila.« Sein Gesicht bewegte sich gerade so viel, wie das Reden erforderte.

Sie hätte wohl über Berglens Andeutungen zu den Vorfällen auf dem lebenden Schiff sprechen sollen oder von den Auswirkungen des Bades der SQUID auf die Bevölkerung des

Planeten, ganz sicher jedenfalls von Ugrôns Zustand. Aber das alles versank vor dem Grund ihres Kommens.

»Wir haben ein Kind«, sagte sie.

Er blinzelte.

Mit einem Geräusch wie ein brutzelndes Pfannengericht zog sich Mutters Gewebe zurück und gab ihn frei. Ugrôn stand auf. »Wo ist es?«

»Auf der MARLIN.«

Als er vom Thron herabstieg, sah sie, dass die Kombination an seinem Rücken zerrissen war. Dort glänzten feuchte Wunden.

»Es sollte hier sein.«

»Umgeben von …«, zweifelnd sah Rila sich um, »… Mutter? Bei jedem Atemzug von ihr überwacht?«

»Bring es her. Hier werde ich ihm eine Freiheit zeigen, die es nirgendwo sonst findet.«

»Du hast noch nicht einmal gefragt, ob es gesund ist. Ob es ein Junge oder ein Mädchen ist.«

»Das Geschlecht ist ohne Bedeutung«, versetzte er, »und hier bei Mutter droht ihm kein Schaden. Wir können uns um mein Kind kümmern.«

»Es ist unser Kind, nicht nur deines«, stellte Rila klar. »Ich werde nicht zulassen, dass es in Gefangenschaft aufwächst.«

»Es wird frei sein.«

»So wie du? Es scheint anders zu sein.«

»Ich bin frei, denn der Wunsch und die Wirklichkeit verschmelzen.« Er breitete die Arme aus und die Wände verformten sich.

Rila wich zurück, aber das Portal hatte sich geschlossen.

Das Fleisch der SQUID bildete verschnörkelte, sogar filigrane Formen aus, die an Blumen erinnerten. In den Blüten sammelten sich Leuchtkörper. Der Raum gewann an Helligkeit.

»Das ist wunderschön«, hauchte Rila.

Was redete sie eigentlich? Noch nicht einmal in ihrem zerschossenen Raumjäger hatte sie sich in größerer Gefahr befunden. Wenn sie jemals einen Wahnsinnigen gesehen hatte, dann war es Ugrôn. Und dieser Psychopath besaß die Macht, sie von einer Sekunde auf die andere von einem Wesen zerquetschen zu lassen, das ein paar Milliarden Tonnen wog. Aber vielleicht war nicht alles an ihm dem Irrsinn verfallen.

Rila schluckte. »Du tust irrationale Dinge«, tastete sie sich vor.

Abwartend sah er sie an.

»Ihr habt die Nahsystemsicherung vorzeitig abgebrochen, aber der Rest des Schwarms hat keine Information darüber, was ihr gefunden habt. Sind die Giats noch hinter uns her? Seid ihr auf eine Bedrohung gestoßen?«

»Wir haben uns gelangweilt.«

Rila blinzelte. Immerhin hielt er es für angebracht, wenigstens die Andeutung einer Rechtfertigung vorzubringen. »Euer Bad, wie ihr es nennt, löst eine Katastrophe auf diesem Planeten aus. Bislang hat sich Mutter doch immer milde gezeigt und das Leben geschützt.«

»Mutter hat lange genug gedient!«, rief er mit solcher Schärfe, dass Rila zurückzuckte.

Er schien über die eigene Heftigkeit zu erschrecken.

Leiser fuhr er fort: »Nun ist es an der Zeit für Mutters Wünsche.«

»Die Wirklichkeit fragt nicht nach Wünschen, Ugrôn.« Es fühlte sich gefährlich gut an, einen Schritt auf ihn zu zu machen. »Die Giftatmer können alles zerstören, was wir kennen. Diesen Planeten, den Schwarm. Auch die SQUID.«

»Die Giats sind nichts gegen die Macht des Rotraums.« Sie hörte den Trotz in seiner Stimme.

»Willst du mir erzählen, dass du den Rotraum beherrschen würdest?«, flüsterte sie. »Das glaubst du selbst nicht.«

Er starrte sie an.

Plötzlich verschwand er. Als hätte er die winzige Zeit genutzt, die sie für ein Blinzeln brauchte, um sich aus ihrem Blickfeld zu bewegen. Aber so konnte es nicht sein, denn seine Kleidung fiel zu einem Haufen zusammen und blieb auf dem Boden zurück.

Er hatte sich nicht in Luft aufgelöst. Als sie sich hektisch umsah, entdeckte sie ihn schräg hinter sich. Er blickte sie an und grinste wie ein Junge, dem ein Streich gelungen war. Er war nackt, die rote Lotostätowierung prangte auf seiner Brust, die viel muskulöser aussah, als Rila sie in Erinnerung hatte.

Seine Hand näherte sich dem Verschluss am Kragen ihres Kampfanzugs. Giftgrüne, schuppige Wülste zogen sich über die Innenseite seines Unterarms. »Das Fleisch ist alles, was zählt«, wisperte er.

Rila schwitzte, und sie zitterte, aber Angst war nicht der Grund dafür. Sie sah in das Grün von Ugrôns Augen, in das Gesicht, hinter dem sie nun einen Kampf entdeckte, eine schreckliche Schlacht, von der sie nur ahnte, worum sie geschlagen wurde. Berglen hatte recht, Ugrôn befand sich an einem Ort, den niemals ein Mensch betreten hatte. Gemessen daran war er bei überraschend klarem Verstand. Er versuchte sich zu orientieren, seine Richtung zu halten.

Sie seufzte, als er den Verschluss löste und ihre Kombination aufzog. Kühle Luft strömte an ihre Haut.

»Das Fleisch«, wiederholte er. »Bist du wirklich taub für Mutters Gesang?«

Etwas in ihr schrie Rila zu, dass er sie ihres letzten Schutzes beraubte, als er den Kampfanzug von ihren Schultern schob. Sie ignorierte die Warnung. Rila genoss seine Hände auf ihrer Haut.

»Bist du wirklich taub für Mutters Gesang?« Er küsste ihren Hals.

Sein herber Geruch stieg in ihre Nase. Sie schüttelte die Arme aus den Ärmeln, tastete über seinen Brustkorb.

»Mutter liebt dich.« Ugrôns Lippen zupften an ihrem Ohrläppchen. »Sie hat dich gerettet, als du mit deinem Jäger im Nichts getrieben bist.«

Rila nahm ihren Willen zusammen und drückte ihn sanft fort.

Enttäuscht zuckte sein Blick über ihr Gesicht, suchte nach einer Erklärung.

»Woher weißt du, dass du frei bist?« Sie legte eine Hand an seine Wange und spürte die Wärme seines Antlitzes, das so hart geworden war. »Manchmal sind es die Wünsche der anderen, nach denen wir leben, nicht die eigenen.«

Mit sanfter Gewalt drückte er ihre Hand zur Seite und beugte sich ihr entgegen.

Sie seufzte, als er über ihre Brüste hauchte.

—

Starn Egrons Schutzkombination bewahrte ihn vor dem Ertrinken, aber die Muskelverstärker halfen nur bedingt gegen die Strömung. Sie versteiften den rechten Arm, sodass die Schulter nicht aus der Gelenkpfanne gezogen wurde, während er sich an einem verbogenen Stahlträger festhielt und mit dem Außenscheinwerfer ein Lichtsignal sendete. Er selbst erkannte kaum etwas in dem trüben Meerwasser, das den Dreck der Kanalisation, den Schlamm aus Tunneln und dazu noch Unrat und Trümmerteile mit sich trug. Er wusste nicht, wie viele von Sidagos Oberflächenstrukturen zerschlagen waren, aber es mussten großflächige Schäden sein. Das Wasser folgte der Gravitation und stürzte mit Gewalt die Aufzugschächte herunter. Er hörte das dumpfe Rauschen.

Die Cochader waren gute Schwimmer, und sie hielten zehn Minuten durch, ohne Luft zu holen, aber danach ertranken auch sie. Die unterirdischen Behausungen der Unproduktiven hatten der Flut nichts entgegenzusetzen. Starns Team versuchte, so viele wie möglich in die Schutzzonen zu lotsen. Mindestens fünfzig waren schon an ihm vorbeigekommen.

Ein rötliches Licht näherte sich. Das musste Kara sein, sie war die Letzte in der Rettungskette. Mit ihren Schwärmereien für den Koexistenzialismus war sie ihm auf den Geist gegangen, und vielleicht war er auch neidisch auf ihren Reichtum gewesen, aber spätestens heute bewies sie, dass sie bereit war, für ihre Ideale etwas zu riskieren. Sie arbeitete bis zur Erschöpfung, und sie warf ihr Leben in die Waagschale. Unter diesen extremen Umständen bot ihre Spezialausrüstung keinen Vorteil.

Ihr Funkspruch kam nur abgehackt durch.»... keine mehr ... alles versucht ...«

»Beeil dich!«, funkte er zurück.»Du hast es fast geschafft!«

Das Wasser umspülte Stahlträger und Felskanten, wodurch Kara Jeskon herumgeschleudert wurde. Ihr rötliches Anzuglicht vollführte einen Schlingerkurs. Sie prallte gegen eine schwere Maschine, die wohl schon lange vor der Katastrophe Schrott gewesen war.

»Alles in Ordnung?«, rief Starn.

Kara wirbelte über ihm vorbei.»...kay!«

Sie war viel robuster, als ihre zierliche Gestalt vermuten ließ.

Starn warf noch einen letzten Blick in die Richtung, aus der sie gekommen war. Er sah lediglich eine trübe Brühe, die mit solcher Gewalt anstürmte, dass sie ihm wie eine wütende Bestie erschien. Seine Anzugsensoren zeigten auch nur ein Chaos voller Kleinst- und Geisterortungen.

»Ich räume meine Position!«, meldete er und ließ los.

Er versuchte rechtzeitig zu erkennen, wenn er sich einem Hindernis näherte, und stieß sich dann mit Unterstützung der Muskelverstärker ab. Für die fünfhundert Meter zum nächsten abfallenden Schacht schien er eine Ewigkeit zu brauchen.

Hier hatte das Team ein Abfanggitter angebracht. Das Wasser fiel hindurch, aber alles, was so groß war wie ein Mensch, hatte die Chance, sich festzuhalten. Zu Starns Erleichterung sah er, dass Kara dieses Manöver gelungen war. Sie hatte sich bereits am Stahlseil eingeklinkt, aber statt sich hochziehen zu lassen, half sie einem Cochader an die aufwärtsführende Rampe.

»Respekt«, murmelte Starn und zog sich zu den beiden. Der Planetarier war offenbar verletzt. Er schrie, als sie ihn schoben, arbeitete jedoch mit. Die Laufwarzen waren nahezu nutzlos, aber die umlaufende Flosse brachte guten Vortrieb, und als er die Schräge erreichte, packten die Kopftentakel die Griffe. Trotz seiner Schmerzen zog er sich hoch.

Starn sicherte sich selbst mit einem Drahtseil, dann half er den letzten drei Cochadern heraus. Sie stiegen in den mittlerweile gut gefüllten Raum, wo das Team die Verletzten verarztete und Sicherungen einzog.

»Meldung!«, verlangte Starn heftig atmend.

»Wir versiegeln auf Ihr Kommando.« Arl Tingal, der Drohnenspezialist, stand da wie eine Skulptur, mit halb ausgestreckten Armen und gespreizten Fingern. Er benutzte seinen Anzug zur Steuerung der Geräte, die mit kleinen Rotoren über dem gischtenden Wasser flogen, das jeden Moment ansteigen mochte. Wer wusste schon, wann die Hohlräume gefüllt wären, in die es momentan abfloss?

»Sind alle zurück?«, erkundigte sich Starn.

»Wir sind vollzählig.« Ignid sah nicht von dem Cochader auf, dem sie einen Sprühverband anlegte. Neben ihm lag ein blutiges Metallstück auf dem Boden, das einem abgerissenen Bein ähnelte.

»Dann los!«, befahl Starn.

Tingal drehte die Handgelenke nach unten und bewegte die Finger.

Die Drohnen flogen ein harmonisiertes Muster ab, wobei sie zischend Metallschaum versprühten. Er härtete innerhalb von Sekunden aus. Eine nach unten gewölbte Mulde entstand, zuerst als Netz, dann als durchgängige Fläche.

Schebelba schob sich heran. Starn hatte noch nie einen Cochader gesehen, der sich so schnell auf seinen Laufwarzen bewegte wie der Unterhändler des Gischama-Konzerns. Sein schwarzer Überwurf flatterte.

»Wir brauchen eure Hilfe!«, übersetzte der Translator, ohne die Hektik zu übertragen, die aus dem hastig hervorgestoßenen Geblubber sprach. »Überall bricht alles zusammen!«

»Wir helfen euch doch schon«, entgegnete Starn. »Wir retten eure Leute.«

»Das hier sind Unproduktive!«, entgegnete Schebelba. »Die haben keine Priorität. Oben gehen die Werte verloren!«

Starn gab sich Mühe, die Situation mit den schüsselgroßen Augen seines Gegenübers zu sehen. Der Raum, den sie zur Schutzzone umfunktionierten, war wohl eine Werkstatt. Vielleicht auch eine Ausbildungsstätte, in der die Unproduktiven versuchten, sich für eine Anstellung bei einem Konzern zu qualifizieren. Diverse Maschinen und Werkzeuge ermöglichten die Herstellung von Waren in geringer Stückzahl. Dazu gehörte Kleidung, wie Überwürfe, bei denen Lagen verschiedener Materialien miteinander verklebt wurden. In anderen Dingen konnte Starn nur Spielzeug oder Kunst ohne Gebrauchswert erkennen, aber er war auch noch lange nicht so weit, den Alltag der Cochader in sämtlichen Einzelheiten zu verstehen. Einige Rechner stellten Lernprogramme bereit. Prijatu beschäftigte sich damit. Die in ihrem metallischen Hinterkopf untergebrachten Prozessoren kamen mit der planetaren Computertechnik gut zurecht. Gerade bestand die Aufgabe seiner Assistentin jedoch darin, die Gesamtsituation im Blick zu behalten. Sie hatte Kontakt zu den Relaissonden, zur COGNITION und ab und zu sogar zur MARLIN.

»Überall gibt es Wassereinbrüche!« Ein Überschlagblitz

entzündete die Luft zwischen Schebelba und Starn, aber der Anzug schützte den Menschen. »Seht nur die Schäden!«

Die Kopftentakel krabbelten über das Mehrzweckgerät vor seiner Brust. Mehrere Holos zeigten Gesteinsbrocken zwischen den stromlinienförmigen Häusern, eine hereinschwappende Flutwelle und zerbrochene Strukturen. Die Magnetbahnen fuhren nicht mehr, aber in Böen wirbelnde Quadkopter huschten umher wie Insekten. Bodenfahrzeuge für den Individualverkehr gab es kaum.

»Die Menschheit wird euch beim Wiederaufbau unterstützen.« Starn fühlte sich schäbig.

Kara kam zu ihnen. »Wir müssen sie nach oben bringen«, drängte sie. »Auf eine der mittleren Ebenen. Dort sind sie am wenigsten in Gefahr.«

Die Drohnen benutzten ihre Laser, um den Metallschaum festzuschweißen, aber die Beben würden zu Rissen führen, und wenn das Wasser mit genügend Kraft drückte, würde es entweder dieses Hindernis wegsprengen oder sich einen anderen Weg durch das Gestein suchen.

Starn wandte sich an Schebelba. »Auf welcher Route können wir so viele am sichersten nach oben schaffen?«

»Das kommt darauf an, was sie zahlen.«

»Was?«, rief Kara.

»Die Transportkapazitäten sind begrenzt«, erklärte der Unterhändler. »Ebenso wie die Aufenthaltsmöglichkeiten, selbstverständlich. Einige Zonen wurden bereits vorausschauend für einen Katastrophenfall reserviert.«

»Du erwartest, dass wir euch helfen, während ihr nicht einmal alle Kräfte mobilisiert?«, fragte Kara. »Bei einem solchen Desaster sollte doch jeder mit anpacken, egal, ob arm oder reich!«

»Es gibt Verträge, die dem entgegenstehen«, sagte Schebelba. »Aus dem Erlös dieser Verträge werden zum Beispiel die Staumauern finanziert, die allen zugutekommen. Es ist nicht die Schuld derjenigen, die solche Verträge geschlossen haben, dass diese Vorkehrungen nun versagen.«

»Ihre ist es auch nicht!« Empört zeigte Kara auf die Unproduktiven. Viele von ihnen waren offensichtlich verletzt.

»Hätten sie sich besser eingebracht, hätte in Sidago mehr Wohlstand zur Verfügung gestanden, um die Stadt abzusichern«, widersprach Schebelba. »Und ihr würdet eure Ressourcen sinnvoller einsetzen als zum Schutz von Unproduktiven.«

»Etwa, um euren Honoratioren Rauschpflaster zu bringen?«

»Lass gut sein.« Sanft schob Starn sie weg. »Tu, was du kannst.«

Durch das Helmvisier funkelte sie ihn an, drehte sich dann aber um und half Ignid Feron.

»Dieser Vorfall könnte Sidago dauerhaft unlukrativ machen«, klagte Schebelba. »Wenn die Metallschmelzen verloren gehen, wird der Konzern beschließen, die Stadt aufzugeben!«

Prijatu sah Starn an. Als sie sicher war, dass sie seine Aufmerksamkeit hatte, nickte sie deutlich.

»In Ordnung«, sagte Starn zu Schebelba. »Nenn mir eure Prioritäten! Planen wir gemeinsam, was zu tun ist.«

—

Ugrôn fragte sich, woher die Leere rührte, die er in sich spürte. Die Sehnsucht schmerzte ihn und deswegen litt auch Mutter. Sie hatte das Bad genossen, aber das war vorbei. Jetzt fühlte sie sich schuldig. Ihr Aufbruch vom Planeten glich einer Flucht. Ein Teil des Meerwassers war in der Reibungshitze beim Flug durch die Atmosphäre verdampft, ein anderer im Vakuum diffundiert. Raue Stellen in der Schiffshaut bargen nur noch tropfengroße Reste des Ozeans, die dort steinhart gefroren waren. Doch der Schmerz erstarrte nicht und er verdampfte auch nicht.

Ruhelos wanderte Ugrôn durch Mutters Leib. Er breitete die Arme aus und spürte die Leere um sich herum. Die Leere des Raums, in dem er stand, und die Leere des Weltalls, in dem Mutter schwamm. Hatte Batuo die Leere jemals so eindringlich gespürt? Was hätte er dafür getan, um es einmal zu erleben? Oder wäre er davor zurückgeschreckt?

Mutter fühlte die große gelbe Sonne, doch ihre Korona barg keine Verlockung. Die Vakuolen mit den Astriden waren zu drei Vierteln geleert, aber das interessierte sie jetzt nicht. Sie schlug durch den Ring aus Gesteinsbrocken, die äquatorial um Cochada kreisten. Auch für einen Körper ihrer Größe bot er kaum Widerstand. Das Prasseln von Fels und Staub, die seit Jahrmillionen ihre Bahn zogen, befriedigte nur kurz, allzu rasch war die Ablenkung vergangen. Mutters Fangarme griffen einen Brocken von den Dimensionen eines Raumfrachters und zerbröselten ihn.

Sinnlos! Das alles war sinnlos.

Mutter sang ihre Sehnsucht so intensiv in sein Fleisch, dass er zu sehr zitterte, um weiterzugehen. Er setzte sich an eine Wand, die weich an seinem Rücken nachgab und ihn wärmte. Geborgenheit spendete sie ihm nicht.

Apathisch hockte er mit umschlungenen Knien. Mutter tauchte in den Rotraum, schwamm eine Weile und glitt zurück ins Einsteinkontinuum.

Rila hatte ihn verlassen, zum zweiten Mal. Sie hatte eine Pflicht zu erfüllen, sagte sie. In dieser Stadt namens Sidago, die so sehr unter dem Bad litt, das Mutter genommen hatte. Stundenlang, während sich Ugrôn und Rila geliebt hatten. Für mehrere Minuten war er so sehr mit dieser Frau eins gewesen, dass er Mutter nicht wahrgenommen hatte.

Hatte er den Gesang des Schiffs vermisst?

Vermisste er jetzt Rila?

Oder sehnte er sich nach dem Kind, von dem sie gesprochen hatte?

Augenblicklich sendete Mutter einen Funkruf. Sie energetisierte die Antennen so stark, dass fünf davon schmolzen. Aber Mutter sprach nicht wie ein Mensch. Codes in tonalen Frequenzen und Schriftzeichen waren so unsagbar eng.

Sie brauchte einen Menschen, wenn ihre verzweifelte Frage mehr sein sollte als ein unartikulierter Schrei. Ugrôn sprang auf. Wo befand er sich? Wo ging es zur nächsten Funkstation? Konnte er seinen Armbandkommunikator benutzen und das Signal verstärken?

Er starrte auf sein Handgelenk. Er trug keinen Kommunikator mehr.

Wann hatte er zuletzt mit einem Menschen sprechen wollen, den Mutter nicht hatte zu ihm rufen können?

Brächte ihn eine Mikrotransition seinem Ziel näher? Vielleicht auf die MARLIN? Aber dafür hätte er wissen müssen, wo sich das Großraumschiff aufhielt. Dann wenigstens zu einer Funkstation?

Mutter machte die Zentrale ausfindig. Ugrôn begriff, wo sie sich relativ zu seinem jetzigen Standort befand, nicht nur in den Kategorien von Länge, Höhe und Breite, sondern auch, was Mutters Geschwindigkeit in Bezug zum Rotraum anging. Er atmete tief durch.

Bevor er transitieren konnte, spürte er Dankbarkeit und einen Hauch von Erleichterung. Jemand half ihm. Jemand begriff Mutters Wunsch. Jemand an der Funkstation, der Mutters Ruf die Stimme lieh, der in der Sprache der Menschen artikulierte, dass die SQUID die MARLIN suchte.

Das musste ein Zoëliker sein. Nur jemand, der gewohnt war, Mutters Gesang in seinem Fleisch wahrzunehmen, vermochte ihren Wunsch richtig zu deuten.

Ugrôn lauschte.

Er hörte die Zoëliker singen. Sie kamen zusammen, irgendwo, und ihre Melodien stimmten sich aufeinander ein. Sie arbeiteten an Mutters Ruf, aber sie sangen auch von Verlassenheit, und es lag Klage darin. Ihr Leben war unsagbar kurz im Vergleich zu Mutters, aber es war alles, was sie hatten, und sie stellten es in ihren Dienst. Womit hatten sie Mutter so sehr bekümmert, dass sie sie nun verschmähte? Sie wollten verstehen und sich ihren Wünschen beugen, auch, wenn nun alles anders sein sollte, als es gewesen war. Konnte sich Mutter erbarmen, sich ihnen noch ein einziges Mal zuwenden? Wohin sollten die Zoëliker denn gehen, wenn Mutter sie nicht mehr wollte?

Gehen ...

Ugrôn nahm seine Wanderung wieder auf. Mutter sang mit den Zoëlikern und er dachte nach. Die Leere in seinem Innern blieb. Was war mit diesem Kind, das er nie gesehen hatte? Wieso sehnte er sich danach?

Oder tat er das gar nicht? War es in Wirklichkeit Mutters Verlangen? Sie hatte Rila gerettet und in gewisser Weise hatte sie ihn mit dieser Frau zusammengebracht. Hatte Mutter gewusst, dass sie sich lieben würden? Hatte sie sogar das herbeigeführt? Konnte sie das?

Was vermochte sie nicht zu tun? Sie umgab die Menschen in ihrem Körper. Sie schützte sie vor den Angriffen der Giats. Versorgte diese winzigen Wesen mit der Luft, die sie atmeten, und die alle möglichen Beimengungen enthalten mochte, ebenso wie das Essen und das Wasser. Dadurch wurde Mutter ein Teil von ihnen, und sicher wirkte sie auch in ihnen, wenn sie das wollte.

Aber in diesen kurzen, kostbaren Momenten mit Rila hatte Mutter ihn nicht besessen.

War er dadurch frei gewesen?

Oder hatte er nur eine Herrin gegen eine andere eingetauscht? Konnte er Rila trauen?

Er beneidete sie.

Aber wieso? Was hatte sie, was Ugrôn nicht besaß?

Ihn.

Dieser Neid kam nicht aus ihm. Er war Mutters Regung.

Schweiß brach aus allen seinen Poren. Er war ein Gefangener!

Und ein Geliebter. Beides.

Er verstand Mutter besser als jeder andere Mensch. Er hatte im Leerraum gestanden, sogar im Rotraum. Und doch wusste er nicht, was *Wahrheit* war.

Nur einmal in seinem Leben hatte er die SQUID verlassen. Erst vor Kurzem, als er an Bord des cochadischen Schiffs gegangen war. Dort, wo er seine erste Mikrotransition durchgeführt hatte.

Aber niemals hatte er einen Planeten gespürt.

Doch, beim Bad in Cochadas Ozean. Durch Mutters Körper.

Aber nie mit seinem eigenen.

Er hob die linke Hand und spreizte die Finger. Das war doch sein Körper? Trotz der grünen Wülste, die sich jetzt über immer größere Bereiche davon zogen, wie die Unterarme und die Handrücken? Sein Körper gehörte noch ihm?

Er fühlte sich, als ob er stürzte.

Tat er das nicht auch? Dass er sich innerhalb von Mutter befand und diese ein Schwerkraftfeld erzeugte, täuschte nur darüber hinweg, dass sie alle in Wirklichkeit durch ein endloses Nichts fielen.

Er sehnte sich nach einem Planeten.

Und nach Rila. Er wünschte sich zu ihr. Sie war auf Cochada, in dieser Stadt, die Mutter so geschädigt hatte.

Ja, Mutter war es gewesen, ihr Wunsch! Deswegen war es zu den Flutwellen gekommen und darum hatte Rila jetzt Angst vor Ugrôn.

Fürchtete sie ihn wirklich?

Oder war auch das nur eine Vermutung?

Was war *Wahrheit*?

Schreiend schlug Ugrôn die Hände an seine Schläfen. Sein Brüllen vermochte Mutters Gesang nicht zu übertönen, aber es tat ihm gut. Es war etwas, das er ganz sicher nicht tat, weil Mutter es wollte.

Er trat gegen eine Wand, warf sich dagegen und schrie noch lauter.

Mutter hörte ihn und die Zoëliker taten es auch, durch sie, durch ihre Besorgnis. Jemand an Bord fürchtete, dass er den Verstand verlor. Wer unterstellte so etwas? Irgendein Mensch? Oder Mutter? Oder gar er selbst?

Was bedeutete es, wenn Mutter an seinem Verstand zweifelte?

War er dadurch nutzlos für sie? Würde sie ihn verstoßen?

Oder dachte er klar? Dann war auch seine Sehnsucht nach Rila und dem Planeten kein Wahnsinn.

So oder so führte sein Weg aus diesem Schiff hinaus.

Ja, hinaus! Endlich! Nach dreißig Erdjahren würde er Luft atmen, die nicht von Mutter kam. Er würde in einem Schwerefeld stehen, das ihn woandershin zog als immer nur zu ihr. Und dann würde er wissen, ob er frei war oder ein Gefangener.

Mutters Lied klagte in seinem Fleisch. Das Kind auf der Marlin lockte sie, aber sie wollte Ugrôn nicht verlieren. So kurz nur währte sein Leben, jede Stunde davon war kostbar. Keine einzige wollte sie missen. Erst recht nicht, da er sie zu verstehen begann. Als erster Mensch, seit sie diese empfindlichen, sich ihrer selbst und des Kosmos kaum bewussten Lebewesen in sich aufgenommen hatte. So glücklich war sie damals gewesen, ihre Einsamkeit endlich zu beenden nach einer Zeitspanne, die Ugrôns Begreifen überstieg. Ja, Mutter hatte die Menschen geformt, damit jemand wie er geboren wurde. Aber hatte sie diese empfindlichen Wesen nicht auch erhalten? Und hatte sie sich dadurch nicht zum Ziel für die

Giats gemacht, ihr eigenes Leben riskiert? War etwa ungerecht, was sie getan hatte? Hätten die Menschen diesen Handel verweigert, wenn sie ihn gekannt hätten? Wären sie gern zurückgeblieben, auf einer sterbenden Kolonie, einem brennenden und von einer lodernden Wolke eingehüllten Planeten? Wut stieg in Ugrôn auf. Er brüllte nicht mehr, sein Hass war kühl. Er hatte nie eine Wahl gehabt. Mutter misstraute ihm, sonst hätte sie ihn eingeweiht. Spätestens als er im Rotraum gestanden hatte.

Aber sie liebte ihn. Ihre Fürsorge umfing ihn.

Doch er wollte keine Fürsorge, er verlangte nach Freiheit!

Er verdankte Mutter sein Leben, aber er hatte auch getan, was sie wollte. Ohne Hintergedanken. Wer hatte sie denn zum Bad in den Ozean gebracht?

Sie war selbst geflogen, sang sie amüsiert, nicht er.

Er war nicht zu Späßen aufgelegt. Er würde sich nicht ablenken lassen. Er verlangte nach dem Planeten. Er würde sich mit Rila treffen.

Und dann? Was dann?

Dann wäre er frei. Dann wiche sein Hass und er würde seine Liebe erkennen. Zu Rila, vielleicht. Zu dem Kind. Oder zu Mutter. Oder alles zusammen.

Und wenn das unvereinbar wäre? Wenn sich Rila weigerte, auf der Squid zu leben?

Dann würde er sich entscheiden. Entscheidung brauchte Freiheit. So wie Liebe.

Aber was, wenn er sich falsch entschiede?

Ohne Entscheidung konnte es keine Liebe geben und ohne Liebe gab es keine Gemeinschaft. Keine wahre. Nur eine Lüge in der Einsamkeit.

Die Squid drehte sich, bis ihre Fangarme auf Cochada wiesen.

»Hol mir Kara an die Funkstation«, bat Starn Egron.

Das Holo, das über der Nebenkonsole im Cockpit der COG-NITION leuchtete, zeigte ihn vor einem Unterstand. Ein Gerüst verbundener Stöcke war zwischen den Ästen eines Baums befestigt und mit mehreren Lagen Blättern belegt. Die ›Siedler‹, wie sie sich selbst nannten, passten sich schnell an die Gegebenheiten auf einem Planeten an. Hier folgte der Regen unweigerlich dem Gravitationssog, er fiel immer von oben nach unten. Das machte leicht schräg stehende Dächer als Nässeschutz brauchbar.

»Wo befindet er sich?«, fragte Rila Egron-Itara.

Xeramel vergrößerte einen Ausschnitt im Übersichtsholo. Rote Leuchtpunkte zeigten die Standorte von Starn, Prijatu und den fünf Raumlandeinfanteristen, die sie begleiteten. Nur eine der Markierungen bewegte sich langsam, die anderen standen ruhig beieinander. Auch das Codewort für einen Notfall, ›Salz‹, hatte Starn nicht benutzt.

So störrisch sich diese Menschen auch wehrten, auf die MARLIN zurückzukehren – gewalttätig schienen sie nicht zu sein. Der Unterstand war eine von mehreren Strukturen, die sie hier in der Bergwildnis nahe Sidago errichtet hatten. Es gab mindestens ein Dutzend davon, und sie dienten hauptsächlich dazu, Trockenvorräte zu schützen. Die silberfarbenen Planen der eigentlich als Notunterkünfte – nach dem Absturz einer Fähre – gedachten Zelte waren im Grün und Schwarz des lichten Waldes leicht auszumachen. Rila konnte nur schätzen, wie viele Menschen sich entschlossen hatten, den Schwarm für immer zu verlassen und auf Cochada zu siedeln. Die Wärmesignaturen ließen auf wenigstens dreihundert schließen. Zudem hatte Starn herausgefunden, dass sich hier Bewohner mehrerer Großraumschiffe zusammenfanden, viele davon Koexistenzialisten. Die Fähren, die sie abgesetzt hatten, waren aber wohl verschwunden.

»Gibt es ein Problem mit Kara?« Starns Brauen waren bereits vollständig ergraut, auch wenn sich in seinem dunkelblonden Haupthaar nur erste Strähnen zeigten.

»Nein.« Rila schüttelte den Kopf. »Kein Problem.«

Sie ging durch das Schott in der Rückwand der Kanzel in den Frachtraum. Die COGNITION war mit Nahrungsmitteln beladen, die der Gischama-Konzern als Anzahlung für die geleistete Hilfe verstand. Zudem versorgten Kara und Erok Drohm hier ein Dutzend verletzte Cochader. Es waren ausnahmslos Unproduktive.

»Starn will dich sprechen!«, rief Rila der zierlichen Frau zu.

Kara Jeskon wechselte einige schnelle Worte mit Erok, bevor sie sich aufrichtete und die Handschuhe auszog, die ihr bis zu den Ellbogen reichten. Sie waren mit einer grünen Flüssigkeit besudelt. War das eine medizinische Paste – oder cochadisches Blut?

Sie sah erschöpft aus, ihre Augen waren schmal, Schweiß glänzte auf der Stirn und das blonde Haar stand in wirren Strähnen ab, aber die Muskelverstärker ihres Luxusanzugs verhalfen ihr trotzdem zu einem forschen Gang. Fragend sah sie zu Rila auf, als sie an ihr vorbei in die Kanzel trat.

Im Schwerefeld eines Planeten waren Größenunterschiede viel bedeutsamer, dachte Rila. Bei einem Gespräch an Bord der MARLIN würden sie auf Augenhöhe schweben.

»… den Bericht übernehmen«, hörte sie Starn zu Kara sagen. »Wir brauchen hier mehr Zeit.«

»Was soll das denn heißen?«, mischte Rila sich ein.

»Er will, dass wir ohne ihn und Prijatu starten«, erklärte Kara.

»Das kannst du vergessen, Starn! Ihr kommt schön zurück an Bord.«

»Unser Befehl lautet, die Siedler zurückzubringen, oder? Das geht nicht so schnell.«

»Dann warten wir eben.«

»Mach keinen Quatsch, Schwesterlein! Ihr habt Verletzte an Bord.«

»Wenn es schon um Befehle geht, dann erinnere dich daran, dass wir auch für deinen Schutz verantwortlich sind.«

»Hauptmann Gerlen hat alles im Griff. Seine Gruppe bietet mehr Feuerkraft auf als alle diese Siedler zusammen.«

»Dann sollte es euch leichtfallen, auch die störrischsten Typen von der Rückkehr zu überzeugen.«

»So einfach ist das nicht.« Starn schüttelte den Kopf. »Wenigstens die Hälfte stammt von anderen Schiffen. Ihr Anführer kommt von der KOI. Wenn wir die an Bord unserer Fähre zwingen, hängt man uns eine Entführung an.«

»Dann eben nur die von der MARLIN. Die anderen werden schon Vernunft annehmen.« Tatsächlich waren Planeten die gefährlichsten Orte im Universum. Noch nicht einmal G'olata hatte sich verteidigen lassen, und die Giats verfügten über eine vielfach höhere Angriffskraft als die Menschheit. Wenn sie in dieses System transitierten... Die SQUID hatte zwar keine Späher geortet, aber auch nur einen Bruchteil des Nahbereichs erkundet.

»Auch für unsere Leute ist zu wenig Platz«, wandte Starn ein. »Wir müssten ohnehin mehrmals fliegen.«

Rila überlegte, ob sie einen Teil der Verpflegung zurücklassen sollte, aber auch das Ausladen würde Zeit kosten, und alle könnten sie dennoch nicht mitnehmen. Zudem hatte Starn recht mit den Verletzten. Ihre Versorgung hatte Priorität. Auch wenn sie keine Menschen waren, standen sie unter Rilas Schutz.

»Ich fordere Verstärkung an«, lenkte sie ein.

»Tu das. Und jetzt ab mit euch!«

Rila seufzte. »Viel Glück.« Sie unterbrach die Verbindung.

»Starterlaubnis?«, fragte Xeramel. Xytara saß wie immer stumm neben ihr.

Rila nickte. »Aufstieg.«

Die grauen Hände der beiden Pilotinnen flogen in lautloser Abstimmung über die Sensorfelder. Die Schubdüsen der COGNITION erwachten flammend und hoben die Fähre senkrecht an.

Rila hielt Kara fest, als sie zurück in den Laderaum wollte.

»Sind die Cochader außer Lebensgefahr?«

Kara zuckte die Achseln. Es war merkwürdig zu sehen, dass die Locken sich dadurch kaum bewegten. Auf der MARLIN hätten sie den Impuls der Schultern aufgenommen, um weiter Richtung Scheitel zu schweben. »Soweit wir wissen, sind alle stabil.« Trotzdem wirkte sie nicht nur erschöpft, sondern auch verstimmt.

»Auf ein Wort«, bat Rila und zog sich mit ihr an die Seite des geräumigen Cockpits zurück.

Karas Augen weiteten sich ein wenig, als sie Rila erwartungsvoll ansah. Sie hatten das Blau von Saphiren. Rila verstand gut, was ihr Bruder an dieser Frau fand.

»Ich weiß nicht, was zwischen dir und Starn vorgefallen ist«, sagte sie. »Dieser Sache mit der Esoxerin musst du nicht zu viel Gewicht beimessen.« Rila hielt den Atem an. Was tat sie hier eigentlich? Starn war alt genug, um seine eigenen Entscheidungen zu treffen.

»Soll er glücklich werden, mit wem er will. Ich bin nicht eifersüchtig«, behauptete Kara, aber ihre Miene sagte etwas anderes.

Doch auch wenn sie log, mochte die Eifersucht nicht der alleinige Grund für ihre schlechte Stimmung sein. »Was bedrückt dich dann?«

»Wen interessiert das?«

»Mich. Hier an Bord habe ich die Verantwortung für jeden Passagier.«

Die Fähre schwenkte in eine Kurve, um einen günstigeren Aufstiegsvektor zu finden, der die Rotation des Planeten ausnutzte und den atmosphärischen Unruhen auswich, die sich nach dem Besuch der SQUID noch nicht gelegt hatten.

»Merkst du, was wir diesem Planeten antun?«, schnappte Kara.

»Das lebende Schiff hat Cochada in mehrfacher Hinsicht aufgewirbelt.« Rila versuchte ein Grinsen, ließ es aber wieder, als sie merkte, dass Kara nicht mitlachte. »Für das Bad der SQUID können wir nichts«, sagte sie vorsichtig.

Aber Ugrôn trug viel von der Verantwortung. Sie hatten sich geliebt, mehrfach. Dann hatte Rila ihm erklärt, dass in Sidago Pflichten auf sie warteten. Dass sie sich unwohl fühlen würde, wenn sie ihnen nicht nachkäme. Sie war in einen wohligen Schlaf gesunken, und als sie aufgewacht war, hatte sie sich allein irgendwo im Leib des Schiffs wiedergefunden. Es hatte sich geöffnet und sie neben der COGNITION abgelegt, bevor es in den Weltraum entschwunden war. Und Ugrôn mit ihm, ohne einen Versuch, Rila zurückzuhalten.

»Für das, was die SQUID tut, können wir nichts«, bestätigte Kara, »aber dafür, wie wir damit umgegangen sind.«

»Wir haben die Bedürftigen doch gerettet.«

»Ja, und darum verzeihe ich euch.«

»Uns?«, fragte Rila. »Wer ist denn ›uns‹?«

»Diejenigen, die Befehle geben. Und komm mir nicht mit den Abstimmungen! Du weißt genau, dass die Interpretation der Beschlüsse den Unterschied macht.«

»Was sollen wir denn nun Schlechtes getan haben?«

»Ihr habt euch nicht aus Freundlichkeit entschieden, den Cochadern in Sidago zu helfen. Euch geht es darum, die Konzerne gefügig zu machen, und da kommen euch die Zerstörungen recht. Diese paar Lebensmittel«, sie zeigte Richtung Laderaum, »sind doch nur ein winziger Vorgeschmack. Ihr habt die Katastrophe ausgenutzt, um den Planetariern zu zeigen, wie überlegen unsere Technologie ist. Ihr wollt sie abhängig machen und ausbeuten.«

Rila wusste nicht, was sie darauf sagen sollte. War es etwa nicht selbstverständlich, dass die Menschheit alles tat, um ihr Überleben zu sichern? Sie dachte an Ynga und Herrn Zmitt, an Starn und den Fötus mit den grünen Nervenbahnen. Sie alle brauchten Lebensmittel, und wenn sie auf das zurückgeworfen wären, was die Schiffe an Bord produzieren könnten, würden sie hungern und schließlich sterben. Die Chroniken verzeichneten Berichte von solcher Not. Auf der MARLIN hatte man damals entschieden, dass Verbrecher niedrigere Rationen erhalten sollten als die Unbescholtenen. Schon das Überschreiten der Aufenthaltserlaubnis in einem Rotationsmodul hatte zu einer Woche Halbrationen geführt, und eine Welle von Denunziationen hatte die Schiffsgemeinschaft an den Rand eines Bürgerkriegs gebracht.

»Du brauchst nicht zu antworten«, sagte Kara. »Aber wenn du lange genug darüber nachdenkst, wirst du Schwierigkeiten bekommen, in den Spiegel ...«

Alarm schrillte nur eine Sekunde, bevor die Explosion im Laderaum donnerte. Rote Signalholos flammten auf. Hinter dem Schott rauschte es, die Fähre kippte auf die Seite. Rila prallte gegen die Wand, Kara fiel auf sie.

Xytara wischte durch das Sensorfeld, das den Alarm abstellte.

»Steuerbordtriebwerk verloren, Haupttriebwerk bei zwei Prozent«, stellte Xeramel sachlich fest. »Hülle steuerbord aufgerissen. Wir stürzen ab.«

—

Das tote Tier drehte sich auf einem aus einer Richtfunkantenne gefertigten Spieß über einem Feuer. Die Haut knisterte, wenn sie verschmorte, weil die Flammen darüberleckten. Der Brandgeruch stieg Starn Egron ebenso in die Nase wie der Duft des Fetts, das der Schwerkraft folgend auf das

Holz tropfte und dort zischend verkochte. Die gebeugte Frau, die an der mit statischen Reinigungstüchern umwickelten Kurbel hantierte, schien ihre Aufgabe zu genießen. Ein seliges Lächeln lag auf dem Gesicht mit den hängenden Wangen. »Wir müssen lernen zu erkennen, wann es gar ist«, gestand Korgo Aran zu. Der Mann kam von der Koi, und wenn Starn sich nicht täuschte, deutete der hellblaue Anzug auf eine hohe Kaste hin. An der Tatsache, dass er ein Koexistenzialist war, ließ die über seinem Herzen aufgestickte 25 keinen Zweifel. Was die sattgelben Bänder signalisierten, die von den Ellbogen hingen, wusste Starn nicht.

Dieser Schmuck bewegte sich träge, als Korgo die orangefarbene Blüte eines schwarzen Strauchs ein Stück heranzog, um daran zu riechen. »Wir brauchen auch Gewürze. Ich bin sicher, Cochada hält große Schätze für denjenigen bereit, der die Ausdauer hat, sie zu entdecken. Diese Pflanze könnte eine Köstlichkeit sein.«

In der Tat bestätigten die laufenden Tests die Beobachtung, dass der biologische Code dieses Planeten demjenigen der Erde erstaunlich nahekam. »Das bedeutet aber auch, dass die Pflanzen giftig für uns sein können«, gab Starn zu bedenken.

Ein mildes Lächeln erschien auf Korgos Lippen. Sein Bart war noch kürzer als das dünne Haupthaar. »Das Fleisch dieses Tieres ist jedenfalls für uns verdaulich. Wir haben es getestet. Natürlich müssen wir mit Sorgfalt vorgehen.«

Die Tötung dieses Lebewesens war dagegen nicht gerade chirurgisch erfolgt. Ein Blasterschuss hatte den Kopf weitgehend weggesprengt, und auch eines der sechs Beine war verschwunden. Jedenfalls nahm Starn an, dass auch bei diesem Tier eine symmetrische Anordnung von Extremitäten normal gewesen wäre.

Er sah sich um. Mehrere Dutzend Menschen von unterschiedlichen Schiffen warteten in der Nähe auf den Beginn des Mahls. Starn selbst empfand eine starke Neugierde auf den Geschmack echten Fleisches. An Bord der MARLIN war der Platz zu knapp, um Nutztiere zu halten, ganz abgesehen davon, dass hoch entwickelte Lebensformen größere Schwierigkeiten mit der Schwerelosigkeit hatten als Pflanzen. Dass die Reichen auf anderen Großraumschiffen sich diesen Luxus dennoch gönnten, hielt Starn für ein Gerücht.

Auf einem Planeten hatten sie ein paar Tiere in der Hoffnung geschossen, sie verzehren zu können, aber das war erst nach einer so gründlichen Behandlung möglich gewesen, dass die Speise keine Ähnlichkeit mehr mit Fleisch gehabt hatte. Das hier am Spieß versprach anders zu werden. Ursprünglicher, wie damals auf der Erde. Ein Stück weit verstand Starn, was diese Menschen trieb, auch wenn einem anderen Teil von ihm unwohl bei dem Gedanken war, etwas zu verzehren, das einmal geatmet hatte.

»Wir sind Kolonisten«, bekräftigte Korgo, was er bereits mehrfach gesagt hatte. »Wir werden Cochada nicht mehr verlassen.«

Lampen leuchteten im Wald, wo die Siedler Unterkünfte bauten, bei denen sie technische Ausrüstung aus den Landefähren und natürliche Materialien wie Holz und Stein verbanden. Ein Schneidlaser löste kantige Blöcke aus einem Findling. Prijatu stand daneben und beobachtete das Geschehen. Das ungleichmäßige Licht machte sie mal zu einem Schattenriss, dann wieder reflektierte es an ihrem metallenen Hinterkopf oder tönte ihr im Verhältnis kleines Gesicht rot oder gelb. Sie verharrte unbewegt wie eine Statue, was, wie Starn inzwischen wusste, bedeutete, dass sie intensiv nachdachte.

»Planeten sind gefährlich«, stellte er fest.

Der Wald befand sich auf einem weiten Plateau in knapp eintausend Meter Höhe, was den Wasserstoffdampf zu einem wahrnehmbaren, aber ungefährlichen Geruch reduzierte. Möglich, dass das Element das Feuer erleichterte, aber ein spontaner Flächenbrand drohte wohl nicht. Sonst hätte sich der Wald gar nicht erst entwickeln können, der erste Blitzschlag hätte das gesamte Areal verbrannt. Dennoch bemerkte man selbst in dieser Höhe die Auswirkungen des Bads, das die SQUID genommen hatte. Durch die Beben war ein Hang abgerutscht und mit ihm, wie Korgo berichtet hatte, ein Teil der Ausrüstung, die den Siedlern das Überleben sichern sollte, bis sie sich an den Planeten angepasst hätten.

Andererseits konnte Starn Cochadas wilde Schönheit nicht leugnen. Im Westen wallte die Wolkendecke nach dem Abflug der SQUID noch immer in majestätischer Unordnung, als rängen dort Riesen miteinander. Weiße, graue und beinahe schwarze Schlieren umfassten einander, drehten sich langsam, bildeten Strudel, die manchmal weit hinabreichten, und sogar einige Löcher öffneten sich, die einen Blick auf das Blau gestatteten. Das Licht der tief stehenden Sonne schien hindurch und es schuf einen vielfarbigen Bogen, der von der schneeglänzenden Flanke eines Bergs ausging, sich über den gesamten Himmel spannte und auf der anderen Seite hinter den Bäumen des Waldes verschwand.

»Wenn die Giats angreifen, werdet ihr den Tod noch nicht einmal kommen sehen«, prophezeite Starn.

»Wieso sollten sie uns töten?«, fragte Korgo. »Wir bedrohen sie nicht. Überhaupt wollen wir niemandem schaden. Für unsere Kolonie haben wir ein Gebiet gewählt, das auch die Cochader nicht nutzen. Wenn sie einverstanden sind, werden wir Handel mit ihnen treiben. Wenn nicht, leben wir in Isolation.«

Er befühlte ein weiteres schwarzes Blatt. Die Flora des Planeten musste sich in ferner Vergangenheit in zwei Stränge gegabelt haben. Der eine bildete schwarzen Farbstoff aus, der die Energie des meist durch die Wolkendecke abgeschwächten Sonnenlichts optimal aufnahm. Der andere produzierte eine dem Chlorophyll erstaunlich verwandte Substanz, was zu grüner Färbung führte. Offensichtlich konnte sich auch diese Variante behaupten. Wobei die schwarze Ausprägung robuster zu sein schien. Man fand sie nicht nur in den nebelgefüllten Niederungen, wo das Grün zu ineffizient war, sondern auch auf den Hügeln und Bergen.

»Du weißt, dass die Giats nicht danach fragen werden, ob ihr eine Gefahr für sie darstellt. Sie werden jeden Planeten vernichten, auf dem sie Menschen finden.«

»Falls es so kommt, werden wir wenigstens nicht leiden.«

Korgo sah ihn an. »Vor drei Jahren habe ich meinen einhundertsten Geburtstag gefeiert. Meine Mutter ist einhundertachtundvierzig geworden.«

»Ein stolzes Alter.«

Er lächelte. Es war keine fröhliche Mimik. »Ein hohes. Aber wo bleibt der Stolz, wenn man bewusstlos zwischen Maschinen hängt? Sie haben sie genährt, beatmet und ihren Stoffwechsel geregelt. Sie war hilflos wie ein Neugeborenes, nur dass wir alle wussten, dass sie niemals wieder auf eigenen Beinen gehen würde. Sie konnte nur noch selten klare Gedanken fassen. Ich habe ihre Hand gehalten, als sie starb. Ich weiß nicht, ob sie es gemerkt hat. Drei Tage vorher dachte sie, ich sei mein Vater.«

»Manchmal verschleppen die Giats die Bewohner eines Planeten auf eine ihrer Industriewelten, bevor sie die Bomben werfen. Das würde euch zu Sklaven machen.«

»Und kannst du garantieren, dass uns das nicht passiert, wenn wir beim Schwarm bleiben?«

Natürlich war das unmöglich. Eine einzige verlorene Schlacht mochte zu genau diesem Ergebnis führen.

Korgo hockte sich hin und nahm eine Handvoll von der dunklen, feuchten, nach Humus duftenden Erde auf. »Das hier ist die Umgebung, in der Menschen leben sollten. Und wenn ich sterbe, will ich wissen, dass ich in solch einen fruchtbaren Boden gelegt werde. Ich will nicht, dass man mich ins kalte Nichts stößt.«

»Das sind die Worte eines Menschen, der am Ende seines Lebens steht«, gab Starn zu bedenken. »Aber was ist mit den Jüngeren?«

»Sprich mit ihnen, wenn du willst. Ich halte niemanden auf, wenn er zurückkehren möchte.«

Prijatu kam zu ihnen. »Die Geräte, die ihr dabeihabt, werden nicht lange operational bleiben«, prognostizierte sie. »Die Energiezellen sind nicht auf einen Dauerbetrieb ausgelegt. Entweder sind sie für kurze Arbeitseinsätze gedacht oder für die Überbrückung einer Zeit, bis ein Rettungsteam eintrifft. Ein Jahr, dann hat das meiste davon nur noch Materialwert.«

»Ein Jahr reicht uns«, meinte Korgo zuversichtlich. »Es ist uns sogar recht. Wir wollen keine Fremdkörper sein, sondern auf dem Planeten und mit dem Planeten leben. Ihr seht die Unterkünfte, die wir bauen. Wenn sie fertig sind, können wir die Zelte zerlegen und das Plast für andere Dinge nutzen.«

»Aber ihr braucht ganz andere Fähigkeiten, als ihr …«

Ein Funkruf unterbrach Starn. Er ging ein Stück zur Seite, hob das linke Handgelenk auf Kopfhöhe und aktivierte den Kommunikator. Das Holo eines Fähnrichs erschien in der Luft. Er schwebte vor dem Schiffswappen der MARLIN, einem Fisch mit Nasenschwert, der vor den Sternen sprang. Der ovale Rahmen war jedoch rot, nicht blau, also befand er sich nicht auf dem Großraumschiff selbst, sondern an Bord einer kleineren Einheit.

»Ich arbeite daran«, kam Starn ihm zuvor. »Ich brauche noch einen Ansatz, um eine gewaltlose Rückführung zu erreichen, aber ich bin zuversichtlich, dass …«

»Darum geht es nicht«, unterbrach ihn der Soldat. »Wir haben planetenweite Unruhen. Unsere Kräfte sind gebunden, wir können keine Fähre schicken.«

Besorgt runzelte Starn die Stirn. »Auf die Fähren können wir noch eine Weile warten, machen Sie sich keine Sorgen um uns. Aber wie schlimm ist es?«

Der Fähnrich blickte zur Seite, bevor er Starn wieder ansah. Er hatte sein Haar lange nicht geschnitten, in der Schwerelosigkeit stand es in alle Richtungen ab. »Ziemlich. Und Sie sind persönlich betroffen. Ich habe keine Zeit für lange Erklärungen, aber die COGNITION ist explodiert.«

»Was?«, rief Starn. »Bitte wiederholen Sie!«

»Es gab eine Explosion an Bord der Fähre, die Ihr Team transportiert hat. Unsere Sensordaten deuten auf eine Bombe hin. Die Cochader haben ein Bergungskommando an die Absturzstelle geschickt, aber da sie unsere Funkrufe unbeantwortet lassen, gehen wir davon aus, dass sie feindselig sind.«

Starn warf den fünf Soldaten, die ihn und Prijatu schützten, einen Blick zu. Hauptmann Zichas Gerlen ahnte wohl, dass er keine guten Nachrichten empfing. Er sah ihn fragend an und hielt dabei den Blaster in Bereitschaft.

»Wir haben ein weiteres Problem, das Sie ebenfalls betreffen könnte«, fuhr der Fähnrich fort. »Die SQUID hat erneut Kurs auf Cochada genommen.«

»Wohin genau?«, wollte Starn wissen. »Wieder Sidago?«

Das Holo flimmerte kurz, dann brach es zusammen. Eine Leuchte am Armbandkommunikator zeigte ein massives Störfeld an.

»Achtung!«, schrie Gerlen.

Sofort verteilten sich seine Soldaten, suchten Deckung hinter Maschinen, Bäumen und Felsen und legten an.

Mehrere cochadische Quadkopter stiegen über den Rand des Hochplateaus. Ihre Rotoren surrten. »Ihr seid Gefangene des Gischama-Konzerns!«, dröhnte eine Kunststimme aus einem Akustikfeld. »Tretet auf die freie Fläche und ergebt euch!«

»Rein in den Wald!«, rief Starn.

Er folgte seinem eigenen Rat und hetzte zwischen die Büsche, wo die Siedler Pfade durch das Unterholz geschlagen hatten.

Nicht alle waren so schnell. Eine Gruppe von drei Frauen und einem Kind stand ungläubig neben einem Wasseraufbereiter, zu dem einer der Quadkopter flog. Mit einem Knall schoss ein Netz aus einem Werfer unter dem Fluggerät, fächerte auf, bedeckte die schreienden Menschen und riss sie zu Boden.

Starn griff an die Hüfte, aber dort war kein Blaster. Die Waffe lag in einer Ausrüstungskiste, er hatte die Siedler bei den Gesprächen nicht einschüchtern wollen. Ein Messer steckte im linken Stiefel, aber das war für den Fall gedacht, dass er in Gefangenschaft geriete, und deswegen sorgfältig eingenäht. Hinter dem Felsen, den er als Deckung benutzte, fummelte er an der Naht herum, um es freizubekommen.

Gerlen schrie Befehle. Alle vier Kampfdrohnen stiegen auf. Arl Tingals Gesicht versteinerte in Konzentration, als er die Geräte gleichzeitig aus dem Wald lenkte, während seine Kameraden vorrückten.

Der Quadkopter, der das Netz abgeschossen hatte, setzte zur Landung an. Bevor die Teleskopbeine vollständig ausgefahren waren, stachen zwei rubinrote Laser in die Motoren unter den rechten Rotoren. Aus dem vorderen sprühten Funken, der hintere detonierte einen Sekundenbruchteil später. Der Explosionsdonner rollte über das Plateau. Der Kopter neigte sich auf die Seite, fiel die letzten zwei Meter und krachte auf den Boden, um dann zurückzukippen und unsanft, aber immerhin auf den Landestützen zur Ruhe zu kommen.

Endlich gab die Naht an Starns Stiefel nach. Er zog das Messer heraus. Trotz der minimalen Reichweite dieser Waffe fühlte er sich mit ihr in der Hand ein bisschen sicherer.

Eine Rampe fuhr aus. Ein Dutzend Cochader verließ den Kopter. Sie flohen nicht vor einer möglichen Folgeexplosion, sondern griffen an. Ihre Kopftentakel hielten mehrläufige Schusswaffen und diesmal begnügten sie sich nicht mit Netzen. Schüsse knallten, Mündungsfeuer flammte den freien

Wasserstoff ab, Kugelsalven wühlten den Boden auf und krachten wie Hagel in die Baumstämme.

Die meisten Soldaten hatten ausreichend Deckung, aber ausgerechnet Gerlen erwischte es. Ein Querschläger riss seine rechte Schulter auf. Schreiend kippte der Hauptmann nach hinten.

Tingal schwenkte die Kampfdrohnen herum. Helme und gepanzerte Überwürfe schützten die Angreifer, doch den Lasern menschlicher Fertigung waren sie nicht gewachsen. Die Rubinlanzen zerkochten die Metallplättchen, bis sie Blasen warfen und platzten. Glühendes Metall sprühte durch die Luft. Zusätzlich entzündeten die Bahnen gebündelten Lichts die brennbaren Komponenten der Luft, sodass sie nicht einfach nur als gleißende Striche erschienen, sondern wie Flammenspeere.

Chaos brach zwischen den Cochadern aus, auch wenn einer der noch nicht gelandeten Quadkopter eine Kampfdrohne abschoss. Der Vormarsch stockte.

Starn nutzte das aus, um die Strecke zu Gerlen in gebücktem Lauf zu überwinden. Mit einem hellen Knall prallte eine Kugel von dem Stein ab, hinter dem der Hauptmann lag. Die Splitter trafen Starns Gesicht.

Mit einem Hechtsprung warf er sich hinter die Deckung.

Gerlens Lider flatterten. Er drückte die linke Hand auf die verwundete Schulter. Dunkles Blut quoll zwischen den Fingern hervor.

Starn riss die Tasche am rechten Bein des Soldaten auf. Zum Glück hielt sich dieser an die Dienstvorschrift, das Medokit war dort, wo es laut Lehrbuch sein sollte.

Starn schrie auf den Mann ein, aber dieser schien ihn nicht zu hören. Nur mit roher Gewalt konnte Starn die Hand von der Schulter lösen, um den Sprühverband anzubringen. Der Bioschaum enthielt auch eine desinfizierende Komponente, doch die Heftigkeit von Gerlens Reaktion ließ vermuten, dass der Querschläger tiefer eingedrungen war. Wahrscheinlich steckte er irgendwo in der Brust, aber da er kein Blut hustete, bestand Hoffnung, dass die Lunge unverletzt war.

Starn fuhr auf, als er eine Bewegung bemerkte.

Doch es war nur Prijatu. »Der ist außer Gefecht«, sagte die Frau von der Esox.

»Du solltest tiefer in den Wald laufen«, mahnte er. »Das hier wird sehr ungemütlich.«

»Ziehst du dich auch zurück?«

Er sah das Messer an, das er in den dunklen Boden gesteckt hatte, um die Hände für die Versorgung des Verletzten freizu-haben.

Auf der Ebene landete gerade der zweite Quadkopter, drei weitere überflogen den Wald. Nur noch zwei Kampfdrohnen waren in der Luft und sie lagen unter Feuer. Mehrere Cocha-der zerrten die Menschen im Netz zur abgestürzten Flug-maschine.

Starns Blick suchte die Soldaten. Tingal war noch immer hoch konzentriert. Er konnte sich nicht in Deckung legen, weil er Bewegungsfreiheit für die Arme brauchte, um die Drohnen zu steuern. Ein Kamerad hockte neben ihm und schoss mit dem Blaster auf die ersten Cochader, die zwischen die Bäume vordrangen.

Starn nahm Gerlens Waffe auf.

»Dann bleibe ich auch hier«, verkündete Prijatu.

Eine Hitzewelle jagte durch Starns Körper. Er wusste selbst nicht, ob sie von der Wut über Prijatus Unvernunft herrührte oder von Besorgnis. Sie gehörte zu seinem Team, er war für sie verantwortlich. »Du bist keine Soldatin.«

»Wer sagt das?« Die winzigen Metallkomponenten in ihren goldenen Augen ordneten sich neu an.

Sirrende Rotoren schossen zwischen die Bäume.

Prijatu riss Starn gerade noch rechtzeitig um. Er fiel auf Gerlen, der das noch nicht einmal zu bemerken schien.

Einer der Rotoren zerschnitt die Luft, wo eben noch sein Kopf gewesen war, und schlug in einen Baumstamm, wo er mit wütendem Surren stecken blieb. Er hatte einen Durchmesser von einem halben Meter und bestand aus vier miteinander verbundenen Klingen, die Energie- und Steuereinheit war kaum faustgroß.

Starn schaltete den Blaster auf Lasermodus und gab der feindlichen Waffe den Rest, bevor sie sich lösen und Schaden anrichten konnte.

»Danke«, sagte er.

Statt einer Antwort setzte Prijatu eine Diagnosesonde aus dem Medokit auf Gerlens Hals. Unpassenderweise fiel ihm in diesem Moment der Gefahr auf, wie geschmeidig sie sich bewegte. Ihre kühle Art und der Chromschädel verliehen ihr etwas Maschinenhaftes, aber jetzt gerade wirkte sie animalisch, wie ein Raubtier, das sich anschickte, auf Beutezug zu gehen.

Starn räusperte sich.

Die Soldaten hatten die Cochader an dieser Stelle zurückgeschlagen, aber das hinderte die Gegner nicht, woanders in den Wald einzudringen und die schreienden Menschen zu verfolgen.

Die Diagnosesonde zeigte stabile Vitalsignale, auch wenn Gerlen nicht ansprechbar war. Starn injizierte ihm ein Sedativum, damit er sich nicht bewegte und dabei das vermutlich in seiner Brust steckende Projektil die innere Verletzung weiter aufriss.

Statt sich nun zurückzuziehen, nahm Prijatu sein Messer und rannte zu einem der getöteten Cochader.

»Ist einer deiner Schaltkreise durchgebrannt?«, rief Starn ihr hinterher.

Schneid hatte sie, dachte er, als sie die Waffe des Gefallenen aufnahm. Aber was wollte sie damit?

Der Zentralkörper, von dem die vier Läufe abgingen, war ein Ellipsoid mit unterschiedlich großen Löchern, die Tentakeln sicher guten Halt boten, aber Prijatu konnte das Ding nur tragen, indem sie es umarmte und wie einen unförmigen Ast schleppte. Es schien einiges Gewicht zu haben, was auch nicht weiter verwunderte, hob ein Cochader doch in der Schwerkraft seines Planeten ohne Mühe eine Masse von einhundert Kilogramm an.

Starn zeigte auf die Soldaten und rannte selbst dorthin.

»Wir geht es dem Hauptmann?«, fragte ein Gefreiter, dessen große Nase eine seltsame runde Form hatte, als wäre sie aufgequollen. ›Trenker‹, stand auf dem Namensschild seiner Uniform.

»Er wird durchkommen«, sagte Starn, »aber er kann keine Befehle mehr geben. Ich übernehme das Kommando.«

»Sie sind Zivilist.«

»Ich habe noch immer eine Kompetenzeinstufung von siebenundachtzig in militärischer Expertise«, versetzte er. »Das gibt mir die Möglichkeit, in Notsituationen Befehle zu erteilen. Sind Sie höher eingestuft?«

Er sah die Überraschung im Gesicht des Mannes, der mit einem Kopfschütteln antwortete.

»Tingal!«, sprach Starn den Drohnenexperten an. »Wir brauchen Aufklärung. Ich will wissen, was da im Wald passiert.«

Die beiden verbliebenen Fluggeräte drangen zwischen die Bäume vor. Eines zog einen Flammenschweif hinter sich her.

Starn musterte die vier Soldaten. Keiner von ihnen war verletzt und alle machten einen ruhigen Eindruck. Der Angriff musste sie überrascht haben, aber sie wurden damit fertig. Jetzt war entscheidend, dass sie nicht zu viel Zeit zum Nachdenken erhielten. Mit dem Reflektieren mochte die Angst vor einer Verwundung kommen.

Tingal projizierte ein Holo mit der Übertragung der Drohnen. Es war ein unruhiges Bild, weil sich die Geräte bewegten und zudem das Funkstörfeld selbst bei dieser Nähe seine Wirkung tat. Immerhin hatten die Steuersignale genug Kraft, um Tingals Befehle zu übermitteln, aber diese wurden auch vierfach redundant gesendet.

Im Holo erkannte Starn, dass eine Gruppe von etwa zwanzig Menschen zwischen Cochadern kniete, die sie bedrohten und ihnen offenbar Fesseln anlegten.

»Es sieht nicht danach aus, dass sie die Siedler einfach töten wollten«, meinte Starn. »Sie verschleppen sie.«

Dafür sprach auch, dass ein Quadkopter auf einer Lichtung im Erfassungsbereich niederging.

»Soll ich angreifen?«, fragte Tingal.

»Negativ. Unsere Leute scheinen sich nicht in unmittelbarer Lebensgefahr zu befinden und wir könnten sie treffen. Außerdem würden die Cochader möglicherweise in Panik ...«

Einer der Gegner bemerkte die Drohnen. Sofort eröffnete er das Feuer.

»Ziehe zurück«, meldete Tingal. Schweiß sammelte sich über seinem spitzen Oberlippenbart.

Mit einem Knacken brach Prijatu das Gehäuse der cochadischen Waffe auf, wobei sie das Kampfmesser als Hebel benutzte. Im schwarzen Innern liefen silberne Leitungen.

»Was machst du da?«, fragte Starn.

»Auch wenn die Erscheinungsform davon ablenkt, ist die cochadische Technik der menschlichen ähnlich.« Sie hob die Waffe auf ihren Oberschenkel und richtete sie auf einen Baum aus. Sie steckte den metallischen Finger an ihrer linken Hand in eine Vertiefung.

Ein Schuss krachte und ließ den Stamm zersplittern.

»Ja«, stellte Prijatu fest. »Das funktioniert.«

»Allmählich wirst du mir unheimlich«, meinte Starn. Doch das war nur die halbe Wahrheit. Ihre Entschlossenheit und ihre Klugheit machten ihn auch stolz, als wäre sie schon lange in seinem Team.

Aber ihnen fehlte die Zeit für den Austausch von Nettigkeiten. Widerstrebend ließ Starn Hauptmann Gerlen unbewacht zurück und machte sich mit dem kleinen Trupp auf zu der Stelle, wo der Quadkopter die Gefangenen einsammelte.

Sie wichen einer Gruppe Cochader aus, die eine Handvoll Menschen in ihrer Mitte bewachten. Dabei mussten sie in den Erfassungsbereich eines feindlichen Bewegungs- oder Wärmesensors geraten, denn plötzlich zerfetzten Schüsse das Buschwerk.

Blitzschnell verteilte sich der Trupp. Starn fand sich mit Prijatu hinter einem umgestürzten, größtenteils verkohlten, aber in der Krone noch brennenden Baum wieder. Er richtete sich kurz hinter der Deckung auf, legte auf den nächststehenden Cochader an und schoss. Der Laser brannte sich zwischen den großen Augen in den Schädel. Sofort duckte sich Starn wieder hinter den Stamm.

Während die Kugeln über ihn hinwegzischten, robbte er ein paar Meter.

Ein Netz flog zu weit. Harmlos wickelte es sich um einen Baum.

Prijatu kam hoch und schoss mit ihrer merkwürdigen Waffe. Sie hatte den Autofeuermodus entdeckt, ein Stakkato von Kugeln knatterte aus einem der Läufe, bevor sie sich wieder in Deckung warf.

Eine Explosion erschütterte den Stamm neben ihr.

Er musste das Feuer ablenken, erkannte Starn. Er kam hoch, hielt den Abzug fest und schnitt mit dem kontinuierlichen Laserstrahl waagerecht von links nach rechts. Die flammende Lichtbahn dampfte eine Schneise in die Panzerung von drei Cochadern, dann musste Starn absetzen, weil er sonst einen gefangenen Menschen getroffen hätte.

Dafür feuerten die Soldaten hinter einem Felsen hervor, der sich fünf Meter links von ihm befand. Sie benutzten den Sonicmodus. Im direkten Wirkungsbereich einer solchen Waffe immobilisierten die hauptsächlich im Infraschallbereich schwingenden Töne einen Menschen, Starn hörte sie als unangenehm tiefes Brummen, das in seinen Knochen vibrierte. Auf die Cochader entfalteten sie kaum sichtbare Wirkung, was aber auch an ihrer großen Standfläche liegen mochte. Sie kippten nicht leicht um. Selbst derjenige, dem Starn ein Loch in den Kopf gebrannt hatte, war lediglich in sich zusammengesunken.

Einer der Soldaten warf eine Rauchgranate, was die Verwirrung steigerte, die ohnehin schon unter den Cochadern herrschte.

»Richtschuss!«, rief Starn und feuerte den Blaster ab, bevor die Sicht vollständig verloren ging. Er sammelte Prijatu ein und rückte mit ihr in die Richtung vor, die der rote Strahl gewiesen hatte.

Eine halbe Minute später war der Trupp wieder versammelt. »Lassen wir sie hier noch ein bisschen nach uns suchen«, raunte Starn. »Unser Ziel bleibt die Lichtung.«

Tingal tat sein Bestes, um mithilfe der Drohnen die Lage des Sammelplatzes zu ermitteln. Dennoch brauchten sie noch mehrere Minuten, bis sie einen Hügel erreichten, von dem aus sie das Geschehen beobachten konnten.

Die Cochader brachten menschliche Gefangene von allen Seiten. Wenn Starn das Verhalten der Planetarier korrekt deutete – die ziellosen Überschlagblitze, die planlos wirkenden Bewegungen auf den Laufwarzen und das Schlängeln der Tentakel über den Nacken –, waren sie nervös. Das hier waren keine geschulten Spezialeinsatzkräfte. Überhaupt gab es auf Cochada keine stehende Armee, sondern nur Schutztruppen der Konzerne. Ab und zu kämpfte man um Schürfgebiete, aber selbst das kam selten vor. Einen Konflikt mit dem menschlichen Schwarm musste jeder Cochader mit klarem Verstand als Wahnsinn erkennen. Starn konnte sich die planetenweite Erhebung, von der der Fähnrich berichtet hatte, nur als Panikreaktion nach dem Bad der Squid erklären.

Er stutzte. Der Soldat von der MARLIN hatte auch erwähnt, dass Quadkopter zur Absturzstelle der COGNITION unterwegs waren. Wenn wirklich eine Bombe die Fähre zerrissen hatte, dann musste diese mit den Vorräten aus Sidago an Bord gekommen sein. Also steckte der Gischama-Konzern wohl auch hinter dem Bergungskommando. Das konnte sehr gut bedeuten, dass man Rila und die Überlebenden von Starns Team an denselben Ort brachte, an den die Gefangenen vom Hochplateau verfrachtet wurden.

Die Flugmaschine, die sie beobachteten, schien nun voll beladen zu sein. Sie hob ab.

»Abschießen?«, fragte Tingal.

»Sind Sie wahnsinnig?«, fuhr Starn ihn an. »Unsere Leute sind an Bord!«

»Ich meine die Ablösung.«

In der Tat kam ein weiterer Quadkopter über den Bäumen zum Vorschein und senkte sich ab.

»Habe den Rotor vorne links im Visier«, sagte Trenker, der seinen Blaster im Anschlag hielt.

»Nehme Rotor vorne rechts«, meldete ein Kamerad. »Habe hinten links erfasst«, der letzte. Auch Prijatu richtete ihre Waffe aus, wobei sie wohl nur grob zielen konnte.

»Wartet!«, befahl Starn.

Der Kopter war nicht zu verfehlen. Wenn sie wollten, vermochten sie zweifellos, ihn herunterzuholen. Das würde zwanzig Siedlern – oder sogar noch ein paar mehr – ersparen, verschleppt zu werden.

Aber sie mussten damit rechnen, dass die anderen Kopter zurückkehrten und sie aus der Luft unter Feuer nähmen. Sie hatten nur noch eine voll taugliche Drohne, und die Cochader würden sicher wissen, woher ihnen die echte Gefahr drohte. Oder sie vermochten Soldaten und Siedler nicht auseinanderzuhalten, was zu einem Massaker führen mochte.

Moment ...

Starn beobachtete, wie der Kopter landete und die Rotoren in einen langsamen Bereitschaftsmodus schalteten. Die Rampe klappte aus. Die Menschen am Rand der Lichtung wurden zum Aufstehen gezwungen, man führte weitere heran.

Starn dachte an Rila, an Kara, Ignid und Garta, und auch für Erok war er verantwortlich. Sie waren sein Team und die Cochader hatten sie entführt.

Er presste die Kiefer aufeinander. Kara kannte sich mit der Mentalität der Planetarier am besten aus, aber sie wurde störrisch, wenn sie sich ungerecht behandelt fühlte. Vor seinem geistigen Auge sah Starn, wie sie sich mit einem Cochader anlegte, der zehnmal so viel wog wie sie und ihr eine Waffe vors Gesicht hielt.

Wenn Kara überhaupt noch lebte …

Er sah auf den Blaster in seiner Hand. Seine Mutter hatte recht, tief im Innern war er noch immer ein Soldat. Er schützte die Seinen.

»Wir werden eine andere Taktik anwenden«, teilte er den Soldaten mit. »Ich werde mich gefangen nehmen lassen.«

Er sah den Kämpfern die Überraschung an, aber sie fragten nicht, sondern erwarteten ihre Befehle.

Er seufzte. Auch ihnen gegenüber trug er Verantwortung.

»Sie müssen nicht mit mir kommen. Es wäre sogar gut, wenn jemand hierbleiben und sich um die Siedler kümmern würde, die diesem Überfall entkommen sind. Und um den Hauptmann, er ist verletzt.«

»Und was hast du vor?« Prijatus Gesicht war undeutbar wie so oft.

»Ich infiltriere die Basis des Feindes«, sagte Starn. »Sobald möglich, werde ich meine Erkenntnisse zur Marlin funken. Ich werde die Befreiung unserer Leute von innen unterstützen.«

»Ich komme mit«, verkündete Trenker, und auch Tingal nickte vielsagend.

»Ich übrigens auch«, erklärte Prijatu.

»Schlag dir das aus deinem Chromschädel!«

»Was glaubst du – wer von uns ist am besten geeignet, eine Funkverbindung mit fremder Ausrüstung aufzubauen? Oder denkst du, sie lassen dir den Armbandkommunikator?«

»Auch hier wird jemand gebraucht, der ...«

»Wo du hingehst, gehe ich auch hin.« Der Blick aus den metallisch goldenen Augen bohrte sich in seine.

Er wusste, dass es widersinnig war, aber Starn spürte eine Wärme in seiner Brust. Er freute sich darüber, dass Prijatu in der Gefahr an seiner Seite wäre.

»Sie haben den Kopter gleich beladen«, meinte Tingal.

Starn schluckte. Ein Ausbilder hatte ihm gesagt, Angst vor einem Einsatz sei ein gutes Zeichen. Sie bewirke, dass man sich der Gefahr mit wachen Sinnen stellte. Das erhöhte die Überlebenschancen. Unangenehm war sie dennoch. »In Ordnung. Ziehen Sie Ihre Uniformjacken aus, die Waffen bleiben auch hier.«

Mit erhobenen Händen traten sie auf die Lichtung.

—

Täuschte Mutter ihn?

Ugrôn zitterte vor Unruhe, und dass Mutter ihm alle Informationen zur Verfügung stellte, die sie selbst besaß, verschlimmerte die Situation noch, weil sein Verstand nicht darauf ausgelegt war, die Vielzahl an Reizen zu verarbeiten. Der Planet Cochada war jetzt so nah, dass man Einzelheiten in der aufgewühlten Wolkendecke erkannte. Vor allem am Terminator, der Tag und Nacht schied, fielen die Schatten hoch aufgetürmter Dunstgebilde in wattige Täler, in denen sich die Strudel zeigten, die das Eindringen und der Start des lebenden Raumschiffs verursacht hatten. Der Planet war noch immer aufgewühlt von diesem Besuch.

Mutter nahm so viel mehr wahr. Die Partikel, die während des rasenden Flugs gegen ihre Haut prasselten. Die von der gelben Sonne abgestrahlte Energie, von der sie sich nährte. Die Strömung des heimatlichen Rotraums, die dicht hinter der Grenze der einsteinschen Dimensionen dahinzog. Die Gravitation machte das, was für einen Menschen nur Leere war, für Mutters Sinne so abwechslungsreich wie die Oberfläche eines zerknüllten Blattes. Der Stern verursachte die dominierende Faltung, aber auch die Gasriesen des Systems waren gut zu spüren. Mit der überwundenen Distanz zum Planeten nahm auch dessen Sogwirkung quadratisch zu. Sogar die Monde und der Ring zupften merklich an der Raumzeit.

Und in all dem bewegten sich die cochadischen Intrasystemschiffe, die Großeinheiten des Schwarms und die kleineren Begleitflieger, die Tender, die Fähren und Jagdmaschinen. Rila flog auch eine solche, WEISS-SIEBEN.

Jedenfalls tat sie das, wenn sie ihrem Beruf nachging. Aber im Moment hielt sie sich auf dem Planeten auf. Mutter wusste das, durch einen Sinn, den Ugrôn nicht begriff und der sie diese spezielle Frau auch hatte finden lassen, als sie hilflos in ihrem zerschossenen Raumfahrzeug getrieben war. Jetzt befand sie sich auf Cochada, ganz in der Nähe jener Stadt, die man Sidago nannte, wenn die Planetendrehung Mutter nicht narrte.

Aber sie antwortete auf keinen Funkruf.

Wieso sollte sie schweigen?

Warum war sie überhaupt gegangen? Rila hatte von Pflicht gesprochen, aber dann war Ugrôn eingeschlafen. Hatte Mutter sie beeinflusst? Oder ihr gar etwas angetan?

Ugrôn spürte die Verletzung in dem Gesang, der in seinem Fleisch vibrierte. Mutter wollte Rila nichts Böses, und sie würde niemals etwas tun, das Ugrôn verletzte. Brachte sie ihn etwa nicht zum Planeten, obwohl sie selbst solche Angst davor hatte, ihn zu verlieren?

Ugrôn schämte sich dafür, Mutter derartige Grausamkeit unterstellt zu haben. Er berührte die blassblaue, fleischige Wand vor sich. Langsam dehnte sich das Gewebe aus und zog sich wieder zurück. Im selben Rhythmus leuchteten die Nervenstränge grün durch Ugrôns Haut. Dort, wo die Veränderungen an der Körperoberfläche lagen, wie an der Innenseite seiner Unterarme, strahlten sie so hell, dass das Licht auf der feuchten Wand glänzte.

Mutters Sinne suchten nach Rila, aber sie waren ungeeignet für einen Kontakt.

Ugrôn wandte sich an die Zoëliker, die an den Funkstationen zu helfen versuchten. Er bat sie, er flehte sie an, Antworten zu beschaffen. Wo genau war Rila? Was tat sie? Wieso antwortete sie nicht? Wollte sie ihn treffen? Wo? Wann? Sollte er warten? Aber er sehnte sich so sehr!

Mutter leitete seine Botschaft weiter, durch ihren Körper verästelte sie sich, wurde zu einem Teil ihres Gesangs, den alle aufnahmen, die dafür empfänglich waren.

Die Zoëliker sendeten auf sämtlichen Frequenzen.

Und sie taten noch mehr, wie Ugrôn dankbar feststellte. Als Mutter durch die Wolkendecke pflügte, erfassten die Sensoren, die man in ihren Leib integriert hatte, einfache Fluggeräte in der Nähe des Ortes, an dem Mutter Rila spürte. Es war nicht direkt in Sidago, sondern an einem Berg an der Südflanke des Tals, in dem die Stadt lag, deren Oberflächenstrukturen weitgehend zerstört waren.

Bedrohten die Cochader Rila etwa? Jagten sie sie?

Die menschengefertigten Waffensysteme fuhren aus Hautfalten unter Mutters Rumpf und an den Tentakeln aus. Gehorsam besetzten die Zoëliker die Kampfstationen. Energie wurde aus den Generatoren und auch aus Mutters Organen in Laser und Werfer geleitet. Torpedos, eigentlich für den Einsatz im luftleeren Raum konstruiert, glitten in die Abschussröhren.

»Funkspruch von der MARLIN«, meldete Berglen aus einem Holo, das sich neben Ugrôn aufbaute. Er war jetzt so etwas wie der Botschafter, über den die Zoëliker Kontakt zu ihm hielten. Das tat seinem Rang gut, sein vor der Brust offenes Gewand wurde immer länger. Ugrôn selbst betrachteten sie als einen Erwählten, einen Propheten, einen Heiligen, und dass er einige von ihnen getötet und ihre Hierarchie umgestürzt hatte, verstanden sie als reinigende Katharsis.

»Ich nehme ihn an«, bestätigte Ugrôn.

Berglens Darstellung verblasste. Stattdessen erschien eine Frau in einer prächtigen Uniform im Holo. Der sehr kurze Schnitt ihres blonden Haars betonte die Härte ihrer Gesichtszüge. Die Fülle vieler, die in der Schwerelosigkeit lebten, war ihr fremd.

»Ich bin Admiralin Demetra Egron.« Rilas Mutter! Sofort suchte er nach Ähnlichkeiten und fand sie im Schwung der Brauen, die sich außen eine Winzigkeit nach oben zogen.

»Ugrôn«, stellte er sich vor.

»Welche Position bekleiden Sie auf der SQUID? Ich brauche jemanden, der Entscheidungen trifft.«

»Mutter entscheidet für sich selbst. Ich bin nur Ugrôn.«

»Keine Spielchen. Wieso sehe ich kein Bild von Ihnen?«

Das überraschte ihn. Überall in Mutters Leib, ganz besonders an öffentlichen Stellen wie der Kaverne, in der er sich gerade aufhielt, waren Mikrosensoren verteilt, die problemlos ein Bild aufnehmen konnten. Wieso beschränkten sie sich in diesem Fall auf eine akustische Übertragung?

Mutter besänftigte ihn. Das Bild war unwichtig. Es ging um Rila.

»Es geht um Rila«, wiederholte er den Gedanken.

»Wollen Sie sie anklagen oder sie retten?«

»Ist sie in Gefahr?«

»Ihre Fähre wurde abgeschossen. Wenn sie überlebt hat, wurde sie entführt.«

Wut wallte in Ugrôn auf. Mutter übernahm sie und energetisierte die Waffensysteme. Die Zoëliker erfassten Ziele in der Stadt und der Umgebung, auch die anfliegenden Quadkopter. »Wo ist Rila?«, schrie er.

»In Sidago, glauben wir.«

Sie wussten es nicht! Mutter war stolz. Sie konnte Rila jetzt sehr genau spüren. Sie befand sich in diesem Berg, unter der Oberfläche, unter ein paar Hundert Metern Gestein. Das lebende Schiff stoppte seinen Flug. Es schwebte nun in der Luft wie eine Hand, die über einem Insekt verharrte, das sie erschlagen wollte. Eine zehn Kilometer lange und drei Kilometer breite Hand ...

»Wenn Sie die Stadt vernichten«, stellte die Admiralin fest, »töten Sie auch Oberleutnantin Egron-Itara!«

Die Offizierin zeigte keine Regung, aber Ugrôn erschrak so sehr, dass er aufschrie. »Das darf nicht geschehen!«

»Ganz meine Meinung.«

Er atmete heftig. »Aber wir müssen sie befreien.«

»Überlassen Sie das uns.«

Doch Ugrôns Wunsch wurde bereits Teil von Mutters Gesang. Die Zoëliker richteten ihre Funkrufe nun an die Cochader. Antworten liefen zurück. Es ging um Nachfragen, um die Sorge, was die Squid dem Planeten diesmal antun würde, um Forderungen nach Wiedergutmachung. Sinnloses Rauschen.

Aber dazwischen meldete sich auch ein Unterhändler des Gischama-Konzerns. Ugrôn war zu aufgeregt, um zu verstehen, was er wollte. Er öffnete einen Kanal zu Berglen.

»Sie sagen, eine radikale Splittergruppe hat den Anschlag verübt. Der Konzern will Promethium, um bei der Suche zu helfen.«

Unartikuliert schrie Ugrôn seinen Zorn hinaus.

Die Geschütze feuerten.

»Halten Sie sich zurück!«, rief Rilas Mutter.

Wieder erschrak Ugrôn. Er bat Mutter, den Beschuss einzustellen.

Er sah Berglens Holo an. »Was ist passiert?«

Der Mann mit den schulterlangen weißen Haaren wirkte unbewegt. War Ugrôn denn der Einzige, dem wirklich etwas an Rila lag?

»Es war eher eine Warnung als ein echter Angriff«, sagte Berglen. »Wir haben vier planetare Geschützstellungen eliminiert, jede davon wenigstens vier Kilometer außerhalb der Stadt.«

»In welcher Richtung?«, verlangte Ugrôn zu wissen.

Markierungen in einer Holokarte zeigten es ihm. Rilas Berg war nicht betroffen.

»Wir könnten die Flugmaschinen abschießen«, bot Ugrôn der Admiralin an.

»Verdammt noch mal, das reicht jetzt!«, donnerte sie. »Wir haben unsere Leute bereits auf dem Boden. Sie haben uns informiert, dass Starn an Bord dieser Helikopter ist. Er infiltriert den Feind und wird die Situation klären.«

»Starn?«, fragte Ugrôn. »Rilas Bruder? Der den Cochadern geholfen hat? Wir brauchen doch wohl kaum einen Wohltäter!«

Die Admiralin schwebte näher an das Aufnahmegerät, sodass ihr Kopf den Kubus vollständig ausfüllte. »Starn Egron war ein Major der Rauminfanteriestreitkräfte dieses Schiffes«, stellte sie klar. »Seine Militärkompetenz ist noch immer herausragend. Er wird diese Mission erfolgreich abschließen. Und ›erfolgreich‹ bedeutet, dass er die Gefangenen lebend herausholen wird.«

Mutter würde die Stadt, das Tal, die gesamte Umgebung in einem Feuerstoß vernichten, wenn Ugrôn das wünschte. Sie würde die planetare Kruste schmelzen und das glutflüssige Magma des Kerns in einer globalen Katastrophe austreten lassen.

Oder sie würde sich in den Orbit jenseits der Atmosphäre zurückziehen.

Oder noch tiefer ins System.

Oder in den sternenlosen Raum.

Oder in die Heimat, wo die roten Ströme zogen.

Alles würde sie tun, um Ugrôn glücklich zu machen. Sie liebte ihn.

Ugrôn schämte sich für seinen Wunsch, sie zu verlassen. Sein Entschluss wankte.

Aber das war doch, was er wollte! Beeinflusste Mutter ihn etwa schon wieder? War er doch ein Gefangener, wie Rila sagte? Empfand Mutter Eifersucht gegenüber dieser Frau? Wollte sie ihren Tod?

Mutters Schmerz über seine Zurückweisung trieb Tränen aus seinen Augen. Hätte sie Rila töten wollen, so hätte sie viele Möglichkeiten dazu gehabt. Wann immer sie an Bord gewesen war. Oder auch gerade eben, sie hätte nur den Berg statt der Geschützstellungen unter Feuer zu nehmen brauchen.

»Ihr habt einen Tag«, wandte sich Ugrôn an die Admiralin. »Wenn ihr sie innerhalb dieser Frist nicht befreit, werden wir es tun.«

—

»… und dann sind wir runtergegangen«, sagte Rila. Trotz der Dramatik ihres Berichts überwog bei Starn Egron die Erleichterung, seine Schwester unverletzt zu sehen. »Xeramel und Xytara haben uns gerettet.«

Er sah hinüber zu den beiden Pilotinnen der COGNITION. Sie waren offensichtlich Zwillinge. Ihre Haut war aschgrau und abgesehen von Brauen und Wimpern besaßen sie kein Haar. Da die Cochader ihre Gefangenen noch in den Koptern gezwungen hatten, sich vollständig zu entkleiden, waren alle

Menschen in diesem Minenkomplex nackt. Deswegen sah Starn auch die schwarzgrauen Warzen auf den kleinen Brüsten von Xeramel und Xytara. Die beiden Frauen waren offensichtlich gezielt optimiert, wie auch die metallischen vorderen Fingerglieder verrieten. Starn wunderte sich, dass man bei dieser Gelegenheit nicht auch auf Attraktivität Wert gelegt hatte. Die Brüste waren eher schlaff, das Gesäß nicht eben ausgeprägt. Ob man auf der Esox andere Maßstäbe anlegte? Oder waren die beiden gar unfruchtbar und ihrerseits für sexuelle Reize unempfänglich?

»Ich bin froh, dass alle überlebt haben«, murmelte Starn.

Jedenfalls traf das auf sein Team zu. Bis auf Ignid Feron, die offenbar eine innere Verletzung plagte, waren alle wohlauf, wenn man von der Reizung absah, die die Wasserstoffverbindungen an den Schleimhäuten verursachten. Von den Cochadern, die sie zur Behandlung auf die MARLIN hatten bringen wollen, hatte es einige erwischt. Die übrigen zehn befanden sich zusammen mit den Menschen im bewachten Bereich der stillgelegten Mine. Hier dienten die Stützbalken gleichzeitig als primäre Lichtquelle. Ein Gitter aus blaugrauem Metall bildete die Verschalung des leicht abschüssigen Schachts. Die tragenden Elemente sonderten ein kaltes Licht ab, an das sich die Augen mit der Zeit gewöhnten.

Ihre Entführer hielten sich bei den fünf Quadkoptern auf, die nicht wieder abgeflogen waren. Dort bildeten Terminals und Liegemulden einen Kommandostand. Diese Basis lag wenigstens fünfhundert Meter tief im Berg, eine leicht gewundene Strecke, die sie fliegend überwunden hatten.

»Sie sind nervös«, vermutete Starn.

»Wärst du das nicht, wenn du dich mit einer überlegenen Zivilisation angelegt hättest?«, erwiderte Rila.

»Ich frage mich, welchen Gewinn sie sich davon versprechen. Sie müssen wissen, dass wir ihre Städte mit ein paar Salven aus den Schiffsgeschützen vernichten können.«

»Wenn ich mich nicht täusche, sind das hier Rebellen. Oder das, was dem in ihrer Kultur am nächsten kommt – Cochader, die in den Konzernen keine zufriedenstellende Position abbekommen haben. Mit dieser gewagten Aktion wollen sie sich verbessern.«

Zweifelnd legte Starn den Kopf schräg. »In der letzten Nachricht von der MARLIN ging es um planetenweite Unruhen.«

Rila zuckte mit den Achseln. »Ich kann mich irren, aber vielleicht nutzen sie einfach die Gunst der Stunde.«

»Jedenfalls scheinen sie keinen Plan zu haben, wie es weitergehen soll.« Wenn er die Körpersprache richtig deutete – das Aufrichten der massigen Leiber, die knisternden Überschlagblitze und das Gefuchtel der Kopftentakel –, stritten sich die Cochader. Es gab wenigstens vier Anführer.

»Hoffentlich einigen sie sich bald«, sagte er. »Sie müssen mit dem Schwarm verhandeln. Diese Situation wird die Menschheit nicht lange hinnehmen.«

»Die mildeste Reaktion, die ich unserer Mutter zutraue, ist ein Angriff auf ein unbewohntes Ziel«, meinte Rila. »Etwas Markantes. Ein paar Berggipfel wegschmelzen vielleicht.«

»Wenn das Bad der SQUID die Cochader nicht davon abhält, sich mit dem überlegenen Gegner anzulegen, werden sie wohl auch nicht wegen platzenden Gesteins umdenken«, zweifelte Starn. »Und danach bleibt nur noch entweder ein massiver Vormarsch von Raumlandetruppen oder ein Orbitalangriff auf militärisch relevante Ziele.«

»Genau das mag den Rebellen entgegenkommen.« Rila sah zu ihren Bewachern hinüber. Vier Cochader standen eng beieinander, die Tentakel von zweien waren ineinander verwrungen. Die anderen sahen zu.

»Möglich, dass sie deswegen gar nicht verhandeln wollen«, spekulierte Starn. »Sie planen, einen Angriff auf ihre Gegner zu provozieren. Damit könnten sie unsere überlegene Waffentechnik für ihre Zwecke einsetzen!«

»Wir brauchen dringend Kontakt zum Schwarm!« Sie teilte ihr schulterlanges Haar in drei Strähnen, um es zu einem Zopf zu flechten. »Auch für unsere eigenen Leute.«

Kara Jeskon hockte neben Ignid. Die Frau mit den Tätowierungen, die sich in schmalen Ornamentbändern von den Ohren bis zu den Fersen zogen, dämmerte zwischen unruhigem Wachen und zeitweiser Bewusstlosigkeit. Mit einem Medokit hätte Kara ihr helfen können. So blieb nur, sie auf dem harten Boden halbwegs bequem zu lagern. Dafür hatte einer der Unproduktiven seinen Überwurf gegeben.

»Was ist das hier überhaupt für eine Einrichtung?«, fragte Starn. Seine Augen brannten, aber er hütete sich, daran zu reiben. Das hätte die Reizung nur verstärkt.

»Eine unergiebige Mine. Mehr weiß ich auch nicht.«

Der Schacht war dreißig Meter breit. Auf dem Flug hatte Starn einige Zweigtunnel gesehen. Sie befanden sich jedoch in einer Sackgasse. In der einen Richtung begrenzte der Kommandostand die Bewegungsfreiheit der Gefangenen, gut fünfzig Meter weiter in den Berg hinein schloss eine Wand aus dem blaugrauen Metall den Schacht ab.

»Ist das eine Versiegelung?«

»Scheint so«, sagte Rila. »Wir kommen ihr besser nicht zu nahe. Ich habe schon die Sicherung ausgelöst. Ein niederenergetischer Blaster, aber das hat gereicht, damit mein Arm eine Viertelstunde gekribbelt hat.« Wie um sich zu versichern, dass keine bleibenden Schäden entstanden waren, öffnete und schloss sie die Hand.

»Ein Blaster? Woher haben die Cochader solche Waffen?«

»Jedenfalls hat es sich angefühlt wie ein Blaster«, schränkte Rila ein. »Irgendein Energiestoß.«

Starn nickte.

Ein Cochader blubberte aufgeregt und schwenkte seine mehrläufige Waffe. »He, Metallkopf!«, übersetzte der Translator. »Bleib hier vorn, wo ich dich im Blick habe!«

Er meinte Prijatu. Schon im Kopter hatte es einen der Planetarier, vielleicht war es derselbe, geärgert, dass noch nicht einmal das Ausziehen die Frau von der Esox von allen technischen Hilfsmitteln entkleiden konnte.

Was die Kriterien für Attraktivität anging, fand Starn seine bei den Zwillingen aufgestellte These bei Prijatu widerlegt. Sie wirkte zwar klein, aber das lag nur am vergleichsweise großen Kopf. Mit ihren knapp zwei Metern überragte sie Erok Drohm, mit dem sie gerade sprach, deutlich. Sie war sehr schlank, eigentlich schon dürr, aber das gab ihrer Erscheinung eine zusätzliche Exotik, und im Gegensatz zu den Pilotinnen waren ihre weiblichen Rundungen zwar nicht übertrieben, aber akzentuiert geschwungen.

Auch Erok war in Form, wie sich Starn widerwillig eingestand. Jedenfalls war er gut proportioniert, was seinen kleinen Wuchs ausglich. Und sein Bart mochte Frauen gefallen.

Prijatu und er unterhielten sich nun schon eine ganze Weile. Was hatten sie zu besprechen?

Während sie zu den Pilotinnen hinüberschlenderten, warf Prijatu ihm einen langen Blick aus ihren goldenen Augen zu. Die beiläufige Bewegung ihrer bloßen Brüste faszinierte ihn allerdings mehr, gerade weil sie sich nur aus dem leichten Pendeln ihrer Arme ergab und nicht bewusst herbeigeführt war.

Er ärgerte sich darüber, dass sich etwas an ihm regte, und sah wieder Rila an. Eine Erektion wäre ihm jetzt überaus peinlich gewesen.

Kara stand auf. Er kannte das Funkeln in ihren blauen Augen. Sie war wütend. Das bestätigten auch die festen Schritte, mit denen sie auf den Cochader zuging, der Prijatu zurechtgewiesen hatte.

»Wir brauchen jetzt unsere medizinische Ausrüstung!«, rief sie. »Ich werde nicht länger hinnehmen, dass meine Kollegin solche Schmerzen leidet.«

Der Cochader blubberte. »Ihr seid Gefangene.«

»Das mag sein, aber wir sind nicht zum Tode verurteilt! Ich will, dass wir …«

Ein blauer Blitz verband den Planetarier mit Kara.

Sie schrie und ging in die Knie.

Starn sprang auf.

Weitere Entladungen folgten.

»Aufhören!«, rief Starn. »Was soll denn das?«

Ein Cochader glitt vom Kommandostand heran und brachte seinen Kameraden zur Vernunft.

Starn stellte sich zwischen die Wachen und Kara und half ihr auf. Ozongeruch lag in der Luft.

Sie zitterte und würgte. Die Haut an ihrem Bauch war dunkel verfärbt. »Es geht schon«, flüsterte sie.

Erok kam zu ihnen. Auch er sah Kara besorgt an, aber das war nicht sein eigentliches Anliegen. »Wir glauben, wir haben etwas entdeckt«, raunte er Starn zu. »Diese Versiegelung am Ende des Schachts.«

Fragend sah Starn ihn an.

»Das ist keine Legierung, wie die Cochader sie benutzen. Es sieht einem Material ähnlich, das ich an einer Fähre der THUN gesehen habe. Primär metallisch, aber mit Plastbeimengung. Hart und trotzdem so flexibel, dass es sich einer Verformung in langen Zeiträumen anpasst. So etwas kriegen die Cochader nicht hin.«

»Glaubst du, sie hatten doch schon vor uns Kontakt mit einer fortgeschrittenen Zivilisation?«

Erok überging die Frage. »Prijatu schaut sich die Sache an.«

Die Esoxerin stand jedoch noch immer dort, wo sie sich mit den Zwillingen getroffen hatte. Einer davon schlenderte jetzt in den hinteren Bereich des Schachts, auf die Barriere zu. Die andere grauhäutige Frau blieb bei Prijatu.

»Sie sind gekoppelt«, erklärte Erok. »Xytara kann sehen, was Xeramel sieht. Sie macht es für Prijatu verständlich und überträgt es an sie. Prijatu rechnet sich Chancen aus, das Material zu analysieren.«

Die Härchen an Starns nacktem Körper stellten sich auf. Er dachte an die Bewusstseinskopplung auf der Esox, als er das Schiff gestürmt hatte. Die Zentraleinheit war vernichtet, aber die Technologie hatte man wohl nicht gänzlich aufgegeben. Er stellte sich vor, wie der Verstand der drei Frauen zu einem einzigen verschmolz. Die beiden Zwillinge erschienen ihm ohnehin nicht als Individuen, aber was bedeutete es für Prijatu, sich in diesen Verbund zu integrieren?

Ein Schuss knallte, gefolgt vom hellen Klicken eines Querschlägers.

Starn fuhr herum.

Das Echo hallte im Schacht wider.

Drei Cochader standen beisammen, einer hielt seine Waffe im Anschlag, bei einem anderen zeigten die Läufe schräg zum Boden, und der dritte trug ein Aufnahmegerät in den Tentakeln. Damit filmte er Ignid. Der Stoff des cochadischen Überwurfs, auf dem sie lag, färbte sich dunkel.

Starn stürzte zu ihr.

Er sah sofort, dass nichts mehr zu retten war. Das Geschoss war unter dem Brustkorb in den Körper der ausgestreckten Frau geschlagen und an der gegenüberliegenden Schulter wieder ausgetreten. Es musste Lunge und Herz zerrissen haben.

Dennoch kniete er sich neben sie und presste zwei Finger an ihre Halsschlagader. Vergeblich suchte er den Puls.

Um ihn herum schrien die Gefangenen.

Weitere Cochader kamen hinzu. Ihr chaotisches Geblubber überforderte die Translatoren. Offensichtlich waren einige von ihnen über die Tat entsetzt, denn sie schlugen dem Schützen die Waffe aus den Tentakeln.

Starn stand auf. Er ballte die Fäuste so fest, dass sie schmerzten. Sein Blick fand den von Rila. Sie waren beide Soldaten. Sie wussten, dass gerade in der Gefahr Emotionen schlechte

Ratgeber waren. Dennoch musste er etwas unternehmen. Er musste die Führung übernehmen, sonst täte das jemand wie Kara, die sich viel weniger in der Gewalt hatte. Im Moment kreischte sie in Eroks Armen.

Starn ging auf die Cochader zu. »Seid ihr wahnsinnig?«, fragte er mühsam beherrscht.

Wie oft hatte er mit Ignid Himmelskörper abgeerntet? Sie war eine gute Xenofarmerin gewesen – und über ihre fachliche Qualifikation hinaus eine hervorragende Teamkollegin. Sie hatte für den Zusammenhalt auf den anstrengenden Missionen gesorgt, immer im Blick behalten, wo man welche Saat ausbringen musste. Sie hatte Leben auf tote Planetoiden gebracht und in Form von Nahrung hatte sie es an Bord der MARLIN geholt. Jetzt war sie tot.

Er sah den Cochader mit der Aufnahmeeinheit an. »Was soll das?«

Die Tentakel wischten über den Translator. »Wir brauchen die Bilder für den Konzern.« Die Stimme des Übersetzers trug keinerlei Emotion. »Die Leute von Gischama sollen wissen, dass sie keinen Gewinn machen, wenn sie die Erfüllung unserer Forderungen verzögern.«

Ungläubig schüttelte Starn den Kopf. »Ihr könnt doch keinen Menschen erschießen, nur um eurer Position Nachdruck zu verleihen!«

»Doch, das können wir«, stellte der Cochader sachlich fest. »Dieser Mensch hat ohnehin gelitten, wie sie uns gesagt hat.« Einige Tentakel zeigten auf Kara. »Er war nutzlos geworden. Sicher hätte er sich nicht mehr erholt.«

»Diese Entscheidung lag nicht bei euch«, sagte Starn kühl.

»Wir hätten Ignid behandeln können. Unsere Schiffe haben Einrichtungen dafür.«

»Sie erschien uns als geringster Verlust.« Der Cochader stellte den Translator aus und wandte sich seinen erregt diskutierenden Freunden zu.

Die Gefangenen sammelten sich um Starn, nicht nur die Menschen, sondern auch einige der Cochader, die sie auf der COGNITION behandelt hatten.

»Vorschläge?«, fragte Starn.

Ein Mann mit einem sternförmigen Leberfleck auf der Brust kratzte sich unentwegt, seine Haut war an vielen Stellen rot. Die cochadische Atmosphäre machte ihm zu schaffen.

»In jedem Fall müssen wir die Ruhe bewahren«, meinte Rila. »Unsere Gegner sind unüberlegt in diese Situation geraten. Sie sind nervös. Wir müssen jedes Missverständnis vermeiden.«

Kara schluchzte.

Erok zog sie an sich und strich über ihren Hinterkopf.

Starn bedachte ihn mit einem dankbaren Blick.

»Wir müssen besonnen vorgehen«, sagte er. »Aber ich denke, wir müssen auch schnell handeln. Wir wissen nicht, was außerhalb unseres Gefängnisses vorgeht. Der Schwarm könnte Maßnahmen ergreifen, ebenso die cochadischen Konzerne. Und unsere Bewacher sind unberechenbar. Das sind viele Faktoren, auf die wir keinen Einfluss haben.«

»Ich heiße Jabago. Wenn ich etwas beitragen darf?«, bat einer der Cochader, dessen Gesichtstentakel auf der linken Seite fehlten. Der Sprühverband war eindeutig menschlich, er musste auf der COGNITION aufgetragen worden sein. »Unsere Bewacher handeln irrational. Es mag sein, dass sie bald begreifen, wie aussichtslos ihr Vorhaben ist. Dann werden sie uns beseitigen, damit wir sie nicht belasten.«

Starn erkannte, dass diese Überlegung der kalten ökonomischen Logik der cochadischen Kultur folgte. »Wir müssen hier raus«, forderte er. »Und zwar schnell.«

Zustimmendes Gemurmel erhob sich.

»Da bin ich sofort dabei, aber wir sind unbewaffnet«, erinnerte Rila.

Starn sah sich im Kreis der nackten Menschen um. Man

hatte ihnen alles abgenommen, und die cochadischen Gefangenen waren zwar noch bekleidet, hatten aber bestimmt keine Waffen eingeschmuggelt. Der Schacht war vor der Versiegelung gründlich aufgeräumt worden. Die Wände hinter den Stützstreben waren zwar rau, aber es gab noch nicht einmal lose herumliegende Gesteinsbrocken.

»Wir könnten versuchen, die Quadkopter unter Kontrolle zu bringen«, schlug Arl Tingal vor. Der Drohnenspezialist sah mit seinen wegen der Wasserstoffreizung roten Augen zu den Flugmaschinen hinüber, die mit zusammengelegten Rotoren hinter dem Kommandostand warteten. »Wenn wir hier rauswollen, brauchen wir ohnehin Transportmittel.«

»Die Kontrollen sind auf Cochader ausgelegt«, gab Starn zu bedenken. Er dachte an die mehrere Zentimeter tiefen Löcher, die für die Kopftentakel vorgesehen waren. »Traut sich einer von euch zu, so ein Gerät zu fliegen?«, fragte er Jabago.

»Ich werde mich erkundigen.« Mit wellenartigen Bewegungen glitt er auf seine Artgenossen zu.

»Ich könnte versuchen mich anzukoppeln«, schlug Prijatu vor. Eine der grauhäutigen Zwillingsschwestern stand noch immer neben ihr. Die andere entdeckte Starn nicht.

»Oder wir zwingen einen ihrer Piloten.« Obwohl er keine Uniform trug und das linke Auge tränte, sah Tingal militärisch aus. Das mochte an dem spitzen Oberlippenbart liegen.

»Ohne Waffe wird es uns schwerfallen, Zwang auszuüben«, wandte Starn ein.

»Xytara könnte …« Prijatu verstummte. »Moment.« Die beweglichen Teile in ihren Iriden verschoben sich. »Xeramel hat etwas gefunden.« Sie sah ins Leere. »Das ist ein Eingabefeld.«

Starn versicherte sich, dass ihre Bewacher sie nicht hörten. Rila stellte sich in ihr Blickfeld.

»Vor der Versiegelung?«, fragte Starn.

»Ganz sicher eine Steuereinheit«, murmelte Prijatu abwesend.

Auch Xytara wirkte wie in Trance. Ihre Augen waren weit aufgerissen, sie starrte Prijatu an.

»Das ist keine cochadische Technik«, fuhr die Frau mit dem Chromschädel fort.

»Was dann?«, fragte Starn.

»Es ist für jemanden gebaut, der keine Tentakel benutzt. Ich denke, ich könnte damit fertigwerden, aber dazu müsste ich mich physisch verbinden.«

Starn überlegte. Wenn es möglich war, den Abwehrmechanismus, der Rila getroffen hatte, damit zu manipulieren, hätten sie ein Waffensystem gegen ihre Bewacher zur Verfügung. Er sah Xeramel knapp vor der Barriere stehen, fünfzig Meter entfernt. Die freie Strecke war nicht zu überwinden, ohne dass es auffiel, und die Cochader hatten deutlich gemacht, dass sie Prijatu in der Nähe behalten wollten.

»Wenn wir das versuchen, brauchen wir eine Ablenkung«, sagte Starn.

In ihre Gegner kam Bewegung. Hatten sie sich zwischenzeitlich zum Kommandostand zurückgezogen, näherten sich nun wieder drei von ihnen, wieder zwei Bewaffnete und einer mit einem Aufnahmegerät.

Starns Blick huschte zu Ignids Leiche. Er schämte sich dafür, dass sie so unwürdig und bloß herumlag wie ein verrecktes Tier. Wenigstens den Überwurf hätten sie über die Tote legen können. Inzwischen breitete sich jenseits des getränkten Stoffs eine Blutlache aus.

Prijatu sah nun ihrerseits Xytara an. Irgendetwas ging zwischen den beiden Frauen vor. Starn konnte es nicht benennen, aber er spürte es.

»Wir kriegen unsere Ablenkung«, sagte Prijatu kalt.

Mit einer Schnelligkeit, die Starn ihr nicht zugetraut hätte, wirbelte Xytara herum und drängte sich durch die Umstehenden zu den Cochadern. Sie klappte ihre Hände in einem unmöglich scheinenden Winkel zurück, bis die Handrücken auf den Unterarmen lagen. Mit einem reißenden Geräusch schoben sich Blasterläufe aus den Handgelenken.

»Was wird ...?«, setzte Starn an.

Ein sengender Strahl schoss aus Xytaras rechtem Arm. Der Boden vor den anrückenden Cochadern warf Blasen. Aufgeregt verständigten sie sich in ihrer blubbernden Sprache. Überschlagblitze verbanden sie.

Starn traute seinen Augen nicht. Integrierte Blaster! Einen so unverfrorenen Verstoß gegen die Demilitarisierungsauflagen der Esox hätte er für unmöglich gehalten.

Er verdrängte den Gedanken an die Konsequenzen, dafür fehlte ihm die Zeit.

Vielleicht hätte sich die Vorsicht bei den Cochadern durchsetzen können, wenn nicht einer der Waffenträger geschossen hätte. Er verfehlte Xytara, traf aber einige der entführten Siedler. Schreie füllten den Schacht. Panik brach aus.

»Ich kümmere mich um die Kopter!«, rief Tingal entschlossen.

Starn bestätigte mit einem Nicken. Die Zeit der Diplomatie war vorbei.

Xytara rannte zur Seite, wohl auch, um das feindliche Feuer abzulenken. Sie richtete ihre Blaster auf die Decke und sprengte Gestein heraus. Polternd stürzten Brocken zu Boden. Wichtiger war der Staub, der sofort die Sicht vernebelte.

Starn suchte Prijatu. Bei Xytara war sie nicht mehr, und auch nicht im Gewimmel der schreienden Menschen, wo man sich um die Verletzten kümmerte. Sie lief zu Xeramel, auf die Barriere zu.

Starn sah, wie Tingal und sein Kamerad Trenker einige Freiwillige einteilten, unter denen sich auch Cochader befanden. Die beiden Soldaten schienen die Angelegenheit im Griff zu haben.

Er folgte Prijatu.

Als er sie erreichte, hatte sie bereits ein Schaltfeld abgerissen. Ihre Finger drückten gegen offen liegende Kontakte. »Kannst du damit das Waffensystem kontrollieren?«, fragte er über das Krachen von Schüssen hinweg. »Jetzt wäre ein guter Zeitpunkt.«

Mit geschlossenen Augen schüttelte Prijatu den Kopf. »Keine Verbindung dorthin ... Aber ich habe die Steuerung einer Tür.«

»Wo befindet die sich?«

»Das kann ich nicht erkennen.«

»Mach sie auf!«

Die Tür stellte sich als die gesamte Barriere heraus, die den Schacht verschloss. Offensichtlich war sie lange nicht mehr geöffnet worden, die fünfundzwanzig Meter breite Metallkonstruktion quietschte fürchterlich, als sie begann, sich in die Decke zurückzuziehen.

Sie war erst zur Hälfte aufgestiegen, als Xeramel aufschrie, die Hände an ihre Ohren presste und zu Boden stürzte.

Starn hockte sich neben sie und suchte nach einer Wunde. Hatte ein Querschläger sie erwischt?

»Es ist Xytara«, erklärte Prijatu tonlos. Sie schwankte, als wäre ihr schwindelig. »Die Verbindung ist abgerissen.«

Rila führte ein Dutzend Gefangene heran. »Was geht hier vor?«

Inzwischen fiel genug Licht hinter das nun fast in der Decke verschwundene Tor, um zu erkennen, dass Fahrzeuge dahinter standen. Sie waren mit Raupen versehen und wiesen vor allem an der Front komplexe Aufbauten aus Schaufeln und Spulen auf.

»Bergbaugerät!«, rief Garta Sellem. »Das hat man hier eingelagert.« Starns Kollegin war bleich. Offensichtlich ging ihr Ignids Tod nahe, aber ihre Schlussfolgerung war dennoch richtig.

»Kannst du dich damit koppeln?«, fragte Starn Prijatu.

Sie schien ihn nicht zu hören.

Er fasste sie an den Schultern. Trotz der Anspannung genoss er das Gefühl ihrer Haut unter den Fingern. Sanft schüttelte er sie. »Prijatu? Kannst du mit diesen Maschinen etwas anfangen?«

Sie starrte ins Leere.

Er folgte einer seltsamen Eingebung und küsste sie zärtlich auf die Lippen.

Sie blinzelte.

»Ich glaube, mit diesem Gerät kommen wir zurecht!« Rila hatte sich schon in eine Fahrzeugkabine geschwungen. »Wer immer das Zeug benutzt hat – er war uns ähnlicher als den Cochadern!«

Starn ließ Prijatu los und lief zu seiner Schwester.

Tatsächlich war der Sitz für menschliche Proportionen ausgelegt. Eine glatte Fläche über den Knien mochte ein Sensordisplay sein, aber es blieb tot, auch als Rila den Staub fortwischte.

»Prijatu!«, rief Starn. »Wir brauchen dich hier!«

Kara redete auf die Esoxerin ein. Starn bekam nicht mit, wie sie es schaffte, aber sie hatte Erfolg. Während weiter oben im Schacht noch immer Schüsse krachten, Brocken aus der Decke stürzten und nun zusätzlich Rotoren ansprangen, führte sie Prijatu zu der Bergbaumaschine, in der Rila saß.

Starn trat beiseite, um ihr Platz zu machen. Prijatu beugte sich in die Kabine und tastete unter den Armaturen. »Ich glaube, hier befindet sich eine Sicherungsschaltung.«

»Verdammt!«, fluchte Starn. »Können wir etwas Brauchbares aus diesen Geräten ausbauen? So schnell kriegen wir keine Sicherung überbrückt.«

Prijatu strafte ihn jedoch Lügen. Ein Summen kündete von der Aktivierung eines Generators im Heck der Maschine und Leuchtanzeigen belebten das Sensorfeld. Hologramme gab es nicht, aber die zweidimensionalen Darstellungen von Pfeilen und einem Strahl, der einen Gesteinsbrocken traf, waren eindeutig. Der Strahl nahm seinen Ursprung von einem Symbol, das dem Kegel ähnelte, der den Großteil des Bugaufbaus ausmachte.

»Ein Bergbaulaser!«, rief Rila.

»Wie konntest du …?«, wandte sich Starn an Prijatu.

»Diese Technologie ist unserer sehr verwandt. Ich nehme an, die Konstrukteure hatten Kontakt zu Menschen.«

»Aber wie sind sie nach Cochada gekommen?«, fragte Starn. »Und wann?«

»Das ist jetzt unwichtig«, entschied Rila und lenkte das Fahrzeug in den Schacht hinaus. Die Ketten rasselten auf dem harten Boden, doch das Gefährt bewegte sich, als hätte man es kürzlich gewartet.

Die Cochader drangen vor, fünf von ihnen kamen nebeneinander aus der Staubwolke, die Waffen im Anschlag.

Rila feuerte. Ein fingerdicker roter Strahl stieß in einen der Gegner.

Der Getroffene kreischte in hohen Tönen und ließ seine Waffe fallen. Er sackte zusammen, auch wenn sich die Kopftentakel noch bewegten. Seine Kameraden hielten inne.

Rila lenkte ihnen das Fahrzeug entgegen.

Prijatu und Starn aktivierten das nächste Gerät. Wegen der Schaufeln, des Transportbandes, das über die Kabine lief, und des angekoppelten Waggons vermutete Starn, dass es gedacht war, um den Abraum wegzuschaffen. Der massive Vorbau bot guten Panzerungsschutz und eventuell ließen sich die Schaufeln als Waffen einsetzen.

Als Prijatu die Kontrollen aktivierte, kam Starn eine weitere Idee. »Haben wir die Möglichkeit, einen Funkspruch abzusetzen?«

Prijatu schüttelte den Kopf. »Nicht sofort. Die Fahrzeuge haben Sender, aber sie sind auf fixe Relaisstationen eingestellt, und die sind entweder deaktiviert oder nicht mehr existent.«

»Dann eben auf die harte Tour.« Starn presste die Kiefer zusammen.

Prijatu legte eine Hand auf seinen Arm und sah ihm in die Augen. »Willst du das wirklich tun, Starn? Du hast mir erzählt, dass du mit dem Soldatenleben abgeschlossen hast.«

»Es kommt nicht darauf an, wie ich mir eine bessere Welt vorstelle«, sagte er entschlossen. »Ich bin ein Mensch.«

Rilas Bergbaulaser zeigte durchschlagende Wirkung, aber er war nicht als Waffe konzipiert. Das Erz, das man für gewöhnlich damit schmolz, hielt still. Entsprechend ließ sich die Mündung nicht schwenken, Rila musste das gesamte Gefährt drehen, um den Schusswinkel zu verändern. Zudem brauchte der Strahler anscheinend zehn Sekunden zum Reenergetisieren. Die Cochader nutzten das aus, indem sie sich verteilten und in Bewegung blieben, während sie aus ihren Projektilwaffen schossen.

Starn nahm sich vor, die Flanke seiner Schwester zu schützen. Die Steuerung seines eigenen Fahrzeugs war selbsterklärend, er konnte auf einem halbkreisförmigen Feld die Richtung angeben, und je weiter er den Finger nach außen zog, desto schneller rollten die Ketten. Die Höchstgeschwindigkeit war jedoch so gering, dass es ihm möglich gewesen wäre, zu Fuß Schritt zu halten.

Ungeduldig suchte er die Armatur nach einem Element ab, mit dem er zusätzliche Energie auf den Antrieb leiten konnte. So etwas fand er nicht, wohl aber ein Schaltfeld, das die Schaufeln am Bug in klappernde Bewegung versetzte. Sie ruderten wie die Scheren eines Krebses, der Nahrung in sein Maul zog.

Immerhin lenkte der Krach einige Gegner von Rila ab. Kugeln prallten jetzt auch gegen das Metall seiner Maschine.

Endlich gelangte er an die Seite seiner Schwester. Überall

auf ihrem nackten Körper glänzte Schweiß, ihr Gesicht war starr wie eine Maske. Den Grund dafür verstand Starn, als er die Verwundeten auf dem Boden liegen sah. Einige rührten sich nicht mehr, andere wanden sich in der Qual, die die Geschosse in ihren Gedärmen verursachen mussten.

»Zum Kommandostand!«, rief er hinüber.

Rila nickte stumm und setzte ihr Gefährt in Bewegung.

Auf dem aus der Decke gebrochenen Geröll war die Fahrt unruhig. Trotz der niedrigen Geschwindigkeit schwankte Starn in seinem Sitz.

Das rettete ihm das Leben. Die Kugel, die ihn eine halbe Sekunde zuvor in den Kopf getroffen hätte, zischte haarscharf vor seinen Augen vorbei.

Er sah keine Möglichkeit, das Gefährt rasch genug zu wenden, um sich vor dem nächsten Schuss zu decken. Also blieb ihm nur, es zu verlassen. Er sprang seitlich aus der Kabine.

Der Schütze war ein Cochader, dessen Schädel nicht so glatt war, wie Starn es bislang immer gesehen hatte. Dunkelblaue Pusteln wuchsen zwischen den Augen. Falls das die Auswirkung einer Krankheit war, hielt diese den Planetarier nicht davon ab, mit seiner Kombiwaffe zu hantieren. Er schwenkte sie auf Starn.

Dieser hechtete zur Seite.

Er unterschätzte Cochadas Gravitationssog. Starn hatte gehofft, eine weitere Strecke zu fliegen. Stattdessen prallte er nach knapp zwei Metern auf das Geröll und rutschte darauf ab. Schmerzhaft schürften die Kanten seine Haut auf.

Hinter ihm schlugen die Kugeln ein.

Er hatte keine Waffe.

Aber ein Kampf wurde zuerst im Kopf entschieden.

Er griff zwei faustgroße Steinbrocken, sprang auf und reckte schreiend die Arme über den Kopf. Wie ein Wahnsinniger rannte er dem Cochader entgegen.

Damit bot er ein leichtes Ziel, aber auf Dauer konnte er den Geschossen ohnehin nicht ausweichen. So setzte er darauf, seinen Gegner zu erschrecken.

Die bloßen Füße schmerzten, weil die Steinkanten in die Sohlen schnitten. Er wurde nicht langsamer, sondern brüllte seine Pein hinaus.

Der Cochader schien nicht zu wissen, welchen Kopftentakel er in welche Öffnung der Waffe stecken sollte. Die vier Mündungen schwenkten an Starn vorbei.

Als er noch drei Meter entfernt war, schleuderte er die Steine. Einer davon traf ein Auge.

Der Cochader quietschte – ein seltsamer Laut für ein so großes Wesen – und wandte sich ab.

Starn überbrückte die letzte Distanz und sprang auf seinen Rücken.

Der Planetarier schüttelte sich. Er erwies sich als erstaunlich beweglich. Der Kopf schwenkte so weit herum, dass die Waffe auf Starn zielen konnte.

Er trat dagegen. Der Lauf, den er traf, war heiß, doch nach den Schnitten durch das Geröll war es ein unbedeutender Schmerz.

Starn trommelte mit den Fäusten auf den Kopf seines Gegners ein. Der Schädel fühlte sich so hart an wie eine Tischplatte, aber ein Schlag traf auch ein Auge, das elastisch nachgab.

Eine Verletzung war nicht zu sehen. Unangenehm war dieser Treffer wohl dennoch. Der Cochader brüllte, ließ die Waffe fallen und legte die Fangarme über die Augen.

Starn griff einen davon und riss daran.

Rila drang unterdessen weiter vor. Im sich legenden Staub boten die Terminals des Kommandostands ein leichtes und vor allem unbewegliches Ziel. Sie feuerte.

Explosionsdonner rollte durch den Schacht. Glühendes Metall spritzte umher und traf die Cochader in der Nähe, die nun vollends in Panik gerieten. Einige warfen ihre Waffen weg, andere wandten sich zur Flucht.

Auch Tingals Kommando hatte nun Erfolg. Die Rotoren eines Quadkopters drehten sich, durch die Kanzel sah Starn den Soldaten zwischen zwei Cochadern. Einer davon war Jabago, sofort erkennbar an den fehlenden Kopftentakeln.

Starns Gegner wehrte sich noch immer gegen den Reiter, schien aber ansonsten die Lust am Kämpfen verloren zu haben. Starn glitt von seinem Rücken und rannte zu der Waffe, die er fallen gelassen hatte.

Garta saß inzwischen in dem Fahrzeug, das er gesteuert hatte, und lenkte es neben Rila her.

»Hinter dem Kommandoposten sammeln!«, befahl Starn.

Er trug die Waffe zu einem der Cochader von der COGNI-TION. Der nahm sie in seine Tentakel und rückte damit vor.

Rila jagte den fliehenden Bewachern einen Schuss hinterher. Offensichtlich hatte sich die Lage gedreht. Aber zu welchem Preis?

Starn stieg über das Geröll zurück. Die Siedler kümmerten sich um die Verwundeten. Aus den Überwürfen der Cochader schnitten sie notdürftige Verbände, bis Kara mit einem Medokit auftauchte, das sie irgendwo aufgetrieben hatte. Sieben Tote und die doppelte Anzahl Verletzte hatte es gegeben.

Starn umwickelte seine Füße und bedeckte seine Blöße notdürftig mit einem Tuch, das er sich um die Hüften schlang. Er organisierte das Verladen der Verletzten und auch der Leichen in die Transporteinheiten unter den Bergbaufahrzeugen und den einen Kopter, der das Gefecht überstanden hatte. Eine andere Flugmaschine war zerstört, die weiteren hatten die fliehenden Bewacher genutzt.

Von denen sahen sie auf dem Weg an die Oberfläche nichts mehr. Dennoch kamen sie nur langsam voran, weil sie die abzweigenden Stollen sicherten.

So brauchten sie beinahe eine Stunde, bis sie ins Freie traten. Hier trieb ein leichter Wind Wasserstoffverbindungen aus dem Tal herauf. Alle Menschen husteten.

Zuerst dachte Starn, dass es Nacht geworden sei, aber dann erkannte er, dass etwas Dunkles den Himmel verdeckte. Es waren keine Wolken.

Die SQUID schwebte über ihnen, groß und gewaltig wie die Hand eines Riesen. Gleich endlosen Fingern streckten sich die Fangarme bis hinter den Horizont. Der Hauptkörper verschwand über dem mit schwarzen Pflanzen bewachsenen Berghang.

»Rila«, sagte Starn, »probiere einmal die Funkverbindung. Wir sollten der MARLIN Bescheid geben.«

Aber Rila stieg aus. Auch sie trug inzwischen eine provisorische Bekleidung, einen grob aus einem cochadischen Überwurf zurechtgeschnittenen Poncho, aber ihre Füße waren nackt, als seine Schwester sie in das dunkle Gras stellte.

Ein Tentakel senkte sich ab. Die Bewegung wirkte zunächst langsam, aber als er sich näherte, erkannte Starn, dass das nur eine Täuschung wegen der großen Entfernung gewesen war. Das Schiff schwebte mehrere Hundert Meter über ihnen. Er fragte sich, wie das möglich war. Nirgendwo sah er Schubdüsen oder hörte ihr Röhren. Es musste mit den Gravitationsorganen des lebenden Schiffs zusammenhängen.

Der Boden bebte, als der riesige Tentakel ihn berührte. Die von Wülsten überzogene Haut riss auf. Im Gegenlicht des flackernd beleuchteten Innern trat ein Mann heraus.

»Ugrôn«, sagte Rila und ging ihm entgegen.

9

Symbiose

Ugrôn war klar, dass sich die Ärztin vor ihm fürchtete, aber das störte ihn nicht. Er betrachtete sein Kind.

Es hätte in seine Handfläche gepasst, wie es so zusammengekrümmt in der rosafarbenen Flüssigkeit schwebte, dass die Fäustchen am Mund lagen. Die Nabelschnur verband es mit dem undurchsichtigen Teil der künstlichen Gebärmutter, eines grob kugelförmigen Behältnisses. Das Herz schlug bereits, wie das Anzeigefeld verriet.

Zwar waren die Lider geschlossen, aber die im Verhältnis zum Kopf großen Augen erkannte man deutlich. Das grüne Leuchten dieser Kugeln durchdrang das Gewebe. Die Nervenstränge, die sie mit dem Gehirn verbanden, waren nur manchmal zu sehen. Insgesamt nahm die Helligkeit des Neuronalsystems ab und stieg wieder an, in einem Rhythmus wie die Atemzüge eines Menschen in tiefster Ruhe. Im Hirn machte Ugrôn die Struktur der feinen Windungen aus. Der Schädelknochen beeinträchtigte die Sicht nicht.

Ob sein Kind überhaupt Knochen hatte? Besorgt runzelte er die Stirn.

Doch, so musste es sein. Wie hätte der kleine Körper sonst seine Form gehalten? Arme, Beine, der wegen der hockenden Position gekrümmte Rücken, die Wölbung des Schädels... Die Proportionen waren die eines Fötus. Zwar eines Fötus, der sich rascher entwickelte, als man es gewohnt war, wie Doktor Ulsike Calega berichtet hatte, aber ohne Skelett wäre es nur eine unförmige Qualle gewesen.

Trotzdem traf das Leuchten der großen Nervenbahnen auf keinen Widerstand, es drang auch durch die Wirbel des Rückgrats. Im übrigen Körper verwischte es zu einem diffusen Nebel.

Ugrôn war froh, dass er seinen kleinen Jungen in Ruhe anschauen konnte. Die Eskorte wartete vor der Schwangerschaftsstation und Rila hatte die Ärztin in ein Gespräch verwickelt. Es ging um die Bedrohung durch die Giats, die jederzeit im System auftauchen mochten, vor allem aber um die Kämpfe auf dem Planeten. Inzwischen gab es überall auf den beiden besiedelten Kontinenten und in einigen Unterseegebieten Gefechte. Die Menschen ernteten ab, was sie kriegen konnten und die Cochader wehrten sich mit mäßigem Erfolg. Die Hauptstadt ließ man in Ruhe, dafür hielt sich der Rat der Normen zurück, was einen koordinierten Abwehrkampf anging. So stand jeder Konzern für sich, isoliert von den anderen und offen für kurzlebige Zweckbündnisse. Auch Menschen wurden verletzt, aber ein entscheidender Schlag gegen den Planeten fand dennoch keine Mehrheit im Schwarm.

»Das würde auch uns schaden«, erklärte Rila gerade. »Wenn wir die Bordgeschütze einsetzen, löst das planetare Katastrophen aus, die die Ernte zerstören.«

Das klang so kalt, dachte Ugrôn, während er um die Gebärmutter herumschwebte.

Er hatte Mühe mit der Schwerelosigkeit. Rila bewegte sich ganz selbstverständlich von einem Halt zum nächsten, er dagegen musste jedes Mal bewusst nach einem Griff oder einer Stange suchen. Zudem verlor er leicht die Orientierung, da man sich ständig um alle drei räumlichen Achsen drehte und das Gleichgewichtsorgan keine brauchbaren Informationen lieferte. Jetzt zum Beispiel schwebten Rila und Ulsike über seinem Kopf, wobei er sich aus ihrer Perspektive seitlich von ihnen befand. Immerhin wirkte das Pflaster, das die Ärztin ihm gegen die Übelkeit gegeben hatte.

Er wollte nur auf die andere Seite des Syntho-Uterus kommen, aber instinktiv bewegte er dabei die Füße in der Luft. Das gab seinem Körper eine Drift, sodass er die Haltestange verfehlte. Die Leitung, die die künstliche Gebärmutter mit der Nische verband, in der sie normalerweise in der Wand ruhte, war in Reichweite, aber er wusste nicht, ob er etwas beschädigen konnte, wenn er sich daran festhielt. Also rotierte er weiter.

Mühelos schwebte Ulsike zu ihm, hielt sich selbst an der Stange fest und bot ihm ihren Unterarm, um seine Bewegung zu stoppen.

»Danke.«

Die Scheu stand unübersehbar in ihren blauen Augen.

»Gern«, sagte sie trotzdem.

Die beiden Zöpfe, zu denen ihr schwarzes Haar geflochten war, tanzten langsam hinter ihrem Kopf.

Sie räusperte sich und blickte zur Stange.

Ugrôn schloss die Hand darum und ließ die Ärztin los. »Ist unser Kind gesund?«, fragte er.

»Das ist schwer zu sagen. Gemessen an dem, was ich hier auf der MARLIN gesehen habe, ist seine Entwicklung in vielerlei Hinsicht außergewöhnlich. Leider habe ich von der SQUID nur sehr wenige Daten bekommen.«

»Ich denke, da kann ich helfen.«

»Das kannst du in der Tat.«

Ugrôn ging davon aus, dass Mutter und dadurch auch die Zoëliker alle Daten schicken würden, die er anforderte. An der Art, wie sie ihn ansah, erkannte er jedoch, dass die Ärztin etwas anderes im Sinn hatte.

»Ich würde gern einen Vergleichsscan durchführen.«

»Du meinst – von mir?«

»Du bist der Vater. Von Rila habe ich bereits alles. Wenn ich die Daten von beiden Eltern extrapoliere, kann ich auf die Entwicklung des Kindes schließen.«

Er sah Rila an. Sie schien mit jedem Tag schöner zu werden. Und hier, in dieser schwerelosen Umgebung, wirkte sie wie ein Geschöpf aus einer anderen Sphäre. Unwillkürlich lächelte Ugrôn.

»In Ordnung«, sagte er. »Was soll ich machen?«

»Es wäre gut, wenn du dich auszehst.« Ulsike stieß sich ab und schwebte zur Wand, wo sie ein Holo aufrief.

Surrend schob sich eine Apparatur, die aus mehreren Schwenkarmen und daran montierten Sensoren bestand, in die Mitte des zylindrischen Raums. Sie entfaltete sich wie eine Blüte.

»Das ist nur ein einfaches Gerät«, entschuldigte sich Ulsike. »Aber die wesentlichen Daten werde ich auch hiermit erfassen.«

Ugrôn spürte die Blicke der beiden Frauen, als er seine Kombination abstreifte und zusammenlegte, sodass sie als kompaktes Bündel in der Luft schwebte.

Ulsikes Unwohlsein machte ihm wenig aus, aber Rilas besorgter Blick ließ ihn seine Nacktheit spüren. Er setzte an, mit der Hand das braungrüne Geflecht zu bedecken, das wie ein Knäuel verholzter Wurzeln aus seiner Brust wucherte, aber das kam ihm lächerlich vor. Schon immer waren seine Augen vollständig grün gewesen, nie hatte sein Erbgut gänzlich dem menschlichen entsprochen. Mutter war in ihm, ein Teil von ihm, und seit er den Rotraum gesehen hatte, wurde sie es mehr und mehr. Anfangs waren die grünen Wülste an den Innenseiten seiner Unterarme das Auffälligste gewesen. Inzwischen mochten es die zusammengewachsenen Zehen sein, die seine Füße zu Spitzen verlängerten, die an Tentakel erinnerten. Oder die dunkelgrünen Stränge, die an vielen Stellen seine Haut aufrauten.

Wie sah Rila ihn? Noch immer als einen Mann – oder als etwas Fremdes? Könnte sie sich an ihn gewöhnen? Und an das, was aus ihm wurde? Kam der Prozess zu einem Halt, jetzt, da er von Mutter getrennt war? Das Schimmern der Nervenbahnen durch seine Haut hatte sich gelegt.

Er vermisste Mutters Gesang. Ugrôn bildete sich sogar ein, ihn noch immer zu hören, ganz schwach, wie ein Flüstern im Wind, der in einer Planetenatmosphäre rauschte.

Vorsichtig, um nicht unkontrolliert davonzuschweben, wandte er sich von Rila ab und Ulsike zu. »Können wir beginnen?«

»Ich bin so weit.« Die Stabsensoren an den Schwenkarmen leuchteten auf.

Ugrôn schwebte zwischen sie. Ulsike zeigte ihm die Griffe, an denen er sich festhalten konnte.

Die Sensoren fuhren an ihm entlang. Gleichzeitig bauten sich um die Ärztin herum Holos auf. Mehrere nahmen die Form eines menschlichen Körpers an, aber einige bestanden auch aus Symbolen, die für Ugrôn keinen Sinn ergaben, oder aus Zahlenkolonnen. Ulsike holte manche Anzeigen nach vorne, vergrößerte Ausschnitte und blendete weitere Holos auf.

Ugrôn merkte ihr die Verunsicherung an. »Ist das Ergebnis anders als erwartet?«

»Ich weiß nicht, was ich erwartet habe«, murmelte sie.

Rila schwebte so nah an Ugrôn heran, wie es die Messeinheit erlaubte.

Er sah zum Syntho-Uterus hinüber. Sein Kind veränderte alles. Es wirkte so vollkommen und zugleich so verletzlich.

»Wir haben noch keinen Namen ausgesucht«, fiel ihm ein.

»Ich wollte nicht ohne dich entscheiden«, erklärte Rila.

Er sah in ihre Augen. Noch immer stand Sorge darin, aber auch ein Versprechen. Sie war hier, bei ihm, und gemeinsam waren sie bei ihrem Kind. Sie würden tun, was nötig war, um ihm eine gute Zukunft zu geben.

Mit einem Mal empfand er auch die Ernte, die der Schwarm auf Cochada einbrachte, als etwas, das ihn persönlich betraf.

Die Großraumschiffe der Menschheit benötigten Nahrung. Ohne diese konnten die Menschen nicht überleben. Das galt auch für sein Kind. Dieses verletzliche, kleine Wesen würde nur dann leben, wenn sie ihm die Lebensmittel sicherten. Hier auf der MARLIN war alles so anders! Auch auf der SQUID gab es Xenofarmer, die geeignete Himmelskörper abernteten, aber mit diesen Dingen hatte Ugrôn zeitlebens nichts zu tun gehabt, so wie die meisten seiner Mitbürger. Sie geschahen einfach. Mutter sorgte für alles.

»Wie sieht es aus?«, unterbrach Rila seine Gedanken, indem sie sich an Ulsike wandte. »Ist unser Kind gesund?«

»Im Moment scheint mir, dass Ugrôn …« Sie sah ihn an.

»Was?«, fragte er.

Sie räusperte sich. »Es ist eine persönliche und wohl auch eine dumme Frage, und es ist mir peinlich, sie zu stellen. Bitte entschuldige mein Unwissen, was die Gegebenheiten auf der SQUID angeht, aber …«

»Ja?«

»Bist du ein Mann, Ugrôn? Ich meine: Bist du *nur* ein Mann?«

Verwirrt schüttelte er den Kopf. »Wie meinst du das?«

»Ich habe den Scan zweimal laufen lassen und die Sensoren dazwischen neu geeicht. Entweder das Gerät hat einen Fehler, wie er noch nie vorgekommen ist – oder in seinem Erfassungsbereich befinden sich *zwei* höhere Lebensformen.«

Einige Sekunden herrschte Schweigen.

»Willst du uns erzählen, dass Ugrôn schwanger ist?« Rilas Stimme kippte.

Unwillkürlich griff sich Ugrôn an den Bauch. »Das kann nicht sein! Mir fehlen die dazu nötigen Organe.«

Rilas Blick transportierte ihren Einwand ebenso deutlich, wie Worte es getan hätten: *Mutter hat dich verändert.*

»Und selbst wenn …«, überlegte er zögernd. »Wie sollte ich befruchtet …« Er hielt inne. Mutter hatte ihn ständig umgeben. Permanent hatte er in Austausch mit ihr gestanden.

Er starrte Ulsike an und hoffte, dass er sie missverstand.
»Was du über deine Sexualorgane sagst, ist richtig«, bestätigte sie. »Du bist nicht weiblich. Ich bekomme auch keine klare Ortung von der zweiten Lebensform ... Es ist seltsam, sie scheint denselben Raum einzunehmen, den bereits einige Organe beanspruchen. Deine Leber ... ein Lungenflügel ...«

»Feste Materie kann einander nicht zerstörungsfrei durchdringen«, wandte Rila ein.

»Moment ...« Ulsike rief ein weiteres Holo auf. Noch einmal fuhren die Sensoren an Ugrôns Körper entlang. Seine Fäuste verkrampften sich um die Griffe.

Was hatte Mutter ihm angetan?

Oder waren die Anzeigen doch defekt? Immerhin besaß man auf der MARLIN keine Erfahrung mit Menschen wie ihm.

Die Ärztin zerstörte seine Hoffnung, indem sie ein Nebenholo ins Zentrum zog und auf zwei Meter Kantenlänge vergrößerte. »Da ist es.«

In der Mitte der Darstellung hing ein grünlicher Nebel, eine Wolke, in der sich mit ein wenig Vorstellungskraft ein Hauptkörper und ein Kopf unterscheiden ließen. Umgeben waren sie von so etwas wie in alle Richtungen ausstrahlenden Wurzeln.

»Was ist das?«, hauchte Rila.

»Dieses Bild wird vom Rubozytenscanner gespeist. Eigentlich besteht sein einziger Zweck darin, die Antikörper zu messen, die wir beim Flug durch den Rotraum ansammeln. Wir machen das selten, weil wir ohnehin nichts weiter damit tun können, als sie zu beobachten.«

»Warte«, bat Rila. »Bedeutet das, dass sich dieses Geflecht aus Rubozyten zusammensetzt?«

»Nein.« Ulsike schüttelte den Kopf. »Aber es besteht nicht aus Materie, wie sie im Einsteinraum entsteht. Du hast recht, solche Materie würde in Interaktion mit den Atomen in

Ugrôns Körper treten, sie würden sich gegenseitig verdrängen und zerstören. Das Wesen, das er in sich trägt, existiert primär im Rotraum. Es strahlt lediglich in unser Universum herüber. So, wie eine Vase einen niederdimensionalen Schatten auf eine Wand wirft.«

»Aber das …« Rila blinzelte.

Paradoxerweise sorgte Ugrôn sich mehr um sie als um sich selbst. Sie rang sichtlich mit der Wahrheit, die sie nicht verstand.

Er selbst hatte dieses Problem nicht. Für ihn ergab nun einiges viel mehr Sinn als zuvor.

Er lauschte auf das sanfte Singen in seinem Fleisch. Es war keine Einbildung, sondern ging von Mutters Kind aus. Und er hörte es nicht zum ersten Mal. Damals, unter dem Meditationshelm, als er gefangen und der Großteil seiner Sinne isoliert gewesen war, hatte er nicht etwa Mutters Gesang vernommen. Auch das war das Fremde gewesen, das in ihm heranwuchs.

—

Starn Egron, Prijatu und Xeramel waren nur ein paar Stunden auf der MARLIN geblieben. Jetzt erreichte ihre Fähre die ESOX. Der Hauptkörper des Großraumschiffs war ein Ellipsoid mit einer Längsachse von zwei Kilometern. Die an seinem Bug angebrachten, in mehrere Segmente unterteilten Ausläufer waren doppelt so lang. Obwohl sie einhundertfünfzig Meter durchmaßen und Casinos, Unterkünfte und Büros beherbergten, deren Licht durch Außenfenster ins All hinausstrahlte, wirkten sie wie Spinnenbeine.

Der Leitstrahl führte sie zwischen diese Ausleger, was in Starn das Gefühl bestärkte, eine Fliege zu sein, die dem Lockruf einer Arachne erlag und sich freiwillig zum Mittagsmahl machte. Wie wohl Prijatu diesen Anflug empfand?

Starn schielte aus dem Augenwinkel zu ihr hinüber. Er wusste, dass sie bei Weitem nicht so gefühlskalt war, wie sie im ersten Moment erschien. Das starre Chrom ihres verlängerten Schädels und die eintönige Stimme täuschten. Wenn man sie besser kannte, sah man, dass die unzähligen Teile ihrer goldenen Augen ständig in Bewegung waren, und man hörte die feine Modulation, wenn sie sprach.

Der Leitstrahl führte sie zu einer Einflugöffnung zwischen den Wurzelpunkten der Ausleger.

Prijatu löste die Hände von den Kontrollen. Die Fernsteuerung für die Andockprozedur übernahm, ihre Eingaben wurden nicht mehr benötigt. Bis hierher hatte sie die Fähre gesteuert, Xeramel war dazu nicht mehr in der Lage.

Ohnehin taugte der überlebende Zwilling derzeit nur noch dazu, apathisch vor sich hinzustarren. Xeramel befand sich im Laderaum des beinahe leeren Raumfahrzeugs, neben dem mit Magnethalterungen auf dem Boden fixierten Sarg, in dem Xytara lag. Die tote Passagierin und die offensichtlich unter Schock stehende Frau waren der Grund für die Überführung der Fähre zur ESOX. Prijatu traute dem medizinischen Personal der MARLIN nicht zu, eine Esoxerin erfolgreich zu behandeln, und das Angebot, Xytara dort der Leere zu übergeben, hatte sie noch nicht einmal kommentiert. Starns Vorstellungskraft beschwor das Bild von einem Fertigungstunnel herauf, in dem alle technischen Komponenten aus der Leiche entfernt und zur Wiederverwertung vorbereitet wurden.

Er begleitete den Flug als Offizier, der die Aufsicht führte. Vorübergehend hatte man ihn in seinem alten Rang wieder in die Streitkräfte eingegliedert. Das war nicht nur eine Anerkennung der Rolle, die er bei der Flucht ausgefüllt hatte. Es sicherte auch sein Schweigen, unterlag er doch auf diese Weise der militärischen Befehlskette, die auch strikte Berichtswege beinhaltete. Die Admiralität wusste, dass unkontrollierte

Nachrichten über die eindeutig humanoide Technologie auf dem Planeten emotionale und potenziell gefährliche Reaktionen in der Bürgerschaft auslösen konnten. Möglicherweise sähe die Informationsstrategie so aus, dass man die Öffentlichkeit erst nach Abschluss der Ernte informieren würde. Die befreiten Siedler befanden sich in einem Quarantänebereich, den sie auch dann nicht verlassen durften, wenn sie von anderen Schiffen als der MARLIN stammten.

Die Fähre flog in die Schleuse ein. Das Sternenlicht blieb zurück, stattdessen sorgten die bläulichen Lampen der Andockbucht für Helligkeit. Während sich das Schott schloss, verbanden sich Magnetklammern mit der Außenhülle und zogen die Fähre in die Parkposition.

»Wie hat man sich eigentlich deines Schweigens versichert?«, fragte Starn.

»Durch meine Vernunft.« Prijatu sah ihm in die Augen.

»Und aus dem gleichen Grund glaubst du, dass ich dichthalte?«

»Tust du es?«

Sie wussten, dass er nicht von der Technologie auf dem Planeten sprach, sondern von der, die in Xytaras Körper verbaut war. An der Leiche war nichts mehr von den Blastern zu erkennen, die Mündungen lagen wieder hinter den Händen verborgen. Irgendwie mussten die Esoxer es auch geschafft haben, den Scannern die Waffensysteme als etwas Unverfängliches zu präsentieren.

Die Dockeinrichtung wurde zu einem Schlitten, als sich das Innenschott öffnete. Die verankerte Fähre bewegte sich darauf durch das Schiff.

»Ist Xeramel genauso ausgestattet?«, fragte er.

»Die Einheiten dieser Reihe ergänzen sich paarweise. Sie sind nicht identisch.«

»Du weichst der Antwort aus. Hat auch Xeramel Waffen, die gegen die Auflagen für die ESOX verstoßen?«

»In dieser Hinsicht sind die Vorgaben interpretationsfähig. Xytara hat keine Waffen geführt. Sie hat nur ihren Körper eingesetzt.«

»Blaster sind etwas anderes als Fäuste oder meinetwegen ein paar angeschliffene Krallen!«

Prijatu schnallte sich los und schwebte fort vom Pilotensitz. »Da ist die Auflage unspezifisch.«

Wie ein Frachtstück beförderte das Logistiksystem der Esox die Fähre ins Innere. Ein Container kreuzte ihren Weg in wenigen Metern Abstand mit so hoher Geschwindigkeit, dass ein Zusammenprall das Raumfahrzeug in einen Klumpen Schrott verwandelt hätte.

Starn löste ebenfalls die Gurte. »Wusste Xytara, was sie tat? War es ihre Entscheidung?«

»Sie hat sich freiwillig gemeldet.«

»Hat Xeramel gewusst, dass ihre Schwester sterben würde?«

»Das war nicht gewiss.«

Ihr metallener Hinterkopf schimmerte, als sie das Schott zum Laderaum durchquerte.

Starn folgte ihr. »Das Risiko war hoch.«

»Xytara und Xeramel waren in ständigem Kontakt. Sie haben alle Entscheidungen gemeinsam getroffen.«

Schaudernd erinnerte sich Starn an die orientierungslos starrenden Esoxer nach der Zerstörung der Zentraleinheit. Xeramel glich ihnen auf unheimliche Weise.

»Die beiden wollten etwas zu unserer Rettung beitragen«, erklärte Prijatu, während sie zur grauhäutigen Frau neben dem Sarg schwebte. »Ohne Xytaras Fertigkeiten hätten wir es nie geschafft.«

»Ich gebe dir recht. Wir alle stehen in eurer Schuld, ich besonders, und deswegen werde ich auch nichts sagen. Aber ich muss wissen, wie viele wie Xytara es auf der Esox gibt.«

»Wieso musst du das wissen?«, fragte Prijatu.

»Ich bin jetzt wieder ein Soldat, zumindest auf Zeit«, erin-

nerte Starn. »Ich trage Verantwortung für die Sicherheit der
MARLIN.«

»Ich denke, Xytara hat zur Sicherheit eurer Bürger bei-
getragen.«

»Und das ist ein großes Verdienst, aber darum geht es nicht.
Zu viele haben gesehen, was sie getan hat. Es wird bekannt
werden, und dann brauchen wir eine gute Erklärung dafür.«

»Du hast sie ausgerüstet.«

»Was?«, rief Starn.

»Du warst der Einsatzleiter. Du hast sie mit den Blastern
ausgestattet, sie hat sie lediglich in Multifunktionsschächte
eingesetzt.«

»Aber das ist eine Lüge!«

»Eine Lüge, die den Frieden erhält.«

Er presste die Zähne zusammen. »Schweigen ist das eine,
bewusst die Unwahrheit zu sagen etwas anderes. Wenn ich
das für euch tue, will ich die Wahrheit erfahren.«

Ihre goldenen Augen richteten sich auf ihn. »Frag nicht.«

Etwas lag in dieser Bitte, vielleicht im Tonfall von Prijatus
Stimme. Inzwischen nahm Starn die feinen Nuancen wahr.
Seine Entschlossenheit schmolz.

Als sich das Außenschott öffnete, erkannte er, dass die
Fähre ihr Ziel erreicht hatte. Starns erster Eindruck von der
medizinischen Abteilung bestätigte seine Befürchtung. Er sah
viele Lichter und kleine metallische Apparaturen, die man
dicht an dicht an der Wand angebracht hatte.

Ein Mann schwebte herein, dessen Augen von einem spiegelnden Band bedeckt waren, einer Brille oder einem Implantat, das von einem Ohr zum anderen reichte. Die Brauen verschwanden ebenso darunter wie der Großteil der Nase.

»Ich bin Doktor Zegato«, stellte er sich vor.

Prijatu fasste Xeramel unter der Achsel und schob sie zu
ihm. »Wir müssen jetzt aussteigen«, sagte sie der Kranken.

»Trennungsschock?«, fragte der Arzt.

»Hier findest du alle Informationen.« Sie gab ihm einen Speicherkristall.

Er steckte ihn ein und nahm Xytara mit.

Starn und Prijatu folgten ihm. Noch immer erschien ihm der Bereich, in dem sie sich befanden, eher wie eine Werkstatt als wie ein Krankenlager. Er war ein Ellipsoid, das an der längsten Achse vierzig Meter durchmaß. Ein zweiter Transportschlitten glitt gerade davon, die Fähre blieb vorerst hier. Überall leuchteten Holos, sirrten Maschinen und bewegten sich Instrumentenarme. Unterteilungen dienten als Sichtschutz, hinter einer sah Starn einen reglosen Körper, in dem chromglänzende Stäbe steckten.

»Denkst du, er kann Xeramel heilen?«, fragte Starn.

Der Arzt schwebte mit seiner Patientin zu einer Nische an der Wand. Es sah nicht gerade sanft aus, wie ein Dutzend metallene Halteklammern sie umfingen.

»Das hängt davon ab, was du darunter verstehst«, antwortete Prijatu. »Sie wird nie wieder so sein wie zuvor. Er wird sie befähigen, ohne Xytara klarzukommen.«

Ein Roboter, der sich mithilfe von Magnetfüßen bewegte, die über meterlange Kabel mit dem Hauptkörper verbunden waren, holte den Sarg aus der Fähre.

»Wir können nichts mehr für sie tun«, stellte Prijatu fest.

»Meinst du Xytara oder Xeramel?«

»Beide.«

In der Tat kam sich Starn inmitten der wirbelnden Apparate überflüssig vor. Er hatte sogar die Lust verloren, sich weiter nach Xeramel zu erkundigen. Nach dem, was er bei der Kopplung der drei Frauen während ihres Ausbruchs beobachtet hatte, nahm er an, dass auch ihr Gehirn eine elektronische Komponente besaß. Was sollte er tun, falls er erführe, dass ihre Erinnerungen heruntergeladen wurden, um danach die Einzelteile des nutzlos gewordenen biologisch-technischen Körpers wiederzuverwerten?

Er glaubte nicht, dass man auf der Esox so kalt kalkulierte. Vielleicht kamen ihm diese Gedanken nur wegen des Kontakts zur ökonomisch dominierten Kultur der Cochader. Aber ausschließen konnte er ein solches Vorgehen auch nicht. Und selbst wenn es so geschah – es mochte Xeramels Wunsch sein! Welches Recht hatte er, sich in ihre Kultur zu mischen? Das hatte er schon einmal gemacht und es bereitete ihm seitdem Albträume.

»Ich hoffe, ich sehe sie wieder«, sagte er trotzdem.

»Wir haben das Mögliche für sie getan.«

»Vielleicht. In jedem Fall hat sie alles für uns gegeben, was sie konnte.«

Sie schwebten zurück in die Fähre, deren Transporteinheit sie wieder aus der Medoabteilung brachte.

Prijatu begab sich nicht sofort in die Pilotenkanzel, sondern blieb im Laderaum. »Ich habe über die Maschinen nachgedacht, die wir auf Cochada entdeckt haben. Überhaupt über die gesamte Anlage.«

»Ja, erstaunlich.«

Starn war unangenehm berührt, weil sie so schnell das Thema wechselte, als könnte man die Kameradin einfach abhaken, jetzt, da sie an den Arzt übergeben war. Er kannte eine solche Einstellung aus dem Soldatenalltag. Dort war sie manchmal notwendig, um sich in einem Gefecht zu behaupten. Aber selbst im Militär empfahl man den Soldaten, ihre Empfindungen nicht zu verleugnen. Gesünder war es, sie zu Zeitpunkten auszuleben, an denen man sie sich erlauben konnte, ohne sich selbst oder die Kameraden zu gefährden. Für Starns Begriffe war jetzt ein genau solcher Moment. Sie befanden sich in einem Großraumschiff der Menschheit, weit und breit keine Bedrohung. Von den Giats gab es keinerlei Anzeichen, sie schienen den Schwarm irgendwo anders zu vermuten. Da das Transportsystem der Esox ohne ihre Einwirkung funktionierte, gab es noch nicht einmal simple Steuerungsaufgaben, die sie erledigen müssten.

»Ich habe dir gesagt«, fuhr Prijatu ungerührt fort, »dass die Konstrukteure dieser Maschinen uns ähnlich gewesen sein müssen.«

»Das ist offensichtlich. Sie sind auf einen Körperbau ausgelegt, der unserem ähnelt. Außerdem hatten sie vermutlich irgendwann Kontakt zu Menschen.«

»Inzwischen gehe ich weiter. Ich habe die verwendeten Materialien analysiert, vor allem aber die Algorithmen der Bordrechner. Ich habe den Code viel zu schnell verstanden. Ich bin mir beinahe sicher, dass sie von Menschen zurückgelassen wurden.«

»Menschen?«, rief Starn. »So wie wir?« Erst als er die Frage ausgesprochen hatte, fiel ihm auf, wie unterschiedlich die Bewohner der Esox von denen der Marlin waren. All diese technischen Kopplungen ... und dann erst die Squid! Dieser Ugrôn sah aus wie eine Mischung aus Pflanze, Krake und Mensch.

»Ich bin mir zu achtundneunzig Prozent sicher«, verkündete Prijatu. »Wir waren nicht die ersten Menschen auf Cochada.«

»Aber wir stoßen in unbekannte Raumsektoren vor!«, protestierte Starn. »Hier ist der Schwarm noch nie ...«

Er hielt inne.

Schweigend sah Prijatu ihn an.

»Du meinst, andere Menschen waren vor uns hier! So weit entfernt von der Erde ...«

»Die große Expansion«, erinnerte Prijatu. »Kolonien gingen in den Spiralkriegen verloren.«

»Man hat sie wiederentdeckt«, führte Starn den Gedanken weiter. »Aber manche hat man zerstört vorgefunden.«

»Möglich, dass eine oder sogar mehrere davon vor ihrer Zerstörung einen Exodus erlebt haben.«

»Aber das läge Jahrtausende zurück!«

Sie zuckte mit den Achseln. »Vielleicht auch ein zweiter Schwarm, der den Giats entkommen ist.«

Starn schluckte. Die Vorstellung war ungeheuerlich! Die Großraumschiffe des Schwarms sahen sich als Archen, als Hüter der letzten Reste einer freien Menschheit, zusammengehalten von der Einsicht, dass man außerhalb davon unmöglich überleben konnte. Wenn Prijatus These ernst zu nehmen war – und er hatte sie nicht als Frau kennengelernt, die leichtfertig Hirngespinste ersann –, vermochte niemand abzuschätzen, wie die Menschen reagieren würden. Gab eine solche Nachricht Hoffnung? Setzte sie positive Kräfte frei? Oder führte sie zu einem Streit darüber, ob man die anderen Menschen suchen sollte, die vielleicht seit Jahrhunderten gar nicht mehr existierten? Ein solcher Konflikt mochte den Schwarm auseinanderreißen. Das konnte das Ende der menschlichen Spezies bedeuten.

»Bist du sicher?«, fragte er mit rauer Stimme.

»Achtundneunzig Prozent«, wiederholte sie mit undeutbarem Gesichtsausdruck.

»Wir müssen sehr vorsichtig mit dieser Nachricht sein«, flüsterte er nach einer Weile.

»Andere werden auch bald auf den Gedanken kommen«, mahnte sie.

Eigentlich war es eine naheliegende Überlegung, dachte Starn. Wenn man einmal über die Schwelle trat, das Unvorstellbare zu denken, das als selbstverständlich Angenommene infrage zu stellen …

Das Außenschott öffnete sich. Das Transportsystem hatte sie offenbar in einen Hangar gebracht, Starn erkannte mehrere Fähren in Parkbuchten entlang einer gewölbten Wandung.

Überrascht sah er Prijatu an. »Ich dachte, wir würden wieder abfliegen?«

»Hast du einen direkten Befehl dazu?«

»Das nicht – aber haben wir hier noch etwas zu erledigen?«

»Ich will dir etwas zeigen.« Sie schwebte an ihm vorbei, nahm dabei seine Hand und zog ihn hinaus.

Wartungseinheiten näherten sich dem Raumfahrzeug. Prijatu ignorierte sie. Durch eine Schleusenanlage gelangten sie in eine Personenröhre. Die in geringem Abstand angebrachten Türen ließen Starn vermuten, dass sie sich in einer Habitatssektion befanden. Einige Esoxer benutzten die Röhre, ein Paar mit violetten Haaren, ein alter Mann, dessen linker Arm aus Metall bestand, und eine Frau, die etwas in einer gestreiften Schachtel transportierte.

»Ich habe bemerkt, wie du mich angesehen hast, als wir nackt waren«, sagte Prijatu.

Er spürte, dass Hitze in sein Gesicht schoss. »Entschuldige«, stotterte er. »Ich wollte nicht …«

»Es hat mir gefallen«, unterbrach sie ihn.

Mit ihrem Handabdruck authentifizierte sie sich an der Sensorfläche neben einer Tür, die daraufhin zur Seite glitt.

»Das hier ist mein Quartier. Ach, und was ich diesem Koichy über unsere Fortpflanzung erzählt habe … ich hoffe, du hast es nicht geglaubt.«

Sie lächelte, und Starn wurde noch heißer.

—

»Ich finde es unerhört, dass man mich zu den taktischen Schwachstellen der SQUID befragt hat.« Rila hielt die Arme vor der Brust verschränkt und funkelte ihre Mutter böse an. Sie schrie nur deswegen nicht, weil sie wusste, dass die Admiralin das als Zeichen der Hilflosigkeit gedeutet hätte.

Demetra Egron schwebte vor dem Kleiderfach und begutachtete einige Paar weiße Handschuhe, die zur Paradeuniform gehörten. Hier in ihrer Kabine trug sie wie üblich eine einfache olivgrüne Kombination. »Ich habe jedem versichert, dass dein soldatisches Pflichtgefühl über deinen persönlichen Gefühlen steht.« Sie sah ihre Tochter über die Schulter an. »Ich gehe davon aus, dass ich mich darin nicht getäuscht habe.«

Mühsam beherrscht presste Rila die Finger der rechten Hand um den Oberarm. »Ich habe nach meinem besten Wissen geantwortet. Was übrigens wenig ist. Während meiner Zeit auf der Squid hat man mir keine Führung durch die Waffensysteme angeboten.«

»Hast du darum gebeten?«

»Warum hätte ich das tun sollen?«

»Weil eine gute Soldatin immer bedenkt, was ihrem Schiff einmal nützen könnte.«

»Ich habe eben keinen Admiralsrang«, versetzte Rila. »Mit einer Oberleutnantin musst du wohl etwas Nachsicht üben.«

Ihre Mutter verstaute die Handschuhe paarweise sortiert und zusammengelegt in der dafür vorgesehenen Schublade und betätigte das kleine Sensorfeld, um sie zu schließen. »Die Lage hat sich geändert. Wir müssen vorbereitet sein. Das wird auch eine Junioroffizierin begreifen.«

»Ich sehe nicht, dass sich die Lage geändert hat! Die Squid verhält sich nicht aggressiv!«

Ihre Mutter drehte sich zu ihr um. »Der Rat der Normen sieht das anders. Wir mussten eine Entschuldigung nach der anderen zum Planeten funken. Inzwischen gibt es Scharmützel auf über einhundert Gefechtsfeldern, von Beruhigung ist nichts zu sehen. Und das hat, wenn ich dich daran erinnern darf, mit dem Bad der Squid begonnen.«

»Das war ein Kollateralschaden«, wandte Rila kleinlaut ein. »Keine beabsichtigte Aggression.«

»Dass unsere Nahsystemaufklärungsdaten unvollständig sind, weil die Squid ein Bad nehmen wollte, ist ein weiterer

Kollateralschaden«, stellte die Admiralin fest. »Wir haben keine Ahnung, ob die Giats in der Nähe sind. Die SCHLEIE hat diese Mission jetzt übernommen, aber durch die zusätzliche Rotraumzeit bekommen wir die Informationen fast eine Woche später. Nennst du das ›verantwortungsvolles Handeln‹?«

»Nein, aber es macht die SQUID auch nicht zu einem Feind der Menschheit.«

»Noch nicht.« Die Züge der Admiralin schufen harte Schatten an den Mundwinkeln, als sie unter einer Lampe hindurch zur Zimmerbar schwebte.

»Sie wird immer treu zur Menschheit stehen«, beteuerte Rila. »Ich habe kein Anzeichen gesehen, das dagegenspräche.«

»Bist du blind?«

Die Härchen in Rilas Nacken stellten sich auf. Sie wich dem Blick ihrer Mutter aus, wofür sie sich so schämte, dass ihre Wangen heiß wurden.

»Der Schwarm ist gegen die ESOX vorgegangen, weil man dort das Menschsein hinter sich lassen wollte, um mit den Maschinen zu verschmelzen«, führte ihre Mutter erbarmungslos aus. »Wie nennst du das, was mit diesem Ugrôn passiert, in den du dich verguckt zu haben scheinst?«

»Es ist zu früh, um das zu beurteilen«, erwiderte sie schwach. »Noch kann das niemand sagen.«

»Also kann auch niemand sagen, in welche Richtung sich die SQUID entwickelt. Die Anzeichen geben jedenfalls Grund zur Besorgnis, daher müssen wir vorbereitet ...«

Ein Rufsignal kündigte einen Besucher vor der Tür an.

Mutter und Tochter schwiegen. Rila hatte nichts mehr vorzubringen.

»Wer da?«, fragte die Admiralin.

»Starn.« Ein Holo von Rilas Bruder erschien in der Luft.

Ihre Mutter gab das Öffnungskommando, das Schott zischte in die Wand und ließ ihn ein. Er bemerkte die angespannte Stimmung sofort. »Komme ich ungelegen?«

»Ich denke, Rila erkennt nun ihre Pflicht«, meinte die Admiralin. »Was gibt es?«

»Prijatu und ich haben über etwas gesprochen …«

»Diese Frau von der Esox?«, unterbrach ihre Mutter ihn. »Wenn es irgendwie geht, verschone mich mit weiteren amourösen Kapriolen! Wann lernt ihr beiden endlich, dass man sein Leben möglichst einfach organisieren muss, um Zeit und Energie für die wichtigen Dinge aufwenden zu können?«

Das war typisch. Rila schnaubte leise. Das persönliche Glück ihrer Kinder gehörte für die Admiralin zu den unwichtigen Dingen.

Starn musste einen ähnlichen Gedanken hegen, denn er runzelte die Stirn. Er schluckte jedoch eine Bemerkung hinunter. Vielleicht ging es ihm gar nicht um seinen Flirt mit der Frau, die, wie Rila fand, tatsächlich schön war, wenn man sich erst einmal an den ausladenden metallenen Hinterkopf gewöhnt hatte. Natürlich war sie kein Vergleich zu Kara, die sicher mit einem Augenaufschlag eine Schlägerei unter ihren Verehrern auslösen konnte, aber Exotik hatte eine eigene Qualität.

Starn setzte gerade zu einem zweiten Versuch an, sein Anliegen vorzutragen, als die Kabine auf rote Alarmbeleuchtung schaltete und die Holoprojektoren einen jungen Offizier mit geöffneter Uniformjacke einblendeten, ohne auf eine Bestätigung zu warten. Die Tatsache, dass er sich nicht die Zeit genommen hatte, sich vorschriftsmäßig zu kleiden, bevor er seine Admiralin kontaktierte, machte die Dringlichkeit seiner Meldung deutlicher, als Sirenen es vermocht hätten.

»Nachricht von der Rohu.« Er salutierte, was erstens zu spät kam und zweitens vollkommen deplatziert wirkte. »Giat-Angriffsschiffe an der Systemperipherie geortet.«

»Du musst die MARLIN verlassen!« Als sie ihm die zusammengelegte Raumkampfuniform entgegenstreckte, ähnelte Rila Egron-Itara kein bisschen der hingebungsvollen Frau, die Ugrôn kannte. Er erinnerte sich an ihren Geruch, an ihre nackte Haut, die vom Schweiß rutschig wurde, an ihr Seufzen, während sie an seinen Ohrläppchen knabberte. Aber er sah nur eine Offizierin, die einen Befehl erteilte.

»Du schickst mich weg?«

»Hier bist du nicht mehr sicher. Die MARLIN fliegt in den Kampfeinsatz.«

Auch in der Gästekabine, die man Ugrôn zugewiesen hatte, brannte ein Leuchtband, das er nicht deaktivieren konnte. Es war von Rot zu Gelb gewechselt, was wohl bedeutete, dass keine unmittelbare Gefahr drohte.

Das Licht zog sich über sechs der zwölf Wände, die den annähernd runden Raum bildeten. In der Schwerelosigkeit war jede davon gleichberechtigt, es gab weder Boden noch Decke. Das Zugangsschott war ebenso rund wie die Verbindungsröhre dahinter. Wegen der Ausrichtung seiner Körperachse hatte Ugrôn das Gefühl aufzusteigen, als er sich ihm und damit auch Rila näherte.

Sie streckte den freien Arm aus, um ihm einen Halt anzubieten.

Ugrôn nahm das Angebot an. Gemeinsam schwebten sie zu einem Griff. Die Schwerelosigkeit ermöglichte, mehr Fläche zu nutzen, aber sie erlaubte keinerlei Unordnung. Alles musste mit Magneten, Leinen oder Haftbändern gesichert werden, damit es nicht gleich Treibsamen durch die Luft taumelte.

Sie drückte ihm die Uniform in die Hand. Sie bestand aus schwarzem Stoff. Ein Helm war mit dem Kragen verbunden, die Ärmel gingen in Handschuhe über. Nur an der Frontseite des Torsos gab es eine Öffnung, die sich vakuumdicht versiegeln ließ.

Ugrôn sah in ihr Gesicht. Er suchte nach der Frau, die er liebte und die es irgendwo dahinter geben musste. »Ich habe keine Angst.«

Tatsächlich fürchtete sich Ugrôn nicht, auch wenn er sich fragte, was er stattdessen fühlte. Nie hatte er sich über die eigenen Empfindungen so sehr gewundert wie in diesen Stunden. Oder waren es gar nicht gänzlich seine eigenen Empfindungen?

»Tu es für mich.« Rilas Gesichtszüge waren noch immer hart, aber ihr Blick wurde sanft.

Das Wesen in Ugrôns Körper sang jetzt lauter, als sei es zu dem Schluss gekommen, dass es sich nach der Diagnose in der Schwangerschaftsstation nicht mehr verstecken müsse. Der Grund mochte aber auch darin liegen, dass es an Sternweh litt. Es sehnte sich nach den fernen Lichtern, deren Helligkeit Jahrhunderte durch die große Leere unterwegs war.

Wollte es zu Mutter? Aber hätte es sich dann nicht nach dem Rotraum gesehnt, nach seinen Strudeln und Strömungen? Das war doch die Heimat dieser Lebensform. War das jetzt auch Ugrôns Zuhause?

Rila half ihm, in den Anzug zu tauchen, und verschloss ihn. Nur noch sein Gesicht war unbedeckt, das Helmvisier blieb eingezogen.

Er versuchte, seine Wahrnehmung nach außen gerichtet zu halten, obwohl der Gesang in seinem Fleisch ihn lockte. Dieses zweite Bewusstsein in ihm erwachte, es entdeckte die Welt von Länge, Höhe und Breite, von fester Materie, von starker und schwacher Wechselwirkung, Raumkrümmung und Elektromagnetismus, wie andere Kinder ein Spielzimmer erkunden mochten. Fasziniert beobachtete Ugrôn es dabei, indem er dem Gesang im eigenen Fleisch nachspürte. Das waren die Echos eines erblühenden Geistes.

Rila zeigte ihm einen Speicherkristall. »Ich stecke ihn hier rein.« Sie verstaute das Medium in einer der Instrumententaschen. »Du findest ein paar Holoaufnahmen von unserem Kind darauf.«

Sie wich seinem Blick aus, als sie anfügte: »Es soll auf der MARLIN aufwachsen.«

»Warum fürchtest du um mich, aber nicht um unseren Sohn?«, fragte er ohne Vorwurf.

»Weil niemand ihn als Bedrohung sehen wird«, sagte sie so schnell, dass sie sich die Antwort zurechtgelegt haben musste. »Bei ihm entdeckt der Rubozytenscanner nichts. Er trägt nichts aus dem Rotraum in sich. Aber wenn du ihn mit auf die SQUID nehmen würdest, könnte auch er sich verändern. Dann hätte er keine Wahl mehr.«

Das war nicht der wahre Grund. In diesem Moment verstand er Rila besser als sich selbst. Sie wollte ihr Kind nicht hergeben.

Er legte eine Hand auf ihre Wange. Leider fühlte er durch den Handschuh nur wenig. Überhaupt veränderte sich sein Tastsinn wegen der Umstellung seines Körpers. Er wurde sensibler, was Oberflächenstrukturen anging, und unempfindlicher gegen Hitze.

Sie schmiegte ihr Gesicht in seine Handfläche und schloss die Augen.

»Nenn ihn Amida«, bat er.

»Wie kommst du darauf?«

»Das ist ein alter Name. Er stammt von einem Buddha, der die Menschen in ein reines Land bringt. Und dieses reine Land ist die Wirklichkeit, wenn wir sie erkennen.«

Sie löste sich von ihm. »Zeit, Abschied zu nehmen.«

Er schluckte. »Du fliegst ins Gefecht?«

»Später, noch bleiben die Jäger in den Hangars. Aber die MARLIN verlegt ins Kampfgebiet.«

»Und was hast du für mich geplant?«

»Starn bleibt zurück, um die Siedler von Cochada zu holen. Dort bist du sicherer als hier. Wenn seine Mission Erfolg hat,

werden die Menschen auf ihre Schiffe zurückgeführt. Von der
KOI oder der LENG aus kannst du weiter auf die SQUID.«

Aber wollte er das? Zurück zu Mutter?

»Wir sollten das Visier nicht schließen«, empfahl sie. »Das
wäre an Bord zu auffällig. Aber zieh die hier an«, sie reichte
ihm eine verspiegelte Brille, »damit niemand erkennt, wer du
bist.«

Ugrôn hätte selbst gern erkannt, wer er war. Er betete zu
Amida Butsu, ihn das Paradies in der Wirklichkeit sehen zu
lassen.

Er setzte den chromglänzenden Sichtschutz vor die vollständig grünen Augen. Das Wesen in seinem Innern schwieg.

—

»Lass ihnen Zeit«, bat Kara Jeskon.

»Du redest, als wolltest du selbst hierbleiben«, sagte Starn
Egron.

Sie verschränkte die Arme. »Das will ich nicht. Die MARLIN
ist mein Zuhause.« Im von der geschlossenen Wolkendecke
gefilterten Licht erschien ihr blondes Haar grau. Die Braue
über ihrem rechten Auge wuchs jetzt auch jenseits der Linie
nach, die sie früher rot gefärbt hatte.

Die Siedler hatten ihr provisorisches Dorf zwanzig Kilometer vom Ort des Überfalls verschoben. Hier gab es einen
See mit tiefblauem Wasser, das Starn zu riechen glaubte. Niemand trug eine Atemmaske. Offenes Feuer brannte ein wenig
höher als gewohnt, das war die einzige Auswirkung des freien
Wasserstoffs. Manche Hütten gingen ineinander über, andere
standen für sich allein. Der morgendliche Regenguss offenbarte Lücken in den Dächern. Man half einander, sie zu schließen.

»Uns läuft die Zeit davon«, meinte Starn. »Die KOI erreicht
in fünf Stunden den planetennächsten Punkt ihres Kurses.«

»Ich habe mit Prijatu gesprochen«, berichtete Kara. »Wir können die KOI ziehen lassen und die THUN umleiten.« Die Aufklärung hatte ermittelt, dass die Giats noch eine Weile brauchen würden, um bis zur Umlaufbahn Cochadas ins System vorzudringen. »Das wird ihre Ankunft in der Kampfformation kaum verzögern und sie hätte mehr als genug Platz für diese zweihundertfünfzig Menschen.«

Prijatu saß mit Hauptmann Zichas Gerlen vor der Landefähre. Offenbar hatte sie nicht nur diejenigen Analysen durchgeführt, die Starn bei ihr angefordert hatte. Sie sprach mit dem Soldaten, der seinen rechten Arm in einer Schlinge trug.

»Wir wissen noch nicht einmal genau, ob es wirklich nur zweihundertfünfzig sind«, wandte er ein.

»Noch ein Grund, nichts zu überstürzen«, versetzte Kara. »Wenn sie sich verbergen wollen, werden wir nie alle finden. Diejenigen, die zurückbleiben, wenn du die anderen deportierst, werden auf sich gestellt sein.«

»Niemand redet von einer Deportation.«

»Und wie willst du sie dann auf die KOI kriegen? Ich sehe keinen, der sich auf den Abflug vorbereitet.«

Starns Blick schweifte über die kleine Ufersiedlung. Ihn befremdete die Mischung von Maschinen, die aus Schiffsbeständen stammten, und Materialien, die man vor Ort fand. Hammerschläge kündeten davon, dass jemand eine Hütte zusammenzimmerte. Er sah ihn nicht, hinter dem Strand wurde der Wald schnell dicht.

Ugrôn trug inzwischen ein Gewand, das an die Priester der Kirche des Void erinnerte, nur, dass es grün war. Gedankenverloren stand er im Sand, wo die Wellen über seine Füße leckten. Die Abdrücke, die er hinterließ, verrieten, dass er keine Zehen besaß. Wo sie hätten sein sollen, gab es bei ihm fleischige Zungen.

»Denkst du, einer wie er könnte auf einem solchen Planeten glücklich werden?«, fragte Starn.

»Er passt nicht hierher«, urteilte Kara. »Hier ist er genauso fremd wie auf der MARLIN. Aber andere könnten sich hier etwas aufbauen.« Demonstrativ sah sie zu Prijatu hinüber.

Starn hatte überlegt, wie er Kara sagen sollte, dass er jetzt mit Prijatu zusammen war. Offenbar hatte er unterschätzt, wie gut der Kontakt zwischen den beiden Frauen war. Er spürte den Ärger darüber, als hätten sie ihn von etwas ausgeschlossen, das ihn betraf. Gleichzeitig fand er seine eigene Aufwallung lächerlich.

Er ging zu Korgo Aran, der gerade ein paar blauschwarze Früchte schälte. Sie waren so lang wie ein Unterarm und leicht gebogen.

»Weitere Nahrung, die Cochada euch schenkt?«, fragte Starn.

»Sie wachsen an Bäumen.« Der weißhaarige Anführer der Siedler hielt inne und sah zu ihm auf. »Primaten, die sich im Wald von Ast zu Ast schwingen, fressen sie. Das ist immer eine gute Empfehlung. Unsere Scanner stufen sie ebenfalls als unbedenklich ein.«

»Und der Nährstoffgehalt?«

Er zuckte mit den Achseln. »Gering. Man kann nicht alles haben.«

Starn blickte zur Fähre hinüber. Er seufzte. »Ihr bekommt noch fünf Tage. Wir warten auf die THUN. Sie erntet noch den zweiten Planeten ab, bevor sie sich auf den Weg macht. Aber das ist dann die allerletzte Gelegenheit.«

Der Wind trug die Feuchtigkeit vom See herüber. »Wir wollen bleiben, und das wird auch in einer Woche noch so sein.«

»Wer ist ›wir‹?« Starn setzte sich neben ihn auf den Boden.

»Hör dich um«, schlug Korgo vor.

»Niemand will zurück in den Schwarm?«

Der über Hundertjährige lächelte säuerlich.

»Du weißt, wie groß die Gefahr ist«, erinnerte Starn. »Auch hochgerüstete Planeten halten keinem Giat-Angriff stand.

Cochada können sie im Vorbeiflug erledigen. Und selbst wenn es gut geht – wie wollt ihr leben? Wird eure Kolonie eine Expertokratie wie auf der MARLIN? Oder gibt es ein Kastenwesen wie auf der KOI? Eine Aristokratie? Demokratie mit gleichen Wahlen? Oder geht jeder, dem nicht mehr passt, was die anderen tun, seiner eigenen Wege?«

»Wir werden einen neuen Pfad beschreiten, in vielem«, verkündete Korgo. »Aber wir sind nur diejenigen, die den Boden bereiten. Entscheidend sind die, die nach uns kommen. Hier werden planetengeborene Menschen aufwachsen. Sie werden Gedanken entwickeln, die uns unmöglich einfallen können. Für sie wird der permanente Schwerkraftsog ebenso selbstverständlich sein wie der Wind in der Atmosphäre.«

Starn nahm eine Handvoll Sand auf und ließ ihn durch die Finger rieseln. »Ich verstehe deinen Traum«, versicherte er.

Korgo Aran war ein Mann, dem man leicht vertraute. Seine ruhigen Bewegungen und die dunkle Stimme verliehen ihm etwas Großväterliches. Zugleich wirkte er entrückt, wie jemand, der seine selbstsüchtigen Interessen mit den stürmischeren Jahren seines Lebens hinter sich gelassen hatte. Man traute ihm keinen Verrat oder Betrug zu.

Solche Leute waren gefährlich, wusste Starn. Sie waren die perfekten Demagogen, manchmal ohne dass sie selbst merkten, wie sie andere manipulierten. Und dennoch konnte auch er sich der Sympathie für den koexistenzialistischen Anführer der Siedler nicht erwehren.

»Wer dich anschaut, sieht Frieden. Aber das ist eine Illusion.« Starn legte den Kopf in den Nacken und betrachtete die Wolken. Der Aufruhr, den die SQUID verursacht hatte, war verschwunden. Dennoch wusste er über der geschlossenen grauen Decke die Schiffe, die in der Leere brannten. Die Schlacht hatte begonnen. »Ich will euch nicht zwangsweise deportieren, aber ich verlange, dass es eine Aussprache gibt und jeder frei entscheiden darf. Alle, die sich zu etwas von solcher Tragweite entschließen, verdienen dieselbe Freiheit, die du dir nimmst.«

Korgo lächelte nicht mehr, aber er nickte, als er sich wieder den Früchten zuwandte.

»Wir haben Saatgut geladen«, berichtete Starn. »Falls sich nach der Aussprache genug Leute zum Bleiben entschließen, um eine Kolonie zu gründen, werden wir es euch als Starthilfe überlassen.«

»Das ist freundlich von euch, aber ...«

»... ihr wollt von diesem Planeten und mit diesem Planeten leben. Ich weiß. Aber so, wie du dir das vorstellst, geht das ohnehin nicht mehr.«

»Ahnst du, wie viele mir in meinem Leben bereits gesagt haben, meine Träume könnten niemals Wirklichkeit werden? Und doch atme ich die Luft eines Planeten.«

Starn schüttelte den Kopf. »Das meine ich nicht. Schau dir die Blätter an, die aus den Stängeln dort drüben sprießen. Sie sind grün.«

»Das kommt oft vor. Du warst doch derjenige, der herausgefunden hat, dass sich die pflanzliche Evolution auf Cochada in zwei Bahnen geteilt hat.«

»Das dachte ich. Aber die Beschreibung ist ungenau.«

Die unausgesprochene Frage war in Korgos Gesicht zu lesen.

»Komm mit«, lud Starn ihn ein und stand auf.

Sie gingen zu Prijatu, die sie wortlos in die Fähre begleitete und ein Holo mit einer schematischen Darstellung Cochadas aktivierte. Der Planet drehte sich langsam darin, sodass man alle Seiten betrachten konnte. Die Landflächen waren schwarz und grün eingefärbt.

»Hier siehst du die vorherrschende Verteilung der Flora. Genauer gesagt sind alle Gebiete grün gefärbt, in der grüne Pflanzen wenigstens zwanzig Prozent ausmachen. Die schwarzen Formen überwiegen beinahe überall.«

Korgo orientierte sich in der Darstellung. »Wir befinden uns hier, oder? Auf diesem Höhenzug?«

Prijatu nickte. »Übrigens keine gute Wahl. Aus dem Ringsystem stürzen immer wieder Brocken ab, und viele sind groß genug, um mit Wucht einzuschlagen. Das kann kilometergroße Krater geben. Deswegen haben die Cochader in Äquatornähe nur zwei Städte gebaut, und die sind unterseeisch.«

»Uns geht es aber nicht nur darum, dass ihr dieses Gebiet meiden solltet, falls ihr wirklich auf dem Planeten bleibt«, erklärte Starn. »Entscheidend ist, dass unsere Tests zeigen, dass nur die schwarze Flora unbeeinflusst auf Cochada entstand.«

Korgos Gesicht ruckte zu ihm herum.

»Das grüne Chlorophyll ist Ergebnis einer sorgfältigen Terraformung. Und wenn wir die Daten unserer Sonden nach dem Alter des Genoms filtern ...«

Prijatu betätigte eine Sensorfläche. Das Planetenschema stellte Cochadas Vergangenheit dar, einhundert Jahre pro Sekunde sprang es zurück. Die schwarzen Flächen nahmen zu, bis nur noch einer der drei Kontinente grün eingefärbt blieb. Es war der kleinste, der einzige auf der Südhalbkugel.

»... dann sehen wir hier den Ursprung der Terraformung. Außerhalb der Einschlagzone der Ringmeteoriten, in gemäßigtem Klima. Vier Jahreszeiten, aber keine Extreme. Wir sind noch nicht weit genug, um zu ermitteln, wie die geologische Formation damals ausgesehen hat, aber vermutlich wurde auch diese verändert. Es gibt Riffe, die Sturmwellen brechen, und Gebirge, die wie Dämme das Land im Innern schützen.«

Er legte Korgo eine Hand auf die Schulter. »Ich weiß, du hast eine von Menschen unberührte Welt gesucht. Aber auf Cochada bist du Jahrtausende zu spät. Hier waren bereits Menschen und sie haben den Planeten auf ihre Bedürfnisse angepasst. Vor allem diesen Kontinent.«

»Aber das ist ... schwer zu glauben.«

»Ihr bekommt vollen Einblick in die Daten und könnt unsere Schlussfolgerungen auf euren eigenen Rechnern nachvollziehen«, entschied Starn.

»Haben wir dafür die Zeit?«, fragte Prijatu.

»Wir warten auf die THUN. Gib der KOI Bescheid.« Sie nickte, ohne dass ihr die Befriedigung darüber anzusehen gewesen wäre, dass sich ihre Absprache mit Kara durchsetzte.

»Bei den Cochadern heißt dieser Kontinent übrigens ›Vebodenesla‹. Wenn man das Abschleifen und die Anpassung auf ihre Lautorgane berücksichtigt, könnte der Ursprung im Generalingua liegen. ›Verbotenes Land‹. Seltsam, nicht? Eigentlich müssten sie diese Landmasse besiedeln oder zumindest ausbeuten, aber sie halten sich fern.«

»Sicher wirst du mir jetzt sagen, woran das liegt.«

»Das können wir nur vermuten, weil wir praktisch keinen Zugriff auf ihre historischen Aufzeichnungen haben«, räumte Starn ein. »Sie scheinen mit einem Tabu belegt zu sein, das der Rat der Normen ausgesprochen hat. Aber auch in der biologischen Entwicklung der Cochader gibt es einen abrupten Sprung, von einer primär aquatischen Amphibie zu einer überwiegend landlebenden Spezies, die Werkzeuge benutzt. Ich denke, man hat in ihr Erbgut eingegriffen, auch wenn wir das noch nicht zweifelsfrei nachgewiesen haben.«

»Die Wahrscheinlichkeit beträgt dreiundsiebzig Prozent«, ergänzte Prijatu. »Dafür spricht auch die Ähnlichkeit zu menschlicher DNS.«

»Und ziemlich sicher hat man die Abneigung gegen diesen Kontinent in sie eingepflanzt.«

»Aber das ist doch eine kulturelle Frage, keine biologische«, wandte Korgo ein.

»Diese Trennung ist weniger stark, als oft angenommen wird«, behauptete Prijatu. »Menschen meiden offene Flächen. In unseren Raumschiffen bemerkt man das kaum, aber hier auf dem Planeten sieht man es sogar schon bei euch Siedlern. Wahrscheinlich haben unsere Vorfahren schlechte Erfahrungen damit gemacht, sich ohne Deckung zu bewegen. Ebenso die Angst vor bestimmten Erscheinungsformen der Fauna, wie achtbeinigen Kerbtieren. Es wäre denkbar, dass etwas an Vebodenesla in den Cochadern Abscheu auslöst.«

»Die Menschen, die vor uns hier waren, wollten unter sich bleiben«, folgerte Starn.

»Aber wir wollen das nicht. Wir wollen Teil dieses Planeten ...« Korgo verstummte und sah das Holo an.

»Es wird eure Entscheidung sein«, versprach Starn. »Ihr solltet euch diese mögliche Heimat zumindest ansehen. Sie ist für Menschen gemacht. Wenn ihr dort siedelt, habt ihr noch immer alle Optionen, die Hand nach außen auszustrecken.«

Zögernd nickte Korgo.

»Wir bringen euch hin«, bot Starn an.

Korgo sah durch das Schott hinaus auf den See. »Wir haben erst wenig aufgebaut ... Aber wir passen nicht alle in diese Fähre.«

»Wie wäre es mit einem Vorauskommando zur Sichtung?«

Starn selbst hoffte, dass sie noch etwas ganz anderes finden würden als fruchtbares Ackerland.

10

Last der Vergangenheit

Die Giftatmer waren viel tiefer in das System vorgedrungen als gedacht. Sie stellten die MARLIN bereits an der Umlaufbahn des sechsten Planeten, lange bevor sie den Gefechtsraum nahe der ROHU erreichte. Die Piloten ihrer keilförmigen Jäger wussten, wie der menschlichen Kampftaktik zu begegnen war. Alles konzentrierte sich auf das Großraumschiff, kein Ablenkungsmanöver verfing. Die Befehle mussten im Vorfeld ausgegeben worden sein, die massiven Funkstörfelder beeinträchtigten die Ordnung der Angriffe nicht. Die Giats operierten in Zweiergruppen. Ein Jägerpaar blieb stets eng beisammen und verständigte sich über Richtlaserstrecken.

Rila Egron dagegen hatte den Kontakt sowohl zur MARLIN als auch zu den Geschwaderkameraden verloren. Ihr Gefechtscomputer identifizierte die Maschinen auf Basis ihrer Energiesignaturen und der Flugmuster. In einem Gefecht inmitten von Irritationsbojen, die wilde Funkfeuer, Magnet- und Hitzeemissionen ausstießen, war das eine ungenaue Methode. Zudem änderten sich die Identifikationsparameter durch Treffer und sogar durch bloßen Waffeneinsatz. Rilas WEISS-SIEBEN etwa hatte im Vergleich zum Beginn der Abwehrschlacht Masse verloren, weil sie alle Torpedos abgefeuert hatte und auch keinen Reflektorkörper mehr besaß. Sie hoffte, dass solche Effekte auch der Grund dafür waren, dass sie seit einer Stunde keine Markierung mehr von WEISS-VIER gesehen hatte. Oh, wie würde sie Herrn Zmitts unverständliche Witze vermissen!

Aber um sich auch zukünftig fragen zu können, was daran komisch war, würden sie einen Raum brauchen, in dem er sie erzählen könnte. Eine Heimat, ein Großraumschiff. Die MARLIN leuchtete im Ortungsholo wie ein Funkfeuer, wenn Rila den Filter für die Schadensprognose zuschaltete. Die Panzerung war an über einhundert Stellen durchschlagen. Das Schiff hatte Luft verloren, zum Teil mit bloßem Auge sichtbar als Schweif von Eiskristallen oder in Form von Stichflammen, die ins All hinausbrannten. Inzwischen war davon nichts mehr zu erkennen, was dafür sprach, dass die entsprechenden Sektionen isoliert und die Luft abgepumpt waren. Das bedeutete den Dekompressionstod für viele Menschen. Rila hoffte, dass sie Trost in der Lehre des Void gefunden hatten.

Gemessen an den Möglichkeiten von WEISS-SIEBEN flog Rila maßvolle Manöver. Es galt, in der Nähe der MARLIN zu bleiben. Ein Vektor, der sie in den Leerraum hinausführte, wäre der größte Gefallen, den sie dem Feind hätte erweisen können. Daher verzichtete sie auf weitere Beschleunigung und brach die Verfolgung eines Giat-Jägers ab.

Der Bug ihrer Maschine schwenkte herum. Im Holo, das die Außensicht auf die Innenseite der Panzerung vor der Pilotenkanzel projizierte, fielen die Sterne vorbei, bis der große Diskus der MARLIN im Zentrum stand. Rila aktivierte ein rasches Annäherungsmanöver, das beinahe ohne Versetzungen auskam. Dadurch würde ein Lenkgeschoss sie zwar leichter treffen, aber das Chaos, das sie durchflog, hielt die Wahrscheinlichkeit gering, dass man sie überhaupt entdeckte.

Sie rief eine Gefechtsanalyse auf. Die Taktikroutinen prognostizierten anhand der feindlichen Flugmuster zwei gegnerische Trägerschiffe, die sich in einem Umkreis von zwanzig Lichtsekunden aufhalten mussten. Sechs Millionen Kilometer in jede Richtung ...

Eine viel zu große Entfernung, um sie zuverlässig abzusuchen und ein weiter Flug für einen angeschlagenen Giat-Jäger, an dessen Ende ihn aber immerhin eine sichere Basis erwartete. Die MARLIN war das nicht mehr.

Rilas Herz blutete, als sie den Riss sah, der in der Bugwölbung des Diskus klaffte. Er war bestimmt fünfhundert Meter lang und im Zentrum fünfzig breit. Flammen waren nicht zu erkennen, dafür aber ein metallisches Glühen, das offenbarte, dass die Wunde mehrere Decks tief reichte.

Ein Nebenholo zeigte ein Gewitter von Energieemissionen überall am Großraumschiff. Es war unmöglich, mit Sicherheit zu sagen, wie viele davon zu Explosionen gehörten und welche den Einsatz der eigenen Geschütze anzeigten. Rila konnte nur hoffen, dass die Sensorstationen der MARLIN die feindlichen Hauptschiffe ausgemacht hatten. Die Jagdgeschwader waren in der Verteidigung gebunden, aber auf mittlere Sicht könnte die MARLIN nur überleben, wenn die Giat-Basisschiffe vertrieben wurden.

Wo blieben nur die anderen Einheiten des Schwarms? Kam denn niemand zu ihrer Rettung?

Gegen die Vernunft stellte Rila den Ortungsradius auf zwei Lichtminuten. Nichts.

Das konnte gut oder schlecht sein. Ein Großraumschiff im Anflug war für die Sensoren leicht zu übersehen, eines im Gefecht nicht. Aber wenn jemand kam, musste er sich beeilen, sonst träfe er zu spät ein.

Oder band die Schlacht bei der ROHU alle anderen?

Rila schaltete die Sensoren auf den Gefechtsmodus zurück. Dadurch leuchtete auch die Anzeige wieder auf, die ihr dringend empfahl, zur Aufmunitionierung und Ausbesserung der Panzerung in den Hangar zurückzukehren. Widerstrebend gab sie dieser Analyse recht. Niemandem nützte es, wenn sie harmlos hier draußen kreiste, um sich mit einem einzigen Treffer aus dem Himmel schnippen zu lassen. Also bereitete sie eine Landeroutine zur Aktivierung vor.

Ihr Entschluss verpuffte, als sie zwei feindliche Jägerpaare ortete, die direkt auf die MARLIN zustürzten, wobei ihnen eine fünfte Maschine folgte. Dieser fünfte Flieger war energetisch nahezu unsichtbar. Sie nahm ihn nur durch einen Zufall wahr. Offenbar hatte er sich in eine dichte Wolke aus Reflektorteilchen gehüllt, flog also in einem Dunst aus Myriaden Aluminium- oder Chromsplittern, die Laserbeschuss streuen würden. An ihnen diffundierten auch Ortungsstrahlen, und da sich diese Wolke genau zwischen Rila und der MARLIN befand, wurde ein Punkt inmitten des lodernden Infernos, zu dem das Großraumschiff geworden war, unscharf.

Rilas Hände schwitzten, ihre Kehle wurde trocken. Um ihre Vermutung zu bestätigen, fokussierte sie die optischen Sensoren. Die Vergrößerung zeigte den Schwarm von Lichtreflexen, der für diese Abwehrwaffe typisch war.

Es gab nur eine Erklärung, wieso sich die fünfte Maschine so bedeckt hielt, während vier andere ihr den Weg freischossen und dabei das Abwehrfeuer auf sich zogen: Sie transportierte eine besondere Ladung, die unbedingt durchkommen sollte. Sie trug eine Bombe, die den Untergang der MARLIN besiegeln würde.

Die Gesichter ihrer Freunde zogen an Rilas geistigem Auge vorbei, als sie ihr Annäherungsmanöver abbrach und stattdessen einen Verfolgungskurs eingab. Ihr Haupttriebwerk zündete.

Sie hatte nur noch Laser und ausgerechnet gegen diese Waffe waren die Reflektorkörper ausgelegt. Sie löste die Sicherungssperre und leitete mehr Energie auf die Abstrahlspulen, als deren Spezifikation erlaubte. Doch würde das reichen?

Zumindest sollte die gestreute Laserenergie von der MARLIN aus zu orten sein. Aber achtete in der Hitze des Überlebenskampfes jemand auf so etwas? Und zog dann mit kühlem Kopf den richtigen Schluss?

Rila wollte schlucken, aber ihr Hals war zu trocken. Die Störfelder unterdrückten den kompletten Funkraum.

Sie versuchte, sich in den Bomberpiloten hineinzudenken. Er sah sein Ziel näher kommen. Ein Jäger von der MARLIN, den Rilas Gefechtscomputer als ROT-VIER identifizierte, nahm die Begleitmaschinen unter Feuer und landete auch einen Treffer, aber sein Anflugvektor war ungünstig. Er schnitt die Flugbahn in stumpfem Winkel und verschwand im All. Sicher würde er wenden und zurückkehren, aber das kostete wertvolle Sekunden.

Dennoch, der Angriff mochte den Bomber aufgeschreckt haben. Er zeigte, dass es ernst wurde, dass nun mit Widerstand zu rechnen war, dass man das Geschwader entdeckt hatte. Auch Giftatmer besaßen einen Selbsterhaltungstrieb.

Mit grimmigem Vergnügen stellte sich Rila vor, wie der Gegner inmitten seiner Schutzwolke mit ebenso verschwitzten Extremitäten saß wie sie in WEISS-SIEBEN. Dass es an seinen Nerven zerrte, nichts tun zu können. Dass er schon eine Ausweichroutine auf Stand-by hatte für den Fall, dass sich ein Torpedoschwarm näherte.

Einen Torpedo konnte Rila ihm nicht schenken, aber sie konnte versuchen, ihn auf andere Art aus seiner Passivität zu locken. Sie schwenkte die Zielerfassung auf das Triebwerk desjenigen Jägers, den ROT-VIER angeschossen hatte. Ihr fehlte die Zeit für vorsichtiges Taktieren. Sie beließ den Laser bei Überladung und feuerte.

Sie landete einen Volltreffer. Eine Explosion zeigte das Ende des feindlichen Jägers an.

Aber das war nur Mittel zum Zweck. Sie hielt den Atem an.

Es glückte! Der Bomberpilot geriet in Panik. Er wusste nicht, woher der Schuss gekommen war und wähnte sich in Gefahr. Deswegen leitete er ein Ausweichmanöver ein.

Die reflektierenden Splitter, die ihn umgaben, besaßen jedoch keinen Antrieb, der ihnen ermöglicht hätte, seinen Kurswechsel mitzuvollziehen. Sie folgten den Gesetzen der Physik, indem sie mit ihrem konstanten Vektor weiterfielen.

Natürlich konnte der Bomber zusätzliche Reflektorkörper ausstoßen, sobald er seinen neuen Vektor festgelegt hätte. Dazu durfte Rila es nicht kommen lassen.

Sie schwenkte die Zielerfassung auf die Wärme der nun klar sichtbaren Manövrierdüsen und drückte ab.

Man hatte nicht immer Glück, dieser Schuss ging fehl. Mehr noch: Er traf die MARLIN, die sich in direkter Linie hinter der Feindmaschine befand. Rila verdrängte den Gedanken, dass sie vielleicht gerade einen Menschen, einen ihrer Freunde, getötet hatte.

Zudem brannte eine Laserspule durch. Die Automatik koppelte sie ab und katapultierte sie hinaus in die Leere, bevor sie detonierte.

Rila negierte die Schaltung, die nun die Überkapazität von den verbleibenden Spulen genommen hätte. Sie wusste, dass sie nur noch einen einzigen Schuss hatte, um diesen Gegner auszuschalten. Inzwischen hatte er bestimmt gemerkt, dass sich keine Torpedos im Anflug befanden, sondern nur ein einzelner Jäger mit ein paar Lasern an seinem Hintern hing.

Sie presste die Zähne so fest zusammen, dass sie knirschten, als sie den Feuerbefehl erteilte.

Der Bomber wurde zu einer blendend hellen Kugel. Die Anzeige dunkelte so weit herab, dass die MARLIN nur noch als Schatten vor den Sternen zu erkennen war, während die Explosion eine fahlweiße Sonne blieb.

Erleichtert atmete Rila aus. »Dieses Paket hätte uns zerrissen.«

Der Annäherungsalarm schrillte.

Jetzt waren Torpedos im Spiel, aber sie kamen nicht von der MARLIN, und sie hielten auf WEISS-SIEBEN zu!

Rila aktivierte das erstbeste Ausweichmanöver. Die Sterne wirbelten herum.

Die Laser sahen schlecht aus. Es käme auf einen Versuch an, ob sie überhaupt noch feuern könnten.

Sie probierte es, stellte auf breite Fächerung und gab die anfliegenden Torpedos als Ziel an. Tatsächlich brachte sie zwei zur Explosion, bevor WEISS-SIEBEN meldete, dass sie nun endgültig unbewaffnet war.

Drei weitere Torpedos hielten auf sie zu – und die Feindjäger mussten auch noch irgendwo sein! Ihre Heldentat war jedoch nicht unbemerkt geblieben. ROT-VIER war zurück und er gab ihren Gegnern Saures. Auf der MARLIN befand sich noch wenigstens ein fähiger Kanonier an seinen Feuerkontrollen, der dem Jäger dabei half.

Aber die Torpedos waren auf dem Weg. Rila variierte das Ausweichmanöver, das sie in einem erratischen Kurs auf das Großraumschiff zutrug.

Ein Gefechtskopf traf sie dennoch. Das Metall des Jägers übertrug das Donnern, mit dem die rechten Ausleger abgesprengt wurden. Damit verlor sie die Hälfte der Waffenträger und der Manövrierdüsen. Auch das Haupttriebwerk war in Mitleidenschaft gezogen.

Aber sie hatte Glück im Unglück: Die Kanzel blieb intakt, und die Giats hatten zu viel mit ihren ernst zu nehmenden Gegnern zu tun, als dass sie sich um Rila gekümmert hätten.

So schlingerte sie weiter auf die MARLIN zu. Die allgegenwärtigen Störsignale betrafen auch die Landeleitstrahlen, also war sie mit ihrem angeschlagenen Jäger und dessen Bordrechner auf sich gestellt.

»Na komm schon, mein Schatz!«, bat sie. »Finden wir ein ruhiges Plätzchen für uns ...«

Sicher gab es in ein paar Millionen Kilometern Umkreis kein ruhiges Plätzchen, aber was sie meinte, war ein Hangar, in dem sie aus dem Jäger klettern konnte, der jeden Moment explodieren mochte. Sogar wenn er sich keinen weiteren Treffer einfing – gut möglich, dass sich Kleindetonationen durch seine Eingeweide fraßen, bis sie ein dankbares Ziel erreichten.

Sie suchte den Bereich der MARLIN, der am wenigsten von Explosionen zerrissen war, und fand ihn auf der Heckhälfte nahe dem Äquatorialring, wo die Rotationsmodule angedockt waren. Dort leuchteten auch Positionsmarkierungen für eine Einflugschneise – ihre Kameraden wussten, dass die Jäger Anflugmöglichkeiten brauchten.

Wegen der verlorenen Manövrierdüsen benötigte Rila drei Versuche, um ihre Geschwindigkeit der Rotation der MARLIN anzupassen. Dann gab sie Schub, flog durch die Öffnung und hielt auf die Magnetkrallen zu.

Etwas stimmte nicht.

Mehr noch: Rila begriff, dass etwas ganz und gar verkehrt war.

Eigentlich sollten die Absorber der MARLIN die Scheinkräfte von Rotation und Zentrifugaleffekt im Hangar kompensieren, aber die Wandung kam auf WEISS-SIEBEN zu und prallte gegen den Jäger. Die eigenen Dämpfer der kleinen Maschine fingen die Erschütterung ab, aber das Donnern von Metall auf Metall war ohrenbetäubend.

Wegen des unerwarteten Ausbleibens des Bewegungsangleichs verfehlte sie auch die Magnetkralle. WEISS-SIEBEN lag wie ein Stück Schrott inmitten der Hangareinrichtung aus Munitionierarmen und Wartungseinheiten.

Nein, er lag nicht still, sondern bewegte sich zur Außenseite des Schiffs, wobei er über die Metallwand quietschte. Es war eindeutig: Die Absorber im Hangar waren inaktiv!

Rila hielt Ausschau nach Wartungstechnikern, als ein Ruf über das Bordnetz sie erreichte.

Ein Holo ihres Chefingenieurs Kasmir Dabore baute sich auf. Das rote Haar klebte schweißnass auf seiner Stirn. »Ich habe die Meldung bekommen, dass Ihre Kennung erfasst wurde. Geht es Ihnen gut?«

»Mir schon«, antwortete sie. »Der Jäger ist hinüber. Was ist mit Ihnen?«

Dort, wo er sich befand, mussten ebenfalls die Scheinkräfte von Zentrifugaleffekt und Rotation wirken. Sie sah, wie sich ein Schweißtropfen löste und nach unten fiel, statt eine Kugel zu bilden und davonzuschweben.

»Es ist okay«, sagte Dabore. »Aber im Moment kann man sich nur schwer durch das Schiff bewegen. Es wird eine Weile dauern, bis ich bei Ihnen bin.«

»Heißt das ... Die Absorber sind komplett ausgefallen?«

»Auf dem gesamten Schiff, ja. Direkte Treffer in Haupt- und Sekundärsystemen.«

Rila hatte nicht bemerkt, dass sie die Hände zu Fäusten geballt hatte. Jetzt presste sie sie so fest zusammen, dass die Nägel in die Haut schnitten.

Derzeit war die MARLIN so etwas wie ein einen Kilometer durchmessendes Rotationsmodul! Die Zerstörungen, als sich sämtliche nicht fest verstaute Einrichtung in Bewegung gesetzt hatte, mussten gewaltig ausgefallen sein. Sie konnte nur hoffen, dass viele die peniblen und oft als unnötig empfundenen Anweisungen ihrer Mutter beherzigt hatten, sodass zumindest das militärische Gerät weitgehend verschont geblieben war. Aber es gab eine noch viel dramatischere Auswirkung.

Ohne Absorber übertrug sich jede Beschleunigung des Schiffes auf sämtliche Körper im Innern, insbesondere auf die Menschen an Bord. Ein Ausweichmanöver mit Werten, wie eine Raumschlacht sie erforderte, erst recht ein Durchstarten mit Fluchtgeschwindigkeit, würde jedes Lebewesen an den Wänden zerquetschen.

Die MARLIN war zu einem exakt berechenbar treibenden Ziel geworden, wie ein Planet, der weder seine Bahn zu verlassen noch seine Geschwindigkeit zu ändern vermochte. Kein noch so unfähiger Kanonier konnte sie jetzt noch verfehlen.

»Ist das der Wald, den ihr mir zeigen wollt?«, fragte Korgo Aran.

»Es ist der Wald«, bestätigte Starn Egron, »aber was wir dir zeigen wollen, sieht man erst, wenn wir landen.«

Prijatu drückte die Fähre in einer weiten Spirale abwärts. Zusammen mit Starn, Korgo und ihr war auch Ugrôn an Bord, dessen Körper die Siedler ängstigte und den Starn in seiner Nähe haben wollte, weil er oft wie ein Schlafwandler wirkte. Durch das Transplast der Pilotenkanzel sahen die vier Passagiere Baumkronen, die ein Tal mit sanften Hängen füllten. Bei flüchtiger Betrachtung erschienen sie unspektakulär, aber bei genauerem Hinsehen fiel bereits jetzt auf, dass das Laub nicht so schwarz war, wie man es von der indigenen Flora erwartete. Stattdessen changierte es in vielfältigen Grautönen.

Prijatu hatte diesen Ort durch unermüdliche Analysen gefunden. Sie hatte die ideale Lage einer Siedlung anhand der Geografie des Kontinents ermittelt, die Anbaumöglichkeiten sondiert, die Windströmungen und die Verteilung der Genotypen, aber auch militärtaktische Erwägungen. Gestern war sie fündig geworden, und heute war der Moment gekommen, den Anführer der Siedler einzuweihen. Ob das mehr Menschen zur Rückkehr in den Schwarm bewegen würde, konnte niemand vorhersehen. Starn nahm Korgo mit, um allen Gerüchten vorzubeugen, er hielte eine entscheidende Entdeckung zurück.

Prijatu setzte die Fähre auf ein felsiges Stück des Talbodens. Die Flammen um die Schubdüsen erloschen, als der Antrieb herunterfuhr.

»Das ist unglaublich«, flüsterte Korgo. »Solche Schönheit!«

Das Laub in den Baumkronen bestand nur zu einem geringen Teil aus Biomasse. Hauptsächlich waren die Blätter auskristallisierte Verbindungen. Sie schluckten das einfallende Licht auf der Oberseite, was die dunkle Färbung erklärte, die man beim Anflug sah. Nach unten hin aber streuten sie es. Das machte den Wald zwischen den blauweißen Stämmen nicht nur hell, sondern vielfarbig, da sie wie Prismen wirkten. Gelb, grün, blau und rot kreuzten sich die Lichtfinger. Der Anblick ergriff Starn genauso intensiv wie beim ersten Mal. Tränen stiegen ihm in die Augen. Auch Prijatu verharrte in stummer Bewunderung.

Nur Ugrôn blieb ungerührt. Er warf zwar einen Blick nach draußen, beschäftigte sich dann aber wieder mit seiner grünen Robe, an deren Faltenwurf ihn etwas zu stören schien. Er nestelte am Ausschnitt herum. Schuppen bedeckten seine Handrücken, wie bei einer Echse.

»Steigen wir aus«, schlug Starn vor.

Prijatu ließ die Rampe ab, und sie gingen durch den Laderaum hinaus ins saftig grüne Gras, das ihnen bis zu den Waden reichte. Bevor sie den Weg in den Wald fortsetzten, den sie gestern erkundet hatten, verschlossen sie die Fähre und aktivierten die Sicherung.

Der sanfte Schwung des Talbodens, der plätschernde Bach, die Anordnung der Bäume, das Rascheln des Kleingetiers – alles erschien wundersam und zugleich in seiner Harmonie natürlich. Aber das war es nicht. Der felsige Bereich war eine Landeplattform und die Geländeformation leitete die Besucher subtil und doch zielstrebig zu einem niedrigen, aber steilen Hügel. An der Ostflanke gab es einen Überhang aus orangerotem Stein.

Korgo Aran blieb stehen, als sei er gegen ein unsichtbares Hindernis geprallt. Starn verstand ihn gut. Der Anblick des Duraplasttors war ein brutaler Bruch mit der verzauberten Umgebung, in die es eingebettet lag. Es strahlte Ablehnung aus, wie es graublau im Fels prangte. Und doch war Prijatu davon überzeugt, dass es eine Einladung aussprach.

»Ihr hattet recht«, gestand Korgo mit rauer Stimme. »Andere waren vor uns hier. Solche, die uns weit überlegen sind.«

Er drehte sich um die eigene Achse, um den vielfarbigen Kristallwald auf sich wirken zu lassen.

»Noch wissen wir wenig«, schränkte Prijatu ein. »Weiter als bis hier sind wir nicht gegangen.«

»Vielleicht sollten wir das auch unterlassen«, sagte Korgo. »Wer weiß, was wir wecken, wenn wir hier eindringen?«

»Du bist ein Anführer«, mahnte Starn. »Wir werden bald aufbrechen und euch zurücklassen. Willst du, dass deine Leute in der Nähe einer unbekannten Gefahr leben? Wenn du nichts darüber weißt, kann sie jederzeit über euch hereinbrechen.«

Ugrôn hatte ihre Wanderung zwar nicht verzögert, schien aber auch jetzt noch unbeteiligt und mehr an seiner Kleidung als an der Umgebung interessiert. Dennoch hatte Starn den Eindruck, dass er dem Gespräch sehr wohl folgte. Konnte man wissen, ob er inzwischen über neue Sinne verfügte?

»Aber vielleicht beschwören wir eine aggressive Reaktion hervor, wenn wir zu weit gehen?«, gab Korgo zu bedenken.

»Das kann ich beinahe ausschließen«, versicherte Prijatu. »Das dort vorn sieht wie ein Rinnsal aus, das in ein Becken fällt.«

Sie wies auf eine halbrunde, dreißig Zentimeter durchmessende Ausbuchtung im roten Fels. Klares Wasser rann aus dem Überhang hinein und quoll über die linke Seite, floss über das Gestein und schlängelte sich als fußbreiter Bach in den Wald.

»In Wirklichkeit ist es ein Scanner, der mit dem Tor verbunden ist.« Die metallischen Komponenten in ihren Augen bewegten sich, als wollte sie verdeutlichen, dass sie die Möglichkeiten hatte, Energieströme zu lokalisieren. »Dieser Scanner ist noch aktiv. Ich nehme an, dass er auf lebendes, menschliches Gewebe reagiert.«

»Und wenn du dich irrst?«

»Dann wird das Tor wohl geschlossen bleiben«, vermutete sie.

Oder ein Laser verdampfte denjenigen, der so dumm war, sich als potenzieller Eindringling zu erkennen zu geben, fügte Starn in Gedanken hinzu.

»Du bist der Anführer der Kolonisten.« Auch er wies auf das Becken. »Diese Ehre gebührt dir.«

Korgo sah erst ihn, dann Prijatu an. Er warf sogar einen kurzen Blick auf Ugrôn, als erhoffe er sich von diesem einen entscheidenden Ratschlag. Er trat ans Becken und schob den rechten Ärmel hoch, zögerte dann aber. »Menschliches Gewebe ... aber alle Menschen sind unterschiedlich. Was, wenn mein Erbgut dem der Erbauer zu wenig ähnelt?«

Starn erkannte, dass dieser alte, so weise wirkende Mann schlicht Angst hatte. Er riskierte viel, indem er auf Cochada blieb, wo die Giats im System waren und – den Meldungen, die Starn erreichten, zufolge – dem Schwarm empfindliche Schläge versetzten, besonders der MARLIN. Aber auch wenn man den Untergang von Planeten in unzähligen Holos gesehen hatte, war es wohl etwas anderes, einer Gefahr unmittelbar gegenüberzustehen.

»Wir alle sind Menschen«, sagte Starn fest. »Uns verbindet viel mehr, als uns trennt.«

Er trat zu Prijatu und legte die Hand in ihren Nacken. Das Metall fühlte sich kühl an, aber innerlich wurde ihm warm, als er sie sanft zu sich herabzog. Sie küssten sich.

Er verschränkte die Finger seiner rechten Hand mit denen ihrer linken. So führte er sie zum Scanner.

Er sah in ihre goldenen Augen. Sie lächelte und nickte.

Gemeinsam tauchten sie die Hände ins Wasser. Es war kalt und rein wie Kristall.

Die Tür öffnete sich vollkommen lautlos. Im Innern dimmte die Beleuchtung herauf.

—

Wer empfand die Sehnsucht, die Ugrôn spürte? War er es selbst? Oder die Wesenheit, die in ihm wuchs? Oder gar Mutter? Als er den anderen durch die Tür ins Innere der Basis folgte, war er sich gewiss, dass Mutter nach ihm rief. Ja, sie hatte ihn gehen lassen, und ja, sie verstand, dass nur eine Gemeinsamkeit in Freiheit echte Liebe sein konnte. Aber der Schmerz der Trennung war zu groß. Zu lange, zu viele Generationen hatte sie auf einen wie Ugrôn gewartet. Einen Menschen, dessen Bewusstsein weit genug war. Dessen Körper ausreichend Kraft für die Entfaltung besaß. Der einwilligte.

Aber tat Ugrôn das wirklich – einwilligen? Hatte er das getan, als er Mutter gebeten hatte, ihm den Rotraum zu zeigen, wie er wahrhaftig war? Oder war dieser Wunsch gar nicht sein eigener gewesen? Zumindest nicht ausschließlich? Mutter hatte in seinem Fleisch gesungen und das tat sie auch jetzt.

Wie weit war sie entfernt? Hunderttausend Kilometer? Eine Million?

Entfernungen, die kein Mensch mit seinen körperlichen Möglichkeiten in seinem gesamten Leben hätte überwinden können, selbst wenn er beständig zweihundert Jahre lang in eine Richtung marschiert wäre, wurden bedeutungslos. Das Wesen, das in Ugrôn wuchs, erwachte. Es schuf eine Verbindung zu Mutter, die eher den Regeln des Rotraums folgte als denen baryonischer Materie.

Aber er, Ugrôn, war Teil des Einsteinuniversums. Er blinzelte und versuchte sich auf das zu konzentrieren, was um seinen menschlichen Körper herum geschah.

Die Basis war eine Ansammlung von ineinander übergehenden oder mit hellen Gängen verbundenen Kuppeln. Die Architektur erinnerte ihn an die MARLIN, wo die meisten Räume Hohlkugeln waren. Hier brauchte man jedoch wegen der Schwerkraft gerade Bodenflächen und hatte sich deswegen für Halbkugeln entschieden.

Die Wände waren manchmal glatt gewölbt, meist aber in

Facetten unterteilt, wie riesige, umgestülpte Insektenaugen. Um den Zenitpunkt der Kuppeln herum erhellte sich das Material, wenn die vier Menschen einen Raum betraten. Das Licht war angenehm, ein wenig gelblich. Es leuchtete alles gut aus, ohne zu blenden.

Der Boden war überall hellgrün, aber die Farbe der Wände variierte. Im Raum, in dem sie sich gerade aufhielten, waren sie in sattem Orange gehalten, wobei die Facetten sich in der Helligkeit leicht unterschieden. In dem fünfzehn Meter durchmessenden Bereich standen drei runde Tische und viermal so viele Sessel.

»Jemand muss hier sauber machen«, stellte Korgo Aran fest. »Kein Körnchen Staub.« Er wischte über eine weiße Tischplatte.

Diese fuhr daraufhin in die Höhe, um knapp unter seiner Brust zu verharren.

»Automatismen«, meinte Prijatu. »Die werden auch zur Wartung und Reinigung dieser Basis implementiert sein.«

»Basis, sagst du ...«, murmelte Starn. »Du glaubst also, es ist ein zweckbezogener Posten? Keine echte Siedlung?«

Die große Frau zuckte mit den Achseln, eine Bewegung, die sich auf ihren Kopf übertrug, sodass der metallische, nach hinten ausgewölbte Teil Lichtreflexe in Ugrôns Augen warf. »Wir werden sehen, wie groß die Anlage ist. Aber im Moment gehe ich von einer Basis aus, ja. Möglicherweise eine Forschungsstation.«

Ungläubig schüttelte Starn den Kopf. »Auf einem Planeten ... Wenn das stimmt, müssen die Menschen in Frieden gelebt haben.«

»Nicht unbedingt«, schränkte Prijatu ein. »Im Grunde haben sie diesen Stützpunkt gut getarnt. Wir haben ihn gefunden, weil uns die Ähnlichkeit der terraformten Elemente zu unserem eigenen Erbgut aufgefallen ist. Das wäre bei einer anderen Spezies nicht so.«

Eine andere Spezies ...
Mutters Gesang trieb Ugrôn die Tränen in die Augen. Dieser Verlust! Diese Sehnsucht!

Die Trennung war nicht mehr auszuhalten. Nicht für Mutter, nicht jetzt, da erwachte, was immer Ugrôn in sich trug. Da war das Versprechen, ihm, dem Menschen, die Entscheidung zu lassen.

Aber hieß das etwa nicht, ihm auch zu zeigen, was er aufgab, wenn er sich von Mutter abwandte? Hatte dieses wunderschöne, aber auch kleine, junge, menschliche Bewusstsein die Tragweite des Entschlusses überhaupt erfasst?

Er hatte sich doch noch gar nicht entschieden, dachte Ugrôn, während er den anderen durch einen Gang folgte, der sich wie eine Brücke bog. Jeder Schritt ließ einen farbigen Ring unter dem Fuß entstehen, der verblasste, sobald man das Gewicht fortnahm. Wie die Regentropfen, die er im See nahe der Siedlung beobachtet hatte.

Er hatte sich noch nicht entschieden, nahm Ugrôn den Gedanken wieder auf, sondern sich nur Zeit erbeten, um in Ruhe nachzudenken. Über den Rotraum, über Mutter, Rila und sein Kind, Amida.

Aber Zeit, so sang Mutter, und er verstand ihre Gedanken so klar wie nie zuvor, Zeit war ein seltsames Ding. Jahrtausende vergingen ohne Bedeutung und dann veränderten Stunden das Universum. Eine Sonne brannte über Jahrmilliarden vor sich hin und wurde in Sekunden zur Nova, womit sie alles in ihrer Umgebung umstürzte und mit harter Strahlung noch Jahre später benachbarte Sternsysteme sterilisierte. Jetzt war ein solcher Moment. Die Giats waren im System und der Kampf wurde hart geführt. Ugrôn durfte nicht verlangen, dass Mutter ihn in dieser Gefahr allein ließ, auf einem wehrlosen Planeten! Sie flehte ihn an.

Ja, sie flehte. Aber wieso hatte sie ihm verheimlicht, dass etwas Fremdes in ihm wuchs?

Doch hatte er das denn nicht gewusst? Und war ein neues Leben nicht immer etwas Wunderbares? War es etwa kein Privileg, ein solches Wesen auszutragen? Aber was für ein Wesen war es überhaupt? Und was geschähe mit Ugrôn bei seiner Geburt?

Dieses Ereignis lag noch in der Zukunft. In ferner Zeit, wenn man die Maßstäbe eines Menschen ... Wütend schrie er auf! Er hasste diese Beschwichtigungen. Er wollte wissen, woran er war!

Prijatu, Starn und Korgo sahen ihn an. Sie befanden sich jetzt in einem Ruheraum, in dem sechs Liegen paarweise übereinander angeordnet waren. In der Mitte plätscherte ein Springbrunnen. Die Friedlichkeit des Anblicks steigerte Ugrôns Wut noch.

»Geht es dir gut?«, fragte Starn.

»Nein«, gab er knapp zurück. »Und außerdem: Wer bin ich?«

»Eine berechtigte Frage«, flüsterte Korgo.

Ugrôn kicherte, weil er das blaue Gewand mit den orangefarbenen Bändern an den Ellbogen und der 25 auf der Brust plötzlich albern fand. Er griff nach dem Stoff und zerrte heftiger daran, als er beabsichtigt hatte. »Was soll das?«, rief er. »Hältst du dich für einen Philosophen? Faselst du vom Void? Batuo, der hat auch nach der Leere gesucht, aber als sie kam, um ihn zu holen, hat er Angst bekommen! Jetzt ist er tot ...«

»Beruhige dich«, bat Starn und löste Ugrôns Hand von Korgos Kleidung.

»Beruhigen?« Ugrôn lachte auf. »Du klingst wie Mutter!«

»Das bin ich nicht ...«, versicherte er.

Er wirkte fürsorglich, aber auch dominant. Er wollte bestimmen, was Ugrôn tat, wie er lebte. So wie Mutter. Das Versprechen von Freiheit – eine Lüge. Mutter war auf dem Weg nach Cochada. Noch einmal würde sie den Planeten besuchen, und diesmal, um Ugrôn und das, was er in sich trug, zu holen.

Sie lockte ihn mit ihrem Gesang in seinem Fleisch, aber sie wusste, dass sie auch die Macht hatte, ihn zu zwingen, wenn er die Einladung ausschlüge. Das Schlimmste daran war, dass er vielleicht sogar zugestimmt hätte, auf Dauer mit ihr und in ihr zu leben. Ugrôn wusste nicht mehr, was er wollte. Er sehnte sich nach Rila, aber Rila hatte ihn weggeschickt. Er vermisste Mutter ... wenn das, was er fühlte, wirklich seine eigenen Emotionen waren. Ja, er hatte auf einem Planeten wandeln wollen, aber könnte er sich ewig darauf beschränken?

Er hatte den Rotraum gesehen, ihn gespürt, ihn erlebt. Seine Strudel, seine Kraft, seine Strömungen. Tief in sich wusste er, dass dieses Universum zu klein für ihn war.

Aber er rebellierte dagegen, dass Mutter über ihn bestimmte.

Und zugleich erfüllte ihn das Wissen darum, wie wichtig er dem lebenden Raumschiff war, mit Stolz. Mutter hatte sich entschieden. Sie würde ihn holen, und wenn sie dafür alles um ihn herum zerstören müsste, wenn sie einen Planeten umgraben und auseinanderreißen müsste, würde sie auch das tun.

Aber diese Entscheidung war nicht ihre allein, dachte Ugrôn. Er war der Herr über seine Existenz – und über ihr Ende. Er, nicht sie. *Noch bist du nicht hier, Mutter!*

Er griff nach dem Blaster, den Starn an der Hüfte trug.

Aber Starn war ein Soldat. Seine Reflexe waren schnell.

Er umfasste Ugrôns Handgelenk und zwang es zurück.

Ugrôn versuchte es mit der Linken.

Er spürte, dass er herumgerissen wurde. Sein eigener Arm wirkte als Hebel gegen ihn, als Starn ihn zu Boden drückte.

»Das reicht jetzt!«, rief Starn. »Du bist ja verrückt!«

Ugrôn lachte.

Besiegt von einem einfachen Menschen. Er, der Träger einer
Wesenheit, die wohl das Begreifen der klügsten Wissenschaft-
ler überstieg. Der Erwählte der Gütigen Mutter.
Welche Ironie.
Welche Genugtuung, dass ein Mensch so etwas tun konnte.
Wenn Starn es gewollt hätte, so hätte er Mutters Plan in diesem
Moment zunichtemachen können. Denn es war ein Plan, ganz
bestimmt. Sie hatte ihn gezüchtet, über die Generationen von
Menschen, die in ihr gelebt hatten. Sie wollte jemanden wie
ihn. Vielleicht nur als Träger, als Gefäß, als Zwischenstufe zu
dem, was jetzt in ihm wuchs.

Er lachte weiter, und er wusste selbst nicht, ob Genugtuung, Verzweiflung oder Belustigung der Grund dafür war.
Vielleicht alles zusammen.

»Lass ihn los«, bat Korgo. »Ich bringe ihn hinaus.«

»Bist du sicher?«, fragte Starn.

Ugrôn hätte jetzt gern sein Gesicht gesehen. Es hatte Ähnlichkeit mit dem Rilas, seiner Schwester. Aber so, wie Starn
ihn auf den Boden presste, sah Ugrôn nur eintöniges Grün.
Ein wenig heller als die Mutationen, die die Körper der Zoëliker durchzogen.

»Er wird mir nichts tun«, versicherte Korgo. »Und ich will
selbst nach draußen. Das alles hier ... Es ist etwas viel für
mich. Ich möchte darüber nachdenken.«

Vorsichtig lockerte Starn seinen Griff.

—

Aus den wenigen Funksprüchen, die durchkamen, wusste
man an Bord der MARLIN, dass die KOI zerstört war. Mit der
MARLIN hatten die Giats jedoch andere Pläne. Ihre Großraumschiffe hielten sich noch immer fern, auch wenn die Sen-
sorabteilung inzwischen glaubte, den Standort von einem
ausgemacht zu haben. Wenn die Daten stimmten, schwebte

der vier Kilometer lange Keil in drei Millionen Kilometer Entfernung. In den Kampf griff er nicht direkt ein, sondern überließ das sturmreif geschossene Schiff den Kommandos in den Enterfähren, die sich überall am Rumpf festkrallten.

Was die Ebene der Raumfahrzeuge anging, war die Schlacht vorbei. Die Jäger waren entweder zurück an Bord, zerstört, oder sie wurden als vermisst geführt. So wie Weiss-Vier. Rila Egron-Itara hoffte, dass Herr Zmitt noch lebte, und sie hatte ein schlechtes Gewissen dabei, weil das ein selbstsüchtiger Wunsch sein mochte, nicht loslassen zu müssen. Wenn er verletzt in einem antriebslosen Jäger ins Nichts trieb, konnte sich das Sterben qualvoll ziehen.

Oder er mochte gerettet werden, wie Rila im G'olatasystem, dachte sie grimmig.

Fieberhaft versuchten die Ingenieure der Marlin, möglichst viele Waffensysteme wieder betriebsbereit zu machen. Sie nutzten sie jedoch nicht für Nadelstiche gegen die kleinen Angriffsschiffe, sondern sparten ihre Kapazität für einen entscheidenden Schlag auf. Der wäre wohl nur mit Unterstützung anderer Großraumschiffe des Schwarms möglich, zu denen jedoch nur sehr sporadisch Kontakt bestand. Nach allem, was Rila wusste, waren sämtliche Einheiten im Kampf gegen die Giats gebunden. Es mochte die letzte Schlacht der Menschheit sein.

Aber für die Giftatmer würde dies ein Trauertag werden, versprach sie sich. Die Menschen der Marlin würden ihnen Verluste zufügen, die sie niemals vergessen würden.

Rila hatte sich mit ihren Geschwaderkameraden Rulf und Ynga freiwillig gemeldet, um ihren Beitrag dazu zu leisten. Zwar hatten ihre Jäger nur noch Schrottwert, aber die wichtigste Waffe des Soldaten war sein Verstand, und den konnten sie an Bord des Schiffs einsetzen. Während die Ingenieure im Zentrum der Marlin eine Sicherheitszone einrichteten – was nicht nur militärische Befestigungen beinhaltete, sondern auch eine Anordnung von Hilfsabsorbern, die Menschen im Innern vor den Auswirkungen von Flugmanövern schützen würde – bestand die Aufgabe von Rilas Trupp darin, möglichst viele Bewohner dorthin zu evakuieren. Wer sich außerhalb der Absorberfelder befände, würde zu Matsch, wenn die MARLIN das gewagte Manöver startete, in dem ihre letzte Hoffnung bestand: Die feindlichen Hauptkampfschiffe unter Feuer nehmen, abrupt die Stellung wechseln, die Yamadazentrifugen ausbringen und sich in den Rotraum retten. Ein verzweifeltes Vorhaben, sodass Rila hoffte, dass doch noch Hilfe aus dem Schwarm käme. Aber die Vorbereitung war auch dann sinnvoll, wenn es zu einem weiteren Raumgefecht käme. Außerdem lenkten sie die Gedanken besser ab als das Nichtstun.

»Frei!«, meldete Ynga Zeg von jenseits der Kreuzung.

»In Ordnung, weiter!«, forderte Rila die von ihnen eskortierten Zivilisten auf. »Vorsichtig, aber zügig!«

So nah am Schiffszentrum, das auch den Drehpunkt bildete, wirkte die Zentrifugalkraft nur noch schwach. Mit einem Fünftel des Erdstandardwerts drückte die scheinbare Fallbeschleunigung sie gegen eine Wand der runden Röhre. Aus der Verkleidung gebrochene Trümmerteile, Lampen und Geschirr sammelten sich dort, aber insgesamt war es so wenig Geröll, dass es die drei Dutzend Menschen auf ihrem Weg nicht behinderte. Sie kannten Schwerkraft jedoch nur aus den Rotationsmodulen und dort waren die Wege darauf ausgelegt. Das verunsicherte sie.

Rila half einer beleibten Frau mit rosafarbenen, spiralförmig gedrehten Fingernägeln über den zwanzig Zentimeter breiten Riss in der Wandung, die einzige Gefahrenstelle, und das auch nur, weil man dort mit dem Fuß umknicken konnte. Die meisten bewegten sich ohnehin auf allen vieren.

»Hinter der Kreuzung ist die Beleuchtung ausgefallen«, wandte sich Ynga an alle. »Aber das macht nichts, wir haben genug Lampen dabei und wir sind bald da. Eine halbe Stunde, dann erreichen wir die Sicherheitszone. Die Giftatmer müssen sich andere Zielscheiben suchen.« Sie lachte auf diese seltsame Art, als ratschte eine raue Feile über sprödes Plast.

Als ein Signal ertönte, befürchtete Rila zunächst, der Blaster melde eine Fehlfunktion. Zu ihrer Beruhigung zeigte die Energiezelle aber noch immer die volle Ladung an, sowohl für den Sonic- als auch für den Lasermodus meldete die Anzeige Bereitschaft. Halb bedauerte sie, nicht auf einen Giat-Entertrupp gestoßen zu sein, denn das hätte ihr die Möglichkeit gegeben, etwas zu tun und eine sichtbare, wenn auch letztlich unbedeutende Wirkung gegen den Feind zu erzielen. Aber die rationale Stimme in ihr wusste, dass sie nicht besonders gut mit Handwaffen war und ein Zusammentreffen mit einem Spezialkommando durchaus die Wahrscheinlichkeit barg, zu ihrem finalen Feindkontakt zu werden.

Bei dem Signal hatte sie sich jedoch nicht verhört, es erklang nochmals. Jetzt bemerkte sie auch das Vibrieren des Anzugkommunikators an ihrem Handgelenk.

Es handelte sich um einen Ruf aus dem zivilen Netz, das hatte sie nicht erwartet. Auf den Kommando- und Statuskanälen hatte sie sich in den vergangenen Stunden oft mit dem Leitstand ausgetauscht.

Sie sah sich in der Röhre um. Rulf Clursen hielt die Zivilisten zur Eile an, Ynga nahm sie an der Kreuzung in Empfang und schickte sie weiter. Im Moment wurde Rila nicht gebraucht.

Sie sah nach, woher der Ruf kam.

Erschrocken nahm sie an. »Ulsike! Was gibt es?«

Das Holo, das die Ärztin von den Schultern an aufwärts zeigte, baute sich in der Luft auf. Die Zöpfe der Frau hingen gerade über ihre Brust.

»Ich weiß, ich hätte es nicht tun sollen«, flüsterte sie mit Nachdruck. »Es ist gegen den Befehl. Aber ich konnte sie nicht alleinlassen. Ich habe auch schon die Magnettransporter vorbereitet, aber jetzt höre ich sie auf dem Gang kommen und …« Ihre Stimme versagte.

»Ganz ruhig.« Hinter Ulsike sah Rila nur eine metallene Wand, wie es sie überall auf der MARLIN gab. »Wo steckst du?«

Rulf kam zu ihr. »Probleme?«, fragte er mit einem zuversichtlichen Lächeln.

»Ich bin auf der Schwangerschaftsstation«, krächzte Ulsike. »Diese Kinder sind mir anvertraut. Ich konnte sie nicht alleinlassen!«

Alarmiert sah Rila Rulf an, bevor ihr Blick zum Holo zurückkehrte. »Ich dachte, die Station sollte evakuiert werden!«

Ulsike nickte. »Das war der Plan, aber er wurde abgebrochen, als sich das Muster änderte, in dem die Giats vorrücken. Man hat uns zurückbeordert. Ich habe mich abgesetzt, aber jetzt …« Wieder versagte ihre Stimme.

»Moment«, bat Rila.

Sie hielt die Verbindung aufrecht, ersetzte das Holo jedoch durch eine Umgebungskarte des Schiffs und blendete den Weg zur Kommunikationspartnerin ein. Unter normalen Umständen hätten sie nur wenige Minuten getrennt, aber durch die ausgefallenen Absorber müsste Rila sich entgegen eines, wenn auch milden, Zentrifugalsogs bewegen. Sie hätte das Gefühl, aufwärtszusteigen, und das durch Röhren, die auf schwereloses Schweben ausgelegt waren … Sie könnte die Handgriffe als Sprossen benutzen, auch wenn sie so weit auseinanderlagen, dass das anstrengend werden würde.

»Bitte, Rila, ich weiß, dass es meine Schuld ist, aber ich höre Geräusche und ich habe Angst wie noch nie im Leben!«

»Zieh dich so weit wie möglich zurück«, empfahl Rila. »Benutz den Funk nur im absoluten Notfall, damit sie dich nicht hören oder orten. Wir kommen.«

Rulf lächelte fragend. »Ist das die Station mit deinem Kind?«

Rila nickte. »Amida ist dort. Ich dachte, sie hätten alle Föten herausgeholt. Das war ein Irrtum.«

Er sah den Gang hinunter zu Ynga, die zehn Meter weiter einem Mann mit einem Bart, der in der scheinbaren Schwerkraft schlaff herunterhing, um die Ecke half. Sie fing seinen Blick auf und kam zu ihnen.

»Und jetzt?«, fragte Rulf.

Rila versuchte einen klaren Gedanken zu fassen, doch in ihrem Kopf wirbelte das Bild von ihrem Kind. Amida war etwas größer als eine Hand. Das Nervengewebe leuchtete grün durch sein Fleisch. Und doch war er mit den Händchen, den großen Augen und in der hockenden Haltung so ... niedlich. Das war das beste Wort, das ihr dafür einfiel. Klein, schutzbedürftig, harmlos. Das Wissen darum, in welcher Gefahr er sich befand, schnürte ihr den Atem ab. Der Umstand, dass man die Evakuierung nicht durchgeführt hatte, machte sie wütend.

»Wir müssen die Kinder holen«, quetschte sie hervor.

»Kinder?«, fragte Ynga.

Rulf erklärte ihr die Lage, während Rila versuchte, den besten Weg zur Schwangerschaftsstation zu finden. Soweit sie erkannte, verliefen die Wartungsschächte ungünstig. Sie könnten auch durch einige persönliche Kabinen abkürzen, indem sie die vergleichsweise dünnen Trennwände zerschossen, aber der Lärm würde sie verraten.

Sie blieb bei den Personenröhren. »Unser Befehl lautet, möglichst viele Menschen in die Sicherheitszone zu bringen«, stellte sie fest. »Also gehen wir und holen Ulsike und die Kinder.«

Yngas Blick bohrte sich in ihre Augen. »Du weißt, dass das eine Fehlinterpretation ist. Wenn wir beim Kommandostand nachfragen, wird man uns bestätigen, dass wir uns um die hier kümmern sollen.« Sie zeigte auf die letzten Zivilisten, die um die Ecke bogen, eine junge Frau, die zwei Greisinnen half. »Die haben auch noch ein Stück vor sich.«

»Du hast recht, was unseren Befehl angeht.« Rulf nickte mit säuerlichem Lächeln. »Deswegen sollten wir nicht nachfragen.«

»Spinnst du?«, rief Ynga.

»Es geht um Rilas Kind«, erinnerte er.

Ynga schnaubte. »Wir sollten uns um echte Menschen kümmern. Da oben steckt eine Frau fest, diese Ärztin. Das hier«, sie zeigte zur Kreuzung, »sind dreißig. Und vielleicht gibt es irgendwo noch eine größere Gruppe, die uns braucht.«

»Es ist nicht nur Amida.« Rila hörte den flehentlichen Ton in der eigenen Stimme. »In den künstlichen Gebärmüttern sind fünfzig Kinder, schätze ich.«

Abwehrend hob Ynga die Hand, in der sie nicht den Blaster hielt. »Embryonen und Föten, keine Kinder. Lass uns bei der Sache bleiben. Sie reagieren rein instinktiv, wie Tiere.«

Die Zeit lief ihnen davon. »Wie wäre es, wenn du unsere Leute in die Sicherheitszone bringst?«, schlug Rila vor. »Wir helfen in der Schwangerschaftsstation. Falls Rulf mitkommen will, heißt das.«

Er nickte entschlossen.

Wieder schnaubte Ynga. Mit den zwei brünetten Kämmen, die sich über ihren ansonsten kahlen Schädel zogen und die Rila auch durch die Scheibe des Helms sah, wirkte sie wie eine Stammeskriegerin aus einer primitiven Kultur. »Ich finde, dass ihr unverantwortlich handelt, aber wir sind Kameraden. Herrn Zmitt haben wir schon verloren und ohne euch würde mir langweilig. Also passe ich auf euch auf.«

Rila grinste. »Dann los!«

Da sie sich relativ nah am Drehpunkt der MARLIN befanden, war ihr subjektiv empfundenes Gewicht gering. Rila konnte Rulf oder Ynga sogar ohne Muskelverstärker mit einer

Hand stützen und so vor dem Absturz bewahren. Dennoch erwies es sich als vorteilhaft, sich zu dritt die Röhren aufwärtsbewegen zu können. Manchmal bildeten sie eine Kette, um von einem Haltegriff zum nächsten zu kommen, und konnten einander dann nachziehen. Trümmerteile machten weniger Probleme als erwartet, weil auch sie der Zentrifugalkraft folgten und sich im subjektiven Unten sammelten, sodass die eigentliche Röhre weitgehend frei blieb. Größere Schwierigkeiten machte der Zentrifugaldruck an sich. So nah am Drehpunkt war der Unterschied, den eine Distanz von annähernd zwei Metern ausmachte, relevant. Weiter außen wirkte die scheinbare Schwerkraft stärker als innen, was beim Aufstieg konkret bedeutete, dass etwas mehr Blut in den Kopf gelangte, als gesund gewesen wäre. Daraus resultierte leichter Kopfschmerz. Und auch die Corioliskraft wirkte spürbar: Rila und ihre Kameraden nahmen den wegen des geringeren Radius niedrigeren Drehimpuls nach außen mit, wodurch sie gegen die Wand gedrückt wurden, die entgegen der Rotationsrichtung lag. Beide Effekte waren zwar kein echtes Hindernis, aber unangenehm.

Beinahe fühlte sich Rila wie bei einer Trainingseinheit, aber die Sorge um Amida und das Wissen um den Feind in der Nähe mahnten zur Vorsicht. Das war auch gut so, denn in der Röhre vor der Schwangerschaftsstation, deren Eingang nach dem Schwereempfinden in der Decke des Gangs lag, trafen sie auf die Giftatmer.

Rila machte drei der zwei Meter großen konischen Wesen aus, aber der Lärm hinter den aufgesprengten Türen verriet, dass der Trupp stärker war. Hier im Gang befand sich nur die Sicherungseinheit.

Die schwarzen Kampfanzüge hüllten die Körper vollständig ein und glichen auch die zahlreichen Ausstülpungen aus, sodass ein weitgehend glatter Kegel entstand. Auf der Spitze saß ein durchsichtiger Zylinder, in dem Rila die Mandibeln, die in blauen Kugeln untergebrachten Sinnesorgane für optische Wahrnehmung, und die drei Antennen sah, mit denen ein Giat ein weites Spektrum elektromagnetischer Reize aufnahm. Im kurzwelligen Bereich war er allerdings blind, blaue Flächen erschienen ihm schwarz.

Anders als bei Menschen variierte bei ihren Todfeinden Zahl und Ausformung der Extremitäten. Giats veränderten sich ihr Leben lang, Sektionen ihres Körpers starben ab, neue bildeten sich aus, und ihre technologische Zivilisation erlaubte ihnen, diesen Prozess zielgerichtet zu steuern. Die drei Individuen im Gang besaßen zwei, vier und fünf Arme, die teils in handähnlichen Greifwerkzeugen, teils in Zangen ausliefen, vollständig geschützt durch die Kampfanzüge. Die blauschwarzen Stäbe, die von kristallenen Aufsätzen gekrönt wurden, waren eindeutig Blaster. Andere Instrumente mochten Sensoren beinhalten.

An der Basis des Kegels saßen unterschiedlich viele Extremitäten, die der Fortbewegung dienten. Es gab Giats, die gänzlich darauf verzichteten, weil sie ihr gesamtes Leben in der Schwerelosigkeit verbrachten. Bei diesen hier sah Rila jedoch Säulenbeine, einen Kranz aus vier Lauftentakeln und ein Gewimmel von Hunderten kleiner Beinchen, die an ein Insekt erinnerten, das man in den Hydroponien der MARLIN zur Auflockerung des Bodens einsetzte.

»So groß«, hauchte Ynga, und Rila verstand genau, was sie meinte. Es war ein Unterschied, ob man eine fremde Spezies in Holos studierte, oder ob eine Monstrosität vor einem stand.

Vielleicht war Rilas Trupp zu laut gewesen, vielleicht waren auch die Bewegungssensoren der Giats besonders empfindlich. Jedenfalls verschwendeten sie keine Zeit mit dem Versuch, verbalen Kontakt aufzunehmen. Derjenige, der ihnen am nächsten stand, richtete seinen Blaster auf sie und schoss.

Aus Raumgefechten war Rila gewohnt, dass Laserstrahlen unsichtbar blieben und erst am Auftreffpunkt Wirkung in

Form von kochendem Duraplast oder detonierenden Aggregaten. In der atmosphärengefüllten Röhre fanden sie jedoch genügend Partikel, um daran zu reflektieren. Goldgelb stieß der Speer aus Licht zwischen die drei Menschen. Sofort spritzte glutflüssiges Metall in alle Richtungen. Ohne die Gefechtsanzüge hätten sie alle schwerste Verbrennungen davongetragen.

Die Luft knallte, als der Laserstrahl erlosch und sie in das Vakuum strömte, das er hinterließ.

Rila aktivierte den Laserkampfmodus ihres Anzugs. Dadurch stieg die Energieemission sprunghaft an, aber die Oberfläche verspiegelte.

Bevor ihre Gegner auf eine ähnliche Idee kommen konnten, legte sie an und schoss. Der blaue Strahl brannte ein Loch in die Panzerung des vordersten Giats. Sein Heulen belegte so hohe Frequenzen, dass es in den Ohren schmerzte.

Rila stellte sich vor, wie die Hitze des nur eine halbe Sekunde andauernden Strahls in den Eingeweiden des Feindes wütete. Es musste schrecklich sein. Mit einem Schlag begriff sie, dass dieser Kampf ganz anders war als ein Gefecht in der Stille und Weite des Alls. Hier sah man jede Wunde, erlebte jeden Tod unmittelbar mit. Und die Waffe hielt man in den eigenen Händen, das war noch direkter als in der Mine auf Cochada, wo sie das Fahrzeug gesteuert hatte.

Sie warf sich hinter eine herausgebrochene Tür.

Ein Laser bestrich ihre Deckung, die sofort aufglühte und schmolz. Gerade noch rechtzeitig drehte sie sich herum, um aus der Bahn des Strahls zu gelangen, bevor sich dieser durchfraß.

Alle drei Gegner – auch derjenige, den Rila getroffen hatte – standen noch aufrecht. Sie waren ein eingespieltes Team und feuerten abwechselnd, sodass es keine Pause gab, in der alle Energiezellen die Laserspulen hätten aufladen und die Menschen ihre Deckung hätten verlassen können.

»Der Vorderste!«, rief Rila. Ihre Kameraden sah sie kaum, die Spiegelung der Anzüge machte sie zu kubistischen Verzerrungen. »Feuer konzentrieren!«

Rulf und sie trafen knapp unterhalb des Helms, Yngas Lichtlanze ging fehl und schmolz eine glühende Linie in die Decke neben dem Eingang zur Schwangerschaftsstation. Sie fluchte.

Aber die beiden Treffer reichten aus, der Gegner kippte um.

»Der Nächste!«, befahl Rila.

Sie fragte sich, ob die Kampfanzüge ihrer Feinde keinen Reflektormodus kannten, weil sie tiefschwarz blieben.

Offensiv standen sie den Menschen jedoch nicht nach. Ein goldfarbener Laser erwischte Rilas linke Schulter. Der Großteil des Lichts streute, aber die unebene Oberfläche konnte nicht alles zurückwerfen. Sie spürte die Hitze und rollte sich über den Boden, um sich aus der Bahn zu drehen.

Ein runder Metallkörper landete zwischen den Menschen.

»Passt auf, das …«, begann Rila.

Die Explosion krachte. Rohe kinetische Kraft schleuderte Rila gegen die Wand. Ihre Rippen knackten, pfeifend entwich ihr Atem. Funken raubten ihre Sicht.

Der Gefechtsanzug injizierte ein Mittel, um den Kreislauf zu stabilisieren und die Schmerzen zu dämpfen. Sie blinzelte.

Ein weiterer Gegner war zu Boden gegangen und dazu noch einer, der aus einem der Räume in den Gang gekommen war, aber Ynga steckte in Schwierigkeiten. Die Granate hatte ihren Anzug beschädigt, die rechte Flanke war aufgerissen. An Torso und Arm gab es weder Schutzwirkung noch den Tarneffekt durch die Spiegelung und der letzte Giat nutzte das aus. Ynga schrie gellend, als das gelbe Licht sie verbrannte.

Rila mahnte sich, dass die Priorität darauf liegen musste, die Gefahr auszuschalten. Sie legte an, atmete aus, visierte gründlich und schoss.

Der blaue Laser stach durch den transparenten Helm und zerkochte den eine verwirrende Vielzahl von Sinnesorganen tragenden Kopf. Schlaff sackte der Feind zusammen.

Rulf war bereits bei Ynga. Er sprühte einen Verband auf ihren Oberarm.

»Es geht schon«, knirschte sie.

»Wie schlimm ist es?«, wollte Rila dennoch wissen.

Rulf zögerte.

Ein Giat lugte aus einer Tür.

Rila schoss sofort. Ihr Laser durchstieß den konischen Körper. Er war tot, bevor er die Waffe hatte heben können, die nun auf den Boden klapperte.

»Wie schlimm?«, wiederholte Rila ihre Frage mit Blick auf Ynga. Außerhalb des Bereichs, an dem der Anzug zerstört war, konnte man sie schlecht fixieren. Spiegelbilder der Wand und der Trümmer setzten sich immer neu zusammen. Rulfs und Rilas eigene Anzüge erzeugten eine endlose Folge wiederholter Reflexionen.

»Der Bizeps ist praktisch weg, soweit ich gesehen habe, und auch der Knochen ist in Mitleidenschaft gezogen.«

»Na toll!«, kommentierte Ynga. Wenigstens schien der Anzug ihr den Schmerz zu ersparen.

Rila sah sich in der Röhre um. Abkühlendes Duraplast knackte, Schlieren öligen Rauchs sammelten sich unter der Decke.

Ein Schrei tönte aus der Tür zur Schwangerschaftsstation. Das war Ulsike!

Rila versuchte, sie über das Bordkommunikationsnetz zu erreichen. Sie erhielt keine Antwort.

»Da drin ist eine Ärztin«, sagte sie. »Helfen wir ihr, dann hilft sie dir.«

»Du bleibst besser hier«, riet Rulf, als Ynga mit der Linken ihren Blaster aufnahm.

»Das kannst du schön vergessen«, ächzte die Kameradin.

»Dann müsste ich mir ja ständig anhören, was für einen Spaß ihr ohne mich hattet! Ihr braucht eine Anstandsdame, und wie es aussieht, komme nur ich infrage.«

»Das ist Blödsinn, und das weißt du!«, fuhr Rila sie an. »Und du weißt, dass du mich sowieso nicht zurückhalten kannst, also spar dir den Atem und mach voran!«

Rila dachte an Amida. Ihr Kind war so wehrlos, dass schon ein Ausfall des Syntho-Uterus seinen Tod bedeuten würde.

»Einer von uns muss sowieso hier in der Röhre bleiben«, stellte sie fest. »Du kannst Rulf und mir hochhelfen, damit wir in die Schwangerschaftsstation kommen.«

Zähneknirschend stimmte Ynga zu. Sie benutzten ihre linke Schulter als Trittstufe, und sie schob mit ihrem linken Arm nach, damit Rila und Ulf durch den Eingang kamen.

Hier war während des Raumgefechts einiges zu Bruch gegangen. Wände zu angrenzenden Räumen waren weit aufgerissen. Einzelne Leuchtelemente versahen noch ihren Dienst, aber so viele waren ausgefallen, dass Schlagschatten und Zwielicht vorherrschten. Die Sensoreinrichtung, mit der Ulsike das Wesen gefunden hatte, das in Ugrôn heranwuchs, lag zerbrochen an einer Wand. Andere Maschinen waren ebenfalls zerstört, und Isoliermaterial bildete flockige Hügel. Das mochte Ulsikes Glück sein, denn so konnte sie sich verborgen halten.

Rila entdeckte nur einen Giat. Natürlich musste er den Kampflärm in der Röhre gehört haben, aber er hatte sich dennoch entschlossen, hier drinzubleiben. Und er stand zwischen drei Magnetschlitten, auf denen die künstlichen Gebärmütter verstaut waren.

Rila zollte Ulsikes Überlegung Respekt. Eigentlich waren diese Transporter für die Schwerelosigkeit konstruiert. Sie hefteten sich an metallische Oberflächen und bewegten sich langsam gleitend durch die Variation des Magnetfelds an Bug und Heck. Aber gerade unter den jetzt herrschenden Bedingungen waren sie die idealen Lastfahrzeuge und das musste die Ärztin erkannt haben. Einheiten, die nur schwerelos schwebend vorwärtskamen, schieden ohnehin aus, aber auch Räder und Ketten wurden unzuverlässig, wenn eine Röhre entgegen der Drehrichtung des Schiffs abfiel. Solange die Ladung fest verzurrt war, konnte sich ein Magnetschlitten auch senkrecht zum Zentrifugalvektor sicher bewegen.

Der Giat hatte jedoch etwas gegen diesen Plan und sein Argument war stabförmig und mit einem Laserkristall gekrönt. Er richtete eine seiner drei Waffen auf einen Schlitten und drückte ab. Die Energiezelle detonierte.

Rila schrie auf.

»Er will sie zerstören!«, rief Ulsike mit kippender Stimme. Mit erhobenen Händen und dunkel verschmiertem Gesicht kam sie aus einem Staufach.

Der Giftatmer zielte auf sie, aber die beiden anderen Waffen hielt er auf die Schlitten gerichtet.

»In Deckung!«, zischte Rila Rulf zu und folgte ihrem eigenen Befehl, indem sie sich hinter den zerstörten Körperscanner kauerte.

»Er hat herausgefunden, dass die Schlitten wichtig für uns sind!«, rief Ulsike. »Ich schätze, er will, dass wir ihn abziehen lassen.«

Das war eine mögliche Erklärung dafür, dass er nicht in den Kampf eingegriffen hatte. Statt um seine Kameraden hatte er sich nur um sein eigenes Davonkommen gesorgt. Rila verachtete ihn.

Aber hier ging es nicht um Sympathie. Vielleicht war Amida bereits tot, doch wenn nicht, musste sie einen Weg finden, ihn zu retten. Oder wenigstens die anderen Föten.

»Verstehst du mich?«, rief sie mit auf die Sprache der Giats eingestelltem Anzugtranslator. »Wir gewähren dir freien Abzug, wenn du …«

Weiter kam sie nicht.

Im ersten Moment dachte sie, das grüne Leuchten rührte von der Explosion eines weiteren Transportschlittens her, aber es hatte einen anderen Ursprung. Es ging von einem Syntho-Uterus aus, schwoll rasch an und endete in einem hellen Knall. Wie eine Schockwelle aus Licht breitete es sich kugelförmig aus. Nahe dem Schlitten wirbelten Trümmerteile davon, einige trafen den Giat, der selbst gegen eine Wand geschleudert wurde. Der zweite Schlitten kippte um. Auch Rila wurde erfasst, aber die Muskelverstärker des Anzugs erlaubten ihr, an Ort und Stelle zu bleiben.

Rulf sprang auf und schoss auf den Giftatmer. Da er sich noch regte und Anstalten machte, seine Waffen zu heben, setzte Rila nach und zerkochte seinen Kopf.

Ulsike wimmerte. Ihre Kleidung war verbrannt, Haut und Haare verschmort, Metallsplitter steckten in ihrem Körper. Aber sie lebte. Rulf öffnete sein Medokit und half ihr.

Wie eine Schlafwandlerin ging Rila zum Transportschlitten. Sofort entdeckte sie die künstliche Gebärmutter mit ihrem Kind. Amida trieb friedlich in der Nährflüssigkeit. Seine Augen waren weit geöffnet und sie leuchteten in intensivem Grün.

—

»Wir sollten draußen nach dem Rechten sehen«, schlug Starn Egron vor.

Prijatu wandte sich von den Holos ab, die sie in mehreren Lagen halbkreisförmig umgaben. »Denkst du, Korgo ist nicht sicher in Ugrôns Nähe?«

»Sie sind schon zwei Stunden fort. Viel kann passiert sein.«

»Wir haben ebenfalls viel entdeckt.«

Er lächelte. »Du vor allem. Ich bin nur ein bisschen gewandert.«

Das war eine sehr prosaische Bezeichnung für die Wunder,

die Starn erkundet hatte. Die Erbauer dieser Basis hatten ein besonderes Verhältnis zu Licht gepflegt. Sie hatten es nicht nur zur Beleuchtung verwendet, und auch mit seinen Farben zu malen hatte ihnen nicht gereicht. Sie hatten damit *gebaut*. Jeder Raum, jede Wand, jede Facette in einer Wölbung, jeder Flur hatte eine sorgfältig gewählte Farbe und Helligkeit. Und oft standen Wände aus Licht in der Luft, die sogar leise klingelten, wenn man sie durchschritt. Die Schlafräume wirkten beruhigend auf Starn, sobald er sie betrat. Wenn er über eine der geschwungenen Brücken schritt, fühlte er sich leichter, aber das hatte nichts mit einer veränderten Gravitation zu tun, sondern mit den fröhlichen Farben, die zum Scheitelpunkt hin heller wurden. In manchen Räumen bekam man den Eindruck, unter freiem Himmel zu stehen. Andere wirkten in ihren Orangetönen fordernd, sie regten zur Aktivität an.

Künstliche Wasserläufe waren in die Architektur integriert, und auch sie nahmen das Licht auf. Das Glitzern ihrer kleinen Wellen erinnerte Starn an den Anblick des Ringsystems beim Anflug aus dem All.

»Das hier ist kein reiner Zweckbau«, sinnierte er. »Die Bewohner sollten sich hier für längere Zeit wohlfühlen.«

»Ich nehme an, sie waren ein Vorauskommando mit dem Auftrag, den Planeten vorzubereiten.«

Er rekelte sich auf seiner Sitzgelegenheit – halb Sessel, halb Liege –, um mit dem Blick der großen Frau zu folgen, die zur mit Leuchtsymbolen übersäten Sensorwand ging und dort einige Schaltflächen betätigte.

»Hast du herausgefunden, was sie hier wollten?«, fragte er.

»Leider sind die interessanten Dateien deutlich besser gesichert als der Eingang. Offenbar durfte jeder Mensch unkompliziert die Basis betreten, aber innerhalb des Personals gab es je nach Aufgabengebiet unterschiedliche Freigaben.«

Starn lachte. »Ich sehe dir an, dass du eine Theorie hast.«

Sie schmunzelte. Er mochte es, wenn sie das tat. Ihr trotz der vollen Lippen schmaler Mund bekam dadurch einen unbeschwerten Schwung, wie bei einem Mädchen, das mit einer Luftqualle spielte.

»Die Terraformung spricht für eine landwirtschaftliche Nutzung«, vermutete Prijatu. »Sie haben ein Genom injiziert, das die Flora mit für Menschen günstigen Nährstoffzusammensetzungen angereichert hat. Das Programm war langfristig angelegt, es sollte seine Wirkung in Jahrhunderten, dann aber dauerhaft entfalten.«

»Anders, als wenn wir einen Himmelskörper abernten«, sagte Starn. »Ihnen ging es nicht um schnellstmöglichen Ertrag.«

»Außerdem haben sie die Cochader optimiert. Sie sind das perfekte Hilfsvolk.«

Starn stand auf. »Das menschenähnliche Erbgut und der Sprung in ihrer Evolution.«

»Nicht nur das. Ich habe mir die Geschichte ihrer Zivilisation genauer angesehen, soweit ich sie mir erschließen konnte. Der Rat der Normen hält sie nicht einfach geheim, sondern verbirgt sie auch unter Mythen und Halbwahrheiten. Aber ich bin sicher, dass sie plötzliche technologische Fortschritte gemacht haben, ohne die Irrwege und Rückschläge, die man erwarten sollte.«

»Du meinst, auch der Wissenstransfer war vorbereitet?«

»Entweder das, oder es gab später noch Kontakte.«

»Zu Menschen?«, rief Starn. »In jüngerer Zeit?«

Mit einem bedauernden Seufzen glitt Prijatus Blick über die Hologramme. »Ich habe keine Beweise. Aber wieso sollten sie ausgerechnet Promethium als Anker für ihre Währung verwenden? Gut, im Grunde kann man alles dafür nehmen, was hinreichend selten ist. Aber eine planetare Bevölkerung, die Promethium hortet, wäre der ideale Handelspartner für eine Zivilisation mit fortgeschrittenen Raumschiffantrieben.«

»Mich wundert noch mehr, wie sehr ihre Zeitrechnung unseren Maßeinheiten gleicht.«

»Das ist ein weiterer Punkt. Wenn du mich fragst, wurde Cochada auf einen dauerhaften Kontakt vorbereitet. Als Agrarkolonie und Rohstofflieferant. Wenn man bedenkt, wie viel Mühe man sich bei der Umgestaltung des Kontinents gemacht hat, auf dem wir uns befinden, hat man vielleicht sogar geplant, den Planeten als Rückzugsgebiet für Menschen zu nutzen, die Sehnsucht nach der Natur überkommt.«

Starn begann auf und ab zu gehen, um einen Teil seiner Aufregung abzubauen. »Das heißt, wir hätten diese Station eigentlich besetzt vorfinden müssen! Wieso ist niemand hier?«

»Das«, sagte Prijatu gedehnt, »ist eine Frage, die ich dir nicht beantworten kann. Jedenfalls noch nicht. Aber an etwas anderem bin ich nahe dran.«

Auch die technischen Komponenten konnten den Schalk in ihren Augen nicht verbergen. Er küsste sie. »Spann mich nicht auf die Folter!«

Sie lachte leise. »Es gibt Aufzeichnungen dazu, woher diese Menschen kamen.«

»Aber das ist eine Sensation! Und wenn der Kontakt erst kürzlich abgerissen ist, stehen die Chancen gut, dass wir sie finden können!«

»Es wäre möglich. Noch habe ich keine definitiven Koordinaten, aber in Aufzeichnungen über Technologie- und Saatimporte tauchen immer wieder Systembezeichnungen auf. Wenn ich erst die Sperren geknackt habe, finde ich bestimmt Genaueres dazu heraus.«

»Und du glaubst, das klappt?«

»Das ist bloß eine Frage der Zeit. Wenn ich den Rechner der Fähre ankoppeln kann … Ein Tag, vielleicht zwei, schätze ich.«

»Lass uns gleich anfangen!«, rief Starn begeistert.

»Ja, das rechtfertigt eine große Hoffnung für den Schwarm.« Er stutzte. Möglicherweise täuschte er sich wegen des Mangels an Modulation in ihrer Stimme. Aber inzwischen nahm er auch feine Nuancen wahr, und er bildete sich ein, Resignation herauszuhören. »Was hast du?«

»Ich habe die möglichen Entwicklungen durchgerechnet. Wenn die Giats diesmal endgültig gewinnen, werden sie uns alle töten. Nichts wird von uns bleiben, auch unser Wissen nicht. Und wenn der Schwarm siegt ...«

»Was dann?«

»Es ist sicher selbstsüchtig, aber ich habe es genossen, mit dir zusammen zu sein.«

Wieder küsste er sie und sie drückte sich leidenschaftlich an ihn.

»Wieso sprichst du, als wären wir getrennt?«, fragte er.

»Wir *sind* zusammen!«

»Und wo werden wir zusammen sein? Kannst du dir vorstellen, auf der Esox zu leben?«

Die Härchen auf seinen Armen richteten sich auf. Die Esox ... seine Schmach, seine Nemesis ... zugleich dieser Ort, an dem man sich wie ein Staubkorn in einer gewaltigen Maschine fühlte, wie ein unvollkommener Faktor in einem ansonsten optimierten Algorithmus.

»Du brauchst nicht zu antworten«, flüsterte sie. »Ich sehe es dir an. Es ist unmöglich.«

»Aber du ... du bist darauf vorbereitet, außerhalb der Esox zu agieren.«

Sie lachte auf. »Als Botschafterin, ja. Als eine, die man immer als Fremde sieht. Als Stimme der Esox.«

Starn fühlte sich hilflos. Er war hin- und hergerissen von der Euphorie der Entdeckung und Prijatus Sorge, dass es für sie beide kein gemeinsames Leben geben konnte.

Er strich über ihre Wange. »Unter den Siedlern finden sich Bürger vieler Schiffe«, sagte er sanft. »Wir werden sie nach ihren Sitten befragen. Ich weiß so gut wie nichts über die Thun oder die Mako. Möglich, dass man dort ein Paar wie uns akzeptieren würde. Aber eines ist Gewissheit: Ich liebe dich, Prijatu, und wir werden zusammenbleiben.«

Sie schloss ihre Hand um seine. Er fühlte das kalte Metall des kleinen Fingers.

»Aber jetzt«, sagte er, »müssen wir nach Korgo und Ugrôn sehen.«

»Und dem Schwarm unsere Theorie mitteilen.«

—

»Macht Mutter dir Angst?«, fragte Ugrôn.

Starn Egron legte den Kopf in den Nacken. »Ich müsste lügen, um das zu bestreiten. Ein riesiges Schiff dräut über dem Kontinent. Es könnte uns alle zerquetschen, einfach, indem es landet. Würde es Schubdüsen benutzen, um seine Position zu halten, wären wir bereits tot. Ich verstehe es nicht und ich fühle mich ausgeliefert. Ja, ich habe Angst.«

Ugrôn versuchte, Mutter mit den Augen dieses Menschen zu sehen. Starn war ganz sicher kein Feigling. Er war ein Soldat gewesen. Er hatte gegen die Esox gekämpft, und danach hatte er den Mut besessen, dies als Fehler einzugestehen. Jetzt stand er neben Prijatu, einer Frau von diesem Schiff, und Ugrôn ahnte, wie kostbar der Lohn war, den Starn für die Abkehr von seinem früheren Leben bekommen hatte.

Und dennoch ängstigte Mutter ihn.

Das Schiff nahm den gesamten Himmel ein. Im Norden verschwand es hinter den Bergen, im Osten hinter dem Horizont. Im Süden und Westen waren die grauen Wolken in einem schmalen Streifen zu sehen. Mutter sang in Ugrôns Fleisch. Ihr Lied kündete von erfüllter Sehnsucht, von etwas Getrenntem, das nun wieder eins wurde. Es gab ihm Sicherheit, aber Starn war taub dafür.

Im Gegensatz zu Berglen. Der Abgesandte der Zoëliker stand ebenfalls in der Gruppe mit Prijatu, Starn, Ugrôn und

Korgo Aran, die neben der Öffnung des auf den Boden gelegten Fangarms versammelt war. Sie beobachteten die Siedler, die hineingingen, um dem Traum von einer Kolonie auf Cochada den Rücken zu kehren. Sie machten etwa die Hälfte der Menschen aus, nur einhundertvierzig blieben.

»Mutter ist Verheißung und Gefahr zugleich«, meinte Berglen. Er konnte das wohl am besten beurteilen. Er hörte Mutters Gesang, verstand aber wesentlich weniger von ihr als Ugrôn. Damit befand er sich auf halbem Wege zwischen einem normalen Menschen wie Starn und einem Erwählten.

Ugrôn lächelte wegen dieses merkwürdigen Gedankens. Es gab doch nur einen Erwählten. Nur ihn.

Mutters Gesang bestätigte seine Einzigartigkeit.

Sie war hierhergeeilt, um ihn zu holen. Die reuigen Siedler nahm sie nur auf, weil er sie darum bat. Und er tat es nur, weil Starn es wollte. So brauchte die THUN keine Fähren mehr zu schicken und konnte stattdessen direkt in das Gefecht eingreifen.

Ugrôn vermutete einen weiteren Grund: die Basis. Starn, Prijatu und Korgo hatten zu den versammelten Siedlern gesprochen und dabei alles ausgebreitet, was sie wussten und was sie vermuteten, damit jeder die Möglichkeit erhielt, selbst zu entscheiden. Doch das Wissen um eine menschliche Kolonie, die bis vor Kurzem Kontakt mit Cochada gehalten hatte, durfte nicht unkontrolliert verbreitet werden. Die Giats hätten den Funk abhören können. Also würde es mit der SQUID und dem Planeten untergehen, falls die Menschheit die Schlacht verlöre, oder hinterher besprochen werden, wenn die Siedler auf ihre Heimatschiffe zurückgebracht würden.

Menschen waren seltsam, dachte Ugrôn. Viele weinten, als sie sich von Korgo verabschiedeten. Aber bleiben wollten sie auch nicht. Der weißhaarige Anführer dagegen wirkte feierlich, als leite er eine Zeremonie, die besondere Würde erforderte.

Doch seine Kolonie gewann auch neue Siedler.

»Ist es euch ernst?«, fragte Berglen die Bürger der SQUID, die sich auf der im Schatten des Schiffs liegenden Wiese sammelten. Sie alle standen wohl zum ersten Mal auf einem Planeten, atmeten Luft, die ihnen nicht von Mutter eingehaucht wurde, und sahen einen fernen Horizont, wenn auch nur als schmalen Streifen. Aber bald würde Mutter Cochada für immer verlassen, und der Himmel würde sich über diesen Menschen öffnen, mit all seinen Möglichkeiten und all seiner Unsicherheit.

»Mutter hat uns nie so geliebt wie euch«, sagte Lykas.

Ugrôn betrachtete seinen ehemaligen Glaubensbruder nachdenklich. Die Membranen, die sich anstelle von Ohren über seinen Schädel zogen, schimmerten grünlich. Auch Lykas hatte die orangefarbene Robe der Jünger des Void abgelegt.

»Was möchtest du hier tun?«, fragte Ugrôn.

Trotz seiner körperlichen Veränderungen sah Lykas ihn ohne Furcht an. »Leben«, sagte er. »Und herausfinden, wie ich mich nützlich machen kann.«

Ugrôn berührte Prijatu am Arm. »Ich bin sicher, ihr habt Verwendung für einen Computerspezialisten. Ich weiß, dass Lykas sehr gut bei fremden Codes ist.«

»Tatsächlich?«, fragte Prijatu erfreut. »Dann haben wir alle Glück! Du bist uns hochwillkommen – und ein Wunder erwartet dich.«

Lykas straffte sich. Die Wertschätzung tat ihm offensichtlich gut.

Noch einmal atmete Ugrôn bewusst durch und nahm die Gerüche des Planeten in sich auf. Das Gras, die Wasserstoffverbindungen, die auch auf diesem Kontinent in Spuren in der Luft trieben, den Humus.

»Wie geht es dir?«, fragte Starn. Er sah ehrlich interessiert aus.

Ugrôn horchte in sich hinein. Seine Zukunft lag nicht auf einem Planeten, das war eine Selbsttäuschung gewesen. Der

Pfad seines Lebens verlief zwischen den Sternen. Er sah zu Mutter auf und glaubte, das Richtige zu tun. Frei war er nicht, aber wer war das schon?

Er lauschte auf Mutters Gesang. Oder auf den des Wesens, das in seinem Innern wuchs. Das war nicht immer zu unterscheiden.

Sie glaubten, dass Starn Angst vor ihm hatte. Wohl, weil Ugrôn in der Basis nach dem Blaster gegriffen hatte. Aber das war nur eine Albernheit gewesen.

»Ich werde auf deine Leute achtgeben«, versprach Ugrôn. Er glaubte, dass es Starn um sein Team ging: Kara, Erok, Garta und die Soldaten. »Aber ein vollkommen sicherer Ort existiert nirgendwo. Das ist eine Illusion.«

»Das habe ich inzwischen verstanden«, stimmte Starn zu.

»Du und Prijatu: Ihr bleibt also?«

»Wir sind noch nicht bereit, den Planeten zu verlassen.«

Prijatu wandte sich ihnen zu.

»Wahrscheinlich werdet ihr sterben«, meinte Ugrôn. »Sehr bald schon.« Im selben Moment fragte er sich, was das für das Universum bedeutete. Den Pulsschlag der Ewigkeit würde es nicht beeindrucken.

Doch es gibt wichtiges Leben, sang Mutter mit seltener Klarheit. *Nicht das dieser beiden, aber anderes.*

»Ich kann dir keinen vernünftigen Grund für unseren Entschluss nennen«, gestand Starn.

»Es gibt eine Antwort der Vernunft, und es gibt eine der Hoffnung«, sagte Korgo. Die letzten der Siedler, die Cochada verlassen wollten, verschwanden im Innern des Tentakels. »Vernunft ohne Hoffnung ist trostlos.«

»Und was ist Hoffnung ohne Vernunft?«, fragte Ugrôn.

»Eine Entscheidung«, sagte Prijatu ohne den Blick von Starn zu wenden.

—

Das Surren der Kampfdrohnen legte einen Klangteppich unter das Gefecht um die Kernkomponente des Yamadatriebwerks. Die ferngelenkten Waffenträger waren für planetare Schwerefelder konstruiert, was sie für den Einsatz an der Peripherie der MARLIN prädestinierte. Die Zentrifugalkraft erzeugte hier eine Scheinanziehung von anderthalbfachem Erdstandard.

Rila Egron-Itara schrie gegen ihre Angst an, getroffen zu werden, als sie aus der Deckung sprang und die Feinde im Dauerstrahlmodus bestrich. Das blaue Licht aus ihrem Blaster schnitt über fünf Giats, aber der Beschuss zeigte keine Wirkung. Im Gegensatz zu dem Kommando an der Schwangerschaftsstation schützten sich diese hier mit Reflektoranzügen. Das Licht streute zu diffuser Helligkeit, die über die verwüstete Einrichtung flackerte.

Die MARLIN hatte ihre Position verlegt. Außerhalb der Sicherheitszone im Kern des Schiffs hatten dabei Beschleunigungskräfte bis zur zwanzigfachen Erdschwerkraft gewirkt. Die tragenden Elemente des Schiffs waren darauf ausgelegt – aber das Raumgefecht hatte viele davon strukturell beschädigt. Die Hülle war am Bug zweihundert Meter weit aufgerissen, sie hatten neun Rotationsmodule verloren und die Ingenieure warnten, dass die Deckstruktur großräumig zu kollabieren drohte. Was die innere Einrichtung anging – das Mobiliar, Instrumente, sämtliche losen Elemente –, transportierte die MARLIN inzwischen Schrott. Schmerzhafter waren natürlich die Verluste an Menschenleben. Wer es nicht in die Sicherheitszone geschafft hatte, war einen schnellen Tod gestorben. Aber das galt auch für diejenigen Enterkommandos der Giats, denen Elitekampfanzüge fehlten.

Doch leider gab es zu viele, bei denen ihr Oberkommando nicht gespart hatte. So wie die Gruppe, die Rila unter Feuer nahm.

Die Laserspule ihres Blasters brauchte die Energie auf. Der

blaue Lichtstrahl erlosch, die umgebende Luft knallte in das Vakuum. Enttäuscht erkannte Rila, dass alle ihre Gegner noch standen. Sie duckte sich zurück hinter die Deckung und wechselte die Stellung fünf Meter nach links.

Keinen Moment zu früh. Die Ansammlung von Metallbruchstücken, an der sie gerade noch gehockt hatte, zerspritzte in einem glühenden Sprühregen.

Rila kauerte sich zu Rulf Clursen und Koichy Samara. Ihr Befehl lautete, diesen Mann zu beschützen, weil er sich am besten mit dem Yamadatriebwerk auskannte, und weil das Yamadatriebwerk ihre einzige Chance war, in den Rotraum zu transitieren und damit die verfluchten Giats doch noch loszuwerden. Wie die Marlin die Atempause bekommen sollte, die man brauchte, um die Yamadazentrifugen auszubringen und in Transition zu gehen, war ihr ein Rätsel. Sie hoffte, dass jemand im Kommandostab einen Plan dafür hatte. Irgendeine Überraschung, die den Feind ausreichend lange verscheuchen würde, wenn sie das Triebwerk erst freigekämpft hätten.

Samara hatte sich mit einem Implantat von der Esox optimiert. Auch durch den Helm erkannte Rila das künstliche linke Auge, und von ihrem Bruder wusste sie, dass dieser Mann eine elektronische Erweiterung in seinen Schädel integriert hatte. Ob ihm das die geistige Kapazität gab, die sie für den Erfolg brauchten?

Explosionen rollten durch den weiten Saal, ein Ellipsoid mit einhundert Metern Längsachse und einem weitesten Querdurchmesser von dreißig Metern, in dem die Komponenten des Kerntriebwerks eine Ansammlung von Stäben, Spiralen und gigantischen Nadeln bildeten. Ihre Anordnung erschien Rila dermaßen chaotisch, dass sie nicht hätte unterscheiden können, ob ein Aggregat intakt oder zerstört war.

Zum Glück ging es Samara anders. Er überprüfte den Status der Anlage über eine Kopplung seiner Anzugelektronik.

»Noch ist das Triebwerk einsatzbereit!«, verkündete er. »Die Schäden können wir mit der Redundanz auffangen.«

»Das wollte ich hören«, knirschte Rila. Sie tauschte ihren Blaster, dessen Laserspule noch auflud, gegen den von Samara und fasste Rulf am verspiegelten Arm. »Zeigen wir den Giftatmern, dass dies hier kein Ausflugsschiff ist!«

Hinter dem Visier nickte ihr Kamerad grimmig lächelnd.

Sie krochen zu einer Lücke in der Deckung.

»Siehst du das Aggregat, unter dem sie sich verschanzt haben?«

Rila zeigte auf eine Gruppe von fünf Giats, die eine mobile Panzerwand aufgebaut hatten, hinter der sie sich gegen die anschwirrenden Drohnen wehrten. Rila wunderte sich, dass sie keine Funkstörer einsetzten. Dadurch wären die Geräte auf ihre vergleichsweise unbeholfenen Routinen zurückgeworfen worden, und damit hatte Rila für die ersten Sekunden nach Gefechtsbeginn gerechnet. Aber noch bewegten sich die Drohnenlenker in ihren Steuerungsanzügen.

Wichtiger war ihr der fünf Meter durchmessende, bauchige Behälter, der über den Giats hing.

»Eine Plasmazentrifuge«, bestätigte Rulf.

»Eine heiße Sache, dieses Plasma«, meinte Rila.

»Schon, aber was hilft …« Rulf begriff. »Die Scheinschwerkraft! Wenn wir ein Loch hineinschießen, fällt die heiße Brühe unseren Freunden in den Nacken.«

»Und der Behälter ist nicht verspiegelt. Bist du dabei?«

»Darauf kannst du wetten!« Rulf legte an.

Rila visierte sorgfältig. »Fertig?«

»Kann losgehen.«

»Feuer!«

Gleichzeitig stachen ihre Laser in die Zentrifuge und zerschmolzen die Wandung.

Was Rila nicht bedacht hatte, war der Druck, unter dem das Plasma stand. Es verhielt sich anders als der Wasserfall im

Rotationsmodul mit dem Schwimmbad, es fiel nicht nach unten, sondern zischte brennend nach draußen.

»Seid ihr wahnsinnig?«, kreischte Samara. »Ihr zerstört unseren Antrieb!«

»Stellen Sie sich nicht so an!«, fauchte Rila. »Wir haben doch Redundanz!«

Die Giats bemerkten natürlich, was über ihren Köpfen geschah, aber noch verhinderten die Kampfdrohnen, dass sie ihre Deckung verließen.

Rila zielte auf den Boden der Plasmazentrifuge und schoss. Eine weitere Stichflamme brach aus dem Behälter, diesmal jedoch senkrecht nach unten, auf die Giftatmer, die daraufhin in hektische Bewegung gerieten.

»Na also! Geht doch!«, triumphierte Rila.

Die Drohnen fanden leichte Ziele, als die Feinde ihre geschützte Stellung aufgaben. Die Hitze hatte auch die Verspiegelung beschädigt, sodass die Laserschüsse von Rila und Rulf Wirkung zeigten. Eine halbe Minute später war diese Gruppe ausgeschaltet.

Erleichtert zogen sich die beiden Geschwaderkameraden zu Samara zurück. Zwischen dem Experten und dem Aggregat schwebten einige Holos, aber er schien sie nicht zu beachten. Seine Augen waren geschlossen. Vielleicht verarbeitete er die Daten schneller über das Schädelimplantat.

»Es kann immer noch gelingen«, murmelte er. »Aber beinahe hätten Sie das Triebwerk unbrauchbar gemacht. Und das, nachdem sogar die Giats es geschont haben!«

»Damit sie es ausschlachten und analysieren können«, vermutete Rila. »Sie sind hinter unserer Technologie her. Das ist die einzige Erklärung dafür, dass sie die MARLIN noch nicht zerstört haben.«

»Warum auch immer.« Samaras Hand wischte durch die Luft. »Noch können wir transitieren, wenn wir die Zeit bekommen, um die Yamadazentrifugen mit Astriden zu befüllen und auszubringen und die Kontrolle über das Triebwerk zu sichern.«

»Falls es Ihnen noch nicht aufgefallen ist: Genau das tun wir gerade!«

»Und gerade eben verschlechtern sich unsere Chancen rapide«, meinte Rulf.

Rilas Blick folgte seiner deutenden Hand. Ein frischer Trupp Giats drang durch einen an den Rändern glühenden Riss in den Triebwerkssaal ein. Sie trugen Reflektoranzüge und schossen kupferfarbene Laserstrahlen gezielt auf die Soldaten der MARLIN, unterstützt von Rußgranaten, die die spiegelnden Oberflächen abdunkelten.

Gegen ihren Willen beeindruckte Rila die Präzision ihrer Feinde. Soweit sie erkannte, ging kein Schuss fehl. Ein Dutzend ihrer Kameraden starb innerhalb weniger Sekunden.

»Verdammt, wir hätten sparsamer mit unseren Granaten sein sollen!«, fluchte sie.

»Wenn wir uns zur Rückfallposition durchschlagen, können wir uns neu ausrüsten«, schlug Rulf vor.

»Wie weit bist du, Astridenhirn?«, fragte sie Samara.

»Ich brauche noch einen Moment, um ...«

Ein gelber Laser ließ eine handtellergroße Stelle an dem Aggregat Blasen werfen.

Samara schrak zurück. Seine Holos erloschen. »Vorerst habe ich genug Daten.« Er griff den Blaster, den Rila gegen seinen getauscht hatte. Die Waffe war wieder schussbereit.

Die Kampfdrohnen bildeten einen Kordon, um die neuen Angreifer zu stoppen und so die Stellungen der Menschen zu decken und eine Umgruppierung zu ermöglichen.

Das gelang nur für eine halbe Minute. Dann wurde deutlich, wieso der Feind auf Funkstörer verzichtet hatte: Seine Algorithmen hatten den Signalverkehr abgehört, analysiert und geknackt. Die Computerspezialisten der Giftatmer waren denen der Menschen ebenbürtig und in diesem Moment gewannen sie die Oberhand. Das war die einzige Erklärung, die Rila dafür hatte, dass sämtliche Kampfdrohnen plötzlich umschwenkten und die Menschen unter Feuer nahmen.

Todesschreie gellten durch den Saal und über die Gefechtsfunkfrequenzen. Die Giats setzten die übernommenen Drohnen mit derselben Präzision ein wie ihre Handwaffen. Beschädigungen am Kerntriebwerk vermieden sie, aber bei den Menschen kannten sie keine Gnade.

»Das war's!« Rulf schoss eine Drohne ab. »Raus hier! Das Triebwerk ist verloren.«

»Nein!«, schrie Samara.

In einem Anfall kopfloser Tapferkeit, wie er Zivilisten manchmal überkam, richtete er sich auf und ballerte mehr oder minder ziellos in Richtung des Feindes.

Eine Drohne sprengte ihm das linke Bein ab, bevor Rila sie ausschalten konnte. Sie versiegelte die Wunde mit einem Sprühverband, sodass der stoßweise Blutstrom versiegte, während Rulf den Verwundeten zu einem Ausgang zog. Das bekam Samara schon nicht mehr mit. Der Möchtegernheld war bewusstlos.

—

Ugrôn spürte Rila und Amida. Er wusste, dass sie am Ziel waren. Oder an der Stelle, wo außerhalb des Rotraums die MARLIN in ihrem Todeskampf lag.

Der Rotraum.

Die Heimat.

Ständig in Bewegung, um Mutter herum, immer sich verändernd, sich entwickelnd, neue Möglichkeiten aufzeigend, verwerfend, wählend. Lebend.

Doch jetzt war die Zeit für den Tod gekommen. Ugrôn und Mutter stimmten überein und die Zoëliker ergaben sich ihrem Willen.

Ugrôn stand in einem Atrium, über sich eine Membran, hinter der sich die roten und violetten Strudel drehten. Es spielte keine Rolle, er hätte auch überall anders im Schiff sein können, dessen Gesang sein Fleisch in Besitz nahm. Auch die Holografie, die vor ihm leuchtete, hätte er nicht gebraucht. Inzwischen kam er gut mit Mutters Sinnen zurecht.

Für Berglen, den einzigen Menschen, der ihm Gesellschaft leistete, mochte die Darstellung jedoch nützlich sein. Gleich, in ein paar Sekunden, wenn die in Mutters Körper integrierten Sensoren menschlicher Fertigung die ersten Daten lieferten. Bislang war der Kubus noch leer, nur ein fahles Leuchten zeigte an, dass er sich aufgebaut hatte.

»Du machst Fortschritte, oder?«, fragte Ugrôn mit Blick auf Berglens Umhang. Er reichte bis zu den Waden und ersetzte die Weste.

Der Angesprochene schien irritiert ob des trivialen Themas so kurz vor der Schlacht. Er hätte jedoch niemals gewagt, Ugrôn eine Antwort schuldig zu bleiben. »Eine Konvention, Erwählter.« Er strich sich über den Bauch und die weißen Haare auf seiner Brust. »Soll ich mich anders kleiden?«

Ugrôn versuchte sich zu erinnern, ob auch er selbst seiner Kleidung einmal Bedeutung beigemessen hatte. Wahrscheinlich war es so gewesen, schließlich hatte er beinahe ständig die orangefarbene Robe getragen, um seine Zugehörigkeit zur Kirche des Void auszudrücken. Gehörten solche Sensibilitäten zum Menschsein?

Jetzt trug er ein schlichtes graues Gewand, das weit fiel, damit sich der Stoff an keiner der Wucherungen verhakte, die sich aus seiner Haut drückten. Er überlegte, ob er es ablegen sollte, sah aber keinen Sinn darin.

»Zeit, Leben zu beenden«, sagte er.

Mutter tauchte aus dem Rotraum in die drei Dimensionen des einsteinschen Kontinuums. Dabei verdrängte ihr Körper Partikel, die dünn verteilt im interplanetaren Vakuum schwebten. Das Resultat war eine feine Ablagerung auf ihrer Haut.

Die MARLIN befand sich lächerliche zwei Kilometer entfernt. Ugrôn spürte diese Distanz, und zugleich zeigte der Holokubus sie an. Eine Darstellung des diskusförmigen Großraumschiffs schwebte in seinem Zentrum, eingefärbt entsprechend der Schadensklassen, die die Sensordaten vermuten ließen. Es war kaum mehr als ein Wrack. Wie Parasiten hatten sich Enterfähren der Giats daran festgebohrt. Mehr als hundert weitere Raumfahrzeuge trieben mit aktivierten Waffensystemen in der Nähe. Die schnellsten reagierten bereits auf Mutters Auftauchen, indem sie sich neu ausrichteten.

Ugrôn nickte für Berglen.

»Feuer frei!«, gab dieser den Befehl weiter.

Signale liefen von den Waffenleitstationen durch die Leitungen, die Mutters Leib durchzogen, zu Torpedolafetten und Lasern. Die Zoëliker hatten den umgebenden Raum in Keile eingeteilt und Zuständigkeiten vergeben, sodass Ziele in allen Richtungen erfasst und bekämpft wurden. Explosionen blühten in der Schwärze.

Die Feinde schossen zurück. Ein zweites Holo zeigte die SQUID und ihre Schäden. Ugrôn teilte Mutters Pein. Meist war es nur ein Prickeln, aber manche Treffer fühlten sich wie tiefe Stiche an. Anders als in einem technischen Großraumschiff gab es in der SQUID nur wenige Aggregate, die Gefahr liefen, zu überladen oder zu detonieren. Stattdessen stießen die Energiewaffen in Organe und verschmorten Gewebe, sie trafen Nerven und zerfetzten Haut, die das Fleisch vor dem Unterdruck schützte.

Es war die falsche Zeit für Wehleidigkeit. *Leben, das Bedeutung besitzt.* Ugrôn und Mutter hielten sich an ihren Plan und überbrückten die Distanz zur MARLIN.

Während die Zoëliker die Waffen steuerten, mit denen

Kreaturen wie Menschen und Giats vertraut waren, breitete Mutter ihre Fangarme aus. Mühelos umfasste sie die MARLIN. Die Tentakel schoben sich über den Diskus, vorsichtig, um die Beschädigung nicht noch zu vergrößern, und ausweichend, wo das Material noch glühte. Aber unbarmherzig, wo sie auf die angedockten Enterfähren trafen.

Sie rissen die Angreifer ab. Manche Raumschiffe schleuderten sie komplett in die Leere des Alls, andere zerbrachen wie trockene Zweige. Sie bluteten die chlorgetränkte Atmosphäre, die die Giats atmeten. Wo die Beschädigung einen Brand auslöste, flammte das Gasgemisch an der Basis blauweiß ab, an der Spitze liefen die Zungen rot aus.

Ugrôn fühlte den Triumph. Mutters urwüchsige Kraft überraschte die Feinde, die Amida und Rila bedrohten. Er bildete sich ein, ihr Entsetzen zu spüren. Wo es ihnen noch möglich war, legten die Fähren ab und flohen. Die von Menschen installierten Geschütze der SQUID sendeten ihnen Laserschüsse und Torpedos nach.

»Die Entertruppen sind bereit«, erinnerte Berglen.

»Wartet noch«, bestimmte Ugrôn.

Mutters Schmerzen waren zu einem konstanten Prickeln geworden, obwohl sie kaum mehr getroffen wurde. Die Angriffsfähren waren praktisch alle entfernt. Aber noch stimmte etwas mit der MARLIN nicht.

Mutters Sinne erfassten nicht, was das war. Sie wusste nur, dass etwas falsch war.

»Was haben sie noch für Schwierigkeiten?«, murmelte Ugrôn. »Könnt ihr Brände und Explosionen an Bord orten?«

»Beides.« Berglen rief ein weiteres Holo auf, einen schematischen Innenaufbau des Großraumschiffs. »Besonders an den Einschlagstellen fressen sich die Schäden vor.«

»Macht irgendetwas davon ernsthafte Schwierigkeiten?«

»Nicht auf eine Art, die wir von außen erkennen könnten.«

Ugrôn fühlte sich unwohl, aber er wusste nicht, ob das

mit der MARLIN zusammenhing oder mit Mutters Verletzungen.

Ihr ging es gut, versicherte sie. Oder es würde ihr bald wieder gut gehen. Kein Grund zur Sorge.

»Entertrupps absetzen«, befahl Ugrôn zögerlich. »Aber sie sollen vorsichtig sein.«

»Sollen sie die an Bord befindlichen Giats nicht angreifen, Erwählter?«

»Doch, natürlich. Aber sie sollen nach etwas ... anderem Ausschau halten.«

Berglen gab die Anweisungen weiter.

Ugrôn hielt den Atem an.

Kurz darauf meldeten sich die Kommandosoldaten. »Hier sind die Beschleunigungsabsorber ausgefallen. Die Zentrifugalkraft bringt alles durcheinander.«

Das musste es sein!

Ugrôns Puls verlangsamte sich wieder. Dieses Problem war leicht zu lösen.

Noch immer umfingen die Tentakel den Diskus. Nun passte Mutter ihre eigene Bewegung an und bremste damit auch den Schlingerkurs der MARLIN, bis das andere Großraumschiff nicht mehr rotierte.

»Schwerelosigkeit etabliert«, meldete der Rauminfanterist. »Jedenfalls bis zum nächsten Manöver.«

»Können wir ihre Absorber reparieren?«, fragte Ugrôn.

»Theoretisch vielleicht. Aber wir haben keine Erfahrung mit dieser Technologie«, gab Berglen zu bedenken. »Wir benutzen sie nicht.«

»Sind unter den Siedlern, die wir aufgenommen haben, welche, die ...«

»Verzeih, Erwählter! Annäherungsalarm ...«

Das taktische Holo zeigte einen Keilraumer. Der eingeblendete Maßstab wies die Länge mit vier Kilometern aus.

»Ein Giat-Großkampfschiff«, stellte Berglen fest.

»Von der MARLIN lösen! Sofort!«

Ugrôn flehte Mutter an, das Feuer von Rila und ihrem Kind abzulenken.

Die Tentakel lösten sich, das Schiff nahm Geschwindigkeit auf.

»Wir haben vier Rauminfanteristen verloren, die sich im Transfer befanden«, informierte Berglen trocken.

Ugrôns ganze Aufmerksamkeit war beim Schiff der Giats. *Hier sind wir ... Komm her! Folge uns. Weg von der* MARLIN. *Ich war es, der deine Kinder getötet hat. Mich musst du hassen. Komm ...*

»Feuer eröffnen!«, rief er.

Die Laser der SQUID sprachen. Für die Torpedos war die Entfernung zu groß.

Der Plan, die Aufmerksamkeit auf sich zu ziehen, gelang. Mutter und Ugrôn bezahlten dafür mit Schmerz.

Die Geschütze eines Großraumschiffs standen zu denen der Jäger, die sie bis jetzt getroffen hatten, im selben Verhältnis wie ein Planet zu einem Mond. Der erste Treffer amputierte einen Fangarm. Mutters Blut spritzte ins Nichts hinaus, bis sie die Adern verengte, sodass der Druck nachließ und es gefror. Mutter schrie und Ugrôn schrie mit ihr.

Entsetzt taumelte Berglen von ihm fort.

Ein weiterer Treffer riss eine Scharte in Mutters Hauptkörper. Der Innendruck trieb das Fleisch aus der Wunde. Es quoll ins Vakuum und riss Organe aus ihrer Lage. Ugrôn brach in die Knie, seine Sicht verschwamm.

Aber er durfte nicht ohnmächtig werden! Mutter brauchte ihn. Sie bediente sich seiner Möglichkeiten, so wie er ihre Sinne nutzte. Als Orientierung im Einsteinuniversum war er ihr eine lebensnotwendige Hilfe, auch wenn er ebensolche Angst empfand wie sie.

Er versuchte, an den Grund zu denken, aus dem er den Schmerz auf sich nahm. Rila ... sein Sohn, so klein, dass er in seine Hand passte ...

»Wie weit ...« Er rang nach Luft »... MARLIN?«

Berglen näherte sich vorsichtig. »Außerhalb der Kernschussweite des Gegners.«

»Rot...« Ugrôn hustete. »...raum!«

Jenseits der Membran verschwand der Sternenhimmel. Plötzlich flammte das Feuer des Rotraums über ihnen auf. Aber nur wenig länger als eine Sekunde, dann stürzten sie zurück. Einen halben Kilometer neben dem feindlichen Großraumschiff.

»Alle Gefechtsstationen!«, brüllte Berglen. »Feuer! Feuer! Feuer!«

Die von Menschen konstruierten Geschütze sprachen.

Aber sie waren unerheblich.

Mutter sang, wie sie seit langer Zeit nicht mehr gesungen hatte. Ihre Töne warfen Wellen im Gefüge des Raums. Sie drückten eine Delle hinein, eine Senke. Dann noch eine und eine weitere. Neben dem feindlichen Schiff, sogar darin.

Die unmittelbare Verformung dehnte das Duraplast, quetschte es, knautschte es, zerriss es.

Doch das war erst der Beginn.

Mit grimmiger Entschlossenheit stand Ugrôn auf. Es fiel ihm schwer, als drücke er eine Last mit den Schultern hoch. Mutter drehte sich so, dass er durch die Membran zum Keil der Giats aufsehen konnte.

Glühende Lichtlanzen schlugen in Mutters Leib, feindliche Plasmastrahler, aber das waren die letzten verzweifelten Zuckungen eines sterbenden Tieres. Ebenso die Detonationen der Sprengköpfe. Einige fing das Abwehrfeuer ab, andere explodierten auf Mutters Körper und rissen radioaktiv strahlende Wunden hinein. Sie würden sich später darum kümmern.

Die Raumkrümmungen vertieften sich immer schneller. Sie entwickelten einen zunehmenden Gravitationssog. Vier Erdstandards. Zehn, dreißig, achtzig.

Die Katastrophe auf dem anderen Schiff blieb lautlos und unsichtbar, aber der Beschuss endete.

Einhundertdreißig Erdstandards. Der Sog erfasste auch Mutter, aber sie hielt dagegen.

Im Innern des Keils wurde alle Materie zu Klumpen zusammengezogen, auf engsten Raum gepresst. Auch die Außenhülle gab jetzt nach. Ein paar Sekunden lang zeigten sich Dellen im Keil, dann kollabierte er.

»Genug!«, rief Ugrôn.

Schlagartig verstummte Mutters schrecklicher Gesang.

In der Leere, einen knappen Kilometer entfernt, trieb ein Dutzend grob kugelförmiger Gebilde aus Verbindungen, die einmal zu Wänden, Maschinen, Rechnern und Lebewesen gehört hatten.

»Wir orten ein zweites Großraumschiff«, meldete Berglen matt.

»Kurs?«

»Es entfernt sich, Erwählter. Von uns und auch von der MARLIN. Sollen wir es verfolgen?«

Mutters Körper war eine Ansammlung von Schmerzen.

»Nein. Die Kommunikationsabteilung soll Verbindung mit den Giats aufnehmen. Sie haben gesehen, wozu wir in der Lage sind. Jetzt bieten wir einen Waffenstillstand an. Admiralin Egron von der MARLIN soll ihn aushandeln.«

11

Momente der Entscheidung

»Wir sind jetzt alle hier, Starn«, sagte Rila Egron-Itara. Sie waren in der Kabine ihrer Mutter zusammengekommen. Die Admiralin trug ihre Paradeuniform. Sie hatte noch einen offiziellen Besuch vor sich, der Rila noch mehr in Aufregung versetzte als das Gespräch mit ihrem Bruder, der sich zehn Lichtsekunden entfernt auf Cochada befand. Admiralin Egron sah es als Pflicht und Ehrensache an, persönlich die SQUID aufzusuchen, um sich für die Rettung der MARLIN aus höchster Not zu bedanken.

Außer Mutter und Tochter schwebte auch Kara Jeskon in der Kabine. Sie trug eine einfache Bordkombination und ihrem Haar waren die Härten der vergangenen Wochen anzusehen. Es leuchtete nicht mehr golden. Aber was sie an unwirklicher Schönheit verloren hatte, hatte sie an Reife gewonnen, wie ein Blick in ihre blauen Augen offenbarte.

Die drei Frauen umschwebten ein Holo, das Starn auf einem Sessel zeigte. Rila sah ihm an, dass seine entspannte Pose nur Schauspielerei war. Die Finger verschränkte er nur, wenn er jemanden unbedingt überzeugen wollte.

Schräg hinter ihm stand Prijatu. Die Wölbung ihres hohen Schädels verschwand aus dem Aufnahmebereich.

Das Signal lief etwas länger als zehn Sekunden, weil Patrouillenjäger als Relais zwischengeschaltet waren. Das erlaubte niederenergetische Richtübertragungen sowie den Einsatz von Zerhackern und Kryptografen, um ein Abhören durch die Giats zu erschweren.

So hatte Rila knapp eine halbe Minute Zeit, die Umgebung zu bewundern, in der sich die beiden Gesprächspartner aufhielten. Kara hatte von der Basis erzählt, aber natürlich war nur ein kleiner Ausschnitt zu sehen. Neben Starn trug ein Dreibein eine Schale mit Früchten. Der ebene Boden war in beruhigendem Grün gehalten, das an Pflanzenbewuchs erinnerte, die Wand dagegen in Facetten unterteilt, die in verschiedenen Orangetönen eingefärbt waren. Hinter Prijatu plätscherte ein Brunnen, bei dem die Schwerkraft das Wasser in ein Becken zurückfallen ließ. Auf der anderen Seite rotierte ein Gespinst aus Stäben und Kugeln, dessen Zweck sich Rila nicht erschloss.

»Wir haben viel nachgedacht.« Starn drehte sich halb zu Prijatu um, wandte sich aber sofort wieder der Aufzeichnungseinheit zu. »Und wir haben in den letzten Tagen viel herausgefunden. Auch für den Schwarm ist etwas sehr Wichtiges dabei. Ich habe gehofft, euch diese Mitteilung machen zu können. Aber wir müssen sehr vorsichtig sein. Deswegen habe ich Kara einen Codeschlüssel mitgegeben.« Über die Verbindung nickte er seiner ehemaligen Affäre zu.

»Wir müssen unser Aufnahmegerät kurz deaktivieren«, sagte Kara. »Meine Botschaft darf auf keinen Fall gesendet werden.«

Rilas Mutter lüpfte eine Braue, betätigte aber das entsprechende Sensorfeld.

»Bei meiner Abreise von Cochada hat Starn mir einen Speicherkristall mitgegeben. Er enthält einen Schlüssel zu dem Code, den er benutzen wird, um seine Nachricht zu schützen.«

»Jetzt bin ich aber gespannt«, meinte Rila.

»Es geht um Koordinaten«, fuhr Kara unbeeindruckt fort. »Sie bezeichnen die Lage einer Kolonie. Derjenigen Kolonie, die Cochada auf menschliche Bedürfnisse angepasst hat. Starn und Prijatu glauben, dass es noch bis vor Kurzem Kontakt gab.«

Rilas Mutter hob nun auch die zweite Braue.

»Was Starn sagt, kann nur bedeuten, dass sie in den Rechnern der Basis fündig geworden sind«, folgerte Kara. »Sie werden uns den Weg zu einer menschlichen Zivilisation zeigen, die aller Wahrscheinlichkeit nach noch keinen Kontakt zu den Giats hatte. Und die groß genug ist, um Agrarkolonien in fremden Sternsystemen zu errichten.«

Die Admiralin schwebte durch das Holo zu Kara. »Übergeben Sie mir diesen Kristall!«

»Ich habe ihn nicht bei mir.«

»Was soll das?«

»Er ist in Sicherheit und an Bord der MARLIN. Sie bekommen ihn nach dem Gespräch.«

Rilas Mutter schnaubte. »Ich bin nicht in der Stimmung für solche Spielereien.« Sie hob ihren Armbandkommunikator. »Wachoffizier! Schicken Sie einen Trupp zu Kara Jeskons Kabine! Niemand darf sie betreten, bis ich den Befehl gebe, sie bis auf Molekularniveau auseinanderzunehmen.«

»Zu Befehl!«, bestätigte der Soldat.

Kara schmunzelte mit einer Härte um die Mundwinkel, die Rila ihr nicht zugetraut hätte. »Kalt«, sagte sie. »In meiner Kabine werden Sie nur meine Luftquallen finden. Was mich einerseits freut, weil sie die Verwüstungen überlebt haben. Andererseits bedauere ich die Enttäuschung Ihrer Leute, wenn sie vergeblich suchen.«

»Sie bluffen«, meinte die Admiralin. »Wo sonst sollten Sie den Kristall versteckt haben?«

Kara zog die Stirn in Falten. »Ja, wo sonst? Wo die MARLIN doch so klein ist ...«

»Können wir das später klären?«, fragte Rila enerviert. »Mich interessiert, was Starn zu sagen hat, und je länger das hier dauert, desto eher könnten die Giats die Verbindung doch noch orten.«

Ihre Mutter fixierte Kara mit einem Blick, bevor sie knapp

nickte, sich wieder dem Holo zuwandte und die Aufnahme reaktivierte. »Wie sicher seid ihr, was diese Information angeht?«

Während die Signale ihren Weg zurücklegten, schwiegen die Frauen in der Kabine. Von außen drangen die Geräusche herein, die die Reparatur der MARLIN mit sich brachte. Die Isolierung war noch nicht vollständig wieder ersetzt.

»Wir hatten Unterstützung von der SQUID«, erklärte Starn. »Ein Computerexperte, er heißt Lykas.«

»Er ist wirklich gut«, ergänzte Prijatu aus dem Hintergrund.

»Da verlasse ich mich auf ihr Wort«, sagte Starn. »Jedenfalls sind die beiden mir über, was Rechner angeht. Wenn ich danebenstehe und ihnen zuhöre, komme ich mir wie ein Schulkind vor.«

»Wir haben die Daten unabhängig voneinander analysiert und sind zum selben Ergebnis gekommen«, berichtete Prijatu.

»Weiter können wir es mit unseren Mitteln nicht absichern«, ergänzte Starn.

»Über neunundneunzigeinhalb Prozent«, sagte Prijatu fest. »Ob das Ziel noch existiert, können wir natürlich nicht sagen.«

Doch, es gab diese Zivilisation, dachte Rila. Sie spürte es. Ihr Puls pochte in den Handgelenken. Sie waren nicht die einzigen freien Menschen im Universum.

»Wir schicken eine Fähre«, kündigte Admiralin Egron an.

»Die Zeit läuft gegen uns«, mahnte Rila.

Der Waffenstillstand erlaubte dem Schwarm, den Planeten weiter abzuernten, aber sie wussten, dass die Giats die Zeit nutzten, um die angrenzenden Sternsysteme zu ›impfen‹. Bestimmt befanden sich schon Späher in den ersten von ihnen, die sofort Meldung machen würden, wenn der Schwarm dort auftauchte. Und je länger sie warteten, desto mehr Kampfflotten würden diese Späher ersetzen. Zudem lief bestimmt eine Analyse der militärischen Möglichkeiten, die die SQUID offenbart hatte. Schon allein die Fähigkeit, auf wenige Kilometer genau den Punkt der Rücktransition aus dem Rotraum zu bestimmen ... Noch einmal würden sie den Feind nicht überraschen.

»Wir brauchen keine Fähre«, wehrte Starn ab. »Wir bleiben. Ihr verlasst das System und lasst nichts zurück. Dadurch nehmen wir den Giats jeden Grund, Cochada zu zerstören. Damit würden sie sich selbst schaden. Wenn sie den Status quo übernehmen, können sie die Infrastruktur der Cochader nutzen, um an Promethium zu kommen.«

»Das bedeutet eure Versklavung!«, rief die Admiralin. »Habt ihr denn gar keinen Stolz? Wollt ihr unter der Knute der Giats leben?«

»Es kann gelingen!«, unterbrach Kara ihre Tirade. »Die Station ist auf Tarnung ausgelegt. Sie muss nur unauffällig bleiben.«

Rilas Mutter starrte sie an, als wolle sie Laser aus ihren Augen schießen.

Rila sah Starn und dahinter Prijatu. Was für eine unwahrscheinliche Verbindung! Die Frau von der ESOX gab ihrem Bruder allein durch ihre Anwesenheit Halt. Rila spürte eine angenehme Wärme in ihrer Brust.

»Wir brauchen Mut«, sagte sie ruhig zu ihrer Mutter. »Echten Mut, etwas anders zu machen.«

»Bist du jetzt auch noch verrückt geworden?«

»Hast du einen Plan, der uns nicht in den Untergang führt?«, hielt Rila dagegen. »Du hast große Siege erkämpft, aber diesmal war es knapp. Die Giftatmer werden besser. Wir brauchen starke Verbündete.«

Anklagend stach der Zeigefinger der Admiralin in das Holo. »Sie werden den Planeten zerstören oder sie werden ihn versklaven. Das tun sie immer.«

»Wenn wir kämpfen, werden sie das auch tun«, erwiderte Rila beherrscht. »Wenn wir Starn, Prijatu und die anderen zur Rückkehr zwingen, bevor wir fliehen, wird das am Schicksal des Planeten nichts ändern.«

»Aber an ihrem! Ich habe geschworen, alle Menschen zu beschützen!«

»Diejenigen, die auf dem Planeten geblieben sind, haben ihr Schicksal selbst gewählt«, sagte Kara.

»Und den anderen hilfst du besser, wenn du Starns Angebot annimmst«, fügte Rila hinzu.

Die Admiralin sah zwischen den Frauen hin und her. »Ist das hier eine Verschwörung?«

»Wir können dich zu nichts zwingen«, räumte Rila ein. »Aber du kannst selbst nachdenken und abwägen.«

Sie atmete durch. »Eine so weitreichende Entscheidung kann der Schwarm nur in seiner Gesamtheit treffen.«

»Nein, genau das kann er nicht«, widersprach Rila. »Du weißt, dass es auf Geheimhaltung ankommt. Wenn du die Fakten öffentlich machst und auf den Großraumschiffen diskutieren lässt, werden die Giats davon erfahren. Die Entscheidung muss in kleinstem Kreis fallen. Hier. Jetzt.«

»Ich habe keine Befehlsgewalt über die anderen Schiffe.«

»Aber du hast Einfluss. Sie werden auf dich hören.«

Rila sah ihre Mutter an.

Sie schwiegen so lange, dass Starn Gelegenheit hatte, trotz der Übertragungszeit in die Diskussion einzugreifen. »Die Entscheidung muss jetzt fallen. Unter euch. Oder besser gesagt durch dich, Mutter. Wir alle können dich nur beraten.«

»Du hast mir einmal gesagt, dass es oft schwer ist, die Verantwortung zu tragen«, erinnerte Rila. »Ich schätze, das gilt noch mehr, wenn niemand davon weiß.«

Die Admiralin schwebte an den Rand des Raums und betrachtete die Tafel, die sie bei ihrer Ernennung erhalten hatte. ›Im Dienste der Menschheit‹ stand darauf.

Sie wandte sich ihnen erneut zu. »In Ordnung. Ich bin einverstanden. Wir machen es so.«

Kara nickte dem Holo zu. »Unterbrechen Sie noch einmal die Übertragung«, bat sie die Admiralin.

Rilas Mutter runzelte die Stirn, folgte aber der Aufforderung. Die Anzeige verriet, dass sie zwar weiterhin das Bild vom Planeten empfingen, ihrerseits aber nur noch ein Trägersignal sendeten.

»Die Daten sind bereits überspielt«, erklärte Kara. »Sie befinden sich am Beginn der Übertragung, aufmoduliert auf das Signal. Der Decoder wird sie finden.«

Sie holte einen Kristall aus der Brusttasche ihrer Kombination und gab ihn der Admiralin. »Früher hat man mir gesagt, ich sei eine schlechte Lügnerin. Offenbar habe ich dazugelernt.« Sie grinste frech.

Rila unterbrach die sich ausbreitende Stille mit einem Räuspern. »Können wir uns verabschieden?«

Ihre Mutter steckte den Decoder in eine Tasche ihrer Uniform und reaktivierte die Aufnahme.

»Macht euch keine Sorgen um uns«, bat Starn eine Minute später. »Wir sind zuversichtlich und wir wollen auf Cochada bleiben.« Er wandte sich an Kara. »Wahrscheinlich werden wir uns nie wiedersehen. Ich will mich bei dir entschuldigen. Ich war sehr hart mit dir und deinen koexistenzialistischen Ideen, aber jetzt werde ich danach leben. Zumindest ein bisschen, denn wenn wir nicht mit Cochada und dem, was wir hier vorfinden, koexistieren, werden wir untergehen. Gib nicht auf, Kara! Manchmal steht man ganz allein, wenn man zuerst einen richtigen Gedanken hat.«

Die Darstellung im Holo drehte den Kopf, bis sie Rilas Mutter ansah. »Wenn ich dich enttäuscht habe – verzeih mir.«

Zuletzt wandte er sich an Rila. »Schwesterherz...« Er senkte den Blick. »Du weißt.«

»Ja, ich weiß«, flüsterte Rila nur für sich. In diesem Moment beschloss sie, mit Reck zu sprechen. Das Leben war zu wertvoll, um es an den falschen Mann zu verschwenden.

»Wir sollten die Übertragung beenden, bevor sie doch noch geortet wird«, sagte ihre Mutter. »Du hast dich entschieden, Starn. Viel Erfolg!«

Mit einer knappen Bewegung unterbrach sie die Verbindung.

Der Ort, an dem das Holo geleuchtet hatte, sah schrecklich leer aus. Die Wärme wich aus Rilas Brust und machte einem Gefühl der Leere Platz.

Die Admiralin zog ihre Uniform zurecht. »Eines muss man ihm lassen. Mein Sohn hat Mut.«

»Den hatte er immer«, meinte Rila tonlos.

»Und Mut brauchen wir auch«, sagte Kara. »Wir setzen Kurs auf ein unbekanntes Land.«

—

Der Schwarm sammelte sich drei Astronomische Einheiten von Cochadas gelber Sonne entfernt, eine Lichtminute oberhalb der Ekliptik. Die Suche nach Überlebenden der KOI und der TAIMEN hatte man eingestellt. Die ROHU, die THUN und die MARLIN erhielten Aggregate und Ersatzteile von den anderen Großraumschiffen, um möglichst bald Transitionsfähigkeit zu erreichen.

Der Rotraum würde Mutters Heilung fördern. Er konnte hart und grausam sein, aber er war das Element ihres Lebens. Dort würde sie Kraft schöpfen.

Doch sie drängte nicht. Sie wusste, dass sie Ugrôn gewonnen hatte. Geduldig schwamm sie in der Leere zwischen den anderen Großraumschiffen, von denen einige mit bloßem Auge auszumachen waren. Die MARLIN trieb sogar so nah, dass die Navigatoren vor einem versehentlichen Zusammenstoß warnten.

Eine Personenfähre überbrückte die Distanz und dockte an. Ugrôn spürte, wie sich Mutters Leib um das Raumfahrzeug schloss, und er fühlte die Hitze des sich abkühlenden Triebwerks. Im Holo sah er, wie sich das Schott öffnete und Admiralin Demetra Egron in ihrer Paradeuniform heraustrat. Sie kam allein.

Suchend sah sie sich in der Höhlung um, die Mutter für die Fähre geschaffen hatte. Ringsum war sie von grünem, sacht pulsierendem Fleisch umgeben, über das sich violette Adern zogen.

Ugrôn erlöste sie, indem er Mutter bat, eine Verbindung zu dem Saal zu öffnen, in dem er sich befand. Mit einem reißenden Geräusch zog sich das Gewebe auseinander.

Admiralin Egron schluckte. Zögerlich trat sie durch die nässende Wunde. Sie sah erst Ugrôn an, dann erforschte ihr Blick den weiten Raum. Wegen seiner gebogenen Form konnte sie ihn nicht vollständig einsehen, aber die beiden Zugänge lagen in ihrem Sichtfeld. Die durch die Adern wandernden Leuchtkörper zeichneten ein Wechselspiel aus Schatten und Helligkeit auf ihr Gesicht, dessen Linien hart wirkten, obwohl es ein wenig von der typischen Fülle der Menschen aufwies, die in der Schwerelosigkeit lebten. Auch Rila hatte so ausgesehen, als Mutter sie aus der Leere errettet hatte, und später wieder, wenn sie nach längeren Pausen zurückgekehrt war.

»Ich komme, um mich persönlich zu bedanken«, begann die Admiralin das Gespräch. »Das bin ich Ihnen schuldig.«

»Wir hatten unsere Differenzen«, stellte Ugrôn fest.

Mutters Gesang stimmte ihm zu. *Differenzen, ja.* Er hatte nicht viel gemein mit diesen … Menschen. Er war anders. Er war erwählt. Und verändert.

Die Soldatin straffte sich. An der Brust trug sie metallische Scheibchen, die durch die Bewegung ins Licht gerieten und glänzten. Es handelte sich wohl um Ehrenzeichen.

»Du bist eine tapfere Frau«, meinte er. »Du weißt, dass du dich uns völlig auslieferst.«

»Wenn Sie es gewollt hätten, wäre es Ihnen möglich gewesen, einfach nur zuzuschauen. Dann wäre ich jetzt bereits tot.«

»Vielleicht wollten wir nicht dich retten.«

»Kein Preis ist zu hoch für das, was Sie getan haben. Ohne Ihr Eingreifen gäbe es die MARLIN nicht mehr. Der halbe Schwarm wäre vernichtet.«

Die klare Entschlossenheit, die sie ausstrahlte, passte schlecht zu ihrer kleinen Gestalt. Ugrôn überragte die Frau mit dem raspelkurzen blonden Haar um einen Kopf.

»Wir sind geehrt, die SQUID unter uns zu haben«, beteuerte sie. »Die Bedenken, die Sie ansprechen, sind mir bewusst. Aber sie liegen hinter uns. Sie sind ein wichtiger Teil des Schwarms. Sie gehören zu uns.«

»So, wie wir sind?«, fragte Ugrôn.

Kitaga rief die Zoëliker in den Saal, indem sie mit einem Klöppel gegen ihren Bronzestab schlug. Zweihundertundeinen gab es nach den Unruhen noch. Sie kamen aus beiden Gängen und hinter den Windungen hervor, die der Gast nicht hatte einsehen können. Kitaga selbst stellte sich neben Ugrôn. Sie atmete tief ein, was ihr mit einer Schleppe versehenes Gewand vor der Brust noch weiter öffnete und ihre Rippen intensiv grün aufleuchten ließ.

Auch die anderen Zoëliker versteckten ihre Besonderheiten keineswegs. Sie entblößten zu Tentakeln verwachsene Arme, gebogene Krallen an den Zehen, Ohrmuscheln, deren Spitzen sich über dem Kopf berührten, grün pulsierende Adern.

Demetra Egron musterte die Versammlung ohne Scheu. »Wir haben die ESOX diszipliniert, weil wir dachten, sie hätte den Pfad der Menschlichkeit verlassen. Ich glaube immer noch, dass diese Einschätzung richtig war. Aber ich kann mir inzwischen vorstellen, dass es hinderlich für unser Überleben ist, wenn wir zu strikte Grenzen um das ziehen, was wir begreifen. Es mag sein, dass wir einen Pfad in die Zukunft der Menschheit öffnen, indem wir uns selbst öffnen. Auch wenn niemand von uns sagen kann, wie diese Zukunft für unsere Nachkommen aussehen mag. Noch nicht einmal, ob sie uns ähneln werden.«

Ugrôn nickte.

»Bislang war die SQUID weitgehend isoliert vom Rest des Schwarms«, sagte die Admiralin. »Es würde gegen die Ängste helfen, wenn wir mehr voneinander wüssten.«

»Wir bleiben gern unter uns«, wehrte Ugrôn ab. Er dachte gar nicht daran, Horden neugieriger Wissenschaftler in Mutters Leib herumstochern zu lassen.

»Die Hilfe, die Sie uns gewährt haben, könnten wir Ihnen nicht in gleicher Form geben, sollte die SQUID einmal in Not geraten«, gab sein Gast zu bedenken. »Die Herrschaft über die Gravitation ... sie würde nicht nur neue Möglichkeiten für das Bordleben erschließen, sondern auch unsere militärische Schlagkraft vervielfachen.«

»Das ist mir bewusst«, sagte Ugrôn langsam. »Die Zeit mag kommen, da wir uns darüber austauschen. Aber sie ist noch nicht da. Für manche Dinge ist die Menschheit noch nicht bereit.«

»Und Ihre Fähigkeit, so exakt im Rotraum zu navigieren ... Sie sind direkt neben der MARLIN aufgetaucht ... ein faszinierendes Manöver.«

»Instinkt«, behauptete Ugrôn, und Mutter lachte in seinem Fleisch.

Die Admiralin akzeptierte die Absage mit einem knappen Nicken. »Nochmals: Ich danke Ihnen, und ich bin froh, Sie auf unserer Seite zu haben. Wenn ich etwas für Sie tun kann, lassen Sie es mich wissen.«

»Mehr als das«, versetzte Ugrôn.

Sie hob eine Augenbraue.

»Ich will keine Bitte vorbringen, sondern einen Preis ein-
fordern. Wir wissen beide, dass die Menschheit die Squid
braucht, wenn sie sich dem großen Unbekannten dort draußen stellen will. Das ist in Ordnung, wir verlassen euch nicht.
Aber ich brauche auch etwas. Ich fordere einen persönlichen
Preis, Demetra Egron.«

—

Da stand Ugrôn, unter der Membran, durch die der Rotraum
leuchtete. Das Atrium war klein, kreisrund mit einem Durchmesser von vier Metern. Die Wände wirkten mehr violett als
grün, durch Wülste und Adern uneben und so hoch, dass man
den Eindruck hatte, am Grund eines Schachts zu stehen. Nur
wenige Leuchtkörper spendeten eine trübe Helligkeit, sodass
ein Großteil des Lichts von oben einfiel, als würden die Strudel des Rotraums Feuer hereingießen.

»Du hast dir Zeit gelassen, mich zu begrüßen!«, fauchte
Rila Egron. »Aber das ist wohl ohnehin eine ungewöhnliche
Höflichkeit gegenüber einer Gefangenen.«

Ihre eigenen Worte schmerzten sie. Sie fühlte sich zu diesem Mann hingezogen. Aus der Nähe erkannte Rila all die
Verwachsungen und Abnormitäten genau. Die grünen Augen,
die dunklen, verknorpelten Wülste, die die Brauen ersetzten,
die langen Ausläufer der Füße, auf denen Ugrôn ebenso gut
gleiten wie gehen konnte, die Schuppen auf den Handrücken.
Unter der dünnen Kutte zeichneten sich sogar die Stränge
ab, die über seiner Brust lagen. Rila hätten diese Dinge wohl
ängstigen sollen, aber sie fand sie nur auf unbestimmte, offene
Art aufregend.

Sie sehnte sich nach einem freundlichen Wort von Ugrôn,
aber wie sollte es dazu kommen, wenn sie so begann? Was
erwartete sie, wenn sie ihm Vorwürfe machte?

Auch ihr Körper reagierte auf seine Nähe. Ihr Herzschlag

beschleunigte sich, ihr wurde warm, und ihre Hände zitterten, aber nicht vor Furcht, sondern in gespannter Erwartung.

»Du bist meine Geliebte, nicht meine Gefangene«, sagte Ugrôn entschlossen, obwohl sein Gesicht keine Härte ausstrahlte. »Und Amida wird hier nicht als Sonderling aufwachsen.«

»Ist das dein Gedanke – oder Mutters?«

Blinzelnd wich er ihrem Blick aus. »Unser beider.« Seine Schultern sackten eine Winzigkeit ab. »Es ist schwer zu unterscheiden.«

Genau diese Antwort hatte Rila gefürchtet, aber jetzt war sie überrascht von sich selbst. Sie hatte gedacht, es nicht ertragen zu können, wenn Ugrôn ihr eröffnete, dass er ihre Sehnsucht nicht in gleicher Stärke erwiderte. Dass er nicht nachts wach lag und an sie dachte. Dass er seine Position auf der SQUID nicht ausnutzte, dass er nicht alle Grenzen überschritt, um sie in seiner Nähe zu haben. Dass er sich seiner Gefühle nicht sicher war.

Aber es schockierte sie nicht so sehr, wie sie erwartet hatte. Stattdessen empfand sie Achtung vor seiner Ehrlichkeit. Und sie verstand, wie unsicher er sich in allem sein musste. Wo verlief die Grenze zwischen ihm und der SQUID? War das, was in ihm wuchs, ein Teil des lebenden Schiffs? Oder ein Abkömmling? Oder etwas, wofür die von Menschen betriebene Biologie keine Begriffe kannte?

Das Bedürfnis ihm zu helfen drohte sie zu überwältigen. Aber ein Tag voller Verwirrung lag hinter ihr. Vor der Transition hatte sie ihr Kind in der künstlichen Gebärmutter, die es am Leben hielt, an Bord gebracht. Mit großer Sorge hatte sie das Gerät an die Energieversorgung angeschlossen, eine Leitung, die einfach im Fleisch der SQUID verschwand. Zweifel hatten sie geplagt, ob der Syntho-Uterus unter diesen Bedingungen funktionierte. Schließlich würde sie innerhalb des Rotraums nicht auf die MARLIN zurückwechseln können.

Die Anzeigen des Geräts meldeten einen vollständig operablen Status. Dennoch hatte Rila ständig nachgesehen, wenigstens jede halbe Stunde. Das hatte die Länge ihrer Ausflüge durch die SQUID begrenzt. In den Sälen und Gängen war sie vielen Bewohnern begegnet. Es hatte sie überrascht, wie wenig man sie beachtete.

Geärgert hatte sie aber nur die Missachtung durch Ugrôn, der sie erst von der MARLIN gefordert hatte wie ein Stück Ausrüstung, um sich dann einen ganzen Tag nicht zu melden. Rila hatte sich zurechtgelegt, wie sie protestieren könnte. Wie sie zurückkehren würde auf die MARLIN, sobald der Schwarm aus dem Rotraum fiele.

Aber immer war auch diese Sehnsucht nach Ugrôn in ihrem Innern gewesen. Der Wunsch, mit ihm zusammen zu sein. Dorthin zu gehen, wo er war. Wo er *wirklich* war.

Das war ihr wahrer Wunsch, wie sie jetzt erkannte.

»Lass mich in deine Welt«, sagte sie. »Zeige mir den Rotraum.«

Sie sah das Erschrecken in seinem Gesicht. »Das ist sehr gefährlich.«

»Leben ist Gefahr. Immer.« Jetzt fühlte sie sich ganz ruhig.

Er breitete die Arme aus. Es wirkte wie eine hilflose Bitte.

Sie schmiegte sich an seine Brust, spürte die Knorpel unter der Kutte und die Umarmung, die sie hielt.

»Tu es«, flüsterte Rila.

Sie merkte, dass er nach oben sah, und tat es ihm gleich.

Die Wirbel drehten sich, gewaltig, mächtig und fremd.

Sie blinzelte.

Die Membran verschwand, der Rotraum brach über Rila herein und ihr Leben wurde ein anderes.

12

Elysium

Starn Egron sah zu den Sternen auf. Diese Nacht bot eine der seltenen Gelegenheiten dazu. Die von Lykas programmierte Wetteranalyse hatte vorausgesehen, dass die Wolkendecke für mehrere Stunden aufreißen würde. Alle Siedler nutzten diesen Umstand für ein Fest auf einer Lichtung im Kristallwald, der nachts in angenehmer Dämmerung lag. Sie legten Decken aus und stellten Schüsseln und Platten mit kleinen Speisen darauf, gruppierten sich um das warme Licht von Laternen und unterhielten sich nur flüsternd, um die behagliche Ruhe nicht zu stören. Lykas, der einen seitlich weit ausladenden Hut trug, um seine überempfindlichen Hörmembranen zu schützen, ging zwischen ihnen umher.

Starn schlenderte ein wenig abseits mit nackten Füßen durchs Gras. Er beobachtete einen wandernden Stern und überlegte, ob das ein Schiff der Cochader war. Es mochte auf dem Weg zum innersten Planeten des Systems, Schels, sein. Auf der permanent sonnenabgewandten Seite dieser Gluthölle hatten die Giats ihre Basis errichtet und dorthin beorderten sie auch ihren Tribut an Promethium. Wobei die cochadischen Konzerne es noch nicht einmal als Ausbeutung ansahen, wie man dem planetaren Nachrichtenverkehr entnahm. Sie bekamen von den Giats Gegenleistungen, die ihnen technologische Sprünge erlaubten. Manche Cochader waren sogar bereit, sich dafür zu beinahe lebenslangen Dienstverhältnissen zu verpflichten, die sie auf Feuchtwelten in anderen Systemen ableisten würden. Starn fragte sich, ob ihn das auch gereizt hätte, wenn er noch nie von Stern zu Stern gereist wäre.

Jedenfalls schienen vorläufig beide Seiten mit der Situation zufrieden. Im vergangenen Standardjahr, seit dem Abzug des Schwarms, waren die Giats nur viermal nach Cochada gekommen, um nach dem Rechten zu sehen, und gelandet waren sie nur ein einziges Mal. Die Sauerstoffatmosphäre behagte ihnen nicht, sie konnten sich hier nur in Schutzanzügen bewegen.

Prijatu und Lykas hatten mehrere Routinen entwickelt, um sämtliche Nachrichtenströme zu beobachten. Sobald Giat-Schiffe im Anflug gemeldet wurden, lösten sie Alarm aus, damit sich die Menschen in die Basis zurückzogen. Heute Nacht stand nichts dergleichen an.

Das Gras kitzelte an Starns Füßen.

Er drehte sich um die eigene Achse und fragte sich, an welchem der vielen Sterne der Schwarm gerade Astriden aufnahm. Irgendwo weit dort oben reisten die Menschen, von denen er abstammte, durch den samtenen Himmel. Gern hätte er gewusst, wie es Rila erging. Seine Schwester vermisste er am meisten, aber ab und zu ertappte er sich sogar dabei, dass er gern eine spöttische Bemerkung von Koichy gehört hätte, einfach, um ihm daraufhin Kontra zu geben. Bestimmt hätte er ihn immer noch mit dem verlorenen Planeten-des-Lebens-Spiel ärgern können.

Schmunzelnd schüttelte er den Kopf. Sein Blick schweifte über die Siedler. Dies waren die Menschen, für die er sich verantwortlich fühlte und die seine Zukunft prägen würden.

Vor allem Prijatu. Sein Lächeln wurde breiter, und sicher sah er deswegen ziemlich dümmlich aus, als sie aus den milden Schatten der Bäume auf die Lichtung trat. Er fand es unglaublich, wie sehr ihr Bauch während der Schwangerschaft anschwoll. Inzwischen bevorzugte sie Kleider, im Schwerkraftsog des Planeten fand sie sie praktischer als Hemden. Auch heute trug sie ein helles Kleid mit geometrischem Muster.

Er ging zu ihr und nahm ihre Hände. »Bist du fertig geworden?«

»Die Rohfassung des Ackerbau-Algorithmus steht«, berichtete Prijatu. »Die Jahreszeiten und die Windströmungen sind berücksichtigt. Es gibt noch einige kleinere Wetterphänomene, die regelmäßig auftreten und die ich noch ...«

Spitz schrie sie auf, zog ihre Rechte aus seinem Griff und drückte sie unter die Wölbung ihres Bauchs.

»Tritt unser Kind?«, fragte Starn.

Sie lächelte gequält. »Algorithmen sind zu langweilig. Es mag, wenn wir die Sagas von Ohm Follker singen.«

»Dann sollten wir zu den anderen gehen«, schlug Starn vor. Einige spielten Instrumente – Flöten, die sie aus Zweigen geschnitzt hatten, einem hohlen Baumstamm, der sich als Trommel eignete, und einigen Steinen, die hell klangen, wenn man sie aufeinanderschlug.

»Warte noch einen Moment.« Prijatu atmete mehrfach durch. »Schwerkraft hat auch ihre Nachteile.«

»Du wirst jeden Tag schöner«, versicherte Starn der Frau, die er liebte.

Er streichelte ihren Nacken und genoss das Gefühl des kühlen Chroms.

Vorsichtig beugte sie sich vor. Sie küssten sich.

»S'agapó.« Er lernte jetzt Griechisch.

Als sie sich voneinander lösten, strich er über ihren Bauch. Bald würde das erste Kind der Siedler geboren werden – auf dem Planeten Cochada, der für Starn eine Welt des Lebens geworden war.